JEAN RUDOLF VON SALIS

GRENZÜBERSCHREITUNGEN

Jean Rudolf von Salis

Grenzüberschreitungen

Ein Lebensbericht

ERSTER TEIL

1901–1939

ORELL FÜSSLI VERLAG

Sechste Auflage, 1986

Gesamtgestaltung, Satz, Druck und Einband:
Orell Füssli Graphische Betriebe AG Zürich
ISBN 3 280 01192 2

INHALT

I. KINDHEIT UND FRÜHE JUGEND

1. Vorspiel ... 11
2. Das Elternhaus ... 20
3. Bern ... 30
4. Die Burg ... 40
5. Ein Brief und meine Antwort ... 52
6. Aspermont ... 62
7. Kontrapunkt ... 72
8. Bekehrung zum Neuen ... 85

II. STUDIENJAHRE

9. Montpellier ... 99
10. Erkenntnisdrang ... 113
11. Eine Befreiung ... 125
12. Berliner Winter ... 131
13. Ruhrbesetzung und Inflation ... 146
14. Vergangenes und Bleibendes ... 155
15. Ein Auftrag ... 163
16. Abschied ... 177
17. Abschluß in Bern ... 186
18. Rainer Maria Rilke ... 199

III. PARIS

19. Neue Perspektiven 217
20. Das Palais-Royal 233
21. Die Schellen der Politik 244
22. Assistentenzeit 257
23. Das Faubourg 271
24. Nebenstunden 283
25. Diener der Klio 298
26. Nordlandfahrt 306

IV. JOURNALIST

27. Als Mensch in seiner Zeitlichkeit 325
28. Krisen 339
29. Im öffentlichen Leben 355
30. Politiker 369
31. Das Attentat 380
32. Vorläufiger Abschluß 391
33. Der Wendepunkt 405
34. Geselligkeit 418
35. Die große Unruhe 428
36. Das letzte Jahr 446

V. RÜCKKEHR

37. Neubeginn 461
38. Eine bürgerliche Stadt 474
39. Eine Dichtermonographie 486
40. Friedloses Europa...................... 495
41. Krieg 510

I. KINDHEIT UND FRÜHE JUGEND

1. VORSPIEL

Mein Vater war in Bern geblieben, festgehalten von seiner ärztlichen Praxis und seinem Spital. Mama war mit meinen beiden Schwestern und mir nach Parpan gefahren, wo er etwas später die Ferienfreuden mit uns teilen sollte. Von Chur, Endstation der Bundesbahnen, waren wir mit der Pferdepost die staubige alte Straße steil hinaufgefahren, über Churwalden, in das kleine Dorf, wo uns der Gasthof «Zur Post» in seine behaglich-ländlichen Räume aufnahm. Ich erinnere den intensiven Sommerhimmel über zackigen Bergkämmen, die würzige Luft, den kleinen Garten vor dem Haus, die seltenen, aber heftigen Regengüsse und unsere Wanderungen hinauf zum Stätzerhorn, von wo wir mit Händen voll Alpenrosen und Enzianen glücklich und sonnenverbrannt zurückkehrten.

Es gab nur wenige Häuser in diesem Dorf, gleich neben der «Post» ein geräumiges, wo eine befreundete Basler Familie ihr Quartier aufgeschlagen hatte. Auch im Gasthaus fehlte es nicht an Gespielen, zwei jüngeren Knaben, denen ich befehlen konnte. Weiter unten im Dorf gefiel mir das Schlößchen, ein Barockbau, dessen Turm ein Zwiebeldach krönte; er hatte einst einer vornehmen Bündner Familie, den Buol, gehört. Frühere Schloßbewohner ruhten zu Füßen der Kirche; Grabplatten mit Wappen und ausführlichen Inschriften bewahrten sie vor dem endgültigen Vergessen. Seltsam: der Glockenturm war nicht an die Kirche angebaut, freistehend erhob er sich auf einer kleinen Anhöhe. Mit dem Kodak, den ich vorigen Winter zu meinem zwölften Geburtstag geschenkt bekommen hatte, prägte ich diese bescheidenen, aber für unsere bündnerische Heimat charakteristischen Monumente meinem Gedächtnis ein.

Es gibt deutliche Erinnerungen, ganz besonders an jenen Sommer 1914. Auf diesen Blättern Zwiesprache zu halten mit einem Knaben, einem Kind, einem Heranwachsenden, ist dennoch ein schwieriges Unterfangen. Wer war man in so frühen Lebensjahren? Was ging in einem vor? Mir scheint, ich spräche von einem anderen, von einer, wie man nachträglich annimmt, zarten Menschenpflanze, die vom Wunsch erfüllt war, zu wachsen: zu werden wie die Erwachsenen. Manchmal war er auch vorlaut, vielleicht altklug. Hätte ich nicht seine Schülerkalender, in die er seine Erlebnisse eintrug, und außerdem allerhand Geschriebenes, Gezeichnetes, Gemaltes, Photographiertes, auch Komponiertes (er schrieb Musikstücke) aufbewahrt und wiedergefunden, ich glaube, ich könnte mich nicht recht in dieser Knabenseele zurechtfinden. So aber vernehme ich bruchstückweise diese Jugendstimme, die mir verwirrend genug vorkommt mit ihren oft konfusen, in verschiedene Richtungen auseinanderstrebenden Äußerungen. Der alte Mann nimmt sich vor, rückblickend dazu seinen Kommentar zu schreiben.

Tief eingegraben in mein Gedächtnis sind die Sommertage 1914. Der Kriegsausbruch war ein Schlag an die Seele. Vielleicht wurde ich erst an jenem 1. August zum wachen Leben geboren. Was vorher war, kommt mir verschleiert vor, mit dem Krieg begann ein deutlicheres Bewußtsein.

Als wir am 28. Juni aus der Schule kamen, war am gegenüberliegenden Gebäude, in dem das «Berner Tagblatt» gedruckt wurde, ein Flugblatt (man sagte in Bern: ein «Bulletin») an die Mauer geklebt, das die Ermordung des österreichischen Thronfolgers Franz Ferdinand und seiner Gattin in Sarajewo bekannt gab. Ich diskutierte auf dem Heimweg mit Klassenkameraden so ausgiebig über dieses schreckliche Ereignis, daß mich mein Vater wegen meines verspäteten Eintreffens zum Essen unwirsch zur Rede stellte. «Die Ermordung des Erzherzogs...», wandte ich schüchtern ein, was die Stimmung bei Tisch noch bedrückter werden ließ.

Inzwischen war ein Monat ins Land gegangen. Mögliche politische Gefahren schienen gebannt. Jetzt aber wurde die Feriengesellschaft in Parpan durch das Ultimatum der Wiener Regierung an Serbien aus ihrer Sorglosigkeit aufgeschreckt. Plötzlich war Krieg in Sicht. Vor dem Schiff erhob sich ein Eisberg, wie vor der «Titanic». Mama las mir abends auf ihrem Zimmer aus einem Brief des Vaters vor, in dem er der Hoffnung Ausdruck gab, daß trotz der gefahrdrohenden Entwicklung doch noch die Vernunft siegen werde. Sie siegte nicht.

Ich frage mich, wieviel in jenen Tagen dem Knaben an Vernunft gelegen war. Erregendes lag in der Luft. Ungeheures bereitete sich vor. Das Echo des Ereignisses widerhallte in unserem Gebirgstal. Etwas zog sich in der Brust zusammen. Vielleicht etwas Begeisterndes. Auf der Dorfwiese war der Reisighaufen bereitet für das traditionelle Feuer des Bundesfeiertages. Am Nachmittag des 1. August entstieg mein Vater der vierspännigen Postkutsche, die vor dem Gasthof hielt. In umgekehrter Richtung, von der Lenzerheide und aus dem Engadin kommend, waren gestern und heute zahllose Menschen, in der Mehrzahl Deutsche, mit ihrem reichlichen Gepäck zu Tal gefahren. Es war, als ob alle Pferde und Gefährte der Bündner Dörfer für diese Flucht in die Niederungen des ausbrechenden Weltkrieges aufgeboten worden wären. Unter dem Eindruck des deutschen Ultimatums an Rußland und an Frankreich fand abends die patriotische Feier und Ansprache am lodernden Feuer statt. Man sang «Rufst du mein Vaterland».

Am nächsten Tag fuhr der Vater mit uns nach Bern. Bei den Brücken und Bahnübergängen hielten Landsturmsoldaten in ihren dunkelblauen Waffenröcken Wache. Dem Aufgebot des Landsturms folgte die Generalmobilmachung auf dem Fuße nach. In der Familie und Verwandtschaft gab es Anlaß zu Aufregung. Ein Vetter meines Vaters, Oberst Sprecher von Bernegg – «Onkel Theophil» –, war neben Oberst Ulrich Wille Anwärter auf das Amt des Generals der Schweizer Armee. In der Bundesversammlung, hieß es, besaß Sprecher große Sympathien, aber, hieß es weiter, der Bundesrat habe alle Hebel in Bewegung gesetzt, damit Wille gewählt werde. Wille hatte sich vor nicht langer Zeit bei einer Manöverkritik im Alpengebiet abschätzig über die Leistungen der Bündner Truppen geäußert, was ihm unsere Landsleute nicht verzeihen konnten. Dazu kam die persönliche Rivalität zwischen den beiden hohen Offizieren, die seit den Manövern, an denen 1912 Kaiser Wilhelm II. als Gast der Schweizer Regierung teilgenommen hatte, populäre Figuren waren: der hagere, knochige Puritaner aus Maienfeld und der beleibte, zigarrenrauchende Weltmann aus Mariafeld am Zürichsee. Würden sie, die man beide für unentbehrlich hielt, zusammenarbeiten können? Theophil von Sprecher überwand als ein Mann des traditionsgebundenen militärischen Pflichtbewußtseins seine Enttäuschung und stand während der Kriegsjahre dem klugen General Wille als sein Generalstabschef loyal zur Seite.

Bedrückender waren die privaten Sorgen der Familie. Mein Bruder Ado, sieben Jahre älter als ich und bewundertes Vorbild, war im Frühjahr als Seekadett in die deutsche Kriegsmarine eingetreten. Nun würde er am Kampf gegen England teilnehmen müssen. Schwere, lange Auseinandersetzungen waren dem Tage vorausgegangen, an dem mein Vater seinen Ältesten nach Kiel begleitete. Mit unbeugsamer Hartnäckigkeit, ja mit Eigensinn, hatte der Bruder seinen Wunsch durchgesetzt, Seeoffizier zu werden. Er wäre nicht ungern in die Royal Navy eingetreten, zumal ein

Zweig unserer Familie britisch und Sir William de Salis englischer Admiral war. Aber Großbritannien nahm keine Ausländer in seine Streitkräfte auf. Anders im Deutschen Reich. Der Dienst beruhte, feudalem Herkommen gemäß, auf dem Treuegelöbnis der Offiziere zu ihrem Kaiser und König. Ado brauchte keine fremde Staatsbürgerschaft anzunehmen, nachdem mein Vater, einsichtsvoll für die seemännische Leidenschaft seines Sohnes, ein Immediatgesuch an Wilhelm II. gerichtet hatte. Ich habe Familienbriefe gelesen, aus denen die Diskussionen über diesen ungewöhnlichen Schritt meines Bruders peinvoll hervorgehen.

Allerdings war der Dienst in der Fremde eine alte Familientradition. Zu jener Zeit waren zwei Salis österreichisch-ungarische Generäle. Ein Freund und Verwandter meines Vaters, General Arthur von Sprecher, auch sein Onkel, Baron Baptista Bavier, Bruder eines schweizerischen Bundesrates, waren nach langer Dienstzeit im Heere Kaiser Franz Josefs bereits vor dem Ausbruch des Weltkrieges gestorben. Mein Vater erzählte mir später, auch er wäre gern österreichischer Offizier geworden, aber sein Vater habe ihm gesagt, diese Zeiten seien vorbei, er solle einen bürgerlichen Beruf ergreifen und in der Schweiz bleiben – was er getan und nie bereut habe. Seinen eigenen Sohn hatte er nicht überzeugen können. Da dieser auf einem Kriegsschiff Dienst tat, später auch an der Schlacht auf der Doggerbank teilnahm, wo ein englisches Torpedo seinen Panzerkreuzer «Seydlitz» schwer beschädigte, lebten wir während der Kriegsjahre in ständiger Sorge. Unter diesem Schatten wuchs ich auf. Zu Hause gab es keine fröhlichen Feste für die Jugend.

Nachdem der Krieg zu Ende war, stellte mein Bruder im Gespräch mit unserem englischen Vetter Captain Rodolph de Salis anhand ihrer Bordbücher fest, daß Rodolphs Zerstörer den Torpedo gegen die «Seydlitz» abgefeuert hatte...

Ein anderer Zwiespalt kam dazu. Meine Mutter hatte eine zahlreiche französische Verwandtschaft, mit der sie enge Beziehungen pflegte und Besuche austauschte. Es waren Elsässer, die 1871 für Frankreich optiert hatten und in Epinal eine Textilfabrik betrieben. Der Onkel Juillard, den ich in späteren Jahren als alten Mann in Paris kennen lernte – er sah Cézanne ähnlich und saß nachmittags in Montparnasse auf der Terrasse des Café du Dôme –, war Bürgermeister von Epinal und Commandeur der Ehrenlegion. Die jüngeren Familienglieder nahmen 1914 am Kriege teil. Von tante Florence traf ein Brief ein, in dem sie meiner Mutter bittere Vorwürfe wegen Ados Kriegsdienst bei den Feinden Frankreichs machte; mein Bruder war früher in Epinal ein beliebter Gast gewesen, und da tante Florence mit drei Töchtern gesegnet war, hatte sie ein Auge auf den schmucken Schweizer – den man in Bern «le beau Salis» nannte – geworfen. Weibliche Emotionen – übrigens auch männliche – begleiteten das Kriegsgeschehen, und Mama blieb ihrer Cousine die Antwort nicht schuldig.

Man war in der deutschen Schweiz deutschfreundlich, in der welschen hatte die Verletzung der belgischen Neutralität die brodelnden Töpfe der Empörung zum Überlaufen gebracht. Wir bekamen den «Graben», den Parteinahme in der Schweiz aufriß, immer von neuem zu spüren. An Familiendîners, die in Bern regelmäßige Gepflogenheiten des verwandtschaftlichen Zusammengehörigkeitsgefühls waren, bekamen die älteren Herren rote Köpfe, wenn ihre Neffen Zweifel am Kriegsglück der Deutschen äußerten oder Kritik an ihrer Politik übten. Hernach verließen sie das Fumoir und begaben sich zu den Damen in den Salon, die mit besorgten Mienen, aber gesellschaftlicher Versiertheit das Gespräch in harmlosere Bahnen lenkten.

Nach unserer Rückkehr aus Graubünden glich die Bundeshauptstadt einem Heerlager. Auch Papa, damals ein junger untersetzter Fünfziger, mußte sich beim Militär melden – er ging in Zivilkleidung zur Kaserne, nachdem sich zu unserer Erheiterung herausgestellt hatte, daß ihm seine hübsche hellblaue Uniform eines Sanitätshauptmanns zu eng geworden war. Er erhielt von der militärischen Behörde den Bescheid, daß er nicht Dienst bei der Truppe machen müsse, da er als Chefarzt am Inselspital ohnehin verpflichtet sei, kranke, im Ernstfall verwundete Soldaten bei sich aufzunehmen.

Ich stürzte mich meinerseits in die Uniform des bernischen Kadettenkorps und diente als radfahrender Botengänger einer Fürsorgestelle für Kriegsgefangene, die sich «Pro Captivis» nannte und bei der meine Mutter eine leitende und zeitraubende Stellung einnahm. Man bedeutete mir, daß die Uniform nicht nötig sei; das Leben wurde prosaischer, hernach auch wieder freundlicher, als ich den Rest der – wegen der Mobilisation verlängerten – Schulferien am Thunersee, in Einigen, bei meinem Freund Hasso von Bismarck zubringen durfte. Hasso war der Sohn des deutschen Militärattachés; er ging, nicht als einziger Diplomatensohn, mit uns zur Schule, und während des Sommerquartals hatte er bei uns gewohnt. Die Beziehung zu ihm, dem Blonden, und zu seiner dunkelhaarigen Zwillingsschwester Ursula bleibt als eine das Herz und die Sinne erweckende Freundschaft mit dem anmutigen Geschwisterpaar in meiner Erinnerung haften. Von der Karte der Westfront, auf der wir Tag für Tag die militärischen Operationen verfolgten und die Stellungen der feindlichen Armeen mit Fähnchen kennzeichneten, eilten wir über eine mit Feldblumen bestandene Wiese hinunter zum Badestrand. Ich hatte früh in der kalten Aare schwimmen gelernt und bin zeitlebens der Berührung mit dem Wasser als einem belebenden Element zugetan geblieben.

Aber ich glaube, daß damals die kindliche Unbeschwertheit, das In-den-Tag-hinein-Leben, nicht mehr intakt war.

Bern war Bundesstadt; den Zwiespalt senkten die verschiedensprachigen Schweizer, die politischen Spannungen, die fremden Diplomaten, die Lage des Landes zwischen den kriegführenden Mächten, die beginnende Erkenntnis, daß der Krieg lange dauern werde, in die Gemüter. Unser gesellschaftlicher Verkehr war gemischt, und als Madame de L. einen Tanzkurs veranstaltete, waren unter den Mädchen mehrere Französinnen und Engländerinnen. Hasso und unser gemeinsamer Klassenkamerad Curt Detlev von Einsiedel, auch er ein Diplomatensohn, gehörten nicht zu diesem Tanzkurs, obgleich sie meine guten Freunde blieben.

Mittlerweile hatte Hindenburg im Osten gesiegt, im Westen hatte die Schlacht an der Marne die Niederlage von Frankreich abgewendet. Es ging dem Winter zu. Eines Abends, es war kalt und düster, nahm mich mein Vater mit, um im Burgerspital französische Sanitätssoldaten, die in Anwendung der Rotkreuzkonvention aus deutscher Gefangenschaft entlassen worden waren und in ihre Heimat zurückgeführt wurden, zu besuchen. Das war meine erste Begegnung mit einer «Randerscheinung» des Krieges, mit Menschen, die im Krieg waren, mit dem Krieg, wie er in der menschlichen Wirklichkeit war. Ich vermute, daß mein Vater damit eine pädagogische Absicht verband. Ich höre noch seine ruhige Stimme, ich höre, wie er freundlich mit den rotbehosten Franzosen sprach, sich nach ihrem Ergehen erkundigte. Sie trugen am Arm eine weiße Binde mit einem roten Kreuz. Schüchtern hielt ich mich an seiner Seite und ließ ihn reden.

Die ausländischen Patienten waren ihm treu geblieben, sie gehörten allen Kriegsparteien an: der französische, deutsche, österreichische Militärattaché, der belgische Gesandte und andere. Es gab damals noch ein Europa – nicht das heutige der Geschäftsleute und Manager, sondern dasjenige einer internationalen Gesellschaftsschicht, der eine aristokratisch-weltläufige Gesittung noch selbstverständlich war. Wohl waren jene Jahre unser Lehrmeister in politischen und militärischen Dingen; wohl bewunderte man die Kriegskunst der Deutschen, darin sie anscheinend unübertrefflich waren; wohl ergriffen wir Partei für die Sache, der unser Sohn und Bruder diente, wohl waren die vielbeachteten Lageberichte Hermann Stegemanns im Berner «Bund» aus dem Gesichtspunkt deutscher strategischer Überlegungen verfaßt – aber auch die Neutralität des Landes war eine Wirklichkeit, auch die Bereitschaft, es im Falle eines Angriffs auf seine Grenzen zu verteidigen.

Dem bewunderten Maler Ferdinand Hodler, selber ein Kind der Stadt Bern, wurde ein Vorwurf daraus gemacht, daß er einen Protest gegen die Bombardierung der Kathedrale von Reims mitunterzeichnet hatte; aber unsere Tante Nina meinte bekümmert, ob es denn notwendig gewesen sei, diese herrliche Kathedrale mit Kanonenkugeln zu beschädigen. Als der Dichter des «Olympischen Frühlings», Carl Spitteler, dessen Ruhm Josef Victor Widmann im «Bund» verkündet hatte, im Dezember 1914 in Zürich in einer Rede die Schweizer zur Besonnenheit, zur Bescheidenheit vor so viel Leid, auch zur Unparteilichkeit ermahnte und den Deutschschweizern die Einseitigkeit ihrer Sympathien vorwarf, brach in der deutschen Presse ein Sturm los, der seine trüben Wellen über unsere Grenzen spülte. Als mein Onkel Eugen ein Buch von Spitteler auf meinem Weihnachtsgabentisch liegen sah, sagte er: «Ich hoffe, daß die Poesie dieses Herrn besser ist als seine Prosa.»

Wir lernten früh, daß Politik eine Quelle der Widersprüche und der Uneinigkeit ist. Es war nicht alles gut auf der einen, nicht alles schlecht auf der anderen Seite der blutigen Fronten. Papa las viele Zeitungen. Wenn er nicht da war, nahm ich sie mit auf mein Zimmer; wenn ich sie ihm nicht rechtzeitig zurückgelegt hatte, nannte er mich den «Zeitungsmarder». Manchmal entdeckte ich, daß er außer der «Frankfurter Zeitung» auch den Pariser *«Matin»* mit nach Hause brachte. Meine Schwester Leni, die seinen kritischen Verstand und einige seiner Charaktereigenschaften geerbt hat, erzählte mir später, Papa habe ihr einmal gesagt, wenn die Deutschen siegten, würden sie noch arroganter, als sie es schon seien. Aus Österreich, das freilich mitgefangen war und in seinem Bündnis mit dem Deutschen Reich mitgehangen blieb, drangen mitunter bitter raunzende Töne an unser Ohr. Sie waren manchmal in die Form von mehr oder weniger makabren Witzen gekleidet.

Aber solche Betrachtungen führen bereits über das Jahr 1914 ziemlich weit hinaus. Tastend im eigenen Erinnerungsvermögen, besorgt, ich könnte nachträglich Gedachtes und Erfahrenes in meinen Bericht mischen, will ich hier einhalten. Ich möchte nicht vorgreifen, auch nicht rückblickend die Dinge in einer späteren Perspektive darstellen.

2. DAS ELTERNHAUS

Ich wurde am 12. Dezember 1901 im väterlichen Haus an der Nydecklaube 15 in Bern geboren – als ein Nachzügler, denn meine Schwestern waren vier und sechs, mein Bruder sieben Jahre älter als ich. Einem Manuskript meiner Mutter, in dem sie ihre Erinnerungen an unsere Kindheit aufzeichnete, entnehme ich, daß ich in einem Krankenzimmer und in Krankheitsluft meine ersten Lebenswochen zubrachte: die Mutter und die Geschwister hatten den Keuchhusten, im Januar erkrankte Mama an einer Lungenentzündung mit nachfolgenden schweren Komplikationen, so daß man für ihr Leben fürchtete. Ich sei hernach selber schwer an Windpocken erkrankt, das Gesichtchen voll Pusteln und mit geschwollenen Drüsen, was einen chirurgischen Eingriff nötig machte. Die Narbe am Hinterkopf ist erhalten geblieben und später als «besonderes Kennzeichen» in meinem Paß vermerkt worden. An der Stelle der ausgefallenen glatten Haare wuchs ein blonder Lockenkopf, der zu meinem Verdruß in meiner Kindheit von den Erwachsenen bewundert und gestreichelt wurde. Meine große Schwester aber meinte, ich gliche einem Wiedehopf. Mit einigen Monaten Verspätung wurde das Baby in der Münsterkapelle getauft.

Nach langem Hin und Her hatten die Eltern beschlossen, mir den seit Generationen von Vater auf Sohn sich vererbenden Vornamen Hieronymus zu ersparen; vielleicht, wenn man mich hätte fragen können, hätte ich nichts gegen diesen altertümlichen Namen einzuwenden gehabt. Als Anton Rudolf Hans ließen sie mich ins Taufregister eintragen. Rudolf nach meinem Paten Rudolf von Salis in Genua, doch blieb Hans samt allerlei Diminutiven in meiner Kindheit an mir hängen. In seiner eigenen Kindheit hatte mein Vater in Chur noch seinen «Onkel Hans», den betagten Sonderbundsgeneral Johann Ulrich von Salis-Soglio, gekannt. Dieser war ein Vetter meines Urgroßvaters gewesen, mit dem zusammen er in der Restaurationszeit als Offizier im Bündner Regiment von Sprecher in den Niederlanden gedient hatte. So kam es, daß mein Großvater 1818 in der niederländischen Garnisonsstadt Maestricht geboren und von Johann Ulrichs Frau aus der Taufe gehoben wurde. Er studierte Ende der 1830er Jahre, zur Zeit des Kaisers Ferdinand, in Wien Ingenieurwissenschaften – es gab damals in der Schweiz noch keine Polytechnische Schule. Später bekleidete er in Graubünden, wo er Straßen und Brücken baute, das Amt eines Kantonsingenieurs.

Mein Vater war 1863 im alten Familienhaus, dem «Roten Haus» im Süßen Winkel, in Chur zur Welt gekommen; doch wuchs er hernach in Bern auf, nachdem sein Vater

1871 mit dem neugeschaffenen Amt eines Eidgenössischen Oberbauinspektors betraut worden war und aus diesem Grunde in die Bundesstadt übersiedeln mußte. Mein Großvater erwarb das Haus an der Nydecklaube, der Kirche gegenüber, die auf den Fundamenten der Burg des Stadtgründers, des Herzogs Berchtold von Zähringen, erbaut ist. In dieses unsymmetrische, verwinkelte Haus, dessen südlicher Teil aus dem 18. Jahrhundert stammt, der nördliche aber zur Zeit der Erbauung der neuen Nydeckbrücke 1844 angefügt wurde, teilte sich die Familie mit der ärztlichen Praxis des Vaters. An drei Nachmittagen in der Woche empfing er seine Patienten in einem geräumigen, von antiken Spiegelkonsolen, einem Cheminée und hohen Büchergestellen eingefaßten Sprechzimmer. Daneben befand sich ein modernes, mit dem medizinischen Instrumentarium und einem Untersuchungsstuhl ausgestattetes Laboratorium In der Morgenfrühe begann Papa seinen Arbeitstag im Inselspital, dessen medizinisch-nicht-klinischer Abteilung er vorstand und der seine Liebe und seine von Kollegen und Kranken hochgeschätzte ärztliche Kunst gehörte. «Außer seiner Familie», schreibt meine Mutter, «war ihm die Insel-Abteilung alles, sie war sein Leben, seine Freude, seine Sorge, ihr galt sein größtes Interesse; ihr zuliebe setzte er sich über alle Mühen und Schwierigkeiten und die viel zu geringe Bezahlung hinweg, die ihm diese Arbeit einbrachte. Mit dem Inselspital teilten wir uns in sein Leben» – und mit seinen zahlreichen Privatpatienten, muß ich hinzufügen. Als einer der ersten Berner Ärzte kaufte er sich ein Automobil, ein kleines, rotes, offenes Ungetüm, das er auf hohem Sitz selber steuerte und mit dem er in und außerhalb der Stadt seine Krankenbesuche machte.

Von dem väterlichen Herkommen ganz verschieden war die Familie meiner Mutter. Meine Eltern hatten sich kennen gelernt, als mein Vater Kurarzt im Bad Gurnigel war. Die blutjunge, anmutige, dunkle Marie Pauline Hünerwadel weilte dort im Sommer 1893 mit ihrer Mutter, einer an irgendeinem Gebrechen leidenden Fabrikantenwitwe aus Lenzburg. Die Hochzeit fand im folgenden Frühjahr in der von Glyzinien bekränzten, von prächtigen Stukkaturen des Barock geschmückten Kirche von Lenzburg statt. Beide Familien gehörten der evangelisch-reformierten Konfession an. Bis zum Tode meines Vaters war dieses lebensprühende, in seinem Auftreten würdige Paar durch eine ausschließliche Liebe miteinander verbunden; meine Mutter war ihrem Gatten treu ergeben, und sie unterstützte ihn unverdrossen auch in seiner beruflichen Tätigkeit – denn «Sprechstundenhilfen» gab es damals nicht, mit der Hilfe des Dienstmädchens besorgte Mama alles Nötige. Ihr Leben spielte sich im Haus und für das Haus ab, denn weder sie noch ihr Mann hatten viel Muße für gesellschaftliche Zerstreuungen. Die Fürsorge und Hilfe der Mutter kam aber auch den Kindern zugute, die diese tägliche, aufmerksame Betreuung um so nötiger hatten, als dem Vater für die Erziehung der Kinder wenig Zeit blieb; oft sahen wir ihn abgekämpft und spät von seiner Praxis heimkehren, nach dem Abendessen seine Krankengeschichten schreiben und vor dem Zubettgehen zu einer Tasse Tee die letzte Zigarre rauchen. Ungeduldig von Natur, oft auch unbeherrscht, dann wieder warmherzig und humorvoll, war er ein bewundertes und ein wenig gefürchtetes Familienoberhaupt. In ihrer etwas phantastischen Erzählung *«Quick»* hat ihn Monique Saint-Hélier geschildert und, nicht zufällig wie mir scheint, aus ihm einen Offizier gemacht: sein Habitus rechtfertigt diese Verwandlung, seine auf Objektivität bedachte, für die Sorgfalt der Diagnosen berühmte ärztliche Tätigkeit jedoch nicht.

Am schönsten waren die Ferien mit unserer Mutter in Brunegg, der kleinen Burg im Aargau, die sie von ihren kunstsinnigen Vorvätern geerbt hatte. Aber sie war auch in

Bern unermüdlich für uns tätig, wenn sie mit uns die Schulaufgaben machte – sogar Latein hatte sie zu diesem Zweck gelernt – und abends, vor dem Einschlafen, uns aus Hauffs Märchen oder Brentanos «Gockel, Hinkel und Gakeleia» vorlas. Sie musizierte mit uns und half uns beim Üben, sie wachte sorgfältig über unserer Kleidung und pflegte uns mit praktischem Verstand in den nicht seltenen Krankheitstagen. Manchmal mußte sie uns energisch zur Ordnung rufen, denn vier Geschwister, von denen jedes einen ausgeprägten Charakter hatte, konnten recht turbulent sein. Sie berichtet in ihren «Erinnerungen», sie habe mich bei Tisch von meinem großen Bruder trennen müssen, der mich unsanft zurechtwies, wenn ihm meine Manieren mißfielen, und sich berufen fühlte, mir Anstandsregeln beizubringen. Er habe mich auch für das Militär begeistern wollen, das jedoch meiner Natur weniger lag; ich erinnere, daß ich ziemlich widerstrebend in das Kadettenkorps eintrat, dann aber doch mit knabenhaftem Eifer den Drill, das Scheibenschießen und die Ausmärsche mitmachte.

Das bürgerliche und musische Element aus der aargauischen Kleinstadt, die wir jeden Sommer mit Mama besuchten, dort auch das vergnügliche Jugendfest genossen, hat sich bei uns Kindern vermischt mit der rauheren, doch verstandesklaren und energischen Wesensart der junkerlichen Sippe aus den Rätischen Alpen. Während die frühen väterlichen Vorfahren im italienischen Sprachgebiet: im Bergell, im Veltlin und hin bis ins Venezianische beheimatet waren, verzweigt sich die mütterliche Aszendenz von der ehemaligen Republik Bern bis in den Jura und von dort ins Elsaß und weiter zur Pfalz und nach Burgund. Es ist für Nachgeborene nicht leicht, so verschiedene Erbmassen in sich zu verarbeiten, aus so verschiedenen Verwandtschaften und Provinzen ein geschlossenes Ganzes hervorzubringen. Immer haben auf mich Grenzländer und ihre Bewohner eine geheime Anziehungskraft ausgeübt – wohl weil ich selber aus lauter Grenzländern zusammengesetzt bin und aus ihren sprachlichen, kulturellen und politischen Verschiedenheiten und Schicksalen die eigene Persönlichkeit heranbilden mußte. Mir scheint, daß nur eine künstlerische oder intellektuelle Betätigung imstande ist, so unterschiedliche Erbmassen miteinander in Übereinstimmung zu bringen, weil sie sonst nicht aufhören würden, sich in uns zu bekämpfen oder doch den seelischen und geistigen Reifeprozeß zu behindern. André Gide, der diese Problematik an sich selbst erlebt hat, spricht davon in seinen Lebenserinnerungen und schließt seine Betrachtungen mit den Worten: «Zweifellos sind nur diejenigen zu kraftvollen Behauptungen fähig, die von der Wucht ihrer Heredität in eine einzige Richtung gestoßen werden. Umgekehrt glaube ich, daß aus den Produkten von Kreuzungen, in denen gegensätzliche Erfordernisse zusammenleben und wachsen, indem sie sich neutralisieren, die Schiedsrichter und die Künstler hervorgehen. Ich würde mich sehr täuschen, wenn mir die Beispiele nicht recht geben würden.» –

Musik ist angeboren. Aus den Aufzeichnungen meiner Mutter geht hervor, daß es vor allem diese Begabung und überdies eine lebhafte Phantasie waren, die meinen Eltern an ihrem jüngsten Kind auffielen. Das Bübchen sei mit anderthalb Jahren auf den Klavierstuhl geklettert und habe die Tasten zum Klingen gebracht. Bei seinen Trommelübungen sei dann das Gefühl des Knaben für Rhythmus kräftig hervorgebrochen. Nachdem er mit vier oder fünf Jahren bereits auf dem Klavier phantasiert habe, Melodien erfand und Dissonanzen auflöste, berichtet die Mutter, sei sie zu Karl Munzinger, ihrem Gesanglehrer und Direktor der Berner Musikschule, gegangen, um ihn zu bitten, dem Kleinen Klavierunterricht geben zu lassen. Auch die älteren Geschwister erlernten alle ein Instrument.

Hier nun setzt meine eigene Erinnerung ein, wie ich

nach Erlernung der mir nicht schwer fallenden Kunst die jüngere Schwester zur Geige, den Bruder zum Cello, die Mutter zum Gesang begleitete und mit der älteren Schwester vierhändig spielte. In unserer frühen Jugend war dieses Musizieren gleichsam das verbindende Element in der Familie, denn, wenn er Zeit und Lust hatte, nahm auch mein Vater seine Violine wieder hervor. Es war jedoch nicht unbedenklich, daß ich neben den obligaten Fingerübungen und dem Üben von Musikstücken, unabhängig vom Unterricht und hinter dem Rücken des Klavierlehrers, der Phantasie die Zügel schießen ließ und auf dem Klavier ausgiebig improvisierte. Dieses wilde Wuchern von Akkordfolgen und Modulationen ist erst in späteren Jahren etwas disziplinierter und künstlerisch bewußter geworden, als Unterricht in Harmonie- und Kompositionslehre den Sinn für die musikalische Formenwelt zu wecken und auszubilden begann. Fest steht, daß Musik das Primäre im Leben des heranwachsenden Jungen war, und ich glaube mich nicht zu täuschen, wenn ich sage, daß er die Noten vor dem Alphabet und dem Einmaleins erlernt hat.

Aber auch die traditionsgesättigte Umwelt, vor allem Schloß Brunegg mit seinen Waffen und Rüstungen, kaum weniger die alten Berner Häuser mit ihren Familienportraits und den antiken Möbeln, regten die Phantasie des Knaben mächtig an. Er erfand ein imaginäres Königreich, zu dessen Herrscher er sich selbst ernannte; er baute in der Ferienzeit unter den Buchen des nahen Waldes aus herbeigeschleppten Bruchsteinen einen Turm, der ihm als Residenz dienen sollte und den er eines schönen Sommertages in Begleitung der Eltern und Geschwister einweihte. Denn diese ließen sich gutmütig herbei, ihren verwöhnten Jüngsten bei seinem seltsamen Tun zu unterstützen und bei seinen Ritterspielen die Rollen zu übernehmen, die er ihnen mit selbstverständlicher Autorität zuteilte. Er habe alles, was er machte, sagte oder spielte, erzählt die Mutter, mit großem Ernst getan.

Damals hatte ich schon begonnen, zur Schule zu gehen, und es ist anzunehmen, daß mich noch lange meine erfundene Welt mehr fesselte als die schwierige Unterordnung unter die Disziplin des Schulunterrichtes, an den ich weniger deutliche Erinnerungen bewahre. Dieser Elementarunterricht fand in der sogenannten Schmidschule, einer von einem energischen Fräulein mit Hilfe anderer Lehrerinnen geleiteten Privatschule, statt, wo ich die ersten Freundschaften mit Knaben und Mädchen schloß. Nach einem der üblichen Familienessen, als ich mich bei den Herren im Fumoir herumtrieb, fragte mich mein großer angeheirateter Vetter Louis von Tscharner: «Welches Mädchen willst du heiraten?» Ohne langes Besinnen sagte ich: «Lucy Bloch». Die ausbrechende Heiterkeit der versammelten Herren machte mich stutzig, aber niemand erklärte mir, warum das so lustig war.

Zu unserer Erziehung gehörte, daß wir von früher Kindheit an beide Sprachen, deutsch und französisch, gebrauchten; in der Schmidschule war das «welsche» Element zahlreich vertreten. Im Schreiben und Singen sei ich von Anfang an gut, sonst aber «zum Glück» kein Musterschüler gewesen – so lautet das mütterliche und recht nachsichtige Urteil, das ich auf ihren Erinnerungsblättern geschrieben finde...

Das kindliche Spiel ist wie das Werk des Künstlers eine Kreation, die ihr Material der Wirklichkeit entnimmt, aber daraus eine imaginäre Welt aufbaut. Das Kind lebt in einer Traumwelt, deren Schöpfer es ist. Es stößt sich beim Heranwachsen an Wirklichkeiten, die es zunächst als eine fremde, wenn nicht gar feindliche Macht empfindet. Schwer fällt es ihm, sich den Vorschriften der Erwachsenen zu fügen, und es ist der Gefahr ausgesetzt, daß seine Seelenkräfte von äußeren Einwirkungen verbogen und verkümmert werden. Das Eigene durchzusetzen, ohne daß es Schaden nimmt an der notwendigen Schulung des Formsinns und des Verstandes, ist die konfliktreiche Aufgabe, mit der sich der heranwachsende Jugendliche auseinandersetzen muß. Es hängt nicht von ihm allein ab, daß dabei nichts zerstört wird. Denn um leben zu können, ist es notwendig, sich anderes vorstellen zu können als nur die nackte und rauhe Wirklichkeit. Ich bin heute noch unserem Französischlehrer Theophil Spoerri, der selber ein Phantasiemensch, aber auch ein geschickter Pädagoge war, dankbar, daß er mit uns (es war schon in den Kriegsjahren) den *«Grand Meaulnes»* las; das geheimnisvolle Kinder- und Kostümfest in einem verwunschenen Schloß, wo Augustin Meaulnes das schöne Mädchen entdeckte und seit jenem Wintertag vergeblich nach ihm suchte, kommt mir heute noch wie der Widerschein eigenen Erinnerns und früher Erlebnisse vor.

Nicht ohne Betroffenheit jedoch betrachte ich die Skizzenbücher, in denen der kleine Bub mit Farbstiften oder Aquarellfarben Ritter auf ihren Schlachtrossen, Burgen und Stadttore, historische Persönlichkeiten in seltsamen Kostümen, das Dornröschen, wie es vom Prinzen erweckt wird, moderne Offiziere und fremde Fürstlichkeiten, ein wenig zusammenhanglos auch Landschaften und einen vollbepackten Bauernwagen von irgendwelchen Vorlagen, vielleicht das eine oder andere auch nach der Natur abgebildet hat. Dieses kindliche Abzeichnen und Abmalen bleibt an den Gegenstand gebunden – nirgends kommt eine freie Formensprache zum Ausdruck. War ich als Ohrenmensch unfähig, auch mit den Augen zu phantasieren? Ich weiß nur, daß ich eine engere Beziehung zur bildenden Kunst erst verhältnismäßig spät gefunden habe.

Die Mutter berichtet, daß ich auch relativ spät mit Bücherlesen begonnen habe; das Bedürfnis nach eigener Produktion, sagt sie, sei früher dagewesen. Als ich im Schreiben noch ziemlich ungeschickt gewesen sei – es muß im Jahre 1911 gewesen sein –, habe ich mich bereits an einer Erzählung über den Krieg der Italiener gegen die Türken in Nordafrika versucht! Sicher haben politische und kriegerische Ereignisse schon früh den Knaben interessiert, wenn der Vater davon sprach, oder ich in einer illustrierten Zeitung – im Wartezimmer lag «Die Woche» auf – Bilder vom Geschehen draußen in der Welt betrachtete. Damals zog mich an der Persönlichkeit des Vaters noch nicht das Moderne, Wissenschaftliche dieses verständigen Mannes an – das kam erst später; ich glaube, daß ich auf seine Patienten ein wenig eifersüchtig war, für die er mehr Zeit und Geduld übrig zu haben schien als für seine eigenen Kinder. Wohl aber taten es mir seine Beziehungen zur großen Welt an, von der mein kindliches Gemüt annahm, ihre Angehörigen lebten in märchenhaftem Glück und Glanz. Eines Tages sagte er mir, wenn ich einen berühmten Staatsmann sehen möchte, solle ich nachmittags um drei Uhr auf der Nydeckbrücke aufpassen, Fürst Bülow werde dort spazieren gehen. Der von seinem Kaiser recht ungnädig entlassene Reichskanzler, dessen Bruder Gesandter in Bern war, hatte seine angegriffene Gesundheit der Behandlung durch meinen Vater anvertraut. Ein Herr mit weißem Schnurrbart, in einen schwarzen Gehrock gekleidet, schritt zur angegebenen Zeit, den Spazierstock in seiner Hand, gravitätisch dem Bärengraben zu.

Ein anderesmal stattete der russische Militârattaché, Oberst Gurko, den Eltern einen Besuch ab; vom Neujahrsempfang im Bundeshaus kommend, fuhr dieser Offizier des Zaren an der Nydecklaube vor. Mein Vater hob mich auf seine Knie und bat den schwarzbärtigen, in eine phantastische Galauniform gekleideten Kaukasier, der den russisch-japanischen Krieg in der Mandschurei mitgemacht hatte, er möge mir seine Orden erklären. «Dieser da» – es war der letzte – «verdirbt mir meine ganze Kollektion, denn es ist der einzige, den ich nicht im Kriege erhalten habe; der König von Bulgarien hat ihn mir gegeben.» Ich besitze noch das goldene, mit blauen und weißen Steinen eingelegte Zigarettenetui aus Petersburg, das Gurko, mit einer gravierten Widmung versehen, meinem Vater zum Dank für ärztliche Betreuung geschenkt hat. Die Revolution hat ihn, der im Weltkrieg ein hohes Kommando innehatte, aus seinem Land vertrieben; in späten Jahren ist General Gurko in Rom gestorben.

Die russischen Aristokraten waren bis zum Weltkrieg gern gesehene Gäste der Schweiz. Die ganz in Weiß gekleidete Fürstin Galitzin ließ ihre elegante Equipage halten, wenn wir sie grüßten, und richtete an die Kinder huldvolle französische Worte. Papa las und bewunderte die großen russischen Schriftsteller bis und mit Gorki; am liebsten war ihm Tolstois «Krieg und Frieden», und es war für ihn eine amüsante Überraschung, als er zu einem jungen Paar in das Hotel Bernerhof gerufen wurde, das die Namen des Romanhelden und seines Schöpfers trug: es waren ein Fürst Bolkonski und seine Frau, eine geborene Tolstoi.

In den Vorkriegsjahren habe ich noch die Luft des Ancien Régime in Mittel- und Osteuropa atmen können; unter besonders festlichen Umständen genoß ich sie, als Wilhelm II. an der Seite des Bundespräsidenten Forrer durch die beflaggten Straßen der Berner Altstadt fuhr. Nie mehr ist soviel Prunk und Glanz in der nüchternen Bundesstadt entfaltet worden wie zur Zeit des Kaiserbesuches.

3. BERN

Es gibt zwei Bern, das alte, dessen Gassen in einer wundervollen städtebaulichen Organisation von den Nydeckbrücken hinauf zum Zeitglocken- und zum Käfigturm führen, und das neue, das im überdimensionierten Bundeshaus und Parlamentsgebäude verkörpert ist. Zwei Brücken, die Kirchenfeld- und die Kornhausbrücke, verbinden die auf der Aarehalbinsel zusammengedrängte Altstadt mit den neuen Außenquartieren.

Dem zweigesichtigen Stadtbild entsprachen in meiner Jugend zwei Gesellschaften, deren Gesinnungen verschieden waren. Die eine, traditionsbewußt und konservativ, war vom Patriziat und seinem burgerlichen Anhang verkörpert; die andere, mit dem neuen Bundesstaat groß gewordene, hatte ihre Stütze in einem freisinnigen, geistig und wirtschaftlich aufstrebenden Bürgertum.

Die alte Gesellschaft erinnerte sich mit kaum überwundenem Schmerz an den Untergang des alten Bern, als nach der verlorenen Schlacht im Grauholz am 5. März 1798 die französische Revolutionsarmee die Stadt besetzte und dem Patrizierregiment ein Ende bereitete. Die ältere Schwester meines Vaters, Tante Nina, die in Bern mit dem Bankier Eugen von Büren verheiratet war, hatte das Mißgeschick, an einem 5. März geboren zu sein; sie erzählte mir, daß zu Lebzeiten ihrer Schwiegermutter ihr Geburtstag nicht gefeiert werden durfte; die alte Dame hatte entschieden: «Man hat nicht am 5. März Geburtstag.» Die in berndeutscher Mundart verfaßten Erzählungen Rudolf von Tavels, des liebenswerten Schilderers Alt-Berns, sprachen zum Gemüt mit ihrer Heraufrufung jener Katastrophenzeit und der Menschen, die sie erlitten hatten...

Wir lebten am Rande der Altstadt. Der Blick aus den Fenstern öffnete sich nach Norden auf die Nydeckkirche und den «Stalden», der in breitem Schwung zur Aare hinunterführt; rechts sah man auf die große Brücke hinunter. Mit quietschendem Geräusch bog die Straßenbahn von der Gerechtigkeitsgasse in die Nydecklaube und hielt genau vor unserer Tür. Ganz anders die Südfront. In drei Stufen führten vom Erdgeschoß Terrassengärten zur «Matte» hinunter; diese Gärtchen waren mein Lieblingsaufenthalt, eine verträumte Welt im Grünen mit einem blumenbestandenen Rondell in der Mitte, einer hohen Tanne, die bis zu den obersten Fenstern der freundlich-festlichen Fassade schlank aufgerichtet stand, einem hölzernen Gartenhaus und, im Frühling, blühenden Fliederbüschen und Birnbäumen. Nachts hörte ich vor dem Einschlafen die Aare mit der Wucht eines Wildwassers rauschen.

Durch die Ehen meiner Vatersschwestern mit zwei Brüdern von Büren waren wir eng mit dem alten Bern verbunden, zumal die Cousinen und ihr Bruder ihrerseits mit Angehörigen der Berner Aristokratie verheiratet waren. Die Nydecklaube, wo im Nachbarhaus Onkel Eugen und Tante Nina von Büren im Winter wohnten, war eine ins Freie führende Fortsetzung der Junkerngasse, deren strenge Häuserzeile in sanfter Schwingung stadtaufwärts verläuft und beim spätgotischen Münster endet. Damals waren in dieser noch zweisprachigen Stadt die Namen der Straßen auf farbigen Schildern deutsch und französisch angeschrieben: Junkerngasse = *rue des Gentilshommes,* Gerechtigkeitsgasse = *rue de la Justice,* Kramgasse = *Grand' rue,* Marktgasse = *rue du Marché,* Amthausgasse = *rue de la Préfecture,* Bundesgasse = *rue fédérale* usw. Bern war ein Bindeglied zwischen der alemannischen und der welschen Schweiz gewesen, eine Folge der ehemaligen Zugehörigkeit der Waadt zur Republik Bern; überhand nehmende Deutschtümelei und Abneigung der neuen demokratischen Behörden gegen die französisch beeinflußte Kultur des Berner Patriziates, auch der Kulturkampf und Hader mit den Jurassiern, haben dazu geführt, daß der Kanton Bern inzwischen eine Schranke zwischen der französischen und der übrigen Schweiz geworden ist. Die Schilder mit den Straßennamen sind seit langer Zeit nur noch deutsch beschriftet.

An der gesellschaftlichen Geschlossenheit der alten Berner Familien und ihrem Kastengeist hatten wir gleichsam als Zugewandte teil; denn mein Vater hielt an seinem Churer Bürgerrecht fest und lehnte es ab, sich in Bern «einzuburgern». Dazu kam, daß auch meine Mutter keine gebürtige Bernerin war. Überdies brachte die berufliche Tätigkeit meinen Vater mit allen Gesellschaftsschichten und den verschiedensten Menschen in Berührung; seine liberalkonservative Gesinnung war menschlich und ethisch von sozialer Verantwortung durchdrungen – ein spannungsvolles Verhältnis, das sich auf uns Kinder übertrug. Die Mutter verwies uns gelegentliche Anwandlungen von sozialem Hochmut; niemand habe das Recht, sagte sie, andere Menschen gering zu schätzen. Es empörte sie, als Madame de Meuron, deren Aussprüche in Bern zirkulierten, von einem Wohltätigkeitsfest sagte, alle Kreise «bis hinunter zur Universität» hätten daran teilgenommen! Denn Wissenschaft und Hochschule standen bei uns in hohem Ansehen. Indessen verhinderte diese größere Unabhängigkeit meiner Eltern nicht, daß wir mit unseren Berner Verwandten und ihrem Anhang in aller Unschuld einen Klan bildeten, der in guten wie in bösen Tagen treu zusammenhielt. Man gehörte in dieser traditionsbewußten Stadt den tonangebenden Kreisen an und hatte zu deren Veranstaltungen fraglos Zutritt; ebenso fraglos gab es Menschen, die «nicht zur Gesellschaft gehörten». Alt-Bern und das neue Bern des Bundeshauses standen einander fremd gegenüber. Doch hatten Schule, Freundschaften, zivile und militärische Chargen und tätiges Leben bereits begonnen, Korrekturen an dieser überlieferten Ordnung anzubringen und die konventionellen Hindernisse abzubauen.

Ich habe in späteren, doch noch jungen Jahren in einem Gespräch mit dem Zürcher Kritiker Eduard Korrodi gesagt, in der schweizerischen Literatur fehle ein Berner Roman, der eine Mischung aus Jeremias Gotthelf und Marcel Proust sein müßte, da die Berner Aristokratie sowohl zum bäuerlichen Boden gehöre, wo sie ihre Landsitze und Schlösser habe und sich um deren landwirtschaftlichen Betrieb kümmere, als auch zum kultivierten Salon, den sie im Winter in ihren schönen Stadthäusern zum Schauplatz eines erlesenen gesellschaftlichen Lebens mache; es fehle in dieser Kleinwelt, die ihre Verlängerungen in der großen Welt habe, weder an bemerkenswerten, auch skurrilen Figuren, an Damen und Herren und ihren fremden Gästen, die ein mondänes Ritual pflegten, noch an eigentümlichen Vorkommnissen, Episoden und Schicksalen, die genug Stoff für einen Gesellschaftsroman liefern könnten. «Schreiben Sie diesen Roman», sagte Korrodi. Ich habe ihn aus irgendwelchen Gründen, vor allem wohl aus fehlendem Vertrauen in mein Können, nicht geschrieben – und diese Erinnerungen an eine ferngerückte Zeit eignen sich nicht, Versäumtes nachzuholen.

Ferngerückt und doch nahe. Das kindliche Gehirn ist eine weiche Masse, in die sich die ersten Erlebnisse eindrücken, so daß sie mit einer Deutlichkeit haften bleiben, die späteren «Eindrücken» oft abgeht. Der Schulweg an Wintermorgen durch die gewölbten Lauben, wo ein Mann mit einer langen Stange den Hahn der Gaslaternen drosselte – der Ruch der steilen Treppenhäuser in der Altstadt – in der Mitte der Hauptstraßen der eilige Stadtbach, über den der Knabe behende hin und her sprang – der Fleischmarkt an der Keßlergasse, wo ein Metzger mit blutbesudelter weißer Schürze an einer Miniaturguillotine die Hähnchen und Hühner köpfte – der buntbelebte Obst-, Gemüse- und Blumenmarkt auf dem Bundesplatz, wo mein Mitschüler Hans R. Kirschen stahl, wofür er von meiner Schwester Leni prompt geohrfeigt wurde – die Kleine Schanze, wo wir uns nach der Schule im Schutz der Bäume mit den Mädchen herumtrieben – der Tag, an dem das Marzilitor von einem Kran brutal zusammengerissen und das Altstadtbild um ein Monument ärmer wurde – die Installation des elektrischen Lichtes im Nydeckhaus, wo bisher Petrol- und

Gaslampen unsere ein wenig düsteren Abende aufhellten – auch das Dumpfe und Lastende der Berner Atmosphäre, die sich von der ländlich-bäuerlichen Erdenschwere noch nicht gelöst hatte – die früh begriffene Stilmischung der Altstadthäuser, wo auf gotischer Grundlage die Fassaden und Räume im Geschmack des französischen 18. Jahrhunderts erneuert worden waren und bereits wieder altertümlich anmuteten – die im feierlichen Münster mit einer Prozession von der Kapelle zum Chor begonnenen Hochzeitsfeste, die hernach im Hotel Bernerhof in gelöster Stimmung nach solennem Bankett mit Walzer und Quadrille ihren Höhepunkt erreichten – die riesigen, mit künstlichen Blumen oder Federn besetzten Hüte und die von Rüschen reich verzierten Abendkleider der Damen – der Jahr für Jahr sich wiederholende Zyklus des Heiligen Abends im Elternhaus, der Sylvesternacht bei den einen, des Neujahrsessens bei den anderen Onkeln und Tanten – der heitere Schmuck des «Dix-huitième», der uns in den Berner Intérieurs mit seinen noblen Bildnissen, Konsolen, Spiegeln, Louis XV- und XVI-Möbeln, mit Familiensilber und kostbarem Porzellan, aber auch mit der witzigen Konversation wohlerzogener Menschen entzückte – und als Kontrast dazu die Raufereien, in die uns die Knaben der Volksschulen und die harten Buben aus der «Matte», junge Klassenkämpfer, zu verwickeln liebten: all das steigt plastisch, aus Farben gemischt und mit Gerüchen geschwängert, aus der Vergangenheit ins ungetrübte Gedächtnis, ohne daß Dichtung der Wahrheit zu Hilfe kommen muß.

Auch die mütterliche Familie hatte, bis ich zehn Jahre alt wurde, ein Heim in Bern. An der Gerechtigkeitsgasse oder *rue de la Justice* wohnte unsere Urgroßmutter, Madame Stéphani-Voirol, die in vorgerücktem Alter von Lenzburg in die Nähe ihrer Enkelin und deren Kinder gezogen war. Wir nannten sie grand-mère – die Großeltern waren alle vor meiner Geburt gestorben. Sie stammte aus

Tavannes im ehemaligen Fürstbistum Basel; ihre Mutter hatte einer alten Mülhauser Familie angehört. Grand-mère war das Bindeglied zu unseren elsässischen Verwandten in Epinal und in «Mulhouse». Ihr früh verstorbener Mann war Arzt gewesen, und ihr Sohn, oncle Robert, lebte in der Nähe von Marseille. Seine Besuche waren ein Fest für uns Kinder, wenn er, die Melone auf dem Kopf, im Mundwinkel unter einem Seehundschnauz die selbstgedrehte Zigarette, in einer drolligen Mischung von Französisch und Schweizerdeutsch, seine Spässe zum besten gab.

Wenn grand-mère an ihrem «Vendredi» die Damen ihrer Verwandt- und Bekanntschaft zum Tee empfing, durften wir nebenan im Eßzimmer zu einer Tasse Schokolade die köstlichen Patisserien aus der Confiserie Kloetzli verzehren – deren Laden sich im Parterre befand. Nach hinten, zur Postgasse, befand sich die Bibliothek des Professors Friedrich von Mülinen-von Hallwyl, dem das Haus gehörte; aber es wäre unschicklich gewesen, bei dem angesehenen Historiker einzudringen (was ich ums Leben gern getan hätte, denn Neugier war und blieb eine meiner hervorstechendsten Eigenschaften). Ich könnte den Salon von grand-mère noch aus dem Gedächtnis zeichnen: bei der Eingangstür der runde Marmortisch, um den ein Louis-Philippe-Möbel gruppiert war (sie hatte zur Regierungszeit des Bürgerkönigs in den 1840er Jahren geheiratet), vorn bei den Fenstern eine rotbezogene Sitzgruppe aus der Zeit Napoleons III. Das Cheminée war bis zur Zimmerdecke von einem Spiegel überhöht, der mit vergoldeten Schnitzereien reich verziert war. An den Wänden hingen Ölbilder, Landschaften und auch militärische Motive.

Grand-mère war in ihrem Herzen Französin. Ihre jurassische Heimat, die der Wiener Kongreß 1815 als Kompensation für den Verlust der Waadt und des Aargaus dem Kanton Bern zugesprochen hatte, war vom französischen Directoire annektiert worden und gehörte bis zum Ende des Kaiserreichs als Département du Mont-Terrible zu Frankreich. Den Verlust des Elsasses nach der Niederlage von 1871 empfand grand-mère als bitteres Unrecht. Mein kindliches Interesse galt dem Bildnis des Generals Baron Voirol, des Onkels und Vormunds von grand-mère, das seinen Platz über der Tür des Salons hatte. Grand-mère sagte: «L'Empereur a décoré mon oncle à Moscou.» Als Historiker muß ich leider feststellen, daß sie sich irrte. Voirol hatte das Kreuz der Ehrenlegion bereits 1806 nach der Schlacht bei Jena erhalten. Erst nach der Schlacht bei Bautzen überreichte ihm Napoleon persönlich die «rosette» eines Offiziers dieses Ordens. Hernach, im Winterfeldzug von 1813–1814, ernannte ihn der Kaiser auf dem Schlachtfeld zum General, und als solcher mußte er bald danach am Abschied des geschlagenen Helden in Fontainebleau teilnehmen. Voirol wurde anfangs der 1830er Jahre von König Louis Philippe zum Gouverneur des jüngst eroberten Algier ernannt, zu dessen Erschließung er das Seine beigetragen hat.

Wir liebten die ein wenig gebeugt gehende, schwerhörige, immer in schwarz gekleidete alte Dame, die eine Capote in der Art der Königin Victoria trug, wenn sie im Fiaker ausfuhr. Wenn wir sie besuchten, fanden wir sie auf dem breiten roten Kanapee mit einer Handarbeit beschäftigt oder am runden Tisch Patiencen legend. Sie hat mir das Kartenspiel beigebracht, mit der unvergessenen Reihenfolge: Pique, Cœur, Carreau, Trèfle. Aber ich fühlte mich betroffen, wenn sie mir den elsässischen Vers vorsagte:

Der Hans im Schnooggeloch
het alles, was er will.
Und was er het, das will er nit,
und was er will, das het er nit.
Der Hans im Schnooggeloch
het alles, was er will.

Erwachsene können solche Fehler machen. Denn kindliche Sensibilität bezieht alles auf sich und ist verletzlich. Die gute Frau scheint jedoch ein Gefühl für die seelische Gefährdung des etwas verschlossenen Kindes gehabt zu haben, denn meine Mutter berichtet in ihren «Erinnerungen», grand-mère habe ihr einmal gesagt: «Il est beaucoup trop sage et trop gentil, j'ai toujours peur pour lui.» Es mag übrigens sein, daß ich etwas in mir habe, das mit dem Hans der volkstümlichen Verse verwandt ist. Es ist nicht Unzufriedenheit, nicht ein Hadern mit dem Leben, das so vielen Menschen ihr Dasein vergällt; sondern ein ab und zu auftretendes Schwanken oder Zweifeln; eine Perplexität, die sich nicht sicher ist, ob das, was man hat und tut, auch das Richtige ist, oder ob man nicht besser das gehabt oder getan hätte, was man versäumt hatte, sich zu nehmen oder auszuführen. Schließlich kann jeder phantasiebegabte Mensch das Spiel spielen, seine eigene Biographie und sogar den Lauf der Geschichte umzudenken – was bekanntlich zu nichts führt.

Ich habe mehrere Jahre nach grand-mères Tod (nach dem Schülerkalender war es am 9. Dezember 1917) im Berner Stadttheater ein Stück des elsässischen Schriftstellers René Schickele gesehen, das «Hans im Schnakenloch» betitelt ist. Die Handlung dreht sich um den Konflikt, in dem sich die Elsässer damals zwischen Deutschland und Frankreich befanden. Einer von ihnen hält einem andern, der in französischer Uniform auf der Bühne erscheint, vor, es sei vergeblich, die Deutschen bekämpfen zu wollen, sie seien ohnehin die Tüchtigeren und Stärkeren. In einer beredten Replik erwidert der Angesprochen, daß er die Franzosen gerade aus dem Grunde, daß sie diese Eigenschaften nicht, wohl aber andere, liebenswertere haben, vorziehe und deshalb an diesem vielleicht aussichtslosen Kampf gegen Deutschland teilnehmen wolle. Es war ein Kriegsstück, das in der damaligen Kriegszeit nach der Premiere in Berlin verboten wurde, aber in der Schweiz aufgeführt werden konnte. Es muß einen starken Eindruck auf mich gemacht haben, denn ich habe es seither nicht gelesen.

Grand-mère erlebte noch den Staatsbesuch des französischen Präsidenten Armand Fallières in Bern, der im offenen Landauer unter ihren Fenstern die Stadt hinunter fuhr. Sie starb am 9. November 1911 in ihrem 86. Jahr, am gleichen Tag wie der weit über die Stadtgrenzen berühmte Josef Victor Widmann. Das Datum blieb in meinem Gedächnis haften, nicht nur, weil es der Geburtstag meiner jüngeren Schwester war, sondern weil sieben Jahre später, am 9. November 1918, Scheidemann vor dem Reichstag in Berlin die deutsche Republik ausrief...

Eines Tages muß ich noch gedenken, der mir unvergeßlich ist, weil ich zum erstenmal in meinem Leben ins Ausland fahren durfte. Meine Mutter nahm mich mit nach Mülhausen. Für den Knaben war es eine Art Sensation, in den Straßen der oberelsässischen Metropole deutschen Gendarmen oder Soldaten in ihren Pickelhauben zu begegnen, um dann im Hause der Verwandten nur französisch sprechen zu hören. Eine gewisse Liberalität des deutschen Regimes kam darin zum Ausdruck, daß die Zeitung, die von diesen Verwandten gedruckt und herausgegeben wurde, in französischer Sprache erscheinen durfte. Natürlich machte dann auch der Besuch der Druckerei auf mich einen großen Eindruck, denn in Bern hatte ich so etwas noch nicht gesehen.

Der Ausflug nach Mülhausen war als Belohnung dafür gedacht, daß ich meiner Mutter geduldig Modell zu einem Portrait gesessen hatte: der Knabe im blauen Matrosenanzug und mit dem dunkelblonden Krauskopf sitzt mit einem konzentrierten Gesichtsausdruck am Flügel. Diesen Flügel, einen Rönisch, hatten die Eltern aus ihrem Erbteil von grand-mère gekauft. Dieses Instrument hat mir in meiner Jugend mehr bedeutet als irgendein anderer Gegenstand im Elternhaus. Heute ist er fast verstummt, nachdem die Langspielplatte – die Karl Barth eine «segensreiche Erfindung» genannt hat – an die Stelle eigener, unvollkommener Bemühungen getreten ist.

4. DIE BURG

Die Fensterläden blieben während des größten Teils des Jahres geschlossen. Aber wenn die Ferienzeit heranrückte, begab sich Jungfer Saladine Dietiker, der in unserer Abwesenheit die Schlüssel anvertraut waren, mit den Putzfrauen ins Schloß, ließ die Sonne ein, machte Feuer in den Öfen an und befehligte mit scharfer Zunge und einem durch Brillen geschärften Blick das große Werk des Reinemachens. Am Morgen vor unserem Einzug traf auch die alte Helmine aus Staufen ein und bereitete auf dem prasselnden Herdfeuer das Mittagsmahl – immer das gleiche, auf das wir uns im voraus freuten: gesottenes Rindfleisch mit einem Markknochen und viel Kohl, Lauch und Sellerie. Unterhalb des Wohnhauses, aber in die gleiche Ringmauer einbezogen, befand sich das Pächterhaus samt Stall und Scheune, wo eine Bauernfamilie wohnte. Der Pächter erwartete uns mit seinem Ochsengespann an dem kleinen, in einen Wald eingebetteten Bahnhof Othmarsingen. Es war der herrlichste Augenblick des Jahres, wenn wir mit Mama, nach langer Eisenbahnfahrt von Bern kommend, vom bärtigen Bahnhofvorstand begrüßt und unsere Koffer und Vorratskisten auf den Bauernwagen geladen und festgebunden wurden.

Nach dem Leben in der Stadt und dem Lernbetrieb in der Schule mit ihren bedrückenden Pünktlichkeiten, Stundenplänen und Hausaufgaben erschien uns der Waldweg zum Dorf Brunegg wie das Tor zur Großen Freiheit. Tief atmeten wir die Luft dieses unversehrten Fleckens Erde ein, wenn sich, am Ausgang des prächtigen Hochwaldes, der Blick öffnete auf die Äcker und Bauernhäuser am Fuß des Schloßberges, auf dessen steil nach Osten abstürzendem Kamm die Burg in ihrer steinernen Helligkeit erschien. Hinter dem ächzenden Gepäckwagen trotteten wir den steilen Weg zum Schloß hinauf, aber in halber Höhe nahmen wir voll Ungeduld die Abkürzung unter die Füße und ließen den Pächter mit seinen Ochsen auf dem längeren Fahrweg allein die Anhöhe erklimmen. Das Tor zum Hof stand weit offen, die Freitreppe hinauf zum Wohn- oder Herrenhaus, an den drei Terrassen vorbei, bereitete den Kinderbeinen keine Mühe, und schon schlug uns im Hausgang der unverwechselbare Geruch von altem Holz, überwinterter Luft und Fleischbrühe entgegen. Es war ein Paradies, denn nun würde es keine Pflichten mehr geben außer häuslichen, wohl aber Ungebundenheit, Ausschlafen, Spiel und versonnene Träumerei.

Ich frage mich manchmal, wie es die Mutter zustande brachte, mit ihren Kindern, die ihre Freunde und Freundinnen mitbrachten, und mit Gästen, die zahlreich kamen und gingen, die Haushaltung in diesem primitiven Gemäuer zu führen. Von modernem Komfort war keine Spur zu finden; um so traulicher kamen uns die Deckenbalken, die steilen Holzstiegen, die Kachelöfen, der alte Hausrat und die guten Betten vor, die zahlreich in mehreren Schlafzimmern verteilt standen. Mittelalter und Biedermeier, Feudales und Bürgerliches lebten harmonisch miteinander in dem starken Haus. Stilmöbel und Fenster mit vielen kleinen Scheiben, im Saal die Rüstungen und Hirschgeweihe, in den Gängen Hellebarden und eine Armbrust, an den Wänden Jagdtrophäen und Ahnenbilder entschädigten uns für die keineswegs vermißten Bequemlichkeiten der in den Städten sich ausbreitenden Zivilisation. Es gab kein fließendes Wasser im Haus. Jeden Morgen trug der Pächter auf seinem Rücken in einer schweren «Brente» das

Wasser vom Hofbrunnen zur Schloßküche. Wasserkrüge für die Schlafzimmer füllten wir selbst am Brunnen. Hänge- und Petrollampen warfen abends ihr rötlich-gelbes Licht auf den Familientisch und in den Hausgang. Vor dem Zubettgehen holten wir in der Küche unsere Kerzenstöcke, deren schwache Leuchtkraft die entfernteren Winkel des Schlafzimmers in geheimnisvollem Dunkel ließen. Da wir weder ein Pferdegespann noch ein Motorfahrzeug besaßen, liefen wir zum Einkaufen oder um die Nachmittagspost abzuholen ins Dorf hinunter. Dort gab es zwei wohlriechende Spezereiläden, aber weder einen Bäcker noch einen Metzger. Ein sogenannter «Kommissionenbub» brachte das Fehlende aufs Schloß, den Botengang für damalige fünfzig Rappen.

Helmine, obgleich von den Jahren gebeugt, herrschte über die Küche, wo sie dreimal am Tage Feuer anmachte. Sie wollte, daß wir «du» zu ihr sagten – sie hatte als junges Mädchen bei unserer Urgroßmutter die Hausarbeit erlernt. Warmes Wasser zum Geschirrspülen gab es im Schiff des Kochherdes. Ein Dienstmädchen legte überall, wo es nötig war, Hand an – Jungfer Dietiker, die Näherin war, pflegte nach erfolgtem Empfang der «Herrschaft» in ihr Haus nach Othmarsingen zurückzukehren. Den Abtritt nannten wir «Dido», weil an seiner Türe ein bebildertes Blatt der Münchner Bilderbogen die Geschichte der Gründung von Karthago durch «Frau Dido» in Versen erzählte, die wir auswendig wußten; dieser Abtritt ragte in einem Erker über die Hauswand hinaus, und sein Ablaufrohr führte über die Felsen steil in den Wald hinunter. Wenn das Wetter umschlug, stank Frau Dido. Daß kein Telephon im Hause war, empfanden wir nach dem bei Tag und oft auch bei Nacht allzu oft schellenden Apparat im Doktorhaus in Bern als eine unschätzbare Wohltat. Der auf dem bloßen Felsen ruhende Keller enthielt die Vorräte; in einem Fliegenkästchen wurden die Butter und andere verderbliche Eßwaren aufbewahrt, in der Hoffnung, daß die Sommerhitze den Keller nicht zu sehr erwärme. Auf langen «Hurden» waren Kartoffeln und Äpfel ausgebreitet – der ganze Keller duftete wunderbar nach Äpfeln. Der Schlüssel zum Weinkeller, in unserer Berner Mundart «bouteiller» genannt, wurde den Kindern nicht ausgehändigt. Auf dem Dachboden oder Estrich, wo der Grundriß der Burg zu erkennen war, befand sich eine Seilwinde, mit deren Hilfe aus dem tiefen Burggraben das Brennholz heraufgehißt wurde.

Aber das schönste war der Ausblick auf das weite Land. Auf einem Felskegel in Bruchsteinen erbaut, war das Haus so schmal, daß die Zimmer Fenster nach Norden und nach Süden hatten. An hellen Föhn- oder Herbsttagen konnte man, im Wohnzimmer oder im Saal stehend, durch das Nordfenster die Horizontlinie des Schwarzwaldes, durch das Südfenster die Alpenkette vom Glärnisch bis zur Berner Stockhornkette erblicken.

Lieblich lagen die Felder, Äcker, Dörfer und Wälder zu Füßen unseres Adlerhorstes. Fruchtbares Bauernland und helldunkle Forste breiteten sich abwechslungsreich über diese Gegend aus – nur Bally hatte in einem nahen Dorf eine Schuhfabrik errichtet. Von Lenzburg sah man das mächtige Schloß, während die Konservenfabrik unseren Augen verborgen blieb. Auf der nördlichen Seite, jenseits des tief unter dem Burghügel liegenden, breitausladenden Birrfeldes, thronte die Habsburg mit ihrem schwarzen Bergfried auf einer sanften Erhöhung. Nach Süden und Osten schlossen Hügelzüge wie natürliche Kulissen die aargauische Landschaft gegen das Luzernische und gegen Zürich ab. Abends ging die Sonne über den Kämmen des Juras unter. Von den Flüssen sah man nichts – aber wir wußten wohl, daß die Aare, die Limmat und die Reuß unweit von Brugg zusammenflossen und sich als gemeinsamer Wasserlauf weiter nördlich in den Rhein ergossen. Mit

Begeisterung radelten wir über die staubigen Landstraßen bis an die Ufer dieser Flüsse. Fußwanderungen führten uns auf einem Gratweg über den Kestenberg, auf dessen westlichstem Ende das Schloß Wildegg steht. In unserer Kindheit residierte auf der Wildegg Fräulein Julie von Effinger, die letzte ihres Geschlechtes, die ihr Schloßgut der Eidgenossenschaft vermacht hat. Auf einem zauberhaften Waldweg, unterbrochen von dem Tälchen der Bünz, wanderten wir auch nach Lenzburg, wo Verwandte und Gespielen uns erwarteten. Peter Mieg gehörte zu ihnen – er war jünger als wir, was in der Kindheit eine Schranke bildete; später schlossen wir mit diesem vorzüglichen Komponisten und Aquarellmaler enge Freundschaft. Aber am schönsten war es eben doch in dem hochgebauten Haus, aus dessen Fenstern zu schauen ich nicht müde wurde. Ich hätte mit dem Dichter sagen können: «Wege führen weit ins Land und zeigens...»

Nachts knarrte das alte Holzwerk, oder es rieselte im Gemäuer, und vor dem geschlossenen Fensterladen meines Schlafzimmers seufzte der Wind in den Lindenzweigen. Manchmal trieben in der Zimmerdecke Siebenschläfer oder Marder ihr lautes Wesen. Das Verwunschene der einsamen Burg und das Unheimliche der Nächte flößte dem Kinde Furcht ein, zumal wenn die großen Geschwister Gespenstergeschichten erzählt hatten oder im Tal eine Scheune brannte. Die Furcht vor Feuersbrunst hat mich lange verfolgt, denn man hatte uns nicht genug ermahnen können, acht zu haben auf brennende Kerzen und Streichhölzer. Über meinem Schlafzimmer befand sich im Fumoir das Klavier, und Mama mußte, ehe ich einschlafen konnte, die «Phantasie» von Moszkowski spielen; seltsam verfremdet drang der scheppernde Ton des alten Pianinos durch die Zimmerdecke zu meiner Schlafstelle herunter.

Bei Tage schlug uns das Leben im Bauernhof und auf den Feldern in seinen Bann. Mehr spielerisch als nützlich betätigten wir uns auf dem Gutsbetrieb, wenn wir mit der Heugabel das Heu wendeten oder mit den Bauernkindern das Vieh hüteten. Doch fürchteten wir uns vor dem weißbärtigen Pächter, der uns schalt, wenn wir uns in den Wiesen tummelten und das Gras zertraten. Es gab noch keine Mechanisierung in der Landwirtschaft, Gras und Getreide wurden mit der Sense geschnitten. Zu Hause hörten wir rhythmische Geräusche aus dem Hof und der Scheune zu uns heraufdringen, wenn der Pächter seine Sense dengelte oder wenn er mit seinen erwachsenen Kindern im unregelmäßigen Dreitakt das Getreide drosch.

Den Höhepunkt erreichten die Ferienfreuden, wenn wir für das Feuer des Bundesfeiertages im Walde Holz sammelten und es auf einem kleinen Leiterwagen in unzähligen Fuhren zum Feuerplatz auf den höchsten Punkt des «Ebnet» schleppten. Am Abend des 1. August wurde der Reishaufen in Brand gesteckt, gefolgt von einem Feuerwerk, das der Vater aus Bern mitgebracht hatte. Wenn das Feuer am verglimmen war, traten wir mit heißen Wangen im schwankenden Licht von bunten Lampions den Heimweg an.

Auch der Herbst war wunderbar, wenn wir noch einmal für kurze Zeit in unser aargauisches Refugium zurückkehrten. An seinen langen Abenden brachte er das Geheimnisvolle und, wenn Stürme sich erhoben, das Unwirtliche mit sich. Die Brunegg ist allen Winden ausgesetzt, und es gab Tage und Abende, da der Wind heulte. Die Unwetter rächten sich manchmal an unserem luftigen und verwegenen Dasein, wenn sie sich über dem Bergkamm als Gewitter oder Regengüsse, seltener als Hagel, entfesselten, an den Fensterläden rüttelten und den Luftzug durch die nie ganz dichten Fensterritzen bliesen. Aus dem kühlen Stiegenhaus flüchtete man gern in das schützende Wohnzimmer, wo auf den Abend im großen grünen Kachelofen Feuer angemacht wurde, so daß man es sich auf der erwärmten «Kunst» (Ofenbank) bequem machen konnte.

Es war während vieler Jahre ein friedliches Leben in dieser idyllischen Gegend. Nirgends, scheint mir, habe ich seither so stille Nächte verbracht. Immer begleitet von dem Spaniel «Flock», dem treuesten Kameraden meiner Schuljahre, genoß ich den Gang durch Waldwege; die Reife auf den Äckern und in Obstgärten, die Verfärbung der Laubbäume im Herbst zeigten den Wechsel der Jahreszeiten an. Ich beobachtete das äsende Wild am Waldrand, den Höhenflug der Bussarde im mattblauen Himmel, lauschte am Abend dem Klagelaut eines Käuzchens und dem Klang der Kirchenglocken am Sonntagmorgen.

Wie könnte man solcher Erlebnisse aus Kindheitstagen nicht mit Dankbarkeit gedenken? Ich habe sie nie verallgemeinernd in eine «gute alte Zeit» umgedeutet; das dumpfe Grollen des Artilleriefeuers aus dem Elsaß in den Kriegsjahren hätte genügt, mir solch romantische Vorstellungen gründlich auszutreiben. Doch weil wir im Grunde arglos waren, konnte das Herz zustimmend sich freuen an einer Umwelt, von der wir früh begreifen lernten, wie sehr sie uns begünstigt und vor anderen Menschen bevorzugt hat.

Etwas von einem «candore intemerato dell'animo», der Manzoni, dem frommen Dichter der *«Promessi Sposi»*, nachgerühmt wurde, war meiner Mutter und ihrer kleinstädtisch-provinziellen Herkunft eigen. Diese Arglosigkeit der Seele wähnte, das Leben sei in Ordnung, wenn man selber in Ordnung und gut zu den Mitmenschen war. Das war eine große Illusion, denn das Schicksal konnte grausam in dieses naive Glück einbrechen, junge, hoffnungsvolle Menschenleben knicken, ein altes Familienunternehmen, an dessen Dauerhaftigkeit niemand gezweifelt hatte, ruinieren. Das gute Gewissen bewahrt nicht vor Schicksalsschlägen. Sie haben die Familie meiner Mutter nicht verschont.

Ihr Urgroßvater, Friedrich Hünerwadel, hatte 1815 die im 13. Jahrhundert erbaute und bis ins 15. Jahrhundert von den Habsburgern zu Lehen gegebene Burg Brunegg gekauft und wohnlich hergerichtet. Er ließ größere Fenster aus den dicken Mauern ausbrechen, er führte nach italienischen Vorbildern eine dreistufige Terrassenanlage auf, die an die Stelle einer mittelalterlichen Wehranlage trat, er legte die Fahrstraße an, die als weitgeschwungene Serpentine das Dorf mit dem Schloß verbindet, und er kaufte sechsunddreißig Jucharten (zwölf Hektaren) Wies- und Ackerland dazu, auf denen er einen bescheidenen Pachtbetrieb einrichtete, dazu einige Hektaren Wald, aus dem er das Brennholz bezog. Damit sie bürgerlich bewohnt werden konnte, mußte die alte Burg an die Bedürfnisse einer neuen Zeit herangeführt, mit Öfen und gutem Mobiliar ausgestattet werden. Dieser gebildete und kunstsinnige Mann legte Wert auf eine gute Bibliothek; sein Name steht auf Werken Napoleons, von dem er auch Bilder sammelte, auf der Ausgabe letzter Hand von Goethes Sämtlichen Werken und vielen anderen Büchern. Ihrer Heimat hat diese kraftvolle Persönlichkeit auch in politischen Ämtern und als hoher Offizier gedient. Mit kundiger Hand führte er in Lenzburg die Bleicherei und Färberei, die sich seit dem Ende des 17. Jahrhunderts in seiner Familie vererbt hatte. Auch die musische Veranlagung war ein Familienerbteil; die trefflichen Portraitzeichnungen, die Hünerwadel von berühmten und weniger bekannten Zeitgenossen hinterlassen hat, zeugen von Beobachtungsgabe und sicherem Können. Unter diesen Bildnissen befindet sich ein solches seines jüngeren Dienstkameraden Dufour, des späteren Generals und Siegers des Sonderbundskrieges, und eines, das den greisen Pestalozzi darstellt. Seine Frau war in Burgdorf Pestalozzis Schülerin gewesen; als dieser, verhärmt aber ungebrochen, nach dem Zusammenbruch seiner Erziehungsanstalt in Yverdon auf den Neuhof bei Birr zurückkehrte, scheute der Achtzigjährige den steilen Waldweg nicht, der von seiner Besitzung zum nachbarlichen Schloß und zu seinen Bewohnern hinaufführte.

Der Sohn und der Enkel Friedrich Hünerwadels starben beide in jungen Jahren, ihre kleinen Kinder und das Geschäft in schwächeren Händen zurücklassend. Es war ein Frauenregiment, unter dem meine Mutter mit einem Bruder als Halbwaisen aufwuchsen. Dieser Bruder erkrankte an einem unheilbaren Leiden, das ihm ein langsam verdämmerndes Leben in der Abgeschiedenheit eines Sanatoriums beschieden hat. Ehe das Jahrhundert zu Ende ging, mußte die mit Verlust arbeitende Bleicherei in der Lenzburger Aavorstadt ihren Betrieb einstellen.

Es war dem unverdrossenen Lebensmut, der Arbeitskraft und Energie meiner Eltern zu danken, daß sie trotz finanziellen Rückschlägen dem Schlößchen im Aargau die Treue hielten und entschlossen waren, dieses Besitztum sich und ihren Nachkommen zu erhalten.

Neben vielen einheimischen befinden sich auch fremde Namen in den alten Brunegger Gästebüchern; zwei davon verdienen erwähnt zu werden: Wedekind und Heidenstam.

Im Jahre 1872 war der liberal gesinnte Arzt Friedrich Wilhelm Wedekind aus Hannover aus Unmut über die von Preußen mit autoritären Mitteln erzwungene Reichsgründung in die Schweiz gezogen, wo er das Schloß Lenzburg kaufte. Seine berühmt gewordenen Kinder, der Dramatiker Frank und die Opernsängerin Erika Wedekind, wuchsen mit ihren Geschwistern in Lenzburg auf und gingen mit den Kindern dieses Städtchens zur Schule. Meine Mutter erzählte von einem Kinderball bei den Wedekinds in ihrem Schloß und von dem Stolz, der sie erfüllte, als der «große» Frank, der bereits das Gymnasium in Aarau besuchte, sie zum Tanz aufforderte. Es war aber vor allem dessen jüngerer Bruder Donald, ein aufgeweckter und sensibler Knabe, der bei der Familie Hünerwadel Anschluß suchte und fand. Auch Donald wurde Schriftsteller; die Handlung seines 1903 erschienenen autobiographischen Romans «Ultra Montes» ist in den Räumen der Brunegg angesiedelt (die er «Wildegg» nennt); im Mittelpunkt dieser Erzählung steht ein mit schwärmerischer Liebe geschildertes Mädchen, zu dem die junge Marie Hünerwadel (die freilich die Neigung des Jünglings nicht erwiderte) Modell gestanden hat. Ihren Familiennamen, mit leicht veränderter Orthographie, verwendete Frank Wedekind in seinem Bühnenstück «Musik» für seine Hauptfiguren: die Sängerin und ihre Mutter. Die auf allen großen Opernbühnen gefeierte Erika Wedekind bewahrte dem Städtchen Lenzburg eine nie verleugnete Anhänglichkeit. Zu einem Liederabend, den sie im dortigen Gemeindesaal im Juli 1913 gab, nahm mich meine Mutter mit.

Brunegg ist in die schwedische Literaturgeschichte eingegangen, nachdem der Lyriker und Erzähler Verner von Heidenstam und seine Frau im Sommer 1886 die Burg von meiner Großmutter gemietet hatten. Im Gästebuch dankt er ihr in einer schwedisch geschriebenen Eintragung für eine vortreffliche Mahlzeit. Aber in seiner ausführlichen Schilderung des Schlosses treibt der vornehme Fremdling seinen Spott mit dem Bildnis des «Baumwollfabrikanten» aus dem 18. Jahrhundert, der mit seiner «wohlgebauten, von Spitzen umfluteten Hand» zu sagen scheint: «Ich, ich, ich habe euch zu dem gemacht, was ihr jetzt seid.» Aber dann bricht das Naturgefühl des Lyrikers durch: «Unbeschreibliche Lebensfreude, unbekümmertes Ruhegefühl bemächtigte sich unserer Sinne, wenn wir am frühen Sommermorgen unsere Schloßfenster öffneten. Gefühle, welche in ihrer Sorglosigkeit an unsere Kindheit erinnerten, erfüllten uns mit Dankbarkeit, hier weilen zu dürfen. Über der Landschaft wölbte sich der sonnige blaue Himmel. Unter uns, in der Tiefe, lag das Nebelmeer, grau, grenzenlos, undurchdringlich, ohne einen Schimmer der Landschaft durchzulassen und gleichsam die ganze Welt mit ihrem Elend begrabend. Es kam uns vor, als ob wir uns auf einem einsamen Schiff weit draußen im Ozean befänden... Natürlich hatte auch Brunegg eine Gespenstergeschichte: eine weiße harfespielende Dame ging des Nachts um... Aber sie kam nie. Ein anderes weißes Gespenst näherte sich dagegen mit raschen Schritten vom Schneekamm der Alpen her: der Winter. Der Herbst war lange schon da. Die Sonnenstrahlen zeichneten immer seltener das Fensterkreuz auf dem wurmstichigen Fußboden ab. Der wilde Wein am Schloß rötete sich und glühte wie ein wochenlang dauernder Sonnenuntergang. Aus den Rebbergen ertönten in den Nächten die Weisen der Wächter in Moll. Die Fledermäuse flatterten im Treppenhaus, oft auch in den Wohnräumen umher. Der Sturm heulte um die Fenster, und der Schrei der Eulen weckte mich des Nachts oft auf – wie ein Notruf.»

August Strindberg hatte sich mit seiner Familie im benachbarten Othmarsingen niedergelassen, um seinem jüngeren Landsmann und Freund nahe sein zu können. Der Adelssproß und der «Sohn einer Magd» verstanden sich vortrefflich und führten in Brunegg bis tief in die Nacht lange Gespräche, die sich um den Naturalismus Emile Zolas und um die soziale Frage drehten. Strindberg berichtet: «Oben in dem großen Rittersaal mit seinen Waffen und Rüstungen, den Ahnenbildern an den Wänden, dem Turmfalk vor dem Fenster, von dem man das großartige Panorama vom Schwarzwald bis zum Montblanc und die hübschen Dörfer in den Tälern sehen konnte, pflegten sie ohne Zuhörer am Samstag ihre Gedankenübungen nach den neuen Schulen zu halten.» Heidenstam verspottete Strindbergs Reformeifer, der ihm utopisch vorkam; er wollte ihn von seiner revolutionären Parteinahme für die Armen, die sich auf die französischen und russischen Schriftsteller jener Zeit berief, abbringen, indem er ihm vorhielt, er sei durch Begabung und Erziehung über die Klasse, in die er geboren war, hinausgelangt: «Du als anerkannter Dichter bist Oberklasse gegen mich als unbekannten Dichter. Du gehörst zum neuen Nervenadel, der in ein neues Herrenhaus einzieht; ich gehöre dem aussterbenden Muskeladel an, denn wir sind im Begriffe, auszusterben: und wir sind schon halb getötet vom Geldadel, der jetzt langsam untergraben wird vom neuesten Adel, dem Arbeiter.»

Strindberg fragt: «Bist du nicht der Ansicht, daß die Arbeiter recht haben?» «Sicher haben sie recht», erwidert der andere: «Wäre ich an ihrer Stelle, möchte ich es machen, wie sie es jetzt zu tun gedenken.» Die Standpunkte sind verschieden; Strindberg sieht die soziale Revolution voraus, Heidenstam erblickt im Klassenkampf eine Machtfrage – jede Klasse sei beseelt vom «Willen zur Macht».

Diese Gespräche auf Brunegg, bei denen Strindbergs soziale Ideen scheinbar triumphieren, aber Heidenstams Zweifel und Sarkasmen wie Pfeile in seinen Verstand dringen, sind im «Sohn einer Magd» ausführlich widergegeben. Donald Wedekind hat der schwedischen Dichter in seinem Roman «Ultra Montes» Erwähnung getan. Meine Mutter, die damals ein Backfisch war, erinnerte sich an die fremden Gäste.

Die Begegnung aller Klassen, aller Berufe, aller Nationalitäten, auch die Begegnung alter Kultur mit der technischen Zivilisation und der modernen Industrie hat seither dieser im Norden der Schweiz liegenden Landschaft ihr Gepräge gegeben und ihre Struktur verändert. Dennoch: während ich an dem Fenster, vor dem der berühmte fremde Gast vor neunzig Jahren den Turmfalk fliegen sah, diese Erinnerung an die eigene Jugendzeit festzuhalten versuche, kommt mir Rilkes Vierzeiler aus einem seiner «Sonette an Orpheus» in den Sinn:

Wandelt sich rasch auch die Welt
wie Wolkengestalten,
alles Vollendete fällt
heim zum Uralten.

5. EIN BRIEF UND MEINE ANTWORT

Es fällt mir nicht leicht, über meine Schuljahre im Freien Gymnasium in Bern zu berichten. Zuviel Widersprüche und das Unbehagen über einen mit Schwierigkeiten verbundenen inneren Werdegang sind mit dieser Zeit verbunden. Ich sehe einen sehr jungen Menschen, der leidenschaftlich etwas sucht und will und doch nicht recht zu sich kommt.

Ein Tagebuch, das er seit seinem fünfzehnten Lebensjahr in einem Schülerkalender führte, gibt Aufschlüsse und kommt mir doch nicht sehr aufschlußreich vor. Ohne ersichtlichen Zusammenhang werden Vorgänge des Alltags verzeichnet, Konzert- und Theaterbesuche notiert, politische und militärische Ereignisse aus dem Ersten Weltkrieg festgehalten, Freunde und Freundinnen erwähnt, innere Nöte manchmal etwas pathetisch und sentimental gebeichtet. Auch von hohen Zielen wird gesprochen und sogar davon, ein «Meister» werden zu wollen, wobei es unklar bleibt, um was für Ziele es sich handelt und worin dieser Jüngling ein Meister werden möchte. Zuviel, scheint mir, hat er sich vorgenommen, und verschiedenartig sind seine Neigungen. Übergangslos heißt es am gleichen Tag, er habe an seiner Siegelsammlung gearbeitet, gezeichnet, Klavier geübt, an ein Mädchen gedacht und Mahlers 2. Symphonie unter Oskar Fried gehört: er war gerade sechzehn Jahre alt geworden. Ein Jahr früher der Vermerk: «Am Scheideweg: Diplomat oder Musiker.» Ohne Fragezeichen. Und dann: «15. Geburtstag; für mich der wichtigste

Tag.» Warum? Es wird nicht erklärt. Am gleichen Abend besucht er ein Klavierkonzert von Ferruccio Busoni, den er unendlich bewundert.

Doch nun liegt der Brief vor mir, den mein Lehrer Theophil Spoerri als Beitrag zu einem mir gewidmeten «Buch der Freunde» geschrieben hat und von dem eine wohltuende Klarheit ausgeht. Die Redlichkeit, die daraus spricht, ist so offenkundig, daß ich den Briefschreiber ohne Bedenken zu Worte kommen lassen darf. Ich werde jedoch versuchen, aus eigenem Erinnern seinen Brief zu beantworten. Er lautet:

«Lieber J.R. von Salis,

Wenn ich mir vorstelle, was Sie jetzt als Siebzigjähriger sind, gehen meine Gedanken zurück in die Zeit, da ich Sie zum erstenmal sah. Sie saßen als Zwölfjähriger[1] in der ersten Bankreihe der untersten Klasse des Freien Gymnasiums in Bern. Ich kann mich an Sie erinnern, wie wenn es gestern gewesen wäre – ein dunkellockiger Knabe in gepflegtem Kleid, an dem man noch die ordnenden Finger der Mutter spürte. Ein Hauch von wohlbehüteter Kinderwelt ging von Ihnen aus, der mich bezauberte.

Als Ihr Klassenlehrer gab ich Unterricht in Französisch, Religion, Turnen und Schreiben. Ich war als Sekundarlehrer angestellt worden, studierte aber neben der Schule und wurde mit jeder bestandenen Prüfung an eine höhere Stufe versetzt. So folgte ich Ihnen von Klasse zu Klasse bis zur Oberprima, wo ich für die Vorbereitung der Maturität in Deutsch und Französisch verantwortlich war.

So erlebten wir zusammen das Freie Gymnasium in Bern. Es war, als Frucht des Kulturkampfes, von strenggläubigen Kreisen als christliches Gegenstück zum freisinnigen Städtischen Gymnasium gegründet worden. Zu un-

[1] Beim Eintritt in die unterste Progymnasialklasse des Freien Gymnasiums, als Spörri unser Klassenlehrer war, waren wir zehn Jahre alt.

serer Zeit zeigte sich diese Tradition in den zahlreichen Religionsstunden und im Gesang eines Kirchenliedes am Anfang des Tages. Obgleich schon ein moderner Zug fühlbar war, bildete das Freie Gymnasium mitten in den Wirren und Zusammenbrüchen des Ersten Weltkrieges eine stille Enklave christlich-aristokratischen Bernergeistes.

Für mich, der ich, von unbürgerlichen Verhältnissen stammend, mich als Außenseiter der Kultur empfand, übte die Atmosphäre gehobener Bürgerlichkeit eine tief unbewußt wirkende Anziehung aus. Das Lehrerzimmer war ein Aquarium von Originalcharakteren. Ihr Geschichtslehrer war in seinem behäbig kultivierten Gehaben mit geblümter Weste und goldener Uhrkette ein Urbild humboldt-wilhelminischer Geistigkeit. Der alte Lehrer für klassische Sprachen, eine patriarchalisch-fromme Seele, verehrte mit der gleichen Inbrunst das Evangelium und die griechisch-lateinische Literatur. Nach unserer Aufführung von Mozarts Missa brevis in C-Dur eiferte er gegen die Unreinheit des liturgischen Lateins – das ‚Miserere nobis' im ‚Agnus Dei' sei ein grammatikalischer Unfug... Ihr Lehrer für Mathematik und Naturwissenschaften war in seiner gedrungenen Gestalt mit der rötlich leuchtenden Glatze gefürchtet und verehrt für seine strengen Anforderungen und seinen bissigen Humor. Er leitete das Schulorchester, in welchem Sie den Flügel spielten und ich ein sehr anfänglicher Cellist war. Er selber war ein hervorragender Violinist...

Mehr noch als die Lehrer beeindruckten mich am Gymnasium die Schüler, diese stolzen Bürgersöhne, manche aus der exklusiven Berner Aristokratie stammend. Sie, J.R. von Salis, machten eine Ausnahme. In graubündnerischem Adel und durch Ihre Mutter im aargauischen Großbürgertum verankert, verkörperten Sie gleichzeitig eine gesamteidgenössische und über unsere Grenzen hinausschauende weltmännische Gesinnung. Sie halfen mir als junger

Mensch mehr, als Sie wohl wußten. An Ihnen sah ich, wie in anmutiger Menschlichkeit adlige Erdverbundenheit und Weltbürgertum verschmelzen konnten. Was uns aber besonders verband, war die Liebe zur Musik. Sie waren ein wunderbarer Klavierspieler; doch das strenge Üben brachte Ihnen eine Nervenentzündung. Das wurde für Sie zum Schicksal. Sie wandten Ihre ganze schöpferische Kraft dem Studium der Geschichte zu... Auch die Liebe zur Musik hat wohl Ihren Sinn für Struktur und weite Zusammenhänge gefördert. Ihr weiter Horizont hat Sie der menschlichen Nähe nicht entfremdet...»

«Wir fruchtbar der Akkord zwischen älterer und jüngerer Generation sein kann», sagt Spoerri am Schluß dieses Briefes, hätte ich ihn in frühen Jahren verstehen lassen. Selber Lehrer geworden, habe ich später diesen Kontakt und Austausch mit Jüngeren, ebenfalls zu meinem Gewinn, kennen lernen dürfen.

Aber nun, lieber Theophil Spoerri, indem ich dankbar Ihre abgeklärte Rückschau zum Ausgangspunkt nehme, kann ich mich nicht enthalten, einige Ergänzungen zu diesen gemeinsam erlebten Schuljahren anzubringen. Carl J. Burckhardt bemerkte in einem unserer offenen Gespräche, es sei merkwürdig, daß es Menschen gebe, die ihre Jugend in einem verklärten Licht als eine Art Kindheitsparadies beschrieben, und andere, die umgekehrt alles in düsteren Farben malten, von Unterdrückung und Unverstandensein sprächen. Das eine wie das andere könne nicht die ganze Wahrheit enthalten. Ich selber bin meinen Erziehern nicht undankbar, aber ich erkenne auch die Grenzen, die ihnen gesetzt waren, um uns in unseren Entwicklungsjahren und den damit verbundenen Konflikten helfen zu können.

Wenn ich der Lehrer gedenke, die Sie trefflich charakterisieren, möchte ich zuvorderst sagen, daß Sie einen großen Einfluß auf uns ausgeübt haben. In jenen frühesten

Französischstunden haben Sie uns vor uns selbst bloßgestellt, indem Sie sagten, das Französisch, das wir mit unseren Bonnen gelernt hätten, sei nichts Rechtes, wir müßten nun ganz von vorne anfangen und Grammatik treiben. Dennoch fingen Sie damit an, La Fontaines Fabel *«Le corbeau et le renard»* mit uns durchzunehmen und von dieser, das kindliche Gemüt ansprechenden Geschichte ausgehend, den Bau des französischen Satzes mit «sujet, verbe, objet» unserem Verstand einzuprägen. Sie waren nur etwa zehn Jahre älter als wir Kinder, sehr lebhaft und manchmal impulsiv; das Buch, das Sie meinem ungebärdigen Vordermann zudachten, der aber behende auswich, traf mich ins Gesicht und schlug meine Brille hinunter – ich sah, wie Sie erschraken, und Ihre Verlegenheit traf mich peinlicher als das harte Wurfgeschoß...

Im Gymnasium haben Sie uns Stilkunde anhand von Wölfflins «Kunstgeschichtlichen Grundbegriffen» erteilt und uns, in Entsprechung zu den Gegensätzen Renaissance-Barock in der bildenden Kunst, den Unterschied zwischen Klassik und Romantik in der Literatur verstehen gelehrt. Zur Ergänzung dieses Unterrichtes nahmen Sie uns eines Spätnachmittags in den «Söller», einen Vortrags- und Musiksaal unter dem Dach eines alten Hauses, mit, wo Sie mich auf dem Flügel als Beispiel klassischer Formsprache eine Sonate von Haydn und als romantische Gegenbeispiele ein Nocturne von Chopin und Franz Liszts Konzertetüde in Des-Dur vorspielen ließen.

Ich bleibe Ihnen auch dafür dankbar, daß Sie uns Goethe nicht als einen feierlichen Geheimrat vorstellten, sondern seine Sturm-und-Drang-Zeit anhand der frühen Gedichte, der Straßburger Episoden und seiner tollen Streiche in Gesellschaft des jungen Herzogs Karl August als Ausgangspunkt wählten. Ich entnehme meinen Tagebüchern, daß ich vom «Werther», der im richtigen Moment mein schwärmerisch-weltschmerzliches Herz ergriff, den Übergang zum «Wilhelm Meister» offenbar ohne Schwierigkeit gefunden habe.

Sie erwähnen den Eindruck, den die Persönlichkeit des Mathematik- und Physiklehrers – er hieß Rudolf Huber – auf uns machte; wir wußten, daß er als Violinist mit Albert Einstein während dessen Berner Jahren Quartett gespielt hatte, so daß wir von dem berühmten Physiker, der während unserer Schulzeit seine Relativitätstheorie veröffentlichte, Unmittelbares erfuhren. Die Furcht vor Dr. Huber löste sich rasch auf, wenn er nach einem über uns niedergegangenen Donnerwetter auf einmal fragte: «Wer ist im Orchester?» Schüchtern erhoben sich drei oder vier Schüler von ihrer Bank – worauf er mit diesen Bevorzugten in sachlichem Ton das wissenschaftliche Frage- und Antwortspiel wieder aufnahm und die übrige Klasse erleichtert aufatmete. Es war Huber, der mich aufgefordert hatte, für das Schülerorchester die Klarinette zu erlernen, und mir im Februar 1916 erlaubte, Mozarts Klavierkonzert in A-Dur (Koechel 488) mit dem Orchester öffentlich zu spielen. Das war nicht ganz einfach, da ich zwischen zwei Proben bei einem Ski-Unfall das rechte Knie und den Fuß ziemlich schwer verletzt hatte, so daß ich im Auto zum Musiksaal gebracht werden und das Pedal mit dem linken Fuß betätigen mußte. Hernach wurde ich wieder ins Bett gesteckt und fachgerecht behandelt. Meiner Künstler-Eitelkeit wurde zum Überfluß durch einen Lorbeerkranz geschmeichelt, den Eltern eines Mitschülers mir in mein Krankenzimmer schicken ließen!

Für den Geschichtslehrer war ich nur dann ein unangenehmer Schüler, wenn ich vorlaut meine Hand zu einer Ergänzung seiner Ausführungen oder zu einer verfänglichen Frage aufstreckte. Denn zum historischen Spurensuchen hatte mich die geschichtliche Vergangenheit Berns, des Aargaus und Graubündens früh angeregt. Aus der unmittelbaren Umgebung heraus forschte ich nach den

Schicksalen der Vorväter, alter Geschlechter und vergangener Staaten. Burgengeschichte, Familiengeschichte, Wappenkunde und alte Waffen waren die Quellen und Rinnsale, von denen aus ich dem Gefälle der Geschichte gefolgt bin bis zu den breiten weltgeschichtlichen Strömen – ehe ich tastend den Versuch unternahm, eine Verbindung zwischen der Vergangenheit und den großen Umwälzungen der Gegenwart herzustellen, die während und unmittelbar nach dem Ersten Weltkrieg unsere Schuljahre unüberhörbar begleiteten.

Erinnern Sie, Theophil Spoerri, daß dieser in altväterischer Manier kultivierte Geschichtslehrer mit unserer Klasse – es war in der Prima – Theaterstücke inszenierte und öffentlich aufführte? Fast vergessene Dramatiker, Karl Gutzkow und Heinrich Laube, wurden wieder zu Ehren gebracht und ihre historischen Stücke, das preußische «Zopf und Schwert» mit seinem Soldatenkönig Friedrich Wilhelm I. und die württembergischen «Karlsschüler» mit dem gegen die Obrigkeit rebellierenden Schiller, von uns gespielt. Auch das gehörte zu den lichten Augenblicken unserer im Freien Gymnasium verlebten Schuljahre.

Soll ich gestehen, daß die religiösen Praktiken dieser von strenggläubigen Kreisen gegründeten Schule für ihre Zöglinge Schattenseiten hatten? Zwar war ich auch noch während des Konfirmationsunterrichtes redlich bemüht, meine christliche Gläubigkeit vor mir selbst unter Beweis zu stellen; eine buchstäbliche, bibeltreue Gläubigkeit, versteht sich. Aber man darf den wachen, zu Kritik befähigten, auch zu Spott aufgelegten Geist junger Menschen nicht unterschätzen. Sie entdeckten unschwer Widersprüche, die sich zwischen der frommen Morgenandacht und dem menschlich-allzumenschlichen Geschehen des Schulbetriebes auftaten. Andere Widersprüche klafften zwischen der biblischen Offenbarung und der modernen Wissenschaft, die uns beide auf den gleichen Schulbänken gelehrt wurden. Den Schülern blieb nicht verborgen, daß die Liebe zur Heiligen Schrift sich mit derjenigen zum Inhalt der griechisch-lateinischen Schriften schlecht vertrug. Ihr jugendlicher Lebenshunger konnte nicht verstehen, warum der Schöpfer einer herrlichen Natur angeblich so strenge Moralregeln aufgestellt haben sollte, die der antiken Sinnenfreude den Kampf ansagten und alles für sündig erklärten, was mit Schönheit, Lebensgenuß und geschlechtlichen Regungen zu tun hatte. Ich kann nachträglich kaum mehr unterscheiden zwischen der natürlichen Schamhaftigkeit des Jünglingsalters und der unnatürlichen Verklemmtheit, die die Erziehung durch eine puritanisch-viktorianische Eltern- und Lehrergeneration uns beschieden hat. In seinen Ansprachen zum Quartalbeginn hielt uns der Rektor eindrücklich vor, daß selbst beigebrachte Lust schuldhaft sei. Daß Frauen sündhafte Gedanken erwecken können, die man bekämpfen müsse, war ein Prinzip der christlich verstandenen Sexualmoral. Ältere oder reifere Kameraden, die die Grenzen des Schicklichen überschritten, betrachteten wir mit einer Mischung von tadelnder und bewundernder Scheu.

Irgendetwas, fürchte ich, stimmte da nicht in dieser Enklave christlich-aristokratischen Bernergeistes. Ich habe wohl ziemlich lange, bis ich sechzehn oder siebzehn Jahre alt war, den intellektuellen und moralischen Komfort dieses bewahrenden Geistes als Schutz vor dem drängenden Leben und der unheimlichen Welt des Anderen für mich in Anspruch genommen; aber ich entsinne mich, wie dann ziemlich plötzlich alles zu schwanken und zu bröckeln anfing. Es geschah zweifellos nicht ohne den Beitrag des modernen Zuges, der auch in der Schule von Seiten jüngerer Lehrer fühlbar wurde, auch nicht ohne den Beistand eines von mir bewunderten, mir überlegenen, von Haus aus modern beeinflußten Freundes, der in seiner altklug-wissenden Manier – gegen die ich mich zwischendurch auch wieder auflehnte – bemüht war, mich aus allerlei bereits brüchigen Eierschalen zu befreien. Er wußte, wie man mit Mädchen umging, während es mir nie gelungen war, ein Mädchen für mich zu gewinnen, in das ich verliebt war. Mit ihm und seiner Freundin spielte ich Tennis, während ich selber keine Partnerin mitzubringen vermochte. Aus dieser Spannung zwischen heimlich Ersehntem und lähmenden Hemmungen, zwischen Gläubigkeit an eine angelernte, heile, erlaubte Welt und Hinwendung zu einer ganz anderen, anziehenden und versucherischen Welt, entstand ein Zustand von heilloser Hilflosigkeit, die sich in den Tagebuchaufzeichnungen des Gymnasiasten als Anfälle von Wehmut und Verzweiflung niederschlugen.

Ich glaube, daß Eltern und Lehrer in den intimen, innerlichen Bereich der ihnen anvertrauten heranwachsenden Kinder und Schüler kaum einzudringen vermögen, sondern daß das Leben eine Arbeitsteilung zwischen diesen legalen Erziehern und der Erziehung durch andere, dem Elternhaus und der Schule fernstehende Einflüsse bereit hält. Nie werde ich das geradezu erlösende Erlebnis vergessen, das mir das Buch eines bisher unbekannten Schriftstellers, Emil Sinclair mit Namen, bereitet hat. Es war «Demian» betitelt, und man munkelte, der Verfasser könnte identisch mit dem in Bern lebenden, uns von Begegnungen auf der Straße bekannten Hermann Hesse sein. Hier war endlich eine Jugendgeschichte, aus der wir wie vor einem Spiegel uns selbst erkennen konnten, wie wir wirklich waren. Es ist das hohe Amt bedeutender Dichter, Schriftsteller und Dramatiker, daß sie, Verführer und Wohltäter, mithelfen, zur Selbsterkenntnis, auch zur Menschen- und Weltkenntis dasjenige beizutragen, was Elternhaus und Schule nicht oder nur lückenhaft bieten können.

Das Motto, unter das der Verfasser – es war tatsächlich Hermann Hesse – seinen «Demian» stellt, faßt das ganze Problem in zwei Sätze: «Ich wollte ja nichts als das zu leben versuchen, was von selber aus mir heraus wollte. Warum war das so sehr schwer?»

Lieber Th. Spoerri, Sie haben damals mit kluger, aber einfühlender Zurückhaltung mitgeholfen, daß wir uns zurechtfanden, weil Sie Ihr Lehramt nicht bloß als Vermittlung von Wissen auffaßten, und obgleich wir Ihnen vermutlich nicht in die tieferen Bereiche Ihrer zur christlichen Mystik neigenden Gläubigkeit folgen konnten.

Mich interessiert heute die Frage, ob die damalige, über weite Strecken autoritäre Erziehung so viel schlechter war als die heutige, die sich antiautoritär nennt. Natürlich war sie mit Leiden verbunden, und die Erzieher waren dadurch gestraft, daß wir vor ihnen Heimlichkeiten hatten – haben mußten, um ihrem Tadel oder einer Strafe zu entgehen. Das Eingehegt- und Beschütztsein und die Wohlerzogenheit, die uns von dieser bernischen pädagogischen Provinz gewährt wurden, erwiesen sich im Leben sowohl als eine Erleichterung wie auch als eine Behinderung. Mit einer guten Kinderstube boxt man sich weniger robust durch. Aber solche Dressur hat uns auch befähigt, im Leben aus freien Stücken Disziplin zu üben, mit Sinn für Verantwortung und Gewissenhaftigkeit zu Werk zu gehen. Außerdem hatte diese Erziehungsart zur Folge, daß vorhandene Energien nicht zu früh vertan wurden, so daß sie in reiferen Jahren bewußter eingesetzt und entfaltet werden konnten.

Soviel als Antwort an meinen alten Lehrer Theophil Spoerri. Bald nach unserer Maturität wurde er auf den Lehrstuhl für französische und italienische Literatur an die Universität Zürich berufen. Es war eine freundliche Fügung in meinem Leben, daß ich etliche Jahre später in der gleichen Stadt sein Kollege an der Nachbar-Hochschule wurde.

6. ASPERMONT

Es kommt nicht selten vor, daß ich von Besuchern gefragt werde, warum ich mich auf meinem Sommersitz in Brunegg mit altem Hausrat und Ahnenbildern umgebe: wie ich denn diesen traditionellen Lebensstil in Übereinstimmung bringen könne mit dem Weltbewußtsein eines modernen Intellektuellen? In diesem Zusammenhang stellte mir ein Reporter des Fernsehens, der mich in diesen Räumen über mein Tun und Lassen interviewte, die Frage, ob ich die Vergangenheit meiner Familie, mit andern Worten meine aristokratische Herkunft und was damit zusammenhängt, in meiner Jugend nicht als eine Belastung empfunden hätte.

Ich denke, es soll keiner, ob Farbiger oder Weißer, ob Jude oder Christ, ob Proletarier oder Patrizier, seine Herkunft verleugnen. Was dann einer aus seinem Leben macht und welche Stellung zu den Problemen der Gegenwart er bezieht, ist eine andere Frage; ganz unabhängig von seinen Atavismen und seinen gesellschaftlichen Prämissen, in Zustimmung oder Kritik, ist sie nicht.

Ich kann nicht leugnen, daß ich mich in meinen jungen Jahren mit der Last der Vergangenheit auseinandersetzen mußte. Adlige Herkunft ist in einer demokratisierten Gesellschaft nicht unproblematisch, was ich früh zu spüren bekam. Verschiedene Dinge waren bei uns anders als bei anderen Leuten. Ich erinnere, wie ich, noch ein Kind, meinen Vater fragte, woher der Name Salis komme. Er sagte, vor langer Zeit sei ein Mann, der unter einem Weidenbaum schlief, gefunden worden; er habe nicht sagen können, woher er komme und wie er heiße. Das sei in einem italienischen Alpental gewesen, und da habe man ihn «de Salice» genannt, was auf deutsch «von der Weide» heiße; denn salix sei das lateinische Wort für Weide. Dann habe man ihm auch ein Wappen gegeben, das einen Weidenbaum darstelle. Später dann ging ich der Geschichte der Vorfahren nach. Als ich mit der Gemütsfrische meines sechzehnten und siebzehnten Jahres wiederholt in meinen Schulferien Graubünden besuchte und die Schlösser und alten Häuser sah, wo noch Verwandte wohnten, wurde mir bewußt, was wir verloren hatten. Uns – das heißt meinem Vater – gehörte dort nichts mehr. Die Palazzi in Soglio waren verlassen, in den Stammhäusern in Chur lebten andere Menschen.

An den Tagen, die ich bei meinem Vetter in dem großen, von vier Türmen flankierten Schloß Marschlins verbrachte, stieß ich auf Schritt und Tritt auf die Spuren von ruhmreichen Ahnen. Sie hatten in diesem Alpenland, das eine freie Republik war, eine führende Rolle gespielt, die sie als Kriegsleute und Politiker, einige auch als geistig bedeutende Persönlichkeiten, mit den Großen ihrer Zeit in eine enge Verbindung brachte. In Marschlins waren noch die Spuren des «Philanthropins», einer Erziehungsanstalt aus dem Aufklärungszeitalter, vorhanden, die Ulysses von Salis in seinem Schloß untergebracht hatte; er selber war ins Gärtnerhaus hinübergezogen. In Geschichtsbüchern las ich, daß der Bündner Adel aus der politischen und kulturellen Geschichte dieses Freistaates nicht wegzudenken sei. Viele seiner Angehörigen sind in ihrem Tatendrang und Bildungseifer in fremden Fürstenschlössern und auf Schlachtfeldern, auch in gelehrten und literarischen Zirkeln, zu Rang und Ansehen gekommen. Geachtet und manchmal geächtet, haben sie die Höhen und Tiefen des öffentlichen Lebens kennen gelernt. Sie standen an der Spitze oder lebten im ungastlichen Exil. Denn die Geschichte Graubündens ist von heftigem Parteihader erfüllt.

Ich glaube, was mich in jungen Jahren anzog, war das historisch Repräsentative und das Dramatische dieser Schicksale, die sich in manchen Fällen als bewegte Lebensläufe darstellen. Die Beschäftigung mit Lokal- und Familienhistorie hat zweifellos den Sinn für Geschichte: für die kampferfüllten Übergänge zwischen Vergangenheit und Gegenwart in mir geweckt. Eine Art Identifikation mit früheren Epochen und Ereignissen, an denen meine Vorfahren teilhatten, ließ mich erkennen, daß man schon lange dabei war und noch immer, wenngleich in veränderter gesellschaftlicher und politischer Umgebung, dabei ist. Unser Geschlecht hatte einem einflußreichen Stand angehört, der unter diesem Himmelsstrich am Ende des 18. Jahrhunderts seine bevorzugte Stellung verloren hat. Damals hat der Verlust des Veltlins, wo der große Besitz der Familie Salis konfisziert wurde, unsere Vorfahren ruiniert. Ich konnte anhand von verarmten oder seltsamen Existenzen in der weiteren Bündner Verwandtschaft feststellen, daß manche Nachkommen Mühe hatten, sich in die Verhältnisse der modernen bürgerlichen Welt einzufügen. Das war auch deshalb schwierig, weil ihnen der kaufmännische Geschäftssinn des städtischen Bürgertums abging.

Der Gymnasiast aus Bern faßte eine Art rückwärtsgewandte Liebe zu dem heroischen Land, wo er auf seinem Fahrrad zu Herrensitzen fuhr oder leichtfüßig auf steilen Berghängen zu Burgruinen hinaufkletterte. Er war stolz auf die Glorie der Ahnen und bewunderte eine ritterliche Haltung, die sich im Wahlspruch «sine virtute nihil» ausdrückte. Die italienische «virtù» ist nicht ein so blasser Begriff wie das deutsche Wort «Tugend»; sie meint vor allem Tapferkeit, männliche Tat, eine Gesinnung, die zur Bewährung und Auszeichnung anstachelt. Mir gefiel auch ein anderer Wappenspruch: «Salix flectitur sed non frangitur» – «Die Weide läßt sich biegen, aber sie bricht nicht». Etwas Poetisches war mit der Vergangenheit dieser kämpferischen, aber auch lebenserfahrenen, sowohl biegsamen wie hartnäckigen Sippe verbunden. In ihren schönen Häusern mit den gewölbten Gängen, breiten Steinstiegen und getäfelten Zimmern, in denen Ahnenbilder hingen, lebte sie fort.

In meinen jugendlichen Tagebüchern finden sich die Spuren dieser Suche nach der Vorzeit der Familie, die sich mit Einzelheiten des eigenen Lebens von Tag zu Tag verschmelzen, so daß die Geschichte der Ahnen ständig konfrontiert ist mit den Gestalten ihrer lebenden Nachfahren. Zum Beispiel traf ich in Malans einen jungen Vetter, der wie mein Bruder Marineoffizier war und zu Hause seinen Urlaub verbrachte. Ich mochte ihn gern – er war ein Urenkel des Lyrikers Johann Gaudenz von Salis-Seewis – und war betrübt, als er bald danach auf seinem Torpedoboot vor der belgischen Küste ums Leben kam. Der älteste Sohn meines Marschlinser Gastgebers fiel als Kampfflieger in der Champagne, und wir vernahmen im Laufe des Weltkrieges, daß auch englische und österreichische Familienangehörige ihr Leben auf dem Schlachtfeld lassen mußten.

Diese Teilnahme von Verwandten am Kriege spornte meine Wißbegier nach den Jahrhunderten an, da unsere Republiken und Kantone sogenannte Kapitulationen mit fremden Fürsten abschlossen, die sie zur Stellung von Kompanien und Regimentern verpflichteten. Als ich einmal beim Besuch des Schlosses Maintenon in Frankreich dem duc de Noailles vorgestellt wurde, sagte er: «Sie hatten ein Regiment.» «Ja», sagte ich, «wir hatten sogar zwei.» Das eine war von dem Stammvater der Marschlinser Linie gegründet worden, der es als erster Schweizer unter Ludwig XIII. zum Maréchal de camp brachte. In der Bibliothek des Schlosses Marschlins saß ich manchmal in die Betrachtung des Bildnisses dieses Generals aus dem Dreißigjährigen Krieg versunken; ich las in einer deutschen Übersetzung seine italienisch verfaßten «Denkwürdigkeiten».

Dieser Ulysses von Salis der Ältere war in den Bündner Wirren einer der Führer der protestantischen, mit Venedig und Frankreich verbündeten Partei, die in den 1620er und -30er Jahren von Richelieu Hilfe erhielt. Die gegnerische, katholische Partei unter der Führung der Brüder Pompejus und Rudolf von Planta stützte sich auf das Bündnis mit Österreich und Spanien. Conrad Ferninand Meyers «Jürg Jenatsch» hatte mich mit diesen Vorgängen bekannt gemacht. Ein neueres Buch, das ich damals las, beschrieb den Zug einer französischen Expeditionsarmee unter dem Herzog von Rohan ins Veltlin, aus dem sie, von drei Bündner Regimentern unterstützt, die Spanier vertrieb. Bei diesem Gebirgskrieg war der erwähnte Ulysses Rohans kundiger Berater, ehe die geheimen Absprachen Jenatschs mit den Spaniern dazu führten, daß die Franzosen das Veltlin und Graubünden wieder räumen mußten.

Die Bündner waren nicht, wie die Eidgenossen, im 17. und 18. Jahrhundert neutral. Die bedrängte Lage ihres Paßlandes zwischen den Großmächten zwang sie, große Politik zu machen; ihre führenden Männer verhandelten mit fremden Höfen. So war beispielsweise der «Envoyé» Peter von Salis, ein geistreicher Mann, im 18. Jahrhundert der maßgebende Staatsmann in Graubünden. Er vertrat sein Land am Friedenskongreß in Utrecht, der dem Spanischen Erbfolgekrieg ein Ende setzte. Seine Politik stützte er auf England, wo er seinen Sohn Jerome mit der Erbin eines irischen Lords verheiratete. Durch Parlamentsbeschluß Engländer geworden, wurde Jerome zum Gesandten Ihrer Britischen Majestät in Graubünden ernannt. Er erbaute in Bondo im Bergell ein Schloß, das sich bis auf den heutigen Tag unter seinen Nachkommen vererbt hat. Mit seiner kostbaren Ausstattung ist dieses Schloß ein Juwel des bündnerisch-italienischen Rokoko.

Als ich in einer der obersten Gymnasialklassen war, machte ich Auszüge aus der im Archiv von Bondo bewahrten, politischen Korrespondenz des Grafen Johann von Salis-Soglio, der sich als erklärter Gegner der Französischen Revolution auf die österreichische Seite geschlagen und am Kampf gegen Napoleon beteiligt hatte. Es war meine erste, unter der Anleitung eines Privatdozenten der Universität Bern versuchte Übung im Quellenstudium; von diesen Beständen zog ich Briefe von Metternich, von Friedrich von Gentz, von Karl Ludwig von Haller und anderen Persönlichkeiten aus, die an der Restauration von 1814 führend beteiligt waren.

Einmal, es war noch vor Kriegsende, besuchte ich in Chur den General-Feldzeugmeister Daniel von Salis-Soglio, dem das sogenannte «Alte Gebäu» an der Poststraße gehörte. Im 18. Jahrhundert hatte es mein Ururgroßvater Anton von Salis bewohnt, von dem Angelica Kaufmann, mit der er befreundet war, ein schönes Portrait gemalt hat. Von ihm ging dieser geräumige Barockbau (der heute das Kantonsgericht beherbergt) auf seinen ältesten Sohn über; der jüngere, von dem ich abstamme, mußte mit seiner Familie ins «Rote Haus» hinüberziehen. Mein Besuch bei dem österreichischen General war ein wenig gespenstisch. Ein uralter Herr mit weißem Gesicht, in dem keine Runzeln waren, saß auf einem Lehnstuhl; er hatte einen schütteren Schnurrbart und schöne Hände – er war ein guter Violinspieler gewesen, der sich am Musikleben Wiens eifrig beteiligt hatte. Neben ihm stand seine österreichische Haushälterin, eine resolute Person, die sich wiederholt ins Gespräch mischte. Baron Daniel hatte als Offizier an den Kriegen des Kaisers Franz Josef in den Jahren 1859, 1864 und 1866 teilgenommen. Als Chef des österreichisch-ungarischen Geniewesens hat er die Befestigungen auf den Karpathen und im Tirol erbaut. Schreibfreudig wie so viele Angehörige unserer Familie, hat Daniel von Salis in zwei Bänden seine Lebensgeschichte dargestellt.

Der Greis, der mich und einen anderen jungen Geschichtsbeflissenen, den jungverstorbenen Anton von Castelmur, empfing, war nicht mehr ganz bei klarem Verstand. Er fragte: «Haben Sie den Orelli gekannt?» Ich hatte keine Ahnung, wer der Orelli war, aber die Haushälterin griff ein und sagte: «Exzellenz, der Herr ist zu jung.» «Ja, Sie sind zu jung», wiederholte der alte Herr. Dann sagte er, er habe eine Eingabe an den Papst gemacht, damit er seinem Enkel den Sylvester-Orden verleihe, aber der Kriegszustand mit Italien bereite Schwierigkeiten. Als die Festung Przemysl in Galizien, wo ein Fort seinen Namen trug, zwischen Österreichern und Russen heiß umkämpft wurde, erinnerten unsere Zeitungen daran, daß vor Jahren Daniel von Salis im Auftrag des schweizerischen Bundesrates ein Gutachten über den geplanten Bau einer Gotthardbefestigung erstellt hatte. Nach damaligen Ehrbegriffen nahm er für diese Arbeit kein Honorar an. Dieser Zeuge alter Zeiten erlebte noch den Zusammenbruch der Habsburger Monarchie und starb 1919 im Alter von dreiundneunzig Jahren. Mit seinen Urenkeln habe ich nach dem Zweiten Weltkrieg in Wien Freundschaft geschlossen.

Es waren aber andere Zeiten. Die Schweiz war längst demokratisch geworden. Es war vielleicht kein Zufall, daß in dem Bürgerkrieg, der 1847 den Weg zum modernen eidgenössischen Bundesstaat freilegte, ein Salis die unterliegenden Truppen des Sonderbundes angeführt hat (mein Großvater allerdings stand als Hauptmann im Bundesheer auf der Gegenseite). Ich erlebte nun das Ende des Ersten Weltkrieges mit seinen revolutionären Folgen in Ost- und Mitteleuropa bewußt als eine Zeitenwende.

Wie ich mit dem Weltbild eines Sprößlings aus alter Familie fertig wurde, möchte ich zur Beschließung dieses Exkurses kurz erwähnen. Ich versuchte, einen historischen Roman zu schreiben. Vielleicht war es mir nicht bewußt, daß meine familienhistorischen Forschungen und der Plan einer Erzählung aus diesem Stoff ein psychologisch notwendiger Akt waren, um ein unfrei-machendes Gefühl loszuwerden. Ich entsinne mich, daß meinem Vater meine genealogische Leidenschaft nicht behagte und daß auch mein wohlwollender Marschlinser Gastgeber, Professor Louis von Salis, der ein hervorragender Jurist war, meine nostalgischen Neigungen bedenklich fand. Ich glaube aber, daß ich instinktiv den richtigen Weg einschlug, denn nur wenn ich mir das alles von der Seele schrieb, konnte ich befreit in mein nächstes Lebensstadium eintreten.

Die Bedeutung eines alten Geschlechtes besteht darin, daß seine Tradition lebenskräftig und regenerationsfähig ist. Bei der erwiesenen Vitalität und Energie einer alle Stürme überlebenden Sippe kann man nicht von Verfall reden wie bei den «Buddenbrooks». Sie war widerstandsfähiger, als es bei Nachkommen der neuen Geldaristokratie manchmal der Fall ist, weil ihre Angehörigen durch viele Generationen um ihre Geltung kämpfen mußten und sich durch Rückschläge nicht entmutigen ließen.

Der Titel des geplanten Familienromans hieß «Aspermont». Das ist der Name einer Burgruine oberhalb von Jenins. Ihr zu Füßen liegt die weite, zauberhafte Landschaft mit den Dörfern und Weinbergen der sogenannten «Herrschaft». Der Blick schweift bis zum Rhein, der dort die Berge verläßt und ins offene Unterland eilt. Natürlich hatte dieser Name für mich eine symbolische Bedeutung. Man sagt auch auf deutsch «aper» für einen vom Schnee befreiten Naturboden. Vielleicht dachte der Lateinschüler auch an den Spruch «per aspera ad astra». Auf «rauhem Berg» steht ein festes Kastell – das übrigens in früherer Zeit auch einem Zweig unserer Familie gehört hat (unlängst noch erstaunte mich ein Bauer in Jenins, als er vom Ritter Vespasian von Salis auf Aspermont, der im 16. Jahrhundert gelebt hat, sprach, als ob es sich um eine bekannte Persönlichkeit handle). Die Übergangszeit vom 18. zum 19. Jahrhundert, die die politische Umwelt in Europa so tief verändert hat, zog mich an. An dramatischen Ereignissen, die tief ins Leben meiner Vorfahren eingriffen, war diese Zeit besonders reich. Mich interessierten an diesen Familienschicksalen auch ihre romanhaften Züge. Ich dachte dabei an das Verhalten von zwei, drei Persönlichkeiten, deren Einstellung zu den politischen Ereignissen ihrer Zeit verschieden und entgegengesetzt war. Sie haben in einer Familie, die so lange ihr Glück auf einer gemeinsamen Politik aufgebaut hatte, eine Spaltung herbeigeführt.

Zwei Namen, die meine Aufmerksamkeit erregten, waren mit der Landschaft zu Füßen der Burg Aspermont eng verbunden. Beide waren Offiziere in den Bündner Regimentern in Frankreich, als in Paris die Revolution ausbrach. Der eine, er hieß Rudolf, war im Unteren Schloß Zizers daheim. Es war königstreu buchstäblich bis in den Tod und hatte beim Sturm des aufständischen Volkes auf die Tuilerien eine Kompanie kommandiert. Ich besitze ein von Ludwig XVI. unterzeichnetes Schriftstück vom Abend des 10. August 1792, das den Befehl «à Salis» enthält, er habe sich mit seinen Leuten in ihre Kasernen zurückzuziehen, da er, der König, sich «im Schoß der Nationalversammlung» befinde. Von Rudolf gibt es ergreifende Briefe an seine Mutter, bis zu dem Augenblick, wo er mit anderen Schweizer Offizieren in der Conciergerie den Septembermorden zum Opfer fiel. Sein Name ist auf Thorvaldsens Löwendenkmal in Luzern verewigt.

Der andere ist der Dichter Johann Gaudenz, der in Malans zu Hause war. Er befand sich bereits am 14. Juli 1789 auf dem Marsfeld in Paris, als die Bastille erstürmt wurde. Aber am 10. August 1792 war er nicht vom Dienst. Er gehörte, als ein Jünger Rousseaus, Kreisen an, die sich in der Helvetischen Gesellschaft zusammenfanden und die alte Eidgenossenschaft im Geiste der Aufklärung und der Menschenrechte erneuern wollten. Dieser junge Mann war zerrissen zwischen seiner militärischen Pflicht und seiner

Sympathie für die Revolution. Eines seiner Gedichte hat er «An die edlen Unterdrückten» überschrieben. Wir kennen seine Tagebücher und Briefe aus jenen Jahren. Er war bereits in die Schweiz zurückgekehrt, als die französische Revolutionsarmee unser Land besetzte und den Anstoß zum Sturz der Patriziate und Oligarchien gab. Johann Gaudenz bot seine Dienste der neuerrichteten Helvetischen Republik an, die ihn zu ihrem Generalstabschef ernannte. Mit seinen Truppen kämpfte er unter Massénas Oberbefehl in der Ostschweiz gegen die Österreicher und Russen.

Das war der landschaftliche und historische Hintergrund, auf dem ich mir die Romanhandlung ausdachte; diese sollte die Schicksale einer Familie schildern, deren Mitglieder sich in den Stürmen eines revolutionären Zeitalters politisch und ideologisch entzweit hatten. Das Bewahrende und das sich Verändernde, Menschen der einstürzenden und einer neuen Gesellschaftsordnung begegnen sich und leiden in ihrer privaten Existenz unter diesen grausamen Konflikten. Zwei Welten, der ewige Gegensatz zwischen Beharren und Wandlung, zwischen Treue zum Herkommen und Einsicht in die Notwendigkeit der Veränderung, lieferten das Leitmotiv der Erzählung. Die Poesie in diesem Drama wird von dem Lyriker in Uniform menschlich anziehend und geistig bedeutungsvoll verkörpert. Die «Berenice»-Gedichte des Johann Gaudenz hatten am Ende des 18. Jahrhunderts seinen literarischen Ruhm in Deutschland begründet. Sie waren an ein angebetetes Mädchen gerichtet, das der junge Mann lange nicht heiraten konnte, weil sein Vater für ihn eine politische Ehe geplant hatte... Bei einem solchen Unternehmen ist am Anfang der Kette die Fabel und ihr Material. Am Ende der Kette ist der Gedanke oder, besser, das Verstehen.

Ich habe diesen literarischen Plan nicht zu Ende geführt und die Entwürfe vernichtet. Vermutlich waren die künstlerische Gestaltungskraft und geistige Reife für ein so schwieriges Projekt nicht vorhanden. Ich spann jedoch noch einige Zeit an diesem Faden. Der Name «Aspermont» hatte für mich die Bedeutung einer Chiffre für das, was not tat, um das Hemmende und manchmal Bedrükkende des Herkommens zu überwinden und ein Kind meiner Zeit zu werden. Insofern hat dieses Vorhaben dazu beigetragen, meine intellektuelle Entwicklung zu fördern.

7. KONTRAPUNKT

Die Musik gedieh auf dem Mutterboden, der unergründlich ist. Sie ist das Genuine, das Elementare, dem Wasser, den Winden und dem Feuer verwandt. Sie appelliert an das Gefühl. Das ist die Voraussetzung. Wen Musik nicht bewegt, der ist nicht musikalisch. Doch als komplementärer Gegensatz zu dem Bewegenden und Strömenden der Melodieführung und der Akkordfolgen ist es das tief Geheimnisvolle dieser Kunst, daß sie Form ist und strengen Regeln gehorcht. Ihre Gesetze sind infolge ihrer logischen Natur ähnlich denjenigen der Mathematik. Nicht weniger geheimnisvoll ist die Erfahrung, daß die Gesetzmäßigkeit der Struktur eines Musikstückes dem arglosen Zuhörer nicht auffällt. Er kann einfach lauschen und sich tragen und ergreifen lassen. Es bedarf eines geschulten intellektuellen Eindringens in das Strukturhafte der Musik, damit der Hörer auch Kenner wird. Erst dann kann er die Folgerichtigkeit eines Stückes, einer Sonate, einer Symphonie, einer Oper anhand der Partitur bewußt in sich aufnehmen. Das Partiturlesen löst aber auch im Innern des Gehörs den akustischen Mechanismus des Lesers aus, während beim Abspielen das gleiche Stück als Klang konkretisiert wird.

Das ist aber ein langer Weg. Das Kind erliegt vorerst der Magie des Klangs. Sein halb unbewußtes Phantasieren auf dem Klavier ist oft nur ein Schwelgen im Pathetischen, im Rauschhaften, das sich den Kunstgesetzen noch entzieht, auch schon ein Versuchen und Abtasten von klanglichen Möglichkeiten. Es ist mir im Rückblick auf das von mir in meiner Kindheit praktizierte Improvisieren ein Trost, wenn ich vernehme, daß Bruckner die «Folge von Dreiklängen», der er sich auf dem Klavier oder der Orgel hinzugeben liebte, als das Innigste, das Herrlichste empfand. Bruckners Musik ist im Kindhaften angesiedelt. Die strenge Zucht des Übens auf dem Klavier, wo allein schon die Fingertechnik den Anfang der Besinnung auf das Strukturhafte des zu erlernenden Stückes bildet, öffnete mir den Zugang zur Musik als Kunstform. Ich hatte früh das Glück, von einem jungen, pädagogisch und pianistisch hochbegabten Lehrer, Woldemar Traub, an der Berner Musikschule eine Anleitung zu erhalten, die die Grundlage schuf. Es war ein erster, bitterer Rückschlag in meiner Ausbildung, als Traub 1915 im Kriege fiel.

Mit diesem Lehrer durfte ich auch über Musik reden, mit ihm die Eindrücke, die ich in Konzerten empfing, besprechen. Das Gespräch, das wir über Gustav Mahlers «Lied von der Erde» hatten, das ich unter Fritz Bruns Stabführung mit dem von der Berner Jugend umschwärmten Tenor Rudolf Jung und der Altistin Ilona Durigo als Solisten in einem Abonnementskonzert gehört hatte, ist in meinem Gedächtnis noch gegenwärtig. Es bedürfte nicht der auffallenden Eintragung in meinem Schülerkalender, unter dem Datum des 13. Januar 1914, um mich dieses Schlages an die Seele zu erinnern. Mahler erlebt seit einigen Jahren eine Renaissance, und populär wurde das Adagietto aus seiner Fünften Symphonie, als es Luchino Visconti in seinem Film «Der Tod in Venedig» als Begleitmusik verwandte. Unlängst, in einem Gespräch mit Visconti in einer Zürcher Klinik, erzählte ich ihm von jenem ersten, tiefen Eindruck, den ich erhielt, als das «Lied von der Erde» mich – und ich glaube unsere Generation – in eine bis dahin ungehörte Tonsprache einführte. «Ja», bestätigte er, «und das nächste Mal war es das ‚*Sacre du Printemps*' von Strawinsky.»

Jede Zeit hat ihren musikalischen Stil und Ausdruck. Unsere frühe Jugend fiel in eine Zeit, die die Formen der Zwölfton- und seriellen Musik noch nicht kannte. So war es möglich, daß Richard Strauß, Gustav Mahler, Debussy, Ravel für uns das Neue, unsere Hörgewohnheiten Überraschende waren. Auf sie folgte Strawinsky unmittelbar, aber wir hatten – das war etwas später – auch Freude an dem effektvollen Jugendwerk «Pacific» von Arthur Honegger. Als mir viele Jahre später Honegger, der bei aller wissenden Vertrautheit mit den Wirkungen des Orchesterapparates eine arglose Seele und ein liebenswerter Mensch war, sagte, Musik sei «un message de beauté et d'émotion», empfand ich auch das als einen Trost; denn inzwischen waren die neuen Strukturen eines Schönberg, Alban Berg, Webern längst Gemeingut des Konzertpublikums geworden, eine Kunstform, die unsere Hörfähigkeit überrascht und auch angestrengt hat – und nun sprach ein erfahrener Komponist, der freilich der Wiener Schule durchaus abhold war, die alte Wahrheit vom emotionalen Wesen und der Schönheit der Musik in einfachen Worten aus. Das tat auch unser Freund Peter Mieg, ein gewiegter Kenner des Neuen und Neuesten, als er jüngst in einem Vortrag sagte: «Musik soll uns bewegen» – und es dahingestellt sein ließ, ob dieser Grundsatz «nicht heutig» sei. Genau besehen ist die Tradition nie ganz abgebrochen: alles hängt irgendwie zusammen.

Es scheint mir in dieser mich so tief berührenden Sache schwer zu fallen, der Zeit nicht vorauszueilen. Dabei möchte ich nur schlicht berichten, wie mein glückhaft-glückloses Abenteuer auf dem Gebiete der Musik verlaufen ist. Als Lernender, als Ausübender, als Aufnehmender habe ich der Musik bis zum Abschluß meiner Schul- und

Gymnasialjahre mehr Aufmerksamkeit, Liebe und Mühe geschenkt als irgendeiner anderen Wissenschaft oder Kunst. Beim Münsterorganisten Ernst Graf nahm ich Unterricht in Harmonie- und Kompositionslehre. Es war eine bewußte Vorbereitung auf das Professionelle, die im entscheidenden Augenblick zum Scheitern verurteilt war.

Ich spielte zwei Instrumente, das Klavier und die Klarinette. Das Blasinstrument war gleichsam sekundär, aber es brachte mich in das Schulorchester des Freien Gymnasiums und gestattete mir, in den wöchentlichen Proben und bei Aufführungen das Wesen der Orchestermusik und der Instrumentation ausübend kennen zu lernen. Wir hatten zwei Flötisten, einen Oboisten, ich war der einzige Klarinettist (und mußte auf meiner C-Klarinette manchmal auch den Part der zweiten Oboe spielen). Luc Balmer, der nachmalige Dirigent des Berner Stadtorchesters, blies die Trompete, und ein ryhtmisch geschickter Mitschüler schlug die Pauke – um von den Streichern nicht zu reden.

Dr. Rudolf Huber, unser kenntnisreicher und enthusiastischer Dirigent, übte mit uns Symphonien von Haydn und Mozart ein. Einmal probte er mit uns auch Beethovens Erste, aber er wollte sie uns nicht öffentlich spielen lassen; das sei zu schwer für uns. «Was für eine Überraschung muß es für das damalige Konzertpublikum gewesen sein», sagte er, «als es zum erstenmal diese Symphonie hörte!» Mit dem Schülerchor führten wir Messen von Mozart und das Oratorium «Josua» von Händel auf, das mich begeisterte; da es keine Bläser erforderte, übernahm ich den Continuo-Part – etwas stilwidrig – auf dem Flügel. Mein Lehrer Traub sagte: «Mit seiner großen Perücke ist Händel wie ein Feldherr der Musik.» Beethoven nannte ihn den «König der Könige». Bei meinen Aufenthalten in London verfehlte ich nicht, sein großartiges Grabmal in der Westminster Abbey zu besuchen. Natürlich war es für mich ein Höhepunkt, als ich, vierzehnjährig, den Solopart in Mozarts Klavierkonzert in A-Dur mit dem Schulorchester öffentlich spielen durfte.

Nun besteht eine formale Verwandtschaft zwischen dem Klavier und der klassischen Symphonie. Diese übernahm die Sonatenform, und so hatte ich, vom Klavieristischen her, keinen schwierigen Zugang zu meiner Mitwirkung im Orchester. Eine andere Frage war, ob man am Klavier komponieren solle; mein Freund Luc Balmer verneinte es, obgleich berühmte Meister so verfuhren. Von ihm lernte ich viel, wenn ich in dem hübschen alten Landhaus seines Vaters – des Malers Wilhelm Balmer – mit ihm am Klavier und im Gespräch ältere und neue Werke durchnahm. Balmer war an Alter und künstlerischer Reife mir voraus; es machte mir einen tiefen Eindruck, als er das Gymnasium vor dem Abschluß verließ, um sich ganz dem Studium der Musik zu widmen. Mein Vater gestattete mir nicht, ein Gleiches zu tun; die Maturität solle ich vorher machen, eventuell auch noch ein Hochschulstudium absolvieren, damit ich «etwas in der Hand» habe. «Du würdest mir leid tun», sagte er, «wenn du dein Leben lang Klavierstunden geben müßtest; denn nur ganz wenigen gelingt es, im Musikleben in die Spitzenklasse zu kommen.» Damals glaubte ich noch, daß ich es als Konzertpianist oder als Dirigent weit bringen würde...

Vielleicht als Komponist? Ich habe früh Noten geschrieben – ein meiner älteren Schwester Marguerite, die Klavier spielte, gewidmetes «Concertino» für Klavier und kleines Orchester aus dem Jahre 1913 zeugt von kindlichen Anfängen. Überraschter war ich, als ich unter alten Papieren eine «Fantasie» für großes Orchester in f-Moll wiederfand, die aus dem ersten Weltkriegsjahr stammt. Heute habe ich Mühe, diese ziemlich komplizierte Partitur zu lesen; sie hebt mit einem heftigen ersten Thema an, auf das unmittelbar ein zweites, lyrisch-sangbares, folgt. Als Tempobezeichnung machte ich es nicht unter einem «Allegro furioso» – wie wild man doch sein konnte! Ich entsinne mich, diese Partitur, sicher nicht ohne zu erröten, Dr. Huber gezeigt zu haben; ich war betroffen, als er sie mir mit der Bemerkung zurückgab, das Stück erinnere ihn an Schumann. Denn gerade Schumanns Musik gegenüber war ich eher renitent; etwas an ihr war mir zutiefst unheimlich. Doch habe ich meine Mutter zu Liedern von Schumann, lieber von Schubert, Hugo Wolf, Richard Strauß usw. begleitet.

Romantisch war mein Stilempfinden in diesen frühen Lebensjahren zweifellos. Es klingt in einem Lied von 1920 noch einmal – zum letztenmal – an, aber ist dort bereits durch Strauß, Mahler, Debussy hindurchgegangen. Der Text stammt von Ricarda Huch, die in den Kriegsjahren freundschaftlich in meinem Elternhaus verkehrte, und ist «Liebesreim» betitelt. Das Persönliche, auch Verliebte und bereits Kunstverständige des Achtzehnjährigen brachte in diesem einzigen Lied etwas zustande, das in einem Konzert irgendwo in Deutschland von einer Sopranistin vorgetragen wurde; ich habe es selber nie gehört. Aber es war auch mein musikalischer Schwanengesang.

In einem Gespräch fragte mich der mir befreundete Komponist Albert Moeschinger – der zur gleichen Zeit wie ich und bei den gleichen Lehrern in Bern seine erste Ausbildung erhalten hat –, warum ich eigentlich nicht weiter gemacht hätte. «Ich erinnere mich genau an meinen Entschluß, das Komponieren aufzugeben», erklärte ich ihm. «Es war eines Tages auf dem Waisenhausplatz in Bern. Ich kam aus dem nahen Gymnasium. Wie eine Erleuchtung kam es über mich, daß ich zwar rezeptiv und reproduktiv begabt war. Den Gedanken, Konzertpianist oder Dirigent zu werden, hatte ich noch nicht aufgegeben. Aber ich sah klar, daß meine Kompositionen nicht selbständig, nicht original waren. Ich hatte überall Anleihen gemacht, zuletzt bei Mahler, Debussy und anderen. Die Furcht, nur

Epigone, nicht wirklich schöpferisch zu sein, ließ mich zu dem Entschluß kommen, das Komponieren bleiben zu lassen.» Darauf Moeschinger: «Aber so haben wir doch alle angefangen.»

Nach Woldemar Traubs Einberufung zum Kriegsdienst und sinnlosem Heldentod konnte ich auf Balmers Anraten bei Hans Albrecht Moser mein Klavierstudium fortsetzen. Er war damals ein von Geheimnis umwitterter, in einem patrizischen Landhaus lebender, mit dem Maler Louis Moillet befreundeter Pianist, der trotz wiederholten Aufforderungen von Fritz Brun nicht öffentlich auftreten wollte. Es hieß von ihm, daß er auch schreibe. Seit jener Zeit hat sich H.A. Moser als Schriftsteller längst einen Namen gemacht. Sein «Vineta»-Roman von 1955 bewegt sich in einer mit Musil verwandten Sphäre; wie Musil ist Hans Albrecht Moser in der Spätzeit des Kaiser Franz Josef in Österreich-Ungarn aufgewachsen. Obgleich Berner von Geburt, hat er nach seiner Rückkehr in die Heimat die Mundart nie gelernt oder praktiziert. Diese mit dem musischen Phänomen in einem ambivalenten Verhältnis lebende, konservativ denkende, Wagner verehrende, als Verfasser von Aphorismen in der Nachfolge von La Rochefoucauld schreibende, vornehm distanzierte Persönlichkeit gehört zu den singulärsten, denen ich in meinem Leben begegnet bin. Der Kontakt mit ihm war nicht leicht, aber seiner Anleitung zum Klavierspiel hatte ich vor allem im Formalen und Technischen viel zu verdanken. Von genialischem Draufgängertum hielt er nichts – niemals hätte ich ihm meine Kompositionen gezeigt. Seine Hypochondrie vertrug sich mit einem dunkel gefärbten Humor; meinen unreifen Jahren brachte er ein freundliches Verständnis entgegen. Einmal kam ich mit blutenden Händen in die Klavierstunde. «Was hast du denn gemacht?» fragte er. «Ich habe gestritten», bekannte ich. «Ja streitest du denn?» – es schien ihn zu verwundern.

Von ganz anderer Art, unbeschwert und dynamisch anfeuernd, war der nächste Klavierlehrer, ein begnadetes Kind des Volkes, Oskar Ziegler. Leider hat ihn die Schweiz nicht mehr gesehen und gehört, nachdem er in New York sich eine Position geschaffen hatte – wo er früh starb. Ziegler forderte viel und ließ mich unbedenklich schwere Stücke spielen: Mozarts grandiose Phantasie in c-Moll, von Mozart auch das Krönungskonzert in D-Dur, das ich ebenfalls bei einer Veranstaltung der Musikschule (sie heißt heute «Konservatorium») im großen Kasinosaal spielte; das Orchester stand unter der Leitung des erzmusikalischen Tschechen Jaroslav Pick; ferner die Konzertetüde von Liszt in Des-Dur. «Steht noch nicht auf dem Konzertniveau», notierte ich in meinem Tagebuch über die öffentliche Aufführung dieser Stücke am 9. Juli 1919. Ziegler war ein wunderbarer Beethoven-Interpret, und nichts war lehrreicher und mitreißender als die Art, wie er mir Beethovens Waldstein-Sonate beibrachte. «Trotz Armleiden», heißt es in meinem Tagebuch, spielte ich noch Schuberts Variationen in B-Dur im März 1920 an einer öffentlichen Veranstaltung.

Die Nervenentzündung in den Armen, eine Folge anstrengender und leider verkrampfter Bemühungen um diese hohe Kunst, bereitete meiner Pianistenlaufbahn ein Ende. Noch hatte ich für eine Veranstaltung der Musikschule César Francks ungemein kunstvoll gebaute, einschmeichelnde und glasklare «Variations Symphoniques» für Klavier und Orchester eingeübt – man kann kaum von «Auswendiglernen» sprechen, indem mir die Folgerichtigkeit eines Musikstückes das Auswendigspielen zur Selbstverständlichkeit werden ließ. Während der Hauptprobe im Konzertsaal mit dem Berner Stadtorchester wurden die Schmerzen in den Armen so arg, daß ich auf den öffentlichen Vortrag am gleichen Abend verzichten mußte.

Einen besonderen, wohlbehüteten Platz in meinem Repertoire und Gemüt nahm Chopin ein. Es ist das Einzigartige seines Klangs, der weder Vorgänger noch Nachfolger hat, das mich an Chopins Musik ergriff. Ich entdeckte in Thomas Manns «Doktor Faustus» folgende Stelle eines imaginären Briefes seines Romanhelden Adrian Leverkühn: «Spiele viel Chopin. Ich liebe das Engelhafte seiner Gestalt, das an Shelley erinnert, das eigentümlich und sehr geheimnisvoll Verschleierte, Unzulassende, sich Entziehende, Abenteuerlose seines Daseins, das Nichts wissen wollen, das Ablehnen stofflicher Erfahrung, die sublime Inzucht seiner phantastisch delikaten und verführerischen Kunst.» Sicher dachte Thomas Mann, als er diese Zeilen schrieb, nicht daran, daß sie, Wort für Wort, auch auf einen seiner berühmten Zeitgenossen, den Dichter Rainer Maria Rilke, zutreffen. Mir war die Parallele Chopin-Rilke immer vertraut und unbezweifelbar – auch Rilkes Gestalt und Kunst haben etwas Einmaliges und nicht Einzuordnendes; er ist – auch die Parallele mit Shelley stimmt – eine Ausnahme-Erscheinung, von der ein französischer Kritiker sagte: «Un homme rare.» Bei einer anderen Gelegenheit, an der Feier zum Gedenken des 90. Geburtstages von Gerhart Hauptmann, sagte Thomas Mann: «Rilke und sein so neuer, so verführerischer lyrischer Laut.» Das «Verführerische» des Lautes findet er, zu Recht, glaube ich, bei Chopin und bei Rilke.

Wo lag der Fehler bei meinen im Ergebnis gescheiterten Bemühungen um die Musik? War die Schwäche im Arm eine bloß physiologische Erscheinung, ohne Zusammenhang mit Verkrampfungen, die ein Ergebnis mehrerer Faktoren in meiner Entwicklung und eine Folge von bedrückenden Umwelteinflüssen waren? Oder hat ein tief unbewußtes Gefühl von Unzulänglichkeit, verbunden mit hervordrängenden Neigungen für andere Gebiete, sich in einem körperlichen Leiden manifestiert? Wie dem auch sei, nach dreiundfünfzig Jahren ist es für eine Analyse zu spät. Henri Bergson, ein einflußreicher Denk-Lehrer unserer Generation, hat dieses Zerbrechen früher Bemühungen sehr schön formuliert: «Die Straße, die wir durchlaufen, ist wie übersät mit den Scherben alles dessen, was wir zu sein begonnen hatten, alles dessen, was wir hätten werden können.»

Unvergleichlich sind die Eindrücke, die mir das musikalische Leben Berns in den Weltkriegsjahren beschert hat. Abgesehen von dem vielseitigen und im Rhythmischen starken Dirigenten des Stadtorchesters, dem schon genannten Fritz Brun, dessen abwechslungsreichem Repertoire wir gern und gut in den Abonnementskonzerten folgten, brachte die Kulturpropaganda der kriegführenden Mächte ihre besten Künstler in die Schweiz. Busoni allerdings machte eine Ausnahme; als Italiener und daher «feindlicher Ausländer» blieb er bis zum Kriegsende Deutschland fern. Er lebte in den Kriegsjahren in Zürich, gab aber auch bei uns Klavierabende, von denen ich heute noch glaube, daß sie für eine ganze Epoche der Interpretationskunst exemplarisch waren. Denn hier war das Klavier wirklich das abstrakte, direkte und souveräne Medium der Musik in ihrer Geistigkeit, bei vollkommener und scheinbar müheloser Beherrschung der Technik.

Große Dirigenten, Arthur Nikisch mit dem Leipziger Gewandhausorchester, der noch junge und schon berühmte Bruno Walter mit der Hofoper München, Richard Strauß als Dirigent eigener Kompositionen und von Werken Mozarts, aus Paris André Messager mit dem Orchestre du Conservatoire, nach ihm das Orchestre Lamoureux, die «Instruments anciens», auch aus Paris, eines der ersten Ensembles, die alte Musik auf alten Instrumenten spielten, der damals junge Geiger Josef Szigeti (den mein Vater ärztlich behandelt hatte und der uns besuchte), noch andere, deren ich mich nicht mehr entsinne, erfüllten den großen Kasinosaal und das Stadttheater in edlem Wettstreit mit ihrem vollendeten Können. So kam ich zu einer «Elektra»-Aufführung unter der Stabführung des Komponisten, zu zwei Opern von Hans Pfitzner, von Bruno Walter dirigiert, zu einem «Tristan» unter der Leitung von Nikisch – eine Aufführung, die mich so erschütterte, daß ich im zweiten Akt ohnmächtig von meinem Stuhl sank und natürlich nach der Pause bis zum bitteren Ende des singend sterbenden Helden ausharrte...

Richard Wagner war ein großes Problem in unserer Jugend, verehrt, verhaßt, von einer Machtfülle, die Unterwerfung forderte, ein Magier des Orchesterklangs, ein Mythiker des Gesamtkunstwerkes, ein genialer Hochstapler und unübertroffener Heros der Opernbühne, ein weihevoller Schnorrer und Künstler, aber auch ein verführerischer Zauberer und unerschöpflicher Wort- und Tondichter, dessen grandioses Werk einen unerläßlichen, aufdringlichen, klingenden Ring in der Kette der Musikgeschichte bildet. Wie fern war man da von der adligen Musik, von der Klarheit der Disposition und dem wandlungsvollen Geist eines Mozart, den wir gottlob auf dem Klavier, im Orchester und im Chorgesang pflegten! Welche Durchsichtigkeit, welche Einfachheit der Mozartschen Stimmenführung – die jedoch tiefer führt, als frühere, ihn verniedlichende Generationen glaubten annehmen zu dürfen, und im «Don Giovanni» ins Tragisch-Grandiose transzendiert, ohne doch den gigantischen Orchesterapparat Richard Wagners schon erfunden oder überhaupt gebraucht zu haben.

Und doch. Und doch... Dem Zauber der «Walküre» habe ich weder in meiner Berner Jugend, noch in einer Aufführung Bruno Walters im Pariser Théâtre des Champs Elysées im Jahre 1929, noch auf der transparenten, von Karajan realisierten Schallplatten-Aufnahme widerstanden. Wenn ich in Paris den alten Vincent d'Indy zur «Closerie des Lilas» gehen sah, dachte ich daran, daß dieser Komponist an der Einweihung des Festspielhauses in Bayreuth teilgenommen hatte. Als ich nach dem Zweiten Weltkrieg in Wien mit Wotrubas aus einer «Tristan»-Aufführung kam und meiner Empörung über dieses «unzumutbare» Werk Luft machte, meinte Fritz Wotruba: «Es gibt eine natürliche Kunst, und es gibt eine künstliche Kunst. Wagner gehört zur künstlichen Kunst.» Vor ein paar Jahren hat Wotruba für die Stadt Mainz ein Wagner-Denkmal geschaffen. Und er hat mir einen seiner Entwürfe zur Berliner «Ring»-Inszenierung geschenkt. Anscheinend entgeht man dem großen Erschütterer nicht.

Nietzsches «Fall Wagner» diente uns als willkommenes Gegengift. Aber was meint er mit Bizet? Zweifellos jene «natürliche Kunst», das Genuine und Handfeste in der Musik, für das er ebenso gut Smetana und vor allem Verdi hätte nennen können. Verdi, über den Franz Werfel in den 1920er Jahren eine romanhafte Biographie geschrieben hat und dessen Arien er mit schönem Tenor, am Klavier begleitet von seiner Frau Alma – Gustav Mahlers Witwe –, vortrug: Verdi hat mich, als Gegengewicht zu Wagner, oftmals erquickt. Aber man sollte nicht Unvergleichbares vergleichen.

Was mich in meiner frühen Jugend zu verführen und zu verderben drohte, war das Pastose und der Prunk einer gewissen Musik, bei Berlioz, Wagner, Liszt, Tschaikowsky, Rimski-Korsakow – das Prahlerische und Schwelgerische, mit ästhetischen Reizmitteln Arbeitende; bei Wagner auch das Brünstige. Doch hat mich vielleicht Mahler gerade deshalb entzückt, weil bei ihm, wenngleich nicht frei von Wiener Sentimentalität und einem Schuß Gewöhnlichkeit, aber anders als bei Richard Strauß, ein neues Element in den Orchesterklang sich mischte. Lyrisch, eminent sangbar in den Vokalwerken, die menschliche Stimme auf eine neue Art verbindend mit einem sehr durchsichtigen Orchester, das stellenweise kammermusikalisch zurücktritt, aber auch dramatisch bewegt ist in den Symphonien, haben Mahlers Werke dank einem differenzierten Orchesterapparat eine rein instrumentale Klangform hervorgebracht, die sich von der klavieristischen Sonatenform abgelöst hat. «Völlig aus dem Geist und der Technik des Orchesters geschaffen» – so charakterisiert Kurt Blaukopf diese Musik. Ich war immer dem Geist des Orchesters und der Kunst der Instrumentation mit ihren fast unerschöpflichen Möglichkeiten der Klangmischung zugetan – ich konnte kein warmes Gefühl für Brahms aufbringen, weil trotz seinem hohen Kunstverstand für mein Ohr seine Instrumentation dürr und sein Orchesterklang spröde ist.

Was Thomas Mann in seinem «Doktor Faustus» als Gegensatz herausstellt: die harmonische Subjektivität gegen die polyphone Sachlichkeit; was Kontrapunkt, Fuge, strenger Stil ist; was Bach als liturgischer Komponist souverän geschaffen und Beethovens säkularisierte, einsame, selbstbezogene Kunst abgeworfen hat, brachte den jugendlich Beflissenen, der ich war, in eine schwierige Konfliktsituation. Ich wußte wohl um die Bedeutung des großen Sebastian Bach, um die Sachlichkeit seines strengen Stils; aber ich konnte nicht anders, als ihm Händel und Beethoven vorzuziehen. In einer späteren Zeit, als ich in ihrem Bach-erfüllten, Buxtehude und François Couperin zelebrierenden Haus Wanda Landowska das Cembalo spielen hörte, hat sich das geändert. Dieser großen Künstlerin und Pädagogin verdanke ich den unverlierbaren Zugang zu Bach und zu seiner Tonsprache. Mit den «Goldberg-Variationen», die Wanda Landowska für das Cembalo, den Konzertsaal und die Schallplatte zurückgewann, lernte ich die Geheimnisse des strengen Stils.

Doch das war, wie gesagt, später, als ich – Anfang der 1930er Jahre – von Paris aus an den Wochenenden in die bukolische Gegend von Saint-Leu-la-Forêt hinausfuhr, wo die Künstlerin im Garten ihres Wohnhauses einen kleinen

Musiksaal hatte bauen lassen. Es kam vor, daß dieses geniale Kind der Stadt Warschau, wenn wir allein waren, auf ihrem Podium das Cembalo verließ und mir auf einem Flügel Chopin vorspielte. Daran dachte ich – es war noch einmal viele Jahre später –, als wir an einem klaren Oktobermorgen in Polen Chopins ländliches Elternhaus aufsuchten, wo eine junge Pianistin im schlichten Wohnzimmer Werke dieses «engelhaften» Komponisten vortrug...

Doch muß ich mir, einmal mehr, vornehmen, in meinem Lebensbericht der Zeit nicht so ungebührlich vorauszueilen.

Ich habe nie den Verzicht auf eine Musikerlaufbahn als einen schmerzenden Verlust empfunden, weil ich nie diese Quelle in mir zu unterdrücken brauchte. Wesentliches, Elementares, Angeborenes, auch den Kunstsinn, den man in sich trägt und immer weiter ausbildet, kann man nicht verlieren. Irgendwie und irgendwo, doch immer unwillkürlich, kommt die tiefere Erlebnisschicht auch in anderen Ausdrucksformen oder einfach beim Aufnehmen dessen, was das Leben uns bietet, zum Klingen. Daß die ursprüngliche Veranlagung mich nicht verlassen, daß sie mich auch nicht bloß wie ein fremdes Wesen begleitet, sondern, was ich dachte, liebte, hörte und wohl auch sprach und schrieb, mitbestimmt hat, ist die Überzeugung des alten Mannes, der ohne unnütze Wehmut auf Verzichte seines Jünglingsalters zurückblickt.

8. BEKEHRUNG ZUM NEUEN

Ich fürchte, daß der sprachliche Ausdruck, der dem Sechzehn- und Siebzehnjährigen zur Verfügung stand, weniger geschickt war als sein musikalischer. Aber es fällt mir auf, daß in den letzten Kriegsjahren seine Tagebucheintragungen ausführlicher wurden und den Ablauf der Weltereignisse bei ihren wichtigsten Wendepunkten festhielten: bei der Revolution in Rußland, beim Eingreifen Amerikas in den europäischen Krieg, beim Zusammenbruch der beiden Reiche Deutschland und Österreich-Ungarn. Das Interesse des Tagebuchschreibers galt in vermehrtem Maße der Politik und ihrer großen Wendung zur Demokratie und zum Sozialismus; anhand von Stegemanns Lageberichten verfolgte er auch das militärische Geschehen an den Fronten.

Was ging in dem jungen Menschen vor? Ich glaube, er fühlte sich zerrissen. An einem Septembertag des Jahres 1916 nahm er an einem «Entente-Internierten-Fest» teil, und tags darauf berichtet er von einer Ausstellung deutscher Internierter, an der er den Schauspieler Alexander Moissi in seiner feldgrauen Uniform und den Violinisten Adolf Busch sah und hörte. Und am 16. November des gleichen Jahres schreibt er in seinen Kalender: «Vive la Pologne!» Fünf Tage später gedenkt er in ergriffenen Worten des Todes des Kaisers Franz Josef. Als am nächsten Abend Arthur Nikisch mit dem Leipziger Gewandhausorchester in Bern gastierte, wandte sich der berühmte Dirigent an das Publikum: «Zu Ehren des verstorbenen Kaisers von Österreich werden wir den Trauermarsch aus der Eroica spielen.»

Aus dem Tagebuch: Am 3. Januar 1917: Rasputin ermordet. Am 15.-16. März: Revolution in Rußland, Abdankung des Zaren. Am 8. April: Amerika im Kriege.

Wirklichkeit und Spiel flossen ineinander, als im Juni Max Reinhardt mit seinem Deutschen Theater aus Berlin kam und Georg Büchners Drama «Dantons Tod» im Stadttheater aufführte. Der große Erneuerer der Bühnenkunst schickte einen seiner Regisseure mit dem Auftrag nach Bern, Statisten anzuwerben und mit ihnen die Massenszenen des Dramas einzuüben. In dieser Statisterie figurierte ich als Sansculotte. Auf der Bühne war ich Jakobiner und Revolutionär. Der Rektor unseres Gymnasiums hatte Bedenken gehabt, uns die Teilnahme an diesen Aufführungen zu gestatten. Der Text des Stückes schockierte durch seine krassen Aussprüche. Seine aufwühlende Handlung und ungeschminkte Sprache hatte nichts gemein mit Schillers Idealismus. Büchner war damals eine Entdekkung, eine Neuigkeit, ein Durchbruch in eine bisher verhüllt gebliebene Welt. Nun stand sie vor uns mit Robespierres grausamer Tugend, mit Dantons provozierenden Ausschweifungen, mit der nackten Angst der Opfer des Terrors, mit der revolutionären Wirklichkeit, die von menschheitsbeglückender Rhetorik überfloß und voll war von Blut, Tränen und Haß. Wir entdeckten, wie jede Freiheitsbewegung in der Geschichte mit Gewalt und Blutvergießen verbunden ist.

Es kam der große Tag, da der bewunderte Max Reinhardt mit den Rollenträgern des Dramas zur ersten gemeinsamen Probe mit den Statisten in Bern erschien. Moissi spielte den Danton, Bruno Decarli war Robespierre, Paul Hartmann Camille Desmoulins, Werner Krauß Saint-Just, Lucy Höflich Julie Danton, Else Heims Lucile Desmoulins; das war die Spitzenbesetzung schlechthin. Im Foyer des Theaters, wo die erste Probe stattfand, hielt Moissi vor dem Revolutionstribunal seine Verteidigungsrede. Wir blieben stumm vor Staunen. Max Reinhardt wandte sich an unsern Regisseur: «Ich dachte, die Leute können ihren Text?» – «Herr Professor,» jammerte der junge Mann, «sie konnten ihn, aber nun hat sie Herr Moissi so fasziniert, daß sie alles vergessen haben.» Daraufhin Reinhardt mit väterlichem Stimmfall zu den Statisten: «Ich verstehe, daß Sie Herrn Moissi bewundern. Wir bewundern ihn auch. Aber denken Sie von nun an nicht daran, daß hier Herr Moissi steht, sondern denken Sie nur an Ihren Text und arbeiten Sie mit uns.» Von diesem Augenblick an ging alles wie am Schnürchen.

Werner Krauß, damals ein Mann mitte der Dreißig, faszinierte uns kaum weniger als Moissi. Den ersten Satz aus seiner Rede vor dem Nationalkonvent, mit schauerlicher Kälte und unbewegtem, weiß geschminktem Gesicht gesprochen, haben wir später oft nachzuahmen versucht: «Es scheint in dieser Versammlung einige empfindliche Ohren zu geben, die das Wort ‚Blut' nicht wohl vertragen können.» Saint-Justs Rede enthält die philosophische Rechtfertigung des Terrors; er stellt «einige allgemeine Betrachtungen über die Verhältnisse der Natur und der Geschichte» an, aus denen er folgert, «daß wir nicht grausamer sind als die Natur und die Zeit». Naturkatastrophen, meint er, führten «eine unbedeutende, im großen Ganzen kaum bemerkbare Veränderung der Natur (herbei), die fast spurlos vorübergegangen sein würde, wenn nicht Leichen auf ihrem Wege lägen. – Ich frage nun:» – und die Stimme des Schauspielers wurde schneidend – «Soll die moralische Natur in ihren Revolutionen mehr Rücksicht nehmen als die physische? Soll eine Idee nicht ebenso gut wie ein Gesetz der Physik vernichten dürfen, was sich ihr widersetzt? Soll überhaupt ein Ereignis, das die ganze Gestaltung der moralischen Natur, das heißt der Menschheit umändert, nicht durch Blut gehen dürfen?» Mit eisiger Logik und unbewegter Miene baute Saint-Just seine Anklagerede gegen Danton und seine Komplizen auf, bis der Satz: «Die Menschheit wird aus dem Blutkessel, wie die Erde aus den Wellen der Sündflut, mit urkräftigen Gliedern sich erheben, als wäre sie zum erstenmal geschaffen», uns das Stichwort zu lang anhaltendem, enthusiastischem Beifall gab...

Das war nicht mehr Theater, es war auch nicht eine erhebende Heldentragödie wie der «Wallenstein» oder ein kluges politisches Drama wie der «Egmont», es war aggressive Politik und gnadenlose Geschichte, von der alle verherrlichenden Ornamente und tröstlichen Pflaster weggerissen waren – auf dem Hintergrund eines Weltkrieges und von Umwälzungen, von denen damals die Zeitungen täglich Bericht gaben. Wir konnten im Nachwort zum Dramentext lesen, daß Büchner beim Studium der Französischen Revolution von dem «gräßlichen Fatalismus der Geschichte» erschüttert war: «Der einzelne nur Schaum auf der Welle, die Großen ein bloßer Zufall, die Herrschaft des Genies ein Puppenspiel, ein lächerliches Ringen gegen ein ehernes Gesetz, es zu erkennen das Höchste, es zu beherrschen unmöglich.»

Auch von der Inszenierung her hatte Reinhardt das Illusionstheater abgeschafft; anstatt wirklichkeitstreuer Bühnenbilder waren Kuben aufgebaut, auf denen und um die herum die Personen des Dramas und die agierenden Volksmassen von wechselndem Scheinwerferlicht angeleuchtet wurden. Neue Kunststile, Expressionismus und Kubismus, hielten auch auf der Bühne ihren Einzug. Den deutschen Expressionismus hatte ich kennen gelernt, als mein Schulfreund Herbert Binswanger in seinem Zimmer eine Zeichnung von Ernst Ludwig Kirchner hängen hatte; neue künstlerische Ausdrucksformen, auch die Experimente der Dadaisten in Zürich, von denen Kunde zu uns kam, waren Ausdruck eines veränderten Lebensgefühls. Ein Buch von Andreas Latzko, «Menschen im Kriege», bereitete aller propagandistischen Schönfärberei des gräßlichen Völkermordens auf dem blutgetränkten Boden Europas ein Ende.

In dieser «Danton»-Inszenierung wurde rücksichtslos zur Darstellung gebracht, was in der Geschichte Schreckliches und Absurdes geschieht. Spiel und Wirklichkeit, Theater und Politik, Kunst und Geschichte waren eins geworden. Wir gingen mit, wir agierten, wir schrien, wenn die Großen des Theaters als Große der Geschichte uns begeisternd mitrissen – wohin? In einen historischen Schiffbruch, von dem wir zum erstenmal zu ahnen begannen, daß so und nicht anders die um uns sich abspielende

Geschichte uns verschlingen oder als Überlebende an ein vorläufiges Ufer spülen würde.

Zweimal, bei heißem Sommerwetter, fand im Juni 1917 diese Vorstellung statt. Im gleichen Monat wurde der politische Mikrokosmos der Schweiz erschüttert von der als «Affäre Hoffmann» bekannten Krise. Der Außenminister hatte durch die Vermittlung des sozialistischen Politikers Robert Grimm, der sich in Petersburg aufhielt, der russischen Provisorischen Regierung einen deutschen Friedensvorschlag mitteilen lassen. Aber das Geheimnis wurde von einer schwedischen Zeitung ausgeplaudert. Die französische und englische Presse protestierte heftig gegen diesen von ihr als neutralitätswidrig bezeichneten Schritt, der einen deutsch-russischen Sonderfrieden zum Ziele zu haben schien. Die Kollegen Arthur Hoffmanns, die von seiner Initiative keine Kenntnis hatten, legten ihm seinen Rücktritt nahe. Anstelle dieses zweifellos deutschfreundlichen Magistraten wählte die Bundesversammlung den Genfer Gustave Ador. Einmal mehr prallten Deutsch und Welsch aufeinander, als infolge eines diplomatischen Fauxpas dieser Wechsel in der Zusammensetzung des Bundesrates eine Korrektur des bisherigen Kurses anzeigte. Die Kunst der Anpassung an die Machtverhältnisse in Europa, die den Schwachen und Kleinen ermöglicht, die Stürme der großen Politik zu überleben, kam einmal mehr der Schweiz in ihrer Geschichte rettend zu Hilfe. Mein Vater, der an diesen Tagen ärztlich zu Hoffmann gerufen wurde, hatte ein Herz für den unglücklichen Politiker, dem die Überschätzung seiner eigenen Rolle zum Verhängnis geworden war.

Auf der Waage der westlichen Demokratien lagen die schwereren Gewichte – trotz den verzweifelten Anstrengungen der deutschen Militärs, die durch den U-Boot-Krieg England und an der Westfront Frankreich glaubten besiegen zu können. Onkel Eugen, der sehr deutschfreundlich war, sagte eines Abends: «Mir schwant Unheil.» Tagebuch vom 27. Juni 1917: «Aufregung, Spannung und Furcht für die Zukunft herrschen allerorts.»

Der deutsche Reichstag hatte eine aufsehenerregende «Friedensresolution» verabschiedet, die zu nichts anderem als zum Sturz des Reichskanzlers von Bethmann Hollweg und zur faktischen Diktatur des Großen Hauptquartiers, das heißt des Generals Ludendorff führte. Eintragungen in mein Tagebuch: Anfang Juli 1917: Zusammenbruch Rußlands, Kerenski. 8. November: Ausbruch der zweiten russischen Revolution. Staatsstreich der Maximalisten (Friedenspartei: Proletariat-Soldaten), an ihrer Spitze Lenin. 7. Dezember: Waffenstillstand in Rußland. 8. Dezember: Debatte im preußischen Landtag über die Abschaffung des Dreiklassenwahlrechts. Februar 1918: Lektüre von Friedrich Naumann: «Der Kaiser im Volksstaat». 14. März: Separatfrieden mit Rußland und Rumänien. 29. September: Beginn der Endkatastrophe: Bulgarien kapituliert. 4. Oktober: Prinz Max von Baden bildet eine parlamentarische Regierung. 5. Oktober: Deutsches Friedensangebot. Neue Epoche in Deutschlands innerer Geschichte. 4.–6. November: Ludendorff demissioniert, Tisza ermordet. Revolution in Ungarn, Waffenstillstand mit der Türkei und Österreich-Ungarn, das sich auflöst. 8. November: Waffenstillstand an der Westfront. 10. November: Revolution in Deutschland, Ebert Kanzler. Auch die Schweiz steht vor dem Bürgerkrieg. 11. November: Generalstreik, Mobilisation, Belagerungszustand. Bern ein Truppenlager. 14. November: Ende des Landesstreiks. 16. November: Die Entente hätte im Fall eines Bürgerkrieges interveniert. 17. November: Mut und Hoffnung verließen mich nie und waren meine Stütze.

Dies die kurze Chronik des Weltgeschehens, wie sie im Kalender des Sekundaners steht. Er war zu jung, als daß er aller Zuversicht hätte entsagen können. Die Botschaft des amerikanischen Präsidenten Woodrow Wilson, der die

Welt «reif für die Demokratie» machen wollte und in seinen Vierzehn Punkten das Selbstbestimmungsrecht der Völker proklamiert hatte, schien vernünftig und gerecht. Der Übergang vom konservativen Obrigkeitsstaat zur parlamentarischen Demokratie sollte eine neue Epoche in Deutschland und in den Ländern der zerfallenden Habsburger Monarchie einleiten.

Am 11.–14. Oktober 1918 steht im Tagebuch folgendes Bekenntnis: «Ich erlebe eigentlich eine rechte ‚Bekehrung'. Ich lerne einfach, die Dinge durch eine andere Brille anzusehen, die wirkliche Brille des wahren Fortschritts und der notwendigen Zukunft. Nicht daß durch die alte Brille Schlechtes gut gesehen wurde und mich die neue das mir früher nicht erkannte Schlechte zeigen würde, nein, die verschiedenen Brillen zeigen mir die Dinge unter verschiedenen Gesichtspunkten: die alte unter einem veralteten, die neue unter dem zeitgemäßen. Ich stimme darin ein: wir brauchen das Verlorene weniger zu beweinen, als wir uns über das Gewonnene freuen dürfen.»

Eine alte Welt war geborsten, das 19. Jahrhundert mit seinen politischen, sozialen und kulturellen Ordnungen zu Ende gegangen. Bereits trat die Polarisierung zwischen der kommunistischen Doktrin, die unter Lenins Führung Rußland revolutionär umzugestalten begann und Anhänger in andern europäischen Ländern hatte, und der westlichen Demokratie in Erscheinung, als deren Verkünder Präsident Wilson an der Spitze der im Westen siegreichen Koalition stand. Auf der einen Seite empfahl sich der historische Materialismus von Karl Marx als Volksbefreier und Ferment der Weltrevolution; auf der anderen Seite erfolgte ein Durchbruch des aufklärerischen Idealismus, der den Rechten der menschlichen Persönlichkeit, der Selbstbestimmung der Völker, der demokratischen Gleichheit und Freiheit und der pluralistischen Gesellschaft das Wort redete. Da die Institutionen das Rückgrat des geschichtlichen Prozesses bilden, ging es letzten Endes um die Frage, welche Staatsform auf den Trümmern der zusammengebrochenen Reiche in Mitteleuropa errichtet werden sollte. Was Wunder, wenn junge Menschen, als der Krieg zu Ende war, sich von diesen Strömungen ergreifen ließen, wobei das Zeitgemäße verschiedene Gesichter hatte, entgegengesetzte Ideologien hervorbrachte.

Es gab auch genug vordringliche Probleme des täglichen Lebens, die enger an uns hafteten als diese allgemeinen Erscheinungen. Eine Grippe-Epidemie forderte unzählige Opfer unter der Bevölkerung, besonders auch unter den Soldaten, die zur Brechung des Generalstreiks aufgeboten worden waren. Mein Vater war von früh bis spät tätig und zog sich dabei ein Leiden zu, das sich in den folgenden Jahren verschlimmern sollte. Die Schule blieb wegen der Ansteckungsgefahr während längerer Zeit geschlossen; ich verbrachte in jenem Herbst mit meiner Schwester einsame Wochen innerer Einkehr in Brunegg.

Mein Bruder befand sich als wachhabender Offizier auf dem Admiralsschiff, als die deutsche Flotte an England ausgeliefert und in Scapa Flow interniert wurde. Im Dezember 1918 traf sein erster Brief aus englischer Gefangenschaft ein, und am 18. Februar 1919 steht in meinem Tagebuch: «Ado kommt heil nach Hause.» Als wir im April die silberne Hochzeit der Eltern feierten, waren wir vier Geschwister zum erstenmal seit den Vorkriegsjahren wieder beisammen. Nach einem längeren Urlaub in der Schweiz begab sich mein Bruder wieder nach Kiel; er quittierte den Dienst bei der Marine und begann an der dortigen Universität sein Studium in Nationalökonomie. Er gehörte der «verlorenen Generation» an, von der Hemingway spricht, und ich glaube, daß er dieses Trauma nie ganz überwunden hat. Seine Überzeugung, daß niemand ganz in ihn hineinschauen und für ihn Entscheidungen treffen könne, hat sich in der Folge bewahrheitet; er war ein verletzter, einsamer, in seine widerspruchsvolle Natur eingeschlossener Mensch, dem das Leben schwer wurde. Mit seinem Vater konnte er sich nicht verstehen, worunter sie beide litten.

Mein Jugendfreund Hasso von Bismarck, in dessen Kreis ich noch viele frohe Stunden verbracht hatte, verließ Bern mit seinen Eltern, nachdem die neue deutsche Regierung die bisherige diplomatische Vertretung abberufen hatte. Das Interesse an den politischen Vorgängen ließ mich von nun an nicht mehr los. In meinem Tagebuch vermerkte ich die Konferenz der Zweiten Sozialistischen Internationale, die im Februar 1919 in Bern stattfand und den Bruch zwischen dem demokratischen Sozialismus und den kommunistischen Anhängern Lenins besiegelte. Unter den Delegierten befand sich Kurt Eisner, zu dieser Zeit bayerischer Ministerpräsident; von einem Vortrag Eisners, den ich hörte, sagt das Tagebuch: «Gesinnung eines wahren Idealisten.» Bald nach seiner Rückkehr nach München wurde Eisner von einem Grafen Arco ermordet.

Als ich die Osterferien wieder im Schloß Marschlins verbrachte, hatte kurz zuvor der aus seinem Land geflüchtete König Ludwig III. von Bayern eine provisorische Unterkunft im «Johannesstift» in Zizers gefunden. Ein Vetter meines Vaters, P. Nicolaus von Salis, der dem Benediktinerorden in Beuron angehörte, war um das Wohl des greisen Monarchen besorgt. Er führte mich eines Tages bei ihm ein. Der weißbärtige, blauäugige Wittelsbacher war ein lebhafter und gesprächiger Herr, der sich über die politischen Ereignisse sehr distanziert, wie ein unbeteiligter Dritter, äußerte. Von der Revolution in München sagte er, er habe sie anfänglich nicht ernst genommen, bis er nach einer etwas unheimlichen Nacht die Stadt und später sein Land verlassen mußte. Von dem Mörder Kurt Eisners sagte er: «Ich weiß gar nicht, was dem eing'falln ist.»

Es war nun an der Zeit, mich auf die Maturitätsprüfung vorzubereiten. Meine verschiedenen «Neigungen» und «Liebhabereien» bereiteten meinem Vater Sorge, da er befürchtete, ich könnte mich ins «Uferlose» verlieren. So in einem Brief. Er ermahnte mich, mir ein Ziel vorzunehmen, das mir die nötige berufliche und materielle Unabhängigkeit zu sichern imstande sei. Hinderlich war in jener Zeit der Klavier- und Schreibkrampf, der mich zwang, mit der linken Hand schreiben zu lernen. Mein Vater betonte, daß er zwar seinen Kindern gern zu einer guten Ausbildung verhelfen wolle, ihnen aber kein Vermögen hinterlassen könne. Seine ärztliche Praxis hatte er in finanzieller Hinsicht nicht mit kaufmännischem Geschick verwaltet, was für ihn und seine Familie Nachteile hatte; aber ich lobe ihn dafür, daß er den Dienst an den kranken Menschen immer über das Gewinnstreben gestellt hat.

Nach der im September 1920 bestandenen Maturitätsprüfung sollte ich mein Studium der Geschichte und Musikwissenschaft in München beginnen, wo Ricarda Huch mich in ihre Wohnung aufzunehmen bereit war. Aber in Bayern war mittlerweile ein reaktionäres Regime unter dem Ministerpräsidenten von Kahr ans Ruder gekommen, das Ausländern keine Genehmigung zum Universitätsstudium erteilte. Kurz entschlossen riet mir mein Vater, mein erstes Studiensemester an der Universität Montpellier, in einem gesunden südlichen Klima, zu verbringen. Dort solle ich mich zunächst von den Anstrengungen der letzten Jahre und den ungünstigen gesundheitlichen Folgen des rauhen Berner Klimas erholen. An der dortigen «Faculté des Lettres» könne ich mich immatrikulieren und Vorlesungen über Geschichte und Literatur hören. Der französische Botschaftsrat, der als Mieter in unserem Haus an der Nydecklaube wohnte, beschaffte in kurzen Fristen die nötige Genehmigung und das Visum.

Für einen jungen Schweizer, der seine ganze Schulzeit eingeschlossen in seiner zwar schönen, aber sein Lebensgefühl etwas beengenden Heimat verbracht hatte, war die Ausreise nach Südfrankreich im Herbst 1920 ein befreiendes Abenteuer. Er konnte wohl kaum klar formulieren, was er suchte und wohin es ihn zog. Doch bedeutete es ihm viel, als er der gewohnten Umgebung für ein paar Monate entrinnen, andere Menschen, Dinge und Landschaften in sich aufnehmen konnte.

II. STUDIENJAHRE

9. MONTPELLIER

Ich zweifle, daß dieses erste Universitätssemester in Südfrankreich ein großes Abenteuer war. Ich zweifle sogar, daß das Klima im Languedoc besonders zuträglich war; die Herbststürme waren von sintflutartigen Regengüssen begleitet, und an Sonnentagen wurde es gegen Abend wieder kalt. Gesundheitlich war ich in Montpellier nicht weniger anfällig veranlagt als in Bern; die ungewohnte Nahrung bereitete mir Magenverstimmungen, und eine Gürtelrose verursachte eine unfreiwillige Bettlägerigkeit. Ich glaube endlich nicht, daß, als ich zum erstenmal fern von der Heimat Geburtstag – den 19. – und Weihnachten feierte, ich mich innerlich gelöst habe von den Bindungen ans Elternhaus. Aber meine Briefe aus Montpellier zeugen vom guten Willen, die Fremde und was mir an ihr fremd vorkam, zu verstehen, mich in die neue Umgebung einzuleben und die dortige Mentalität zu begreifen, die mir in doppelter Hinsicht rückwärtsgewandt vorkam: durch ihren provinziellen Traditionalismus und durch den vom Kriege herüberwirkenden Chauvinismus der politischen Gesinnung. Das Verhältnis der französischen Bevölkerung zur Außenwelt war noch bestimmt von dem fürchterlichen Aderlaß der Kriegsjahre und den Enttäuschungen, die der Friede dem Land bereitet hatte.

Eine gewisse Dürftigkeit und Vernachlässigung der Umwelt war die unvermeidliche Folge eines langen Krieges, der alle öffentlichen Mittel, alle Anstrengungen und Opfer der Nation ausschließlich in Anspruch genommen hatte. Frankreich hatte eine Million vierhundertsiebenundfünfzigtausend junge Männer verloren, und viele Wiegen blieben leer. Fast in jeder Familie fehlte ein Mitglied, Vater oder Bruder, das auf dem nordfranzösischen Schlachtfeld gefallen war. Der Wiederaufbau der schwer verwüsteten Gebiete hätte nur mit fremden Mitteln in Angriff genommen werden können; aber die Reparationszahlungen aus Deutschland flossen spärlich in die Staatskasse, und die Vereinigten Staaten forderten die Kriegsanleihen von ihren Verbündeten zurück wie eine gewöhnliche Handelsschuld. Trotz dem geringen Altersunterschied spürten wir die Kluft, die uns von den Studenten trennte, die aus dem Kriege zurückgekehrt waren; sie hatten die Hölle gesehen, und wir waren unerfahrene Knaben. Einer unserer jüngeren Professoren hatte einen Arm bei den Kämpfen an den Dardanellen verloren. Aus den Augen der Kriegsteilnehmergeneration blickte etwas Beklommenes, und ihr Mund hatte etwas Verbissenes. Im Spital, wo ich wegen meines Armleidens in Behandlung war, stieß ich auf die Kriegsverletzten, die dort für ihre verstümmelten Glieder Linderung suchten. Die Eisenbahnwagen stammten aus der Vorkriegszeit, an den Häusern blätterte die Fassade ab, auf der Straße sah man keine eleganten Frauen, die Wohnungen waren altmodisch und oft primitiv eingerichtet; es gab Vernachlässigung, wohin man blickte, und auf dem Lande zerbröckelten die Mauern der Rebberge und der Bauernhäuser. In der Pension seufzte das alte Fräulein: «Pauvre France, pauvre France!» Wenn ich, vorlaut, entgegnete, Frankreich habe doch den Krieg gewonnen, sah ich traurige Blicke auf mich gerichtet. Die Prüfung war zu hart gewesen. –

Auf der Reise von Lyon nach Süden über Avignon, Tarascon und Nîmes nach Montpellier, tat sich mir die Größe der Rhone-Landschaft auf. Ihre herbe Großartigkeit, die Stärke des Lichtes auf grellem Felsgestein, knorrige dunkle Bäume und dazwischen die silbergrünen Olivenbäume, die Weite der Perspektive und die Wucht der

Formen, in der Tiefe der breite Strom und über allem das ultramarinblaue Himmelsgewölbe: das war eine Vision, die bestimmend wurde für alles Kommende. Hier nun war ich fern von der Idylle des schweizerischen Hügellandes mit seinem milden, gedämpften Licht und seiner gepflegten Intimität von Land und Leben.

Montpellier selbst liegt in der Ebene, seine Umgebung ist ziemlich eintönig mit ihrer von Reben bestandenen Fläche. Man ist nicht mehr in der Provence, sondern bereits weit westlich, auf der großen Durchgangsstraße nach den Pyrenäen. Damals zählte die Stadt 80000 Einwohner; an der Universität waren 2600 Studenten immatrikuliert. Montpellier ist der Hauptort des Departementes Hérault, und als solchem fehlt es der Stadt nicht an repräsentativen Gebäuden, in denen die Präfektur, das Gericht, das Theater, das Militärkommando, die Universität untergebracht sind. Dekoratives im Geschmack des 19. Jahrhunderts bestimmt ihren Stil, aber es fehlt ihr fast ganz an historischen Baudenkmälern – mit Ausnahme der Kathedrale –, wie ich sie auf Reisen und Ausflügen in den vom antiken Rom und dem Mittelalter geprägten anderen südfranzösischen Städten kennen lernen sollte. Doch mangelte es dieser städtischen Anlage mit ihren Plätzen, der Esplanade, den Ahorn-Alleen nicht an einer gewissen Allüre. Auf dem höchsten Punkt nahm sich die Promenade des «Peyrou» nobel aus mit dem Wasserschloß an ihrem Ende, dem Reiterstandbild Ludwigs XIV. in ihrer Mitte und, am anderen Ende, dem Triumphbogen, der zur Stadt hinunter führt.

Mit Neugier, Gutwilligkeit und kritischem Sinn nahm ich alles Neue auf, besuchte schon am ersten Abend die Oper, wo Halévys *«La Juive»* gegeben wurde, fand am nächsten Tag mit Hilfe eines Studenten, an den ich empfohlen war, eine Unterkunft in einer Familienpension, fuhr am dritten Tag nach Palavas ans Meer, wo ich mich gleich dem Segelboot eines alten Fischers anvertraute; zum erstenmal in meinem Leben ließ ich mich vom Mittelmeer entzücken und von seinen sanften Wellen wiegen. Da der vierte Tag ein Sonntag war, nahm mich die Pensionsmutter, Mademoiselle Nègre, kurzerhand mit in den protestantischen Gottesdienst. Das war nun eine seltsame Transponierung der evangelischen Berner Atmosphäre ins Französisch-Calvinistische; denn Montpellier ist ein Mittelpunkt des französischen Protestantismus, wo die Erinnerung an die Hugenottenverfolgungen und an den Widerstand der Gläubigen im «désert» der nahen Cevennen noch lebendig war. Die dortige protestantische Theologische Fakultät ist, wie die entsprechenden katholischen Seminare und Institute, infolge der Trennung von Kirche und Staat, eine private Institution. Ich verdankte meine Einführung in die protestantische Gesellschaft von Montpellier dem Pfarrer der Berner Eglise libre, Monsieur Morel, unserem Nachbarn an der Nydecklaube, der einige Tage nach meiner Ankunft bei seinen Glaubensbrüdern zu Gespräch und Predigt in Montpellier eintraf. Er besuchte mich an meinem Wohnort, rue des Soldats 24, Ecke Cours Gambetta, um nach seiner Heimkehr meinen Eltern getreulich Auskunft über meine Unterkunft geben zu können.

Das Eigenleben, das die Protestanten als Minderheit in Frankreich führen, ihr Solidaritätsgeist, ihr sozialer Status, der dank den Bankiers und anderen wohlhabenden Gemeindemitgliedern ihren intellektuell begabten Söhnen und Schwiegersöhnen gesicherte Positionen in der Kirche und der Universität zu verschaffen in der Lage ist, war eine der Merkwürdigkeiten, mit denen ich damals bekannt wurde. Daß die Pensionäre von Mlle Nègre, mit Ausnahme einer griechischen Dame aus Zypern, alle der reformierten Konfession angehörten, verstand sich von selbst; außer mir waren es drei französische Studenten und ein Geschwisterpaar aus Angers, das sich über die Sitten und die Aussprache der «méridionaux» lustig machte.

Wenn man in diesen Kreisen den angesehenen Namen Gide aussprach, meinte man den namhaften Professor der Nationalökonomie Charles Gide, nicht seinen berühmten Neffen André Gide, dessen literarische Erzeugnisse für dieses strenggläubige Milieu ein Skandal waren (nicht bemerkend, wie stark von seinem Geist, wenngleich im Widerspruch zu seiner puritanischen Moral, Gides Werke geprägt sind). Mich befremdete diese Orthodoxie, ich glaubte ihr längst entronnen zu sein; aber es schien so selbstverständlich, daß man einen jungen schweizerischen Glaubensgenossen in die Gemeinschaft aufnahm, ihn gastfreundlich in die Familien einlud, daß ich, entwaffnet von so viel vertrauendem Entgegenkommen, geschehen ließ, was in dieser in sich geschlossenen, durch verwandtschaftliche Beziehungen mit der Schweiz verbundenen, bürgerlichen Welt gar nicht anders sein konnte.

Das Kriegserlebnis hatte eben erst begonnen, die Schranken, die die Protestanten von den Katholiken trennten, ein wenig zu öffnen. Eines Abends, bei Tisch, erzählte das Fräulein aus Angers, das als Krankenschwester im Kriege Dienst getan hatte, sie sei bei einer Teegesellschaft mit der Nichte des Kardinals zusammengetroffen. Darüber entspann sich eine Diskussion, ob eine solche Bekanntschaft zulässig sei; doch kam man zum Schluß, die Zeiten hätten sich geändert, man könne jetzt toleranter sein. Nun hatte der Bischof von Montpellier, aus südfranzösischem Adel stammend, den Kardinalspurpur zum Lohn für seinen Kampf gegen die von Rom exkommunizierten «Modernisten» erhalten. Ich mußte erkennen, daß der Fundamentalismus oder Integrismus auf der katholischen Seite nicht weniger unbeugsam war als bei den Calvinisten, sondern infolge der Einheit der Lehre und des Dogmas von der Unfehlbarkeit des Papstes noch autoritärer. In provinziellen Verhältnissen wirken sich solche Gegensätze, verbunden mit der sozialen Geschlossenheit der konfessionellen Gemeinschaften, schroffer aus als in Groß- und Hauptstädten. Ich fühlte mich jedoch keineswegs unwohl im Verein Christlicher Studenten, wo die Jungen – sonst wären sie nicht jung gewesen – ihre weltanschaulichen Diskussionen mit großer Freiheit und geistiger Beweglichkeit, oft auch mit südländischen Temperamentsausbrüchen austrugen.

Das «Volk», der dortige Menschenschlag, der freundlich, offenherzig, gesprächig und umgänglich ist, sagte mir von Anfang an zu – das meridionale Element kam einer atavistischen Komponente meines Wesens entgegen. Da ich Italien noch nicht kannte, meinte ich, Land und Leute müßten hier ähnlich sein wie im Lande meiner frühen Vorfahren.

Nach der feierlichen Eröffnung des Studienjahres an der Universität – Prozession der Professoren in ihren Talären, als Ehrengäste der Präfekt, der kommandierende General und andere Spitzen der Behörden – trat mein Lern- und Arbeitsbedürfnis in seine Rechte. Für die ausländischen Studenten war mit einer Reihe von Sonderkursen über französische Sprache und Kultur aufs beste gesorgt. Ein Patronatskomitee nahm sich durch die Vermittlung seines Sekretärs, des Professors Valéry, ihrer hilfreich an. Valéry war Jurist, ein liebenswürdiger, etwas feierlicher Herr, der mich sofort als Bündner diagnostizierte (nach der alten Formel: «Suisses et Grisons» – man war in der Heimat des «guten» duc de Rohan, der im Dreißigjährigen Krieg den Bündern zu Hilfe gekommen war). Valéry beriet mich gewissenhaft, vermittelte mir sogar die Adresse eines Zahnarztes und bestätigte, daß der Pensionspreis von Mlle Nègre (400 französische oder 168 Schweizerfranken pro Monat) angemessen sei. Ich erfuhr ein paar Jahre später – durch Rilke –, daß dieser Rechtsgelehrte der Bruder des Dichters Paul Valéry war, dessen Ruhm sich übrigens erst nach meinem südfranzösischen Studiensemester zu verbreiten begann. Die Valéry stammten aus der nahen Hafenstadt Cette (seither «Sète» geschrieben), und das Gedicht *«Le cimetière marin»* erinnert an den dortigen, über dem Meer gelegenen Friedhof – auf dem meines Wissens Paul Valéry begraben liegt. Zu meiner Überraschung hieß der unlängst verstorbene Senator aus Cette Salis; offenbar war er ein Nachkomme aus einem in Frankreich gebliebenen Zweig unserer Familie.

Die mehr als zwanzig Vorlesungsstunden bereiteten mir eine tiefe Befriedigung, wobei ich mit zwei Hindernissen zu kämpfen hatte. Das eine war die Schwere und Hitze in den schmerzenden Armen, die mich – auch noch nach Montpellier – daran hinderte, die Vorlesungen nachzuschreiben. Das war eine gute Gedächtnisübung, die mir in meinem Leben zugute kam, indem sie mich befähigte, Gehörtes zu behalten und oft noch lange nachher mit einiger Genauigkeit wiederzugeben. Aber auch die Sprache machte mir zu schaffen. Die Gymnasial- und Kriegsjahre hatten mich im Deutschen fest beheimatet. Französische Konversation und Lektüre fielen mir zwar nicht schwer, aber die schriftliche Beherrschung der Sprache und den französischen Sprachgeist habe ich erst in Montpellier zu dauerndem Besitz erworben. Es fehlte mir noch an einem ausgedehnten Vokabular und an der Kenntnis der wissenschaftlichen Terminologie. Ich klagte in einem Brief an die Eltern, daß ich mich in einer Art Sprachenverwirrung befände, nicht mehr wisse, was gut Deutsch und was korrekt Französisch sei. Der Unterricht des Professors für Phonetik, Grammont, verhalf mir für mein künftiges, durchaus zweisprachiges, Leben zu einer wachsam gepflegten Disziplin des gedanklichen und sprachlichen Ausdrucks. Aus dem Wintersemester in Montpellier, wo ich «Monsieur Jean» gerufen wurde, stammt die später zur festen Gewohnheit gewordene Französierung meines Vornamens. Aber die Masken am Karneval neckten mich, indem sie mich «petit suisse» riefen – was der Name einer Sorte Weichkäse ist...

An dieser Universität lernte ich, was Frankreich Besonderes besitzt und besaß – was diese Nation vor anderen auszeichnet. Zwar waren die Schlacken der Kriegszeit und eine nationalistische Überheblichkeit noch nicht verschwunden. Phrasen über Frankreichs Vorzüglichkeit, die Überzeugung, daß die französische Kultur universell und daher maßgebend für die menschliche Zivilisation sei, ein Eigenlob, das in dem Ausspruch gipfelte, jeder Mensch habe zwei Vaterländer, das seine und Frankreich, erregten den Widerspruch der fremden Studenten – es waren mehrheitlich Skandinavier, Engländer und Amerikaner –, in deren Kreis ich mich fortan gern bewegte.

Doch gab es auch Professoren, Monod für französische Literatur, Gachon für neuere Geschichte, beide der protestantischen Gemeinschaft angehörend, die ohne Pose und Pathos, klar, schlicht und verständig, in ihren gelehrten Vorträgen die besten Tugenden einer überlieferten französischen Geistigkeit repräsentierten. Als in seiner Vorlesung Professor Gachon der Auffassung eines deutschen Historikers in einer bestimmten Frage entgegentrat, sagte er: «Les Allemands ont toujours raison», um gleich danach den Beifall der Studenten mit der Bemerkung zu brechen: «... et les Français presque toujours.» Gachon las über die zweite Hälfte der Regierungszeit Ludwigs XIV. Er ermunterte mich in einem Gespräch, mich eingehender mit dem Zeitalter des großen Königs vertraut zu machen. Ich habe diesen Rat auch noch in den folgenden Berner Semestern befolgt. Professor Monod erläuterte die *«Caractères»* von La Bruyère, was eine gute Einführung in den Geist der klassischen Literatur des 17. Jahrhunderts war. Schauspieltruppen führten an den schulfreien Donnerstagnachmittagen im Stadttheater Stücke von Corneille und Racine auf. Der Stil, in dem *«Polyeucte»* und *«Andromaque»* gegeben wurden, war der traditionsgebundenen Dramaturgie der Pariser Comédie française verpflichtet. Nach den naturalistischen und modernen Inszenierungen, die mir von Bern her vertraut waren, kamen mir diese Darbietungen etwas verstaubt vor. Eine ganz andere, visionäre und sonore Kunst vermittelte uns eine Vorlesung über die Lyrik von Victor Hugo; aber dieser große Dichter, der mit seinem Orgelton die Menschen des 19. Jahrhunderts berauscht hatte, steht uns Heutigen ferner als die menschlicheren Klassiker, Racine, La Fontaine, Molière, die lebensnah sind und daher verständlich zu uns sprechen.

Eine mit dramatischen Effekten, aber profundem Wissen vorgetragene Vorlesung hielt der in der Fachwelt geschätzte Professor für mittelalterliche Geschichte, Fliche, über das Papsttum im 14. und 15. Jahrhundert. Die Päpste von Avignon waren unter diesem Himmelsstrich gewissermaßen Nachbarn, sie waren Franzosen, und so konnte ich hernach den phantastischen Palast der Päpste in der altertümlichen Rhone-Stadt mit dem nötigen Wissen besichtigen.

Von meinen Eltern nach der politischen Lage befragt, antwortete ich, daß mir am 11. November, dem zweiten Jahrestag des Waffenstillstandes, der gleichzeitig mit dem fünfzigjährigen Bestehen der Republik gefeiert wurde, recht elend zumute war. Wieviele Hoffnungen, denen man sich bei Kriegsende hingegeben hatte, waren inzwischen enttäuscht worden! Am gleichen Tag wurde in Paris der «Unbekannte Soldat» feierlich unter dem Triumphbogen der Etoile beigesetzt. In Montpellier war die Stadt beflaggt und illuminiert; morgens fanden Dankgottesdienste, abends fand ein Umzug statt. Meine Gefühle waren zwiespältig. Zwar war die Bevölkerung friedlich gesinnt und von einfacher, unsentimentaler Denkart; politisch ließ sie geschehen, was die Regierung in Paris für gut fand. Aber die offizielle Welt war abhängig von der unmittelbar nach

Kriegsende gewählten, rechtsgerichteten Parlamentsmehrheit, der sogenannten «Chambre bleu horizon», so genannt nach der Farbe der Kriegsuniform. Nationalistisch und konservativ war der offizielle Kurs. Im Kriege hatten die Franzosen mit Heldenmut dem Vaterland alles geopfert und darin Größe bewiesen. Der unsichere Friede erzeugte einen ängstlich-feindlichen Abwehrreflex gegen alle und alles, was die französischen Interessen bedrohte. «Freilich sind da und dort neue Kräfte am Werk», schrieb ich nach Hause, «so die Sozialisten und ein ausgesprochener Antimilitarismus, besonders in der Jugend; ob das aber der richtige Weg ist, wage ich zu bezweifeln; denn eine vernünftige Außenpolitik und eine Reform des kapitalistischen Systems im Innern – was das Wesentliche ist – werden Abrüstung und Sozialisierung im natürlichen Gefolge haben.»

Es fiel mir manchmal schwer, die etwas muffige politische Atmosphäre zu ertragen, und ich fragte mich, ob neue Katastrophen nötig seien, um den Menschen die Augen zu öffnen. Ende Januar 1921 gab ich erneut diesen düsteren Gedanken Ausdruck: «Inzwischen geht's in Europa schlecht, die Nachrichten aus der Schweiz betrüben mich, und das englische Weltreich kracht in seinen Fugen, als ob der Weltkrieg nur das Vorspiel zu einer noch größeren Katastrophe gewesen wäre. Aber solange wir sie haben, dürfen wir uns wohl über die Glücksgüter freuen, die uns bleiben» (an die Eltern).

Als ich zufällig das Gespräch eines Leutnants, der bei der Besatzungsmacht in Deutschland gedient hatte, mit einem Beamten der Präfektur mithörte, erheiterte mich die Begeisterung, mit der dieser junge Offizier über seine Erfahrungen mit den Deutschen sprach: «Que voulez-vous, ils sont gentils, ils sont doux, ils sont sentimentaux, moi je les aime, les Allemands!» Es gab in Frankreich von altersher auch eine Schwärmerei für alles Deutsche. An der

Universität war sie im Germanisten Professor Fauconnet verkörpert, der mich, als ich ihn in seinem hübschen Haus besuchte, mit liebevollem Stolz darauf aufmerksam machte, daß seine blonde Tochter eine «Gretchenfrisur» trage. In Fauconnets Kolleg durfte ich ein deutsches Referat über Büchner und Reinhardts Inszenierung von «Dantons Tod» halten. Nachdem der bekannte Violinist Capet in Montpellier auf eine ziemlich kühl-akademische Art Sonaten von Beethoven und Schumann vorgetragen hatte, schimpfte der Professor: «Unter dem Vorwand des guten Geschmacks hat er diese Werke zum Erlöschen gebracht. Wahrscheinlich fürchten diese Künstler, sie könnten allzu ‚boche' wirken.»

In der Pension hatte ich mich mit einem Pastorensohn aus Pau, Lucien Bonzon, angefreundet, mit dem ich später in gemeinsamen Pariser Jahren diese Freundschaft erneuern und festigen sollte. Er war ein stiller, nachdenklicher Mensch, der mir sagte, er kenne Deutschland nicht, er empfinde für die Deutschen weder Sympathie noch Haß. In unseren freien Stunden lasen und übersetzten wir zusammen Eckermanns Gespräche mit Goethe, was nicht nur einer gegenseitigen Förderung unserer Sprachenkenntnisse diente, sondern auch zu weitläufigen Gesprächen über französische und deutsche Literatur und Denkart Anlaß bot.

Am Weihnachtsabend blieb ich, nach einem langen Spaziergang im Dämmerlicht in der Umgebung der Stadt, allein auf meinem Zimmer. Dieses war geräumig, es hatte einen Boden aus Steinfliesen, eine Fenstertür, die auf eine bei Tage von der Sonne erwärmte Terrasse führte; in einem kleinen Ofen machte ich an den kühlen Abenden Feuer an mit Reben- und Olivenholz. Ein Miniaturweihnachtsbäumchen hatte ich von zu Hause erhalten, samt Geschenkpaketen. Als an einem der folgenden Tage ein Scheck aus Bern eintraf, bestieg ich kurz entschlossen den

Zug, um an die Côte d'Azur zu fahren. Diese Nachtfahrt bei Vollmond entlang dem Meer, ehe bei Saint-Raphaël die Sonne glutrot über dem Meer aufging, endete in Monaco, das mir mit seinen bunten Blumenbeeten, seinen blühenden Orangenbäumen, seiner blauen Bucht und seinem romantischen Fürstenschloß hoch über dem Meer vorkam wie die Pforte zum Paradies. Ich verbrachte drei märchenhafte Tage an dieser mit allen Gaben natürlicher Schönheit und lichtvoller Harmonie und außerdem mit allem menschlichen Luxus gesegneten Küste. Eine Fußwanderung bergauf nach La Turbie, eine Autofahrt über die Grande Corniche nach Nizza, wo ich mir die Gelegenheit nicht entgehen ließ, von einem guten Orchester Musik von Bizet zu hören, eine neue Nachtfahrt, die mir nach früher Ankunft in Marseille gestattete, in Begleitung eines Bekannten aus Bern einen langen Tag in dieser unbeschreiblichen Hafenstadt zu verbringen, und, spät abends, die Rückfahrt in der Sylvesternacht nach Montpellier, wo ich in der Morgenfrühe des Neujahrstages eintraf, taten meinem für die Genüsse dieser Welt weit offenen Gemüt so wohl, daß ich nach Hause schrieb, diese drei Tage seien mir vorgekommen wie drei Wochen.

Mich bedrückte die Einsicht, daß ich ziemlich hilflos den Werken der bildenden Kunst und der Architektur gegenüberstand. Die Lektüre von Wölfflins «Grundbegriffen» und eine Vorlesung über mittelalterliche Architektur und Plastik an der Universität sollten meiner Unwissenheit abhelfen. Ich glaube, daß die Monate im Süden dem einseitigen Ohrenmenschen, der ich bisher war, geholfen haben, den Sinn für das optisch Wahrnehmbare und künstlerisch Gestaltete zu wecken. Ausflüge mit zwei Amerikanern, mit denen ich mich angefreundet hatte – wovon der eine, Louis Baker, Professor an einem College in Wisconsin USA und daher beträchtlich älter als ich war –, öffneten mir die Augen für die Formenwelt der römischen und mittelalterlichen Kunstdenkmäler, die in den Städten des Languedoc und der Provence zahlreich und gut erhalten vorhanden sind. Die Fahrt zur romanischen Kirche von Maguelone am Meer, dem ursprünglichen Bischofssitz – ehe er nach Montpellier verlegt wurde –, bildete den Anfang unserer gemeinsamen Kunstreisen. In Arles fesselten die mächtige Bauart des römischen Amphitheaters und die beiden hochragenden korinthischen Säulen, die Gräberallee der «Alyscamps» mit ihren antiken Sarkophagen, das herrliche Portal der Kathedrale Saint-Trophime aus dem 12. Jahrhundert und die teils romanischen, teils gotischen Kreuzgänge dieser Anlage samt ihrem reichen plastischen Schmuck meine Aufmerksamkeit. Aigues-Mortes regte meine historische Phantasie an durch seine vollständig erhaltene mittelalterliche Stadtmauer, seine Wehrgänge und Türme, die sich seit dem letzten Kreuzzug des Heiligen Ludwig, zu dem er sich in dieser Stadt eingeschifft hatte, kaum mehr verändert haben. In Nîmes erschien eine ältere Architektur, die römische, in seltener Reinheit. Wohl zum erstenmal in meinem Leben prägten sich eine groß geartete Landschaft und herrliche alte Bauwerke meinen Augen tief und unvergeßlich ein. Mehr als das: in Südfrankreich entdeckte und spürte ich Rom – Rom, wo alles seinen Anfang nahm. –

Eine wahrhaft poetische Fahrt unternahmen wir weit durchs Land der Provence Anfang März, als unter dem Frühlingshimmel die Mandelbäume blühten und der Ginster golden glühte. Über Arles fuhr ich mit den beiden Amerikanern zu der phantastischen Ruinenstadt Les Baux, die damals noch nicht als Attraktion für fremde Touristen nett hergerichtet war. In ihrem Felsental erschien die zerstörte, mächtige Burg auf ihrem Felskegel wie eine Akropolis über einem Gewirr von kümmerlichen Wohnhäusern. Wir kamen uns wie ans Ende der Welt verschlagen vor inmitten dieser wilden Felsenlandschaft, von der die

Mär ging, Dante habe sie besucht und die Kreise seiner Hölle nach dem Vorbild der eigenartigen kreisförmigen Felsformationen von Lex Baux geschildert. Auf dem Rückweg, wo Schafherden auf kargem Boden weideten, besuchten wir die Mühle, aus der Alphonse Daudet seine beliebten und rührenden *«Lettres de mon moulin»* datiert hatte. Die Nacht verbrachten wir in einem Gasthof der kleinen Stadt Salon, die ihren bescheidenen Ruhm dem Nostradamus verdankt. Daß als letzte Station dieser Wanderung Aix-en-Provence mit seinem noblen Cours Mirabeau, seinen Adelspalästen und seinem Bischofssitz, wo die Wandteppiche mit der Geschichte von Don Quijote und Sancho Pansa uns entzückten, den Höhepunkt unserer Reiseerlebnisse bildete, bedarf kaum einer Begründung. Dort trennte ich mich von meinen Begleitern, um in Marseille bei Bekannten meines Vaters zu verweilen und in ihrem Wagen nach Cassis und Aubagne zu fahren – wo kurz zuvor unser oncle Robert Stéphani, grand-mères Sohn, gestorben war.

Dort unten am Mittelmeer hat sich ein Kreis in meiner frühen Lebensgeschichte geschlossen. Auch hat denn alles ein Ende; das Studiensemester in Südfrankreich war schnell vorübergegangen. Auf der Heimreise, am 16. und 17. März 1921, hielt ich mich noch in Avignon auf, wo ich, mit meinen in Montpellier erworbenen historischen Kenntnissen ausgerüstet, das Labyrinth des Papstpalastes zu besuchen unternahm. «Obschon ich mit Bedauern von manchen guten Bekannten und von Montpellier scheide, das mir ein zweites Daheim geworden ist, überwiegt doch die Freude des Wiedersehens mit Euch, auch mit Freunden, Verwandten und dem lieben Bern.» So geschrieben in meinem letzten Brief vor meiner Abreise an die Eltern. Ich weiß nicht, wie aufrichtig diese Worte gemeint waren. Vielleicht wäre ich nicht ungern im Sommerquartal dort unten geblieben, zumal das französische Universitätssystem auf dem Schuljahr beruht und die im Wintersemester begonnenen Kurse, nach kurzer Osterpause, im Sommer-Trimester zu Ende geführt werden. Aber auch eine väterliche Geldbörse hat ihre Rechte, die nicht immer die Rechte des Herzens und der Phantasie eines jungen Sohnes berücksichtigen können. Und ein moderner Zigeuner war ich nicht – jedenfalls noch nicht.

10. ERKENNTNISDRANG

Die Bemühung um Selbstverwirklichung der eigenen Individualität und der Drang nach Erkenntnis der sozialen und geistigen Umwelt verlaufen in den Studienjahren parallel und streben nach einer persönlichen Synthese. Der Übergang vom abhängig-jugendlichen zum selbständig-männlichen Alter bereitet Lebensbedingungen, unter denen der innere Weg der Bewußtwerdung des Menschen und das äußere Ziel der Erwerbung von wissenschaftlichen und beruflichen Kenntnissen in einem spannungsvollen Verhältnis zueinander stehen. Im Falle meiner Generation hatte infolge der Umstände und Ereignisse seit 1914 unsere intellektuelle Reifung schnellere Fortschritte gemacht als unsere innermenschliche Entwicklung.

Das philosophische «Spintisieren» wurde uns manchmal von den Alten vorgeworfen; in unserem Alter, sagten sie, hätten sie sich nicht so viele Gedanken über sich und die Welt gemacht. Ihr Studentenleben, äußerlich gekennzeichnet durch die Gebräuche und Brüderschaften von farbentragenden Verbindungen, hatte sich im Rahmen eines positivistisch-unphilosophischen Wissenschaftsbetriebes abgespielt, der in eine vorgezeichnete berufliche Laufbahn mündete.

Nach der Zäsur des Weltkrieges hatte es mit dieser bedenklichen Arglosigkeit ein Ende. Es lag an der Zeit, daß wir Probleme hatten. Unsere Haltung war nicht frei von Groll auf eine Generation, die gedankenlos in eine Katastrophe geschlittert war – für die wir sie verantwortlich hielten. Achtbare Menschen, die uns Begriffe von Anständigkeit, Ehrenhaftigkeit und Pflichttreue beibrachten, hatten die blutige Absurdität eines verheerenden Krieges nicht zu verhindern vermocht. Waren ihr Weltbild, ihr Bildungsideal, ihre Moral, ihre gesellschaftlichen Konventionen nicht brüchig gewesen, daß solches geschehen konnte? Als Einzelne hatten sie im Leben das Rechte getan, oder sie glaubten, es getan zu haben; als politische Gesellschaft hatten sie, so schien es uns, versagt.

An politischen und sozialen, auch an psychologischen Problemstellungen fehlte es einer nachdenklich gewordenen Nachkriegsgeneration mitnichten. Auch nicht an widerspruchsvollen Stellungnahmen zu einer Kulturkrise, die in Abrede zu stellen nicht möglich war. Alte Namen erschienen im Lichte prophetischen Weitblickes. Jacob Burckhardts «Weltgeschichtliche Betrachtungen», die auf mich einen bleibenden Eindruck machten, hatten nach dem Kriege Aktualitätswert; seine illusionslose, die historischen Krisen und die Glücklosigkeit der Geschichte in den Vordergrund rückende Betrachtungsweise forderte zu neuem Überdenken der Gesetze des geschichtlichen Geschehens heraus. Dostojewski, damals einer der meistgelesenen und -kommentierten Schriftsteller, stellte mit seinen die Menschennatur entlarvenden Romanen den Menschen selbst in Frage. Nietzsche, dessen Ruhm im Zenit stand, hatte früh einer Umwertung aller Werte das Wort gesprochen. Bereits im Gymnasium hatte uns unser Griechischlehrer seine Erinnerungen an den jungen Nietzsche, dessen Schüler im Basler Gymnasium er gewesen war, erzählt; über Nietzsches letzte Krankheit berichtete uns sein Arzt, Geheimrat Binswanger aus Jena, als ich ihn in Kreuzlingen im Hause meines Freundes, seines Neffen

Herbert Binswanger, kennenlernte. Man schätzte in diesem aufgeschlossenen Kreise das Buch, das Meta von Salis-Marschlins Friedrich Nietzsche gewidmet hatte; diese gelehrte Frau, unsere entfernte Verwandte, hatte mit dem lange vergeblich um Anerkennung ringenden Philosophen persönliche Beziehungen gepflegt und Briefe gewechselt.

Wenn es zutraf, daß infolge der umwälzenden Ereignisse überkommene Wertvorstellungen außer Kurs waren, drängte sich unvermeidlich die Frage auf, wie beschaffen die neuen Werte sein würden. Leider erteilte der Wissenschaftsbetrieb an den Universitäten mit seinem Ideal einer «wertfreien Wissenschaft» – die mehr Kenntnisse als Erkenntnis vermittelte – auf solche Fragen nur in seltenen Fällen eine Antwort. Aus diesem Grunde gewannen philosophierende Schriftsteller und prophetische oder pseudoprophetische Geister außerhalb der offiziellen Wissenschaft, ein Hermann Keyserling, ein Ludwig Klages, ein Blüher und andere, Einfluß auf ihre Zeitgenossen. Unverkennbare Symptome des Verfalls eines Welt- und Gesellschaftsbildes beschäftigten unser Denken. Aber wie beschaffen war der neue Glaube? War es nicht wieder ein falscher Glaube? Gab es noch Glauben? Nicht wenige unter den Jungen verzweifelten an einer von ihnen als unerträglich empfundenen Sinnlosigkeit des Lebens und wurden Nihilisten oder verübten Selbstmord (ich will das Andenken an diese mir so gegenwärtigen Gestalten aus meinem Freundes- und Bekanntenkreis, die freiwillig aus dem Leben schieden, hier nicht heraufrufen). Andere widersetzten sich mit zuversichtlicheren Auffassungen und einem robusteren Lebenswillen den Propheten, die im Untergang ein bejahenswertes Ereignis erblickten.

Oswald Spenglers «Untergang des Abendlandes», dem ein Bucherfolg sondergleichen beschieden war, hat auf diese pessimistische Gestimmtheit der frühen zwanziger Jahre einen nachhaltigen Einfluß ausgeübt. Wir hörten von ihm einen Vortrag in Bern. Ich sträubte mich gegen die massive Überredungskunst dieses boshaften Geistes, dessen kulturgeschichtlicher Beweisführung enorme Kenntnisse zugrunde lagen; aber es fehlte ihr, wenn man den Dingen auf den Grund ging, an überzeugender Schlüssigkeit. Hier nun boten sich in der Abwehr von kultur- und menschenfeindlichen Tendenzen neue Möglichkeiten des geistigen Widerstandes an; Grenzziehungen wurden nötig gegen geistfeindliche Mächte.

Ich konnte hier diese Problemstellungen nur andeuten, die in kleinen Kreisen geschichtsphilosophisch interessierter Menschen in meinen Berner Semestern zu endlosen Diskussionen Anlaß gaben. In Thomas Manns «Zauberberg», der 1924 erschien, wurden ähnliche Fragen in den Streitgesprächen zwischen Naphta und Settembrini abgehandelt, nicht zu vergessen des jungen Romanhelden Hans Castorp, dessen innere Entwicklung und Bildungseifer – obgleich der Dichter seine Erzählung zeitlich vor dem Schicksalsjahr 1914 angesiedelt hat – damals von ansprechbaren jungen Menschen als wahlverwandt empfunden wurden.

Nach meiner Rückkehr aus Frankreich war ich von neuem eingehalten in die Lebensordnungen des Berner Milieus und Elternhauses. Die persönliche Bewegungsfreiheit war dadurch eingeschränkt – und mein unruhiger Freiheitsdrang entsprechend groß. Aber wenn mein Gedächtnis mich nicht täuscht, ging mein Suchen kritisch abwägend vor sich; ich fühlte mich wohl vom Geist der Neuerungen angezogen, aber historisches Bescheidwissen stimmte mich skeptisch gegen das Schimärische, das in menschheitserlösenden Ideologien steckt. Deshalb wurde ich nicht zum Revolutionär. Ich war kein Parteimann, aber ich hatte Meinungen, Liebe zur Freiheit, Glauben an den Menschen. Der junge Mann ist aber ein Vieldeutiger, ein Uneinheitlicher, er hat viele Eigenschaften und ist daher ein in manchen Lebenslagen Unentschlossener, auch ein Unbeständiger in der Arbeit, der Freundschaft, der Liebe, den Lebenszielen: einer, der mehr Fragen als Antworten bereit hält – was als Anlage zu einer bestimmten Lebenshaltung durchaus tauglich ist. Wir wissen heute, daß Romain Rolland, dessen Bücher wir lasen, einem Freund seine vorbehaltlose Zustimmung zu Lenins Diktaturmethoden verwies und ihm schrieb: «Ich bin mit Erasmus und Montaigne, die sich vom aktiven Tun zurückzogen, um besser kämpfen zu können. Ich bin der Meinung, daß sie wirksamer als die Reformatoren für die künftige Freiheit der Menschheit gehandelt haben.» Eine wohltuende Bemerkung.

Nach dem Kriege, der persönliche und verwandtschaftliche Bande verletzt hatte, war ich entschlossen, für die Versöhnung der Völker, für internationale Zusammenarbeit und für die Organisierung des Friedens einzutreten. Es hatte mich im Mai 1920 geschmerzt, daß ich, weil minderjährig, beim Referendum, das den Beitritt der Schweiz zum Völkerbund sanktionierte, meine Stimme nicht abgeben durfte. Am Pakt, der dieser Organisation zugrundelag, war sicher viel auszusetzen; auch war die Opposition gegen den Beitritt in unserer Öffentlichkeit stark und aktiv gewesen: auf der deutschschweizerischen Rechten aus Konservatismus und aus Abneigung gegen die siegreichen Westmächte; auf der Linken, weil sie im Völkerbund ein Unternehmen zur Konsolidierung des internationalen Kapitalismus erblickte.

Mit großem politischen Mut, unterstützt von seinem Kollegen Edmund Schultheß und beraten von dem Völkerrechtslehrer Max Huber, hatte der neue Außenminister, Bundesrat Motta, den Kampf für den Beitritt zum Völkerbund im Parlament und in der Öffentlichkeit geführt. Innenpolitisch hätte eine Ablehnung den Graben zwischen Deutsch und Welsch von neuem aufgerissen, da die Westschweiz und der Tessin geschlossen und begeistert für den Völkerbund waren; außenpolitisch wäre es nicht ratsam gewesen, wenn sich die Schweiz schmollend in ihr kleinstaatliches Glück im Winkel zurückgezogen hätte. Mit glänzender Beredsamkeit beschwor Giuseppe Motta das Volk, den «Graben» endlich zuzuschütten, und er gab ihm zu bedenken, daß die Schweiz nicht eine kleine Insel in einem fernen Ozean, sondern durch vielerlei Bande eng mit ihren Nachbarn und der übrigen Welt verbunden sei. Die erneute Anerkennung der schweizerischen Neutralität im Versailler Vertrag und durch den Völkerbundsrat hatte trotz der Klausel, die die Schweiz zur Teilnahme an Wirtschaftssanktionen gegen einen paktbrüchigen Staat verpflichtete, die Zustimmung von Parlament und Volk zum Beitritt ermöglicht. Aus den Zeitungen vernahm ich in Montpellier, daß sich Motta nach seiner Eröffnungsrede vor der zum erstenmal in Genf tagenden Völkerbundsversammlung eine heftige Replik des französischen Chefdelegierten Viviani zugezogen hatte; in dieser klugen und mutigen Rede hatte sich Motta für die Universalität des Völkerbundes und daher für die Aufnahme nicht nur Amerikas und Rußlands, sondern auch Deutschlands eingesetzt. Mit anklägerischen Worten gegen das schuldbeladene Deutschland verwahrte sich Viviani gegen eine solche Zumutung (als Ministerpräsident hatte Viviani 1914 die deutsche Kriegserklärung entgegennehmen müssen).

An Motta, der zwanzig Jahre lang der schweizerischen Außenpolitik das Gepräge geben sollte, hatte ich frühe Erinnerungen. Eines Nachmittags, als ich, die Kappe des Freien Gymnasiums auf dem Kopf, pfeifend die Treppe zu unserer Wohnung emporstieg, öffnete sich unvermutet die Tür, unter der sich mein Vater mit ausgesuchter Höflichkeit von einem untersetzten Herrn mittleren Alters verabschiedete. «Das war Bundesrat Motta», sagte mein Vater, ehe er in sein Konsultationszimmer zurückkehrte. Im

Stadttheater pflegten wir Gymnasiasten in den für die Behörden reservierten Logen, in denen meistens einige Plätze unbesetzt waren, gratis den Vorstellungen beizuwohnen; man brauchte bloß der Schließerin zu sagen: «Burgerrat», «Regierungsrat» usw. Eines Abends schlich ich mich mit einem Freund in die Bundesratsloge, in der nur eine Dame saß. Doch im letzten Akt öffnete sich die Tür, und mein Freund flüsterte mir zu: «Motta!» Wir standen rasch von unseren Sitzen auf, aber der im Halbdunkel hinter uns stehende Herr, der keine Sitzgelegenheit fand, begleitete eine abwehrende Handbewegung mit den Worten: «Restez! Restez!» Auf den mit rotem Samt bespannten Stühlen saßen wir wie auf Kohlen und suchten, als der Vorhang endlich fiel, geschwind das Weite. In späteren Jahren schenkte mir Bundesrat Motta sein Wohlwollen und sein Vertrauen.

Das Universitätsstudium verhalf mir zur Befriedigung eines regen Bildungstriebes. Meine rezeptive Veranlagung machte mich zu einem begierig Aufnehmenden, der sich in fleißiger Arbeit und weitläufigen Lektüren Kenntnisse aneignete, seinen Wissenshunger stillte, im Verstehenlernen einen intellektuellen Imperativ erblickte. Mir war klar, daß das rationale Denken, der kritische Verstand, das sokratische Infragestellen und daher der Erkenntnisdrang stärker waren in mir als das eigentlich Schöpferische; ich war kein Fabulierer. Ich «erfand» nicht, sondern meine geistigen Fähigkeiten und meine Phantasie entzündeten sich an der Erforschung und Darstellung des Wirklichen. Ich war Empiriker. Nicht die deduktive, die induktive Methode lag meinem Wesen; nicht der Platonismus, sondern der Aristotelismus. Das sind Entscheidungen, die außerhalb unseres freien Willens liegen.

Das Geschichtsfach war damals an der Berner Universität schwach besetzt. Ein betagter Ordinarius, Professor Woker, mußte die gesamte Weltgeschichte vertreten. Der

Privatdozent Kurt Lessing, ein freundlicher Mann, besaß ein solides Wissen, das er jedoch vor einem Häuflein Getreuer nicht sonderlich geordnet vorzutragen verstand. Vortrefflich waren die schweizergeschichtlichen Vorlesungen von Richard Feller. Eine klug durchdachte Einführung in das Staats- und das Völkerrecht vermittelte Professor Walter Burckhardt, ein Kronjurist des Bundesrates und mehrmals Delegierter in der Völkerbundsversammlung.

Da die deutsche, französische und englische Literaturgeschichte durch anregende Lehrkräfte vertreten war, galt in Bern meine Vorliebe diesen Disziplinen. Ich hatte mich noch nicht endgültig für eine bestimmte Fachrichtung entschieden; im Ergebnis hatten an meinen künftigen Beschäftigungen und Publikationen beide Richtungen, die historisch-politische und die philologisch-literarische, teil. Ich interessierte mich für die Darstellungskunst der Geschichtsschreiber, die beides, Forscher und Erzähler, sind; die Historiographie als ein wissenschaftlich-literarisches Produkt *und* als Gegenstand kritischer Auseinandersetzung zog mich an – nicht weniger als die Werke großer Dichter und Schriftsteller, die auch dem Historiker und Soziologen Aufschluß geben können über die geistige und gesellschaftliche Problematik und den «Stil» ihrer Zeit. Eine Bestätigung dieser Verwandtschaft von Historie und Dichtung lieferte uns in einem fesselnden Vortrag über Johannes von Müller der Heidelberger Germanist Friedrich Gundolf.

Unter den Professoren der Philosophischen Fakultät besaßen zwei, allerdings grundverschiedene, Persönlichkeiten Ausstrahlungskraft und Ansehen: der dunkle, knebelbärtige Paul Häberlin, der als Psychologe und Pädagoge die neuen Erkenntnisse der Tiefenpsychologie in seinen nüchtern-gescheiten Vorlesungen zu vermitteln verstand, und Gonzague de Reynold, ein Freiburger Aristokrat, dem reiche geistige und schriftstellerische Gaben und ein streitbares Temperament in die Wiege gelegt waren. Mit seinen vierzig Jahren war er der jüngste unserer Professoren.

Zu Reynold hatte ich ein enges persönliches und ein ambivalentes geistiges Verhältnis. Er war ein an vielen Dingen interessierter Lehrer und strenger Professor, dessen Anleitung zu fachgerechter literarhistorischer und bibliographischer Arbeit aus seiner eigenen Ausbildungszeit an der Sorbonne stammte. Aber in schärfstem Gegensatz zu der laizistisch-republikanischen Sorbonne stand Reynolds betont konservativer Katholizismus, seine Auffassung von dem Vorrang geistiger und sozialer Eliten, sein Bekenntnis zur royalistischen und autoritären Staatsphilosophie von Charles Maurras und der «Action française». Mit seiner fliehenden Stirn, seinem Raubvogelblick und seiner aristokratischen Nase hielt der kleingewachsene Gonzague mit spitzbübischer Lust zur Provokation, aber auch mit Charme und geistreichen Aperçus, das Auditorium im Banne seiner Vorträge und Improvisationen. Doch mit seinem polemischen Antidemokratismus und seinem Glauben an die Überlegenheit einer hierarchischen Gesellschaftsordnung, die, in Anlehnung an die Lehre von Joseph de Maistre, auf dem Bündnis zwischen Thron und Altar zu ruhen hatte, repräsentierte Reynold alles, wovon ich mich mit meinen zwanzig Jahren zu lösen begonnen hatte. In der Nachfolge von Benjamin Constant und Alexis de Tocqueville wurde ich im liberalen Gegenlager heimisch. Mit meinem Lehrer verband mich indessen gemeinsame Bewunderung für Chateaubriand und Baudelaire.

Zwei französisch verfaßte Seminararbeiten, in denen ich einen Überblick über die Regierung Ludwigs XIV. und, tiefer schürfend, eine Abhandlung über die theologischen, literarischen und politischen Auseinandersetzungen um den Jansenismus und die «Herren von Port-Royal» vorlegte, boten Anlaß zu lehrreichen Kritiken dieses Professors, der mir im Grunde wohl wollte. Aber er beanstandete an meinem französischen Stil die haftengebliebenen «Germanismen». Wie bei vielen kleingewachsenen und ehrgeizigen Männern war auch bei Reynold das Geltungsbedürfnis stark entwickelt. Nicht weniger als er zu Witz und Spott aufgelegt war sein Kollege, der Professor für Anglistik Herbert Schöffler, der nach einem Fakultätsessen sagte, Reynold sei «der Pfau unter den Kanarienvögeln» gewesen!

Die Germanistik war an der Berner Universität von den ordentlichen Professoren Harry Maync für neuere deutsche Literatur und Samuel Singer für Alt- und Mittelhochdeutsch vertreten. Einen kleineren Kreis von Studenten, die «rerum novarum cupidi» waren, sammelte Jonas Fränkel in seinen Vorlesungen und seinem Seminar um sich. Etwas von jüdisch-erlesener Geistigkeit und einzelgängerischer Skurrilität zeichnete diesen sowohl philologisch-genauen wie scharfzüngig-streitsüchtigen Gelehrten aus, den seine Taubheit vom Leben und von den Menschen so sehr absonderte, daß er sich mißtrauisch ein- und abschloß und selbst solche, die ihm gut waren, böser Absichten verdächtigte. Aber nicht von den Konflikten, die Professor Fränkels Dasein verbitterten, will ich sprechen, auch nicht auf den Inhalt seiner fesselnden Vorlesung über Goethe eingehen, sondern Zeugnis ablegen dafür, daß er für mehrere von uns Jungen bedeutsam wurde als Kenner und Künder der Dichtung Carl Spittelers.

Mit seiner die Öffentlichkeit aufrüttelnden und auch spaltenden Rede «Unser Schweizer Standpunkt» vom Dezember 1914 hatte sich Spitteler seinen literarischen Ruhm in Deutschland gründlich verscherzt; die Deutschen konnten es nicht fassen, daß ein deutschschweizerischer Dichter sich mit ihrem nationalen Kampf nicht solidarisierte, sondern seine eigenen Landsleute zur inneren Einigkeit und zur Unparteilichkeit gegenüber den kriegführenden Völkern ermahnte. Aber auch davon will ich hier nicht reden. Was Jonas Fränkel unserem Verständnis nahebrachte, war das Werk Spittelers, das ja denkbar weit von allem Politischen entfernt und «extramundan» ist, aber dichterisch und denkerisch auf mich einen tiefen Eindruck machte. Sein Epos «Prometheus und Epimetheus» schildert den Gegensatz zwischen dem in der Welt erfolgreichen Mann der Tat und dem Mann des Gedankens, der unter Leiden und Verzichten seine Seele rettet. In meinen jüngeren Jahren habe ich lange geschwankt zwischen dem «äußeren Weg», der mit politischen Ämtern, Einfluß und Reichtum lockt, und dem «inneren Weg», der entsagungsvoller zur Treue zu sich selbst, zur Wahrheitsliebe und zur geistigen Leistung verpflichtet. Auch im «Olympischen Frühling» zeigt Spitteler, wie der unbedenklich zugreifende Zeus über den phantasie- und gedankenvoll zaudernden Apollo mit Leichtigkeit triumphiert.

Der Gegensatz von Geist und Macht, von verstehender Erkenntnis und zweckgerichteter Tat, der Konflikt zwischen Phantasie und Wirklichkeit hat mich in meinem Leben nachhaltig beschäftigt. Am phantasielosen Widerstand der Wirklichkeit wird der denkende Mensch in Widersprüche verwickelt, die ihn zwingen, eine Wahl zu treffen zwischen aktivem Tun und dem Kampf mit geistigen Waffen.

Die offizielle schweizerische Literaturkritik, die ihren Sitz in Zürich hatte, versagte Spitteler ihre Anerkennung, und der George-Kreis, der auch in der Schweiz Adepten hatte, ließ ihn seine Abneigung spüren. Daß Carl Spitteler der erste Schweizer war, dem der Nobel-Preis für Literatur (1919) zugesprochen wurde, änderte nichts an diesen ästhetisch-negativen Verdikten. Es ist aber bemerkenswert, daß es immer wieder vereinzelte, sehr verschiedene Geister gab, die Spitteler ihre Bewunderung nicht versagten. Auf den Beschluß des Nobel-Komitees dürften unter anderen der Schwede Verner von Heidenstam – der gleiche, der ein Dritteljahrhundert früher in Brunegg geweilt hatte –, und Romain Rolland eingewirkt haben. Ins Russische wurde der «Olympische Frühling» von Lunatscharski übersetzt, den Lenin zum Volkskommissar für Erziehung und Kultur ernannte. Rilke bewunderte den «Prometheus und Epimetheus», von dem er sagte, es sei erstaunlich, daß hier ein Einzelner in unserer Zeit einen Mythos geschaffen habe, nachdem über die Entstehung des Mythos so viel geredet worden war. In gewissem Sinne stand Spitteler im Schatten des gleichaltrigen Nietzsche und seines «Zarathustra» – ihre geistige Verwandtschaft ist evident; beider Denken war von Jacob Burckhardt beeinflußt, der der Lehrer Spittelers am Gymnasium und der um vieles ältere Kollege Nietzsches an der Universität in Basel gewesen war. Unlängst, in einem abendlichen Gespräch, bei Speise und Trank, verbreitete sich Friedrich Dürrenmatt begeistert über den «Olympischen Frühling» und den wundervollen Sprachhumor dieser Versdichtung.

Ich erwarb in jenen Berner Jahren von C.A. Loosli die von ihm gemeinsam mit Hodler in wenigen Exemplaren hergestellte Farblithographie der Portraitskizze, die Ferdinand Hodlers Meisterhand von Spitteler gemacht hat. Den Dichter selbst sah ich in Luzern, beim Tee, den er regelmäßig nachmittags im Kursaal einzunehmen pflegte: eine hochgewachsene Erscheinung, ein nobler Greis mit klarem Blick und einem kurzen weißen Bart. Der kleine Student wagte nicht, den großen Dichter aufzusuchen – nachträglich wurde mir gesagt, ich hätte dem vereinsamten Mann mit meinem Besuch Freude gemacht.

In seinem Roman «Imago» – dessen Titel von Sigmund Freud für seine psychoanalytische Zeitschrift übernommen wurde – nennt Spitteler seinen Romanhelden, Viktor mit Namen, einen «Tasso unter den Demokraten». Auch diese (ebenfalls Nietzsche-verwandte) Herrenhaftigkeit wurde

Spitteler von seinen Landsleuten verdacht – vollends als er, der in den 1870er Jahren lange Zeit in Rußland gelebt hatte, ihnen in diesem Roman gewisse Untugenden vorhielt. Das kleinbürgerliche Milieu, in das Viktor aus der Fremde zurückgekehrt ist, verübelt ihm «seine internationalen Allüren, seine Abneigung gegen ‚Germanitäten', seine Vorliebe für Adel und Großstädte». Er empfand, nicht anders als sein Zeitgenosse Ramuz, der seinem «besoin de grandeur» Ausdruck verlieh, trotz aufrichtiger Anhänglichkeit an sein Land und Volk, Unbehagen über eine gewisse «engherzige Nörgelei», einen «Unfehlbarkeitsdünkel» (dies seine Worte), die der moralischen Atmosphäre schweizerischer Bürgerlichkeit anhaften. Spitteler war einer jener Schweizer, die ihrem Land in der Welt Ruhm eintragen, zu Hause aber für ihre Haltung und ihre Meinungen kritisiert und beiseite geschoben werden.

Es litt mich nicht lange in Bern: drei Semester, vom Frühjahr 1921 bis nach dem Sommer 1922. Mein Vater erfüllte mir meine Bitte, mein Studium an der Universität Berlin fortsetzen zu dürfen.

11. EINE BEFREIUNG

Die musikalische Nacht- und Todseite des Lebens als eine Gefahr zu erkennen und ihr durch den rationalen Erkenntnisdrang ein Gegengewicht zu setzen, erzeugte eine Spannung, in der ich in jener Zeit lebte. Ich hatte im Gymnasium die in der Traumwelt bewanderten Romantiker gelesen, Novalis vor allem, auch Chamissos unheimliche Erzählung vom Manne, der seinen Schatten verloren hatte, E. T. A. Hoffmanns phantastische Erzählungen und das Büchlein Wackenroders mit dem rührenden Titel «Herzensergießungen eines kunstliebenden Klosterbruders». Doch gerade bei dieser Lektüre wurde ich stutzig, als ich auf die Stelle stieß, wo dieser schwärmerische Klosterbruder von der «frevelhaften Unschuld, der furchtbaren, orakelmäßig-zweideutigen Dunkelheit der Musik» spricht. Musik als eine Gefährdung der seelischen Gesundheit? Als ein Feind vernünftigen Denkens?

Die Helligkeit des Südens, wo ich mein erstes Studiensemester verbracht hatte; in Montpellier meine Beschäftigung mit Voltaire, diesem wunderbar verständigen Wächter über die Tagseite des Lebens; hernach, in Bern, ein intensives Studium der Werke von Gotthold Ephraim Lessing: das waren die Wege, die mich allmählich von einer selbstverfertigten Verzauberung in den vernunftgläubigen Tagtraum der Wissenschaftsbejahung führten. Ich sage «Tag-Traum»; ich war noch zu neu auf diesem Gebiete meiner Entdeckungen, als daß ich bereits das Fragwürdige des Forschens auf den Gebieten der fachgerechten Natur- und Geisteswissenschaften erkannt hätte. Man muß zuerst die Dinge kennen lernen, ehe man anfangen kann zu erforschen, was *hinter* den Dingen ist.

Man muß sich klar sein darüber, daß die Bildungserlebnisse und die Ereignisse gesellschaftlicher und politischer Art – obgleich sie für die Kenntnis einer Epoche ungleich wichtiger sind als das Persönliche – das Leben eines Menschen nicht total ausfüllen. Der affektive Mensch mit seinen natürlichen Instinkten hört durch die Jahrzehnte seines Erdendaseins nicht auf, ein Leben zu führen, das man wohl «privat» nennt und das, berechtigterweise, eines gewissen Schutzes bedarf, aber nichtsdestoweniger zutiefst mitbestimmend ist für die Ausbildung seiner Persönlichkeit: für das, was die moderne Psychologie den Individuationsprozeß nennt. Dieser ist aber nur möglich, wenn der Mensch den Weg der Bewußtwerdung zu Ende geht.

Ich denke, daß das Triebhafte und das Affektive als Motoren der Lebenskraft unerläßlich sind, und daß der freie Wille und die Vernunft nur die Funktion haben,

Schutzvorrichtungen gegen ein gefährliches Überborden der Triebe und Emotionen aufzurichten, den faktischen Lebensablauf geordnet und nützlich zu gestalten und ihm die Richtung zu weisen. Ausgeglichenheit, Gleichgewicht ist alles – und es ist auch das schwierigste. Die Triebverdrängung aber, die Weigerung, einen Trieb ins Bewußtsein zu heben, verwandelt ihn ins neurotische Symptom, für das wohl erst das 20. Jahrhundert dank der Lehre von Sigmund Freud hellhörig geworden ist. Daß ich früh mit dieser Aufsehen erregenden Erscheinungsform moderner Lebensforschung in Berührung kam, verdankte ich vor allem meiner Freundschaft mit Herbert Binswanger, der schon im Gymnasium entschlossen war, sich, in Befolgung seiner Familientradition und aus innerster Berufung, der Psychiatrie zuzuwenden; er wohnte damals bei Professor Häberlin, in dessen Haus er mich einführte. Im Binswanger'schen Hause in Kreuzlingen, wo ich wiederholt Ferientage verbringen durfte, empfing ich in meiner Gymnasialzeit wichtige Eindrücke.

Nun gehörte die Libidolehre Freuds in jenen frühen Jahren unseres Jahrhunderts, zumal in der altväterisch-konventionellen Berner Umwelt, in der ich aufwuchs, durchaus zur «Welt des Anderen», das heißt dessen, was nicht nur dem Herkommen fremd war, sondern noch auf heftigen Widerstand stieß. Wohl war mein Vater zu sehr Arzt, als daß er in seiner wissenschaftlichen Redlichkeit die Psychoanalyse nicht als eine – wohl noch umstrittene – therapeutische Methode erkannt hätte, zumal er mit Professor Bleuler in Zürich, der ihn gelegentlich als Consiliarius zuzog, in einer kollegialen Beziehung stand; aber zu Hause waren diese Fragen tabu. Das überliefert-Schickliche war denn doch meiner Eltern- und Lehrergeneration durch ihre eigene Erziehung und Lebensführung zu sehr in Fleisch und Blut übergegangen, als daß man im Kreise der Familie und der ihr zugehörenden Gesellschaft das Wort Sex oder Sexualität hätte aussprechen dürfen. Daß aber das Geschlechtliche die unheimlich drängende Kraft war, die den heranwachsenden Jugendlichen bedrückt, wurde von den Erziehern geflissentlich übersehen, und man mußte sich andere, im besten Sinne aufklärerische Freunde und Lehrer suchen, die da helfen konnten. Doch letzten Endes war es eine Aufgabe der Selbstbeobachtung und Selbsterziehung, die der junge Mensch mit zunehmender Einsicht, indem er durch Wissen und Erfahrung erwachsen wurde, leisten mußte. Er lernte, sich selber ein Helfer zu sein.

Lösung vom Heimischen, dessen einschränkende Verhältnisse von der übertreibenden Phantasie des Jünglings zuweilen als unerträglich empfunden wurden, war eine selbstgesetzte Notwendigkeit. Dieser Emanzipationsdrang, der auf den Widerstand der Umwelt stieß, aber auch innermenschliche Widerstände zu überwinden hatte, war nichts anderes als das entschlossene Bedürfnis nach Befreiung von eigener Verklemmtheit oder einfach von einer hemmenden Schüchternheit und Unbeholfenheit.

Verliebte Naturen sind immer schüchtern. Sie neigen dazu, sich in ihre eigene Verliebtheit zu verlieben, und sie spiegeln sich im Teich ihrer Gefühle wie Narziß. Das hindert sie, dem natürlichen Drang zur Vereinigung mit dem geliebten Menschen nachzugeben; sie beten an, wo sie handeln sollten, und überdies sind sie unbeständig, wenn sie eine Wahl treffen und nicht schwanken sollten. Ich hatte viele Freundinnen, und keine war die Freundin einer unbeirrbaren Wahl. Außerdem hätte keine von ihnen Erfüllung gewähren können, da die gesellschaftlich-häuslichen Ordnungen der kleinen Stadt so beschaffen waren, daß sie einem Liebesverhältnis unüberwindliche Schranken entgegensetzten. Es gab auch kein «sturmfreies Zimmer», um das man den einen oder anderen Altersgenossen, der fern von seiner Familie lebte, beneidete. Gar von zu Hause wegzubleiben, ohne den Grund für dieses Wegbleiben vorher zu melden und zu einer bestimmten Stunde heimzukehren, wäre undenkbar gewesen.

Eine «Imago» hielt mich in der Übergangszeit vom Gymnasium zur Universität lange gefangen. Imago bedeutet aber etwas leidenschaftlich Eingebildetes und daher Unerfüllbares, ein Idealbild, zu dem man aufblickt, ein Geschöpf, das man heiß zu begehren glaubt, aber das man, indem man es anbetet, ins Unerreichbare von sich wegschiebt. Sie war eine jüngere Schulkameradin, ein anmutiges Mädchen von etwas knabenhafter Erscheinung mit einer blonden Pagenfrisur und blauen Augen; ein Gesicht aus einem Märchenbuch. In Wirklichkeit pflegten wir eine unverbindliche Kameradschaft. Sie ließ sich meine Besuche gefallen und von mir ins Theater einladen. Ich sehe sie noch in ihrem roten Abendkleid mit der schmalen Hermelinstola, neben ihr der schlanke Junge in seinem Smoking; zwei Kinder, die erwachsen taten und andächtig die «Zauberflöte» sahen und hörten. Wenn ich bei ihr zu Hause in ihrer hübsch eingerichteten Villa war, glaubte ich ihr mit meinen Klaviervorträgen alles gesagt zu haben, was ich auf dem Herzen hatte; in Tat und Wahrheit sagte ich ihr gar nichts, auch nicht auf den harmlosen Spaziergängen, die wir an dem idyllischen Aare-Ufer machten. Eine Schwärmerei – hätte man es früher genannt. Alles spielte sich im Zwielicht von Uneingestandenheit und halber Heimlichkeit ab. Mein Schmerz, als ich zufällig vernahm, daß sich die unerreichbare Geliebte mit einem bedeutend älteren Mann verlobt hatte, war groß und heftig; ich kann mich entsinnen, daß der Aufruhr meiner Gefühle nicht frei von Exaltiertheit war.

Und doch: es schien während dieser Zeit durchaus in der Ordnung eines natürlichen Vorganges zu liegen, daß ich mir bei einem Ferienaufenthalt auf dem Lande die ungenierte und offensichtlich verliebte Zuneigung und Zärtlichkeit eines deutschen Mädchens gefallen ließ. Es war etwas älter und sicher erfahrener als ich, und zu meinem Glück hatte es nicht die gleiche Befangenheit wie ich. Es tat denn auch alles, und mit gutem Erfolg, um sie mir auszutreiben. Allerdings erlaubte es mir nicht, was ich nun heiß begehrte, und auf meiner Seite verhinderte vielleicht doch ein Schuldgefühl, daß ich mein Begehren entschlossen genug durchsetzte. Affektives und Physisches in Übereinstimmung zu bringen, ist im Liebesleben eines der schwierigsten Probleme. Mein verstorbener Freund, der Schriftsteller Guy de Pourtalès, hat es in einem Aphorismus ausgedrückt: «Vielleicht der bitterste Fluch, der auf dem Manne lastet, ist die schreckliche Energie, die er aufwendet, um im gleichen Atemzug das, was ein einziger Körper nie gewährt, umfassen zu wollen: die Anmut einer Seele und die Gluten des Fleisches.»

Das Jahr in Deutschland löste den Knoten, denn nun traf ich mit dem Mädchen aus vergangenen Ferientagen wieder zusammen. Wir verabredeten uns zu einem Wochenende. Meine Schüchternheit hätte ich vielleicht ohne die wissende und gewährende Hilfe dieses reizvollen Mädchens nicht so rasch überwinden können. Eine fremde Stadt in der Provinz, unter unbekannten Menschen, war nötig, damit das Gefühl endlicher und erlösender Freiheit entstehen konnte. Ein kleines Hotel in freundlicher Umgebung, wo ein verliebtes Paar ohne Schwierigkeit eine Unterkunft finden konnte, bot uns den willkommenen Schutz. Es war eine glückliche Nacht, ein ungetrübtes Zusammenfinden. Und am nächsten Tag, weit entfernt, dem lateinischen Spruch recht zu geben, wonach die Kreatur nach der Erfüllung ihrer Begierde traurig sei, waren wir vergnügt und heiter und machten zusammen eine Wanderung am Flußufer.

12. BERLINER WINTER

Am 12. Oktober 1922 traf ich in Dresden ein, wo mich mein Schwager Arthur Baumgarten – der damals Professor für Strafrecht und Rechtsphilosophie an der Universität Köln war – erwartete. Seine alten Eltern nahmen mich in ihrem Hause gastfreundlich auf, und unter seiner Führung besuchte ich die großartige Gemäldegalerie. Bei milder Spätherbstsonne saßen wir beim Kaffee im «Großen Garten». Abends hörten wir in der Oper Pfitzners «Palestrina» unter der Leitung von Fritz Busch.

Am 14., einem Samstag, fuhr ich nach Berlin weiter, wo ich in der von Frau Regierungsrat Langbein, einer Beamtenwitwe, geführten Pension Unterkunft fand. Sie befand sich an der Kalckreuthstraße 8 in Charlottenburg.

Am folgenden Sonntagmorgen war ich Zeuge einer Straßenschlacht. Ich war zu einem Gang durch den Tiergarten und ins Zentrum aufgebrochen. Es herrschte etwas Wohliges und eine Spur Gemütlichkeit «Unter den Linden», wo sonntäglich gekleidete Menschen gemächlich spazierten und elegante Automobile und Pferdegespanne über den Asphalt rollten. Nachdem ich das Schloß besichtigt hatte, bog ich in den Lustgarten ein. Bei einem entgegenkommenden Mann erkundigte ich mich nach meinem Weg. Seine Antwort erstaunte mich nicht wenig: «Dort ist abgesperrt, die Kommunisten machen einen Putsch.» Und schon ergossen sich pfeifende, schreiende Menschen mit roten Fahnen in den Lustgarten, gefolgt von Lastwagen mit Schutzpolizei. Unter den Linden sperrte ein Polizeikordon den Verkehr ab. Die Rampe und Markise des ehemaligen Kronprinzenpalais bot mir Schutz. Auf der anderen Seite der breiten Chaussee, vor der Universität, entstand ein wildes Gedränge; die Leute schlugen mit Stöcken aufeinander. Mittendurch bahnten sich Autos und Equipagen, die von den Demonstranten beschimpft wurden, einen Weg durch die Sperre. Ein Auto mit Studenten im Vollwichs und einer Fahne kam und verschwand in rascher Fahrt. Die Polizei packte zu und lud die Raufer auf ihre Wagen, die unter dem Gejohle einer aufgeregten Menge wegfuhren. Gruppen mit weißen Fahnen und einem roten Stern suchten nach Verwundeten. Ich sah, wie sie einen blutenden Mann brachten, als eine Equipage vorbeifahren wollte. Die Samariter hielten den Wagen an, zwangen die Insassen zum Aussteigen und fuhren mit dem Verwundeten in dem von einem herrschaftlichen Kutscher gelenkten Zweispänner davon.

Als ich mich abends von neuem Unter die Linden begab, herrschte dort reges Leben und ein dichter Verkehr. Die Lokale waren voll Menschen. Beim Abendbrot in einem Restaurant sagte mir ein bleicher junger Mann, der am gleichen Tische saß, er sei Angestellter und ungenügend bezahlt; um nicht zu hungern, müsse er täglich für seine Mahlzeiten 500 Mark ausgeben. Ich erzählte ihm, was ich am Morgen gesehen hatte, aber er schüttelte den Kopf und sagte, er wisse nichts davon. Ich blieb im Zentrum, wo ich in einem Variété unter vergnügten Menschen einen Platz fand. Die Zeitungen berichteten am nächsten Morgen in großer Aufmachung von dem Aufruhr; aber ich hatte den Eindruck, daß sich die Berliner nicht viel daraus machten. Was sie bedrückte und wovon sie sprachen war die Inflation, die unaufhaltsam die Preise in die Höhe trieb. In meiner Pension zahlte ich 1600 Mark pro Tag. Dieser Preis stieg, wie alle anderen, während der folgenden Monate ins Ungemessene.

Ich fühlte mich hineingeworfen in eine weitläufige, überaus lebendige Stadt und ihren hektischen Rhythmus. Mit der Wißbegier meiner zwanzig Jahre wollte ich zunächst das alte Preußen und das neue Deutschland kennen lernen, das seit vier Jahren eine Republik war. In Potsdam besuchte ich die Garnisonkirche, wo alte Standarten und eine Menge frischer Blumen die Gruft Friedrichs des Großen schmückten. Den Park von Sanssouci verließ ich erst gegen Abend wieder, nachdem ich mich in dem kleinen, kostbaren Schloß, wo ich mir des Königs Tafelrunde vorzustellen versuchte, umgesehen hatte.

Zwei betagte Repräsentanten des alten Preußentums, einen Richter und einen General, lernte ich gleich zu Beginn meines Aufenthaltes kennen. Senatspräsident Berner war ein väterlicher Freund Arthur Baumgartens, der mich an ihn empfohlen hatte. Er erzählte, wie für seine Familie nichts Höheres existiert habe als der König – er habe immer König, nicht Kaiser gesagt. Im intimen Alt-Berlin habe das patriarchalische Verhältnis zwischen König und Berlinern ungefähr mit Friedrich Wilhelm IV. aufgehört, als die großen Verhältnisse begannen. Aber lange noch sei ein gewisser Nimbus um den Herrscher gewesen. Es schmerze ihn, sagte der alte Richter, zu sehen, wie dieser Nimbus schwinde, da man nun erfahre, wie menschlich, ja töricht vieles gewesen sei. Der Kaiser mache in seinem Buch den Eindruck eines begabten, vielseitigen Oberprimaners, der es nie über diese Stufe hinausgebracht habe und auf nichts tiefer eingegangen sei.

In der Pension Langbein nahm Generaloberst von François, der im Weltkrieg ein hohes Kommando ausgeübt hatte, mit seiner Frau mittags die Mahlzeiten ein. Er stammte aus einer Hugenottenfamilie und war der Großneffe der Louise von François. Ein hübsches Portrait der Dichterin sah ich in der bescheidenen Wohnung des Generals, als ich ihn besuchte. Er schenkte mir ein wertvolles Zeitungsblatt aus dem Jahre 1849, in dem die Verfassung abgedruckt war, die die deutsche Nationalversammlung in Frankfurt am Main ausgearbeitet hatte und die nie in Kraft getreten war. Nach Hause schrieb ich: «Herr Berner trägt, wie General von François, mit vornehmer Haltung den Untergang des alten Preußens, dem der Glaube und das Lebenswerk dieser alten Offiziere und Beamten gegolten hat. Ich glaube, daß gerade diese beiden Herren die Unwiederbringlichkeit der alten Zustände durchaus erkennen; ihre Haltung unterscheidet sich ja auch von derjenigen der völkischen Hitzköpfe» (22. Oktober 1922).

Ich glaubte, daß Deutschland seine politische Physiognomie geändert hatte und aus dem Beamten-, Militär- und Obrigkeitsstaat eine parlamentarische Republik geworden sei. Die veränderten wirtschaftlichen Verhältnisse und die gesellschaftliche Umwälzung rechtfertigten in meinen Augen die Einführung der Demokratie – eine Auffassung, in der mich ein in der «Deutschen Revue» erschienener Aufsatz von Hugo Preuß, dem Schöpfer der Weimarer Verfassung, bestätigte. Aber unser Gesandter in Berlin, Minister Rüfenacht, mit dem ich mich über diese Fragen unterhalten konnte, war ziemlich pessimistisch. Er meinte, die negativen Folgen der deutschen Revolution seien ernster, als es diejenigen der französischen Revolution gewesen seien; das Schleichende der Vorgänge, das Schwinden der Vermögen von breiten bürgerlichen Schichten könnten die politische Entwicklung ungünstig beeinflussen. Was mir jedoch auffiel, war der Lebenswille, der Ordnungssinn, der unverdrossene, wenngleich etwas atemlose Arbeitseifer dieses Volkes. Ich war überzeugt, daß sich jener Amerikaner täuschte, der in Hamburg gesagt hatte: «You are a dying people.»

Noch vor Semesterbeginn suchte ich den Historiker Hans Delbrück auf, der einer angesehenen preußischen Beamtenfamilie angehörte und als Nachfolger Treitschkes die «Preußischen Jahrbücher» herausgegeben hatte. Delbrück war ein Mann von fünfundsiebzig Jahren, nicht eben groß von Gestalt, dessen Gesicht etwas Grimmiges und Grüblerisches ausdrückte. Aus zugekniffenen Lidern blickte das Auge scharf und kritisch. Wirres weißes Haar und ein Bart umrahmten das von innen her gemeißelte

Haupt. Über dem Schreibtisch hing Menzels Tafelrunde von Sanssouci, in den Ecken des Zimmers standen zwei Marmorbüsten. «Sehen Sie, das sind die beiden Großen, die ich verehre, Hegel und Ranke.» Delbrück hatte in seiner «Geschichte der Kriegskunst» eine unsere Kenntnisse erneuernde Darstellung der Kriegsgeschichte vom Altertum bis Napoleon gegeben und darin – wie sich ein preußischer General einmal ausdrückte – mit der «dilettantischen Kriegsbeschreibung» aufgeräumt. Berühmt war seine Abhandlung über die Schlacht von Cannae, deren Bedeutung auf der doppelten Umfassung der Übermacht durch das kleinere Heer Hannibals beruht. Schlieffen wurde durch Delbrücks Cannae-Studie zur Wiederaufnahme dieser lange verpönten Operation in die Kriegslehre angeregt. Als seinen Nachfolger in diesem Fach betrachtete Delbrück den Privatdozenten Martin Hobohm, an den er mich empfahl. Der alte Jupiter ließ die Berliner Geschichtsprofessoren, mit Ausnahme von Friedrich Meinecke, nicht recht gelten. Von Erich Marcks sagte er, er sei ein «Schwachmatikus». Ein Objekt seines Hasses war Ludendorff; über ihn hatte Delbrück unter dem Titel «Ludendorffs Selbstporträt» eine ebenso vernichtende wie glänzend geschriebene Studie veröffentlicht. Diese Broschüre, die ich aufbewahrt habe, wurde ihm in den deutschen Militärkreisen und von der nationalistischen Rechten schwer verübelt. Endlose Polemiken über dieses Thema, das mit der militärischen und politischen Führung des vergangenen Krieges und der Niederlage zusammenhing, waren in Deutschland an der Tagesordnung.

Eines Tages überraschte mich mein Jugendfreund Hasso von Bismarck mit einem Brief aus Hamburg, in dem er mir mitteilte, er werde nach Berlin kommen und mich zu einer Soirée bei Herrn von Vietsch mitnehmen. Dieser war bei der Gesandtschaft in Bern tätig und seine hübsche Tochter unsere Freundin gewesen. Geheimrat von

Vietsch war ein liberal denkender Politiker, der mit Rathenau befreundet war. Die Ermordung im vergangenen Sommer des Außenministers Walther Rathenau hatte ungeheures Aufsehen in der Welt erregt. Sie schien zu bedeuten, daß die Gegner der Republik und der sogenannten Erfüllungspolitik die neue Ordnung mit Gewalt zu bekämpfen entschlossen waren. Die rechtsextremen und antisemitischen Kreise, die hinter dieser Tat standen, hatten in einem schimpflichen Vers den Namen Rathenau auf «Judensau» gereimt. Herr von Vietsch stand an der Spitze einer Vereinigung für die Revision des Versailler Vertrags und hatte mit der Aktenveröffentlichung des Auswärtigen Amtes zu tun. Beim Erscheinen dieser Publikation wurden von Rathenau und von Herrn von Vietsch Reden gehalten, die er mir, in einer Broschüre vereint, schenkte. Der Geheimrat erzählte, eines seiner unvergeßlichsten Erlebnisse sei eine Stegreifrede Rathenaus gewesen, die er an einer Feier zu seinem 50. Geburtstag in einem Freundeskreis gehalten habe. Er habe es als den tragischen Zwiespalt seiner Persönlichkeit bezeichnet, daß er – nach seinen eigenen Worten – «Kaufmann und Lyriker zugleich» sei; der eine stehe dem andern im Wege und verhindere einen harmonischen Ausgleich. Auch ernste Politiker der Rechten hätten ihn hoch eingeschätzt, sagte Herr von Vietsch, die Hetze gegen Rathenau sei von «politisch Unzurechnungsfähigen» inszeniert worden.

Die Regierung Wirth hatte mit Rathenau ihren maßgebenden politischen Denker verloren. Er war Wirths «rechte Hand» gewesen. Die große Valutakatastrophe hatte gleich nach der Mordtat eingesetzt. Internationale Finanzsachverständige, unter ihnen J.M. Keynes und der Schweizer Dubois, berieten sich in Berlin mit der Regierung, wußten aber scheinbar nicht, was in dieser Lage zu tun sei. Ich las im «Börsenkurier» vom 28. Oktober: «Die nicht nur seelisch drückende, sondern tatsächlich arbeitshemmende wirtschaftliche Verstörtheit des deutschen Volkes ist zum erheblichen Teil eine Wirkung der großen Zahlen, der Zehntausende, in denen die Kosten der kärglichsten Haushaltung sich ausdrückt, der Milliarden, mit denen jeder große Betrieb und der Billionen, mit denen der Haushalt des Reiches zu rechnen hat.»

Ein anderes Haus, in dem ich dank der Vermittlung meines Schwagers während meiner Berliner Semester gern verkehrte, gehörte dem Professor für Völkerrecht Viktor Bruns. Er war ein Freund und Kollege von Arthur Baumgarten aus ihren gemeinsamen Tübinger und Genfer Jahren. Bruns wirkte auch als Berater des preußischen Kultusministeriums. Sein schwäbischer gesunder Menschenverstand, seine Welt- und Sprachenkenntnis bewahrten ihn vor der Enge einer politisch starren Haltung, in der viele seiner Universitätskollegen verharrten. Er schilderte mir die große Umgestaltung in der Staatsverwaltung unter dem neuen Regime; der Umsturz und seine Folgen hätten im Verwaltungskörper große Verwirrung gestiftet. Nach einem Mittagessen in dieser anregenden Gesellschaft machte ich einen weiten Gang durch die in ihrer sandigen Kargheit schöne Landschaft an einem Havelsee. Mein Bedürfnis nach Geselligkeit war offenbar noch nicht gestillt, denn gegen Abend nahm ich in unserer Gesandtschaft am Königsplatz an einem Empfang für Mitglieder der Schweizerkolonie teil.

Die politischen Vorgänge verfolgte ich mit brennendem Interesse. Ich schrieb nach Hause: «Was ich bei der großen Zerfahrenheit und Nervosität der hiesigen Stimmung als ‚öffentliche Meinung' feststellen kann, ist ungefähr folgender Antagonismus: infolge der katastrophalen Lage der Dinge ist zweifellos eine Stärkung der beiden extremen Gruppen, Kommunisten und Deutschnationale, festzustellen, was sich bei deren Anhängern als verstärkte Hoffnung, bei ihren Gegnern als Furcht und Sorge vor Umsturzversuchen äußert. Das Hauptcauchemar ist München, wo sich so etwas wie ein deutscher Faschistenzug organisieren soll. Auf der anderen Seite ist auch ein verstärkter Wille zur Ordnung und Festigkeit spürbar. Ein Abgeordneter der (rechtsliberalen) Volkspartei sagte: ‚Republik oder Chaos.' Auch die Sozialisten mahnen zu Ordnung und Arbeit. In seiner Vorlesung ermahnte Eduard Meyer, der ja als Nationalist und Monarchist bekannt ist, die Studenten am 9. November – dem vierten Jahrestag der Revolution – zur Besonnenheit. Er beschwor sie, sich keine Gewalttaten zuschulden kommen zu lassen, auch nicht zu agitieren, sondern ihre Aufgabe in der Bewahrung der Höhe der deutschen Wissenschaft zu erblicken. Nur durch das Hochhalten der deutschen Geisteskräfte könne Deutschland genesen» (13. November 1922).

Trotz ausgedehnter Geselligkeit, trotz vielem Theater- und Konzertbesuch, wozu Max Reinhardts Deutsches Theater und die Philharmoniker unter ihrem neuen Dirigenten Wilhelm Furtwängler verlockten, trotz auch dem Kunstgenuß, den ich bei Besuchen im Kaiser-Friedrich-Museum und anderen Museen fand, stand das Universitätsstudium im Mittelpunkt meines Berliner Winters. Ich stand jeden Morgen ¾8 Uhr auf, fuhr dann mit der U-Bahn vom Nollendorfplatz zur Universität, war dort um 1 fertig und fuhr im Autobus wieder nach Charlottenburg zurück. Um 2 Uhr fand ich mich mit den Pensionären der Frau Langbein, einigen Schweizer Studenten und drei Norwegerinnen, bei Tisch ein. Die Anwesenheit der würdigen Exzellenzen von François hielt unsern jugendlichen Übermut in Schranken. Dreimal in der Woche besuchte ich auch zwischen 6 und 8 Uhr abends Vorlesungen. Bei siebenundzwanzig Wochenstunden hielt ich mir drei Nachmittage frei.

Die Professoren, die ich aufsuchte, rieten mir, mich zunächst auf den Besuch der Vorlesungen zu konzentrieren und den Seminarbesuch auf ein späteres Semester zu verschieben. Damit ich aber einen Begriff von historischer Arbeitsmethode bekommen und einem der «großen Tiere» (wie Delbrück seine berühmten Kollegen nannte) in seiner Küche und Anrichte zuschauen konnte, bat ich den Altertumsforscher Eduard Meyer, mich an seinem Seminar über Römische Geschichte teilnehmen zu lassen. Man verglich Livius mit Inschriften und Chroniken. Außerdem besuchte ich sein Kolleg über Griechische Geschichte. Eduard Meyer war als ein Vielwisser und unermüdlicher Arbeiter, der alle Sparten der Altertumswissenschaft beherrschte, kaum zu erreichen. Mit Brille und Bart war er der Typus des deutschen Professors in der Tradition des 19. Jahrhunderts. Dietrich Schäfer gehörte auf dem Gebiete der Kaisergeschichte des Mittelalters der gleichen Tradition an; er war sehr alt, sein Vortrag in der Form einer unsystematischen causerie jedoch interessant.

Schon damals zog mich die Geschichte der Neuzeit stärker an als die Antike und das Mittelalter. Viermal in der Woche hörte ich morgens bei Friedrich Meinecke, der über das Zeitalter der Restauration und der Revolutionen (1815–1850) las. Den stärksten Eindruck empfing ich von Ernst Troeltschs Vorlesung über Geschichte der neueren Philosophie. Dieser ehemalige Theologe und geistverwandte Freund Max Webers war eine temperamentvolle Dozentenpersönlichkeit von wohltuender Frische des Vortrags. Wenn der untersetzte, breitschultrige Mann sich auf dem Katheder aufpflanzte und seine Gedanken wie ein Sturzbach sich über uns ergossen, hielt er ein Auditorium von sechshundert Hörern in seinem Bann. Wie Meinecke und Delbrück war Troeltsch Demokrat. Er war in den ersten Jahren der Republik Staatssekretär im Kultusministerium gewesen. Als Publizist hat Troeltsch den geistigen Umformungsprozeß seiner Nation in einer Reihe von vielbemerkten und umstrittenen Aufsätzen zu ergründen getrachtet; Meinecke hat sie nach Troeltschs Tod unter dem Titel «Spektator-Briefe» in Buchform herausgegeben (1924). Ich setzte auf diesen Kultur- und Geschichtsphilosophen, der mir in seiner Sprechstunde wertvolle Ratschläge erteilt hatte, die Hoffnung, er werde mir auch bei der Suche nach einem Dissertationsthema behilflich sein. Dazu kam es leider nicht, denn Ernst Troeltsch starb nach kurzer Krankheit im Januar 1923. Im Krematorium hielt der Theologe und Kirchenhistoriker Adolf von Harnack die Leichenrede.

Das in Bern begonnene Studium der Germanistik und der Romanistik trat nun etwas in den Hintergrund. Der Ordinarius für Romanistik, Prof. Wechssler, sagte zu mir: «Wissen Sie, wir darben allerdings, aber wir arbeiten wie die Pferde.» Er riet mir, die Vorlesung des Lektors Millequant, eines Franzosen aus Calais, über französische Lyrik zu besuchen; Verlaines Verse sind für mich unlöslich mit der Erinnerung an den Berliner Winter verbunden. Der Germanist Prof. Roethe konnte mich nicht in seine Übung für Vorgerückte zulassen, weil die mir noch abgehende Kenntnis des Gotischen und des Althochdeutschen dazu erforderlich war. Aber mit Gewinn und Vergnügen hörte ich Mittelhochdeutsch bei Professor Herrmann, der zu uns sagte, er wolle «ein wenig Leben in die Bude bringen» und seine Vorträge unter dem Titel «Der ästhetische Reiz des Mittelhochdeutschen» begann. Herrmann, der Jude war, ist, wie ich vernahm, in einem Konzentrationslager Hitlers ums Leben gekommen.

An zwei Abendstunden nahm ich an einem rhetorischen Praktikum für zukünftige Angehörige von redenden Berufen teil. Lektor Drach war ein lustiger junger Mann, der mit uns «Parlament spielte». Studenten hielten Referate politischen Inhalts, an die sich bewegte Debatten schlossen. Als sich einmal ein Jus-Student namens Frank durch extreme Äußerungen – man müsse zunächst einmal mit einer Kompanie Soldaten den Reichstag auseinandertreiben usw. – hervortat, fragte ihn Drach, welcher Partei er denn angehöre. Seine trotzige Antwort: «Ich bin Nationalsozialist!» rief stürmische Heiterkeit hervor. Damals hielt man Nationalismus und Sozialismus für unüberbrückbare Gegensätze. In späteren Jahren vernahm ich, daß Erich Drach bei der Nationalsozialistischen Partei als Lehrer für Rhetorik gewirkt habe.

Mein Onkel Theophil von Sprecher hatte mir vor meiner Abreise von Bern versprochen, er werde mich an Ulrich von Wilamowitz-Moellendorf empfehlen. Er lud mich zum Tee ein. Der erste Samstagnachmittag in seinem Hause und viele andere, die in den nächsten Monaten folgten, gehören zu meinen interessantesten Berliner Eindrükken. Der feine Kopf des gelehrten Junkers – der von ferne an Moltke erinnerte –, die geistige Wachheit des betagten Mannes, die Lebhaftigkeit seiner Rede, die auch das Kleine mit innerer Anteilnahme und Anschaulichkeit vorzutragen verstand und es ins Große einordnete, fesselten mich in seinem Kolleg über Sophokles. Zu Hause saß Wilamowitz eine Zigarre rauchend behaglich in einem Fauteuil, ihm gegenüber seine Frau, strickend und ein Hündchen neben sich auf dem Sofa. Das Zimmer war altmodisch, aber nicht kostbar möbliert und hatte Gasbeleuchtung. Frau von Wilamowitz war Mommsens Tochter, dessen Mund- und Kinnpartie sie geerbt hatte; an der Wand hing Lenbachs Portrait von Mommsen. In Marmor gehauen wie ein römischer Caesar befand sich ein Standbild Mommsens im Hofe der Universität. Wilamowitz, der von einem Aufenthalt in der Schweiz zurückgekehrt war, erzählte, er habe in Gesprächen mit dortigen Kollegen die Gründung einer Schweizerischen Akademie der Wissenschaften angeregt. Wohl werde in der Schweiz wissenschaftlich viel gearbeitet, aber es fehle an einem geordneten Zusammenhang zwischen den kantonalen Universitäten und den einzelnen

Forschern. Es werde fast zuviel des Guten getan, in keinem Land werde die lokalhistorische Forschung so eifrig betrieben. Durch bessere Zusammenarbeit könnte mehr erreicht werden. (Dreißig Jahre später, 1952, ist durch die Gründung des Schweizerischen Nationalfonds die notwendige Organisation zur Förderung der wissenschaftlichen Forschung ins Leben gerufen worden.)

Im Zusammenhang mit einer wichtigen Neuerscheinung, Ernst Troeltschs «Historismus und seine Probleme», sprach Wilamowitz auch über Geschichtschreibung. Er sagte, wie «wir» Geschichte schreiben und meinte damit jene klassisch-philologische Historiographie, die in Deutschland mit den Namen Niebuhr, Mommsen, Curtius, Eduard Meyer, Wilamowitz-Moellendorf (in Frankreich mit Fustel de Coulanges) verbunden ist. Diese Probleme waren damals in deutschen Gelehrtenkreisen im Gespräch, was meinen eigenen wissenschaftlichen Ambitionen entgegenkam. Wilamowitz gab mir den Sonderdruck seines Akademievortrags «Geschichtschreibung» von 1917 mit auf den Weg. Politisch war der alte Gelehrte stockkonservativ gesinnt; den neuen Staat nannte er in meiner Gegenwart die «Judenrepublik».

Am 15. November feierten wir in der Aula der Universität Gerhart Hauptmanns 60. Geburtstag. Alles was in der Berliner Schriftsteller-, Journalisten- und Gelehrtenwelt Rang und Namen hatte, war in dem großen Raum versammelt. Das Ehepaar Hauptmann nahm zwischen dem Reichspräsidenten Ebert und dem Rektor Heffter Platz. Der Anblick der schwarzröckigen Versammlung war streng. Die Couleurstudenten hatten sich geweigert, an der Feier teilzunehmen, weil Hauptmann wegen seiner Parteinahme für die Republik dem Vaterland untreu geworden sei. Nachdem ein Chor ein Lied vorgetragen hatte, lösten sich die Redner ab: ein wenig verängstigt ein Student, der im Namen «der Jugend» sprach, in differenzierten

Ausführungen der Psychologe Prof. Dessoir, vierschrötig der Germanist Roethe, dem diese Pflicht offensichtlich nicht behagte, zum Schluß im Ton eines Volksredners der sozialdemokratische Reichstagspräsident Loebe, Sohn eines schlesischen Handwerkers. In einem Augenblick, da die heillos zerstrittenen Parteien die Regierung Wirth gestürzt hatten, machte es Eindruck, als Loebe einen einstimmigen Beschluß des Reichstags mitteilen konnte: den Glückwunsch an den Dichter.

Hauptmann las seine Danksagung von einem Manuskript ab. Er war kein Redner. Was er sagte, waren auf eine leise Wirkung und zum Nachdenken bestimmte Worte. Mit seiner hochragenden Gestalt, seinem schlohweißen Haar, seinem bleichen Gesicht, das denn doch Goethe weniger ähnlich sah als seine Lobredner wahrhaben wollten, und einer Haltung, die mehr Verlegenheit als Selbstgefälligkeit anzeigte, gewann er alle Herzen. Nachdem Eugène d'Albert in einer mächtigen Interpretation die Appassionata vorgetragen hatte, wurde auf der großen Treppe bis zum Ausgang Spalier gebildet. Ebert wurde mit höflichem Hüteschwenken, Hauptmann mit dröhnenden Hochrufen verabschiedet.

Es war eine Zeit, wo ein großer Dichter und Dramatiker in der öffentlichen Meinung noch etwas galt. Für die Republik freilich war es ein Glücksfall, daß Hauptmann zu ihr stand. In den zahlreichen Huldigungen, die in der Presse erschienen waren, bekannten sich die verschiedensten Geister zu ihm. Thomas Mann machte die nötige Einschränkung, Hauptmann dürfe nicht unmittelbar neben die große Weimarer Generation gestellt werden. Was alle hervorhoben, war die gütige, mitleidsvolle Menschlichkeit, die in Hauptmanns Persönlichkeit und Werk zum Ausdruck komme.

Am Abend füllte ein zu Begeisterung bereites Publikum das Zirkusgebäude des Großen Schauspielhauses. Der mit der Bestellung einer neuen Regierung beschäftigte Reichspräsident wurde bei seinem Erscheinen mit einer stürmischen Ovation begrüßt, desgleichen Hauptmann. Der kurzgewachsene, dunkelhaarige, knebelbärtige Friedrich Ebert, Zielscheibe des Spottes einer hochmütigen Bourgeoisie, machte auf mich den Eindruck eines schlichten Kleinbürgers; er gehörte einem demokratischen Politikertypus an, der mir aus der Schweiz vertraut war. In klirrenden Harnischen ging der «Florian Geyer» über die Bühne. Am Schluß des ersten Aktes schworen die Bauernführer ihrem Feinde Tod und Verderben und stießen, einer nach dem anderen, ihre Dolche mit Wucht in ein Kirchenportal. Zuletzt sprang Florian Geyer in seiner schwarzen Rüstung die Stufen hinauf, brüllte mit Löwenstimme: «Diesen Dolch der deutschen Zwietracht mitten ins Herz!» und schmetterte seine funkelnde Waffe in die Kirchentür. Plötzliche Verdunkelung der Bühne. Orkanartiger Applaus erfüllte das riesige Zirkusgebäude. Von anderer Art war im Lessingtheater Hauptmanns «Biberpelz». Aber die Charge, die Emil Jannings aus dem preußischen Beamten Wehrhahn machte, war auch eine politische Demonstration.

In unserer Pension wohnte ein junger Musiker aus Zürich, Robert Blum, der mich aufforderte, in der Singakademie einer Probe der Meisterklasse für Kompositionslehre beizuwohnen. Ferruccio Busoni erteilte diesen Unterricht. Mein Freund Luc Balmer aus Bern, Walter Geiser, ein Schweizer auch er, außerdem Kurt Weill und Wladimir Vogel, die in späteren Jahren auf so verschiedene Art zu Ruhm kommen sollten, gehörten zu Busonis Schülern. Dieser war frühzeitig gealtert, Lungenblutungen und eine Herzkrankheit hatten Spuren in seinem edlen Haupt hinterlassen. Pianistisch trat Busoni nicht mehr auf, aber er arbeitete als Pädagoge, Komponist und Musiktheoretiker. Auf dieser Probe dirigierten die jungen Komponisten eigene Werke. Als ich mich von Blum und Balmer verabschiedete, trat der Meister auf sie zu und lobte die beiden: «Ich bin ausgezeichnet zufrieden.» Ein paar Tage nach dem öffentlichen Konzert der Busoni-Schüler, dem die ganze Pension Langbein beiwohnte, hörte ich zum erstenmal von den Philharmonikern eine Komposition von Arnold Schönberg. Es kam mir vor, daß Furtwängler das Orchesterstück ein wenig lieblos herausbrachte. Beim Berliner Publikum, das zischte und pfiff, kam Schönbergs neue Tonsprache noch nicht an.

Zu diesem Konzert hatte mich eine jüdische Dame, Frau Honig, eingeladen. Sie war die Tochter des Geheimrats Heilfron, in dessen Hause ich zum erstenmal mit dem Milieu des Berliner intellektuellen Judentums bekannt wurde. Es ist keine Frage, daß auf verschiedenen Gebieten, neuerdings auch in der Politik, Juden in Deutschland eine große Rolle spielten. Heilfron war Professor an der Handelshochschule, politisch-juristischer Mitarbeiter der «Deutschen Allgemeinen» und Richter. Der neue Reichskanzler Cuno hatte ihn zum Reichspressechef ernannt. Der Geheimrat war ein beweglicher Mann, wegen seines politischen Einflusses und seiner jüdischen Herkunft war er die Zielscheibe vieler Angriffe. Die Angehörigen des deutschen Judentums waren gute Patrioten, deren Deutschtum sich in einer weltoffenen Intelligenz, häufig auch durch künstlerische und wissenschaftliche Begabung und eine liberale Gesinnung auszeichnete, was namentlich in den großen Berliner und Frankfurter Zeitungen zum Ausdruck kam.

An einem der letzten Tage vor dem Weihnachtsurlaub hielt ich – zu meiner eigenen Überraschung – die erste politische Rede meines Lebens. Das Republikanische Studentenkartell hatte den Völkerrechtslehrer und Reichstagsabgeordneten Walther Schücking eingeladen, einen Vortrag über die Stellung Deutschlands in der Völkergemeinschaft zu halten. Schücking befürwortete den Beitritt Deutschlands zum Völkerbund. In der Diskussion wurde er von kommunistischen und deutschnationalen Studenten heftig angegriffen. Ich meldete mich zum Wort. Professor Schückings Name, sagte ich, habe «im ganzen demokratischen Ausland einen besonders ausgezeichneten Klang», was mit Beifall quittiert wurde. Ich vertrat den Standpunkt, es wäre der Schweiz und anderen neutralen Staaten sehr erwünscht, wenn Deutschland zum Völkerbund gehören würde, denn dadurch könnte am ehesten das Odium der Siegerallianz, das ihm anhafte, beseitigt werden. Zum Schluß trat ich für die Versöhnung zwischen Deutschland und Frankreich ein; ich erwähnte die versöhnliche Rede, die der französische Delegierte vor einem Jahr in Genf gehalten hatte. Neuer Beifall. Ich hatte Lampenfieber, als ich so unerwartet und ohne Vorbereitung auf einen hohen Katheder hatte steigen müssen. Nachher dankte mir Schücking für meine Unterstützung.

Mit einem Ball der Berliner schweizerischen Studentenschaft ging die erste Hälfte des Wintersemesters zu Ende. Die Norwegerinnen aus dem Hause Langbein waren meine Tänzerinnen. Unsere Frau Rat hatte von ihren Verwandten in Hinterpommern eine Weihnachtsgans für mich kommen lassen, mit der ich am 20. Dezember nach Köln fuhr. Bei Baumgartens verbrachte ich die Festzeit. Die Ruhe, die ich im Hause meiner Schwester genießen durfte, kam mir wohlverdient vor.

13. RUHRBESETZUNG UND INFLATION

Das linke Rheinufer und drei Brückenköpfe auf dem rechten Ufer waren von alliierten Truppen besetzt. In Köln sah ich die Engländer, in Trier die Franzosen, in Koblenz die Amerikaner, die sich zu Beginn des Jahres 1923 zurückzogen und ihre Besetzungszone den Franzosen überließen. Deutschland war mit seinen Reparationszahlungen im Verzug, was den französischen Ministerpräsidenten Poincaré veranlaßte, die Ruhr zum Pfand zu nehmen. In einem der letzten Züge, die vor dem Einmarsch der Franzosen noch verkehrten, fuhr ich nach Berlin zurück.

Die Erregung, die das französische Vorgehen in der deutschen Öffentlichkeit entfachte, war ungeheuer. Die Reichsregierung ordnete für den Sonntag 14. Januar «Nationaltrauer» an. Auf dem Areal zwischen dem Reichstag und dem Tiergarten fand eine Massenkundgebung statt, an der ich teilnahm. Die Prominenten der Politik, unter ihnen Stresemann, gaben in leidenschaftlichen Reden ihrer Empörung über den französischen «Gewaltakt» Ausdruck. Als ich auf dem Dach eines Autobusses heimwärts fuhr, wälzte sich auf der gleichen Straße die Menge zum Potsdamer Platz, wo sie vor dem Sitz einer alliierten Kontrollkommission demonstrierte. Ein Polizeiaufgebot schützte dieses Haus. Unser Autobus wurde auf einmal von drohenden Demonstranten umringt. Sie schrien: «Der Franzose soll runter kommen!» Einige Verwegene kletterten auf unser Dach und belästigten einen Mann, der ihnen zugerufen hatte: «Deutsche Würde!» Jemand kam auf den Gedanken, die «Wacht am Rhein» anzustimmen, womit den Angreifern der Vorwand für ihre feindseligen Absichten entzogen werden sollte. Plötzlich erblickte ich unter den Jugendlichen, die den Bus zu stürmen unternahmen, Hasso von Bismarck. Berittene Polizisten befreiten uns aus unserer ungemütlichen Lage. Eine zerschlagene Scheibe war der einzige Schaden, der unserem Fahrzeug zugefügt worden war. Ich war am gleichen Nachmittag mit Hasso zum Kaffee verabredet. Ein wenig verlegen und beklommen besprachen wir den Zwischenfall.

Aus einem Brief: «Die Leute sind über die politischen Ereignisse grenzenlos aufgeregt und – nach ihren Worten zu schließen – zu allem entschlossen. Die Ruhrbesetzung wirkte wie ein Stich in ein Geschwür. Leider zeigen auch die Zeitungen gar keine Kaltblütigkeit, die doch die oberste politische Tugend ist, sondern schüren die Nervosität und Aufregung auf eine teilweise widerliche und verlogene Art... Der Zustand, der zwischen Deutschland und Frankreich herrscht, ist doch gar nichts anderes als ein Wirtschaftskrieg. Die deutsche Regierung äußert sich ja sehr siegesgewiß; man kann gespannt sein, ob sie recht behalten oder ob alles in einem großen Chaos sein Ende finden wird» (an die Eltern, 22. Januar 1923).

Die Regierung ordnete ein Tanzverbot und eine Einschränkung der Lustbarkeiten an. Der Presseball konnte nicht stattfinden, und Delbrücks, die mich zu einer Tanzerei eingeladen hatten, sagten ab. Den Theatern wurde die Aufführung von französischen Stücken verboten; eine angekündete Premiere von «Carmen» mußte vom Spielplan abgesetzt werden. Nur wenige wagten, in Privatgesprächen von «Massenhysterie» zu sprechen. Bei Tisch sagte General von François: «Wir können den Franzosen dankbar sein, denn sie bewirken, daß wir uns wieder auf uns selber besinnen und einig werden.» Eine allgemeine Hilfsbereitschaft für die Ruhrbevölkerung, die die Arbeit eingestellt hatte und den Franzosen «passiven Widerstand» leistete, kennzeichnete die Stunde. Aber es kam auch zu schweren Zwischenfällen in der Ruhr. Die britische Regierung distanzierte sich von dem französischen Vorgehen. In Berlin spielte der britische Botschafter, Lord D'Abernon, eine hilfreiche Rolle, die ihm den Spitznamen «Lord Protektor des Deutschen Reiches» eintrug. Er war kein Mann, der sich von Sympathien oder Antipathien leiten ließ; aber er befürwortete eine Politik, die er für sein Land und Europa für vorteilhaft hielt – was ihm freilich den Tadel der französischen Presse eintrug.

Da einer meiner britischen Verwandten, Count Jean de

Salis aus Bondo, bis vor kurzem zum Mitarbeiterstab D'Abernons gehört hatte, gab ich in der Botschaft meine Karte ab. An die Eltern, vom 19. Februar: «Lady D'Abernon ließ mich auffordern, zu ihrer Samstags-Réception zu kommen. Das erste, was mich in Erstaunen setzte, war die reiche Pracht des Intérieurs. Nachdem man durch eine ‚Hohle Gasse' von Lakaien geschritten war, befand man sich in einem weiten Vestibül, von dem aus man in mehrere Räumlichkeiten blicken konnte. In der schönsten, einem von Kronleuchtern erhellten, gewölbten Rokokosalon, saß die Botschafterin mit einigen Damen beim Tee; sie dirigierte mich zu einem gegenüberliegenden Tisch, wo eine liebenswürdige und hübsche Lady hinter einem Samowar saß, mir Tee einschenkte und sich mit einem jungen Engländer und mir unterhielt. In einem andern Raum hatte eine Tanzmusik zu spielen begonnen, in einem dritten stand ein schönes Büffet. Die Damen waren alle sehr ‚schick', ich habe noch nie so viele und schöne Perlen beieinander gesehen. Der Botschafter erschien, ein Riese, er hat weißes Haar und einen Spitzbart, sieht nicht besonders gepflegt aus; er machte seine Karriere in den Kolonien. Er unterhielt sich mit älteren Herren und jungen Damen. Es wurde getanzt, wobei ich natürlich mitmachen mußte, bis man sich gegen sieben Uhr vom Botschafterpaar verabschiedete. Die Botschafterin empfing ausgezeichnet, man hatte das Gefühl, daß sie ihre Gäste alle gleichzeitig unter ihren Augen hatte; sie tanzte wie ein Kreisel, diese mehr als fünfzigjährige Doyenne des diplomatischen Korps. Unter ihren Gästen befand sich die Fürstin von Thurn und Taxis, anscheinend eine Cousine der Königin von England, deren Großmutter Teck eine geborene Thurn und Taxis war. Als ich gehen wollte, rief am Ausgang der Portier nach der Thurn und Taxisschen Equipage. Ich schaute noch die Wilhelmstraße hinunter, die in ihrer etwas langweiligen, vornehmen Ruhe sich in den Abend verlor – das alles kam mir vor wie eine Reminiszenz aus der Zeit der Grandsseigneurs und der Rosenkavaliere.»

Als ich nach dem Zweiten Weltkrieg mit englischen Freunden Unter die Linden fuhr, die ein Bild der Zerstörung boten, fragte ich bei einem Trümmerhaufen, ob das die englische Botschaft gewesen sei; nein, sagten sie, es ist der nächste Trümmerhaufen.

Ende Januar 1923 erhielt man für einen Dollar, der im August 1922 noch 1000 Mark wert gewesen war, 21000 Mark – und so ging es weiter. Zigaretten kauften wir am Morgen, weil sie nachmittags bereits teurer waren. Für Meineckes «Weltbürgertum und Nationalstaat» zahlte ich 7000 Mark, für Troeltschs «Historismus» 10000 Mark. «Was die Markkalamität betrifft», schrieb ich nach Hause, «so muß man bedenken, daß sie der Volkspsyche auf das schwerste schadet. Sie bedeutet den Verlust jedes festen Wertmaßstabes, eine notwendige Abkehr von den Grundsätzen der Sparsamkeit und Solidität und macht die Ehrbarkeit im Geschäftsverkehr unmöglich. Vielfach ist diese Erscheinung ein Symbol für den Niedergang der Volksmoral überhaupt, für die Empfindung, man befinde sich in einem Zustand der Anarchie, auf einer Rutschbahn, die unaufhaltsam ins Bodenlose führt» (23. Januar 1923). Die Bevölkerung litt schweren Mangel, Straßenbettel und Diebstahl nahmen überhand. Auf einem Gang durch Potsdam mit Professor Hobohm machten wir ironische Bemerkungen, als vom Glockenspiel der Garnisonkirche das Lied «Üb immer Treu und Redlichkeit» erklang.

Weder mein Geselligkeitsbedürfnis noch der Theater- und Konzertbesuch litten unter diesen Verhältnissen. Zum erstenmal hörte ich den «Rosenkavalier» und im Großen Schauspielhaus Gustav Mahlers Symphonie der Tausend. Als aufgehenden Stern am Theaterhimmel bewunderte ich die junge Elisabeth Bergner in der Rolle der «Widerspenstigen» und als «Fräulein Julie». Alexander Moissi sah ich im Großen Schauspielhaus als Hamlet und an einem anderen Abend im «Lebenden Leichnam» wieder. Ende Februar nahm ich an einer von Linkskreisen organisierten Veranstaltung zu Ehren des aus politischen Gründen zu einer Haftstrafe verurteilten Dichter-Revolutionärs Ernst Toller teil. Alfred Kerr hielt die Rede. Schon am nächsten Abend befand ich mich im UFA-Palast unter einem nationalistischen Publikum, als der Monsterfilm «Fridericus Rex» mit Otto Gebühr als Friedrich der Große gezeigt wurde; am Schluß der Vorstellung sang das Publikum stehend das «Deutschland über alles». Bei Vietschs sagte der Reichswehr-Oberst (später General) von Stülpnagel, diesen Film habe man im Ruhrgebiet verbieten müssen, weil seine Vorführung zu Ausschreitungen hätte führen können. Die Reichswehr, sagte er, habe für die Schlachtenszenen des Films Offiziere, Mannschaften und Pferde zur Verfügung gestellt. Der aus dem Jahre 1848 stammenden Fahne Schwarz-Rot-Gold, die die Republik zu ihrem Emblem erhoben hatte, galt der Haß und die Verachtung der Konservativen und der Militärs; an der Reichswehr besaß der demokratische Staat eine recht unsichere Stütze.

Mein Studienkamerad Hans Helmut Preuß lud mich in das Haus seiner Eltern ein. Sein Vater, Professor Hugo Preuß, der 1919 als Reichsminister des Innern der Nationalversammlung in Weimar seinen Entwurf der republikanischen Verfassung vorgelegt hatte, war ein hervorragender Kenner des Staatsrechts und ein politischer Kopf; aber auch er litt unter dem Handicap, daß er Jude war. Seine Frau war eine Cousine des Malers Max Liebermann, von dem Gemälde im Hause Preuß zu sehen waren. Preuß sagte, die alte Republik Graubünden sei der erste Staat gewesen, der in seinem öffentlichen Recht das Referendum eingeführt und praktiziert habe. Das Wort «Referendum» stamme von dort. Er selber hat es unter der Bezeichnung

«Volksbefragung» in die Verfassung der deutschen Republik eingeführt.

Das Problem der Beziehung zwischen Wissenschaft und Politik beschäftigte mich in Berlin zutiefst. In Max Webers Broschüre «Wissenschaft als Beruf» (1921) las ich: «Man sagt und ich unterschreibe das: Politik gehört nicht in den Hörsaal... Gerade dann, wenn der Dozent sich wissenschaftlich mit Politik befaßt, am allerwenigsten. Denn praktische politische Stellungnahme und wissenschaftliche Analyse politischer Gebilde und Parteistellung ist zweierlei. Wenn man in einer Volksversammlung von Demokratie spricht, so macht man aus seiner persönlichen Stellungnahme kein Hehl... Die Worte, die man braucht, sind dann nicht Mittel politischer Analyse, sondern politischen Werbens um die Stellungnahme des andern... In einer Vorlesung dagegen wäre es Frevel, die Worte in dieser Art zu gebrauchen.» Der Prophet und der Demagoge, fährt Weber fort, gehören nicht auf den Katheder eines Hörsaals.

Steht aber, fragte ich mich, der Lehrende nicht innerhalb einer Kulturgemeinschaft, auch einer staatlichen Ordnung, in deren Rahmen er sein Amt ausübt? Zweifellos hat Weber recht, wenn er es «die schwierigste Aufgabe von allen» nennt, als Dozent wissenschaftliche Probleme so darzulegen, «daß ein ungeschulter aber aufnahmefähiger Kopf sie versteht und daß er... zum selbständigen Denken darüber gelangt». Das ist zweifellos gute akademische Lehrtradition innerhalb einer humanistischen Kulturgemeinschaft. Sie wird aber dann in Frage gestellt, wenn eine voluntaristische Ideologie vom Lehrenden fordert, daß er sich in den Dienst einer bestimmten gesellschaftlichen und politischen Ordnung stelle. In solchen Fällen sind seinen kritischen Analysen enge Grenzen gesetzt.

Ich meine aber, nachdem ich selber als Dozent Erfahrungen gesammelt habe, daß der akademische Lehrer in erster Linie zu geistiger Redlichkeit verpflichtet ist. Die sachgerechte Behandlung seines Vorlesungsthemas muß ihm oberste Verpflichtung sein. Er sollte so wenig wie möglich Rücksicht auf herrschende Meinungen nehmen, auch den staatlichen Instanzen gegenüber seine Unabhängigkeit wahren, damit er seine Aussagen vor seinem Gewissen verantworten kann. Doch muß er wohl oder übel auch anerkennen, daß es in den Gesellschaftswissenschaften, zu denen die Geschichte gehört, keine «chemisch reinen» Erkenntnisse gibt. Seinen Standort kann keiner verleugnen, und Standortsbestimmung, die mit Demagogie und Prophetentum nichts zu tun hat, ist auch ein Gegenstand akademischer Auseinandersetzungen. Das Wort von der «voraussetzungslosen» und «wertfreien» Wissenschaft war eine Illusion des positivistischen Zeitalters, welchem das Denken über die Voraussetzungen seines eigenen Denkens nicht bekannt war. Übrigens spürten wir Studenten in Berlin sehr wohl, welchen Vorstellungen und Wertmaßstäben unsere Professoren – trotz allem «Objektivtun» (wie Jacob Burckhardt sich einmal ausdrückte) – anhingen.

Den Abschluß des Winters bildete im Monat März eine Reise der Berliner Schweizerstudenten nach Kopenhagen, zu der uns die dänische Studentenschaft eingeladen hatte. Damals stand der internationale Studentenaustausch noch in rudimentären Anfängen; wir waren die erste ausländische Studentengruppe, die seit dem Kriege Dänemark besuchte. Wir konnten bei unserem ersten Erwachen in Kopenhagen das Bild unserer sechzehnköpfigen Gruppe in der «Berlingske Tidende» betrachten. Während acht Tagen wurden wir fast bis zur Erschöpfung betreut, gefeiert, herumgeführt, belehrt. Unsere dänischen Gastgeber waren freundliche, heitere Menschen, mit denen wir uns unschwer verständigen konnten. An ihren Festen begossen sie unsere neue Freundschaft mit viel Schnaps und Punsch.

Der Studentenrat zeigte uns die Räumlichkeiten und Institute der Universität und ihre Kollegienhäuser, die als Internate dienten. Professoren, Archivare, Bibliothekare widmeten uns bei Besichtigungen viel Zeit.

«Der erste Eindruck, den wir hier empfingen, war der Kontrast zu Deutschland: welche Sauberkeit, Behaglichkeit, Solidität und Sorglosigkeit herrschen hier! Wir merkten erst daran, wie elend es doch nachgerade in Deutschland aussieht. Von den Strapazen, die uns hier zugemutet werden, eine der anstrengendsten ist das Essen, dessen Fetthaltigkeit und Reichlichkeit unsere Magen nicht gleich ertrugen. Aber der Hauptgewinn dieser Tage ist selbstverständlich ein intellektueller» (an die Eltern, 12. März 1923).

Ausflüge folgten: zum Dom von Roskilde, ins Nationalmuseum von Frederiksborg und nach Helsingör am Sund, diesen «Dardanellen des Nordens», wo auf dem Schloß Kronborg zu viel Helligkeit war, als daß uns das Gepenst von Hamlets Vater hätte begegnen können. Ein kleines politisches Zwischenspiel erlebten wir bei den isländischen Studenten, die seit der Trennung ihrer Insel vom Königreich Dänemark der materiellen Vorteile verlustig gegangen waren, deren sich die dänischen Studenten erfreuten. Die Isländer benutzten unseren Besuch, um – zum erstenmal seit der Trennung – auch dänische Studenten einzuladen. Als die Reihe, den Toast auszubringen, an mir war, feierte ich in meinen Worten die Versöhnung zwischen den Isländern und den Dänen.

Es war mein erster Kontakt mit dem skandinavischen Norden, der auf so vielen Gebieten des sozialen und geistigen Lebens Vorbild für die andern europäischen Länder war. Seither bin ich wiederholt nach Kopenhagen zurückgekehrt, das mir als eine der schönsten, freisten und menschlichsten Hauptstädte Europas lieb geworden ist.

Nach einem im Berner Elternhaus verbrachten Urlaub, den ich, als Kompensation für Berlin, unter der Anleitung von Monique Briod mit der Lektüre von Baudelaires *«Fleurs du Mal»* ausfüllte, bezog ich bereits am 1. Mai wieder mein Zimmer an der Kalckreuthstraße in Charlottenburg.

14. VERGANGENES UND BLEIBENDES

In Berlin wurde ich Historiker. Im Sommersemester 1923 hörte ich bei Stählin ein vorzügliches Kolleg über «Universalgeschichte im 1. Jahrtausend» und bei dem jungen Carl Brinkmann eine Einführung in die neuere englische und amerikanische Geschichte. Ferner besuchte ich eine Vorlesung von Professor Otto Hoetzsch über «Orientalische Geschichte 1456–1914». Hoetzsch, der dem Reichstag als deutschnationaler Abgeordneter angehörte, war ein Kenner des revolutionären Rußland; der Rapallo-Vertrag erleichterte seine Kontakte mit den dortigen Instanzen. In späteren Jahren entdeckte ich im Verlauf eines Gesprächs mit George F. Kennan, dem Verfasser des wichtigen Werkes *«Soviet-American Relations»*, der eine Zeitlang amerikanischer Botschafter in Moskau war, daß auch er in den 1920er Jahren in Hoetzschs und andern Vorlesungen an der Berliner Universität erste Kenntnisse osteuropäischer Geschichte erworben hatte. Eine Einführung in die Volkswirtschaftslehre von Prof. Schumacher ergänzte dieses Pensum.

Ich konzentrierte mich nun hauptsächlich auf das Geschichtsfach und belegte bei Friedrich Meinecke sechs Stunden. Außer seiner Vorlesung «Deutsches Staatsleben und Weltpolitik 1871–1914» war für mich sein Colloquium über Quellenkunde und Historiographie der neueren Geschichte gewinnbringend; in seinem Seminar bildeten

Treitschkes politische Schriften den Gegenstand von Referaten und Diskussionen. Für mich handelte es sich jetzt darum, mir das wissenschaftliche Rüstzeug anzueignen; mit großem Eifer machte ich mich an die Arbeit.

Meinem Vater schrieb ich am 16. Mai nach Baden, wo er zur Kur weilte: «Ich brauche nicht zu fürchten, wie die Raupe zu werden, die nur an ihrem Blatt frißt und den Baum nicht sieht. Viel eher schwebte ich in der Gefahr des Dilettanten, nur den Baum im Ganzen anzuschauen, ohne seine besonderen Organismen eingehend zu kennen. Gerade Meinecke ist dafür bekannt, daß seine Arbeiten ebenso solid und gründlich fundiert sind, wie sie sich auch durch umfassende Weite seiner Anschauungsweise auszeichnen.» Inskünftig würde ich also Geschichte als Hauptfach, Germanistik und Romanistik als Nebenfächer für die Prüfungen in Bern wählen. Was mich anziehe, sei Geschichte sowohl als Staatengeschichte verstanden, wie bei Treitschke, als auch in Verbindung mit Kunstgeschichte, wie bei Jacob Burckhardt, und mit Literaturgeschichte, wie bei Meinecke. «Vielleicht klingt es komisch, in diesem Zusammenhang so große Namen zu nennen, aber man darf ja schließlich ein großes Vorbild haben auch ohne Hoffnung, es zu erreichen.»

Mit gutmütigem Humor antwortete mein Vater: «Bei Deinen geringen philologischen Neigungen und Deiner Liebe zur Geschichte ist es das Gegebene, daß Du diese als Hauptfach wählst. Man wird Dich also in 50 Jahren mit J. Burckhardt, Treitschke und Meinecke zusammen nennen. Ich bedaure, das nicht mehr zu erleben, begnüge mich aber gerne mit einem guten Anfang Deiner Laufbahn, der ich mit vollem Vertrauen entgegensehe.» Er fügte hinzu: «Hier im Hause [dem ‚Verenahof' in Baden] ist Hermann Hesse, mit dem wir gestern den ganzen Abend zusammen gesessen sind. Er hat uns erstaunlich offenherzig über alle seine Verhältnisse, besonders auch die infolge der Markabwertung eingetretene Verminderung seiner Einnahmen gesprochen. »[1]

Meinecke war seinen Schülern ein gewissenhafter und teilnehmender, auch ein höflicher Lehrer. Als ich ihm in seiner Sprechstunde meinen Wunsch vortrug, er möge mir ein Dissertationsthema nennen, bat er mich um etwas Geduld, er müsse sich die Sache überlegen; ich hatte ihm gesagt, mein Interesse sei geteilt zwischen Geschichte und Literatur, am liebsten würde ich einen Gegenstand aus der Historiographie behandeln. Als er mich wieder zu sich rief, sagte der Professor, er arbeite an einem Buch über die Idee der Staatsräson, weshalb er sich eingehend mit den Geschichtschreibern und Schriftstellern der italienischen Renaissance beschäftige. Dabei sei ihm aufgefallen, daß Eduard Fueter in seiner «Geschichte der neueren Historiographie» kein Werk über den Genfer Sismondi, den Verfasser einer Geschichte der italienischen Freistaaten im Mittelalter, nenne; das sei eine bedauerliche Lücke, und da ich doch wohl in die Schweiz zurückkehren würde, könnte ich zweifellos in Genf Material zu einer Arbeit über Sismondi finden. Mir war das Thema unbekannt, und so machte ich mich gleich in der Universitätsbibliothek und der Preußischen Staatsbibliothek an die Präliminarien. Die Schwierigkeit lag vornehmlich in der Fülle des Materials. Auf Sismondis *«Histoire des Républiques italiennes du moyen-âge»* (1809–1818) beruft sich auch Jacob Burckhardt in seiner «Kultur der Renaissance in Italien» mehrmals; ich konnte die sechzehn Bände der Originalausgabe dieses Werkes vor meiner Abreise von Prof. Hobohm erwerben – wie ich denn in jenem Berliner Sommer den Grundstock zu meiner historischen Bibliothek legte, indem ich Werke von Mommsen, Treitschke, Burckhardt, Ranke und meiner

[1] Von diesem Aufenthalt berichtet Hermann Hesse in seinem anmutigen Buch «Kurgast, Aufzeichnungen von einer Badener Kur», das 1925 erschien.

eigenen Berliner Lehrer zusammenkaufte. Das Verlockende des Themas erblickte ich damals, als ich noch nicht die Bedeutung Sismondis als Sozialreformer und Theoretiker der Nationalökonomie kannte, in der Verbindung der italienischen Geschichte im Mittelalter und in der Renaissance mit der Geschichtsforschung und Historiographie zu Beginn des 19. Jahrhunderts.

Wieder in Bern, hatte ich mit Ricarda Huch ein Gespräch über dieses Thema. «Als junges Mädchen habe ich Sismondi mit Begeisterung gelesen»; sie riet davon ab, den ganzen Sismondi biographisch zu behandeln, was den Rahmen einer Dissertation sprengen würde, meinte sie. Es sei merkwürdig, sagte Frau Ricarda, daß jene besondere Auffassung der italienischen Renaissance, die als das Ideal des «Renaissance-Menschen» in Verbindung mit Nietzsches Theorien die Welt erobert habe, erst seit Jacob Burckhardt aufgekommen sei; Sismondi sehe die Renaissance anders (Gedanken der Freiheit, der Stadtrepubliken dominieren bei ihm). Es interessiere sie auch zu wissen, ob Sismondi auf Deutschland irgendeine Wirkung ausgeübt habe, ob er dort gelesen und *wie* verstanden worden sei. Vor Burckhardt hätten sich wenige Gelehrte und Gebildete mit der Geschichte der italienischen Stadtrepubliken befaßt. Ob Sismondi nicht der einzige gewesen sei?

In Paris habe ich mich erst ganz in diesen Stoff vertieft; zunächst mußte ich in Bern das Staatsexamen vorbereiten und absolvieren.

Wie Ricarda Huch, so empfinde ich auch Friedrich Meinecke als einen ebenso tragischen wie repräsentativen Vertreter einer deutschen Generation, die etliche Jahre vor der Reichsgründung von 1871 geboren wurde und mit geistiger Unabhängigkeit und Charakterstärke die Prüfungen des Ersten Weltkrieges, der nachfolgenden Wirren, des Hitler-Reiches und der Katastrophe von 1945 überlebt hat. Zugunsten Ricarda Huchs läßt sich sagen, daß sie dem preußisch-deutschen Reich Bismarcks und seinem Anspruch, in den Hohenzollern-Kaisern Erneuerer des mittelalterlichen Reiches der Staufer zu erblicken, durchaus ablehnend, als einer Verfälschung der deutschen Geschichtstradition und einer politischen Mißbildung gegenüberstand, während Meinecke, der vom deutschen Idealismus und seinem Lehrer Ranke ausgegangen war, den doch recht illusorischen Versuch unternommen hatte, eine geistesgeschichtliche Verbindung von Goethes weltbürgerlichem Universum mit dem deutschen Nationalgedanken herzustellen.[1]

Nicht ohne politischen Mut und historischen Scharfsinn hatte Meinecke 1918 den Versuch unternommen, die deutsche Vergangenheit einer Kritik zu unterziehen und den neuen «Volksstaat» zu bejahen. Noch vor der Ausrufung der Republik am 9. November schrieb er in einem Aufsatz: «Dennoch mußte auch dem Bismarckschen Werke einmal der Tag der Götterdämmerung kommen, mußten die Mängel, die ihm anhafteten, so evident und empfindlich werden, daß es nicht mehr zu halten war, daß neue Formen der Volkszusammenfassung es ablösen mußten.» Trotz den deutschen «Pyrrhossiegen» im Weltkrieg sei es nicht möglich gewesen, den «Endsieg» zu erringen; schon bei der Ankündigung des unbeschränkten U-Boot-Krieges sei ihm bange geworden um den Ausgang des Ringens.

Meinecke erinnert in dieser Schrift an ein Wort von Friedrich Engels aus den Jahren 1887/88, Bismarck habe «die von ihm selbst geschaffene geschichtliche Lage nicht begriffen». Und Meinecke: «Er (Bismarck) hat die Massenkräfte des modernen Sozial- und Wirtschaftslebens, die er in dem von ihm geschaffenen Reich entwickeln half,

[1] Es gehört zu meinen Erinnerungen, wenn ich hier die lebenslange Freundschaft meiner Schwester mit Ricarda Huch erwähne, der sie eine Biographie gewidmet hat: Helene Baumgarten, Ricarda Huch, 2. Aufl., Köln Wien 1968.

falsch eingeschätzt und behandelt... Er mußte sich sagen, daß der moderne Krieg geradezu automatisch zur Demokratie hindrängt, weil man mit Massenheeren – den kämpfenden wie den in der Werkstatt für den Krieg arbeitenden – nicht auf die Dauer Krieg führen kann, wenn man nicht auf die Dauer mit den Massen Politik treibt.» Die «Notwendigkeit machtpolitischer Bescheidung und innerpolitischen Umbaus» sei im Weltkrieg verkannt worden, weil die Führung «nicht merkte, daß inmitten und umflutet von einer ganz demokratisierten Welt ein mitteleuropäischer Machtbereich von militärischer und undemokratischer Struktur sich unmöglich lange konservieren konnte». – Es waren ähnliche Erkenntnisse, wenngleich mit teilweise anderer Begründung, die den Verfasser der «Betrachtungen eines Unpolitischen», Thomas Mann, in seiner Rede «Von deutscher Republik» zu seinem Bekenntnis zur Demokratie veranlaßten. Diese Schrift gab damals unter uns Berliner Studenten viel zu reden.

Meineckes Vorlesung über das Verhältnis des deutschen Staatslebens zur Weltpolitik in der Periode von 1871 bis 1914 war eine erste, mir noch nicht bewußte Anregung zu meiner eigenen, nach dem Zweiten Weltkrieg entstandenen Arbeit über dieses Thema (in meiner «Weltgeschichte der Neuesten Zeit»). Der damals sechzigjährige Gelehrte war eine schüttere, zarte Erscheinung. Eine gewisse Befangenheit des Auftretens und die Gepflogenheit, seine Vorträge von einem sorgfältig vorbereiteten Manuskript abzulesen, hatte ihren Grund in einem Sprachfehler. Meinecke war ein Stotterer, was eine seltsame Spannung unter seinen Hörern verursachte. Wir warteten auf das plötzlich eintretende Festhängen des Redners an einem Wort, wobei seine Lippen sich zu unartikulierten Lauten bewegten und sein Kiefer zitterte; er schien mühsam nach Luft zu schnappen, bis ebenso unvermutet sein Atem wieder normal einsetzte und die folgenden Sätze mit unheimlicher Leichtigkeit und Geschwindigkeit hervorsprudelten. Die Feder in der Hand erspähten wir diesen Augenblick und hatten dann nicht geringe Mühe, den schnellen Redefluß in unseren Heften festzuhalten.

In jenen Nachkriegsjahren, da die Mehrzahl der Professoren und Studenten stramm «national» und reaktionär dachten, gehörte Meinecke zu der kleinen Gruppe von akademischen Lehrern, die in Berlin wegen ihres Bekenntnisses zur Republik und Demokratie die Gegnerschaft der Mächtigen der Universität und der Preußischen Akademie der Wissenschaften auf sich zogen. Man konnte sie an den Fingern einer Hand aufzählen: Hans Delbrück, Adolf von Harnack, der Nationalökonom Werner Sombart, Walther Schücking, auch mein Mentor Martin Hobohm, der bereits damals schweren Anfechtungen von Seiten seiner Kollegen ausgesetzt war. Dieses Häuflein Einsichtiger setzte sich dem Vorwurf aus, dem Vaterland untreu geworden zu sein.

Auch die geistesgeschichtlichen Fragestellungen Friedrich Meineckes bereiteten der zünftigen deutschen Geschichtswissenschaft Unbehagen. «Er verwechselt Ideen mit Tatsachen», sagte in meiner Gegenwart einer seiner jüngeren Fachkollegen. Ich entgegnete, daß dieses Urteil jedenfalls auf seine Vorlesungen nicht zutreffe; das Bild, das er von der deutschen Geschichte entwerfe, sei ein Muster von einfühlender, die Konflikte der streitenden Parteien und Persönlichkeiten analysierender, nicht richtender, sondern verstehender Geschichtsdarstellung; mit der politischen Problematik setze er sich nie mit billigen Verallgemeinerungen, sondern kritisch unterscheidend auseinander. Was – in *einem* Wort – lehrte er uns durch sein Beispiel? Ich denke: die Reflexion. Daß es Aufgabe der Forschung ist, auf Grund der Quellenkritik Tatbestände herauszuarbeiten, ist allerdings selbstverständlich; aber die Routine-Historiker waren oft voll von Vorurteilen, Klischees und Affekten, wodurch sie sich eine reflektierende Prüfung der Tatbestände und eine durchdachte Interpretation ihres Materials ersparten.

Eines Tages geschah in Meineckes Seminar etwas Schreckliches. Ein Student, der ein Referat hielt, stotterte grauenhaft. Im ersten Augenblick glaubten wir, er parodiere und verhöhne unseren verehrten Lehrer. Aber sein Stottern war echt. Als er endlich die letzten Hürden seines Manuskriptes unter Schwierigkeiten und Qualen genommen hatte, senkten wir beklommen die Köpfe; keiner meldete sich zum Wort. Meinecke mußte sich selber mit diesem Studenten auseinandersetzen; mit ruhiger Stimme, freundlich und ohne ein einziges Mal anzustoßen, besprach er seine Arbeit. Das Stottern des Studenten hatte ihn augenblicklich von seinem Leiden befreit.

Als ich längst nicht mehr in Berlin war, vernahm ich zuverlässig, daß Meineckes Urteil über den Nationalsozialismus eindeutig und klar ablehnend war. Das verbrecherische Element in dieser Bewegung erkannte er von Anfang an. Im Herbst 1936 besuchte ich in Wien den Historiker und Metternich-Biographen Heinrich von Srbik in seiner Wohnung im Schloß Schönbrunn; durchs Fenster seines Arbeitszimmers schweifte der Blick bis zur Gloriette oben im Park. Ich war tief betroffen, als dieser angesehene Fachmann mit süffisant mitleidigem Lächeln über Meinecke sprach, der gar nicht begreifen könne, daß die deutsche Jugend nach dem «Umbruch» sich etwas «ungebärdig» benommen habe. Der unglückliche Srbik ließ sich nach dem «Anschluß» vom März 1938 von Hitler zum Mitglied des deutschen Reichstags ernennen, was ihm nach dem Zusammenbruch des Dritten Reiches Schwierigkeiten und einen verbitterten Lebensabend bereiten sollte.

Der Rückfall in die Barbarei hat Meineckes lange vom deutschen Idealismus beeinflußtes Geschichtsbild nicht unerheblich zu modifizieren vermocht. Ein knappes Vierteljahrhundert nachdem ich sein Schüler gewesen war, wechselten wir Briefe. Der 84jährige Historiker schrieb mir aus Berlin-Dahlem, am 14. August 1946: «Meine Gedanken gehen jetzt immer wieder zu den deutschen Schweizern und zu Jacob Burckhardt hinüber, als denen, [die] unser Schicksal vielleicht am besten zu verstehen vermöchten und mit denen wir am ersten uns wieder verständigen könnten. Ich habe das auch etwas anklingen lassen in einer Schrift über die deutsche Katastrophe...[1] Aber wie viel mehr wäre über dieses Problem noch zu sagen.»

Ich bin wieder einmal der Zeit weit vorausgeeilt. Es lag mir daran, an dem Beispiel meines ehemaligen Lehrers, der das Alter von 90 Jahren erreichte und überschritt, zu zeigen, wie im Leben und nicht weniger in der Wissenschaft Vergangenes und Bleibendes sogar über historische Abgründe verbunden sind.

15. EIN AUFTRAG

In Montpellier war ich dem französischen Chauvinismus begegnet, in Berlin erlebte ich den deutschen Nationalismus, der infolge der Ruhrbesetzung neue, gefährliche Blüten trieb. Max Scheler sagte unter dem Eindruck des Zeitgeschehens: «Das erste Gesamterlebnis der Menschheit war das Erlebnis eines Gesamthasses.» Aus seinem Walliser Refugium schrieb zu Beginn des Unglücksjahres 1923 Rilke an Lou Andreas-Salomé, er leide «bis zur Schlaflosigkeit» unter der Verschlimmerung der allgemeinen Verhältnisse «draußen in der Welt» und «an diesen grausamen Konflikten, an ihrer Aussichtslosigkeit, und mehr noch daran, daß es wieder nach dem ‚Hassen' geht, daß

[1] Friedrich Meineckes Schrift «Die deutsche Katastrophe, Betrachtungen und Erinnerungen», erschien 1946 in Wiesbaden und Zürich.

wieder der Haß das Entscheidende und Wirkende ist in einer Welt, die, um endlich zu heilen, ein Übermaß von Liebe und Milde und lauter guten Willen nötig hätte!»

In dieser vergifteten Atmosphäre kam ich infolge eines Auftrages, den mir mein Berner Lehrer Gonzague de Reynold erteilt hatte, im Sommersemester 1923 in eine persönliche Berührung mit der offiziellen Berliner Welt. Reynold war Mitglied und Berichterstatter der vom Völkerbund ins Leben gerufenen Internationalen Kommission für geistige Zusammenarbeit, die als Konsultativorgan der Genfer Liga den Auftrag hatte, auf den Gebieten der Wissenschaft und Kultur praktische Maßnahmen zur Förderung der internationalen Zusammenarbeit in die Wege zu leiten. Es war eine Art «working utopia», die über alle Gegensätze hinweg unter schwierigsten Bedingungen ihre Arbeit aufnahm.

Präsident der zwölfköpfigen Kommission war der französische Philosoph Henri Bergson, Vizepräsident der Hellenist Gilbert Murray aus Oxford. Neben Madame Curie, dem Juristen und liberalen Politiker Francesco Ruffini aus Turin, dem belgischen ehemaligen Unterrichtsminister Destrée und dem amerikanischen Astronomen Hale gehörten Persönlichkeiten aus Norwegen, Spanien, Brasilien und Indien und Albert Einstein der Kommission an. Einstein, von der ganzen Welt als der berühmteste deutsche Gelehrte gefeiert, wurde von der deutschen Gelehrtenwelt, weil er Schweizer, Jude und Pazifist war, als nicht repräsentativ abgelehnt. Er trat zwei Monate nach der Ruhrbesetzung aus der Kommission zurück, ehe er sich 1924 wieder dazuwählen ließ; 1923 war an seiner Stelle der holländische Physiker H.A. Lorentz zu ihrem Mitglied ernannt worden. Die Kommissionsmitglieder sollten nicht als Vertreter ihrer Staaten, sondern als Repräsentanten von Kulturkreisen, Wissenschaftsgebieten und Weltanschauungen ihr Mandat ausüben. Von Professor de Reynold erwartete man die guten Dienste, die er als Angehöriger eines neutralen Kleinstaates leisten konnte; mit Klugheit und diplomatischem Geschick amtierte Reynold inmitten der ideologischen, nationalen und politischen Meinungsverschiedenheiten seiner Kollegen.

Im August 1922 hatte die Kommission den Völkerbundsrat ersucht, eine «Enquête über die Lage der geistigen Arbeit in den verschiedenen Ländern, über die Leiden, die die geistige Arbeit behindern, und über die Maßnahmen, die vorgeschlagen werden», in die Wege leiten zu dürfen. Diese Ermächtigung wurde ihr ohne Verzug erteilt, und zu diesem Zweck arbeitete sie einen Fragebogen aus, der an die zuständigen Organe in allen Ländern gesandt wurde.

Für Reynold war es eine Selbstverständlichkeit, daß diese Erhebung auch in Österreich und Deutschland durchgeführt werden sollten, zumal sich die Wissenschaft in diesen Staaten nach dem Kriege in einer Notlage befand. Henri Bergson billigte dieses Vorhaben nicht und unterschied zwischen dem offiziellen Standpunkt der Kommission und dem persönlichen Vorhaben de Reynolds; dieser wurde von mehreren seiner Kollegen, voran von Gilbert Murray und Lorentz, unterstützt. In einem Schreiben wandte er sich an den Präsidenten der Notgemeinschaft der deutschen Wissenschaft, den Minister a.D. Schmidt-Ott in Berlin, mit dem Ersuchen, diese Organisation möge in Deutschland die gewünschten Erhebungen für die Völkerbundskommission durchführen; Schmidt-Ott lehnte dieses Ansinnen ab, erklärte sich aber bereit, einem Beauftragten der Völkerbundskommission «nach besten Kräften zur Gewinnung sachlichen Einblicks behilflich zu sein» (17. März 1923). Reynolds weitere Anregung, die Notgemeinschaft könnte für Deutschland die Funktion einer Nationalen Kommission für geistige Zusammenarbeit übernehmen, lehnte Schmidt-Ott rundweg ab. Solche Kommissionen wurden in allen Staaten zu dem Zwecke ins Leben gerufen, die Völkerbundskommission in ihren Bemühungen zu unterstützen.

Nach einer Unterredung während meines Osterurlaubes in Bern stellte mir Reynold, der mich mit den nötigen Informationen und Akten versah, folgendes Ermächtigungsschreiben aus:

Société des Nations/League of Nations

Der Unterzeichnete, Mitglied und Berichterstatter der «Internationalen Kommission für geistige Zusammenarbeit beim Völkerbund» bescheinigt, daß Herr von Salis, sein Freund und Schüler, beauftragt ist, für ihn persönlich Dokumente über das intellektuelle Leben in Deutschland zu sammeln.

(sig.) Prof. Dr. de Reynold
Dekan der phil. Fakultät Bern

Bern, 27. III. 23.

Die Voraussetzungen für die Durchführung dieses Auftrages waren denkbar ungünstig. Ich schrieb Reynold aus Berlin, meine Lage sei die eines «enfant perdu», was in der Militärsprache einen Kundschafter bedeutet, auf meine Person bezogen aber auch wörtlich zu verstehen war.

Das Verhältnis der Deutschen zur übrigen Welt war arg verdorben. Infolge des Krieges, des Friedensvertrages und des sogenannten «Kriegsschuldartikels», mit dem die deutsche Reparationspflicht gegenüber den ehemaligen Kriegsgegnern begründet war, neuerdings auch wegen der Ruhrbesetzung, war die deutsche Öffentlichkeit und Professorenschaft über die Welt, von der sie sich unverstanden und ungerecht behandelt fühlte, aufs äußerste erbittert. Erschwerend kam dazu, daß der nach dem Kriege in Brüssel gegründete Internationale Forschungsrat, dem auch die Neutralen beigetreten waren, die deutschen Wissenschafter aus seinem Kreise ausschloß; dieser Boykott bezog sich auch auf die Beziehungen zwischen den gelehrten Gesellschaften und auf die wissenschaftlichen Kongresse. Die deutsche Gelehrtenwelt befand sich in der Lage eines Geächteten. Das war eine Folge des «Krieges der Geister», der während des Weltkrieges die deutschen Intellektuellen mit der Außenwelt entzweit hatte. Die deutsche Wissenschaft hielt sich, auch nach dem Weltkrieg noch, für die maßgebende in der Welt; sie hatte jedoch ihre größte Zeit, als sie für die anderen Kulturvölker vorbildlich war, bereits überschritten, da auf verschiedenen wichtigen Forschungsgebieten die Wissenschaft bereits in vielen Ländern Spitzenleistungen hervorgebracht hatte.

Ich mußte bei der Ausführung meines mir von Gonzague de Reynold anvertrauten Auftrages feststellen, daß die wortführenden Persönlichkeiten der deutschen Universitäten und Akademien dem internationalen Boykott mit dem Argument entgegentraten, sie würden der Wissenschaft der übrigen Welt großen Schaden zufügen, wenn sie ihr aus eigenem Willen ihre Mitarbeit versagten; außerdem waren sie der Meinung, das im Kriege geschlagene und gedemütigte Deutschland könne sich in dieser mißlichen Lage als wissenschaftliche Großmacht von neuem einen führenden Platz in der Welt sichern. Da die vom Staate geförderten Lehr- und Forschungsanstalten, desgleichen die vom Reich finanziell gestützte Notgemeinschaft der deutschen Wissenschaft den Stempel des Offiziellen trugen, mußte der Vorstoß der Internationalen Kommission für geistige Zusammenarbeit in dieses Gebiet damals noch auf die ablehnende Haltung des Auswärtigen Amtes gegenüber dem Völkerbund stoßen. Der Völkerbundsreferent dieses Ministeriums, ein Herr von Bülow, erteilte uns ausländischen Studenten in einer zu diesem Zwecke einberufenen Versammlung Auskunft über den offiziellen Standpunkt.

Im Ausland hatte das Ansehen der deutschen Wissenschaft infolge des «Aufrufes an die Kulturwelt» von 93 deutschen Intellektuellen vom Oktober 1914 schwer gelitten. Im Juli 1915 hatten unter dem Einfluß des Alldeutschen Verbandes 352 Hochschullehrer eine «Intellektuellen-Eingabe» ähnlichen Inhalts unterzeichnet; sogar gegen die einen Verständigungsfrieden empfehlende Resolution des Deutschen Reichstags vom Sommer 1917 brachte der Tübinger Historiker Johannes Haller 900 Unterschriften von Befürwortern eines Annexionsfriedens zusammen. Daß im Kriege französische Gelehrte wie Pasteur, Berthelot und Curie von deutscher Seite als Hochstapler und Scharlatane tituliert worden waren, machte die Sache nicht besser. Die Haltung der Gelehrten in den Entente-Ländern war eine Reaktion auf diese Vorkommnisse, wobei es auch dort zu gehässigen Äußerungen kam. Der gegen die deutsche Wissenschaft verhängte Boykott in den Nachkriegsjahren wurde von deutschen Gelehrten dahin ausgelegt, die «Feindmächte» wollten nicht nur die deutsche Wirtschaft, sondern auch die deutsche Wissenschaft «vernichten». Die Gemeinschaft der Geistbegabten, auf die sogar der pessimistische Jacob Burckhardt seine Hoffnung gesetzt hatte, schien nicht mehr zu existieren.

Daß die gleichen Männer, die als Forscher mit methodischer Strenge und Akribie die Wahrheit suchen, unter der Wirkung von politischen Affekten zuweilen Dinge behaupten, die einer kritischen Prüfung nicht standhalten können, und daß sie vaterländische oder parteigebundende Gesinnung über politische Sach- und Weltkenntnis stellen, ist leider eine Erscheinung, die weder auf die deutschen Gelehrten noch auf die damalige Zeit beschränkt geblieben ist... In Deutschland hatte sich Hans Delbrück bereits 1914 geweigert, den Aufruf der 93 Intellektuellen zu unterschreiben, und während der Kriegsjahre sprach er sich standhaft gegen einen Annexionsfrieden aus – was gerade deshalb bedeutungsvoll war, weil er als Fachmann der Militärwissenschaft und Kenner der Außenpolitik die Dinge richtig beurteilen konnte. Albert Einstein hatte mit den Professoren Nicolai und Friedrich Wilhelm Foerster öffentlich gegen den Aufruf der 93 Stellung genommen – weshalb Einsteins deutsche Kollegen klagten, seine Ernennung zum Mitglied der Völkerbundskommission für geistige Zusammenarbeit sei «wie zum Hohn» erfolgt. Im Kriege hatten sich Meinecke und Harnack für die Wiederherstellung der belgischen Souveränität ausgesprochen und damit die Befürworter einer dauernden Unterstellung Belgiens unter deutsche Herrschaft vor den Kopf gestoßen. Max Weber hatte eine Denkschrift gegen den unbeschränkten U-Boot-Krieg verfaßt. Der Riß in der deutschen Gelehrtenwelt, den wir als Studenten unschwer feststellen konnten, stammte aus der Kriegszeit.

Die Verbitterung, welche die vom französischen Historiker Lavisse im Kriege herausgegebenen Broschüren zur Widerlegung der Behauptungen der 93 Intellektuellen bei den «national» denkenden deutschen Gelehrten hervorgerufen hatten, war eine weitere Entdeckung, die ich in Erfüllung meines Auftrages im Sommer 1923 machen mußte. Eine dieser Broschüren hatte den Geschichtsprofessor an der Sorbonne Charles Seignobos zum Verfasser und war *«Un Prussien intelligent»* betitelt; sie war den klugen und weitblickenden Aufsätzen, die Delbrück in den Vorkriegsjahren in den «Preußischen Jahrbüchern» veröffentlicht hatte, gewidmet. Während der Ruhrkrise ließ Seignobos eine Erwiderung auf einen gegen das französische Vorgehen gerichteten Zeitungsartikel Delbrücks erscheinen, in der der französische Historiker selber Kritik an der Politik Poincarés übte. Als ich Delbrück auf diese Kontroverse ansprach, sagte er: «Wenn alle Franzosen so denken würden wie Seignobos, könnten wir zufrieden sein.»

Diese Wirrungen waren gleichsam der Hintergrund und

die Geräuschkulisse zu den Schritten, die ich in Berlin im Auftrag von Gonzague de Reynold zu unternehmen hatte. Ich habe unter diesen Verhältnissen meine Lehrjahre als Historiker und später als Doktorand bei Seignobos in Paris erleben müssen – oder dürfen.

Gonzague de Reynolds Auftrag führte mich zunächst zum ehemaligen preußischen Kultusminister und Präsidenten der Notgemeinschaft der deutschen Wissenschaft, Schmidt-Ott, der mir bereitwillig Auskunft gab, aber in der Sache nicht entgegenkommend war. Am 20. Mai berichtete ich darüber an Reynold: «Er sagte mir selber, er gehöre dem Ancien Régime an, aber er arbeite jetzt in gutem Einvernehmen mit den gegenwärtigen Machthabern zusammen: Reichspräsident, Minister, Großindustrielle, Abgeordnete, Professoren usw. Ich habe den Eindruck, daß er ein Mann ist, der sein Herkommen nicht verleugnet, national, aber nicht chauvinistisch ist, was – ich weiß es – bei Menschen seines Standes selten ist: ‚Ich bin durch meine Frau zu schweizerisch, um engherzig über die internationalen Angelegenheiten zu denken; ich hatte immer gute Beziehungen zum Ausland', sagte er.» (Frau Schmidt war eine geborene Ott aus Zürich).

Der Minister sprach viel von Politik, von der Reparationsfrage, von der Ruhrbesetzung und der Verhaftung von Herrn Krupp, weil diese Dinge für die Deutschen aufs engste mit allen Fragen, die die internationalen Beziehungen betreffen, verknüpft seien. Es herrsche Mißtrauen gegenüber dem Völkerbund, und es scheine vorläufig noch unmöglich oder doch sehr schwierig, mit Ausländern als Gleichberechtigter von Mensch zu Mensch vernünftig zu reden und zu verhandeln. Deutschland stehe unter einem schweren moralischen Druck, die Leiden des deutschen Volkes, des Mittelstandes und der geistigen Arbeiter seien groß. Statistisch lasse sich das nicht erfassen, Statistiken könnten sehr irreführend sein. «Man muß das innere Ge triebe kennen», sagte der Minister, «die Seele aushorchen, dann wird man an der Tatsache nicht mehr zweifeln, daß die deutsche Wissenschaft immer mehr abbröckelt, ihre großen Traditionen und Bestrebungen, ihre Eigenart und Ideale immer mehr verliert. Diese Art der Enquête ist an einem so sehr erschütterten Organismus durchaus ungeeignet, er könnte sogar Unwillen hervorrufen. Man kann nicht von einem Sterbenden verlangen, daß er über seinen Puls Auskunft gibt!»

«Also sind Ew. Exzellenz nicht eigentlich dem Prinzip, sondern nur der eingeschlagenen Methode abgeneigt?»

«So ist's. Wie ich Herrn von Reynold schon geschrieben habe, wäre es das einzig richtige, wenn eine Kommission herkommen würde, die ganz Deutschland bereisen und an Ort und Stelle sich Einsicht verschaffen würde; in diesem Falle wäre ich nicht abgeneigt, den Herren diese Einsicht zu gewähren und sie zu fördern.» In Herrn de Reynolds guten Willen und Glauben und Absichten habe er volles Vertrauen.

Wir stellen übereinstimmend fest, daß hüben und drüben das Verlangen nach Zusammenarbeit groß ist. Aber den Antrag der Internationalen Kommission hält Schmidt-Ott für zu unpraktisch, zu theoretisch. Ich erwidere, daß diese Enquête einen moralpolitischen Wert habe, indem ein Bericht über das intellektuelle Leben in Deutschland, vom Völkerbund veranstaltet und verbreitet, eine große Autorität haben und die Augen der Welt auf den Stand der Dinge richten und möglicherweise Hilfsquellen eröffnen würde. Ich zähle dann auf, was bereits geschehen sei: 1. Reynolds Bericht über die Notgemeinschaft, den ich mit dem Originalbericht und den Reichstagsverhandlungen vom vergangenen November verglichen und daraus die Überzeugung gewonnen hätte, daß Herr de Reynold nichts verheimlicht oder beschönigt habe. Der Minister ist darüber sichtlich erfreut. 2. Ein Bericht über die deutschen

Studenten, der mir von der Europäischen Studentenhilfe des Christlichen Studenten-Weltbundes vermittelt wird. Schmidt-Ott macht mich auf die Wirtschaftshilfe der deutschen Studentenhilfe in Dresden aufmerksam. 3. Eine Enquête über die Bibliotheken ist bereits im Gange.

Gegen «derartige» Enquêten hatte Schmidt-Ott keine Bedenken. Meinem Hinweis, die Völkerbundskommission sei ein Versuch, auf dem neutralen Gebiete der Wissenschaft eine vorläufig noch rein technische internationale Zusammenarbeit anzubahnen, begegnete er mit dem Argument, die gelehrte Welt sei eben unter sich sehr zerklüftet, ich solle nur an den Aufruf der 93 Deutschen zu Beginn des Krieges und an den Ausschluß der Deutschen von internationalen Kongressen und wissenschaftlichen Vereinigungen denken. Schmidt-Ott übte auch Kritik an der Zusammensetzung der Internationalen Kommission; ihr amerikanisches Mitglied Hale habe noch vor zwei Jahren gesagt, er wolle keinem Deutschen die Hand geben; auch die Hostilität Bergsons sei ihm nur zu gut bekannt. – Im Anschluß an diese Unterredung erhielt ich von Herrn Schmidt-Ott noch einen freundlichen Brief, was mir erlaubte, ihm zu schreiben und Dokumente zu schicken, die ich von Prof. de Reynold erhalten hatte.

Reynold antwortete mir am 2. Juni, er habe meinen Bericht für so wichtig gehalten, daß er seine «wesentlichen Passagen» vertraulich an den Generalsekretär des Völkerbundes, Sir Eric Drummond, und zwei hohe Beamte dieses Sekretariates weitergeleitet habe. Er glaube bestimmt, daß Herr Schmidt-Ott die praktische Tragweite der Enquête nicht verstanden habe. In meiner Antwort vom 19. Juni widersprach ich dieser Ansicht nicht, gab aber meinem Auftraggeber zu bedenken: «Die Kreise in Genf sollten sich über die Abneigung der Deutschen und insbesondere der Gelehrtenwelt gegen den Völkerbund nicht täuschen... Die öffentliche Meinung erblickt im Völkerbund eine erweiterte Entente cordiale, die entweder Frankreich zu Willen sein muß oder zur Ohnmacht verurteilt ist. Im Historischen Seminar von Herrn Meinecke machte jemand eine Anspielung auf den Völkerbund; in seiner vorsichtigen Art sagte Meinecke: ‚Als der Abbé de Saint-Pierre seinen Völkerbund vorschlug, entgegnete ihm ein Politiker, ein solcher Bund gerate immer unter die Vorherrschaft des mächtigsten Staates, der ihm angehört.' Diese Situation braucht die Internationale Kommission nicht zu entmutigen; aber sie sollte sich davon überzeugen, daß ihr Unternehmen sehr schwierig und dornenvoll ist. Vielleicht wird sie es ohne die Stützung durch eine großmütige und weitblickende Politik des Völkerbundes gegenüber Deutschland nicht erfüllen können...»

Die weiteren Schritte, die ich in dieser Angelegenheit unternahm, waren – mit Ausnahme des Berichtes über die Lage der Studenten – nicht viel erfolgreicher. Prof. Viktor Bruns hatte mich an den Theologen Prof. Reinhold Seeberg empfohlen, der dem Leitenden Ausschuß des «Verbandes der deutschen Hochschulen» angehörte. Dieser freundliche alte Herr sagte mir, er habe den Vorsitzenden dieses Verbandes, Prof. Schenck in Münster i.W., gebeten, den Bericht über die Hochschulen für die Völkerbundskommission zu erstellen. Als Schenck meinte, das gebe zu viel Arbeit, habe er, Seeberg, ihm geantwortet: «Das müssen Sie tun, das ist doch selbstverständlich.»

Unser Gesandter, Dr. Rüfenacht, der sich für meine Bemühungen interessierte – mit dem Bemerken, wenn es im ersten Anlauf nicht gelinge, werde vielleicht der zweite oder dritte erfolgreicher sein –, bat Prof. Ulrich Stutz, den einzigen Schweizer, der Mitglied der Preußischen Akademie der Wissenschaften war, mir behilflich zu sein. Stutz war kühl aber höflich, es war offensichtlich, daß er sich nicht kompromittieren wollte. Er versprach jedoch, er werde mein Anliegen die Enquête über die Akademien betreffend an der nächsten Sitzung der Akademie zur Sprache bringen. Nachträglich sagte er mir ziemlich unwirsch, daß seine Kollegen hinter dieser Enquête «irgendwelche unlauteren Absichten witterten». Er selber wollte damit nichts zu tun haben.

Ich sprach auch mit dem Rußlandspezialisten Prof. Otto Hoetzsch, der als Reichstagsabgeordneter dem parlamentarischen Ausschuß für die Notgemeinschaft der deutschen Wissenschaft angehörte. Später erfuhr ich, daß Hoetzsch im gleichen Jahr im Auftrag der Notgemeinschaft nach Leningrad reiste, um die Beziehungen zwischen der deutschen und der sowjetischen Wissenschaft enger zu knüpfen. Das war die Replik auf den Boykott durch die westliche Gelehrtenwelt. Der Vertreter des Christlichen Studenten-Weltbundes in Berlin, Mr. Bonsey, ein Engländer, informierte mich seinerseits über die Hilfstätigkeit seiner Organisation in Rußland, wo diese mit sechzehn Universitäten Beziehungen angeknüpft hatte und tägliche Speisungen für Tausende russischer Studenten durchführte. Das paßte nun wieder nicht zum Konzept de Reynolds und wahrscheinlich auch nicht zu demjenigen des Völkerbundes; die Westmächte betrachteten mit Argwohn die Annäherung zwischen Deutschland und der Sowjetunion, mit der sie die diplomatischen Beziehungen noch nicht aufgenommen hatten.

Kurz vor meiner Abreise von Berlin, am 20. Juli, erstattete ich Prof. de Reynold meinen Schlußbericht, der ohne mein Verschulden zu optimistisch ausfiel, da Prof. Viktor Bruns mir seine aktive Mitarbeit versprochen hatte. Als Völkerrechtslehrer war Bruns über den Völkerbund im Bilde. In Deutschland, sagte er mir, bestimme ein verbreitetes Mißtrauen und eine vollständige Unwissenheit über den wirklichen Sachverhalt das Urteil über den Völkerbund; man könnte aber alle oder die meisten Opponenten in der Gelehrtenwelt für das von mir vorgebrachte Anliegen gewinnen, wenn man eine praktische Zusammenarbeit, beispielsweise einen Bücheraustausch, zustande brächte. Er selber habe keine Bedenken gegen die Durchführung der Enquête, da sie ja ohne Beizug von vertraulichen Akten erstellt werden könne. Er sei bereit, den angeforderten Bericht des Deutschen Hochschulverbandes aus dem Material des Ministeriums zu ergänzen. Ich empfahl Herrn de Reynold, sich mit Prof. Bruns ins Benehmen zu setzen. Was die Gründung einer deutschen Nationalkommission für geistige Zusammenarbeit betreffe, fuhr ich in meinem Bericht fort, würde ich empfehlen, unabhängig von den offiziellen Instanzen zu versuchen, eine solche Kommission auf einer freiwilligen und autonomen Basis errichten zu lassen. Denn was die offiziellen Kreise und Persönlichkeiten der deutschen Wissenschaft betreffe, so hätte ich den Eindruck, «daß die politische Haltung dieser ehrenwerten Gelehrten ähnlich ist wie diejenige der Bourbonen, die nichts vergessen und nichts gelernt hatten».

In seinem Dankesbrief vom 1. August meinte de Reynold, ich sei mir vielleicht nicht genügend «der glücklichen Folgen dessen bewußt, was wir füglich Ihre Mission nennen müssen». Während ihrer letzten Session habe die Kommission «den Stier bei den Hörnern gepackt, das heißt sehr offen das Problem unserer Beziehungen zur deutschen Wissenschaft und zu den deutschen Intellektuellen diskutiert. Indem ich mich zwischen die Unnachgiebigkeit der einen und den mangelnden politischen Sinn der anderen stellte, ist es mir gelungen, eine Reihe Resolutionen, die einen Schritt vorwärts bedeuten, einstimmig zur Annahme zu bringen.» Er habe sich ermächtigen lassen, die Enquête in Deutschland zu intensivieren, und es sei vorgesehen, daß er sich später dorthin begeben solle. Sein Rapport über die Notgemeinschaft habe Eindruck gemacht, und er werde sich entweder an Prof. Schenck oder an Prof. Bruns wenden «und mit ihnen fortführen, was Sie so gut begonnen haben. Ich werde ihnen sagen, daß ihre Enquête als die Einleitung der Wiederaufnahme der geistigen Beziehungen betrachtet werden müsse.»[1]

Offenbar waren aber Reynold die Hände gebunden. In seinem Auftrag wandte ich mich am 3. Januar 1924 erneut an Prof. Bruns; ich schrieb ihm aus Bern: «Es ist meine wohlbegründete Meinung, daß Herr de Reynold alles tut, was in seinen Kräften steht, um die Wiederherstellung der Beziehungen der deutschen Geistesarbeiter mit denjenigen der übrigen Welt in die Wege zu leiten. Er kann es vielleicht mit um so mehr Erfolg tun, je behutsamer er in seinem Vorgehen und je fester er in seiner Absicht ist. Es übersteigt aber seine Kräfte, wenn er jenseits des Rheins keine Bereitwilligkeit findet.» Im Ergebnis waren unsere Bemühungen fehlgeschlagen, nachdem uns weder der Hochschulverband noch das preußische Kultusministerium die erbetenen Informationen geliefert hatten.

Als sich im März 1924 Gilbert Murray in der englischen Presse darüber beklagte, daß die Völkerbundskommission keinerlei Beziehungen mit der deutschen Gelehrtenwelt zustandegebracht habe, wollte ihm Gonzague de Reynold eine öffentliche Antwort erteilen. Aber Bergson verhinderte eine Erwiderung, indem er geltend machte, er könne nicht nachträglich ein Vorgehen billigen, nachdem er es mißbilligt habe. Außerdem, ließ er Reynold mitteilen, stünden in Frankreich Parlamentswahlen bevor, so daß eine Polemik über diesen Gegenstand in diesem Zeitpunkt politisch inopportun wäre. Aber gerade dieser Umstand sollte dazu beitragen, den Knoten zu lösen und das Ende der deutschen Isolierung herbeizuführen: die Wah-

[1] Meine Korrespondenz mit G. de Reynold ist im Original französisch. Brigitte Schröder-Gudehus hat in ihrer Genfer Dissertation «Deutsche Wissenschaft und internationale Zusammenarbeit» 1966 diesen Fragenkomplex erschöpfend behandelt.

len brachten in Frankreich das «Linkskartell» mit dem Ministerpräsidenten Edouard Herriot an die Macht, der entschlossen war, den ausweglos scheinenden Konflikt mit Deutschland beizulegen. Herriot leitete die Politik ein, die im folgenden Jahr den Außenminister Briand und seinen deutschen Kollegen Stresemann nach Locarno und nach einem weiteren Jahr das Deutsche Reich in den Völkerbund führte.

Bergson trat 1925 aus der Kommission für geistige Zusammenarbeit zurück. Den Vorsitz übernahm der Holländer Lorentz und nach dessen Tode Gilbert Murray. Damit waren die bisherigen Widerstände auf dieser Seite der Barrikade beseitigt. Auf der anderen – der deutschen – Seite beklagte sich das Auswärtige Amt, es habe seine liebe Not mit dem vaterländischen Hochmut der deutschen Professoren. Es gelang erst zwei Jahre nach dem deutschen Beitritt zum Völkerbund, einen «Deutschen Nationalausschuß für geistige Zusammenarbeit» ins Leben zu rufen, der, wenngleich nicht ohne Bedenken und taktische Schachzüge, die erwünschte Tätigkeit aufnahm. Im Rückblick auf den ausbleibenden Erfolg meiner einstigen Bemühungen konnte ich mit Genugtuung feststellen, daß die Professoren von Wilamowitz, Seeberg, Bruns, Hoetzsch, Harnack, Schücking, auch Sauerbruch, Max Scheler und Spranger diesem Ausschuß angehörten.

16. ABSCHIED

Die Pfingstferien nutzte ich zu einer Reise, die in Hamburg begann und mich nach Kiel führte, wo ich bei den deutschen «Pflegeeltern» meines Bruders, dem Admiral Scheder und seiner Frau, die freundlichste Aufnahme fand. In seiner Marine- und Studienzeit hatte Ado im Scheder-schen Hause sein Heim gehabt. Auf einer Radtour mit der

Tochter Lida entlang der Kieler Föhrde und bei den Führungen des alten Admirals durch Stadt, Klubhäuser, Hafen und Werften wurde mir alles Sehenswerte gezeigt.

An einem der folgenden Tage genoß ich eine Fahrt durch die holsteinische Frühlingslandschaft, wo die Obstbäume blühten und der Raps golden schimmerte; von Kiel begab ich mich in Begleitung von Fräulein Scheder nach dem Gut Neudorf, wo ich das Wochenende verbrachte. Diese große Besitzung, deren Laubwälder bis an den Strand der Ostsee reichten, gehörte einem Herrn von Buchwaldt, den mein Vater im Bad Kissingen kennen gelernt hatte. Am Bahnhof erwartete uns ein Zweispänner des Gutshofes. Der alte Junker, der einen losen Mund und einen polternden Humor hatte, fragte mich bei meiner Ankunft: «Warum ist der Alte (!) dies Jahr nicht nach Kissingen gekommen?» Er machte sich über den Admiral Scheder lustig, der unter dem Pantoffel seiner Frau und seiner Tochter stehe und immer nur: «Wie du meinst, Schatzi», sagen könne. Lida Scheder nannte er das «Tschechenmädchen», weil ihre Mutter aus Böhmen stammte. Er sprach abschätzig von der Hohenzollern-Dynastie wie von Emporkömmlingen, die ins Land gekommen seien, als der einheimische Adel längst in seinen Katen und auf seinen Gütern saß, und schloß mit den Worten: «Man wird alt und mangelhaft, mein lieber Salis, das ist 'ne terrible Schweinerei.» Dazu rauchte er immerfort Zigarren, deren glühende Stummel er in einen mit Wasser gefüllten Kupferkessel warf. Beim Mittagsmahl trank die große Tafelrunde auf das Wohl meiner Eltern, und hinaus ging's in die Ställe und Gehege, durch einen Buchenwald zum Strand, dann in mehrere Dörfer, die alle zu diesem für seinen vorbildlichen landwirtschaftlichen Betrieb bekannten Rittergut gehörten. Als ich in der Morgenfrühe des Montags – wir waren um 5 Uhr aufgestanden – aufbrach, um die Tochter Hella zu ihrer Klavierstunde nach Lübeck zu begleiten, sagte ihr Vater, als schon die Pferde vor dem Haustor ungeduldig mit den Hufen scharrten: «Salis wird dich dann zum Essen einladen, das ist ja so'n Valutamensch!»

Auf dem von der Marienkirche und dem Rathaus eingehaltenen Markt in Lübeck wurde an jenem Morgen ein «Buddenbrook»-Film gedreht. Ich wanderte stundenlang durch die alte Hansestadt, wo alles wunderbar übereinstimmte, und selbstverständlich besuchte ich auch das Buddenbrook-Haus. «Ich dachte überhaupt viel an unsere ‚Freunde' Schlözer und Thomas Mann», schrieb ich den Eltern; es sei eine Wohltat gewesen, aus dem «heruntergekommenen» Berlin ins Freie gelangen zu können und heilere und freundlichere Gegenden Deutschlands kennen zu lernen.

Begünstigt vom Wetter und vom Stand der Valuta brach ich bereits vierzehn Tage später wieder auf. Die Kameraden des Langbeinschen Hauses waren nach Weimar vorausgefahren, wo mich zu mitternächtlicher Stunde mein Freund Ernst Keßler am Bahnhof erwartete. Wir schlenderten durch die schlafenden, spärlich erleuchteten Gassen der Stadt, und als ich bei einem halb hinter Bäumen verborgenen Häuschen fragte: «Du, was ist das?», gab er zurück: «Das ist das Schillerhaus.» Am Frauenplan brauchte ich nicht lange zu fragen, wer in dem noblen alten Haus gewohnt habe, doch Keßler fand, ich hätte eine «gute germanistische Witterung».

Am nächsten Morgen, einem Sonntag, brachen wir nach Eisenach auf, wo es mich beglückte, daß ich in den stillen Räumen des Bach-Hauses auf einer kleinen alten Orgel die Kantate «Mein gläubiges Herz frohlocke» spielen durfte. Nach den Augenblicken andächtiger Betrachtung im kleinen Haus des großen Johann Sebastian war der Massenrummel auf der Wartburg ziemlich ernüchternd. Die wilhelminische Restauration der hoch über den Thüringer Wald ragenden Burg und der geschäftige Eifer, mit dem sie den Touristen präsentiert wurde, hatten den romantischen Zauber dieses herrlichen Ortes gebrochen.

Aber Weimar entschädigte uns am nächsten Tag für diese Enttäuschung. Es kam mir vor, als sei Goethe vor nicht so langer Zeit gestorben – in seinem Todesjahr besuchte mein Großvater bereits das Gymnasium. Die halbleere Arzneiflasche, die Teekanne und Tasse standen noch auf einem Tischchen neben dem Sessel, auf den der lebensmüde Mann zurückgesunken war. In seinem schlichten Arbeitskabinett, auf dem Stehpult, hatte er eine mineralogische Untersuchung begonnen, die seither dort liegen geblieben war. Hell und klar öffnete sich die Flucht der Empfangsräume vor unseren Blicken: «Man sieht förmlich, wie dort die Donnerstagsgesellschaften sich vereinigten, ein wenig steif, aber doch lebhaft angeregt, denn alles, was Rang und Namen hatte, überschritt einmal diese Schwelle; dort hat auch Johann Gaudenz Salis an der Mittagstafel gesessen» (6. Juni 1923).

In Wielands Arbeitszimmer lagen der Spazierstock und das Samtkäppchen des Hausherrn auf seinem Schreibtisch. Auch in Schillers Haus standen Schreibtisch, Bett und Bücherschrank an der gleichen Stelle wie in der Sterbestunde des Dichters. Nachdenklich betrachteten wir diese pietätvoll für die Nachwelt bewahrten Andenken an eine versunkene Welt. In den schönen Gärten an der Ilm und im Belvedere fühlten wir uns froher; ich dachte an die Beschreibung der Parkanlagen in den «Wahlverwandtschaften», an die Feste, Maskeraden und Theateraufführungen, die hier unter freiem Himmel stattgefunden hatten. Das intimste, rührendste war Goethes Gartenhaus unter den Zweigen alter Bäume am Rande des Tälchens, inmitten von blühenden Schwertlilien und Rosen, umgeben von Buchsbaumhecken und einem Gemüsegarten.

Wir verstanden uns gut unter uns Hausgenossen und -genossinnen aus der Kalckreuthstraße: die mütterlich sich gebende, aber noch junge und schöne Bernerin, die wir scherzhaft «Anna Amalia» nannten, die zarte, ein wenig unscheinbare Norwegerin, die sich mit dem Namen «Göchhausen» zufrieden geben mußte, der in sich gekehrte, grüblerische aber liebenswerte Keßler, der mit der übersinnlichen Welt auf vertrauterem Fuße stand als mit der irdischen (der einzige aus der Langbeinschen Schar, mit dem ich bis zu seinem frühen Lebensende in Beziehung geblieben bin), und der trockene Nationalökonom, den wir wegen seines amusischen Wesens hänselten. Mich nannten sie den «Pilgrim von den Pyrenäen bis zur Ostsee». Meine Eltern fragte ich in einer übermütigen Schilderung unserer Thüringer Reise, warum sie mich, der ich mich wie Odysseus gern auf Irrfahrten begab und Abenteuer nicht scheute, nicht «Ulysses» getauft hätten?

Am liebsten aber waren mir die Samstage, an denen ich zu Prof. Martin Hobohm nach Potsdam ging; mit diesem schwerblütigen Märker unternahm ich weite Wanderungen in der Umgebung der königlichen Stadt. Ich liebte den Blick auf Potsdam von der Höhe des Babelsberges; von dort sah man die Kuppel der von Schinkel erbauten Nikolaikirche und die älteren, strengen Türme der Heiliggeist- und der Garnisonkirche. Jenseits der kleinen Stadt lag der Park von Sanssouci. Über der düsteren Kaserne des Militärwaisenhauses schwebte eine kokette Säulenkuppel, auf der sich eine vergoldete Götterfigur sonnte. Wie eine Opernkulisse nahmen sich die Landsitze, Kirchen und Tempelchen am Ufer und auf den Inseln der blauen Seen aus. Ein Wald umrahmte den Jungfernsee, auf der anderen Seite erhob sich das Schloß Babelsberg. Der weitgereiste Alexander von Humboldt sagte, dieser Punkt gehöre zu den drei schönsten der Welt.

An einem dieser Wochenende holte uns der amerikanische Militärattaché Oberst Cox mit seinem Auto in Potsdam ab. Auf der schnurgeraden Chaussee, die nach

Wittenberg führt, fuhren wir zum Städtchen Treuenbrietzen, wo Hobohms Vater Pastor gewesen war und er selbst sich zu Hause fühlte. Um die rote Backsteinkirche schmiegten sich alte Gäßchen, die offenbar seit Jahrhunderten ihr Aussehen nicht verändert hatten. Das saftige Grün von frühsommerlichen Bäumen und Wiesen umschloß von allen Seiten dieses verborgene Nest, beinahe zärtlich. In der märkischen Ebene fuhren wir weiter, durch weltabgeschiedene, primitive Dörfer. In einem Wirtshaus tranken wir eine Stange Hell mit Korn; mit aufgerissenen Augen bestaunten die Dorfbewohner unseren Wagen. Und das alles nur wenige Wegstunden von Berlin...

Bis zu meiner endgültigen Abreise blieb ich seßhaft. Ich mußte noch eine Menge Dinge erledigen, Bekannte aufsuchen, Berichte an de Reynold schreiben, Vorlesungen hören, von Menschen Abschied nehmen.

Vom 15. Juni: «Ich bin nicht mehr so ausdauernd und unternehmungslustig wie im Winter, was ich der Jahreszeit zuschreibe; krank bin ich keineswegs. Aber vorhin sagte mir Keßler, meine Leistungsfähigkeit im Winter sei phänomenal gewesen, es wundere ihn garnicht, daß sie jetzt geringer sei. Gestern erlebte ich noch den interessantesten politischen Abend meines Hierseins. Hans Preuß lud mich in den Demokratischen Klub ein zu einer zwanglosen Zusammenkunft von Parlamentariern und Studenten; es waren etwa zwanzig Personen da. Ich kam zwischen den Fraktionspräsidenten Senator Petersen und den Nürnberger Reichstagsabgeordneten Weiß zu sitzen... Preuß bat Herrn Petersen, uns die gegenwärtige politische Situation auseinanderzusetzen, was er mit Klarheit und Offenheit tat. Ein derartiger Abend, an dem man gemütlich und aufgeschlossen bei der Zigarre sitzt und derartige Dinge verhandelt, verhält sich zu einer Parlamentssitzung wie in der Universität ein Privatissimum zu einer öffentlichen Vorlesung; es gibt keine großen Gesten und Rhetorik, sondern man nennt die Dinge bei ihrem richtigen Namen und sieht so in das innere Getriebe der Politik, ihre persönliche Verkörperung und ihre sachlichen Schwierigkeiten. Durch den persönlichen Kontakt sowie durch meinen Völkerbundsauftrag hat nun mein zweites Berliner Semester im Vergleich zum ersten den Vorzug, daß ich in Dingen der Politik und Wissenschaft die Verhältnisse intimer kennen lernen und in ihre individuellen Regungen hineinsehen konnte; was denn das Weltbild, das ich mir in meiner Unerfahrenheit vor meiner Berliner Zeit machte, in mancher Hinsicht wesentlich verändert hat.»

Nach dem behüteten Dasein im Berner Elternhaus und der provinziellen Atmosphäre von Montpellier empfand ich mein Berliner Jahr als meinen Eintritt in die Welt. Es hatte in mancher Beziehung eine dauernde Einwirkung auf meine wissenschaftliche Laufbahn und auf meine Einstellung zur Politik. Ich hatte viel erlebt, gesehen, gehört, gelernt und in den verschiedensten Gesellschaftskreisen verkehrt. Nichts Menschliches war mir in diesen vielgestaltigen und wirren Verhältnissen verborgen geblieben, und an politischen Spannungen und Konflikten hatte es wahrhaftig nicht gefehlt. Noch einmal wurde ich auf die Tragik der deutschen Politik aufmerksam, als ich am ersten Jahrestag der Ermordung von Rathenau im Sitzungssaal des Reichstags einer Gedenkfeier für diesen Mann beiwohnte, der verwegen genug gewesen war, Geist und Macht, Kultur, Wirtschaft und Politik in seinem Leben und Wirken zu vereinen. Hugo Preuß hielt die Gedenkrede, der Dichter Fritz von Unruh trug eine Ode vor. Gerhart Hauptmann war erschienen, Reichskanzler Cuno blieb dieser Veranstaltung fern.

Es gab wohl eine parlamentarische Republik in Deutschland, aber die Hebel der Macht befanden sich kaum mehr in der Hand von Demokraten. Dem Regime fehlte es an Überzeugungskraft, der Regierung an Autorität. Das Gefühl, daß der neuen Ordnung keine Dauer beschieden sein würde, war verbreitet. Der Widerstand gegen die französische Ruhrbesetzung wurde von Tag zu Tag schwächer. Ich notierte am 19. Juli: «Ich glaube, es ist schon der größte Erfolg, wenn Deutschland den Ruhrkrieg vor dem Winter los wird, den es nicht länger führen kann, soll er nicht zuletzt zu einer Kapitulation wie anno 1918 führen.» Bereits waren Banknoten zu einer Million Mark als Zahlungsmittel im Umlauf. Auf allen Seiten mehrten sich die Zeichen der Entmutigung und der Erlahmung.

Ich schrieb an meinen ehemaligen Lehrer Professor Spoerri nach Zürich, ich könne einen Sarg voll Illusionen in die Spree versenken. Er antwortete: «Ich beneide Sie für die wunderbare Gelegenheit, die Sie haben, sich Weltweisheit anzueignen. Sie lassen allerdings einen Sarg zurück, kommen aber mit einem großen Perspektiv zurück» (Perspektiv: Fernrohr). Ich hatte selber das Gefühl, innerlich freier geworden zu sein, meinen geistigen Horizont erweitert zu haben und sicherer auftreten zu können; was mir zu schaffen machte, war mein etwas krampfhafter Vorsatz, trotz aller Absurdität und Bosheit, die uns täglich umgeben, an der Existenz des Wahren, Vernünftigen und Guten nicht zu verzweifeln. Allerdings hatte mein Aufenthalt in der Reichshauptstadt unter einem guten Stern gestanden. Berlin hat ein gesundes Klima, es läßt sich dort leben und arbeiten. «Ein Ort», schrieb ich in Erwartung meiner Abreise den Eltern, «mit dem man sein Leben so eng verknüpft hat, bleibt einem doch teuer.»

Am Abend des 1. August, eines Tages, der wiederholt in meinem Leben eine Rolle gespielt hat – unser Bundesfeiertag –, traf ich in Bern ein. Meine Eltern holten mich am Bahnhof ab. Sie hatten beschlossen, mit mir in einer Pferdedroschke durch die beflaggte und illuminierte Stadt zu fahren und einen Umweg durch das Kirchenfeld zu machen; über den Muristalden gelangten wir zum Bärengraben hinunter. Von der Brücke her erblickte ich mit neuen Augen die Häuser und die Kirche der Nydeck wieder. Welche Behäbigkeit und Wohlhabenheit, welche ruhige Sicherheit, was für eine festgefügte Ordnung und festliche Stimmung fand ich an diesem Abend in meiner Vaterstadt vor! Wie es in Deutschland stehe, fragten mich die Eltern. Nach kurzem Nachdenken sagte ich: «Ich habe ein sinkendes Schiff verlassen.»

In einem der mondänen Kabaretts des Kurfürstendammquartiers hatte mir ein schauerlicher Song Eindruck gemacht, dessen Refrain: *«Berlin, dein Tänzer ist der Tod!»* mit schneidender Stimme von einem Sänger vorgetragen wurde. Er wußte nicht, wie recht er hatte. Keiner konnte es wissen.

Ein Vierteljahrhundert nach diesen Ereignissen betrat ich die ehemalige Reichshauptstadt wieder. Auf der legendär gewordenen Luftbrücke war ich, von Hamburg kommend, mit einer britischen Maschine in die blockierte Stadt geflogen. Es war 1948. Berlin war ein gigantischer Trümmerhaufen, in dem darbende und verängstigte Menschen ihr Dasein fristeten. Am Abend besuchte ich im sowjetischen Sektor, nördlich von den Ruinen der ausgestorbenen «Linden», ein Theater, wo das Ensemble des zerstörten Staatsopernhauses die «Entführung aus dem Serail» spielte. Der Kontrast zwischen den erschütternden Eindrücken des Tages und der beschwingt frohmütigen Wiedergabe dieser unsterblichen Musik war überwältigend. Als in der Schlußszene die Sänger ihr Quartett ins Parkett jubelten:

Nichts ist so häßlich wie die Rache,
großmütig, menschlich, gütig sein
und ohne Eigennutz verzeihn
ist nur der großen Seelen Sache!

war es um meine Fassung geschehen. Ich empfand Trauer

nicht allein um die vielen Opfer, sondern auch um Lebensformen und Kulturwerte, die mit in den Untergang gerissen worden waren.

17. ABSCHLUSS IN BERN

An der Philosophischen Fakultät in Bern galt das Staatsexamen als Abschluß des Studiums der geisteswissenschaftlichen Disziplinen. Es trug dem Absolventen das «Diplom für das höhere Lehramt» ein, welches den Inhaber befähigt, an den oberen Klassen der Gymnasien des Kantons Bern in den bestandenen Fächern Unterricht zu erteilen. Zwar verspürte ich wenig Lust zur Ausübung des Berufs eines Gymnasiallehrers; aber als eine Zukunftssicherung hielt mein Vater die Erlangung dieses Diploms für wünschenswert.

Das Sismondi-Projekt mußte vorübergehend zurückgestellt werden, und es galt nun, in drei arbeitsreichen Semestern jenes erste Ziel zu erreichen. An meine Berner Lehrer bewahre ich eine gute Erinnerung. Nach den Lehr- und Wanderjahren in Frankreich und in Deutschland mag es dem unternehmungslustigen und die Fähigkeiten seiner jungen Jahre vielleicht überschätzenden Studenten schwer gefallen sein, als er sich nochmals auf die Schulbank setzen und «büffeln» mußte. Aber ohne solche Büffelei geht es nun einmal nicht. Nachdem ich mich im Großstadtleben Berlins bewegt hatte wie der Fisch im Wasser, lag ich in Bern wieder auf dem Trockenen. An Ablenkungen arm, war das Leben im Elternhaus einer redlichen und disziplinierten Konzentration auf meine Arbeit förderlich. Die alemannischen Schweizer rühmen sich gern ihrer Nüchternheit, und nüchtern waren die Räume der Universität, nüchtern die Geistesart der Professoren und der wissenschaftliche Stoff, den es zu bewältigen galt.

Im historischen Fach allerdings hatte ich einen Vorsprung vor meinen Kommilitonen. Was Richard Feller von uns verlangte, wurde mir nicht schwer. In Anlehnung an die Delbrücksche Schule schilderte ich in seinem Seminar den Verlauf einer Schlacht der Burgunder Kriege; ich war überrascht, als der für seine strenge Genauigkeit bei der Auswertung des Quellenmaterials von den Studenten etwas gefürchtete Professor meine Seminararbeit mit den knappen Worten «pulchre, recte, bene» kommentierte.

Übrigens hatte meine Beziehung zum Delbrück-Kreis noch ein Nachspiel. Professor Hobohm hatte mich gebeten, eine Verteidigungschrift, die er gegen die militärischen Kritiker Delbrücks verfaßt hatte, in einer geeigneten schweizerischen Zeitschrift unterzubringen. Delbrücks Kritik an Ludendorff hatte in Deutschland einen Sturm gegen ihn entfesselt. Ich sandte Hobohms Manuskript meinem Onkel, dem ehemaligen Generalstabschef von Sprecher, der mir schrieb: «Darin war mir besonders wertvoll die Auseinandersetzung mit Delbrück und seinen Kritikern. Ich habe selbst auch die Ansicht, daß die militärischen Kritiker Delbrücks ihm nicht gerecht geworden sind» (17. September 1923). Dank Theophil von Sprechers Vermittlung konnte Hobohms Artikel erscheinen.

Nach Prof. Wokers Rücktritt vertrat in Bern bis zur Ernennung seines Nachfolgers interimistisch der Zürcher Extraordinarius Karl Meyer das Fach der allgemeinen Geschichte. Dieser noch junge Dozent, ein energiegeladener und redegewaltiger Mann mit Brille und schwarzem Schnauzbart, machte auf uns einen starken Eindruck. Seine Vorlesung «Epochen der Weltgeschichte» enthielt für mich Bekanntes und Verwandtes, da er seine Gedankengänge weitgehend auf Dilthey, Simmel, Max Weber und Troeltsch aufbaute. Ich teilte seine Auffassung, daß die Forschung des 19. Jahrhunderts, die der Ausarbeitung eines noch nicht gehobenen Quellenmaterials gewidmet war, den «Verlust eines großen Blicks» zur Folge hatte. Er sagte: «Die Fähigkeit, kleine beschränkte Abschnitte zu kennen, herrscht vor, und die Kritik des Spezialisten erstickt jeden Versuch eines generellen Überblicks. Das Suchen des Universalhistorikers ist ein ganz anderes als das Suchen des Spezialisten.» Meyer glaubte, daß es eine Zukunftsnotwendigkeit sein werde, eine Spezialwissenschaft der Universalhistorie, der allgemeinen Geschichtswissenschaft mit ihren arbeitsteiligen Funktionen, zu konstituieren. Gewisse geistvolle Dilettanten, York von Wartenberg, H.St. Chamberlain, H.G. Wells, Oswald Spengler, hätten in weitesten Kreisen die Aufgabe der historischen Schau verbreitet. Wenn die Wissenschaft dieses Gebiet nicht den Dilettanten abtreten wolle, dann sei die wissenschaftliche Universalhistorie ein Zukunftspostulat. Diese Ausführungen entnehme ich meiner Nachschrift vom Sommer 1924. Mehr als dreißig Jahre später habe ich zu Karl Meyers postum erschienenem Buch «Weltgeschichte im Überblick» ein Vorwort geschrieben, in dem ich dieses Bemühen meines ehemaligen Lehrers und Kollegen zu würdigen unternahm.

Auf dem Gebiete des historischen Denkens war ein Privatissimum über Hegels Geschichtsphilosophie bei dem Privatdozenten Arthur Stein gewinnbringend. Im literarhistorischen Seminar Harry Mayncs hielt ich ein Referat über Herders Geschichtsphilosophie und vertiefte ich meine Kenntnis der älteren deutschen Historiographie.

Was ich aber in meinen letzten Berner Semestern vor allem nachholen mußte, war das Studium der germanischen und romanischen Philologie. Samuel Singer und Karl Jaberg waren angesehene Sprachforscher. Mittelhochdeutsch und Altfranzösisch waren Examensfächer. Da gab es kein Ausweichen mehr: historische Grammatik, Etymologie, Semantik usw. waren harte Brocken. Aber die wundervolle mittelalterliche Dichtung entschädigte mich für die Erlernung der alten Idiome. Jaberg hielt uns in seinem etwas schulmeisterlichen und reichbefrachteten Unterricht auf Trab. Singers Hang zu ätzender Kritik war ebenso anspornend wie aufreizend. Ihm legte ich eine größere Arbeit über «Walther von der Vogelweide als politischer Dichter» vor. Dieses Thema war mir gleichsam auf den Leib geschnitten, indem hier ein «engagierter Dichter» (wie man heute sagen würde) mit seinen politischen «Sprüchen» in die große Auseinandersetzung des Mittelalters zwischen Kaisertum und Papsttum propagandistisch und polemisch eingriff. Nach hundert Aussetzungen verblüffte mich Singer mit der Frage, ob ich diese Arbeit zu einer Monographie zu erweitern und zu publizieren gedächte. Eine Zeitlang schien es, als ob ich nach bestandenem Staatsexamen auf dem Grenzgebiet zwischen mittelalterlicher Geschichte und Germanistik in Bern doktorieren könnte; doch mußte ich nach einigem Hin und Her diesen Plan fallen lassen, zumal mir meine Geschichtsprofessoren davon abrieten.

Für die Vorbereitung der Prüfungen in Altfranzösisch und neuerer französischer Literatur fanden sich einige befreundete Studiengenossen in der Wohnung eines älteren Kameraden, Blaise Briod, zu gemeinsamer Arbeit ein. Briod, der aus Lausanne stammte, war in Bern Redaktor der «Mittelpresse» für die französische Schweiz; zugleich bereitete er die Doktorpromotion bei Gonzague de Reynold vor. Da er als Nebenfach Deutsch gewählt hatte, konnten wir seine Überlegenheit in der Kenntnis der romanischen Philologie und der französischen Literatur durch unsere Hilfe auf dem Gebiete der Germanistik kompensieren. Seine Frau, Monique, war das belebende und bezaubernde Element dieses Kreises. Mein Vater, der die kränkelnde Frau ärztlich betreute, hatte mich bereits während meines Osterurlaubs zwischen meinen beiden Berliner Semestern mit ihr bekannt gemacht und sie gebeten, mir Unterricht in französischer Literatur zu erteilen. Meine jahrelange enge Freundschaft mit Monique Briod hatte in jenem Frühjahr mit der Lektüre von Baudelaire begonnen. Sie war ein kleines, quecksilbriges und impulsives Persönchen mit großen Augen, die unter einer Pony-Frisur hervorblickten. Es kränkte sie, daß sie infolge eines mißlungenen chirurgischen Eingriffs auf einem Bein hinkte. Mit ihrer geistigen Energie und einer bewundernswerten Widerstandskraft beherrschte sie ihr quälendes körperliches Leiden.

Das Ehepaar Briod war mit den Reynolds befreundet und in der Berner Gesellschaft wohlgelitten – vielleicht gerade deshalb, weil diese jungen Menschen aus fremden Sphären der Gefühls- und Geisteswelt zu kommen schienen. Sie waren auf eine charmante Art unkonventionell. Sie beglückten und erheiterten auch meine wiederholt von Beschwerden und Krankheiten heimgesuchten Eltern durch ihre Zutraulichkeit und Anhänglichkeit; meinen Vater nannten sie «oncle Adolphe» und meine Mutter «tante Marie». Auf diesen Ton gestimmt nahmen Blaise und Monique an unserem Familienleben teil.

Durch die Briods ist ein neues, meine weiteren Schicksale mitbestimmendes Element in mein Leben getreten. Sie waren einige Jahre älter als ich, erfahren und gereift, begabt mit einem sicheren Instinkt für die Hierarchien menschlicher und künstlerischer Werte. Beide waren äußerst sensible, aber voneinander auch sehr verschiedene Menschen, deren geistiges und musisches Universum von Dichtung und Literatur erfüllt war. Obgleich es in ihren jüngeren Jahren an gefühlvollen Freundschaften nicht fehlte, konnte nichts ihre unzertrennliche Lebensgemeinschaft in Frage stellen. Blaise Briod veröffentlichte bereits 1924 einen schmalen Gedichtband und hernach eine Dissertation über Chateaubriand, während seine Frau erst in späteren Jahren, unter dem angenommenen Namen

Monique Saint-Hélier, sich als Romanschriftstellerin in Frankreich einen Namen machte und Bewunderer fand.

Ich habe nie wieder eine Frau gekannt, die sich so vollständig mit der Literatur ihrer Zeit identifizierte und zugleich große Kenntnisse in der älteren Dichtung hatte. Sprachsinn und eine sehr persönlich geprägte Sprachkunst schienen ihr angeboren, allerdings ausschließlich in ihrer Muttersprache – eine fremde Sprache vermochte sie sich nicht anzueignen. Aber mit der literarischen Welt der Russen, insbesondere mit den Romanen Dostojewskis, war sie eng vertraut, auch mit der zeitgenössischen englischen Literatur, während das Deutsche ihr fremd und konträr war. Schwärmerischer Überschwang und kritischer Scharfsinn, Schönheitssinn und praktischer Verstand hielten sich in ihrem Wesen auf eine eigentümliche Art die Waage. Die Werke, die sie liebte, nahm sie leidenschaftlich in sich auf: Barrès, Gide, Mauriac, Claudel, Ghéon, Giraudoux und Montherlant, insbesondere aber Proust, auch die neueren Lyriker, Anna de Noailles nicht ausgenommen, was weniger gut war. Ihre eigene dichterische Begabung, genauer: ihre seelische Veranlagung, die zutiefst und auf das phantasievollste dichterisch war, übte auf ihre Mitmenschen einen Zauber aus – oder befremdete sie. Gonzague de Reynold erkannte und schätzte ihre Gaben; da er aber der damaligen literarischen Richtung, die in der «Nouvelle Revue française» ihr repräsentatives Organ besaß, abgeneigt war und auch auf dem Gebiete der Dichtung seine klassisch-bewahrende Gesinnung nicht verleugnete, hatten die beiden nicht viel Gemeinsames. Näher stand Monique der Welt eines C.F. Ramuz, der sich in späteren Jahren – wie auch Hermann Hesse – sehr anerkennend über ihre Romane äußerte. Ihre Persönlichkeit und schriftstellerische Tätigkeit konnte sie erst in Paris und im dortigen literarischen Milieu frei entfalten. Die Berner Schwere und das Dumpfe der Altstadt, wo die Briods an der Junkerngasse wohnten, standen noch wie eine – von Monique nicht ungeliebte, weil als Schutz empfundene – Schranke vor dem ans Licht drängenden schöpferischen Quell, den diese Frau in sich barg; wenn ich sie zum Schreiben anzuspornen versuchte, meinte sie, es falle ihr zu schwer. Lieber widmete sie sich der Malerei, doch ohne genügendes Können. In einem Brief, den ich im Sommer 1923 in Berlin von ihr erhielt, erzählte mir Monique ihre Begegnung mit Rainer Maria Rilke im Hause de Reynold; Gonzague habe sie mit diesem «flirt illustre» geneckt, schrieb sie. Schon der erste Eindruck, den die Persönlichkeit dieses Dichters auf sie machte, ließ voraussehen, daß Rilke auf ihre Geistesart einen bestimmenden Einfluß ausüben würde – allerdings nicht durch seine Lyrik, die sie nicht lesen konnte, wohl aber durch die «Aufzeichnungen des Malte Laurids Brigge», die in französischer Übersetzung zu erscheinen begannen und von denen ein französischer Kritiker sagte, sie kämen ihm vor wie die Eintragungen und Gedanken einer Figur aus Dostojewski, der dieser nicht das Leben geschenkt hatte.

Menschliche Begegnungen und Bindungen haben mich in meinen jungen Jahren beeinflußt und gefördert, aber nie von dem, was zu tun war, abzulenken vermocht. Die Briods haben trotz vielem Zusammensein und obgleich mich Monique häufig in Anspruch nahm (wegen ihrer Platzangst brauchte sie bei Ausgängen immer einen Begleiter) meine Arbeit nicht behindert; sie waren mir im Gegenteil auf dieser mühsamen Wegstrecke zu meinem Studienabschluß behilflich. Ihre auf das menschliche Innenleben gerichtete und daher allem bloß Zweckhaften und Nützlichen abgeneigte Geistesart offenbarte mir Dimensionen des Fühlens und Betrachtens, die nach meinen intellektuellen und zerstreuenden Berliner Erlebnissen eine in die Tiefe gehende Bereicherung waren. Der einzige Streitpunkt war die Religion; die Briods waren Konvertiten, während ich keinerlei

Neigung verspürte, meine Lösung von der protestantischen Bibelgläubigkeit gegen eine katholische Rechtgläubigkeit einzutauschen. Allerdings blieb es einigermaßen unklar, was eigentlich Monique, die von ihrer Vaterstadt La Chaux-de-Fonds die rebellische Sinnesart der Bewohner der Neuenburger «Montagnes» mitbekommen hatte, mit der Römischen Kirche verband. Der Bischof und der Nuntius, die sie in ihrem Salon aufzusuchen pflegten, scheinen ihr gut zugeredet zu haben. Ich vermute, daß eine vage, christlich gefärbte Mystik ihren geheimen Ursprung in Moniques religiöser Sensibilität hatte; aber trotz quälendem Ringen um Erleuchtung vermochte sie ihr Gefühl nicht recht mit den kirchlichen Lehrmeinungen in Übereinstimmung zu bringen. Undine ist in anderen Elementen heimisch.

Auf eine andere Art empfing ich wertvolle Anregung durch meinen Schwager Arthur Baumgarten, der einem Ruf an die Universität Basel gefolgt war. Baumgartens Denkart wurzelte in der Aufklärung und ihrer Fortschritts- und Vernunftgläubigkeit. Er war jedem Nationalismus abhold, weltbürgerlich, pazifistisch und liberal gesinnt, mit einem Stich ins Utopische. Strafrecht war sein Fach und Lehrgebiet, aber er wandte sich immer entschiedener der Rechtsphilosophie zu, der er seine wichtigsten Publikationen gewidmet hat; er besaß ebenso große philosophische wie juristische Kenntnisse. Dank ihm war ich in Köln Max Scheler begegnet. Wiederholt verbrachte ich auf der geliebten Brunegg meine Sommerferien, wenn dort meine Schwester Leni die Haushaltung führte; Wanderungen in der Umgebung mit ihrem Mann boten Gelegenheit zu ausführlichen philosophischen und politischen Gesprächen.

Die Schwester Marguerite heiratete einen Ingenieur elsässischer Abstammung, Georges Geiger, der als Franzose am Weltkrieg teilgenommen hatte. Er war Direktor der

Schappe-Fabrik in Arlesheim und uns allen freundlich zugetan; Georges fügte sich ohne Schwierigkeit in unsere Familie ein, deren Mitglieder sich nun aus Angehörigen von drei Nationen und zwei Konfessionen zusammensetzten. Mein Bruder war nach dem Abschluß seines Studiums als Betriebsleiter in die schweizerische Postverwaltung eingetreten, die unter seinem sich ständig erweiternden Zuständigkeitsbereich ihre technisch-organisatorische Betriebsführung den Zeitbedürfnissen anpaßte. Ado hat sein Leben als ein gewissenhafter und geschätzter Beamter in führender Stellung – als «Technokrat» würde man heute sagen – dem Staatsdienst gewidmet; er wurde wiederholt auch von fremden Regierungen als Sachverständiger zugezogen.

Als Jüngster unter den Geschwistern war ich ein zwar bemühter, aber etwas schwieriger Nachzügler, dessen Zukunft seinen Angehörigen manchmal Sorge bereitete. Da Pädagogik für die Abschlußprüfung Pflichtfach und ein Praktikum obligatorisch war, unterrichtete ich im März 1924 an der Literarschule des Städtischen Gymnasiums in Bern Geschichte und Deutsch. In einer unteren Klasse ging es dabei so turbulent zu, daß sie vom Rektor zu einem zweistündigen Arrest verknurrt wurde – dem ich wohl oder übel am freien Samstagnachmittag als Aufseher beiwohnen mußte! Aber mit den oberen Klassen hatte ich keine Schwierigkeiten; trotz dem geringen Altersunterschied zwischen Lehrer und Schülern gewann ich den Eindruck, daß diese an meinem Unterricht aufnehmend und aktiv teilnahmen.

Zum erstenmal hatte ich Geld verdient, was mich auf eine neue Art flügge machte; ich verwandte es, um im Wallis die Ferien zu verbringen. Ich begab mich nach Sierre, wohl wissend, daß oberhalb dieses Ortes sich der mittelalterliche Turm Muzot befand, wo Rilke lebte. Monique Briod schrieb ihm, wenn seine Zeit es ihm erlaube, würde ich ihn gerne aufsuchen. Über meine Bekanntschaft mit Rilke werde ich im nächsten Abschnitt berichten; so viel sei hier schon angedeutet, daß nach meiner Überzeugung zwischen meiner Freundschaft mit einer geistvollen Frau und meiner Bewunderung für einen großen, mir wohlgesinnten Dichter ein innerer Zusammenhang bestand.

Da es mir manchmal schwer fällt, mir vorzustellen, wer eigentlich dieser junge Mensch war, von dem ich berichte, will ich einen Brief hierher setzen, den er damals in Sierre von seiner Freundin erhielt. Ob dieses Dokument mehr über seine Verfasserin oder den Empfänger aussagt, lasse ich dahingestellt sein; es ist von einem besitzergreifenden weiblichen Geist geschrieben, der sich nach Art der Schriftsteller andere Menschen nur in literarischen Bildern vorzustellen vermag. Hier in deutscher Übertragung dieser Brief, zu dessen Verständnis ich bemerken muß, daß bis dahin Monique noch nie mein Zimmer betreten hatte.

«Freitag abend, 24. April 24.

Wie seltsam ist es doch, Jean, daß ich mich absolut nicht an Dein Zimmer als eines Ganzen erinnern kann. Während ich diesen Nachmittag vergeblich Deinen Schrank durchsuchte, um einen Mantel zu entdecken, weil sich Deine Mutter beunruhigt und sich fragt, was Du bei dieser strengen Kälte trägst, hatte ich Dein ganzes Zimmer unter den Augen – ich ging darin herum, ich habe alles angerührt. Und vor allem bewunderte ich die Ordnung in Deinem Schrank und das Taschentuch, das den Kragen des Smokings schützt. Nun war aber kein Mantel in diesem Schrank, ebenso wenig wie im Zimmer. Wo ist der Condottiere-Mantel? Und der andere? Und der beige-farbene? Als man Madeleine fragte, wußte sie es auch nicht. Um Deine Mutter zu beruhigen, versicherte ich ihr, Du hättest wenigstens zwei mitgenommen! – Im übrigen, wenn Du kalt hast, verlange von Rilke eine Decke, oder erfinde schwedische Gymnastikübungen!

Aber Dein Zimmer. Und vor allem, es ist so hübsch! Wenn ich die Augen schließe, finde ich mühelos Deinen Arbeitstisch. Ich sehe auch die zentrale Bibliothek, die Fenster, das Bett, den Rauchtisch (recht hübsch, wie auch der Stuhl dem Tisch gegenüber), aber die andere Wand bleibt mir undeutlich. Und dann. Ich weiß nicht, wo ich zwei Kerzenleuchter, die ich sicher gesehen habe, hintun soll, auf was? Auf den Ofen? (Unmöglich). Ich sehe sie in Augenhöhe, nicht weit von der Türe, aber auf was stehen sie? – Und was für Sachen sind an den Wänden, so verschiedenartige, die so verschiedene Seelen heraufbeschwören – eine ganze Prozession junger Seelen, weniger junger Seelen, älterer Seelen. Und dann doch dieser Sinn für Gestaltung – o wie schlecht habe ich Deinen Mantel gesucht, als ich alle Alphabete Deiner Seele las! Wahrhaftig, ich habe da entzückende Minuten auf der Suche nach allem, was Du warst, verbracht. Dieser Ordnungssinn, diese Arbeitsatmosphäre, auch diese Unruhe. Dieses ganze «geistige Klima», das einen vor allem in Wissenschaft und Weisheit taucht. Wenn man Dein Zimmer betritt, bewegt man sich in einem Gewirr verschiedenartiger Eindrücke. Man kommt von den Photos zu den Stichen hinunter, und von den Stichen zu den Gegenständen. Man berührt mit dem Finger eine Seele, die sich bemüht, sich abmüht, die noch stöhnt, die entstehen wird aus ihren köstlichen Anfängen. Es ist Ostern in Deinem Zimmer, Jean, ich versichere Dir, an gewissen Stellen, vor jenem Bild ist es Ostern, vor anderen ist es nicht einmal Karfreitag, vor anderen hat die Passion noch nicht begonnen; doch überall, ob man will oder nicht – und vor allem wenn es Nein ist –, fühlt man, daß diese Seele den Ölberg kennen, daß sie durch den härtesten Weg zur totalen, zur integralen Selbsterkenntnis gehen wird – ich mag Dein Zimmer gern, Jean.»

Soviel ist sicher: diese Frau nahm ihren jungen Freund bei der Hand, sie löste sein Wesen von allerlei Konventionellem und Äußerlichem, das ihm anhaftete; sie versuchte, ihn zu sich selbst zu führen. Als ich unlängst diese Jugendepisode meinem alten Freund Pierre Jean Jouve erzählte, sagte er nur: «Lou Andreas-Salomé.» Der Vergleich ist hochgegriffen, aber in der Sache trifft er zu. Auch darin, daß der junge Ritter von der Dame, der er diente, trotz unendlicher Bewunderung und Zuneigung, eine gewisse Distanz zu wahren trachtete. Er mußte und wollte sein eigenes Leben leben. «Du wirst dich nie ausliefern», sagte sie einmal. Ich habe mich in meinem Leben nie ausgeliefert, noch einem anderen Menschen untergeordnet. Der innere Kern war hart.

An heißen Augusttagen besuchten uns die Briods in Brunegg. Als in der Nacht ein schweres Gewitter niederging, hatte Monique große Angst. Begriff sie, als sie sich in der «kleinen Festung» (wie sie unser altes Haus nannte) aufhielt, woher es kam, daß ich trotz meiner intellektuellen Beweglichkeit und weltkundigen Anpassungsfähigkeit, und trotz meiner inneren Verschlossenheit, in einer Atmosphäre der Geborgenheit lebte? In Berlin, London, Paris kann einer tun und werden was er will; wer aber einer wohlgeordneten Gesellschaft zugehört und seine Wurzeln in einer langen Vergangenheit hat, wird sein tieferes Wesen nicht ändern. Monique nannte mich manchmal «Bündner Bär», weil man mich nicht leicht aus meiner Höhle locken konnte. Doch mein Plan – den ich noch immer mit mir trug –, einen historischen Familienroman zu schreiben, fand ihren Beifall. Der Roman blieb ungeschrieben; sein Herkommen aber kann keiner verleugnen. Ich habe mich auf dem Land und in alten Mauern immer wohler und heimischer gefühlt als in der Stadt. –

Vor den Eltern hielt ich meine Examenstage geheim, aber die Überraschung gelang mir nur halb. Als ich an einem Wochenende beim Mittagsmahl den erfolgten Abschluß meldete, strahlte mein Vater, der nichts gemerkt hatte; meine Mutter ging ins Nebenzimmer und kam mit einem prächtigen Blumenstrauß zurück: sie habe es sich nach gewissen Anzeichen so ausgerechnet, sagte sie. Ein paar Wochen nachdem ich im Besitz meines «Diploms» war, erhielt ich von meinem ehemaligen Physiklehrer Dr. Rudolf Huber den Bescheid, er habe mich für die vakant gewordene Stelle eines Rektors des Freien Gymnasiums vorgeschlagen. Natürlich war ich zu jung und unerfahren, als daß ich ernstlich mit einer Ernennung rechnen konnte.

Aber was sollte ich tun? Wir lebten nicht in einer Zeit der Vollbeschäftigung; eine Wartezeit stand mir bevor. Mittlerweile war eine Abhandlung, die ich für die Prüfung in Pädagogik verfaßt hatte, durch die Vermittlung von Professor Spoerri in die Hände des Redaktors der in Zürich erscheinenden Zeitschrift «Wissen und Leben – Neue Schweizer Rundschau» gelangt. Dieser hieß Max Rychner und war ein junger, an allen literarischen und geistigen Zeiterscheinungen lebhaft interessierter Mensch. «Über den Wert der historischen Bildung» war der Aufsatz betitelt, den Rychner bereit war, in seiner Zeitschrift zu veröffentlichen. Ich hatte diese Arbeit zur Verteidigung der Bildung im allgemeinen und der historischen Bildung im besonderen geschrieben. Das war damals unzeitgemäß – Nietzsches Verdammungsurteil, dem ich in dieser Abhandlung entgegentrat, war noch in aller Erinnerung. Es war in dieser Zeit der Ungewißheit über meine Zukunft ein ermutigendes Erlebnis, als ich mich zum erstenmal gedruckt sah.

Rychner schrieb mir nach dem Erscheinen meines Aufsatzes im Dezemberheft 1925 von «Wissen und Leben», er begrüße mich «als einen Vertreter des geistigen Bern, an das zu glauben mir oft die Kraft fehlte». Eine besondere Genugtuung bereitete mir ein ausführlicher Brief von

Richard Feller; dieser über jeden Verdacht mangelnden Forschergeistes erhabene Gelehrte schrieb mir: «Welche Wandlung in den Anschauungen! Vor einem Dutzend Jahren konnte man einen Historiker noch damit kränken, daß man ihm vorwarf, seine Arbeiten reichten an die Dichtung, den Roman heran. Jetzt ist man – das macht Ihre Arbeit besonders deutlich – des Zusammenhangs zwischen Dichter und Geschichtsforscher wieder inne geworden» (31. Dezember 1925).

An einem grauen Dezembertag begleitete ich Gonzague de Reynold nach Paris, wo die Völkerbundskommission für geistige Zusammenarbeit im «Institut International de Coopération Intellectuelle» ihr administratives und aktives Arbeitsinstrument erhalten sollte. Er stellte mich dem designierten Direktor dieses Institutes, Julien Luchaire, vor. In dem weitläufigen Palais-Royal, das die französische Regierung zur Verfügung gestellt hatte, waren Arbeiter am Werk, die die Amtsräume der künftigen Funktionäre und Mitarbeiter des Institutes herrichteten. Es stand bereits fest, daß Blaise Briod diesem Mitarbeiterstab angehören würde. Mir konnte Luchaire noch keine feste Zusage machen. Doch was immer aus mir werden mochte: ich war entschlossen, nach Paris überzusiedeln.

18. RAINER MARIA RILKE

Am 3. Mai 1924 schrieb Rainer Maria Rilke an Marie Elizabeth von Salis in Malans: «... Das Schweigen zwischen uns ist in der Tat lang geworden. Um so lebhafter war meine Freude, als mir Frida, in der vorösterlichen Woche, eines Abends beim Nachhausekommen meldete, ‚Herr von Salis' sei dagewesen; er kam wieder, ein junger Vetter aus der Soglio-Linie, Hans Rudolf, ein Sohn des Arztes Prof. v. Salis in Bern, den ich dann recht lieb gewann...»

Ich will versuchen, meine jahrelange Beschäftigung mit Rilkes Leben und Werk zu vergessen und mich in jene Tage zurückzuversetzen, da ich von dem Dichter, den ich aufsuchte, noch fast nichts gelesen hatte. Den «Cornet», der sich damals einer beispiellosen Popularität erfreute, liebte ich nicht; aber Rilke ließ es erst gar nicht zu einem so peinlichen Geständnis kommen, denn er bemerkte im Lauf unserer Gespräche, die «dichterische Prosa», in der der «Cornet» geschrieben sei, sei eine falsche Kunstform; man solle entweder Prosa oder ein Gedicht schreiben; immerhin verdanke dieses Werklein, das er als junger Mensch in einer Nacht hingeschrieben habe, diesem Umstand vielleicht seine Frische.

Ein Brief aus Muzot lud mich auf den Samstagnachmittag ein. Ein Weg durch Wiesen, wo auch Obst und Wein wuchsen, führte mich bergauf. Der gedrungene kleine Turm aus Bruchsteinen, auf dem ein stumpfwinkliges Satteldach ruht, erschien an einer Wegkehre hinter einer hochaufgerichteten Pappel. Eine hölzerne Umfriedung ließ Raum für einen Garten. Vor dem Eingang der mittelalterlichen Behausung stand ein Brunnen – im Hause gab es weder fließendes Wasser noch elektrischen Strom, auch kein Telephon. Ein Bergbach plätscherte neben dem Schlößchen durch die Wiese. In einem kleinen Zimmer, dessen eine Wand von einem Heiligenbild eingenommen wurde, wartete ich auf das Erscheinen des Hausherrn. Auf einem Tisch lagen Gonzague de Reynolds *«Cités et Pays suisses»*. Ich war überrascht von der Jugendlichkeit des schlanken Mannes, als er auf mich zutrat und mich in einer weltmännisch freundlichen, ganz unfeierlichen Art willkommen hieß.

Rilke war eher klein von Gestalt, gepflegt aber schlicht gekleidet: graue Hose, dunkle Jacke, unauffällige Kravatte. Der große Kopf auf den schmalen Schultern war überwölbt von einer wunderbar geformten Stirn; unter schweren Lidern blickten malvenblaue Augen; die starke Nase lief in breite Nüstern aus. Ein schütterer dunkler Schnurrbart milderte den Eindruck der fleischigen Lippen; ein kleines Kinn mit einem Grübchen bildete den runden Abschluß der Wangen. Ein bewegliches Mienenspiel, eine anmutige Männlichkeit verrieten die Sensibilität dieses Menschen. Wenn man länger mit ihm zusammen war, konnte man erraten, daß Dämonen hinter diesem ausdrucksvollen Antlitz lauerten.

Wohlwollend von Natur, verstand es der berühmte Dichter, die Schüchternheit seines Besuchers zu überwinden und ihn ins Vertrauen zu ziehen, indem er sich ihm offenherzig mitteilte und dadurch dessen eigene Offenherzigkeit herausforderte. Diese Fähigkeit und Bereitschaft, sich einem seine Berufung noch nicht kennenden, seinen Weg suchenden jungen Menschen großmütig aufzuschließen und ihn an seiner eigenen Reife und Erfahrung teilnehmen zu lassen, schuf zwischen uns eine Atmosphäre des Vertrauens. Rilke war ein guter aber unaufdringlicher Fragesteller, der seine eigene Überlegenheit verbarg und es manchmal so einzurichten verstand, daß er seinen Gesprächspartner Dinge erzählen ließ, die ihn zu interessieren schienen. In einer Zeit, da der feierlich-distanzierte Stefan George den Typus des bewunderten Meisters repräsentierte, dem sich nur die Angehörigen eines erlesenen Kreises nähern durften, war die Schlichtheit und Umgänglichkeit Rainer Maria Rilkes das Gegenbeispiel eines Künstlers, der keine Fassade vor sich aufrichtete. Zwar liebte er das Alleinsein, was ihm den Ruf der Menschenscheu eintrug. Sein Bedürfnis, dem Jahrmarkt der Welt zu entfliehen und sich an einsame Orte zurückzuziehen, war bekannt; denn für seine «Arbeit», wie er sein Werkschaffen nannte, hatte er Schutz nötig. Aber im Umgang mit Menschen war er höflich, gesprächig und gelöst. Als ich Dostojewskis Roman «Der Idiot» las, empfand ich die

Ähnlichkeit Rilkes mit dem Romanhelden, dem Fürsten Myschkin, so stark, daß ich mir den «Idioten» nur noch in der Gestalt Rilkes vorstellen kann.

Die Walliser Landschaft, die er liebte, zeigte er mir auf einer Wanderung, die wir gleich nach meiner Ankunft unternahmen. Einen weichen grauen Filzhut auf dem Kopf, in der Hand den Hakenstock, heiter und beweglich, erklärte und rühmte mir Rilke dieses Bergland, als wir zuerst nach Sierre hinuntergingen und von dort auf einem langen Umweg, durch Wiesen und Dörfer, wieder zu seinem Schlößchen hinaufstiegen. Das Licht dieses großen Tals und die Schwingung der auf beiden Seiten der Rhone steil aufsteigenden Hänge, sagte er, ziehe er dem Berner Oberland vor, wo die Berge härter und mit scharfer Deutlichkeit erscheinen. Vielleicht, meinte er, kämen in Hodlers Malerei die harten Konturen davon her, daß er in seiner Jugend die Berner Landschaft in sich aufgenommen hatte. Er sei froh, an einem Ort zu leben, wo eine fremde Sprache gesprochen werde; dadurch werde es ihm leichter gemacht, das Deutsche für seine literarische Arbeit rein zu bewahren, während er im Umgang mit den Bewohnern französisch sprechen könne. Vor einer Kirche in Sierre sagte er, er sei neulich hineingegangen, als Kinder mit ihrem Geistlichen Osterlieder übten; das sei die einzige Art, in der er am religiösen Leben teilnehmen könne. Mit auffallender Schärfe äußerte sich Rilke über die Kirche und die Geistlichkeit: «Sie ist so listig.» Als ich ihn nach den neueren katholischen Dichtern, Claudel usw., fragte, sagte er nur: «Ich verstehe es nicht.»

Ein kleines rotes Häuschen, das sich aus den Reben abhob, nannte er «eine graziöse Chinoiserie». Im Dörfchen Muraz erwiderten die Leute, die ihn zu kennen schienen, freundlich sein «bonsoir». Mit dem Postboten ließ er sich in ein Gespräch ein; dieser hatte unlängst in seinem Dusel Rilkes Post, anstatt sie bei ihm abzugeben, wieder in den

Briefkasten des Dorfes geworfen. Weil er ihn erzürnt für diese Untat zurechtgewiesen hatte, redete er nun freundlich mit ihm, was Rilke, zu mir gewandt, lächelnd sein «Versöhnungsfest» mit dem Briefträger nannte. Nachträglich lachten wir herzlich über den geheimnisvollen Kreislauf, den seine Post beschrieben hatte.

Auf solchen Spaziergängen, erzählte er, habe er große Teile von Paul Valérys Gedichten übersetzt. Die deutschen «Aequivalente» der französischen Verse seien ihm oft beim Gehen eingefallen, dann habe er sie auf irgendeinem Zettel, den er bei sich trug, aufnotiert. Er sprach mit großer Bewunderung von dem französischen Dichter, der ihn vor einigen Tagen in Muzot besucht hatte. Daß er jahrelang habe warten können, ehe er mit seinen Gedichten an die Öffentlichkeit trat, machte auf Rilke, der seine «Elegien» und «Sonette» auch erst nach langer schmerzlicher Wartezeit hatte niederschreiben können, einen tiefen Eindruck. Sie hätten miteinander auch über Mathematik gesprochen, die sein Lieblingsfach gewesen sei, als er sich in Prag mit einem Privatlehrer auf das Abitur vorbereitete. Nachher, sagte er, habe er ein paar Semester an der Universität studiert, aber der Drang nach eigener Produktion sei stärker gewesen, so daß er sein Studium nicht abgeschlossen habe. In Berlin habe ihm Georg Simmel den stärksten Eindruck gemacht; doch habe er diese Vorlesungen nicht mehr besucht, als zu viele Leute dagewesen seien, «die es nichts anging».

Eine Freude machte ich ihm mit meinen Erzählungen von Montpellier – wo der Professor Valéry der Bruder des Dichters Paul Valéry war – und von meinen Wanderungen in der Provence. Das Wallis, sagte er, erinnere ihn an die Provence, die Rhone verbinde beide; allerdings habe das Wallis auch etwas Härteres, das Ähnlichkeit mit Spanien habe. Ob ich schon in Sion gewesen sei? Als ich verneinte, sagte er, ich solle im Herbst wieder kommen, dann sei es am schönsten, und wir würden zusammen nach Valère und Tourbillon hinauf gehen.

Diese Wärme der Erinnerung brachte mein Gastgeber nicht für Berlin auf. Als ich ihm die Feierlichkeiten zu Ehren von Gerhart Hauptmanns 60. Geburtstag erzählte, sagte Rilke, er beklage Hauptmanns Schicksal. Ich verstand ihn nicht gleich, bis ich begriff, daß er ein Feind aller Repräsentation war und es nicht billigte, wenn ein Dichter sich in die Öffentlichkeit begab und feiern ließ. Später wurde mir klar, daß Rilke an seine Berliner Jugendjahre, als er am Ende des Jahrhunderts im Hause Andreas-Salomé in Schmargendorf lebte, dort auch freundschaftlich mit den Brüdern Hauptmann verkehrte, am Theaterleben Anteil nahm und an der Universität Vorlesungen hörte, eine zwiespältige Erinnerung bewahrte. Der Weltkrieg, der sein Schaffen unterbrochen und unter dem er schwer gelitten hatte, trug zu Rilkes Abkehr von Deutschland bei; eine Zeichnung von Emil Orlik aus dem Kriegsjahr 1917 zeigt Rilke mit Gerhart Hauptmann und dessen Frau bei einer Theaterprobe mit Max Reinhardt zusammen. Seither, auf eine zurückhaltende Art, ohne zu klagen, war Rilke in gewissem Sinne schon ein Emigrant; die Entwicklung in Deutschland erfüllte ihn mit Sorge. Als ich ihn fragte, was er von der Idee eines Anschlusses Österreichs an Deutschland halte, sagte er: «Das wäre schrecklich. Bis 1848 wäre es vielleicht noch möglich gewesen. Seither haben sich die Wege getrennt.» (Rilke war auf Grund seiner Herkunft tschechoslowakischer Staatsbürger und der tschechischen Sprache mächtig.)

Rilke war nicht so unpolitisch, wie seine Reserviertheit dem öffentlichen Leben gegenüber vermuten ließ. Er sprach auch vom italienischen Faschismus, für den er zu meiner Verwunderung etwas übrig hatte. Aber am intensivsten beschäftigte ihn das Geschehen in Rußland, das er aus eigener Anschauung kannte und dessen Sprache er beherrschte. Er beklagte das vollständige Unverständnis des Westens für Rußland und den Bolschewismus; das seien tiefe Vorgänge im russischen Volk, das mit seiner grenzenlosen Demut und Leidensfähigkeit nach neuen Formen seiner Existenz suche. Ich glaubte zu verstehen, daß er im Archaisch-Religiösen die geheime Kraft der Russen erblickte. Im übrigen Europa stünden die skandinavischen Völker dem russischen Wesen am nächsten; bei ihnen gebe es eine ähnliche Tiefe des seelischen Erlebens, und sie hätten auch eine natürliche Beziehung zu übersinnlichen Vorgängen, die im Westen nicht verstanden würden. Deshalb habe er aus seiner Romanfigur Malte einen Dänen gemacht. In diesem Zusammenhang war Rilkes Bemerkung interessant, in seinen jungen Jahren hätten Thomas Manns «Buddenbrooks» einen starken Eindruck auf ihn gemacht; das Problem des Verfalls einer Familie habe damals ihn und seine Generation nachhaltig beschäftigt.

Wieder im Turm, zeigte mir Rilke seine ritterliche Behausung. Sie war eng und ziemlich primitiv, die Zimmer hatten kleine Fenster. Dunkle Möbel aus dem 17. Jahrhundert und ein alter Steinofen befanden sich in einem Raum zu ebener Erde, der als Eßzimmer diente. An der Wand hing das Bildnis eines alten Schweizer Offiziers. Auf einem einfachen eisernen Deckenleuchter spendeten beim Nachtessen sechs Kerzen eine genügende Helligkeit. Die Türen waren so niedrig, daß Rilke beim Eintreten seine Hand über meinen Kopf hielt, damit ich mich nicht zu bücken vergesse. Im oberen Stockwerk diente ein quadratisches Zimmer dem Hausherrn als Arbeitskabinett: an den Wänden Bücherregale und alte Stiche mit Ansichten von Paris. Ein großer Tisch und eine Truhe, in der Rilke seine Briefschaften und Manuskripte in peinlicher Ordnung aufbewahrte, ein Stehpult, an dem er zu schreiben pflegte, dazu ein bequemer Lehnstuhl und, in der Ecke, ein Sofa, bildeten die Ausstattung dieses Raumes, der streng, aber nicht unbehaglich war.

Eine Petrollampe und Kerzenleuchter dienten abends als Beleuchtung. «Wissen Sie, ein Dichter hat nicht wie der Maler oder der Bildhauer ein Material, das er gestalten kann. Sein Sprachmaterial zerfließt ihm zwischen seinen Fingern. Deshalb habe ich diese äußere Ordnung und Einrichtung nötig, sie ersetzt mir bis zu einem gewissen Grade das greifbare Material, das mir meine Kunst nicht bietet.» Rilke arbeitete gern mit seinen geschickten Händen, wozu ihm besonders der Garten Gelegenheit bot. Neben dem Arbeitszimmer befand sich seine kleine Schlafkammer; ein Rasierspiegel war der einzige Spiegel in Muzot. Es war kein eitles Haus, weil der Hausherr kein eitler Mann war.

Rilke war mit einer gewissen Ausschließlichkeit ein Augenmensch. Die Musik als Kunstform war ihm unbekannt, er konnte keine Noten lesen und kein Instrument spielen. Seine großen Vorbilder waren Maler und Bildhauer: der Greco, Cézanne, Rodin, Leonid Pasternak, der Worpsweder Kreis, die großen Franzosen. Die Überlegenheit der französischen Malerei komme daher, sagte er, daß ihre Tradition niemals eine Unterbrechung erlitten habe, nicht einmal durch Cézanne; es sei der große Unterschied zwischen der französischen und der deutschen Kunst, daß jene ihren Stil erneuern könne, ohne die Tradition zu verleugnen, während es in der deutschen Kunst keine Tradition gebe.

Die getreue Haushälterin Frida Baumgartner hatte uns die Abendmahlzeit bereitet. Rilke bemühte sich vergeblich, eine Flasche Walliser Fendant zu entkorken. Zum erstenmal sah ich ihn zornig werden: «Frida, dieser verruchte Zapfen will nicht herauskommen!» Ist es nicht oft so, daß bedeutende Männer die Schwere des Lebens mit Geduld und Mut tragen, aber vor den kleinen Tücken des Objektes die Fassung verlieren?

Als die Spiegeleier auf unseren Tellern und der Wein in den Gläsern waren, kam die Rede auf Spitteler. Von neuem entdeckte ich die Begeisterungsfähigkeit und neidlose Bewunderung, die Rilke einem anderen Dichter entgegenbringen konnte. Ich fragte ihn, ob er den Artikel gelesen habe, in dem Frau Landmann-Kalischer Spitteler mit Schmähungen überhäufte? Er verneinte die Frage und erkundigte sich, warum sie denn Spitteler angreife. Ich sagte, weil sie zum George-Kreis gehöre: «Wissen Sie denn nicht, daß es für die George-Leute nur *einen* Gott gibt, in dessen Namen alle anderen geopfert werden müssen?» «Ja schon, aber daß sie sich an Spitteler vergreifen würden, hätte ich doch nicht für möglich gehalten.» Dann erzählte er, daß während seines Aufenthaltes in Soglio, im Sommer 1919, eine befreundete Dame ihm den «Prometheus und Epimetheus» gegeben habe, und wie diese Dichtung ihn nicht mehr losließ. Es müsse ein schreckliches Erlebnis für Spitteler gewesen sein, als er nach der Veröffentlichung des «Prometheus» nicht erkannt wurde. «Im allgemeinen bedaure ich einen Künstler nicht, der lange nicht erkannt wird, für manchen ist es sogar zu wünschen. Aber der Welt den ‚Prometheus' schenken, und die Welt geht ihren Gang weiter, als ob nichts geschehen wäre, das muß furchtbar gewesen sein.» Bei einer anderen Gelegenheit nannte Rilke Spitteler und Ramuz «die beiden großen Schweizer».

Von Stefan George sprach Rilke mit aufrichtiger Anerkennung. In seiner Jugend sei «Der Trompeter von Säckingen» das dichterische Ideal der Deutschen gewesen. Da sei es eine Offenbarung gewesen, als auf einmal ein großer Lyriker der deutschen Dichtung ihre Würde und Größe zurückgegeben habe. Er habe selber George seine Gedichte in Berlin, im Hause Lepsius, vorlesen hören. Nicht ohne Humor beschrieb Rilke die geheimnisvolle Feierlichkeit, mit der die Herrin des Hauses den Dichter zu einem «im Geschmack des Jugendstils» mit Efeu bekränzten Pult geführt habe. Nach der Vorlesung habe Frau Lepsius einige Bevorzugte in einem Nebenzimmer dem Meister vorgestellt, der an jeden ein paar konventionelle Worte «in der Art einer

Fürstlichkeit» richtete. Später sei er zufällig in einem Park in Florenz wieder mit George zusammengetroffen, der ihn freundlich ins Gespräch zog, ihm aber vorwarf, er habe zu früh Gedichte veröffentlicht. Als er, Rilke, ihm das ohne weiteres zugab, sei er offensichtlich erstaunt gewesen.

Wieder in seinem Arbeitszimmer, wo er mir eine köstliche Havanna anbot – Rilke selber rauchte nicht –, erzählte er mir seine Besuche in Jasnaja Poljana bei Tolstoi. Als er dem großen alten Mann sagte, wie sehr er «Krieg und Frieden» bewundere, sei er zornig geworden; ganz in seine religiösen Ideen versponnen, hielt Tolstoi seine früheren Werke für sündhaft. Den religiösen Eiferer Tolstoi lehnte Rilke entschieden ab – und es machte mir Eindruck, als ich später, in Gorkis Erinnerungen an Jasnaja Poljana, fast wörtlich die gleichen Eindrücke wiederlas, von denen mir Rilke berichtet hatte. Amüsant war seine Beschreibung einer Wagenfahrt durch Moskau an der Seite eines russischen Aristokraten, der ihn so sehr an Pierre Besuchow aus «Krieg und Frieden» erinnerte, daß man beim Zuhören zuletzt nicht mehr wußte, ob man ein neues Kapitel aus Tolstois Roman oder eine Reiseerinnerung Rilkes vernahm...

Er wollte wissen, wie es zugegangen sei, als ich meine ursprüngliche Musikerlaufbahn unterbrechen mußte. Dann sagte er, manche Komponisten könnten nicht zwischen einem Gedicht und einem Lied unterscheiden. Es wäre ihm schrecklich, wenn ein Komponist seine Gedichte vertonen würde, denn ein Gedicht genüge sich selbst und habe keine Vertonung nötig. Der dänische Komponist Paul von Klenau habe aus seinem «Cornet» eine Art Oratorium für Chor, Soli und Orchester gemacht, aber er könne sich davon keine Vorstellung machen; ob ich den Klavierauszug mitnehmen und ihm gelegentlich mitteilen könnte, was ich davon halte? Es war eine indirekte, zarte Aufforderung, mich ans Klavier zu setzen und mich wieder mit einem neueren Werk der Musik zu beschäftigen.

Noch einmal kam Rilke auf das Thema der Religion zurück. Er möchte, sagte er, eine Rede «Über die Gegenliebe Gottes» halten – denn er wolle nicht mehr aus seinen Gedichten öffentlich vorlesen. Sein Bekenntnis: der Gottsuchende müsse zu der Gesamtheit der Dinge und Erscheinungen, zu allem, was die Schöpfung und die Welt bieten, ein großes «Ja» sagen; zu dieser Gesamtheit gehörten, wenn auch zunächst ununterscheidbar, die Werke Gottes. Nicht ein Jenseitsglaube tue not, er verschleppe nur die Hoffnungen der Menschen hinter den Tod; sondern auf die Bejahung des Hiesigen komme es an, in der Zustimmung zum Leben und seinen herrlichen Gaben müsse sich auch das Göttliche offenbaren. Der Suchende und Ringende könne aber nur finden, wenn die Gegenliebe Gottes wirke und ihm entgegen komme. So ungefähr. Rilke hat diese Gedanken in dem postum erschienenen «Brief eines Arbeiters» ausführlich abgehandelt.

Dann entzündete mein Gastgeber zwei Kerzenleuchter und stellte sie auf sein Stehpult; er wolle mir aus seinen Valéry-Übersetzungen vorlesen. Zum erstenmal breitete sich eine feierliche Stimmung über den abendlichen Raum, als der Dichter, aufgerichtet hinter seinem Pult stehend, mit seinem sonoren Bariton zuerst das französische Original, dann seine Übertragung vorlas: «Der Gesang der Säulen», «Der Friedhof am Meer», andere noch. Es war, als ob alles, was wir in diesen langen Stunden gesprochen hatten, zur Vorbereitung auf diese eindrückliche Lesung gedient hätte. An die Strenge, die Beschwingtheit, die männliche Härte auch, die hinter diesen Werken und ihrem Schöpfer standen, bewahre ich eine unauslöschliche Erinnerung.

Rilke forderte mich auf, ihn noch einmal an einem Nachmittag zu besuchen. Vor meiner Abreise von Sierre, als ich abends von einem Spaziergang in meine Pension zurückkehrte, erhielt ich den Bescheid, ein Besuch warte auf mich im Salon. Auf dem Sofa neben der Tür fand ich Rilke, der mit irgendeiner Schreibarbeit beschäftigt war: «Sie haben Ihren Namen nicht in mein Gästebuch eingetragen», sagte er, «ich habe mir den Tag zwischen meinen anderen Besuchen vorgemerkt.» In einem in Leder gebundenen Buch zeigte er mir die Stelle, wo ich meinen Namen hinsetzen sollte. Fast nebenbei, wie wenn er meinem Dank zuvorkommen wollte, überreichte mir der seltsame Mann einen schmalen Band: «Ich glaube, ich habe Ihnen mein Buch noch nicht gegeben.» Es war die Ausgabe der «Sonette an Orpheus», die vor einem Jahr erschienen war. «Vor-österlich und herzlich im Anschluß an die Stunden auf Muzot» lautete die Widmung («im April 1924»). Rilke kam noch auf ein paar Augenblicke in mein Zimmer; zum Abendbrot könne er nicht bleiben, da er noch zu arbeiten habe. Auf der Freitreppe über dem Garten verabschiedete er sich von mir. Ich blieb lange stehen und blickte dem Entschwindenden nach, der rasch durch den Abend schritt. Ein kalter Talwind trieb Wolken vor sich her.

Die «Sonette an Orpheus» las ich, vom ersten bis zum letzten, noch in der gleichen Nacht. Wieder in Bern, kaufte ich alle Bücher Rainer Maria Rilkes, die in der Buchhandlung Francke vorrätig waren.

Die Beziehung zwischen uns riß nicht ab. Rilke war ein teilnehmender Freund, und es ist nicht gerecht, wenn Kommentatoren ihm seinen Egoismus und seine Untreue vorwerfen. Zweifellos war er, wie viele schöpferische Künstler, ein großer Menschenverbraucher. Katharina Kippenberg hat richtig bemerkt, nicht eigensüchtig, werksüchtig sei er gewesen. Monique Briod erzählte mir, Rilke habe ihr gesagt, er habe nie die «große Liebe» gekannt, sein Leben habe ganz seinem Werk gehört. Für liebende Frauen war es wohl schwer zu verstehen, daß er in erster und letzter Linie für die Leistung lebte. Frauen, die ihre Erinnerungen an Rilke mit sentimentalen Guirlanden schmückten, taten seinem Andenken unrecht. Wohl hat er an der Ungemäßheit seiner eigenen, immer wieder bedrohten Existenz in einer Welt gelitten, die nach bürgerlichen Regeln der Berufsausübung und des Gelderwerbes lebt. Aber es beweist seinen Mut und seine Stärke, daß er unbeirrbar seinem inneren Dämon folgte und wie ein Dichter lebte, der aus seiner Literatur kein Gewerbe machte. Daß er Schutz und Hilfe brauchte und sie annahm, wo sie sich ihm anboten, kann nur kleinliche Nörgelsucht ihm zum Vorwurf machen. In Muzot sagte er mir, das Haus gehöre seinem Winterthurer Freund Werner Reinhart, der es ihm zur Verfügung gestellt habe; seinen Lebensunterhalt bestreite er selber.

Kaum war ich wieder in Bern, da richtete Rilke die Bitte an mich, ihm eine Kiste Havanna zu schicken, da er den Besuch seines Verlegers Anton Kippenberg erwarte. Ich ergriff die Gelegenheit, die mir sein Brief bot, um ihm für die Aufnahme zu danken, die ich bei ihm gefunden hatte. «Nur Eines», schrieb ich, «wenn ich zurückdachte, hat mich geschmerzt: ich gehöre zu jenen Dingen und Menschen, die sich bereichern, indem sie von Ihnen zehren. Sie schenkten mir Ihre Zeit, wendeten mir Ihre Güte zu und legten mir Ihr Werk in die Hände – es liegt ein Geständnis großer Schwäche im Brunnengefäß, im Krug, in der offenen Ackerfurche, die nur empfangen können... Ich muß geduldig abwarten, ob das Schicksal mir bestimmt hat, mich nur Krug sein zu lassen; oder ob es irgendwo die warme Kraft des frischen Erdreichs verborgen hat, die neu zu erzeugen vermag, was sie empfangen hat.»

Am 9. Mai vertraute mir Rilke die Sorge an, die ihm die Herstellung seines Valéry-Manuskriptes bereitete, da Kippenberg diese Übertragungen im Insel Verlag veröffentlichen wolle. Die Reinschrift habe er Valéry geschenkt, und nun müsse er nach Entwürfen, die für andere Menschen unleserlich seien, das Ganze diktieren. Ob ich eine geeignete Person wüßte, die abkömmlich und fähig wäre, das Diktat in Muzot aufzunehmen. Es ergaben sich jedoch neue Schwierigkeiten und Aufschübe – der Besuch von «Frau Rilke und ihrem Bruder», schrieb er, habe ihn einige Tage ganz in Anspruch genommen (von seiner Frau lebte Rilke getrennt, aber sie waren nicht geschieden). Vielleicht komme er nach Bern, wo sich dann leichter jemand finden ließe, dem er diktieren könne (vom 30. Mai 1924). Auch dieser Plan zerschlug sich – worauf ich ihm in einem ausführlichen Brief meinen Eindruck von Klenaus «Cornet»-Vertonung beschrieb und ihm den Klavierauszug zurückschickte.

Doch ab und zu erschien Rilke in Bern, wo ich ihn bei unseren Freunden Briod an der Junkerngasse traf. Mit Monique zusammen machten wir einen Gang unter den Bäumen der «Plattform» hinter dem Münster. Bern war vom Wallis aus die nächste Stadt, wo er seine Einkäufe machte, zum Zahnarzt ging, Bekannte aufsuchte. Zu seinem 49. Geburtstag schrieb ich ihm, er habe für mich die Bedeutung eines «Wegweisers»: «Die Wissenschaft ist mir fortan nicht mehr ein Hemmnis für die Kunst. Hier ist auch Paul Valéry – durch Sie – Wegweiser, in seiner wunderbaren Vereinigung von Intelligenz und Kunst. Wahre, universelle Geistigkeit wird immer Wissenschaft *und* Kunst umspannen» (7. Dezember 1924).

Wir wußten um Rilkes leidenden Zustand, der wiederholt ärztliche Behandlung in der Klinik Valmont nötig machte. Um so überraschter waren wir, als wir erfuhren, daß er sich zu einem Aufenthalt nach Paris begeben hatte, wo er das Frühjahr und den Sommer des Jahres 1925 verbrachte. An einem Spätherbstabend fand ich beim Nachhausekommen seine Visitenkarte vor, auf die er mit Bleistift geschrieben hatte: «Lieber Freund, ich habe ein arges Gewissen: lassen Sie mich gut machen, soviel Ihre Nachsicht ein Gutmachen gelten läßt. Sie finden mich im Bellevue, nach Tisch, ab 8 Uhr.»

Ich erschrak, als ich Rilke in der Hotelhalle wiedersah. Er kam mir verändert vor. Das Gesicht hatte etwas maskenhaft Verschlossenes und Abwesendes, als ich ihn in einen großen Polstersessel versunken erblickte. Seine Müdigkeit verriet ein verborgenes Leiden. Aber er war freundlich, wie immer, erzählte von Paris und wie er André Gide in einer Klinik besucht habe, wo er am Blinddarm operiert worden war. Dann erkundigte er sich nach deutschen Neuerscheinungen; ich berichtete von Thomas Manns «Zauberberg». Rilke ermunterte mich, meinen Plan, mich in Paris niederzulassen, auszuführen.

Als im Dezember mein Entschluß feststand, in Begleitung der Briods an den Seine-Strand überzusiedeln und mich dort wenn möglich materiell selbständig zu machen, bat ich Rilke um seinen Rat. Er erteilte ihn mir in einem ausführlichen Brief, in dem er verschiedene Möglichkeiten meines dortigen Fortkommens erwog: «... Haben Sie's einmal gewagt und sind in Paris installiert, so werden sich eher Anschlüsse vorschlagen lassen, aus denen dann, aber erst nach und nach, erwünschte Befestigungen hervorgehen können; erzwingen und beeilen läßt sich in solchen Fällen nicht leicht etwas, man verdirbt durch Insistieren mehr als man fördert... Besteht oder bestünde, wenn Sie's erwägen, kein Mittel für Sie, ein Lektorat an der Ecole Normale anzustreben? Wollen Sie, wenn Ihre Zeit es erlaubt, dem englischen Lektor dort, Mr. William Stewart, meine Grüße bringen? Vielleicht daß er Ihnen im engeren oder weiteren Umkreis solcher Pläne zu raten wüßte...» (Muzot, 15. Dezember 1925).

Es war Rilkes letzter Brief. Ein Jahr später schrieb ich ihm aus Paris: «Als ich im vorigen Frühjahr den Malte von meinem Brett nahm, fand ich auf der ersten Seite: rue Toullier. So entdeckte ich, daß ich Rücken an Rücken mit Malte lebe, denn mein Hotel an der rue Saint-Jacques ist hinter der rue Toullier, und es gefällt mir, an den jungen Dänen als an einen Nachbarn zu denken...» (7. Dezember 1926).

Von Rilkes neuerlicher schwerer Erkrankung hatte ich

wohl gehört; aber ich ahnte nicht, daß ihn mein Brief nur knappe drei Wochen vor seinem Tode in Valmont erreichen und ihm dort von Frau Nanny Wunderly vorgelesen werden würde. Die Weihnachtstage verbrachte ich bei meinen Eltern in Bern. An einem der letzten Tage des Jahres, zu abendlicher Stunde, trat mein Vater in mein Zimmer – was ungewöhnlich war. Sein ernster Ausdruck verriet mir, daß etwas Schlimmes geschehen war. Nach einer nebensächlichen Einleitung sagte er: «Ich muß dir eine traurige Mitteilung machen, Rilke ist gestorben.»

III. PARIS

19. NEUE PERSPEKTIVEN

Das auf seine eigene Persönlichkeit gestellte Individuum muß sich aus den Bindungen von Heimat, Familie, Tradition, Gesellschaft lösen, damit es sich geistig verwirklichen kann. Ich empfand das Fortgehen von Bern als ein notwendiges Losreißen und war entschlossen, in Paris einen neuen Anfang zu machen. Es war ein Schritt ins Offene, auch ins Ungewisse. Ich setzte mir zum Ziel, an der Sorbonne zu doktorieren. Eine Dissertation, wie sie im deutschen Sprachgebiet üblich ist, genügt aber den Anforderungen, die in Frankreich an eine «thèse de doctorat» gestellt werden, nicht; denn eine solche berechtigt in Frankreich, wo die Institution des Privatdozenten unbekannt ist, den Absolventen zum unmittelbaren Eintritt in das akademische Lehramt. Ich mußte mich daher auf eine längere Frist und eine umfangreiche, strengen Maßstäben gerecht werdende Arbeit einstellen.

Außerdem wollte ich mich weitgehend selbständig machen, wenn möglich eine Anstellung finden, die mich von zu Hause unabhängig werden ließe. Damit legte ich freilich meinem Arbeitsplan ein Hindernis in den Weg. Aber ich war bestrebt, die väterliche Großmut nicht stärker in Anspruch zu nehmen, als wenn ich im Elternhaus die Doktorpromotion vorbereitet hätte. Ich hob von der Bank meine Ersparnisse ab und bot den Redaktoren verschiedener Zeitungen und Zeitschriften meine Mitarbeit an. Das Leben, das ich in Paris unter neuen Aspekten begann, war von diesem doppelten Bestreben nach wissenschaftlicher Fortbildung, die eine intensive Forschungsarbeit erforderte, und nach publizistischer Tätigkeit, die mir die

Teilnahme am kulturellen und politischen Leben der Großstadt gestatten würde, gekennzeichnet. Ich hatte soeben mein vierundzwanzigstes Lebensjahr vollendet, als ich mir diesen Plan vornahm, dessen Ausführung mir in den folgenden Jahren manchmal schwer wurde. Doch fehlte es mir weder an Begeisterung noch an einer etwas verbissenen Entschlossenheit, als ich mich anschickte, in Paris heimisch zu werden.

Nach kurzem Suchen fand ich eine Unterkunft im Quartier latin. Ein Studentenhotel an der rue Saint-Jacques 160, wo ich in einem kleinen Zimmer meine Siebensachen unterbrachte, lag inmitten der Fakultäten, Schulen, Bibliotheken, Buchhandlungen, Cafés und wohlfeilen Restaurants der Montagne Sainte-Geneviève, die seit dem Mittelalter Gelehrten und Scholaren eine ihren bescheidenen Bedürfnissen angemessene Lebensform geboten hat. Hier würde ich, schrieb ich den Eltern, «mein kleines Nest inmitten des Gewimmels bauen». Gegen den Morgenhimmel, der in mein Fenster leuchtete, hob sich die Kuppel des Pantheons ab; ihr weißer Säulenkranz erschien über dem Dach der Juristischen Fakultät, die sich meinem Hotel gegenüber befand. Links dahinter erblickte ich den Glockenturm der Kirche Saint-Etienne-du-Mont, weiter rechts den gotischen Turm, der über das Lycée Henri IV emporragt. An die Straßenzeile, in der das «University-Hotel» lag – so angelsächsisch-modern nannte sich mein Quartier –, schloß sich die hintere Front der Sorbonne an. Aber ich mußte durch die rue Cujas hinunter gehen und dann rechts um die Ecke biegen, um zum Haupteingang dieses weitläufigen Gebäudes zu gelangen.

Weiter unten an der rue Saint-Jacques war das Lycée Louis-le-Grand und, daran anschließend, das Collège de France. Diese hohe Schule ist eine Gründung des Renaissance-Königs Franz I., und es ist der Traum jedes französischen Gelehrten, befreit von administrativen und pädagogischen Pflichten, einen der Lehrstühle dieses Institutes einzunehmen; eine beschränkte Zahl Vorlesungsstunden läßt seinen Professoren genügend Zeit für ihre eigenen Arbeiten übrig. In sanftem Anstieg verläuft die rue Saint-Jacques bis zum Boulevard de Port-Royal, wo das Militärspital Val-de-Grâce, von der Barockkuppel seiner Kirche überhöht, den Abschluß bildet.

Im Vergleich zu dem «Pariser Gewimmel und Spektakel von Menschen und Maschinen», schrieb ich nach Hause, «ist Berlin geradezu ein Dorf». Mir machte das nichts aus; meine Straße war verhältnismäßig ruhig, und überdies fühlte ich mich sogleich in Übereinstimmung mit diesem Stadtbild, das von einem «durchsichtigen, gleichsam flüssigen Licht übergossen» war. Das «vibrierende Leben und der Meerwind von Paris» sagten mir restlos zu.

Wenn ich mich vom Eingang des schmalen, hohen, aus roten Backsteinen gefügten Hauses, von dem ich nicht ahnte, daß ich es ganze vier Jahre bewohnen würde, nach rechts wandte, gelangte ich in die breite und belebte rue Soufflot, die zum Boulevard Saint-Michel und von dort direkt in den Luxembourg-Garten führt. Es verging kaum ein Tag, an dem ich mich nicht durch die Alleen dieser unvergleichlichen Anlage zu dem oktogonalen Teich begab, wo der Blick sich auf den von Vergangenheit schweren Luxembourg-Palast öffnet. Im Luxembourg-Museum verweilte ich oft in die Betrachtung der Meisterwerke der Impressionisten versunken, deren lichterfüllte Kunst meinen Augen wohltat. Rechts vom alten Palast, unter hohen Bäumen, eine Zuflucht in besinnlichen Stunden, lag halb verborgen die Fontaine Médicis. Der dunkle Klotz des Odéon-Theaters, unter dessen Arkaden Buchhändler ihre Druckware feilhielten, erschien jenseits der Straße. An der Ecke der rue de Vaugirard und der rue de Tournon befand sich das Hotel Foyot, wo Rilke im vorigen Jahr einige Monate geweilt und das er unseren Freunden empfohlen hatte. Die Briods blieben, bis sie eine eigene Wohnung fanden, im Foyot.

Monique Briod hatte sich widerstrebend in die Übersiedlung nach Paris geschickt; nun litt sie unter den ungewohnten Verhältnissen. Der Straßenlärm setzte ihr zu, sie erschrak über den ununterbrochenen Verkehr, und die Ansprüche, die an ihren schwachen Körper und ihre verletzbare Empfindlichkeit gestellt wurden, ermüdeten sie und verursachten ihr Unwohlsein und Schmerzen. Rilke hatte in dem Brief, in dem er mir Ratschläge für mein Pariser Leben erteilte, über unsere Freunde geschrieben: «Für Blaise Briod scheint mir diese Veränderung doch ein großer Gewinn; was Monique angeht, so war freilich in den schönen Zimmern der Junkerngasse alles vollzählig um sie –, aber ihr eigener Kreis wird sich, nach einigem Schwanken, in den neuen Umgebungen ebenso sicher schließen, und die Auswahl an seiner Peripherie wird dann doch ihren unabsehlichen Reichthum geltend machen» (Muzot, 15. Dezember 1925). Er sollte recht behalten, wenngleich die von Ängsten gepeinigte und unter ihrem kränkelnden Zustand leidende Frau nur während der ersten zwei Jahre sich in Paris frei bewegen und mit ihrem Mann Reisen unternehmen konnte; hernach hat sie ihr Krankenlager nicht mehr verlassen.

Doch in jener ersten Zeit begleitete ich Monique auf ihren Ausgängen, wir entdeckten zusammen die Notre-Dame-Kathedrale, die Cafés von Montparnasse, den Jardin des Plantes, oder ich begleitete sie ins Palais-Royal, wo Blaise als stellvertretender Chef der Abteilung für Literatur am Internationalen Institut für geistige Zusammenarbeit sein Bureau hatte. Ihnen verdankte ich den Kontakt mit dem literarischen Leben dieser Stadt, die der Mittelpunkt der Kulturwelt war. Hinter dem Hotel Foyot, an der rue de l'Odéon, besuchte ich mit den Briods die Buchhandlungen der Sylvia Beach – «Chez Shakespeare and

Company» – und, auf der andern Straßenseite, der Adrienne Monnier. In den Schaufenstern der Engländerin lagen die Exemplare des *«Ulysses»* von James Joyce, die Miss Beach in der Originalsprache herausgebracht hatte; die von Valéry Larbaud betreute französische Übersetzung dieses großen Buches wurde von Adrienne Monnier vertrieben. Die Buchhandlung von Mademoiselle Monnier war ein Treffpunkt der *en vogue* befindlichen französischen Schriftsteller, während in der Leihbibliothek der Sylvia Beach die Werke der englischen und amerikanischen Autoren in reicher Auswahl vorhanden waren. Hemingway hat in seinem Erinnerungsbuch an Paris, *«A Moveable Feast»*, der klugen und großmütigen Miss Beach ein Denkmal gesetzt und auch von Gertrude Stein, von Joyce und von einigen amerikanischen Schriftstellern berichtet, die in den zwanziger Jahren in Paris lebten. Er verließ das Quartier latin und Paris, bald nachdem wir uns dort niederließen. Übrigens konnte ich damals schon und später wieder, als ich Stammgast in den Cafés von Saint-Germain-des-Prés wurde, feststellen, daß zwischen den amerikanischen Schriftstellern – auch Henry Miller gehörte zu ihnen – und ihren französischen Kollegen wenig oder kein persönlicher Kontakt bestand.

Wir waren erst seit vierzehn Tagen in Paris, als am 21. Januar 1926 in einem Saal der Carnegie-Stiftung am Boulevard Saint-Germain Thomas Mann vom literarischen Paris empfangen wurde. Auf einer Estrade saß hinter einem langen Tisch, ein wenig steif, der deutsche Dichter, der damals fünfzig Jahre alt war und dessen Ruhm sich in der nichtdeutschen Welt zu verbreiten begann. Neben ihm hatten der Germanist der Sorbonnne, Henri Lichtenberger, dessen Fachkollege Félix Bertaux (der den «Tod in Venedig» übersetzt hat) und der Kritiker Charles Du Bos Platz genommen. Der Reihe nach würdigten diese Persönlichkeiten in einfühlenden Referaten das Werk des großen

Romanciers, der in den folgenden Tagen in Paris herumgeboten und gefeiert wurde. Thomas Mann, seiner repräsentativen Rolle wohl bewußt, hat in seiner «Pariser Rechenschaft» seine Eindrücke und Begegnungen anschaulich geschildert. Ich ließ es mir nicht nehmen, für die «Basler Nachrichten» einen Artikel über «Thomas Mann und die französische Literatur» zu schreiben. Diese erste flüchtige Begegnung mit Thomas Mann war für mich der Ausgangspunkt einer Beziehung, aus der in späteren Jahren eine dauernde Freundschaft mit ihm und seiner Familie entstehen sollte.

Ein Vortrag von Félix Bertaux über Max Scheler bot mir Gelegenheit, mich mit diesem vortrefflichen Kenner der deutschen Literatur über Spitteler und Rilke zu unterhalten. Auch zu dem würdigen Professor Lichtenberger trat ich in eine persönliche Beziehung. Da für mich die Frage der deutsch-französischen Verständigung ein tief persönlich begründetes Anliegen war, bereitete mir die zunehmende Beschäftigung des gelehrten und literarischen Frankreich mit dem deutschen Geistesleben große Genugtuung. Brief an die Eltern: «Aber man fragt sich doch oft, ob das alles nicht nur eine vorübergehende Beruhigung des Sturmes ist, der bald wiederkehren kann. Mindestens scheint mir ein tieferes Verständnis und eine wirkliche Sympathie zwischen den beiden Völkern kaum möglich. Es fehlt nicht an einer leisen Komik, wenn man die freundlichen Ehepaare und Studenten von jenseits des Rheins in den kleinen Restaurants des Quartier latin zu einer gesegneten Mahlzeit installiert sieht. Aber es ist doch sehr erfreulich, daß man sich Mühe gibt, endlich einander ein wenig freundlichere Gesichter zu zeigen» (1. April 1926).

Ich lieferte einen fachwissenschaftlichen Beitrag zu dieser geistigen Annäherung, indem ich in der von Henri Berr gegründeten und geleiteten «Revue de Synthèse historique» noch im gleichen Jahr die neusten Werke meiner ehemaligen Berliner Lehrer in Frankreich bekannt machte; von Kurt Breysig besprach ich das geschichtsphilosophische Werk «Vom geschichtlichen Werden» (1926), von Hans Delbrück die beiden ersten Bände seiner «Weltgeschichte» (1924/25), von Friedrich Meinecke das für die Kenntnis der politischen Leitgedanken seit Machiavelli wichtige Buch «Die Idee der Staatsräson in der neueren Geschichte» (1925).

Paris war in gewisser Hinsicht anspruchsvoller als Berlin, und die französische Geistigkeit anders geartet als die deutsche.

Am 3. März 1926 nach Hause: «Die Anforderungen, die man in Frankreich an einen Gebildeten stellt, sind unendlich viel größer als in Deutschland, denn alle Einseitigkeit und Spezialisierung ist verpönt, und die natürliche Forderung geht nach Vielseitigkeit, nach Ausbildung möglichst vieler menschlicher Fähigkeiten und daher nach einer großen Geschmeidigkeit und Eleganz in allen Dingen.» Ob richtig oder falsch: so sah ich es, und ich richtete mich danach ein. Abends las ich im Bett bis in späte Stunden die Bände von Prousts *«A la recherche du temps perdu»*, von André Gide die soeben erschienenen *«Faux-Monnayeurs»*, die uns großen Eindruck machten, die Romane von Jean Giraudoux, «Les Thibault» von Roger Martin du Gard.

Gonzague de Reynold hatte uns eine Empfehlung an Jacques Maritain, den Erneuerer der Philosophie des Thomas von Aquin, mitgegeben. Mit den Briods besuchte ich ihn und seine Gattin in ihrem Haus in Meudon. Die katholische Renaissance spielte im französischen Geistesleben und selbst in der Politik eine bedeutsame Rolle, an der mir ein gewisser Bekehrungseifer nicht behagte. Ich setzte mich zwar mit dieser Erscheinung auseinander, allein mir fehlte der Glaube. Mauriac, Claudel, Bernanos, denen ich in meinem Leben begegnet bin, waren inspirierte Schriftsteller, denen ihre religiöse Gläubigkeit eine große Sicherheit des Gedankens und des Ausdrucks verlieh. Ich bewahre eine lebendige Erinnerung an unsern Besuch bei Maritain, dessen Persönlichkeit eine gleichsam unaufdringliche Intensität ausstrahlte; auf viele seiner Zeitgenossen übte er einen großen Einfluß aus. Das Gespräch drehte sich um die Spannungen zwischen der Römischen Kirche und der royalistischen «Action française». Als wir uns von den Maritains verabschiedeten, trug ich den Hakenstock des Philosophen mit mir fort, kehrte dann aber, als ich es bemerkte, rasch zurück und klingelte am Gartentor, worauf Maritain mit großen Sätzen herunter kam und lachend seinen Stock wieder an sich nahm.

Die Verdammung der Lehre von Charles Maurras durch den Papst erregte im darauffolgenden Jahr die Gemüter der französischen Katholiken; das Oberhaupt der Kirche erblickte in der Doktrin des «integralen Nationalismus», wie sie Maurras formuliert hatte, eine unzulässige Vergötzung der Nation. Maritain und, seinem Beispiel folgend, die Mehrzahl der kirchentreuen Parteigänger jenes politischen Denkers sagten sich von der «Action française» los. Auch Gonzague de Reynold distanzierte sich von dieser Schule in einem von der «Gazette de Lausanne» veröffentlichten Artikel.

In den gotischen Kirchen von Paris, im Musée de Cluny und in einer Ausstellung von mittelalterlicher Kunst in der Bibliothèque Nationale spürte ich etwas von dem Geist, der das alte Frankreich erfüllte. War er weltlich, war er christlich? Kein Land – mit Ausnahme Italiens – zählt so viele Heilige wie Frankreich, aber die Kirche war wie eine fremde Macht in das heidnische Gallien eingedrungen; die Franken unterwarfen sich ihr; doch im Lauf der Jahrhunderte hat der zu Widerstand und Widerspruch bereite Geist der Franzosen oft mit ihr gehadert. Abälard war Kleriker und Ketzer. Der aus Schwaben stammende Dominikaner Albertus Magnus hat im Quartier latin Spuren hinterlassen – die Place Maubert («Maître Albert») ist nach ihm benannt. Doch auch François Villon, auch Rabelais geistern in diesen Gassen. Jean Calvin und Ignatius von Loyola saßen hier zu Füssen ihrer theologischen Lehrmeister. Aber die Tapisserien der Dame à la Licorne im Cluny-Museum fordern zur Lebensbejahung auf: «Tu was dir gefällt» ist in gotischen Lettern als Motto in einen der Teppiche gewirkt. Das alte Quartier latin war nicht weniger als das moderne zu Ausschweifung und Aufruhr geneigt. Die schmale Gasse, an der die Sorbonne liegt, trägt seit langem den Namen des Entdeckers der ägyptischen Hieroglyphen, Champollion, aber sie hieß früher «rue Coupe-gorge»: Halsabschneidergasse! Paul Claudel hat in seiner *«Annonce faite à Marie»* ein christliches Frankreich, ein mystisches Mittelalter heraufbeschworen. Doch der alte Claudel saß wie ein robuster Bauer zu Tisch, der den Früchten der Erde und dem Saft der Trauben mit Genuß zusprach.

Durch Rilkes Vermittlung war ich mit dem Englisch-Lektor an der Ecole Normale Supérieure, William Stewart, bekannt geworden. Das deutsche Lektorat hatte ein Schweizer Germanist inne. Aus diesem berühmten, von der Französischen Revolution gegründeten Internat für Staatsstipendiaten, die ohne materielle Sorgen ihren höheren Studien obliegen können, sind viele hervorragende Persönlichkeiten der Wissenschaft, der Literatur und der Politik hervorgegangen. Es war eine Pflanzstätte kritischer und nonkonformistischer Gesinnung. Auch mit dem Genius dieses Hauses, das hinter dem Pantheon an der rue d'Ulm liegt, wurde ich vertraut; sein Anti-Autoritarismus, der vom Philosophieprofessor Alain in seinem Buch über die «Radikale Doktrin» zum System erhoben wurde, sagte mir zu. Ich glaubte in so verschiedenen Männern wie den Philosophen Bergson und Henri Berr, den Politikern

Edouard Herriot und Léon Blum, den Schriftstellern Jean Giraudoux und Jean Prévost, auch in dem Professor für Wirtschafts- und Sozialwissenschaft, C. Bouglé, der als Direktor der Ecole Normale vorstand (und in einem späteren Jahr bei meiner Thesenverteidigung in der Sorbonne den Vorsitz führte), zwar sehr verschiedenartige, aber doch alle von der rue d'Ulm unverwechselbar geprägte Geister zu erkennen. In der auf die unsere folgenden Generation gehörte auch Georges Pompidou der Ecole Normale an. Dank einer Art von intellektueller Ansteckung habe ich in meinen Pariser Jahren etwas vom «esprit normalien» in mich aufgenommen.

Seltsam erregend war eine Theateraufführung in einem Studio in Montmartre, zu dem mich William Stewart mitgenommen hatte. Auf dem Dachboden eines Hauses war eine Bühne errichtet. Stühle und Bänke standen in dem kleinen Saal für die Zuschauer bereit. Unter den geladenen Gästen waren Schauspieler, Schriftsteller und Künstler zahlreich gekommen. Der Leiter der Schauspieltruppe – die sich «Art et Action» nannte – begrüßte das Publikum mit einem freundlichen «soyez les bienvenus». Die Vorstellung begann. Paul Claudels seither in vielen Kultursprachen gespieltes Stück *«Partage de Midi»* ging an diesem Abend, gleichsam unter Ausschluß der Öffentlichkeit, zum erstenmal in Paris über die Bühne.

In dieser Saison wurde auch die «Heilige Johanna» von Bernard Shaw in einem kleinen Theater von dem russischen Schauspielerehepaar Georges und Ludmilla Pitoëff aufgeführt. Diese großen Künstler brachten Shaws Werk zu einer ergreifenden Wirkung. Das Mädchen aus Lothringen, das naiv und mutig seinen Glauben bekennt, zerbricht an der scholastischen Härte seiner Richter und wird als Ketzerin zum Feuertod verurteilt. Es ist eine düstere Episode aus der Geschichte der katholischen Kirche, die nach dem Ersten Weltkrieg die Jeanne d'Arc heilig sprach...

Das moderne Theater setzte sich in Paris nicht ohne Mühe gegen den Traditionalismus der Comédie française und die Routine der Boulevards durch. Pirandello wurde gespielt und, anläßlich seines Besuches in Paris, gebührend gefeiert. Hervorragende Regisseure und Darsteller zogen mich in ihre Häuser; für schweizerische Zeitungen schrieb ich Feuilletons über meine Theatereindrücke. Von Jacques Copeau sah ich eine interessante «Hamlet»-Inszenierung, Firmin Gémier glänzte in der Rolle des Shylock, Gaston Baty stand im «Studio des Champs-Elysées» einer Experimentierbühne vor, die Stücke von jungen Autoren herausbrachte. Meine Bewunderung galt aber vor allem Louis Jouvet und seinem Ensemble. Jouvets «Doktor Knock», von Jules Romains, war eine schauspielerische Meisterleistung, die dank einer Verfilmung erhalten geblieben ist. Vom gleichen Autor hatte der *«Dictateur»*, der mich aus politischen Gründen interessierte, keinen Publikumserfolg. Jouvet brachte fast alle Stücke von Giraudoux heraus, als erstes «Siegfried» mit Renoir in der Titelrolle; dieses zauberhafte Werk brachte dem Publikum das in den zwanziger Jahren aktuelle Problem des Verhältnisses zwischen Franzosen und Deutschen nahe. Nicht weniger, aber auf eine andere Art, entzückte uns Jean Cocteaus *«Orphée»*, den ich mit den Briods zusammen sah und in dem Cocteau, Artist und Proteus unter den französischen Dichtern, selber eine seiner Figuren spielte. –

Den eigentlichen Zweck meiner Übersiedlung nach Paris verlor ich keinen Augenblick aus den Augen. Kaum eingetroffen, suchte ich den Dekan der Faculté des Lettres auf, um mich von ihm über das Vorgehen unterrichten zu lassen, das ich für die Erlangung des Doktorates zu befolgen hatte. Zunächst mußte die Frage geklärt werden, ob mein Berner Diplom als gleichwertig mit der französischen Licence vom Ministerium für öffentlichen Unterricht anerkannt würde; denn dieser akademische Grad bildete die Voraussetzung für die Zulassung zur Doktorpromotion. Vom Kandidaten wurde verlangt, daß er seine Dissertation unter der Anleitung eines «directeur de thèse» ausarbeite.

Ich wandte mich an den Nestor der Pariser Geschichtsprofessoren, Charles Seignobos, der sich mit dem von Meinecke vorgeschlagenen Thema einverstanden erklärte. Anfänglich war nur eine Arbeit über die historischen Werke und Ideen Sismondis vorgesehen; fortschreitend erweiterte sie sich zu einer Biographie dieser Persönlichkeit.

Seignobos war der Verfasser einer *«Histoire de l'Europe contemporaine, 1815–1914»*, eines Standardwerkes über europäische Staatengeschichte. Er war ein betagter, aber quicklebendiger Mann, der in seiner Kindheit unter Napoleon III. zur Schule gegangen war. Aus Mittelfrankreich stammend, Protestant von Geburt, aber religiös indifferent, bekannte sich Seignobos zur bürgerlichen Demokratie und zur parlamentarischen Republik – was ihn keineswegs hinderte, in Gesprächen an ihren Politikern scharfe Kritik zu üben. Mit seinem Spitzbart und Zwicker war er eine Erscheinung aus der Wende vom 19. zum 20. Jahrhundert. Sein heller Verstand verabscheute alles Romantische und Spekulative; zu Spott und Hohn über menschliche Torheit und Irrtümer war er schnell bereit. Mir wurde er ein aufmerksamer und kluger Führer zum Ziel, das ich mir gesetzt hatte; in mehr oder weniger regelmäßigen Abständen legte ich dem Professor die Ergebnisse meiner Arbeit vor, zu deren Gestaltung er mir übrigens völlige Freiheit gewährte.

Von Geschichtsphilosophie hielt Seignobos nichts, aber man kann diesem kenntnisreichen Gelehrten einen wachen Sinn für die in der Geschichte wirkenden politischen Kräfte nicht absprechen. Seine Art war schlicht, sein Urteil treffsicher. Von der Geschichtschreibung, die den Gegenstand meiner Forschungen bildete, sagte er, sie sei eine Kunst, denn «Schreiben ist etwas Künstliches». Am französischen Stil schätzte er das Verständige und knapp Ausgedrückte. Man dachte an Voltaire, wenn man sich seine Meinungen anhörte. Von Ludwig XIV. sagte Seignobos, er sei ein echter Franzose, von Napoleon, er sei ein Fremder gewesen.

Mit Alphonse Aulard, dem geistreichen Geschichtschreiber und Lobredner der Französischen Revolution, war auch Seignobos die Zielscheibe wütender Angriffe von Publizisten der katholisch-konservativen Rechten gewesen. Für diese war die Sorbonne gleichbedeutend mit dem Sündenfall, dessen sich in ihren Augen das republikanische und demokratische Regime schuldig gemacht hatte. Dieses hatte das jakobinische Ideal eines säkularisierten Staates verwirklicht, der den Klerus als politischen Faktor ausschaltete und die egalitäre Gesellschaft begründete. Der Streit über die Bedeutung der Französischen Revolution und ihre ideologische und politische Fernwirkung war keineswegs geschlichtet; ihre Gegner beriefen sich auf die Darstellung von Taine, und selbst ihre Parteigänger spalteten sich in «Robespierristen» und in «Dantonisten». Die *Vieille France* hatte ihre Verteidiger außerhalb der Universität. Einige von ihnen vertraten in ihren Schriften die Tradition des vorrevolutionären Frankreich mit Sinn für die Größe und Würde dieser versunkenen, aber in ihren tieferen gesellschaftlichen und kulturellen Schichten noch nicht abgestorbenen Welt. Das staatliche Unterrichtswesen, von der Volksschule bis zur Universität, das vom Ministerium an der rue de Grenelle zentral verwaltet wurde, war aus den Kämpfen der Dritten Republik gegen die «Reaktion» hervorgegangen; die bewahrenden Kräfte hatten immer noch Stützpunkte in der Kirche, der Armee, dem Großbürgertum, der Presse, der Französischen Akademie, den Pariser Salons. Die öffentlichen, im Gegensatz zu den «freien» – das heißt konfessionellen – Schulen und die Universität waren, wie die Republik selbst, demokratisch und laizistisch. Das Institut Catholique, das mehrere Fakultäten aufweist, an denen damals Maritain, der Physiker Branly, der Germanist Robert d'Harcourt lehrten, ist eine private Hochschule.

Es hat lange zwei Frankreich gegeben, das katholisch-konservative und das demokratisch-antiklerikale. Obgleich dieser Gegensatz in den parteipolitischen Polemiken fortlebte, war der Wandel und Ausgleich spürbar, den der Weltkrieg und die durch ihn beschleunigte gesellschaftliche Umschichtung bewirkt hatten. Die traditionelle Rechte befand sich in der Defensive, zumal die Kirche ihre Opposition gegen die parlamentarische Republik eingestellt hatte. Außenminister Briand knüpfte die seit der Trennung von Kirche und Staat abgebrochenen diplomatischen Beziehungen zum Vatikan wieder an, und dieser leistete durch die Verurteilung der royalistischen «Action française» der Republik einen Dienst.

Auf der Linken machten die Sozialisten den bürgerlichen Radikalen, die die größte staatstragende Partei der demokratisch-laizistischen Republik bildeten und von Herriot angeführt wurden, eine scharfe Konkurrenz. Die Sozialistische Partei unter der Führung von Léon Blum, die breite Wählerschichten an sich zog, war aber seit 1920 durch die Abspaltung der Kommunisten selber ins Gedränge geraten. –

Ich lernte in Paris eine Gelehrtenwelt kennen, die allem Neuen aufgeschlossen gegenüber stand. Ihr Bekenntnis zur freien Forschung und zum Fortschritt der Wissenschaft atmete den Geist der Wissenschaftsgläubigkeit. Die Umgangsformen zwischen Professoren und Studenten waren einfach und ungezwungen. Politisch bekannte sich ein Teil der studentischen Jugend zum Sozialismus, teilweise bereits auch zum Marxismus sowjetischer Prägung. Nach der

Aufnahme der diplomatischen Beziehungen mit Moskau besuchte der Volkskommissar für Erziehung und Kultur, Lunatscharski (der Übersetzer von Spittelers «Olympischem Frühling» ins Russische), Paris. Er suchte den Kontakt mit den französischen Intellektuellen. Fast nur an der Juristischen Fakultät besaß die «Action française» lautstarke Anhänger, die sogenannten *Camelots du Roi*. Mit dem Blick auf das Italien Mussolinis machten sich in kleinen Zirkeln auch schon faschistische Strömungen bemerkbar. Aber der Hochschulunterricht selbst zeichnete sich durch geistige Redlichkeit und wissenschaftliche Akribie aus. Aus dem Hörsaal waren nicht nur Schönrednerei und Rhetorik, sondern auch die Politik verbannt. Das sachbezogene Exposé und intellektuelle Disziplin herrschten vor.

Ein hübsches Erlebnis hatte ich im Collège de France, wo ich die Vorlesung des Romanisten Joseph Bédier besuchte. Ich hatte in Bern bei Prof. Jaberg über Bédiers Buch *«Les Légendes épiques»* eine Seminararbeit gemacht. Bédier dozierte über altfranzösische Gedichte, deren Originalmanuskripte sich in der Berner Stadtbibliothek befanden. «Wenn sich ein Berner im Saal befindet», sagte der alte Gelehrte mit ungläubigem Lächeln, könnte ihm dieser authentische Abschriften verschaffen. Zu seiner Überraschung meldete ich mich bei ihm nach seiner Vorlesung. Nachdem ich das Gewünschte aus Bern erhalten hatte, schenkte mir Bédier – der Mitglied der Académie française war – seine in die neufranzösische Sprache übertragene Ausgabe des *«Roman de Tristan et Iseult»* mit einer Widmung.

Gesellschaftlicher Kurzweil blieb ich meistens fern, aber ich fand im Cercle des Etudiants protestants, wo man billig essen konnte, meinen Freund aus Montpellier, Lucien Bonzon, wieder. Er hatte seine juristischen Prüfungen bestanden und war in einer Privatbank tätig. Eine enge Freundschaft verband uns während der folgenden Jahre.

Die Pflege der Musik bei ihm zu Hause, wo ich sein Klavier benützen konnte, und Konzert- und Theaterbesuche führten uns oft zusammen.

Ein anderer Protestant aus Südfrankreich, der ein paar Jahre älter war als wir und den Krieg mitgemacht hatte, der nachmalige Abgeordnete und Minister Charles Pomaret, gehörte ebenfalls zu unserem Kreis. In seinem Beitrag zum «Buch der Freunde» erinnert er an unsere Begegnungen: «Ich war nicht mehr Student und bereits im aktiven Leben engagiert; aber als ein Provinzler besaß ich nicht viele Verbindungen in Paris; isoliert wie ich in der immensen, verzehrenden und anonymen Stadt war, fuhr ich fort, im Cercle zu verkehren. Er, J.-R. de Salis, der aus der Tiefe seiner teuren Schweiz kam und sein Studium in Paris fortsetzte, war ein fleißiges Mitglied des Cercle. Wir waren im Grund zwei Exilierte, glücklich, daß wir uns aufeinander stützen konnten. Wir taten es mit Freude und zu unserem Gewinn.» Ich verfolgte später Pomarets politischen Aufstieg. Als er im Zweiten Weltkrieg aus Frankreich fliehen mußte, erneuerten wir in der Schweiz unsere Freundschaft.

Mit dem «Exil» hatte es zunächst seine Richtigkeit. Man erobert Paris nicht in ein paar Wochen, auch nicht in ein paar Monaten. Ich schrieb meinen Eltern: «In dem Großstadttreiben ist der Einzelne nicht mehr als eine Mücke auf einem großen Berg.» Abends saß ich in einem Café oder auf meinem Zimmer. Ich konnte nach Hause melden, daß ich mit meinen Artikeln ein Drittel meiner Auslagen bestreiten könne; in Berlin, sagte ich in dieser Rechenschaft, hätten 500 Schweizer Franken für drei Monate ausgereicht, in Paris reichten sie nur für zwei Monate. Der fürsorgliche Vater antwortete, er anerkenne mein Bestreben, ihn möglichst wenig zu belasten, aber er wünsche nicht, daß ich unter dem Gefühl der Geldknappheit leide: «Was ich Dir schicke, schicke ich mit Vergnügen, da ich weiß, daß es bei Dir gut angelegt ist. Lasse Dir nichts Nötiges, besonders ausreichende Ernährung, abgehen und gönne Dir auch ab und zu Vergnügen und Unterhaltung, wozu Paris so viel Gelegenheit bietet.» Es dürfte nicht oft vorkommen, daß ein Vater seinem jungen Sohn eine solche Mahnung erteilt.

20. DAS PALAIS-ROYAL

Es fällt mir erst nachträglich auf, daß im vorigen Abschnitt fast nur vom linken Seine-Ufer, der *Rive gauche,* die Rede ist. Das ist kein Zufall. Heute noch, wenn ich zurückkehre, fühle ich mich nur auf der *Rive gauche* wirklich heimisch; zur andern, rechten Seite, obgleich ich sie kaum weniger gut kenne, habe ich bloß ein gleichsam konventionelles Verhältnis. Mit einer wichtigen Ausnahme: wenn man die großräumige Anlage zwischen den beiden Flügeln des Louvre durchquert hat und auf den weit offenen Platz vor dem Théâtre français gelangt, liegt, verborgen hinter dem Theater, das Palais-Royal.

Richelieu hatte den Palast vom gleichen Architekten, Jacques Lemercier, der die Kirche der Sorbonne gebaut hat, errichten lassen. Er bewohnte ihn seit 1636, umgeben von seinen Kunstschätzen, Büchern und Katzen. Dort ließ er Corneilles *«Cid»* aufführen. Um den Neid des Königs nicht zu erregen, schenkte er ihm seinen prunkvollen Palast, in dem er jedoch bis zu seinem Tode blieb. Als ein Jahr nach seinem großen Minister Ludwig XIII. starb, richtete seine Witwe, Anna von Österreich, ihren Hofstaat dort ein. Sie führte die Regentschaft für den kleinen Ludwig XIV., der eines Nachts von den frondierenden Parisern, die bis in sein Gemach vorgedrungen waren, im Schlaf überrascht wurde. Ludwig XIV. war längst ein mächtiger und alter König geworden, der im Schloß Versailles residierte, als er 1692 das Palais-Royal dem Herzog von Orléans als Apanage überließ.

Mehrere Generationen dieser jüngeren Linie des Königshauses bewohnten den Palast. Sie haben ihn im 18. Jahrhundert umgebaut und erweitert. Der nachmalige Philippe Egalité ließ die langen Galerien errichten, zwischen denen heute, verlassen und ein wenig traurig, der Garten unter seinen Kastanienbäumen schläft. Die Zeiten sind verklungen, da die Galerien des Palais-Royal den Mittelpunkt des galanten Lebens der Hauptstadt bildeten. Hier rief am Vorabend des 14. Juli 1789 Camille Desmoulins das Volk von Paris zum Sturz des Tyrannen auf. Hier wurde nach dem Thermidor Robespierre in effigie verbrannt. Hier verbrachten unter der Restauration Benjamin Constant und Stendhal lange Nächte in den Spielsälen, die sich in den Galerien etabliert hatten. Balzac hat das ausschweifende Leben des Palais-Royal in seinem *«Cousin Pons»* geschildert.

Louis Philippe von Orléans hat nach den «drei glorreichen» Julitagen von 1830 hier sein Pferd bestiegen, um sich im Pariser Stadthaus vom liberalen Bürgertum zum König der Franzosen ausrufen zu lassen. Seine Minister ordneten ein paar Jahre später die Schließung der Spielsäle des Palais-Royal an. Doch in dem kleinen Theater, das sich einer der Herzöge hatte einrichten lassen, wurde bis zu meiner Zeit das Vaudeville gepflegt. Offenbachs *«Vie parisienne»* ist 1866 in diesem hübschen Saal uraufgeführt worden, wo ich mit meinem Freund Bonzon eine die Korruption des parlamentarischen Regimes verspottende Revue sah, in der die unvergeßliche Arletti glänzte.

Vor ein paar Jahren stand ich im Kulturministerium, das in einem der Flügel des Palais-Royal seinen Sitz hat, mit seinem damaligen Amtsinhaber André Malraux am offenen Fenster seines Bureaus und hörte ihm zu, als er von der Vergangenheit des still wie eine Oase inmitten von

Paris liegenden Palastes erzählte. Malraux, unter allen Paladinen de Gaulles der treuste und auch der interessanteste, von dem die spitzen Zungen sagten, er sei Schriftsteller, Abenteurer und Minister, paßte vortrefflich in diesen historischen Rahmen. –

In einem Prunksaal der Galerie Montpensier, die den westlichen Abschluß des Palais-Royal bildet, fand am 16. Januar 1926 die feierliche Einweihung des Internationalen Institutes für geistige Zusammenarbeit statt. Die französische Regierung hatte dem Völkerbund dieses Gebäude und die nötigen Finanzmittel zur Verfügung gestellt, was im Ausland vielfach beanstandet wurde. Der Direktor, Julien Luchaire, war Franzose, die höheren Beamten gehörten verschiedenen Nationen an. Der Aufsichtsrat war aus Mitgliedern der Commission internationale de coopération intellectuelle zusammengesetzt, die ihrerseits dem Völkerbundsrat unterstand. Das Institut setzte sich zum Ziel, dem Völkerbund verbindliche Vereinbarungen über Fragen des Geistigen Eigentums, des Austausches von Professoren, Studenten, Forschungsergebnissen und Publikationen, sowie über die gegenseitige Anerkennung von Diplomen und akademischen Graden und über den Schutz von archäologischen Ausgrabungen und Kunstdenkmälern vorzuschlagen. Die Zusammenarbeit von Theatern, Museen und Bibliotheken, die Förderung des Schrifttums, des Films und bereits auch des Radios, gehörten ebenfalls zu den Aufgaben dieser Institution. Das in nationalstaatliche Fesseln geschlagene Geistesleben sollte von Behinderungen befreit, materielle Schwierigkeiten sollten beseitigt, politische und nationale Grenzen überwunden werden. Ohne Kenntnis der anderswo geleisteten Arbeit und ohne gemeinschaftliche Anstrengungen ist der einzelne Geistesarbeiter isoliert und oft hilflos. Diese Dinge lagen damals in ihren Anfängen. Von den die Wissenschaft und Kultur fördernden Maßnahmen waren die Erziehung und das Unterrichtswesen, die als Staatsmonopol betrachtet wurden, ausgeschlossen. Das Institut selbst war – nach der offiziellen Lesart – «weder eine gelehrte noch eine unterrichtende Körperschaft, sondern ein internationales Verwaltungsbureau».

Dies in kurzen Worten der Aufgabenbereich und das von allerhand Kautelen eingeschränkte Ideal, das von den Rednern an dieser Einweihungsfeier gebührend herausgestrichen wurde. Der Präsident der Republik, Gaston Doumergue, und das diplomatische Korps gaben ihr die offizielle Weihe. Hochfliegend waren die Worte des amtierenden Präsidenten der Internationalen Kommission für geistige Zusammenarbeit, des holländischen Physikers Lorentz, und des Mathematikers und Politikers Paul Painlevé, der als Nachfolger von Henri Bergson Frankreich in dieser Kommission vertrat. Enttäuscht war ich von der Trivialität der Reden des französischen Unterrichtsministers Edouard Daladier und des Präsidenten des Völkerbundsrates, des Italieners Scialoja. Kammermusik unterbrach wohltuend diesen Redestrom, an dem auch der Generalsekretär des Völkerbundes, Sir Eric Drummond, und der Direktor des Institutes, Luchaire, den ihnen gebührenden Anteil hatten. In Erinnerung an meinen mit Schwierigkeiten verbundenen Auftrag, den mir in dieser Sache Gonzague de Reynold vor drei Jahren während meines Aufenthaltes in Berlin erteilt hatte, war ich auf meinem kleinen Beobachtersitz im Hintergrund des Saales mit Herz und Geist für dieses utopisch-pragmatische Unternehmen eingenommen.

Ein Bericht über die Einweihung des Völkerbunds-Institutes, den ich in den «Basler Nachrichten» veröffentlichte, hatte zur Folge, daß der Chef der Informations-Abteilung des Institutes, der italienische Schriftsteller Giuseppe Prezzolini, mich zu sich bat. Er hat mir hernach auch für die ausführlicheren Artikelserien, die Max Rychner für die «Neue Schweizer Rundschau» und die Deutsche Liga für Völkerbund für ihre in Berlin erscheinende Zeitschrift «Völkerbund-Fragen» von mir wünschten, sein Material und seinen Rat zur Verfügung gestellt. Prezzolini, der damals ein originelles Buch über Machiavelli herausbrachte, war (oder ist, denn er lebt neunzigjährig in Lugano) ein eigenwilliger Denker, der neue Auffassungen über die italienische Geschichte und Kultur vertrat. Er war eine Art antiliberaler Gegenspieler von Benedetto Croce, in gewissem Sinne moderner als dieser, aber ohne sein geistiges Format. Ein lebhafter Geist, eine gewandte Feder und ein gebildeter Mann, war Prezzolini überzeugt, daß das ehemalige parlamentarische und zentralistische Regierungssystem, das Cavour in Italien eingeführt hatte, überlebt sei und daß der Faschismus eine brauchbare Alternative biete. Das glaubte ich ihm zwar nicht, denn Mussolinis Person und Methoden («ist Mussolini geisteskrank?» fragte ich in einem Brief aus Paris meinen Vater) waren mir in der Seele zuwider.

In jenen Tagen ließ mich der bisherige Vertreter Italiens in der Völkerbunds-Kommission für geistige Zusammenarbeit, Professor Francesco Ruffini aus Turin, ins Palais-Royal rufen, nachdem Blaise Briod ihm gesagt hatte, ich bereite eine Dissertation über Sismondi vor. Ruffini war ein typischer Vertreter des vor-faschistischen Regimes, ein piemontesischer Liberaler, der vor der Ära Mussolini Minister gewesen war. Er war unlängst im Senat, dem er angehörte, in einer mutigen Rede dem «Duce» entgegengetreten – was unter anderem zur Folge hatte, daß ihn dieser durch seinen Justizminister Rocco in der Kommission für geistige Zusammenarbeit ersetzen ließ. Ruffini sei «das Opfer einer abscheulichen Politik», schrieb ich nach Hause. Er sagte mir, Sismondi verdiene es seit langem, einen Biographen zu finden, er könne Meinecke und Seignobos, die er beide gut kenne, nur zustimmen. Er werde mir Bücher und Dokumente aus Turin und Rom schicken, oder sie nach Paris bringen. Der würdige Mann hat Wort gehalten und mir bei meiner Arbeit wertvolle Hilfe geleistet. Als ich ihn an jenem Januartag im Palais-Royal aufsuchte, nahm er zum erstenmal nicht mehr an einer Sitzung der Kommission teil. Otto Halecki, der polnische Historiker, der der Universitäts-Abteilung des Institutes vorstand, kam aus dem Sitzungssaal und sagte mit verbindlichem Lächeln, Minister Rocco habe in ehrenden Worten der Tätigkeit Ruffinis gedacht und versichert, er werde in dessen Fußstapfen treten. Ziemlich kurz angebunden erwiderte Ruffini, das gehe in Ordnung, Rocco sei sein Schüler gewesen.

Zur gleichen Stunde unterhielt sich in einem Nebenzimmer der deutsche Professor von Schultze-Gävernitz mit Albert Einstein, der ebenfalls Mitglied der Völkerbunds-Kommission war. Auch die Stellung von Schultze-Gävernitz war politisch belastet, indem dieser bekannte Nationalökonom sein neues Amt ohne die Zustimmung, ja gegen den Willen der deutschen wissenschaftlichen Gesellschaften und Universitäten angenommen hatte. Trotz Locarno-Vertrag verharrte die deutsche Gelehrtenwelt in ihrem Schmollwinkel, zum Mißvergnügen der Reichsregierung, die auf Völkerbundskurs steuerte. Schultze-Gävernitz schrieb mir, nachdem ich ihm meinen in der «Neuen Schweizer Rundschau» erschienenen Artikel über die geistige Zusammenarbeit zugestellt hatte, er möchte mich kennenlernen «und zweifle nicht, daß sich auch Gelegenheit zu Zusammenarbeit finden wird». An die Eltern: «Neulich war großer Empfang von Prof. und Frau von Schultze-Gävernitz in einem Hotel des Quai d'Orsay. Der deutsche Botschafter von Hoesch, ein sehr sympathischer junger Herr, der in Paris Ansehen, fast Beliebtheit genießt, gab der Veranstaltung eine gewisse politische Bedeutung. Außer dem Personal des Völkerbunds-Institutes und der deutschen Botschaft war ein zahlreiches internationales Publikum zugegen, unter anderem recht viele Franzosen, auch Graf Coudenhove und dessen Frau, die Schauspielerin am Burgtheater ist» (28. Juni 1926). Noch im gleichen Jahr vollzog Stresemann in Genf den Beitritt Deutschlands zum Völkerbund.

Richard Coudenhove-Kalergi hatte ich im Hause des österreichischen Mitarbeiters des Institutes, Dr. Robert Eisler, kennen gelernt. Er war damals keine dreißig Jahre alt, ein auffallend schöner Mensch, der väterlicherseits aus europäischer Adelsmischung stammte und eine Japanerin zur Mutter hatte. Graf Coudenhove war ein Eurasier von weltumspannendem Blick, der 1922 in Wien die Paneuropa-Bewegung ins Leben gerufen hatte. In Vorträgen warb er nun in Paris für seine Idee. Außenminister Briand ließ ihn zu einer Aussprache über seine eigenen europäischen Föderationspläne an den Quai d'Orsay kommen. Coudenhoves Frau, Ida Roland, auch sie eine eindrucksvolle Persönlichkeit, unterstützte ihren Gatten in seinen Bemühungen aufs beste. Ich konnte seinen missionarischen Glauben an ein vereintes Europa, der seine Stärke war und aus dem er seine Lebensaufgabe gemacht hat, nicht vorbehaltlos teilen. Aber in unserem späteren Leben, als er sich in Zürich niederließ, verband uns herzliche Freundschaft.

Gonzague de Reynold hielt es für fraglich, ob ich eine Anstellung am Institut für geistige Zusammenarbeit finden könne; er habe mit Luchaire wiederholt darüber gesprochen. Dieser war Bergsons engster Mitarbeiter gewesen und hatte, wie dieser, Reynolds Vorstöße, die er durch meine Vermittlung in Berlin zugunsten einer Zusammenarbeit mit der deutschen Wissenschaft gemacht hatte, mißbilligt. Das waren zwar bereits tempi passati, denn nun war die deutsch-französische Annäherung an der Tagesordnung, und eine Vermittlung war nicht mehr nötig. Im Oktober ließ mich Luchaire durch Reynold fragen, ob ich noch gesonnen sei, eine «freiwillige», das heißt unentgeltliche Mitarbeit am Institut als Attaché anzunehmen. Er empfing mich und sagte, ich könnte einen «travail de documentation» übernehmen, wozu ich als Historiker geeignet wäre; Prezzolini, der sich übrigens auch für meine Sismondi-Arbeit interessierte, schien geneigt, mich in seiner Abteilung zu beschäftigen. Auf Reynolds Vorhaltungen, es gehe nicht an, meine Arbeit dauernd ohne Honorierung in Anspruch zu nehmen, habe Luchaire erwidert, es handle sich um eine «Bewährungsfrist», nach deren Absolvierung ich ein Gehalt bekäme. Doch von Stund an blieb ich ohne Nachricht, ob und wann ich diese Stellung antreten könne. Mein persönlicher Kontakt mit dem Institut brach jedoch nicht ab; ich stellte mich noch eine Zeitlang als eine Art unabhängiger Public-Relations-Agent zur Verfügung, der in schweizerischen und deutschen Zeitungen und Zeitschriften über die Tätigkeit, die im Palais-Royal entfaltet wurde, Bericht erstattete.

Politik und Ideal, so schmerzlich es für junge Menschen ist, vertragen sich nicht immer gut miteinander. Bereits im März hatte ich nach Hause geschrieben: «Der Völkerbund ist ja natürlich ein ideales Feld, um zu intrigieren und sich Einfluß zu verschaffen, das ist bis zur Besetzung der geringsten Funktionen in der Verwaltung des Bundes und auch bis zum Institut für geistige Zusammenarbeit zu spüren. Es ist für mich ein Nachteil, nicht irgendeiner parteipolitischen, konfessionellen oder ähnlichen Gruppe anzugehören, denn leider geht ja nichts ohne Protektion. Aber gerade diese unerfreuliche politische Parteiwirtschaft, die die ganze Welt beherrscht, gibt einem umso mehr Ansporn, persönlich so viel wie möglich unabhängig von allen Cliquen zu bleiben» (17. März 1926).

Schon acht Tage nach dieser etwas ernüchternden Feststellung erzählte ich vergnügt von der Arbeit, um derentwillen ich mich in erster Linie in Paris aufhielt: «Von meinem Adoptiv-Urgroßvater Sismondi ist nicht viel Neues zu berichten, außer daß ich seine Briefe an die comtesse d'Albany lese und ausziehe, in denen er sich als ein Briefschreiber von viel Herz und Geist zeigt. Er ist ein Mann, der viel *denkt* und vielleicht deshalb nicht alles *sieht*. Das heißt, er ist etwas doktrinär und abstrakt. Trotz seiner großen Eleganz und Courtoisie bleibt er immer der strenge und ziemlich kühle Genfer. Köstlich sind seine Briefe aus Paris, wohin er mit 40 Jahren zum erstenmal geht. Zuerst ist er entsetzt und stets müde; nach und nach erliegt er aber dem Charme der vornehmen Gesellschaft, die er aufsucht» (25. März 1926).

Eine gewisse Spannung zwischen dieser Hauptarbeit und den Nebenbeschäftigungen, die sich vornehmlich aus zahlreichen journalistischen Aufträgen, aber auch aus der Mitarbeit an wissenschaftlichen Instituten und Organisationen ergaben, hielt mich bis zu meiner damals noch in weiter Ferne liegenden Thesenverteidigung und Doktorpromotion in Atem.

Mein Verhältnis zu Gonzague de Reynold blieb ambivalent. Er war witzig, gelehrt, interessant und gern paradox. Als ich ihn einmal fragte, was er sich von einer Wiederherstellung des Königtums in Frankreich für die Schweiz verspreche, sagte er: «Ich würde zuerst in der Armee wieder die rote Uniform einführen!» Ein anderes Mal erzählte er mir, auf Bundesrat Haabs Frage, ob er konservativ sei, habe er geantwortet: «Nein, Herr Bundesrat, ich bin reaktionär!» Zu Blaise Briod sagte er, unter seinen Schülern schätzte er mich besonders, weil ich der einzige sei, der sich von seinem Einfluß frei gehalten habe. Briod erwiderte, das sei ein ebenso gutes Zeugnis für den Lehrer, der so weitherzig denke. «Reynold ist ein sehr sonderbarer und widerspruchsvoller Mensch», notierte ich dazu. Er liebte es, im Grand-Hôtel du Louvre, wo er abzusteigen pflegte, in der Frühe seine Getreuen in seinem

Schlafzimmer zu seinem *lever* zu versammeln. Er lag dann noch im Bett, sein Haar von einem Netz zusammengehalten, und erteilte uns Belehrungen. Dann verschwand er in seinem Badzimmer; wir hörten das Wasser lange rauschen, was wir spöttisch *les grandes eaux* (nach den Wasserspielen im Park von Versailles) nannten. Beim Anziehen setzte er seinen unterbrochenen Vortrag fort, den eines Morgens sein Freund, der Genfer Kunsthistoriker Daniel Baud-Bovy, der mit ihm im Palais-Royal einer Sitzung beiwohnen sollte, mit den Worten unterbrach: «Gonzague, dépêche-toi, nous allons arriver trop tard!»

Als ich einmal allein seinem *lever* beiwohnte, «und da kein anderer seiner Hofschranzen dazu kam», schrieb ich den Eltern, «konnte ich mich persönlicher mit ihm aussprechen, als das sonst möglich ist. Übrigens kam die Rede auch auf Italien und den Faschismus, und er rühmte sich, wie groß sein Einfluß in Italien sei. Ich sagte ihm lachend, wenn es je geschehen sollte, daß ich in Italien eingesperrt würde, so wüßte ich nun, an *wen* ich mich zu wenden hätte. Er wurde sehr ernst und sagte, er ließe mich nicht nach Italien gehen, ohne mir sechs bis zehn Empfehlungsbriefe mitzugeben. Daraufhin machten wir uns auf den Weg und nach einigen Einkäufen ins Institut, wo der Conseil de Direction tagte. Vor uns stieg ein eher unscheinbarer Mann die Treppe hinauf, den Reynold im Vestibül italienisch und kollegialisch begrüßte; er stellte mich vor als künftigen Verfasser einer These über Sismondi, ‚qui un des premiers a écrit l'histoire de votre pays'; zu mir gewandt: ‚Son Excellence, monsieur Rocco, Ministre de la Justice' etc., worauf Reynold im schönsten rhetorischen Stil mich dem besonderen Schutz und der Unterstützung des Ministers empfahl, wenn ich in Italien meine Forschungen fortsetze.

Ihr könnt Euch wohl vorstellen, wie perplex und innerlich amüsiert ich über diese ganze Szene war; der comte de Reynold agierte mit einer so perfekten Courtoisie, daß uns gar nichts anderes übrig blieb, als diesem Feuerwerk staunend beizuwohnen. Ich sage ‚wir‘, denn der Minister Mussolinis sah ganz kleinlaut aus bei dieser Sache und versprach beschwichtigend alles, was Reynold vindizierte, während die Weibel des Palais-Royal mit offenen Mäulern unsere Gruppe umstanden. Um das Tableau zu vervollständigen, müßt Ihr Euch die große Wand des Vestibüls mit einem heraldischen Teppich verkleidet vorstellen, in dessen Mitte das Wappen der Könige von Frankreich prangt. Dort ist Reynold in seinem Element, und er verschwand dann mit seinem italienischen Kollegen im Sitzungsaal, während ich prosaisch das Telephon in Bewegung setzte» (4. Februar 1927).

Unsere Wege trennten sich. Ich sah Gonzague de Reynold während langer Zeit nicht mehr. Er warb für seine Ideen, die er selber als «reaktionär» bezeichnete. Politische Meinungsverschiedenheiten kühlten unsere persönlichen Beziehungen ab. Wir trafen ihn in Zürich wieder, als ihm 1955 der Große Preis der Schillerstiftung überreicht wurde. Ich wünschte den alten Mann, an dessen Geistesgaben ich nie gezweifelt habe, wiederzusehen. Nach dem Bankett, das der Stadtrat von Zürich im Muraltengut zu Ehren des Preisträgers veranstaltete, ließ man uns allein an einem Tischchen zu einer Tasse Kaffee. Nach seiner Gewohnheit bestritt Gonzague die Konversation. Er sprach von meinem Vater, der sein Arzt gewesen war, und von Monique Briod (Saint-Hélier), deren, wie er sagte, widerspruchsvolle Persönlichkeit und literarische Laufbahn ihn zu beschäftigen schien. Zu diesem versöhnlichen Ausklang unserer Beziehung trug der Umstand nicht wenig bei, daß ich mit seinem Schwiegersohn Carl J. Burckhardt befreundet war.

21. DIE SCHELLEN DER POLITIK

Im Sommer 1926 erschienen Rilkes französische Gedichte unter dem Titel *«Vergers»* in einem Pariser Verlag, was ihm Anfeindungen in der deutschen Presse eintrug. Ein deutscher Dichter, der französische Verse schrieb, verging sich gegen sein Deutschtum. In Muzot hatte mir Rilke von seinen frühen Prager Eindrücken erzählt und gesagt, er habe sich von dem «deutschtümelnden Kreis», in dem sein Vater verkehrte, fern gehalten. Gegen das überhebliche Deutschtum, wie es in dem von Preußen errichteten Reich zum Ausdruck kam, lehnte sich sein argloses Wesen und sein unbefangenes Verhältnis zu andern Sprachen und Kulturen entschieden auf. Nie sei ihm sein «Österreicherthum, in seiner anderen inneren Zusammensetzung kostbarer» gewesen – schrieb er im Januar 1923 in einem Brief, der mit den Worten schließt: «Möge die Schweiz mich schützen, solang bis ich irgend eine weit entlegene Zuflucht finde, oder still, als Privatmann in Paris verschwinde, als ein čechoslovakischer Staatsbürger, der die Quais entlanggehen und im Luxembourg sich benehmen darf ohne irgendwann an die Schellen der Politik zu stoßen.»

Es war aber auch in Paris nicht möglich zu leben, ohne an diese Schellen zu stoßen. Wohl hatte schönes Frühlingswetter die Menschen aus ihren Häusern gelockt, sie tafelten oder tranken Kaffee auf den breiten Trottoirs vor den Restaurants oder schlenderten unter grünenden Bäumen in den öffentlichen Anlagen. Aber die Stimmung in der Bevölkerung war bedrückt und nicht unähnlich derjenigen, die ich in Berlin erlebt hatte. Die Geldentwertung war zwar lange nicht so groß wie in der deutschen Inflationszeit, aber sie machte beängstigende Fortschritte. Auch die Staatsautorität stand auf schwanker Grundlage, wie das Zahlungsmittel, und das Regime war heftigen Angriffen ausgesetzt. Da jedoch die Opposition in sich gespalten war, waren die staatlichen Einrichtungen kaum ernstlich bedroht. Die Unzufriedenheit mit den politischen Zuständen bedeutete nicht Umsturzgefahr; aber die Reformbedürftigkeit des parlamentarischen Systems war offenkundig. Niemand konnte jedoch sagen, woher das Heil zu erwarten sei. Frankreich befand sich in einer Krise.

Die Briods hatten den Osterurlaub in Senlis, einer kleinen Stadt im Norden von Paris, zugebracht. Wir hatten verabredet, daß ich sie abholen werde. In einem Vorortszug gelangte ich nach einer Stunde in dieses hübsche Städtchen, dessen alte Häuser sich um zwei Kirchen scharten und von Mauern umgeben waren. Eine spätgotische Kathedrale und eine große Burgruine verliehen diesem Nest historische Würde. Von Norden her führten breite Chausseen durch das ebene Land nach Senlis, wo am 2. September 1914 der deutsche Vormarsch zum Stehen gekommen war. Das Wetter war grau. In dieser ein wenig melancholischen Atmosphäre und ländlichen Stille atmete ich nach den drei im Pariser Häusermeer und Straßenlärm verbrachten Monaten leichter.

In dem Gasthof, wo ich mit meinen Freunden die Mahlzeiten einnahm, saßen am Tisch neben uns Joseph Caillaux und seine Frau. Der berühmte Politiker, der im Kriege wegen seines Versuches, einen Frieden mit dem unbesiegten Feind herbeizuführen, zu einer Verbannungsstrafe verurteilt worden war, sah alt und verbittert aus. Sein kahler Schädel und das energische Kinn, im Auge das Monokel, hatten sich, von Karikaturisten popularisiert, den Zeitgenossen eingeprägt. Madame Caillaux, eine in die Jahre gekommene Frau, die sich wie ein junges Mädchen kleidete, «machte einen etwas lächerlichen und harmlosen Eindruck; ich konnte sie mir mit Aufbietung aller Phantasie nicht mit dem Revolver in der Hand vorstellen» (5. April 1926). Kurz vor dem Kriegsausbruch von

1914 war sie unter der Anklage, den Chefredaktor des *«Figaro»*, Calmette, ermordet zu haben, vor Gericht gestanden und von den Geschworenen freigesprochen worden. Madame Caillaux hatte die Nachsicht ihrer Richter dem Umstand zu verdanken gehabt, daß dieser Journalist seine Angriffe gegen Caillaux' Politik mit dem verwerflichen Mittel von Enthüllungen über sein Privatleben geführt hatte; in ihrer Empörung über diese Niedertracht hatte sich Madame Caillaux zu Calmette in sein Redaktionsbureau begeben und ihn kurzerhand niedergeschossen. Das «nicht schuldig» der Laienrichter wirkte auf die Öffentlichkeit kaum weniger sensationell als die Mordtat selbst.

Joseph Caillaux hatte sich aus mehreren Gründen den Haß des Besitzbürgertums und der Nationalisten zugezogen. Als Ministerpräsident hatte er 1911 die Marokkokrise, die zu einem Krieg mit Deutschland zu führen drohte, in einem Abkommen mit der Reichsregierung beigelegt, durch das Frankreich der Abtretung einer Besitzung in Äquatorialafrika an Deutschland zustimmte, dieses aber Frankreich die Errichtung eines Protektorates über Marokko zugestand. An sich war dieser Kompromiß für Frankreich nicht ungünstig; aber die öffentliche Meinung war empört, daß die Regierung unter deutscher Drohung verhandelt und dem Nachbarn ein Kolonialgebiet abgetreten hatte. Vollends erbittert war die Bourgeoisie über Caillaux, als er 1913 in seiner Eigenschaft als Finanzminister vom Parlament die Einführung der progressiven Einkommenssteuer beschließen ließ; die Französische Republik konnte jedoch nicht länger auf die Einkommenssteuer, die in anderen Staaten längst in Kraft war, verzichten. Caillaux' Versuche im Weltkrieg, die Möglichkeit eines Verständigungsfriedens mit Deutschland auszuforschen, erzürnten Clemenceau, der entschlossen war, alle nationalen Energien für die Erringung des Sieges einzusetzen. Caillaux gehörte der in Frankreich nicht unpopulären politischen Richtung an, die das Bündnis mit England als eine Belastung empfand und die Verständigung mit Deutschland suchte.

Jetzt war er ausersehen, das Land aus der Finanzkrise herauszuführen, in einem Augenblick, da Briands Außenpolitik die Versöhnung mit Deutschland anstrebte. Präsident Doumergue betraute Ende Juni 1926 Caillaux mit der Regierungsbildung. Die Presse nannte Caillaux und Briand «die beiden Konsuln». Das Experiment schlug fehl. Das Parlament bäumte sich gegen die Rückkehr von Joseph Caillaux an die Macht auf und stürzte sein Kabinett, kaum hatte er sein Programm vorgelegt. Der Frankenkurs stürzte seinerseits in neue Abgründe. Nun griff man zu dem in Augenblicken der Not bewährten Mittel der «Union nationale», einer großen Koalition von rechts bis links, der einzig die Sozialisten und Kommunisten fernblieben. An die Spitze der Regierung trat Raymond Poincaré, der auch das Finanzministerium leitete. Er war der einzige Politiker, der über genug Ansehen und Integrität verfügte, um als Retter auftreten zu können. Ruhe und Stabilität kehrten gleichsam über Nacht ein.

Nachdem ich im Spätherbst aus meinen Ferien nach Paris zurückgekehrt war, berichtete ich nach Hause: «Ihr könnt Euch nicht vorstellen, wie die Atmosphäre von Aufregung, Unruhe, beinahe Bürgerkrieg, die entsetzliche Unordnung in Parlament und Regierung vom letzten Sommer einem Zustand von Sicherheit, Regelmäßigkeit und politischer Artigkeit Platz gemacht hat, in der man mit Staunen das Werk der Regierung der Union nationale oder besser das Werk Poincarés anerkennen muß. Diesmal ist ihm entschieden ein besserer Streich gelungen als zur Zeit des Einmarsches in die Ruhr, und die Reorganisation der Finanzen und der Verwaltung des Staates wird vielleicht sein bleibendstes staatsmännisches Verdienst sein. Es war interessant zu sehen, wie selbst der Kongreß der Radikalen diesen Tatbestand anerkannt und der Sozialistenkongreß ihn nicht bestritten hat. Die französische Politik ist wahrhaftig ein höchst seltsames Schauspiel, bei dem alle Kontraste und Widersprüche möglich sind» (9. November 1926). Als Poincaré kam, zahlte man in Paris für das Pfund Sterling 245 francs, am 20. November 125 francs!

Doch nun war der französische Exporthandel der Leidtragende dieser Sanierung, nachdem sich die Preise für französische Erzeugnisse in ausländischer Währung nahezu verdoppelt hatten; die Regierung war gezwungen, Maßnahmen zu ergreifen, um die Nachteile einer Überbewertung des Devisenkurses auszugleichen. Auf dem Gebiete der Außenpolitik hatte Poincaré die Klugheit besessen, Briand am Quai d'Orsay und ihm freie Hand zur Fortführung seiner Politik zu lassen. Als der deutsche Außenminister Stresemann nach Paris kam, hatte er eine lange Unterredung mit Poincaré, in dem die Deutschen ihren erbittertsten Feind erblickt hatten. Es schien als ob alles, im Innern und auf dem Felde der internationalen Beziehungen, in Ordnung kommen würde...

Ich hatte in Frankreich noch keinen Zugang zu den politischen Kreisen. Aber ich betrachtete die politische Landschaft von Paris aufmerksam, wenngleich von außen. Ich liebte es, abends den Quais entlang zu schlendern bis hinunter zum Palais-Bourbon, dem Sitz der Abgeordnetenkammer, und bis zum Außenministerium. Im Berner «Bund» besprach ich zwei neu erschienene politische Romane, *«Mars»* von Jacques Sindral (alias Alfred Fabre-Luce) und *«Bella»* von Jean Giraudoux, die beide das Verhalten des Menschen in der Politik, das Ineinandergreifen von persönlichen Motiven und staatsmännischen Entscheidungen zum Gegenstand hatten. Es waren Schlüsselromane, deren Figuren unschwer zu erkennen waren. Giraudoux hatte die Romanform gewählt, um Gericht über

Poincaré zu halten. Sein Urteilsspruch ermangelte des Gerechtigkeitssinnes. In einem so toleranten Staatswesen wie der Französischen Republik konnte ein Beamter des Außenministeriums sich eine solche Freiheit herausnehmen, ohne seine Stellung zu gefährden; denn Giraudoux war, wie Claudel, im diplomatischen Dienst. In einem Interview, das Giraudoux' *« Bella »* zum Gegenstand hatte, wunderte sich Poincaré über die «parteiische Wut, die er gegen mich entfesselt». Er begreife nicht den Haß dieses talentierten Schriftstellers, dem er stets das größte Wohlwollen entgegengebracht habe. – Damit war der Fall erledigt.

Im vorigen Jahr hatte Giraudoux in seinem Amtsraum am Quai d'Orsay Rilke zu einem Gespräch empfangen; in diesem offiziellen Rahmen scheint die Begegnung zwischen den beiden Dichtern nicht gehalten zu haben, was Rilke sich von ihr versprochen hatte. –

In der von Karl Anton Rohan herausgegebenen Zeitschrift «Europäische Revue» übte ich Kritik an der von diesem Publizisten propagierten Idee der «konservativen Revolution», unter deren Banner er das «Junge Europa» zur Sammlung aufrief. Ich fühlte mich durchaus als junger Europäer; aber ich bezog Stellung gegen Rohans Verurteilung der – wie er sagte – «geistig längst erledigten Theorien der französischen Revolution», die er als «unserem Lebensgefühl entgegengesetzt» bezeichnete. Rohan entstammte der österreichischen Linie des bekannten französischen Geschlechts, aber mir schien, daß er nicht die Größe seines Vorfahren hatte, der den Bündnern vor dreihundert Jahren zu Hilfe gekommen war.

Ich erwähne diese Kontroverse, weil sie in den zwanziger Jahren in allerhand Variationen die ideologischen Auseinandersetzungen beherrschte und den Einzelnen zu einer klaren Stellungnahme zwang. Modische Schlagwörter, die Rohan in Ausdrücken wie «traditionalistische Jugend» und «organischer Konservatismus des jungen Europa» kleidete, bezeichnete ich in meinem Artikel als eine verschwommene und irrationale Doktrin, die an die romantische Geschichtsphilosophie des Restaurationszeitalters anknüpfte. Revolution bedeute immer einen Bruch, in diesem Fall offenbar den Bruch mit dem liberal-demokratischen Ideal; konservative Revolution führe zu einer älteren Tradition zurück, wie sie von Friedrich Wilhelm IV. und seinem Berner Lehrmeister K.L. von Haller repräsentiert wurde, und schließe daher jede politische Verjüngungsidee aus. Denn da ihr Wesen im Beharren, ja in einer rückwärtsgewandten Vorstellungswelt liege, könne sie nicht die Zukunft gestalten. «Der italienische Faschismus», schrieb ich, «dient zur Warnung: da er vergeblich nach neuen politischen Ideen suchte, berufen sich seine Theoretiker auf Hegel und Joseph de Maistre; sie pfropfen auf den Stamm der Restauration die beiden unseligsten aller politischen Ideen des 19. Jahrhunderts – den Nationalismus und den Staatsabsolutismus.»

Es war meine erste öffentliche Absage an eine damals in allen Ländern Europas erstarkende Strömung, die die Jungen mit antidemokratischen Parolen zu einer sogenannten «Erneuerung» aufrief. In Wirklichkeit handelte es sich um einen Rückfall in reaktionäre Vorstellungen, die Verwirrung in jungen Köpfen stifteten. Rohan erteilte mir in seiner Zeitschrift eine ziemlich unwirsche Antwort; eine persönliche Aussprache mit ihm in Paris führte keine Annäherung unserer Standpunkte herbei. («Europäische Revue», im Verlag der Neue Geist, Leipzig, 1. Februar und 1. März 1927). –

Einer etwas grotesken Begebenheit muß ich hier Erwähnung tun, die mit meinem Bestreben, meine materielle Existenz zu sichern, zusammenhing. Eine Bekannte unserer Familie hatte mich gebeten, sie in Basel aufzusuchen, bevor ich aus den Ferien nach Paris zurückkehrte. Sie eröffnete mir, die Fürstin Bassiano, die in Versailles lebte, suche für ihren fünfzehnjährigen Sohn einen Hauslehrer. Bei dieser Gelegenheit erfuhr ich von dieser Dame, daß sich Rilkes Gesundheitszustand bedenklich verschlimmert habe und zu Befürchtungen Anlaß gebe. Am 22. Oktober 1926 fuhr ich nach Versailles, wo ich am Bahnhof von einem Rolls Royce abgeholt und in eine herrschaftliche Villa im italienischen Renaissancestil gefahren wurde. Die Fürstin, die mich freundlich empfing, war eine reiche Amerikanerin; sie hatte offensichtlich das Wappen des aus ältestem römischen Adel stammenden Gatten gebührend vergoldet. Es war mir bekannt, daß sie eine von Paul Valéry und Léon-Paul Fargue herausgegebene literarische Zeitschrift, der Valéry den Titel «*Commerce*» gegeben hatte, finanzierte; einige französische Gedichte von Rainer Maria Rilke, die sich Valéry bei seinem Besuch in Muzot von ihm ausgebeten hatte, waren Ende 1925 in einem dieser prachtvoll ausgestatteten Hefte erschienen.

Kurz gesagt handelte es sich um ein Mißverständnis. Der Knabe, der übrigens unsichtbar blieb, war erst elf Jahre alt; ich wäre in einem luxuriösen Haushalt, der in den Wintermonaten an die Riviera übersiedelte, eine Art männliches Kindermädchen gewesen. Die Fürstin und ihr Gatte, der etwas später zum Tee erschien, hatten Verständnis für meine Lage, die zur Ausarbeitung der Dissertation und zum Besuch einiger Vorlesungen meine Anwesenheit in Paris erforderte. Eventuell könnte ich, meinten sie, im November ihrem kleinen Sohn ein paar Stunden geben und nach ihrer Rückkehr aus dem Süden an einigen Wochentagen wieder nach Versailles kommen; sie wären bereit, sich nach meinem Stundenplan zu richten.

Die Fürstin Bassiano überraschte mich mit der Eröffnung, der «berühmteste deutsche Philosoph» wohne gegenwärtig bei ihr und werde zum Tee kommen. «Ist Scheler bei Ihnen?» fragte ich freudig überrascht. Das war ein Fauxpas. Der Mann hieß Rudolf Kassner. Auf Krücken gestützt betrat ein schwer invalider Mann mit lahmen Beinen und einem raubvogelartigen Kopf den Salon. Er war offensichtlich ausersehen, mich zu begutachten. Die Konversation, die bisher französisch geführt wurde, wechselte auf deutsch über. Kassner gehörte der präpotenten Sorte an; mit lauter Stimme bekundete er Autorität und heischte er Gehör. Das Gespräch artete in einen Wortwechsel aus, als ich ihm sagte, ich hätte in Basel vernommen, daß Rilke schwer erkrankt sei. «Das bildet er sich alles nur ein», polterte der Mann los, «ich kenne ihn seit Jahren, er hatte schon immer eingebildete Krankheiten, das hat alles nichts zu bedeuten!» Meinen Widerspruch ließ Kassner nicht gelten. Geradezu empört war er über meine Bemerkung, daß in Rilkes Wesen sich Slawisches mische. «Das ist Unsinn, Rilke ist ein Deutscher, viel eher könnte ich von mir sagen, ich hätte etwas Slawisches in mir, denn ich stamme aus Schlesien.» Kassner, der sich zu einem harten Deutschtum bekannte, rief ein über das andere Mal die Fürstin, die bei diesem lebhaften Dialog zwischen ihrem Gast und mir verstummt war, zur Zeugin auf, daß Rilke sich diese Dinge bloß einrede und in Wirklichkeit absolut deutschstämmigsei.

Die amerikanische Fürstin und ihr römischer Gatte, der ein höflicher und von diesem Streitgespräch unangenehm berührter Aristokrat war, taten ihr Bestes, um den Zorn des schimpfenden Denkers in gesellschaftlich akzeptable Bahnen zu lenken. Rilke starb zwei Monate nach diesem peinlichen Auftritt des übelwollendsten seiner Freunde nach qualvollen Leiden an einer Leukämie.

Viele Jahre später schrieb mir der Komponist und Dirigent Paul von Klenau aus Wien: «Selbst Kassner, der Rilke manches schuldig geblieben war, vergaß einen Augenblick seine Prahlerei und Gehässigkeit, als er von seinem beneideten Freund mit sicheren Federstrichen ein fast makelloses Medaillon zeichnete» (24. März 1935).

Ich war erleichtert, als mich der fürstliche Rolls zum Bahnhof Versailles zurückbrachte. Die Angelegenheit Bassiano war natürlich erledigt. Als ich meinen Eltern diesen Mißerfolg mitteilte, schrieb ich ihnen, ich sei glücklich, «mein zwar bescheidenes aber freies Dasein im Quartier latin weiterführen zu können». Mein Vater hatte mich davor gewarnt, zu viel zu übernehmen; ich solle mir immer vor Augen halten, wozu ich in Paris und was die Hauptsache sei, hinter der alles andere zurückstehen müsse: «Daß Du Dich den Italienern in toto verkaufst, davon kann ja keine Rede sein.» Im übrigen solle ich mich rechtzeitig melden, wenn ich wieder auf dem Trockenen sei. –

Gefahr der Wesenszerstreuung war anscheinend da. Rilke hatte über mich zu Monique Briod gesagt – die es mir wiedererzählte –, alles sei noch in der Schwebe bei mir, ich könnte Musiker, Schriftsteller, Gelehrter oder Politiker werden, die Zukunft liege offen vor mir. In meinen Papieren fand ich eine Aufzeichnung aus den Tagen, die unmittelbar auf die oben beschriebene Episode folgten; sie ist vom 2. November 1926 datiert, stellenweise in einem etwas emphatischen Stil geschrieben, aber vielleicht aufschlußreich für eine Gemütsverfassung, die mit Schwierigkeiten rang. Hier ein paar Sätze aus dieser Gewissensprüfung:

«Die Wahrheit ist: meinem Innenleben fehlt es an Gleichgewicht und Harmonie. Worauf es ankommt: das Leiden erkennen und es bekämpfen. Eine seelische Hygiene, eine psychische Erziehung, das Gleichgewicht und die Koordination der inneren Kräfte, das ist es, was ich suche. Sich nicht mehr über sich selbst erbarmen, nicht mehr dem kleinsten Gelüste und der geringsten Trägheit nachgeben, sich selbst eine Disziplin auferlegen. Den Willen und die Intelligenz pflegen, die kränkliche Empfindsamkeit bekämpfen. Das Programm ist weitläufig.

Ich bin kein Künstler, und ich will mich nicht als Schriftsteller ausgeben. Aber ich beobachte, ich interessiere mich für tausend Dinge. Mein Verstand möchte das, was ihm begegnet, aufnehmen und darin eindringen, er will das Los der Völker und der Menschen kennen, er ist voll Neugierde für die Ereignisse der Vergangenheit und der Gegenwart, ihn beunruhigt die Zukunft. Vielleicht ist das eine nicht sehr philosophische Haltung; vielleicht verdiente ich auch den Vorwurf, ein ‚lebhafter Müßiger' zu sein – ein Vorwurf, den Stendhal seinen französischen Landsleuten machte. Und der andere Vorwurf, den man den Juden macht, sich allen und allem anzupassen und geistig von den anderen zu leben, sollte mich auch nicht gleichgültig lassen.

Allein, ist das, im ganzen, nicht die Haltung des Historikers oder, allgemeiner, der Wissenschaft? Müssen wir nicht beobachten, um kennen zu können, und uns an die Stelle der anderen versetzen, um zu verstehen?

Gleichviel. Ich weiß auch nicht, ob die Geschichte wirklich meine Berufung ist. Dennoch spricht manches dafür, daß dem so ist.

Oft gehen mir Buchpläne, Ideen, Bemerktes durch den Kopf. Ich werde sogar Dinge aufzeichnen, die scheinbar keine Aufmerksamkeit verdienen. Ich werde ein kleines Inventar der ‚Nebensachen' meiner historischen und wissenschaftlichen Studien und Lektüren machen. Wer weiß, ob ich eines Tages in diesen Nebensachen nicht das Wesentliche meiner Forschung entdecken werde.

Das praktische Leben – auch es – stellt Anforderungen an uns. Es erscheint manchmal als Feind unserer Handlungsfreiheit, was eine große Übertreibung seiner Wichtigkeit ist. Aber bin ich nicht hier, in Paris, um ‚mein Leben zu bestehen'? Haben mich nicht hier zum erstenmal Berufsarbeiten in Anspruch genommen? Galt mein erster Schritt in Paris nicht der Bewerbung um einen ‚Posten'?

Außerdem gibt es so viele Dinge des tätigen Lebens – darunter die Politik! Sicher bin ich nicht als Mann der Tat geboren wie diese robusten Männer, die ihre überschüssigen Kräfte ausgeben möchten. Warum aber diese Ergriffenheit, diese Leidenschaft, dieser autoritäre und kämpferische Geist, sobald es um Politik geht? Spricht daraus der Pädagoge, der den Völkern die beste Art, sich zu regieren, lehren möchte, oder handelt es sich nicht eher um einen unwiderstehlichen Atavismus?

Eines ist sicher: ich bin nicht ein Laboratoriumsgelehrter; obgleich einzelgängerisch von Natur, liebe ich doch das Getümmel. Vielleicht wird das mit der Jugend und einem Beruf, der Stille braucht, vorübergehen. Vielleicht wird es auf den Journalismus hinauslaufen, oder auf irgendeine politische oder diplomatische Funktion. Und doch ist es gerade das, was ich mir am wenigsten wünsche. Ich empfinde Verachtung für das diplomatische Leben, für die Winkelzüge der Politiker und für die bürokratischen Praktiken. Sollte diese dreifache Verachtung möglicherweise für einen ziemlich sicheren politischen Instinkt zeugen?

Es ist notwendig, daß ich klar sehe. Ich muß die Motive, die meinen Urteilen zugrunde liegen, entdecken. Ich muß meinen Weg finden.»

Dieses Bekenntnis ist im Original französisch. Ich schrieb es am Ende meines ersten Pariser Jahres. Offenbar vernachlässigte ich neben dem äußeren *tour d'horizon* nicht den inneren Monolog. Damit hing die Entschlossenheit zusammen, inskünftig weniger auf andere zu hören und mir meine Meinungen und meine Lebensweise selber zu wählen. «Denn unsere Nächsten und Freunde», heißt es weiter in diesem Tagebuch, «verstehen uns nicht immer, obgleich sie uns lieben. Sie sind nicht immer bereit, uns zu hören, und manchmal mißfallen ihnen unsere Gedanken und Handlungen. Lieben wir unsere Nächsten und Freunde, seien wir für sie, wie wir wünschen, daß sie zu uns sind; aber bleiben wir vollständig *wir,* verbünden wir uns nicht mir ihrem Unverständnis.» –

Rilkes Tod traf mich hart. Seinem Begräbnis auf dem Kirchhof von Raron am 2. Januar 1927 blieb ich fern. Er hatte gewünscht, neben dieser alten Kirche zur Erde gebracht zu sein. Von hier aus hatte er einst «Wind und Licht dieser Landschaft empfangen, zusammen mit allen den Versprechungen, die sie mir, mit und in Muzot, später sollte verwirklichen helfen». So in seinem Letzten Willen.

Von den unzähligen Stimmen, die des Dichters gedachten, scheint mir fast nur die Rede, die Robert Musil am 16. Januar 1927 in Berlin hielt (und die in der Rowohlt-Ausgabe seiner Werke abgedruckt ist), noch Anspruch auf Gehör erheben zu können. «Die Zeit, wo man ihn nachahmte», sagte Musil von Rilke, «war kurz, und die Zeit, wo man ihn unterschätzte, dauert sein Leben!»

Musils Anliegen war, Rilkes Stellung in der deutschen Dichtung zu bestimmen: «Rainer Maria Rilke war schlecht für diese Zeit geeignet. Dieser große Lyriker hat nichts getan, als daß er das deutsche Gedicht zum erstenmal vollkommen gemacht hat; er war kein Gipfel dieser Zeit, er war eine der Erhöhungen, auf welchen das Schicksal des Geistes über Zeiten wegschreitet... Er gehört zu den Jahrhundertzusammenhängen der deutschen Dichtung, nicht zu denen des Tages.

Wenn ich sage, das deutsche Gedicht vollkommen gemacht, meine ich keinen Superlativ mehr, sondern etwas Bestimmtes; ... ich meine eine ganz bestimmte Eigenschaft des Rilkeschen Gedichts, eine Vollkommenheit im engeren Sinn, die seine geschichtliche Stellung zunächst bestimmt... Weder vor ihm noch nach ihm ist diese hohe und ebene Spannung des Eindrucks, diese edelsteinklare Stille in der niemals anhaltenden Bewegung erreicht worden. Weder das ältere deutsche Gedicht, noch George oder

Borchardt haben dieses freie Brennen des Feuers ohne Flackern und Dunkelheit... Rilkes Gedicht [hat] etwas breit Geöffnetes, sein Zustand dauert wie ein gehobenes Anhalten.» Beim «Weg Rilkes von den *Frühen* und *Ersten Gedichten* bis zu den *Duineser Elegien*» könnten wir «sehn, wie früh er fertig ist – genau wie der junge Werfel –, aber wie seine Entwicklung von da an erst beginnt! ... Wie aus Porzellan Marmor wird... Mit einem Wort, man erlebt das ungeheuer seltene Schauspiel der Gestaltung durch innere Vollendung.»

Musil rühmt an diesen Gedichten «die Einbezogenheit des Kleinen ins Große». Und endlich: «In diesem milden lyrischen Affekt wird eines zum Gleichnis des anderen.»

Ich war zu jung und zu nah am Gefühl, als daß der Nachruf, den eine Berner Zeitung von mir verlangte, etwas anderes hätte ausdrücken können als meine Verehrung für den Dichter und meine Trauer um den Frühentrückten. Man war recht hilflos in diesem Augenblick. Die Worte des Verfassers des «Mannes ohne Eigenschaften» sprechen genauer und gültiger aus, was an dieser Stelle meiner Jugenderinnerungen über Rilke zu sagen wäre.

22. ASSISTENTENZEIT

«In einem Zentrum wie Paris entdeckt man erst, daß man eigentlich noch nichts weiß», notierte ich Anfang 1927, und weiter: «Ich arbeite auf weite Sicht», das heißt im Blick auf eine akademische Laufbahn. Das Schwanken zwischen verschiedenen Zielen nahm ein Ende.

Mein Berner Lehrer Prof. Karl Jaberg, mit dem ich in Verbindung geblieben war, schrieb mir, ich solle meine Pariser Jahre als eine Assistentenzeit auffassen. Zwar war der Ausdruck «Assistent» in Paris nicht gebräuchlich; aber der Sache nach entwickelte sich meine Mitarbeit an Henri

Berrs Centre International de Synthèse, das provisorisch im Palais-Royal untergebracht war und mit dem ich bald nach meiner Etablierung in Paris den Kontakt aufnehmen konnte, zu einer festen Beziehung. Ich wurde Mitarbeiter der *« Revue de Synthèse historique »* und nahm teil an den wissenschaftlichen Debatten, die einmal in der Woche im «Centre» stattfanden. Berr ernannte mich im November 1928 zum Adjunkten des Generalsekretärs; er teilte mich der von Lucien Febvre – der damals noch in Straßburg lehrte – betreuten Abteilung für Geschichtssynthese zu. Ferner sollte ich als Verbindungsmann des «Centre» zum Internationalen Institut für geistige Zusammenarbeit tätig sein. Abgesehen von den wöchentlichen Sitzungen, an denen Referate gehalten und diskutiert wurden, begab ich mich an einigen Nachmittagen an den Sitz des «Centre». Dieser befand sich seit 1929 in einem ehemaligen Adelspalais, dem Hôtel de Nevers, das neben der Bibliothèque Nationale, an der Ecke der Rue de Richelieu und der Rue Colbert, hoch aufragt. Der ehemalige Salon der geistreichen Madame de Lambert, bei der ein Kreis aufgeklärter Männer verkehrte, diente als Sitzungssaal. Als Präsident des Aufsichtsrates des «Centre» amtierte der mit Berr befreundete Politiker Paul Doumer, der in steilem Aufstieg Präsident des Senates und danach Präsident der Republik wurde. Bis ich mich 1930 von diesem Amt entlasten mußte, damit ich mich ausschließlich der Fertigstellung meiner Sismondi-Biographie widmen konnte, übte ich dort meine «Assistenten»-Tätigkeit aus. «Die Anregung und Belehrung, die ich in diesem Kreise und dank Berrs Wohlwollen gefunden habe, kann nicht überschätzt werden» (3. April 1930).

Ich blieb mit diesem väterlichen Freund auch in den folgenden Jahren, als der Beruf eines Pressekorrespondenten einen großen Teil meiner Zeit in Anspruch nahm, in ständiger, privater und wissenschaftlicher, Verbindung.

Nach meiner Rückkehr in die Schweiz kam ich nie nach Paris, ohne Henri Berr aufzusuchen, der an meinen Geschicken mit Güte und Verständnis Anteil nahm. Unser Briefwechsel erlitt nur während der Besetzungszeit eine Unterbrechung von vier Jahren.

Henri Berr war beides, Denker und Organisator. Er besaß die Gabe, die verschiedensten Geister zusammenzuführen, sich ihre Mitarbeit zu sichern oder sie in seinem schönen, mit Zeichnungen von Boucher, Fragonard und andern Meistern des 18. Jahrhunderts geschmückten Heim zu empfangen. Er war ein unermüdlicher Arbeiter, der nur glücklich war, wenn er zusätzlich zur Bewältigung des Bisherigen etwas Neues beginnen konnte. Seine Beziehungen waren ausgedehnt und mannigfaltig; sowohl in der Gelehrtenrepublik als auch in der Dritten Republik gab es keine Türe, die sich nicht vor ihm öffnete. Der erste oberflächliche Eindruck, man habe einen gesprächigen Idealisten von verbindlicher Lebensart vor sich, täuschte; Berr wußte sehr genau nicht nur, was er dachte, sondern auch, was er wollte. Was bei der Arbeit im «Centre» manchmal wie zeitraubende Umständlichkeit anmutete, war in Wirklichkeit der Ausdruck einer keine Einzelheit unbeachtet lassenden Genauigkeit. Schlank, groß, ergraut – Berr war 1863 geboren –, von wächserner Gesichtsfarbe, einen Zwicker auf der schmalen Nase, war ihm eine körperliche und geistige Beweglichkeit und Leistungsfähigkeit eigen, die uns Junge immer von neuem in Erstaunen setzte; uns selbst trieb er, zwar freundlich, aber nachdrücklich, zur Arbeit an.

Nachdem Berr langezeit am Lycée Henri IV Philosophie unterrichtet hatte, machte er sich selbständig und widmete seine ganze Zeit seinen wissenschaftlichen Unternehmungen. Seine *«Revue»* hatte er schon 1900 gegründet, auf Grund eines Programms, das der «traditionellen Geschichte» die «Geschichtssynthese» gegenüberstellte. Die

Beiträge in dieser Zeitschrift zeugten von methodologischen und soziologischen Problemstellungen. Um die Jahrhundertwende waren in Frankreich Auseinandersetzungen zwischen Historikern und Soziologen an der Tagesordnung. Aber auch ausländische Gelehrte, aus Deutschland unter anderen Lamprecht, Windelband und Rickert, gehörten zu den Mitarbeitern von Berrs *«Revue»*. Seine interdisziplinären Bemühungen zogen außerdem naturwissenschaftlich gerichtete Denker wie Boutroux und Berthelot an. Der Glaube an die schöpferische Kraft der Kollektivarbeit, des Austausches von Erfahrungen aus den verschiedenen Wissensgebieten, beseelte Berrs Bemühungen; diese beruhten auf dem Vertrauen in die Einheit des menschlichen Geistes und daher der Wissenschaft. In einem gewissen Gegensatz zum deutschen Historismus, der in der Erforschung des Besonderen und einmalig Individuellen seine Aufgabe erblickte, setzte sich das französische Geschichtsdenken die Erklärung des Gemeinsamen und Allgemeingültigen zum Ziel. In den Kolloquien der «Semaines de Synthèse» sind geistes- und naturwissenschaftliche Problemstellungen behandelt und miteinander in Beziehung gesetzt worden. Mit Berrs eigenen Worten: «Das Denken vervielfältigt und bereichert sich nur, um Harmonie und Einheit zu werden... Anstatt Ich sein zu wollen, muß man sich bemühen, Alle zu sein.»

Ein der deskriptiven Naturwissenschaft verpflichteter Philosoph, Emile Boutroux, umschrieb dieses Anliegen im ersten Heft der *«Revue de Synthèse historique»* programmatisch folgendermaßen: «Das geübte menschliche Denken sieht die Dinge wie Teile, die ein Ganzes bilden, und wie Einheiten, die in Teile zerlegbar sind. Denken heißt geradezu, das Mannigfaltige im Verhältnis zur Einheit und die Einheit im Verhältnis zum Mannigfaltigen zu betrachten. Der Fortschritt des Denkens zeigt sich in einer immer genaueren Kenntnis des Verhältnisses, das in den Erscheinungen zwischen der Einheit und dem Mannigfaltigen, zwischen dem Identischen und dem Verschiedenen besteht. Es ist deshalb nicht anzunehmen, daß in der Geschichte, so wenig wie in irgend einer anderen Wissenschaft, die richtige Methode in der Erschöpfung der Analyse oder der Bestimmung des Mannigfaltigen besteht, ehe sie zur Synthese übergeht. Hier wie überall setzen sich die beiden Operationen gegenseitig voraus.» Diese Ansicht stand derjenigen von Berr nahe, der in einem seiner Werke erklärt: «Man muß nicht sagen, daß die Analyse der Synthese vorausgehe, sondern daß die Synthese durch die Analyse bekräftigt wird, daß sie vorher und nachher ist.»

Infolge meiner Vertrautheit mit der deutschen Geschichtswissenschaft forderte mich Berr auf, deutsche Werke aus diesem Gebiet in der *«Revue»* zu besprechen; er stellte mir hernach die Aufgabe, im «Centre» über Troeltschs Buch «Der Historismus und seine Probleme» zu referieren, was im Januar 1927 geschah. Es war mein erster Vortrag in einer gelehrten Gesellschaft, der unter dem Titel *«La théorie de l'histoire selon Ernst Troeltsch»* im Juni-Heft des gleichen Jahres in der *«Revue de Synthèse historique»* abgedruckt ist.

Berr präsidierte diese Sitzung, die in einem Raum des Palais-Royal stattfand und an der Prof. Abel Rey, dessen Kolleg über Geschichte der griechischen Wissenschaft ich an der Sorbonne hörte, aus Frankfurt Prof. Hans Lewald, mit dem ich in diesem Winter oft zusammen war, einige französische Gelehrte, der stille und freundliche Konservator der Archives Nationales, Pierre Caron, aus dem Internationalen Institut für geistige Zusammenarbeit Robert Eisler und die Referentin für deutsche Belange, Fräulein Rothbart, sowie der in Paris lebende Genfer Philosoph Robert Bouvier teilnahmen. «Mit dem von der Place du Théâtre français heraufdringenden Lärm von Motoren und Autohupen als Begleitmusik verlas ich mein Referat. Es gab Anlaß zu einer interessanten Diskussion, die Henri Berr mit einem improvisierten Exposé über Geschichtsphilosophie und Geschichtsunterricht in Deutschland einleitete. Er wandte sich besonders an Prof. Lewald, um Ergänzungen zu seinen Ausführungen zu erhalten; aber Berr wußte so viel über dieses Thema zu sagen, daß der deutsche Teil der Anwesenden ziemlich perplex war. Darauf große Diskussion zwischen Berr und Abel Rey, die Ihr Euch nicht lebhaft und amüsant genug vorstellen könnt. ‚Mais, Henri...', ‚Abel, je t'en prie...'. ‚Ce n'est pas exact de dire cela...' ‚Il y a vingt ans que j'affirme...', und so weiter. Es war köstlich, und die Anwesenden saßen stumm an dem langen Tisch, über dem die Vollbärte der beiden Meister sich mit der Volubilität ihrer Zwiesprache bewegten... Zum Schluß mußten wir uns alle resignieren, längere Ausführungen Dr. Eislers anzuhören, die er in seinem scheußlichen Französisch folgendermaßen begann: ‚Maintenant je vais apporter les précisions nécessaires à ce que vous venez de dire.' Prof. Rey versetzte ihm ab und zu einen Hieb, wie vorher seinem Freund Henri, mit seiner unübertrefflichen Schlagfertigkeit und seinem Witz, die solche Diskussionen zu einem Genuß machen... Daß mir vor dem Nachhausgehen Prof. Rey zu der Klarheit gratulierte, die er an meinem Vortrag geschätzt habe, darf ich Euch wohl erzählen. Ihr wißt ja, was für den Franzosen *clarté* bedeutet, oder vielmehr, wie er dem deutschen Denken einen *manque de clarté* als ein Hauptübel vorwirft. – Nachher speiste ich mit Prof. Lewald in der Nähe, in dem alten Restaurant de la Régence, das seinen Namen aus der Zeit hat, da im Palais-Royal der Régent seinen fröhlichen Hof hielt» (an die Eltern, 29. Januar 1927).

In einem späteren Jahr sprach ich im «Centre» über deutsche Soziologie. Ich gab Auskunft über die verschiedenen Persönlichkeiten, Werke, Zeitschriften, Schulen, Institute, die ohne viel Einheitlichkeit der Methoden und

Zielsetzungen damals auf diesem relativ neuen Gebiete an deutschen Universitäten erschienen und tätig waren, und verhehlte nicht mein Erstaunen über diese etwas verwirrende und ziemlich widerspruchsvolle Vielgestaltigkeit. Eine Anfrage, die ich während der Ausarbeitung meiner Abhandlung an Professor Leopold von Wiese in Köln gerichtet hatte, beantwortete der Begründer der Beziehungs- und Gebildelehre folgendermaßen: «Die soziologische Arbeit ist bei uns zu sehr aus der persönlichen und privaten Initiative von isolierten Gelehrten entstanden, als daß sie nicht fortfahren würde, sich an mehreren Orten und unter verschiedenen Gesichtspunkten zu entwickeln.» Die *«Revue de Synthèse historique»* veröffentlichte in ihrem Dezemberheft 1930 meinen Aufsatz unter dem Titel *«Remarques sur le mouvement sociologique en Allemagne»*. Als Anfang 1933 in Deutschland die Dunkelmänner an die Macht kamen, sagte ein Mitglied des Institutes für Sozialforschung in Frankfurt am Main, meine Studie sei jetzt ein Nekrolog auf die deutsche Soziologie. Diese war während des Tausendjährigen Reiches, wie so viele andere Gebiete der Wissenschaft und des Geisteslebens, zum Schweigen verurteilt.

In dem geselligsten aller Völker ist das Bedürfnis und die Übung des Gedankenaustausches auch am stärksten. Außerdem erhält das französische Geistesleben durch seine Konzentration in Paris eine gewisse, wenngleich vielseitige Einheitlichkeit, die insbesondere als eine national geprägte dialektische Fähigkeit in Erscheinung tritt. Auch aus den Provinzuniversitäten begeben sich Gelehrte zu den Sitzungen und Debatten der gelehrten Gesellschaften und Institute in die Hauptstadt. Gleichsam die Spitze der Pyramide bildet das Institut de France am Quai Conti, wo die verschiedenen Akademien literarischer, archäologischer, geistes-, sozial- und naturwissenschaftlicher Richtung, auch die Akademie der Schönen Künste, zusammengeschlossen sind. Die verschiedenen Sparten des geistig-kulturellen Lebens sind in Frankreich weniger hermetisch gegeneinander abgeschlossen als in anderen Ländern. Ich hatte dank Joseph Bédiers Patenschaft das Privileg, in der Bibliothek des Institut de France, dem Sismondi als auswärtiges Mitglied der Académie des sciences morales et politiques angehört hatte, arbeiten zu dürfen und für meine Dissertation wertvolle Funde machen zu können.

Frankreich ist das klassische Land der Akademien, der Salons, der intellektuellen Vereinigungen und Debatten, und ihres Niederschlages in den Diktionärs, den Enzyklopädien und den Revuen. Henri Berrs Unternehmungen waren dieser seit der Befreiung des menschlichen Denkens von der scholastischen Theologie lebendig gebliebenen geistig-geselligen Tradition verpflichtet. Im «Centre» wurde ein *«Dictionnaire historique»* ausgearbeitet; er setzte sich zum Ziel, eine für die Historiker verbindliche Terminologie auszuarbeiten. Daß dieses Wörterbuch meines Wissens nie erschienen ist – mit Ausnahme einiger in der *«Revue»* publizierter Beiträge –, dürfte sich aus der Schwierigkeit des Unternehmens erklären. Termini wie «Nation», «Nationalität», «Kultur», «Zivilisation», um nur einige Beispiele zu nennen, waren in unseren Diskussionen heiß umstritten. Von mir verlangte man Artikel zu den Begriffen «alliance, fédération, confédération, fédéralisme».

Wichtiger und fruchtbarer war die von Henri Berr organisierte Universalgeschichte, die er unter dem programmatischen Titel *«Evolution de l'Humanité»* seit 1920 in rascher Folge herausbrachte. Sie ist von seinen Nachfolgern bis heute fortgesetzt worden. Helmut Plessner, der damals als Privatdozent in Köln wirkte, bat mich um einen Beitrag über Berrs Auffassung der Universalgeschichte, der unter dem Titel «Die Idee der Geschichtssynthese in der französischen Wissenschaft» in dem von Plessner herausgegebenen «Philosophischen Anzeiger» 1928 erschienen ist. Es war mein erster für Deutschland bestimmter Rechenschaftsbericht über französische Geschichtsphilosophie und -wissenschaft und das Gegenstück zu den Berichten, die ich in Paris über Fragen der deutschen Wissenschaft erscheinen ließ.

Was Troeltsch spöttisch eine «Buchbindersynthese» nannte, nämlich die Welt- und Staatengeschichten, zu denen verschiedene Mitarbeiter ohne inneren gedanklichen Zusammenhang ihre Bände lieferten, war Berrs Unternehmen bestimmt nicht. Sondern seine Auffassung von Geschichtssynthese, die er in seinen philosophischen und methodologischen Werken niedergelegt hatte, diente dieser arbeitsteiligen weltgeschichtlichen Reihe als Leitidee; wohl konnte jeder Mitarbeiter seinen Band auf Grund seiner fachwissenschaftlichen Kenntnisse selbständig verfassen, doch schrieb Berr zu jedem Band ein Vorwort, in dem er den gedanklichen Zusammenhang des behandelten Themas mit seiner Gesamtkonzeption nachzuweisen unternahm. Was Karl Meyer in seiner Berner Vorlesung als Wunsch ausgesprochen hatte: die arbeitsteilige Organisation der Weltgeschichte auf wissenschaftlicher Grundlage, damit das Gebiet der Universalgeschichte nicht den Dilettanten überlassen bleibe, lag hier vor.

Henri Berr ging davon aus, daß zwei Umstände heute die Universalgeschichte begünstigten: der Stand der historischen Forschung, deren erdrückende Fülle einer Zusammenfassung und eines Ordnungsprinzips bedürften, und die Verbundenheit der modernen Welt in einem einzigen Organismus, der die ganze Erdoberfläche politisch, wirtschaftlich und technologisch zu einer Einheit zusammenschließe. Aus diesen Gründen seien die Weltfaktoren Erde und Menschheit zu einem Gegenstand historischer Untersuchung geworden.

Für Oswald Spengler war die Menschheit bloß ein «zoologischer Begriff»; Henri Berr erblickte in dem, was er die «Erfindung der Hand» nannte (die seit der vorgeschichtlichen Zeit feststellbaren manuellen Fähigkeiten des Menschen und was daraus folgte), und in dem, was er die «Erfindung der Sprache» nannte (Beginn und Entwicklung der geistigen Kommunikationsfähigkeit des Menschen), die Rechtfertigung des Begriffes «Menschheit»; diese beiden Faktoren bezeichnen das Ende der zoologischen und den Beginn der menschlichen Geschichte. Berr lehrte, diese Faktoren bildeten den «entscheidenden Fortschritt der praktischen Logik und der geistigen Logik». Auch widersprach Berr der traditionellen, ausschließlich kulturgeschichtlich fundierten Geschichtsphilosophie, indem er die Doppelnatur des Menschen in seine Betrachtung einbezog: seine materielle Gebundenheit an das organische Leben und seinen Drang nach geistiger Befreiung. Beides, die menschliche Natur und die menschliche Kultur, müßten der Erklärung und dem Verständnis der Geschichte zugrundegelegt werden.

Es ist bezeichnend für diese Auffassung, daß die *«Evolution de l'Humanité»* durch einen naturwissenschaftlichen Band über die Erdgeschichte eröffnet wird, auf den eine Vorgeschichte, dann eine Sprachgeschichte, ferner, in einem Band von Lucien Febvre, eine geographische Einführung in die Geschichte folgt. Febvre war ein erklärter Gegner des geographischen Determinismus; nach ihm ist das Milieu keine Fatalität, es biete der menschlichen Gesellschaft nur gewisse Möglichkeiten, die sie nützen kann oder nicht. Mit vorsichtiger Differenziertheit behandelte der Genfer Anthropologe Eugène Pittard in seinem Beitrag über «Die Rassen und die Geschichte» die Frage des Einflusses der Rassen auf die Geschichte.

Berr vermied es, dem theoretischen Problem des Verhältnisses der Soziologie zur Geschichte einen eigenen Band zu widmen. Er zog es vor, von dem Ägyptologen Moret und dem Soziologen Davy ein Werk über die «soziale Organisation bei den Primitiven und im alten Orient» zu bestellen. Die noch von Troeltsch für einzig möglich gehaltene Weltgeschichte als einer fortlaufenden Entwicklung vom alten Orient über die antiken Mittelmeerkulturen zum abendländischen Kulturkreis des Mittelalters und der Neuzeit erweiterte Berr, indem er «am Rande des Römischen Reiches» dem alten Germanien, Persien, Zentralasien, Indien und China die ihnen zukommende Bedeutung einräumte. Damit war die unhaltbar gewordene Vision einer europazentrierten «Weltgeschichte» erloschen und der ganze Erdkreis mit seinen Völkern, Gesellschaften, Kulturen und Staaten in die «Entwicklung der Menschheit» einbezogen.

«Die Formen und die Fortschritte des Lebens, in menschlicher Gestalt, innerhalb der Gesellschaften – das ist der eigentliche Gegenstand der Geschichtswissenschaft.» Dieser Satz von Henri Berr enthält das Wesentliche seiner Geschichtslehre. Sie ist synthetischer Historismus auf soziologischer Basis und hat die gesamte Menschheit zum Gegenstand. Die Gesellschaft wird nicht um ihrer selbst willen, sondern in den historischen Zusammenhängen betrachtet. Der Fortschritt wird nicht als absolut und kontinuierlich, sondern als Tendenz gedeutet. Berr ist gleich weit von der Teleologie wie von Hegels Ideenlehre und vom historischen Materialismus entfernt. Seiner intellektuellen Vorsicht und historischen Einsicht widerstreben die dogmatischen Lehrgebäude positivistischer und soziologischer Denker. Berrs Geschichtssynthese will sowohl voreilige Systematisierung als auch die Zusammenhanglosigkeit bloßer Kompilationen vermeiden.

Die Ideen, die er den Mitarbeitern seiner Universalgeschichte vorschlägt, betrachtet er als «experimentelle Ideen», die der Kontrolle durch die Tatsachen unterworfen werden müssen. Seine *«Evolution de l'Humanité»* möchte er als ein Experiment verstanden wissen, aus dem diese

Ideen bestätigt oder berichtigt hervorgehen werden. «Es handelt sich darum», schreibt er in der Einführung zu dem Sammelwerk, «die Vorteile einer historischen Enzyklopädie mit denen einer fortlaufenden Geschichte der menschlichen Entwicklung zu verbinden.» Für die Forschung soll es zugleich ein Endpunkt und ein Ausgangspunkt sein: ein Ausgangspunkt für neue Forschungsarbeit, da in einem zusammenfassenden Werk die Lücken unserer Kenntnisse besonders sichtbar werden. Aber Berr unterschied – und das scheint mir ein sehr wesentlicher Punkt zu sein – zwischen Forschung und Wissenschaft: jene «bereitet und vereinigt das Material; allein die Wissenschaft *ordnet* es». Der traditionellen Geschichtserzählung stellt Berr die Aufgabe entgegen, zu generalisieren, zu erklären, zu verstehen – eine Lehre, die ich zeitlebens beherzigt habe.

Wie er die Geschichte «verstand», hatte Berr in seinem Buch *«La Synthèse en Histoire. Essai critique et théorique»* (1911) erläutert. Er unterschied drei in der Geschichte wirksame Tatsachengruppen: notwendige Gegebenheiten, zufällige Gegebenheiten *(contingences)*, innere Logik. Die Gesellschaften sind notwendigen Gegebenheiten unterworfen, die man Institutionen nennt. Aufgabe der Soziologie ist es, die Organisation und die Funktionen der Gesellschaft nach vergleichenden Gesichtspunkten zu prüfen; doch was der Soziologe als gesellschaftliches Element in der Geschichte isoliert, muß der Historiker mit den anderen in der Geschichte wirksamen Elementen in Verbindung bringen. Gesellschaftliche Funktionen erfüllen die wirtschaftlichen und die juristisch-politischen Strukturen. Berr hat keine geistigen und ästhetischen Fähigkeiten der Gesellschaft anerkannt, denn, sagt er, die Gesellschaft *denkt* nicht. Das Denken, die geistige und künstlerische Tätigkeit, beruhe auf der spezifischen Fähigkeit des Individuums – sie sei menschlich, nicht sozial. Aber sie ist nur innerhalb der Gesellschaft und der Zeit möglich. Das gleiche gilt nach Berr auch für die Religionen, obgleich sie stark vergesellschaftet und institutionalisiert sind.

Menschliches und Soziales stehen nach Berr zueinander in einem Verhältnis von Aktion und Reaktion. Zwar anerkennt er den sozialen Faktor als Basis der Geschichtssynthese; die Gesellschaft ist ein konstantes und reguläres Element, der Mensch entrinnt ihr nicht. Andererseits ist die Entwicklung der Gesellschaft nur verständlich, wenn man auch andere Faktoren in Betracht zieht, Faktoren der Bewegung und Veränderung. Berr unterscheidet zufällige Veränderungen und logische Veränderungen *(contingences* und *facteur logique)*.

Zufällige Gegebenheiten oder Möglichkeiten *(contingences)* wirken auf die Struktur der menschlichen Gesellschaft ein; sie sind zahllos, können aber als zeitliche, geographische, ethnische Bedingtheiten erkannt werden. Die Rolle der menschlichen Persönlichkeit kommt hinzu; Berr hielt sie für bedeutsam, indem er dem Individuum die Fähigkeit zusprach, für die Gesellschaft zu denken und sie zu verändern (das Individuum als soziales Agens).

In diesem Gedankengebäude bestimmt die Geschichtslogik (die auch in Troeltschs «Historismus» eine zentrale Rolle spielt) die den fundamentalen Anlagen des Menschen entsprechende Handlungsweise. Sie macht sich die zweckentsprechenden Mittel zu eigen, sie führt zum Kampf ebenso gut wie zur Zusammenarbeit, begünstigt den sozialen Instinkt mehr als den Egoismus und «schafft endlich die Gesellschaft selber». Berr sagt: «Der logische Faktor ist erklärend *(explicatif)* im tiefsten Sinn des Wortes... Er allein bringt Neues hervor, ist schöpferisch. Und das Prinzip, aus dem alle Logik hervorgeht, die eigentliche Triebkraft der Geschichte, wie des Lebens, kann offenbar einzig in der Tendenz zum Sein, das Sein zu bewahren und zu erweitern, gefunden werden.» –

Dieser knappe Hinweis auf Berrs Geschichtsdenken war

nötig, weil seine von einer Vielzahl von Fachgelehrten ausgearbeitete Menschheitsgeschichte einen Versuch darstellt, die historischen Kausalzusammenhänge einem ordnenden Prinzip zu unterwerfen, die mannigfachen Bezüge zwischen den verschiedenen Faktoren, die in der Geschichte feststellbar sind, aufzuspüren, ihre wesentlichen erklärenden Elemente herauszuarbeiten.

Berrs Auseinandersetzung mit anti- und nichtwissenschaftlichen Geschichtstheorien fällt etwas kurz aus. Er hält die Wiedererweckung der Vergangenheit und das historische Verstehen für ein Privileg nicht der Kunst, sondern der Wissenschaft – ein Problem freilich, zu dem viel zu sagen wäre. Die Synthese, wie er sie auffaßt, sei besser geeignet als die Intuition, um das Wagnis der historischen Erkenntnis zu bestehn. Das Genie des Geschichtschreibers genüge nicht, es bedürfe der Wissenschaft, «die das Spiel der Kausalitäten zu rekonstruieren sucht».

Ich war kein blind Gläubiger, denn es gibt noch anderes als das Spiel der Kausalitäten in den Schicksalen der Menschheit. Wie gelangt man zum Unterschwelligen der historischen Erfahrung, wie zum Ungesicherten und Unheimlichen? Wie sollen wir die historisch nicht selten wirksam werdenden Fehlhandlungen erklären, aus denen das Widersinnige, das Gnadenlose und Leidvolle entsteht? Wie ordnet Berr die tiefenpsychologischen Erkenntnisse ein? Welche Erklärung bietet die Geschichtslogik für Vorgänge, die der menschlichen Vernunft und dem sittlichen Empfinden Hohn sprechen? Wie soll man die Hybris des Menschengeistes erklären, die immer von neuem das Vorhandene zu überwältigen und zu vergewaltigen trachtet? Wie die Einbrüche der Barbarei? Doch Berr rührte nicht gern an das Böse und an das Absurde in der Geschichte. Jacob Burckhardt wußte darüber besser Bescheid; ich erinnerte an ihn in einer Debatte der ersten «Semaine de Synthèse», die 1929 stattfand.

Die Katastrophe Frankreichs im Jahre 1940, schrieb mir Henri Berr aus Toulouse, habe seinen Optimismus auf eine harte Probe gestellt; dennoch halte er an seinem «optimisme de tempérament et de raison» fest (12. August 1940). In seiner Kindheit hatte er von 1870 bis 1873 die Preußen in seiner Vaterstadt Lunéville gesehen; den Zweiten Weltkrieg hielt er für einen Kampf für die Wahrheit, «nicht für die Wahrheit Frankreichs», schrieb er mir, «sondern für *die* Wahrheit».

Wie dem auch sei: die Fragen und die Einwände, die sich aufdrängen, hindern mich nicht anzuerkennen, daß, nach und mit Berlin, Berrs Gedankenwelt samt dem Widerspruch, den sie hervorrief, mir die breiteste Basis und die differenzierteste Gewöhnung für mein eigenes universalhistorisches Denken geliefert hat. Außer der engen Verknüpfung dieses Geschichtsdenkens mit methodologischen Problemstellungen war es vor allem die große Perspektive, die Berrs Geschichtssynthese öffnete, die ich als dauernden Gewinn buchen konnte.

23. DAS FAUBOURG

Als ich an den Kapiteln über Sismondis Freundschaft mit Madame de Staël arbeitete, zu deren Kreis in Coppet er gehört und die er auf ihren Reisen in Italien und Deutschland begleitet hatte, wandte ich mich an die Gräfin Jean de Pange mit der Frage, ob im Nachlaß ihrer Ahnin Briefe Sismondis vorhanden seien. Solche würden sich vermutlich im Archiv des Schlosses Broglie in der Normandie befinden, wohin Albertine de Staël, die mit dem Herzog Victor de Broglie verheiratet war, die Bibliothek und das Archiv ihrer Mutter verbracht hatte. Übrigens war Sismondi der Trauzeuge von Victor und Albertine de Broglie – den Urgroßeltern von Madame de Pange – gewesen.

Die comtesse de Pange interessierte sich sogleich für meine Arbeit, und während ihres Ferienaufenthaltes im Schloß ihres Bruders, des Herzogs Maurice de Broglie, kopierte sie für mich Briefe Sismondis an Frau von Staël.

Madame de Pange und ihr Gatte, der Historiker und Publizist war, nahmen mich in ihrem Hause gastfreundlich auf. Ich verdanke ihnen viel, nicht nur für meine Arbeit, sondern weil ich durch sie eine Welt kennen lernte, die gesellschaftlich und geistig zu den angenehmsten und anregendsten meiner Pariser Jahre gehörte. Die Gräfin de Pange hat in ihrem Alter Lebenserinnerungen veröffentlicht, die ein bemerkenswertes Dokument über die Zeit um 1900 und über den damaligen Lebensstil des französischen Hochadels sind, aber auch als ein überaus ansprechend geschriebenes Buch geschätzt werden. Sie war Vizepräsidentin der Jury des «Prix Femina», der als zweiter neben dem «Prix Goncourt» Jahr für Jahr einen französischen Roman aus der Flut der Neuerscheinungen heraushebt.

Damals war die comtesse de Pange eine jugendliche und energische Frau an die Vierzig, lebhaft, geistig ungemein beweglich und ehrgeizig; sie stand am Beginn ihrer literarischen Laufbahn. Pauline de Pange hat nicht nur ihren Salon zu einem Mittelpunkt des literarischen Paris gemacht, sondern auch in fleißiger Forscherarbeit Bücher über ihre Ahnin geschrieben und mit einer Doktorthese über August Wilhelm Schlegel, der in Coppet der Präzeptor der Söhne der Frau von Staël gewesen war und diese bei der Abfassung ihres Buches *«De l'Allemagne»* literarisch beraten hatte, die Anerkennung der vergleichenden Literaturwissenschaft errungen.

Das Faubourg Saint-Germain, kurz *le Faubourg,* beherbergte in seinem Gewirr von alten Straßen und schmalen Gassen die vornehme Gesellschaft der Hauptstadt. Mit den Bewohnern seiner geräumigen und gepflegten Paläste hat uns Proust in seinem Band *«Du côté de Guermantes»* vertraut gemacht. Für mich war es nicht uninteressant, zu unterscheiden, wie dieser geniale Außenseiter des gesellschaftlichen Lebens von Paris seine Figuren aus der französischen Aristokratie auffaßte und schilderte, und wie sie in Wirklichkeit waren. Ich meine damit nicht, daß die französische Aristokratie im Vergleich zu Prousts Zauberlaterne alltäglicher oder langweiliger sei – sie ist keineswegs langweilig! Aber sie ist ein wenig anders, und in dieser Nuance liegt der Unterschied zwischen dem literarischen Kunstwerk und dem Leben. Eine französische Herzogin spricht nicht wie die duchesse de Guermantes in der unvergeßlichen Schilderung ihres Dîners in Prousts Buch; sie spricht ein wenig zurückhaltender, der Witz ihrer Konversation ist sparsamer und blitzt nur ab und zu auf, sie ist nicht so provokant wie ihr Abbild bei Proust; und sie verläßt nur für Augenblicke den verhaltenen, distanziert knappen Stil, um eine gescheite oder plötzlich auch eine scharfe oder saftige Bemerkung zu machen. Natürlich habe ich viele Konversationen gehört und Menschen kennen gelernt, die mit Prousts Welt direkt oder indirekt zusammenhingen; er war ja noch nicht lange tot und wäre, hätte er gelebt, keine sechzig Jahre alt gewesen.

Madame de Pange, geborene Prinzessin de Broglie, war offen, heiter, frei, voll Neugierde für alle und alles, womit sie in Beziehung trat, mit einem sicheren Unterscheidungsvermögen zwischen Wert und Unwert; aber sie hat selber irgendwo von der Glaswand gesprochen, die in ihrer frühen Jugend zwischen ihrer geschlossenen Welt und der übrigen Welt aufgerichtet war – und diese Distanz hat sie nie ganz überwunden. Es hätte ihr übrigens nicht gut angestanden, wenn sie sie nicht gewahrt hätte. Man war in ihrem Hause nicht «cher ami», wie mich später der große radikale Politiker Herriot, der mich kaum kannte, in seiner demokratischen Manier ansprach, indem er seine riesige

Pranke mir auf die Schulter legte; was nicht verhindert, daß Edouard Herriots Doktorthese über *«Madame Récamier et ses amis»* (die damals in einer Neuauflage ein buchhändlerischer Erfolg war) mit Einfühlungsgabe die Gesellschaft schildert, die teilweise auch die Gesellschaft der Frau von Staël war. Die charmanten Briefe, die ich von Madame de Pange erhielt, beginnen alle mit «Cher Monsieur», woran eine lange Beziehung nichts änderte. Eine Formlosigkeit hätte mich verlegen gemacht, denn diese große Dame konnte auch einschüchternd sein. Meiner Mutter, die ich während eines ihrer Pariser Aufenthalte bei Madame de Pange eingeführt hatte (und die deren Buch über Frau von Staël und Deutschland ins Deutsche übersetzte), schrieb ich, daß der Graf und die Gräfin «mich ganz *en ami de la maison* behandeln, was ja sehr gütig von ihnen ist und was ich meinerseits kaum durch irgendein Verdienst um sie rechtfertigen könnte. Wenn sie mich ihren Gästen vorstellen, können sie nicht genug betonen, ich schriebe ein Buch über Sismondi und arbeite über Mme de Staël, was mir schon beinahe peinlich zu werden beginnt, da ja wahrhaftig mein künftiges Elaborat keine Sensation verursachen wird» (19. Februar 1930).

Ein Freund ihres Sohnes Victor de Pange, der Kritiker Pierre de Boisdeffre, sagt in einem feinsinnigen Nachruf auf Pauline de Pange, sie sei eine unter dem heitersten und belebendsten Himmel geborene Elfe gewesen, die jedoch ihre Kindheit in einer Bibliothek verbracht habe, und diese gelehrte Atmosphäre sei ihr ganzes Leben an ihr haften geblieben. Sie habe aber eine frivole und eine ernste Seite gehabt, wie es bei Proust einen «côté de Méséglise» und einen «côté de Guermantes» gebe, doch sei die ernste Ader bei ihr vorherrschend gewesen und habe die andere beinahe verdrängt, im Unterschied zu ihrer Ahnin Frau von Staël. In der Tat lag seit ihrer Kindheit die ganze Last einer illustren Ahnenreihe auf ihren Schultern, was nun wieder für mich sehr anziehend war, da die comtesse de Pange und ihre Brüder, die sich beide als Physiker einen Namen gemacht haben, die lebendige Beziehung zum Thema meines Buches herstellten. Die Menschen, die ich im Faubourg traf, waren die Nachkommen derjenigen, in deren Häusern Sismondi in den Jahrzehnten von Napoleon bis zu Louis Philippe verkehrte und mit denen er Briefe wechselte. Was ist Zeit? In diesem Kreis schien die Zeit aufgehoben.

Gewiß, es war alles lange her, aber die Kontinuität war sichtbar und spürbar. Der Großvater von Madame de Pange, der Herzog Albert de Broglie, ist in die Geschichte Frankreichs als der «Ministerpräsident des 16. Mai» eingegangen. Er hatte unter der Präsidentschaft MacMahons im Jahre 1877 versucht, gegen die anrollende Flut der neuen, bürgerlich-demokratischen und antiklerikalen Parteien die seit dem Debakel von 1871 von den royalistischen Notabeln beherrschte konservative Republik und ihren katholischen «ordre moral» zu retten, indem er die Kammer auflöste; er erlitt aber samt der von ihm geführten Rechten eine entscheidende Niederlage, nachdem aus den Wahlen eine demokratische Mehrheit hervorgegangen war. Es war ein Wendepunkt, denn nach der Krise des 16. Mai begann die «Republik der Republikaner», deren unaufhaltsame Fortschritte den Adel und die Kirche zum Rückzug aus dem politischen Leben Frankreichs zwangen.

Die Haltung jenes konservativen Ministerpräsidenten war sehr verschieden von derjenigen seines Vaters, des Herzogs Victor de Broglie, der sich als einer der Wortführer der sogenannten «Doktrinäre» einen Namen gemacht hatte; diese haben in der geistigen Nachfolge der Frau von Staël und Benjamin Constants nach der Julirevolution von 1830 die liberale Ära eingeleitet. Victor de Broglie war Minister unter dem Bürgerkönig Louis Philippe. Seine Frau, Albertine de Staël, war zweifellos eine

Tochter von Benjamin Constant, und durch ihre Mutter war sie die Enkelin des letzten Finanzministers Ludwigs XVI., des Genfer Bankiers Necker, dessen Demission den politischen Erdrutsch des 14. Juli 1789 ausgelöst hatte.

Nun befand ich mich mitten unter den Nachkommen der Sippe, in deren bedeutendem Kreise der junge Sismondi zum Nationalökonomen, Historiker und Schriftsteller herangewachsen war. In einem Brief aus einem seiner letzten Lebensjahre erzählt Sismondi, er habe in Begleitung des kleinen Albert de Broglie nach langer Zeit wieder einen Gang unter den alten Bäumen im Park des Schlosses Coppet gemacht; in Erinnerung an die glanzvollen Tage seiner großen Freundin und ihrer berühmten Gäste, die alle nicht mehr waren, sei ihm das Herz schwer geworden. –

Die comtesse de Pange identifizierte sich weitgehend mit den Ideen und den gesellschaftlich-literarischen Gepflogenheiten ihrer Ahnfrau. Sie teilte mir in einem Briefe mit, daß sie eine «Société d'Etudes Staëliennes» zu gründen beabsichtige. Sie und ihr Gatte vertraten eine Liberalität und Urbanität, die in einem betonten Gegensatz zu den damals modischen nationalistischen und reaktionären Strömungen standen, geistig weltoffen waren und politisch die Verständigung mit Deutschland und die internationale Zusammenarbeit befürworteten. Es ist ein Mißverständnis, wenn man Traditionsbewußtsein mit einem rückwärtsgewandten Konservatismus gleichsetzt; es gibt eine große europäische Tradition, die keineswegs eine derartige politische Gesinnung beinhaltet. Der duc Victor de Broglie sagt in seinen *«Souvenirs»*, «Für die Zukunft» sei die Devise seines Geistes wie seiner Familie gewesen – und das war genau das, wozu ich in meinem Widerspruch gegen die sogenannte «konservative Revolution» meine Zustimmung geben konnte. Die Einladung der Madame de Pange zur Teilnahme an der Gründungsversammlung der Staël-

Gesellschaft beantwortete ich mit folgenden Zeilen: «Mit der Begeisterung, die Frau von Staël, Ihre Vorfahrin, in den Geistern auslöste, begrüße ich die Gründung der ‚Société d'Etudes Staëliennes', und ich danke lebhaft der kundigsten Interpretin der unvergeßlichen Corinne, daß sie mich auffordert, dieser neuen Vereinigung beizutreten. Ich glaube an die Opportunität und Aktualität eines solchen Unternehmens, sowohl wegen der Ideen, die zu verbreiten es sich vornimmt, als auch wegen der Förderung, die es den Forschern zuteil werden läßt. Seine Aufgabe ist edel und groß. Und ich freue mich, daß der liberale und europäische Geist, dem man augenblicklich hart zusetzt, eine neue Zuflucht und eine sichere Stütze haben wird.»

Am 15. Dezember 1928 haben im Salon an der rue de Varenne 55 Gelehrte und Schriftsteller dieses Kind – das in der Folge gedieh und heute unter der Führung von Victor de Pange steht – aus der Taufe gehoben. Von der Sorbonne waren die Professoren Lichtenberger und Baldensperger zugegen, aus der Literatur Jules Romains, André Maurois und andere, von den damals Jungen Pierre Lyautey – er war ein Neffe des Marschalls, ich sollte ihn im Frühjahr 1945 in Süddeutschland als Offizier im Stabe des Generals de Lattre de Tassigny wiederfinden. Das Kuratorium der Staël-Gesellschaft bestand aus Mme de Pange, Fernand Baldensperger und Guy de Pourtalès.

Ein Mann, der an diesem Tage auch dabei war und dessen unverwechselbare, kleingewachsene Gestalt man in diesem und anderen Salons antreffen konnte, war der Abbé Mugnier, ein alter und geistreicher Priester, der als Seelsorger der Schriftsteller und der Damen beliebt war und allgemeine Verehrung genoß. Seine Figur war schon in den 1890er Jahren von J.K. Huysmans in dem über die Konversion dieses Autors handelnden Buch *«En Route»* verewigt worden, und sie erschien neuerdings in dem liebenswürdigen Roman *«Catherine-Paris»* der Princesse Bibesco

– natürlich immer unter einem anderen Namen. Der Abbé Mugnier lebte in frommer Armut in einer Klosterzelle; er trug die traditionelle französische Soutane mit den weißen Bäffchen und bedeckte sein wirres graues Haar, das er lang wachsen ließ, mit dem altmodischen Priesterhut. Er liebte mit der gleichen Inbrunst Jesus und die französische Literatur. Als ich ihn zufällig an einem Neujahrsmorgen unter den Arkaden des Odéon beim Bücheraussuchen traf und ihm meine Wünsche darbot, schaute er mich aus seinen gütig-maliziösen Augen fest an und sagte: «Und ich wünsche Ihnen, daß alles, was Sie sich selber wünschen, in Erfüllung geht.» Ein anderesmal, als er mir offenbar zu verstehen geben wollte, daß ihm Sismondis lange Reihe von Geschichtsbänden Bedenken einflöße, fragte er mich: «Hatte er Liebeskummer, daß er so viel schrieb?»

Der jüngere Bruder der Madame de Pange, Louis de Broglie, erhielt Ende 1929 für die in seiner Doktorthese entwickelte Theorie über die Wellenmechanik den Nobelpreis für Physik. Der junge Prinz und Forscher war ein die mondäne Gesellschaft meidender Mensch, den seine Schwester gleichsam in eine Falle lockte, als sie ihm sagte, sie wolle ihn bei sich zum Tee mit einigen jungen Leuten und Studenten zusammenführen. In Wirklichkeit war der Empfang zu Ehren des Nobelpreisträgers ein gesellschaftliches Ereignis, zu dem die Gräfin alles aufbot, was Rang und Namen hatte (mit Ausnahme der Politiker, die einer andern Welt angehörten). Allerdings hatte Madame de Pange uns Junge nicht vergessen.

Die als Lyrikerin berühmte Anna de Noailles, die in ihrem eigenen Salon hervorragende Physiker und Mathematiker, unter ihnen Albert Einstein und Paul Painlevé, um sich zu sammeln pflegte, brannte darauf, Louis de Broglie, dem sie bei seiner Schwester schon begegnet war, der aber ihre Einladungen stets abgelehnt hatte, wiederzusehen. Diesmal entging er ihr nicht, denn wie zwei Verschwörerinnen hatten die Gräfinnen de Pange und de Noailles verabredet, daß bei dieser Gelegenheit das gewünschte Zusammentreffen stattfinden werde. «Das Ganze war eine Schaustellung», schrieb ich meiner Mutter, «bei der die Noailles allein die Kosten bestritt, da sie während anderthalb Stunden über Physik, Philosophie usw. perorierte und die beiden Broglie (auch der Herzog war da) und den Kreis von Zuhörern, der sie umstand, davon überzeugen wollte, daß der wissenschaftliche Determinismus die einzig mögliche Weltanschauung sei. Wie Du Dich wohl erinnerst, sagte uns Mme de Pange, daß die Entdeckung ihres Bruders ein neues Argument *gegen* den Determinismus liefere. Die Szene war amüsant, etwas grotesk, aber man konnte nicht anders, als dieser ungewöhnlichen Frau Aufmerksamkeit zu schenken, die sie auch herrisch von einem verlangt. Augen hatte sie nur für den jungen, schüchternen und sehr sympathischen Nobelpreisträger, der zu der ganzen Sache etwas betroffen lächelte. Ich konnte ihm und seinem Bruder bloß die Hand drücken und der comtesse de Noailles die Hand küssen, im übrigen gesellte ich mich natürlich zu den Zuschauern. Mme de Pange war glücklich wie ein Kind, eine so illustre Gesellschaft um sich zu haben, denn u.a. waren auch Jacques Bainville da und Jacques Maritain, mit dem ich eine längere Unterhaltung über Waldemar Gurian hatte, den er sehr zu schätzen scheint» (19. Februar 1930).

Außer den monatlich einmal stattfindenden Debatten der Staël-Gesellschaft fanden ab und zu in diesen Räumen zu Ehren von hervorragenden fremden Persönlichkeiten Empfänge statt. Thomas Mann und seine Frau Katja fanden sich ein, ein anderes Mal Graf Hermann Keyserling, der sich wie ein Herrenmensch benahm und in der Art, die damals gewissen deutschen Intellektuellen eigen war, seine Gedanken im Befehlston seinen Zeitgenossen mitzuteilen liebte. Er verbat sich ausdrücklich eine Diskussion nach seinen Vorträgen. Böse Zungen hatten freilich auf ihn den Vers geschmiedet: «Als Gottes Atem leiser ging / Schuf er den Grafen Keyserling.» Eine eigenartige Erscheinung in diesem Salon war der emigrierte russische Philosoph Berdiajew, ein Theoretiker des konservativ-orthodoxen Ostslawentums, dessen Gesicht unter einem geheimnisvollen Zwang sich manchmal unvermutet zu einer gräßlichen Fratze verzerrte.

Ein Geschichtschreiber von hohen Graden war Guglielmo Ferrero, der aus Opposition gegen den Faschismus Italien verlassen hatte und als Emigrant lebte. Ich traf mit ihm auch im Kreise Henri Berrs zusammen, und später sah ich ihn in Genf wieder, wo er als Professor wirkte. Sein Sohn Leo, ein hochbegabter und schöner blonder Jüngling, dem eine literarische Laufbahn beschieden schien, verunglückte tödlich während einer Reise in Mexiko. Es ist für mich heute noch unbegreiflich, daß Guglielmo Ferrero das Bedürfnis hatte, im Salon der Madame de Pange vor einem Publikum von Damen und Intellektuellen mit von Tränen erstickter Stimme eine Gedenkrede auf seinen hoffnungsvollen Sohn zu halten. Es war peinvoll. Angesehene Schriftsteller, unter ihnen Paul Morand und François Mauriac, hatten sich zu dieser traurig-geselligen Veranstaltung eingefunden, die bei einer Tasse Tee und allgemeiner Konversation ihre Fortsetzung fand.

Aus der Begegnung in diesem Salon mit dem zu keiner Schule gehörenden Privatgelehrten Daniel Halévy entstand eine persönliche Beziehung; er lud mich zu den in seinem Hause regelmäßig stattfindenden Gesprächen unter Männern ein. Halévy stand als Historiker abseits und in einem gewissen Gegensatz zu den Historikern der Sorbonne. In seinen Büchern über das «Ende der Notabeln» und die «Republik der Herzöge» erneuerte er auf eine eindrücklich-verstehende Art, an der eine tiefe Kenntnis der sozialen Psychologie seines Landes teilhatte, die Geschichte der konservativen Republik der 1870er Jahre; das dürfte auch der Grund seines Interesses für das Haus Broglie-Pange gewesen sein. Halévy gehörte einer großen Pariser Bürgerfamilie an, die Musiker, Dichter und Gelehrte hervorgebracht hat und dank ihrer materiellen Unabhängigkeit an keine Rücksichten gebunden war. Er hatte bereits zur Zeit der Dreyfus-Affäre seine Stimme erhoben und genoß Ansehen im literarischen Paris. Halévy gab eine Reihe guter Bücher unter dem Sammeltitel *«Les Cahiers verts»* in einem großen Verlagshaus heraus.

Auf uns Junge machte der ernste grüblerische Denker Eindruck, und wenn er mich aus dem Salon des Faubourg zu sich in seine Klause über dem Pont-Neuf mitnahm, so geschah es, weil er damals mit dem Studium des französischen Sozialismus des 19. Jahrhunderts beschäftigt war und sich aus diesem Grunde für die sozialreformerischen Ideen Sismondis interessierte. Meine Freundschaft mit dem gleichaltrigen André Chamson, der später Direktor der Archives Nationales und Mitglied der Académie française wurde, stammt aus unseren Begegnungen bei Halévy. Daniel Halévy hat, wie Meinecke und Henri Berr, die Schwelle der neunzig Lebensjahre ohne Verminderung seiner geistigen Fähigkeiten überschritten und in seinem letzten Buch die Theorie von der «Beschleunigung der Geschichte» entwickelt.

Ich kann nicht ohne ein Wort über Jean de Pange diese Erinnerung an den Kreis, der sich im Salon seiner Frau einfand, schließen. Denn wenn der hagere, zurückhaltende Graf aus Lothringen, wie es in einer von den Damen beherrschten Gesellschaft üblich ist, hinter seiner expansiver veranlagten Gattin ein wenig zurücktrat, war doch auch er ein durchaus selbständig denkender Kopf. In seinen unter dem Titel *«Les soirées de Saverne»* 1929 erschienenen Dialogen über das Verhältnis zwischen Deutschtum und Frankreich in den Grenzgebieten zwischen dem Rhein und den Vogesen formulierte Jean de Pange politische Ideen, die damals unzeitgemäß anmuten mochten; ich widmete diesem Buch in einer Pariser Zeitschrift eine Besprechung. Nach dem Zweiten Weltkrieg wurden Jean de Panges Ideen von seinem Landsmann, dem Außenminister Robert Schuman, übernommen und der Verwirklichung näher gebracht. Ich konnte den comte de Pange in Berrs «Centre de Synthèse» einführen, an dessen Sitzungen er ab und zu teilnahm.

Pange erkundigte sich eines Tages nach meiner Verwandtschaft mit einem lothringischen Geschichtsforscher, dem Baron Numa de Salis, der ein Vetter meines Urgroßvaters, aber in Frankreich aufgewachsen und vor der Annexion seiner Stadt Metz an das neue Deutsche Reich Abgeordneter gewesen war. Der Name einer Straße in Metz erinnert an diese Persönlichkeit. Ein so fester Charakter und frei denkender Mann wie der Graf de Pange war ein geradezu prädestiniertes Opfer für die Gestapo, die ihn während der Besetzung Frankreichs ins Gefängnis warf. Boisdeffre erzählt, auf seine Frage nach den Lebensbedingungen während seiner Gefangenschaft habe ihm Jean de Pange geantwortet: «Alles war peinlich, aber das war nicht sehr wichtig. Die Gegenwart von Madame de Pange fehlte mir sehr.» Eine so noble Verhaltenheit im Bekenntnis einer Gattenliebe ist bestes Erbgut aus dem Alten Frankreich.

Im Gedenken an jene Zeit stimme ich mit dem Urteil Chateaubriands überein, der auch als junger Mensch aus seiner Provinz nach Paris gekommen und mit den Sitten dieser Stadt vertraut geworden war. Er sagt: «Aber ich schätzte allmählich die Geselligkeit, die uns auszeichnet, diesen reizenden, leichten und raschen Austausch der Intelligenzen, dieses Fehlen jeden Hochmutes und aller Vorurteile, dieses Unbeachtetlassen des Reichtums und der Namen, diese natürliche Nivellierung aller Rangstufen, diese Gleichheit der Geister, die die französische Gesellschaft unvergleichlich machen und uns unsere Fehler verzeihen lassen: nach einigen Monaten Etablierung in unserer Mitte spürt man, daß man nur noch in Paris leben kann» *(«Mémoires d'Outre-Tombe»,* Pléiade, I 440).

24. NEBENSTUNDEN

I

Sechs Uhr früh, tiefe Nebel streichen durch herbstliche Bäume. In drei Viertelstunden sind wir am Ziel. Die ins Abteil dringende Morgenluft vertreibt die Schläfrigkeit. Die Herden menschlicher Siedlungen werden dichter, die Geleise weiten sich zu Bahnhöfen, durch die der Schnellzug krachend saust. Im dämmernden Tag verblaßt das Leuchten der Streckenlaternen. Vorstadthäuschen schlafen in winzigen Gärten. Wir fahren langsamer, über eine Brükke, darunter, tiefblau, ein Fluß. Die Marne. Wie ein Aussatz umgibt eine kompakte, unbekannte Häusermasse die Großstadt. Über einem Gewimmel aus Stein und Stahl erscheint plötzlich hoch oben, wie ein Phantom, die weiße Basilika von Sacré-Cœur. Eine Geisterhand ergreift einen riesigen Fächer, öffnet ihn Falte um Falte, bis er in tausend Farben vor unserem Auge zu leben beginnt – so liegt die Stadt Paris in einem mächtigen Bogen um die Anhöhe von Montmartre.

Kaum dem Ostbahnhof entronnen, winde ich mich in einem Taxi durch endlose Reihen von Bauernwagen. Sie stehen zu beiden Seiten des breiten Boulevards in Reih und Glied. Die Pferde blicken gegen die Fahrbahn. Der Verkehr defiliert durch diesen Spalier aus Roßköpfen wie durch eine Ehrenwache. Auf vielen Wagen liegen Berge aus Nahrung hoch aufgetürmt; von anderen werden sie bereits abgeladen und in die Markthallen zum Verkauf geschleppt. Es ist der Tribut des alten Bauernlandes an den gefräßigen Moloch Paris. Bis zur Seine hinunter bedecken Marktstände jeden freien Fleck Asphalt. Doch je näher wir den Brücken kommen, desto mehr verdrängen Blumenstände die Gemüsekörbe. Die Cité – die Königsinsel des Mittelalters – ist in einen Garten aus Astern und Dahlien verwandelt. Grau und streng erhebt sich der Justizpalast, flankiert von den Rundtürmen der Conciergerie. Neben dem niedrigen Hôtel-Dieu ragen hell die Türme der Notre-Dame in den Morgenhimmel.

Von hier an geht es bergauf, zur Montagne Sainte-Geneviève, dem sonnigen Hügel, wo vor den Stadtmauern einst Reben wuchsen und im 13. Jahrhundert der Domherr Sorbon sein Kollegium gründete. Im siebenten Stock meines Hotels an der rue Saint-Jacques, wo es keinen Lift gibt, ist mein Handkoffer schnell ausgepackt und sein Inhalt im Schrank meiner Schlafkammer verstaut.

Die Beete des Luxembourg-Gartens sind in ein Flammenmeer von Herbstblumen verwandelt. In den Alleen liegt dürres Laub. Maler haben ihre Staffeleien aufgestellt. Arbeiter reinigen mit Reisbürsten die anmutigen Statuen der französischen Königinnen; es gibt nicht mehr gute und schlechte Königinnen, sondern nur noch schmutzige und weißgescheuerte.

Die ersten Novembertage sind unwinterlich. Unter entlaubten Bäumen ist die welkende Blumenfülle voll Moderduft. Riesige Topfpflanzen werden auf niedrigen Karren mit Pferdevorspann in die Treibhäuser gefahren. Von früh an belegen sonnenbedürftige Menschen die Stühle und Bänke des Parks. Kinder spielen wie im Sommer mit ihren kleinen Schiffchen am Teich. Oder werfen sich Bälle zu. Abends bläst das Clairon zum Verlassen der Anlage. Wächter rufen: «On ferme!» Nach einem Schweizerurlaub habe ich die *Rive gauche* wiedergefunden. –

Einem Schriftsteller, der aus Amerika zurückkam, fiel

ein eigenartiger Unterschied zwischen den dortigen und den europäischen Städten auf. Bei uns erweckt der Passant unsere Neugierde, wir blicken ihn an und versuchen, in seinem Gesicht zu lesen. Manchmal beobachten wir ihn länger und folgen ihm ein paar Schritte, als könnten wir sein Leben erraten. Diese Beziehung von Mensch zu Mensch gebe es in Amerika nicht, sagte der Schriftsteller; dort sei die Masse stumpf und amorph. Zu dieser Gleichgültigkeit bildet Paris das entgegengesetzte Extrem. Nirgends habe ich die beobachtende Aufmerksamkeit der Menschen so ausgeprägt gefunden wie hier. Und doch ist niemand zurückhaltender als der Franzose. Der Einzelne bleibt auf sich selber gestellt. Familien und Haushaltungen verbergen sorgfältig ihr Tun und Lassen vor fremden Augen. In den Miethäusern kennen sich die Flurnachbarn nicht. Es gibt in Paris auch eine drückende Einsamkeit.

II

Jeden Morgen fuhr ich gegen neun Uhr im Autobus zum Théâtre français. Von dort begab ich mich zu Fuß zur Bibliothèque Nationale. Vom Ehrenhof gelangt man in einen riesigen Lesesaal aus der Zeit Napoleons III., wo große Stille herrscht und es nach einem Desinfektionsmittel riecht, das von Aufsehern aus großen Spritzen versprüht wird. Die Bücher vom Vortag darf man an seinem Platz aufgereiht stehen lassen. Die meisten Plätze sind im voraus belegt. Auf leisen Sohlen gehen Aufseher den Reihen entlang. Wenn man zur Mittagszeit den Saal verläßt, muß man am Ausgang seine Mappe offen vorweisen. Es gibt keine Bücherausleihe. Die Schätze der Nationalbibliothek sind so immens, daß man für seine Arbeit beinahe alles finden kann, was man benötigt. Das übrige sucht man sich in spezialisierten Bibliotheken zusammen. Fast jede besitzt auch einen reichen Vorrat an Manuskripten, alten Dokumenten, Nachlässen. Die Archives Nationales enthalten alles, was eh und je von den Verwaltungen aller aufeinanderfolgenden politischen Regimes abgelegt wurde.

Geschichte ist wie Geologie, die Schichten liegen übereinander, keine fehlt, aber man muß sie suchen. Der Forscher findet immer noch unerforschtes Gestein, Ablagerungen aller Art aus vergangenen Epochen.

III

In der Sorbonne: Vortrag von Heinrich Mann über die Frage der geistigen Verständigung. Wie anders als sein Bruder! Ein Idealist von unscheinbarem Äußeren, am Kinn den kurz gestutzten Bart, ein Kämpfer mit Zivilcourage, von rührender und berechtigter Besorgtheit. Er dankte in einem Brief der Redaktion des «Bund» für meine zustimmende Besprechung. Sehr verschieden von dem deutschen Schriftsteller der österreichische Bundeskanzler Seipel, auch er als Vortragender in einem vollbesetzten Hörsaal. Der Prälat als Staatsmann. Minister Painlevé führt ihn mit respektvollen Worten ein. Ignaz Seipel versucht, den unlösbaren Widerspruch zu erklären, wonach Österreich zwar ein unabhängiger, aber auch ein «deutscher» Staat sei.

Wie eine Figur aus einer Ikone mit seinem langen schmalen Gesicht und Bart der Rumäne Nicolae Jorga, Historiker und Politiker, Gegenspieler der mächtigen Bratianu-Sippe, Lehrer des Kronprinzen Carol, Geschichtschreiber des Osmanischen Reiches. Ein Byzantiner. Jorga, von dem wir nicht wissen konnten, daß er eines fernen Tages von den Mördern der «Eisernen Garde» mißhandelt und grausam getötet würde, orientierte uns im «Centre de Synthèse» über die Entstehung der Nationen des Balkans. Auch der ernste, gescheite Geschichtsprofessor aus Warschau, Marcel Handelsmann, sprach im «Centre» vor. Er wurde im Krieg von den Nazis umgebracht.

Warum ich eines Nachmittags mit andern Leuten bei

dem russischen Philosphen Schestow zu Besuch war, weiß ich nicht mehr – ich weiß auch nicht, warum Tolstoi ihn nicht mochte. Gorki erzählt, Tolstoi habe Schestow, der auch in Jasnaja Poljana verkehrte, einen Friseurgehilfen gescholten. So sah der alte, bleiche, in sich gekehrte Emigrant, der damals über Dostojewski arbeitete, nicht aus. Seine Frau, nach altrussischer Art, setzte sich nicht zu den Gästen; aber sie bediente uns, stumm.

Nichts Vergangenes ist ganz tot. Nichts ist endgültig «überlebt», wie vorschnelle Leute zu sagen pflegen. Ob es das «Jahrhundert Ludwigs XIV.» ist, dem die Nationalbibliothek eine prachtvolle Ausstellung widmete, oder die «Junge Romantik», wie der Titel einer Ausstellung an der Place des Vosges und im Arsenal lautete (1927 jährte sich zum hundertstenmal Victor Hugos literarisches Manifest *«Préface de Cromwell»)*, immer war die Anziehungskraft auf das geschichtsbewußteste Volk Europas – denn das sind die Franzosen – groß. Frankreich ist das China Europas.

Ein neuer Name: André Malraux. Ich las sein Buch über die Revolution in China, *«Les Conquérants»*, und notierte dazu in meinem Kalender: «très impressionnant». Am 15. Dezember 1928. Malraux war siebenundzwanzig Jahre alt. Ich auch. Ich schämte mich, wenn Gleichaltrige auf einmal aus der Anonymität auftauchten, ein Buch veröffentlichten, über Nacht berühmt wurden. Ich hatte noch nichts geleistet.

IV

«Très Parisien» war der Titel eines Modejournals. Das war: Garçonne-Frisur, Glockenhut, Knierock, Seidenstrümpfe, Lippenstift und so weiter. Für die Männer die Charleston-Hose, schwarzgeränderte Brille, ein mächtig dicker Spazierstock. Außerdem: Boulevard, Nachtlokale, Zerstreuungen. Dazu die Juweliere an der rue de la Paix,

die Modehäuser des Faubourg Saint-Honoré. Die Pferderennen in Longchamps und Auteuil, die die Saison beschlossen. Die Obdachlosen oder *clochards,* die unter den Brücken schliefen, und die Apachen – echte und unechte, letztere von der Fremdenindustrie organisiert. In den Bistrots der *Halles* nächtliche Tafelfreuden bis zum Morgengrauen. In Montmartre der «Moulin-Rouge» und die *Soupers-dansants.* Kabaretts, von Lichtreklamen angepriesen, an ihrem Eingang ein riesiger Neger in einer phantastischen Uniform, der die Vorübergehenden zum Eintreten aufforderte. Auch die Dancings, Bars, Klubs und Cafés von Montparnasse waren abends überfüllt. Wie eine Epidemie war die Tanzwut ausgebrochen.

Ich besuchte die Stätten des kostspieligen Vergnügens fast nur, wenn Verwandte oder Bekannte aus der Schweiz mich einluden, den Abend mit ihnen zu verbringen. Aber ich bereue es nicht, in den «Folies-Bergères» Mistinguett und Maurice Chevalier auf der Höhe ihres Ruhmes gesehen, Joséphine Bakers Début miterlebt zu haben. In den Nachtlokalen gab es Champagner. Es waren zerstreuende Abende, deren einziger Nachteil ein schwerer Kopf am nächsten Morgen in der Bibliothèque Nationale war.

V

Jeden Donnerstag besuchte ich das Konzert des Straram-Orchesters, meistens in Begleitung von Lucien Bonzon. Als Kritiker für Schweizer Zeitungen erhielt ich, wie in den Theatern, zwei gute Plätze zugewiesen. Straram machte sein Publikum mit modernen Werken bekannt. Fast in jedem Konzert gab es eine oder zwei Uraufführungen oder Pariser Erstaufführungen. Im ersten Teil seines Programms spielte Straram klassische Werke. Auf Mozart oder Rameau folgten Debussy, Ravel, Milhaud, Dukas, Ibert, de Falla, Hindemith und bereits auch Prokofieff, der in Paris lebte und eine große Zukunft vor sich hatte. Oder wir hörten nach einer Haydn-Symphonie Roussel und Alban Berg, dessen Kammerkonzert für Klavier, Violine und dreizehn Blasinstrumente – das in Frankfurt uraufgeführt worden war – zu einem ausgewachsenen Skandal Anlaß gab. Diese Komposition versetzte die Zuhörer in eine nervöse Spannung; die einen verfielen in einen schnarchenden Schlaf, anderen verursachte sie einen Lachreiz, die meisten rutschten unruhig auf ihren Sesseln, bis endlich ein allgemeiner Lärm, Klatschen und Pfeifen den Dirigenten zum Abklopfen und zu einer erregten Ansprache an das Publikum bewog. So hat schon mancher Ruhm begonnen.

Als Arthur Honegger ein Konzert mit eigenen Werken dirigierte, war ich begeistert. Seine *«Pastorale d'été»*, ein lyrisches Stück, leitete zu seinem großartigen *«Roi David»* über; Jean Cocteau sprach mit seiner hellen, klingenden Stimme den Part des Erzählers.

Ein Jahr später, 1928, sah ich zum erstenmal Strawinsky am Dirigentenpult. *«Feu d'artifice»*, *«Sacre du printemps»*, *«Oedipe Roi»* – fast nichts fehlte. Seltsam erging es mir, als ich den dirigierenden Komponisten erblickte. Seine Erscheinung hatte eine so große Ähnlichkeit mit Rilke, daß ich mit Beklemmung diese scheinbare Auferstehung eines Toten mitansah. Es war aber wohl mehr die Silhouette, der Habitus, die Gestik, vielleicht die Kopfform des Russen, die mich an den Dichter erinnerten. Eine physiognomische Ähnlichkeit der beiden Künstler, wenn man ihre Bilder vergleicht, bestand kaum.

VII

An einem Juni-Abend des Jahres 1928 begegnete ich am Boulevard Saint-Germain einem seltsamen Gefährt – wer kannte noch das Wort Fiaker? –, das mit trikoloren Wimpeln und Bändern geschmückt war. Auf dem Bock eine Fahne in den deutschen Farben Schwarz-Rot-Gold. Der rotbärtige Kutscher und sein Rotfuchs hatten keine Eile. Wozu denn? Seit Wochen verloren sie ihre Zeit, als sie von Berlin nach Paris fuhren. Nun trotteten sie durch die Straßen der *Rive gauche,* der alte Gustav Hartmann und seine «Grasmükke». Sie hiessen freilich nicht mehr lange so, denn kaum hatten die Passanten den gemütlichen Kutscher erblickt, riefen sie ihm zu: «Barberousse», «Barbefleurie!» Aus der schwierigen «Grasmücke» wurde eine «Grasmus», ja sogar ein «Erasmus».

Sie waren eine Zeitlang die populärsten Gestalten von Paris, wie vor einem Jahr Charles Lindbergh, als er mit seinem «Spirit of Saint-Louis» nach der ersten Überfliegung des Atlantiks in Paris gelandet war und gefeiert wurde. Der alte Hartmann aus Halensee war zu seinem 69. Geburtstag in Paris eingetroffen. Das Quartier latin war vor Begeisterung über den Berliner Kutscher ganz aus dem Häuschen. Die Studenten veranstalteten für ihn ein Fest, das bis in den Morgen dauerte.

Ich hatte die Pariser im Verdacht, daß die Langsamkeit des bärtigen Germanen ihr Herz mehr erfreute als die rasende Geschwindigkeit, mit der ein cleverer Amerikaner über das große Wasser geflogen war. Zwar ist das Leben auch in Paris oft hastig und anstrengend; sein Ablauf aber ist nach der Uhr geregelt, jeder hält seine Arbeits- und Essenszeit pünktlich ein – in dieser Hinsicht sind die Franzosen bürgerlich-ordentlich. Doch zuweilen verschwenden oder verlieren auch sie ihre Zeit. «Time is money» ist kein französisches Sprichwort. In dieser anglo-amerikanischen Redensart steckt kein Fünkchen Lebenskunst und keine Weisheit. In einem Film aus Hollywood, der damals in Paris gezeigt wurde, warben ein Amerikaner und ein Franzose um die Gunst einer schönen Frau. Der Franzose gewann ihr Herz, nicht nur weil er hübsch reden konnte, sondern weil er für sie auch seine Zeit verlor. «Seine Zeit verlieren – nicht wahr, was für eine Ketzerei!» spöttelte er über seinen glücklosen Rivalen.

VIII

Wieder ging ein Sommer zu Ende. Angelehnt an die Quai-Mauer blickte ich hinunter auf den Strom, auf die schlanken Bäume unten am Ufer, auf die golden zitternden Blätter, die sich sachte von ihren Zweigen lösten. Dieser Abschied vom Sommer geschah in verklärter Heiterkeit. Es war ein kühler Sonntagmorgen. Ein Regenschauer kam und ging vorüber. Die Luft war hell, der Louvre violett. Der morgendliche Dunst ließ alles frisch erscheinen. Der Herbst äffte den Frühling nach.

Man sprach an diesem Spätsommer- oder Frühherbstmorgen nicht von Abschied. Man konnte sogar neue Entdeckungen machen. Auf dem Marsfeld wurde ein neuer Park angelegt. Er befand sich zwischen dem alten Gebäude der Militärschule und dem Eiffelturm, dessen Spinnennetzartiges Eisengewebe einen durchsichtigen Abschluß bildet. Durch die hohen Bögen seiner schlanken Konstruktion erblickte man auf dem gegenüberliegenden Seine-Ufer die eigenartig exotische Fassade des Trocadéro – dieses hat inzwischen einem anderen, wie mir scheint phantasieloseren Gebäude den Platz räumen müssen.

Am 14. Juli 1790 hatte auf dem Marsfeld das «Föderationsfest» stattgefunden, zum Gedenken an den Bastille-Sturm. Talleyrand, der Bischof war, zelebrierte die Messe. Der König war anwesend. Thron, Altar und Nation schienen für immer versöhnt. Weniger als drei Jahre später wurde Ludwig XVI. hingerichtet und begann der Terror. Nachdem Napoleon 1815 von der Insel Elba zurückgekehrt war, versammelte er auf dem Marsfeld die Repräsentanten des wiedererstandenen Kaiserreichs um sich. Das war kurz vor Waterloo. Das Marsfeld hatte kein Glück. Die schütteren Bäume der neuen Anlage sollten eines Tages dafür sorgen, daß diese schlimmen Erinnerungen unter ihrem Schatten begraben würden.

IX

In Paris lernte ich sehen. Ich mußte auch lernen, in den Sammlungen des Louvre einzelne Abteilungen und Werkgruppen gezielt zu besuchen. Vom 16. Oktober 1926: «Diesmal habe ich hauptsächlich die Gemälde von Leonardo aufgesucht und sie mit den gleichzeitigen von Raffael und der venezianischen Schule verglichen. Leonardo kommt mir als der interessanteste und unerschöpflichste vor.»

Für das intellektuellste Stadium meiner geistigen Entwicklung ist dieses Urteil bezeichnend. In späteren Lebensjahren kam ich Tizians und Velasquez' Werken näher. Das sinnlich-bewußte Empfinden stellt sich erst im mittleren Alter ein. In einer Konzertkritik von 1929 verglich ich Roussels «streng lineare, von allem Dekorativen entblößte Kunst mit der Graphik eines Derain» und zog von da aus eine weitere Parallele zum Werk Paul Valérys, dessen Gedichte «viel mehr dem Intellekt als dem Herzen entspringen». Valéry hatte auch über Leonardo geschrieben. Diese französische Kunstrichtung der 1920er Jahre – es gab natürlich auch ganz andere Schulen – gab dem Unmateriellsten am Materiellen den Vorzug, zum Beispiel Roussel in seinem Orchesterstück *«Le Festin de l'araignée»* dem Spinnennetz. Diese raffinierten Feinheiten sprachen mich an, weil sie auf ausschmückende Gefälligkeiten, die uns von den Früheren bis zum Überdruß angeboten worden waren, verzichteten.

X

Ernst und frivol, einzelgängerisch und beweglich, denkgewohnt und zu Spott aufgelegt, neugierig und beschäftigt, manchmal von Zweifeln gequält und doch ausdauernd, selbstkritisch aber lebensbejahend, wach und zu Bewunderung fähig, mit seiner guten Kinderstube in die gutmütige Bohème des Quartier latin verschlagen: so sehe ich in der Rückschau diesen bemühten jungen Menschen, der vielen Eindrücken zugänglich war und gute Bücher las, aus denen er seine Vorstellung von der Welt und der Gesellschaft, von Liebe und Frauen schöpfte – wozu ihm freilich ein Stendhal und ein Flaubert behilflich sein konnten. Seiner Arbeit ging er unverdrossen nach. In Nebenstunden frönte er einem schlendernden und beobachtenden Müßiggang.

Im dritten Jahr meines Lebens an der rue Saint-Jacques schrieb ich eine autobiographische Erzählung (die nie fertig wurde), aus der ich eine Selbstdarstellung herausgreife; ich nannte mich dort André, was mir gestattete, über mich in der dritten Person so zu sprechen: «Entgegen seiner Gewohnheit war André früh aufgewacht. Er schüttelte wie ein junger Hund seinen Kopf, setzte sich in seinem Bett auf, indem er seine Arme nach hinten auf das Kissen stützte, atmete ein paar Mal tief ein, warf dann die Decken von sich und sprang auf den Fußboden, wo er, mit angespannten Muskeln aufgerichtet, die Hände hinter dem Nacken gefaltet, einen langen Augenblick vor der offenen Balkontür stehen blieb und sich von der Morgensonne die Augen blenden ließ. Er blickte von seinem siebenten Stockwerk, über die Dächer weg, auf die schlanke Kuppel des Pantheon, deren Kreuz hoch in die silbernflüssige Luft des strahlenden Frühsommerhimmels ragte.

Er blieb auf dem hellen warmen Streifen stehn, den die hereinleuchtende Sonne quer über den Fußboden seines Zimmers legte und entledigte sich seines Schlafanzugs. Dann machte er eine Anzahl Freiübungen, deren Ausführung weniger von turnerischen Grundsätzen als von der Lust eingegeben war, sich sein Wachsein, Gesundsein, Jungsein zu beweisen und nach durchschlafener Nacht den überschüssigen Bewegungsdrang zu betätigen.

Nun war allerdings der Sport nie seine Stärke gewesen, und das Gefühl von körperlicher Untüchtigkeit, das ihn durch seine ganze Jugend begleitet hatte, mochte auch jetzt noch manche Unsicherheit, Schüchternheit und Befangenheit in Andrés Benehmen erklären. Als er sich an diesem frohen Morgen im Spiegel erblickte, verfinsterten sich während einiger Augenblicke seine Züge. Er ließ die Arme fallen, was die schmalen hängenden Schultern noch schmaler und hängender erscheinen ließ. Der Brustkorb hatte keinen rechten Umfang, den Gliedmaßen fehlte es an Muskelkraft. Auf eher kurzen Beinen war der schlanke Leib fast zu hoch aufgeschossen, ein Eindruck, der durch den langen Hals noch verstärkt wurde. Wie oft hatte er mit seinem Körper gehadert, ihm seine mangelnde Leistungsfähigkeit und Widerstandskraft, seine Müdigkeiten und Mutlosigkeiten vorgeworfen!

Aus tiefen Augenhöhlen blickte der junge Mann forschend nach dem Spiegelschrank, der ihm sein nacktes Bildnis, von den feingeformten Fußgelenken bis zur dunklen Stirnlocke zu einer halb kritischen, halb belustigten Betrachtung entgegenhielt. In den Waschraum gehn, die Hähne aufdrehn und den vollgetränkten Schwamm abwechselnd über den Nacken und auf der Brust ausdrücken, um sich dann mit zwei kleinen Tüchern zu reiben, bis die Haut rot wurde von dieser energischen Behandlung, war das Werk weniger Minuten.

Lustig vor sich hin pfeifend, band André, der nun mit einer hellgrauen Flanellhose und neuen braunen Halbschuhen angetan war, eine zinnoberrote, mit weißen Tupfen verzierte Krawatte um seinen weichen Hemdkragen. Als er endlich auch seinen aus englischem tabakbraunen Tuch geschnittenen und mit wattierten Schultern ausgestatteten Rock angezogen und zugeknöpft hatte, trat er noch einmal prüfenden Blicks vor den Spiegel und stellte befriedigt fest, daß sein Äußeres durchaus der günstigen Vorstellung entsprach, die er sich in guten Stunden von seiner Persönlichkeit machte. Das feine Taschentuch in der äußeren Brusttasche zurechtzupfend, ohne Hut, trat er, die Tür hinter sich zuschlagend, in den Gang. Er drehte den Schlüssel um und zog ihn ab, dann stieg er aufrecht und flink die sieben

Treppen des Studentenhotels hinunter, auf die Straße, ins Morgenlicht – – – »

XI

Im Kreis gleichaltriger Freunde und Kameraden waren Libertinage und lockeres Reden nicht üblich. Man sprach von Politik, Literatur, Kunst und so fort. Alkohol spielte in unserem Dasein keine Rolle. Wir rauchten den schwarzen algerischen Tabak. Außerdem mußten wir uns einschränken, was uns nicht schwer fiel. Junge Menschen halten nicht viel von Luxus, sie haben andere Interessen als Geldausgeben, und sie bewundern nicht den Reichtum. Ich zweifle sogar, daß junge Menschen Lust wirklich kennen. Sie suchen wohl Zärtlichkeit, aber ihre Liebesspiele sind oft hastig und unvollkommen. Graham Greene hat – zumindest für unsere Generation, der er angehört – recht, wenn er sagt, man lerne erst in mittleren Jahren die Lust, die Lust an Liebe, Wein und gutem Essen.

Paris ist eine weibliche Stadt. Ihre Atmosphäre ist auf eine diffuse Art erotisch. Von Toleranz zu sprechen, wäre nicht zutreffend; denn das menschlich Natürliche und daher die Freiheit der Sinne nehmen ihren berechtigten Platz in der Gesamtheit des Lebens ein. Zu aufwendigen Zerstreuungen, wie sie die Vergnügungsstätten und die damals schon üblichen «Parties» boten, reichten die Mittel nicht. Liebe konnte auch beim Apéritif und im Hotelzimmer schön sein. Bekanntschaften zu schließen war nicht allzu schwer. Die jungen Pariserinnen zogen das Heitere vor, freundliches Benehmen und Aufmerksamkeiten. Ich mochte ihre natürliche Unbefangenheit. Ich glaube, das war alles nicht sehr kompliziert. Freiheit war mein Lebenselement, sie war nötig, denn sie förderte die innere Ausbildung und gestattete die Leistung. Ich liebte die unverkümmerte Bewegung durch das Leben. Vermutlich war ich auch zu sehr mit mir selbst beschäftigt, als daß ich die feste Bindung an einen Partner hätte ertragen können.

Von Dauer war meine Freundschaft mit Monique Briod (Saint-Hélier), die 1928 auf ihrem Krankenlager mit der Niederschrift ihres ersten Romans begann. Ich besuchte sie fast täglich. Sie war mir eine besorgte und manchmal auch strenge Beraterin, kritisch und aufmunternd. Mit dieser intelligenten und sensiblen Frau konnte ich mich über alles aussprechen.

Aber es fehlte ihr an Geduld, an Nachsicht. In einem Brief bat sie mich um Verzeihung für den «Kummer, das Leid, die Verständnislosigkeit, die Härte», die sie mir zugefügt habe. Ihre Seele befinde sich «in einem Zustand der Verwirrung», schrieb sie ein anderes Mal. Sie sei «traurig, müde», immer bettlägerig. Wenn sie aufzustehen versuchte, versagte das Herz. «Seit langem schon sehe ich, wie die Welt vorüberzieht, diese große, leere Welt, wo man so selten eine Seele nach dem Ebenbild Gottes findet, wo man so wenig Platz einnimmt, wo man ein Sandkorn im heftig wehenden Wind ist – der uns wohin trägt, Jean? Wohin trägt uns das große Wehen, das vorüberzieht?» Ihre Seele sei in einer ebenso schlechten Verfassung wie ihr Körper. «Ich mache mit der physischen Verzweiflung, mit den Schmerzen Bekanntschaft.» Monique beklagte ihr Leben lang den Tod der Mutter, die an ihrer Geburt gestorben war. Ihr Vater hatte ihr deshalb Vorwürfe gemacht: «Du hast deine Mutter getötet», hielt er dem entsetzten Mädchen vor. Ich glaube, von diesem Trauma hat sich Monique nie ganz erholt. Dann erinnerte sie sich wieder an ihren Besuch in Brunegg, wo sie mich während meiner Ferien unter den Bäumen, in den alten Mauern geborgen wähnte. Ich sei, schrieb sie, «ein Kind mit verwundetem Herzen», und sie fürchte, ich würde es mein Leben lang bleiben. Die Heilkraft der Pariser Jahre, wo es zwischen Bewährung und Scheitern keinen Mittelweg gab, die Festigung meines

Charakters und meine heitere Lebensfreundlichkeit schienen ihr zu entgehen; oder sie befremdeten sie.

Von mir erwartete Monique vor allem die Erfüllung von zwei Wünschen: Medikamente und Bücher, die ich ihr treulich an ihr Bett brachte oder, wenn ich in den Ferien weilte, aus der Schweiz schickte. Eine tief pessimistische, am Leben schwer leidende Grundhaltung erzeugten in ihrem Wesen eine schmerzhafte Spannung. Ihr Konflikt war seelischer Art und förderte infolge ihrer schwachen Gesundheit die immer bedrohlicher auftretenden Krankheitssymptome. An den Menschen verabscheute sie das Gewöhnliche, sie suchte bei ihnen vergeblich nach dem Vollkommenen. Ihr Dürsten nach dem Unbedingten, diesen «soif d'absolu», der ihr später auf Grund ihrer Bücher von Lesern und Kritikern attestiert wurde, konnte das Leben in seiner ihm anhaftenden Unzulänglichkeit nicht stillen. Mit leidenschaftlicher Unbeirrbarkeit rühmte oder tadelte Monique Menschen und Dinge; ihre Meinungen äußerte sie oft heftig, ohne viele Begründungen. In ihrer Persönlichkeit lagen Zartes und Hartes, Klage und Begeisterung, Phantasievolles und Verstandesklares nahe beieinander. Weil sie Angst hatte, in ihrer Wohnung allein zu bleiben und sich vor ihren Schwächeanfällen und Schmerzen fürchtete, übte sie unwillkürlich auf ihre Umgebung eine Macht aus, der zu widerstehen kaum möglich war. Diese heischende Hilfsbedürftigkeit hatte zur Folge, daß ich und andere ihr Nahestehende ihr Gesellschaft und Beistand leisteten. Oft verbrachte ich den Morgen arbeitend in einem Nebenzimmer. Denn tagsüber war Blaise in seinem Bureau.

Dieser leidende Zustand verhinderte keineswegs die Rastlosigkeit und Energie, mit der Monique an ihren Romanen arbeitete. Über ihren literarischen Bemühungen, schrieb sie mir, stünden drei Namen: Baudelaire, Proust, Rilke; aber, da sie sie oft und mit Bewunderung erwähnt hat, auch die Engländerinnen Emily Brontë, Virginia Woolf und Catherine Mansfield. Der Einfluß dieser englischen Literatur auf ihre Schreibweise ist unverkennbar. Monique zog bedeutende Menschen an – die Maritains, Gabriel Marcel, Henri Ghéon, die Kritiker Charles Du Bos und Edmond Jaloux, der das Vorwort zu ihrem ersten Buche schrieb. Was uns alle in Erstaunen setzte, war die Widerstands- und Willenskraft dieser chronisch Kranken und schöpferisch Tätigen. Auf eine geheimnisvolle Art, scheint mir, war die Krankheit das erschütternde Erlebnis, das den dichterischen Quell zum Fließen brachte.

An manchen Abenden saß ich diskutierend und korrigierend mit Blaise Briod über dem Manuskript meiner Doktorarbeit, die der sprachkundige ältere Freund und Pädagoge mit mir kritisch durchging. Die Briods wohnten im fünften Stock eines alten Hauses hinter dem Pantheon. Vom Balkon schweifte der Blick über Häuser bis zum schlanken Dachreiter der Notre-Dame-Kathedrale – von dem Monique durchaus wahr haben wollte, es sei der Dachreiter der Sainte-Chapelle, worüber wir uns heftig stritten. In das zurückgezogene Leben dieses unzertrennlichen Paares brachte ich ein wenig Wind von draußen, indem ich ihnen von meinen Streifzügen durch Paris, von Theateraufführungen und Konzerten, in späteren Jahren auch von den Vorgängen im Parlament und in der politischen Welt und natürlich von den Konversationen und Debatten in literatischen und gelehrten Zirkeln erzählte. Und schon bestürmte mich Monique mit Fragen, ob es Krieg geben werde. Denn ganz allmählich begann der Horizont sich zu verdüstern.

25. DIENER DER KLIO

Klio ist die Muse der Geschichte. Geschichte schreiben ist ein musisches Geschäft. Denn nur in schriftlicher Gestalt wird Geschichte, von der es kein Bild gibt, wahrnehmbar.

Geschichtswissenschaft aber verlangt Forschung, und Forschung beruht auf einer erlernbaren Methode. Mommsen, dessen Forschungen auf dem Gebiete der Epigraphik nicht weniger verdienstvoll waren als seine großartige Darstellung der Römischen Geschichte, erhielt den Nobelpreis für Literatur.

Von dieser Zweigesichtigkeit kann sich Geschichtswissenschaft, wie verfeinert ihre Forschungsmethoden und ihre Analysen sein mögen, nicht befreien. Sie läßt sich nicht auf eine mathematische Formelsprache reduzieren – sie ist keine «exakte» Wissenschaft. Das tut der Verpflichtung des Historikers zu Wahrhaftigkeit keinen Abbruch; aber wenn er mit sich selbst ehrlich ist, wird er eingestehen, daß er zur Erkenntnis der reinen Wahrheit nur einen fragmentarischen Beitrag liefern kann. Aus diesem Grunde sind zwei Werke oder Abhandlungen über einen historischen Gegenstand nie identisch; Originaldokumente und Publikationen von Quellen und Akten liefern in der Art eines Rohmaterials den Stoff zu seiner Verarbeitung: zu seiner Darstellung und durch sie zum Verständnis der Zusammenhänge. Weshalb ohne Quellenkenntnis und -kritik keine Darstellung und Interpretation eines geschichtlichen Stoffes möglich ist – und weshalb umgekehrt durch neue Quellenfunde und durch andere Gesichtspunkte jede Darstellung und jede Interpretation eines historischen Gegenstandes kritisch in Frage gestellt werden kann.

Wie stand es damit in den 1920er Jahren? Der Biograph Jacob Burckhardts, Werner Kaegi, sagt, daß auch nach 1918 die Kulturgeschichte ein «mageres Gewächs» geblieben sei: «Man dozierte weiter Geschichte der Politik, publizierte diplomatische Akten, behandelte in maßloser Breite Kriegsschuldfragen und erstickte in der Archivforschung.» Diese Feststellung trifft weitgehend auf die an den Universitäten gelehrte «traditionelle Geschichte» zu, der Henri Berr mit seiner Geschichtssynthese den Kampf angesagt hatte. Immerhin begann eine jüngere Historikergeneration, sich von der Staatengeschichte, von der Politik und dem «Ereignis» zu lösen, indem sie sich der Erforschung der wirtschaftlichen und sozialen Verhältnisse zuwandte. Das Spektrum der Geschichtsforschung wurde breiter; der Oesterreicher Alfons Dopsch und französische Gelehrte wie Marc Bloch und Lucien Febvre leisteten Pionierdienste, indem sie neue Wege der historischen Analyse beschritten.

Ich stand mit meinen Bemühungen zwischen den Fronten. In Henri Berrs Kreis und Institut hatte ich den Anschluß an universalhistorische und geschichtsphilosophische Bestrebungen gefunden. Meine Doktorarbeit aber machte ich unter der Leitung von Berrs methodologischem Gegner Seignobos, welcher der Tradition der politischen Geschichte verpflichtet war. Außerdem führten mich Pierre Renouvins Vorlesungen in das Labyrinth der sogenannten Kriegsschuldfragen ein, zu deren Erforschung der Versailler Vertrag den Anstoß gegeben hatte. Es war Renouvins – auch von deutschen Historikern anerkanntes – Verdienst, daß er die Ursachen des Krieges von 1914 aus der emotionellen Sphäre gegenseitiger Beschuldigungen in eine um saubere Herausarbeitung der Kausalzusammenhänge bemühte Betrachtungsweise hinüberführte. Die Schuld am Kriege wandelte sich unter seinen Händen zu einem Gegenstand kühler Quellenkritik. Renouvin erweiterte seine von Affekten freie Untersuchung der Kriegsursachen, indem er im gleichen Geiste die Geschichte des Weltkrieges und der Friedenskonferenz von 1919 zum Gegenstand seiner Vorlesungen und Publikationen machte. Seine sorgfältigen Interpretationen dieses großen und umstrittenen Gegenstandes hatten einen erzieherischen Wert; denn sie waren ein beherzigenswertes Vorbild für eine sachliche und leidenschaftslose Art, Probleme der Zeitgeschichte zu behandeln. Renouvin hat grundsätzlich jegliche politische Meinungsäußerung vermieden. Ich lernte, daß mit Voreingenommenheit und Haß keine gute Geschichte geschrieben werden kann, auch und gerade dann nicht, wenn ihr Gegenstand zeitlich nahe ist und ihre Auswirkungen dazu angetan sind, dem politischen Streit Nahrung zuzuführen. Meine «Weltgeschichte der Neuesten Zeit» verdankt Renouvins Anregungen viel.

Mit meiner Arbeit über Sismondi stieß ich auf breite und komplexe Schichten der historischen Forschung. Hier handelte es sich um die Ideen und Werke eines enzyklopädischen Geistes, der im 18. Jahrhundert wurzelte, aber mit seinen Veröffentlichungen in die Problematik des 19. Jahrhunderts hineinführte. «C'est un très intéressant et très gros sujet», urteilte Paul Hazard, Professor der vergleichenden Literaturwissenschaft am Collège de France, der seine hilfreiche Teilnahme an der Ausarbeitung meiner Sismondi-Biographie auch dadurch bekundete, daß er sie dem Verlag Honoré Champion zur Herausgabe empfahl.

Sismondi ist ein erzählender Geschichtschreiber mit Freude an breiter Darstellung und Sinn für die Dramatik historischer Vorgänge; er läßt sich die Gelegenheit zu wirklichkeitsnaher Schilderung und zum Portrait der handelnden Persönlichkeiten nicht entgehen. Aber er entsagte dem «noblen Stil», der aus der Zeit stammte, da Geschichtschreibung eine rhetorische Übung war, und in dem noch Gibbon und Johannes von Müller ihre Werke geschrieben hatten. Sismondis verständige und intelligente Schreibweise nahm Seignobos für ihn ein. Nicht umsonst hatte er sein schriftstellerisches Handwerk im Kreise von Coppet erlernt; ohne den engen Kontakt mit Frau von Staël, Benjamin Constant und A.W. Schlegel hätte Sismondi kaum, indem er die Arbeit an seinem Hauptwerk unterbrach, die Bände über die Literaturen Südeuropas in Angriff genommen. In dem gelehrt-literarischen Salon des Schlosses Coppet, wo in den Redeturnieren Wissen und Geist bis zur Erschöpfung ausgegossen wurden, schätzte man Sismondi als Spezialisten der mittelalterlichen Geschichte und als profunden Kenner

Italiens. Eigentliches Neuland betrat er, der sich in seiner Jugend der Agronomie gewidmet hatte und von da in das Gebiet der Nationalökonomie und der Sozialpolitik vorgestoßen war, als er in vorgerücktem Alter die Gesamtheit seiner historisch-politischen und sozio-ökonomischen Arbeiten als «Sozialwissenschaft» und als «Wissenschaft von der Regierung» verstanden wissen wollte. Vor ihm war es kaum vorgekommen, daß ein Einzelner sich wissenschaftlich sowohl als Historiker wie auch als Ökonom einen Namen gemacht hatte.

Sismondi ist, nebenbei bemerkt, der einzige Wirtschaftstheoretiker, der im «Kommunistischen Manifest» von Marx und Engels mit Namen genannt und dort als Vertreter des «kleinbürgerlichen Sozialismus» bezeichnet wird. Er verdankt diese Erwähnung seinem Buch *«Nouveaux Principes d'Economie politique»*, in dem er die schlimmen sozialen Folgen der kapitalistischen Wettbewerbswirtschaft eindrücklich schilderte, was ihm die Feindschaft der Vertreter der klassischen Nationalökonomie eintrug. Übrigens hat Marx in seinen späteren Schriften und haben Anhänger seiner Lehre sich mit Sismondi eingehender beschäftigt und dadurch eine nötige Korrektur an der etwas summarischen Charakterisierung seiner Doktrin im «Kommunistischen Manifest» angebracht. Als ein Beispiel möge der «Achtzehnte Brumaire» von Karl Marx dienen, wo dieser sich gegen anachronistische Übertragungen antiker Verhältnisse auf die Gegenwart verwahrt: «Man vergißt Sismondis bedeutenden Ausspruch: Das römische Proletariat lebte auf Kosten der Gesellschaft, während die moderne Gesellschaft auf Kosten des Proletariats lebt.» Mit diesem Satz ist der Kern von Sismondis Systemkritik richtig wiedergegeben.

Seine wirtschafts- und gesellschaftshistorische Perspektive kommt wenigstens andeutungsweise bereits auch an einigen Stellen seiner *«Histoire des Républiques italiennes du moyen-âge»* zum Ausdruck; dort gibt er unter anderem präzise Auskunft über die wirtschaftlichen Verhältnisse in der Kaufmannsstadt Florenz, die zu der Entwicklung des modernen westeuropäischen Wirtschaftssystems Entscheidendes beigetragen hat. Da Sismondis Hauptwerke zwischen 1800 und 1820 entstanden sind, war diese Verbindung von historischen und wirtschaftlichen Erkenntnissen für seine Zeit eine bemerkenswerte Leistung. Allerdings begnügt er sich nicht mit bloßer Darstellung des historischen Stoffes, da es ihm darum zu tun ist, alle Dinge auf den Gedanken der «richtigen» und wünschenswerten Regierungsform, das heißt der institutionalisierten Freiheit, zu beziehen. An dieses ideologische Anliegen hängte Sismondi sein Herz und seinen Geist. Der Kritiker des Kapitalismus war als Politiker ein überzeugter Liberaler. Er war ein Parteigänger der Liberalen, die in Frankreich und Italien die Restauration der Metternich-Zeit bekämpften. Der Ausgangspunkt und die Zweckbezogenheit seines ganzen Œuvres sind in seinem Bestreben begründet, die Vorzüglichkeit freiheitlicher Verfassungen zu demonstrieren, weshalb man Sismondi auch als einen «Konstitutionalisten» bezeichnet hat. Nach seiner Meinung bilden die politischen Institutionen den Charakter der Völker: die Tyrannei macht aus ihnen willenlose Sklaven, die Freiheit aber selbständig denkende und verantwortlich gesinnte und handelnde Staatsbürger. Er bewunderte den englischen Parlamentarismus und begrüßte 1830 das Heraufkommen des Julikönigtums in Frankreich.

Für mich war die Beschäftigung mit dem Leben und Werk Sismondis eine Gelegenheit und Notwendigkeit, von meinen bisherigen Kenntnissen in das Gebiet der Wirtschaft- und Sozialwissenschaft vorzustoßen. So kam es, daß außer den politischen Historikern Charles Seignobos und Raymont Guyot – einem vorzüglichen Kenner der ersten Hälfte des 19. Jahrhunderts – und außer den Komparatisten Paul Hazard und Fernand Baldensperger auch Professoren der Wirtschafts- und Sozialwissenschaften wie Bouglé, Simiand und Marcel Mauss sich für mein Thema interessierten. Nicht zu vergessen der italienischen Gelehrten, für die Sismondis Name mit der Geschichte des Risorgimento eng verbunden ist, und der Genfer Historiker, da Sismondi, obgleich Weltbürger, in seiner angestammten Stadtrepublik auch eine politische Rolle gespielt hat.

So führten mich meine Forschungen ins Weite und Breite. Ich arbeitete natürlich auch in den Genfer Bibliotheken und Archiven, wozu mir die akademischen Ferien Gelegenheit boten. *Last but not least* vermittelte mir ein britischer Kollege die Kenntnis von Dokumenten, die sich auf die engen Beziehungen Sismondis zu den liberalen Kreisen Englands bezogen. Durch seine Ehe mit einer Engländerin war Sismondi mit dem bekannten liberalen Unterhausmitglied Sir James Mackintosh verschwägert. Eine Nichte seiner Frau heiratete Charles Darwin, und der letzte Premierminister der Königin Victoria, Lord Salisbury, war sein Urgroßneffe.

Ich habe mich bei meinen historischen Studien nicht mit den bloß schriftlichen Zeugnissen des vergangenen Lebens begnügt, sondern immer auch die Stätten aufgesucht, wo das Geschehen sich ereignet hatte. Ein Historiker muß Augen im Kopfe, Empfindung für das Atmosphärische und auch Sinn für das *décor* haben, in dem Geschichte sich abspielt und wo die Akteure lebten und wirkten. Biographie ist diejenige Form der Geschichtschreibung, die die Wechselbeziehung von Persönlichkeit und Umwelt deutlich macht. In Genf, in Paris schlug ich Wege ein, die Sismondi gegangen war; ich besuchte sein Elternhaus in Châtelaine über der Rhone, sein Haus in Chêne, wo er mit seiner Frau gelebt hat. Weimar, wo er mit Frau von Staël Wieland besucht hatte, kannte ich schon; in Paris fiel es mir nicht schwer, die alten Häuser wiederzufinden, in denen er zu Gast gewesen war, ehe ich – allerdings erst in späteren Jahren – auch in der Toskana sein idyllisch gelegenes Haus Valchiusa, etwas außerhalb von dem Städtchen Pescia, aufsuchte. Es war auch selbstverständlich, daß ich das Schloß Coppet besichtigte. «Die menschliche Sympathie und die geistige Wahlverwandtschaft sind uns behilflich zum Verständnis eines Mannes und seines Denkens, vielleicht sogar einer ganzen Epoche. Analysieren und erklären ist nicht alles: man muß auch das Leben, die Stimme, den Atem einer versunkenen Welt zu vernehmen suchen. Je mehr man in die Intimität der Toten eindringt, desto unerläßlicher ist es, uns unserer eigenen Denkgewohnheiten zu entledigen. Es ist nicht der geringste Zauber, den uns solche Forschungen gewähren, daß wir allmählich mit dem Leben von ehemals vertraut werden, daß wir lernen, wie die Leute, die auf ihren Reisen die Diligence benützten und für welche die Bücher der Herren de Chateaubriand und von Goethe die große literarische Aktualität bedeuteten, zu denken und zu fühlen. Kurz gesagt haben wir versucht, die Physiognomie der Welt, der Sismondi angehörte, deutlich zu machen und, vor allem, die Silhouette des Genfer Denkers nachzuzeichnen, soweit sie originell in ihrer Epoche, einnehmend für uns oder einfach typisch für dieses oder jenes Milieu ist, in dem er gelebt hat» (aus dem Vorwort zu *«Sismondi 1773–1842, la vie et l'œuvre d'un cosmopolite philosophe»,* Paris 1932, 2. Auflage Genf 1973).

Zwei Jahre hatte ich mit der Sammlung und Sichtung des Materials zugebracht, drei Jahre nahm die Niederschrift des Buches in Anspruch. Im Sommer 1930 erteilte mir die Fakultät die Druckerlaubnis, noch ehe die letzten Kapitel fertig vorlagen. Das Ministerium hatte die Gleichwertigkeit meines Berner Gymnasiallehrerdiploms mit der französischen Licence anerkannt, so daß meiner Zulassung zum Doctorat ès-Lettres d'Etat nichts mehr außer der Vollendung und dem Druck des Werkes im Wege stand.

26. NORDLANDFAHRT

Ende 1927 forderte mich Michel Lhéritier, Generalsekretär des Internationalen Ausschusses für Geschichtswissenschaft, auf, am Historikerkongreß, der im folgenden Sommer in Oslo stattfinden sollte, ein Referat über Sismondi zu halten. Meine Eltern befürworteten den Plan, der mir Gelegenheit bot, mich und meine Arbeit einer internationalen Fachwelt vorzustellen.

Die Erkrankung meines Vaters, der an einer schweren Form der Angina pectoris litt, zwang mich, dem Wunsch der besorgten Mutter folgend, im Vorfrühling 1928 sechs Wochen in Bern zu verbringen. Als er sich besser fühlte, nahm mein Vater seine ärztliche Tätigkeit wieder auf, und ich kehrte nach Paris zurück. Er stand in seinem fünfundsechzigsten Lebensjahr und war nicht gesonnen, sich ins Unvermeidliche zu schicken. Mit ungebrochener Energie, aber kürzeren, langsameren Schritten, täuschte er seine Umgebung über den Ernst seines Leidens. Mittlerweile bereitete ich den Vortrag für Oslo vor.

Ich war dank Lhéritier, der zum Mitarbeiterstab des Völkerbunds-Institutes für geistige Zusammenarbeit gehörte, mit den Bestrebungen der Historiker-Internationale vertraut. Diese war im Mai 1926 in Genf gegründet worden und beruhte auf einer Vereinbarung zwischen den nationalen Fachverbänden Europas, der Vereinigten Staaten und Lateinamerikas. Auch Deutschland und die Sowjetunion hatten sich ihr angeschlossen. Man nannte sie scherzenderweise das «Locarno der Geschichtswissenschaft». Es war erfreulich, daß die Historiker der Gelehrtenwelt ein gutes Beispiel gaben, als sie die Schranken niederlegten, die in den Nachkriegsjahren Deutsche und Russen von den internationalen Fachvereinigungen und Kongressen ferngehalten hatten.

Der internationale Ausschuß hatte sich unter dem Vorsitz des norwegischen Professors Halvdan Koht konstituiert. Die American Historical Association sorgte mit der Unterstützung der Rockefeller-Stiftung für die Finanzierung des Unternehmens. Der Ausschuß bereitete den internationalen Kongreß in Oslo sowie das Bibliographische Jahrbuch und andere Publikationen an seinen Tagungen in Göttingen und in Paris vor – wo uns Edouard Herriot in seiner Eigenschaft als Unterrichtsminister zu einem Essen einlud. Die alten, aber noch in frischer Erinnerung haftenden politischen Streitigkeiten, an denen sich im und nach dem Kriege nicht wenige Vertreter des historischen Faches beteiligt hatten, schienen beigelegt.

Ehe ich die Reise nach Norwegen antrat, verbrachte ich den Monat Juli in der Schweiz. Zu meiner Überraschung forderte mich mein ehemaliger Lehrer, der Berner Germanist Professor Harry Maync, auf, zu seiner Reihe «Die Schweiz im deutschen Geistesleben» einen Band über Rainer Maria Rilkes Schweizer Jahre beizusteuern. Der Auftrag war verlockend, aber ich würde ihn erst ausführen können, wenn meine Doktorarbeit abgeschlossen vorliegen würde. Ich sagte Maync jedoch zu und begab mich nach Zürich, um diesen – von meinen augenblicklichen Beschäftigungen weit abliegenden – Plan mit Eduard Korrodi, dem Feuilleton-Redaktor der «Neuen Zürcher Zeitung», und mit Max Rychner, der Rilkes Übertragungen von Paul Valérys Gedichten als erster in seiner Zeitschrift veröffentlicht hatte, zu besprechen. Dr. Korrodi führte mich bei Frau Nanny Wunderly-Volkart ein, die nach seiner Meinung die umfassendste Kenntnis von Rilkes Schweizer Zeit besaß. Die Begegnung und Aussprache mit dieser seltenen Frau, die des Dichters nahe Vertraute in seinen letzten Lebensjahren gewesen war, stand am Beginn einer engen Zusammenarbeit mit ihr; ohne Nanny Wunderlys Hilfe hätte ich dieses schwierige Unternehmen nicht in Angriff nehmen können. Obgleich es dazu noch zu früh war, verließ dieses große Thema von Stund an nicht mehr meine Gedanken.

Rilkes Verleger und Freund Anton Kippenberg, erfolgreicher Leiter des Insel Verlages in Leipzig, dem ich bereits an einer Tagung im Palais-Royal in Paris begegnet war, hielt sich zu dieser Zeit ebenfalls in der Schweiz auf. In Bern, wo er uns besuchte, konnte ich auch mit ihm diesen Buchplan besprechen.

Von Zürich aus hatte mich mein Weg zunächst nach Graubünden geführt, wo der betagte Familienhistoriker, P. Nicolaus von Salis, mich im Unteren Schloß in Zizers – dem «Johannes-Stift» – erwartete. Dieser Benediktiner-Pater, ein Vetter meines Vaters, gehörte der Erzabtei Beuron an; seine Forschungen führten ihn jedoch oft in seine Stammheimat zurück. Er wünschte, mich in die Ergebnisse seiner genealogischen Studien einzuweihen. Die im Besitz unserer Familie befindlichen Archive bargen aber auch Schätze von allgemeiner historischer Bedeutung. Der geistliche und freundliche Onkel war meinem Bruder und mir herzlich zugetan. Nie hat er, der selber Konvertit war, versucht, uns zu seiner Kirche zu bekehren.

An den Tagen in Zizers ging P. Nicolaus während langer Stunden seine Aufzeichnungen zum Stammbaum mit mir durch. Es kam mir vor, als ob er diese vielen Toten aus mehreren Jahrhunderten persönlich gekannt hätte; er war einzelnen von ihnen durch Sympathie und anderen durch Abneigung verbunden. Besonders erbost war er über einen gewissen Battista von Salis aus dem 18. Jahrhundert, der sich «Fürst» unterschrieb und von dem er sagte, er sei verrückt gewesen; er wollte es in seinem Sinn für Maß und Bescheidung nicht wahr haben, daß ein Bündner Edelmann eine Fürstenkrone über seinem Wappenschild anbringen durfte – obwohl es erwiesen ist, daß der König von Piemont-Sardinien ihn zum *Principe* ernannt hat. Ich sah meinen Onkel nicht wieder. Der fromme Mann ruht auf dem Gottesacker seines Klosters in Beuron.

Fast wie der verlorene Sohn kam ich mir vor an diesen in

der Bündner «Herrschaft» verbrachten, sonnendurchglühten Tagen. Nach langer Zeit war ich wieder in diese mit Reben bestandene, von Schlössern und Burgruinen bewohnte, geschichts- und kulturträchtige Landschaft, die geräumig und heroisch ist, zurückgekehrt. Dort hatte ich einst von Aspermont geträumt. Diesen romantischen Phantasien hatte ich den Abschied gegeben. Aber den gelehrten Erklärungen des Benediktiner-Onkels konnte ich mühelos folgen, denn ihr Gegenstand war mir von früher her vertraut. War ich dem Herkommen untreu geworden? Schließlich hatte ich nichts anderes unternommen als viele meiner Vorfahren auch, die in fremden Ländern ihr Glück gesucht und nach Ehren gestrebt hatten. Was sie als Offiziere und politisch getan hatten, tat ich als Zivilist und intellektuell – wohl wissend, daß nicht wenige von ihnen sich auch als Schriftsteller, Pädagogen und Gelehrte ausgezeichnet hatten.

Große europäische Zentren, Mischkessel der Kultur und der Ideen, der soziale und politische Aufstieg neuer Klassen und Völker und die Probleme der internationalen Beziehungen hatten meinen Gedanken seit ein paar Jahren die Richtung gewiesen. Ich war, nicht ohne den Beitrag von völkerverbindenden Familienbeziehungen und gesellschaftlichen Kontakten, ein Europäer geworden. Dennoch: Nachgeborene haben tiefe Wurzeln, die sie vor Heimatlosigkeit bewahren. Mit inniger Wiedersehensfreude wanderte ich in der Umgebung von Zizers auf lieblichen Wegen durch dieses von Bergen umstandene und beschützte Land. Ich sah aber auch, wie links von der Luziensteig die Berge weit zurücktreten, um dem ungeduldig nach Norden, ins Freie und Weite eilenden Rhein Durchlaß zu gewähren. Dort draußen aber, im Freien und im Weiten, lernt man, die Heimat aus einer anderen Perspektive zu betrachten, das Eigene mit dem Fremden zu vergleichen. Man hört nicht auf, ihr zuzugehören. Aber man gewinnt Distanz, was keineswegs einen Verlust bedeutet.

Und wieder befand sich der wißbegierige Bildungsreisende auf den großen Straßen unserer alten Welt. Mehrere Teilnehmer am Historikerkongreß wählten den Seeweg, um nach Norwegen zu gelangen. Mit ihnen wollte ich mich in Antwerpen auf dem Motorschiff «Brabant» einschiffen; vorher hielt ich mich unterwegs für kurze Zeit in Paris, in Brüssel und in Brügge auf.

Die Begegnung mit den Monumenten aus der Zeit der Burgunder Herzöge und der spanischen Könige in den belgischen Städten prägte sich mir tief ein. Auf dem hochragenden Beffroi der Stadthalle von Brügge stand ich sinnend zwischen dem tiefen Himmel und der grünen, grenzenlosen flandrischen Ebene. Die «tote Stadt», eingehüllt in den Ornat großer Vergangenheit, träumte an ihren stillen Kanälen; ich blickte von schmalen Uferstraßen auf rote und graue winklige Häuser und bestaunte auf den beiden Hauptplätzen die Paläste mit ihren Fassaden in flamboyanter Spätgotik und prunkendem Barock. Alle Stunden ertönte vom Beffroi das vielstimmige Glockenspiel; als gegen Abend feuchte Nebelschwaden durch die Kanäle und Gassen strichen, klang es, als ob Musik vom Himmel tropfte. Ich betrat das Sankt-Johann-Spital, einen Bau aus dem 13. Jahrhundert; rechts führte ein heller Flur zu den Krankensälen, links ein schmaler Gang zu einem kleinen Raum, wo Hans Memlings Werke versammelt sind: das Triptychon der Madonna mit dem Apfel und kleinere Gemälde. In den Kirchen ließ ich die flämische Kunst mit ihrer unbändigen Lebensfülle und apokalyptischen Todesnähe auf mich wirken. Auf immer tot ist die Idee eines burgundisch-flämischen Zwischenreiches, das Deutsche und Franzosen voneinander hätte trennen können; die prachtvollen Sarkophage Karls des Kühnen und Marias von Burgund in der Liebfrauenkirche zu Brügge sind alles, was von diesem politischen Traum übrig geblieben ist.

Aber die Zeit drängte. Am nächsten Tag gelangte ich in

Antwerpen nach langer Fahrt durch Quais, Ladeplätze, Brücken, an Schiffen und Lagerhäusern vorbei, endlich zum Ankerplatz der «Brabant». An Bord des schmalen, blütenweiß gestrichenen Schiffes befanden sich bereits Henri Berr mit seiner Frau Cécile, der berühmte Historiker Henri Pirenne von der Universität Gent, ein russischer Professor, französische und amerikanische Kongreßteilnehmer. Als es dämmerte, passierten wir die Schleuse. Langsam glitt unser kleines Schiff Schelde-abwärts, das Lichtermeer Antwerpens in der milden Sommernacht hinter uns zurücklassend.

Zwei Nächte und zwei Tage dauerte die Überquerung der Nordsee, bei klarem Himmel auf unbewegten Tiefen. Nachdem wir den nördlichsten holländischen Leuchtturm passiert hatten, kam es uns in der grandiosen Stille des offenen Meeres, wohin selbst die Möwen uns nicht mehr folgten, vor, als ob wir in einen anderen Weltteil fahren würden. Endlich erschienen am Horizont die südlichsten Küstenstriche und Vorgebirge Norwegens, davor felsige Inseln und, weiter hinten, unabsehbare bewaldete Höhenzüge. Es war ein wundervoller Abend, an dem wir in der goldgrauen, allmählich versickernden Dämmerung durch den Kristianiafjord tief in die skandinavische Welt einfuhren. Als am 13. August die «Brabant» am Hafenquai von Oslo vor Anker ging, war es fast Mitternacht – zu spät, um in der Stadt unsere Quartiere aufzusuchen, so daß wir uns noch einmal, bei abgestellten Maschinen und gelöschten Lichtern, in unseren Kabinen zur Ruhe begaben.

Frühmorgens bezog ich mein Zimmer im Studenterhjem in Blindern, einem Vorort von Oslo. Man mußte rechtzeitig seinen Platz in der Aula der Universität einnehmen, weil der Kongreß versammelt sein mußte, ehe der König zu seiner Eröffnung erschien. Nachdem Haakon VII. sich auf seinem Sessel niedergelassen hatte, trug der Vorsitzende und Gastgeber, Halvdan Koht, in französischer Sprache seine «Bemerkungen zur Nationalidee in der Neuzeit» vor. Gleichsam als Schulbeispiel einer nationalen Volksbewegung erläuterte der Redner die Geschichte Norwegens im 19. Jahrhundert. Er hob den engen Zusammenhang zwischen der nationalen und der liberalen Idee hervor, die von einer neuen Klasse, dem Bürgertum, getragen wurde.

Damit gab Koht den Ton für mehrere Referate und Diskussionen an. Der Münchner Professor Oncken und sein Wiener Kollege Srbik ließen sich die Gelegenheit nicht entgehen, vor diesem internationalen Areopag die Bedeutung der deutschen Nationalbewegung im 19. Jahrhundert hervorzuheben. Historiker sind oft streitbare Leute, und es ist das Fragwürdige solcher Zusammenkünfte, daß von manchen Teilnehmern im Gewande gelehrter Ausführungen politische Ansichten vorgetragen werden. Geschichte als Vehikel für vaterländische, parteipolitische, konfessionelle und andere Anliegen enthüllt zuweilen die Motivationen, von denen sich manche Vertreter dieses Faches leiten lassen.

Das Referat des Göttinger Historikers Brandi über die Regierung eines Weltreiches durch Karl V. war vorbildlich als ein sachgerechter Beitrag zu unserer Kenntnis eines großen Themas, während der Rektor des Pariser Institut Catholique, Mgr. Baudrillart, mit seinem moraltheologischen Exposé über die religiöse Psychologie Ludwigs XIV. die antiklerikalen Gefühle seiner französischen Universitätskollegen auf eine harte Probe stellte.

Auch der Vortrag des Moskauer Professors Pokrowski diente einer Beweisführung. Vom Standpunkt des historischen Materialismus, sagte er, könne der Absolutismus der russischen Zaren nicht mehr, wie es bisher geschah, als eine nationale Militärdiktatur zum Schutz gegen äußere Feinde verstanden werden; der Zarismus sei die Diktatur des Handelskapitals und des Großgrundbesitzes in ihrem Kampf um die osteuropäischen und asiatischen Märkte gewesen. Trotz den besonderen Zügen, die das Moskowitische Reich dank dem Ort und der Zeit seiner Entstehung zweifellos trage, sei es als ein Staat, der dem Handel sein Dasein und dem Feudalismus seine politische Form verdanke, ein Gegenstück zum Absolutismus der Valois, der Tudor und der Habsburger in West- und Mitteleuropa.

Halvdan Kohts Ausführungen zur «Bedeutung des Klassenkampfes in der neueren Geschichte» bildeten hernach ebenfalls eine Antithese zu konservativen Auffassungen von Geschichte. Der Norweger – der in den 1930er Jahren in einem sozialdemokratischen Kabinett Außenminister wurde – führte den Nachweis, daß Erhebungen einer unteren Klasse gegen eine obere im Altertum und in den Bauernkriegen stattgefunden haben und insbesondere der Entstehung der modernen Nationalstaaten zugrunde lagen; die Wirkung von derartigen Bewegungen könne auch außerhalb des sozialen Bereiches, in der Außenpolitik und im Geistesleben, nachgewiesen werden. In der Diskussion pflichtete ein Professor aus Kiew dem norwegischen Historiker bei, indem er die Entstehung der Ukrainischen Sowjet-Republik als ein Ergebnis des Klassenkampfes der Arbeiter interpretierte. Es war anhand dieses Votums nicht uninteressant, feststellen zu können, daß der Nationalismus in dieser marxistischen Interpretation kaum weniger deutlich in Erscheinung trat als in den Vorträgen, die wir von konservativen deutschnationalen Professoren gehört hatten.

Nach solchen Referaten war es eine Wohltat, die im besten Sinne wissenschaftlichen Ausführungen über «Natural- und Geldwirtschaft in der Weltwirtschaft» aus dem Munde von Alfons Dopsch, dem bahnbrechenden österreichischen Geschichtsforscher, zu hören. In seiner Gegenüberstellung des antiken und des modernen Menschen lernten wir in der Person des betagten polnischen Kulturhistorikers Zielinski einen wahrhaft humanistisch gebildeten Gelehrten kennen.

An der Eröffnungssitzung des Kongresses hatte Henri

Pirenne mit sprühendem Geist seine These vertreten, daß das Mittelalter erst mit der Expansion des Islams am Anfang des 8. Jahrhunderts begonnen habe. Bis zu diesem Zeitpunkt habe das Abendland einen vorwiegend mediterranen Charakter gehabt, der auch von der Völkerwanderung nicht verändert worden sei. Das Mittelländische Meer sei wirtschaftlich und kulturell der Mittelpunkt des Erdkreises geblieben. Erst der Islam habe diese Einheit zerbrochen und Europa auch von Byzanz geschieden; erst dann habe sich das Schwergewicht nach Norden verlagert und dem Germanentum die Hauptrolle in der europäischen Geschichte zugespielt.

Nicolae Jorgas Vortrag in der abschließenden Kongreßsitzung war eine Art Replik auf Pirennes Ausführungen; der Rumäne faszinierte sein Auditorium nicht weniger als sein belgischer Kollege. Von der europäisch-asiatischen Grenze aus sah Jorga die Dinge anders: Orient und Okzident, Byzanz und Rom, durchdringen sich im Mittelalter gegenseitig. Indem uns der Redner die gleichzeitigen Ereignisse in Ost und West vor Augen führte und sie miteinander in Beziehung brachte, setzte er an die Stelle der traditionellen Auffassung von einer in sich geschlossenen romano-germanischen Staatenwelt eine gesamteuropäische Betrachtungsweise der Geschichte unseres Weltteils. Es war nach viel Kleinem und Engem, das in zahllosen Beiträgen an diesem Monsterkongress auch zur Sprache kam, notwendig, daß zwei hervorragende Gelehrte, der eine im äußersten Westen, der andere im äußersten Osten Europas beheimatet, mit ihren Visionen die Debatte auf ein höheres geistiges Niveau hoben.

Einer in meinem Gedächtnis haften gebliebenen Debatte muß ich gedenken, die bei einer Besichtigung des Historischen Museums stattfand. Dort erläuterte uns der Direktor dieses Institutes, Haakon Shetelig, den einzigartigen Fund eines Vikingerschiffes aus dem 9. Jahrhundert. In diesem

«Oseberg-Schiff» (nach dem Fundort so genannt) war eine Königin – die Pirenne scherzend die «Semiramis des Nordens» nannte – mit vielen kostbaren Gegenständen bestattet worden. Wundervolle Holzschnitzereien im sogenannten Tierstil nahmen vor allem unser Interesse in Anspruch. Shetelig vertrat die Ansicht, daß die Vikinger bei ihren Fahrten nach Frankreich den Tierstil kennen gelernt und nach Hause mitgebracht hätten. Der in Chicago lehrende Russe Rostovzeff widersprach ihm, indem er geltend machte, der Tierstil, der damals in Westeuropa nicht vorkam, stamme aus Zentralasien und sei durch Wanderungen über Rußland nach Skandinavien gelangt. Erst die Vikinger hätten ihn in Westeuropa bekannt gemacht. Es war ein lebendiges Beispiel, wie Vorgeschichte und Archäologie uns einen Blick unter die Oberfläche der zeitlich näheren Geschichte gewähren. Die damals in der Gelehrtenwelt selbstverständliche Beherrschung der französischen Sprache gestattete es, daß solche Debatten ohne Zuhilfenahme von Übersetzungsvorkehrungen geführt werden konnten.

Es wurde viel, allzuviel geboten. Man hatte den Kongreß, an dem einundvierzig Delegationen mit mehreren hundert Personen teilnahmen, in fünfzehn Sektionen aufgeteilt, die gleichzeitig in den Hörsälen der Universität ihre Sitzungen abhielten. Es gab geradezu Nebenkongresse, die sich mit Rechts- und Verfassungsgeschichte, mit Religions- und Kirchengeschichte, mit vergleichender Literaturgeschichte, mit Kunstgeschichte und Archäologie befaßten. Am Hauptkongreß wurde gemäß der üblichen Periodisierung der Geschichte in vier Sektionen über Vorgeschichte, Altertum, Mittelalter und Neuzeit debattiert. Letztere erfreute sich des größten Zuspruchs durch die Kongreßteilnehmer. Ich hatte das Glück, am vorletzten Morgen in dieser Sektion mein Referat vortragen zu dürfen; es überraschte mich nicht, daß es ein Italiener, Professor Gallavresi aus Mailand, war, der sich in der Diskussion zu Sismondi äußerte – ehe ich von ihm zu einem Mittagessen eingeladen wurde, an dem auch der französische Akademiker Georges Goyau, Verfasser eines Buches über die Stadt Calvins, der tschechoslowakische Minister Tybal und Michel Lhéritier teilnahmen. Solche private Treffen und Gespräche bilden einen Hauptgewinn an internationalen Kongressen.

Natürlich nahm auch die Geschichte der Außenpolitik in dieser Sektion den ihr zukommenden Platz ein; der bekannte englische Historiker Temperley aus Cambridge belehrte uns über den doppelten Einfluß der Bürokratie und der öffentlichen Meinung auf die Gestaltung – die *decision making* – der britischen Außenpolitik. Daran dachte ich in den kommenden Jahren, als England unentschlossen und schwach auf die dramatischen Ereignisse auf unserem Kontinent reagierte. Die Amerikaner leisteten ihre Beiträge zur Geschichte ihres Landes bezeichnenderweise zum größten Teil in der Sektion für Kolonialgeschichte, so sehr verstanden sich die Vereinigten Staaten strukturell-historisch noch als ein Kolonialland. Angesichts der Zersplitterung und Uneinheitlichkeit der Geschichtswissenschaft war die Debatte, die in der Sektion für historische Methode unter dem Vorsitz von Henri Berr über die Geschichtssynthese stattfand, eine Mahnung – oder beinahe ein Ruf in der Wüste.

Mehr als das wissenschaftliche Interesse – das so viele Gegensätze in sich barg – war es die entgegenkommende, freundliche Gastlichkeit der Norweger, die einigend auf die Stimmung der Kongreßteilnehmer wirkte. In launigen Tischreden wurde von den Koryphäen aus vielen Ländern mit Lob und Preis auf das Gastland nicht gespart. Vierhundertfünfzig Gedecke zählte das Bankett, zu dem uns der Bürgermeister von Oslo in die sagenhaft großen Hallen der Feste Akershus geladen hatte. Es wunderte mich in diesen tanzwütigen Zeitläufen nicht, als ich die gewichtigen Professoren, die am Kongreß mit kaum verhaltener Leidenschaft die Klinge gekreuzt hatten, mit den blonden norwegischen Studentinnen Walzer tanzen sah, ehe um Mitternacht das Vergnügen mit einer Polonaise zu Ende ging.

Kleineren Ländern verzeiht man ihren Patriotismus leichter als den großen Nationen. Demjenigen der Norweger hatte Ibsen in seiner ergötzlichen politischen Komödie «Bund der Jugend» ein Denkmal gesetzt; es war eine gute Idee, daß man uns an einer Festaufführung des Nationaltheaters Gelegenheit gab, dieses Stück in den Dekorationen und Kostümen der Ibsenzeit zu sehen. Es vermittelte uns, obgleich wir infolge der fremden Sprache gleichsam mit Taubheit geschlagen waren, einen realistischen Begriff von der norwegischen Provinz der 1860er Jahre.

Meine Entdeckungsfahrten durch dieses uralt-moderne Land begannen nach einem Mittagessen im Hause der Schwiegereltern meines Berner Freundes Hugo Marti, des Feuilleton-Redaktors des «Bund». Ehe wir im Wagen unseres Gastgebers nach Holmenkollen gelangten, hielten wir unterwegs vor dem einsamen Hause Edvard Munchs. Der uns begleitende Prof. Hans Fehr aus Bern war in seiner Jugend dem Maler in Deutschland begegnet; er wünschte, ihn wiederzusehen. Vom Gartentor aus, das ein wütend bellender Schäferhund bewachte, rief er so lange «Herr Munch! Herr Munch!», bis der menschenscheue Mann herunterkam. Am nächsten Tage sah ich ihn im Grand-Hôtel wieder, wo er mit Fehr zu Tische saß.

Munchs Fresken in der Aula der Universität hatten meine Aufmerksamkeit vom ersten Tag an gefesselt – an der Stirnseite die Farbensymphonie einer von Sonnenstrahlen durchleuchteten Erde, daneben, realistischer, eine Allegorie der Geschichte: auf einer Anhöhe erzählt ein alter weißbärtiger Mann einem Kinde, unter ihnen, fern, ein Fjord. Ich glaube, man kann das verborgene Innere des skandinavischen Wesens und seiner Landschaft, von der erstickenden bürgerlichen Umwelt eines Ibsen und Strindberg bis zu den Meeresufern und den Geheimnissen eines Knut Hamsun in der lyrischen Verzauberung des Koloristen Munch am unmittelbarsten erleben. Nichts fehlt: weder die Karl Johan-Gade, noch die monotone, unabsehbare Weite eines gebirgigen Landes, das sich in merkwürdig gedämpftem Licht traumverloren hindehnt, noch auch jene eigentümliche Besessenheit der großen skandinavischen Dichter mit ihren Beklemmungen, Ängsten und Phobien (die im «Malte Laurids Brigge» ihre deutsche Entsprechung haben). Nur zehn Jahre jünger als van Gogh und Hodler, ist Munchs malerische «Saga» von der ihren ganz verschieden. Trotz vielen Einflüssen von Rembrandt bis Pissarro und Gauguin und trotz der Nähe des deutschen Expressionismus, trotz auch seiner stupenden technischen Geschicklichkeit liegt Munchs Originalität in der unmittelbaren Kraft, mit der er die Erfahrung des nordischen Menschen, eine Erfahrung von Liebe, Angst und Tod, allegorisch zum Ausdruck bringt. Es ist diese Seite des skandinavischen Wesens, das mich, vermutlich als notwendiges Gegengewicht zu der mediterran-lateinischen Helle, anzog und mich später wieder in den hohen Norden lockte.

Für mich bedeutete die Fahrt mit der Bergensbahn nach Norden, die den Teilnehmern am Kongreß geboten wurde, mehr als ein bloßes Vergnügen. Diese fünf Tage, den Eindruck von Weite und Neuheit einer grandiosen Natur, die sie mir vermittelten, kann ich nicht vergessen. An der Station Finse hatten wir die Region der Wälder und Seen längst unter uns gelassen; es war merkwürdig genug, als ich in der Gesellschaft eines französischen Bischofs, eines Professors aus Moskau, eines italienischen Gelehrten und eines holländischen Studenten eine lange Wanderung durch Geröll und Schnee bis an den Fuß des Hardangergletschers unternahm. Es gab keine Verbrüderung, aber dort waren wir nur eine winzige Herde Menschen in einer trostlosen Gebirgslandschaft.

Am nächsten Tag fuhren wir weiter bis Myrdal und nach

Voss, wo Automobile uns abholten und in die allmählich weicher und wärmer werdende Region des Hardangerfjords hinunterbrachten. Zuletzt machten wir in Bergen, das trotz seiner Isolierung zwischen der Meeresbucht und dem Gebirge nichts Melancholisches an sich hat, und wo wir nochmals mit unseren norwegischen Gastfreunden zusammentrafen, einen längeren Halt. Am letzten Abend blickten wir von der Anhöhe von Flöyden auf Gebirge, Meer und Stadt, bis ein Nebelvorhang, dicht und dichter werdend, vor dieser Vedute niederging und nur noch das Flattern der norwegischen Fahne zu hören war.

Am 24. August trafen wir in Oslo wieder ein. Bereits am nächsten Nachmittag schifften wir uns auf dem Dampfer «Kong Haakon» ein, der nach einer nächtlichen Überfahrt bei hohem Seegang unter einem klaren Morgenhimmel im Hafen von Kopenhagen anlegte. Ich kam mir wie in einem südlichen Land vor, so groß war der Unterschied zu dem rauhen Norden, wo wir in den Häusern am Kaminfeuer gesessen hatten.

Und wieder drängte die Zeit. Die Nachrichten, die ich aus Bern erhielt, waren besorgniserregend. Der Zustand meines Vaters hatte sich verschlimmert. Ich nützte die Tage und reiste bei Nacht. Mit einigen Kongreßteilnehmern verbrachte ich interessante Stunden vor den spätrömischen Portraitplastiken in der Glyptothek. In der Königlichen Bibliothek kopierte ich Briefe, die Sismondi an die dänisch-deutsche Dichterin Frederikke Brun gerichtet hatte; als Freundin Bonstettens und der Frau von Staël stand sie mit dem Kreis von Coppet in einer engen Beziehung. Bei dieser Gelegenheit fand ich auch Briefe von Johann Gaudenz von Salis an Frederikke Brun; ich fertigte Kopien an, die Eduard Korrodi in seinem Feuilleton veröffentlichte.

Am 28. August war ich in Leipzig bei Anton Kippenberg zu Besuch. Er war ein vitaler und robuster Mann, in einer traditionsbewußten Art, als Verleger und Sammler, begeistert für höhere Kultur, doch auch ein tüchtiger Geschäftsmann. «Morgens arbeite ich, daß es raucht. Jetzt bin ich frei», sagte er, indem er mich willkommen hieß. Als ich bemerkte, es sei Goethes Geburtstag, erwiderte er: «Ich feiere schon den ganzen Tag.» Aus seiner berühmten Goethe-Sammlung zeigte er mir seltene Stücke; besonders stolz war er auf das Originalmanuskript des Gedichtes «Über allen Gipfeln ist Ruh.» An den Wänden seines Wohnzimmers hingen die Photographien der Autoren des Insel Verlages. Ricarda Huch war darunter. Dann konnte ich mit ihm den Plan meines Buches über Rilke besprechen. Noch am gleichen Abend bestieg ich den Nachtzug, und am 29. war ich wieder bei meinen Eltern an der Nydeck. Mein Vater saß wie gewohnt in seinem Wohn- und Sprechzimmer, die unvermeidliche Zigarre zwischen den Fingern haltend. Er war sehr ernst und sagte, er habe schlechte Tage gehabt. Von da an lebte er von Aufschub zu Aufschub.

Noch hatte ich eine häusliche Pflicht zu erfüllen, ehe ich nach Paris zurückkehren konnte. In Brunegg mußte ich die Installation der elektrischen Zuleitung überwachen, die wegen der Bedürfnisse des landwirtschaftlichen Betriebes nicht länger hinausgeschoben werden konnte. Mit meinem Berner Schulfreund Hugo Schmid, der vor acht Jahren mit mir in Brunegg die Maturität vorbereitet hatte, verbrachte ich Herbsttage in den vertrauten Räumen, wo ein Monteur die Leitungen legte.

Zu Besorgnissen war genug Grund; trotzdem und weil mein Vater es wünschte, konnte ich zu vorgerückter Jahreszeit an die rue Saint-Jacques zurückkehren und mich endlich wieder meiner Arbeit widmen. In meinem Kalender des Jahres 1928 steht unter dem 21. Oktober die Eintragung: «Vertu apaisante et fortifiante qu'a pour moi Paris. J'ai déjà plus d'une fois retrouvé mon équilibre et le sourire.» Und tags darauf: «Je songe à m'établir à Paris et à m'y créer une position.»

Aber schon im März des folgenden Jahres rief mich ein Telegramm meiner Mutter nach Bern zurück. Sechs lange Wochen war ich Zeuge des schweren Sterbens meines Vaters. Als man mich am Morgen des 4. Mai herbeirief, hatte er zu leben aufgehört. In Reden und Nachrufen wurden die hervorragenden Eigenschaften dieses «letzten Gentleman-Arztes» (wie die rhetorische Formel lautete) von Kollegen und Freunden gewürdigt. Unbeirrbar hatte er mir seine moralische und materielle Unterstützung gewährt. «Das Beste was ich Dir wünschen kann», hatte er mir im Dezember zu meinem Geburtstag geschrieben, «ist, Du mögest im bisherigen Geleise fortfahren, nicht nach rechts und nicht nach links blicken, sondern, Dein Ziel nie aus den Augen verlierend, geradeaus Deinen Weg gehen, der Dich, wie ich hoffe und glaube, zu einem guten Ende führen wird...» Der Tod meines Vaters war ein schmerzendes Ereignis in meinem Leben.

IV. JOURNALIST

27. ALS MENSCH IN SEINER ZEITLICHKEIT

Wenn ich den Wecker richte, erwache ich eine Viertelstunde bevor er zu schrillen beginnt. So auch vor ein paar Tagen, am 27. Mai 1974, um 5 Uhr 15 früh, in meinem Zürcher Appartement. Der TEE fährt um 7 Uhr. Es sind alte Gewohnheiten, sehr alte sogar, Studenten- und Journalistengewohnheiten, die ich beibehalten habe: Frühstück bereiten, Bett richten, Geschirr spülen, Hut, Regenmantel und Mappe nehmen, mit ein paar Sprüngen den Tramzug erwischen, am Bahnhof die Handtasche aus der Aufbewahrung holen und, viel zu früh, weil man sich vor Verspätung fürchtete, mit der Platzkarte in der Hand, sein Abteil suchen. Dann die sechsstündige Fahrt durch prallgrüne Landschaften, die von der Zeitungslektüre nur selten ablenken. Immerhin gibt es Unterschiede zu früheren Zeiten, als ich in der 3. Klasse nach Paris fuhr; heute reise ich 1. Klasse, und meinem Alter mache ich außerdem die Konzession, daß ich in einem Hotel der *Rive gauche* ein Zimmer mit Bad reserviert habe.

Als ich vor vierzig Jahren dem Ruf an die Eidgenössische Technische Hochschule nach Zürich folgte, sagte mir mein alter Freund und Mentor Jules Thiercelin: «Sie waren ein Pariser Journalist, Sie werden davon ein unvertilgbares Zeichen mit sich tragen, und das ist gut so.» Als Feuilletonist und Kritiker hatte ich begonnen. Ende April 1928 brachte der «Bund» zum erstenmal einen politischen Artikel von mir über die Parlamentswahlen.

Vor wenigen Tagen – um wieder von heute zu reden – hatte in Frankreich die Wahl des Präsidenten der Republik durch das Volk stattgefunden. Dieser Wahlmodus und die

Führung der Staatspolitik durch den Präsidenten sind das Kennzeichen der Fünften Republik. Den Journalistenberuf hatte ich unter der Dritten Republik ausgeübt, als noch die beiden Kammern, zur Nationalversammlung vereinigt, den Präsidenten in einer feierlichen Sitzung im Schloß Versailles wählten, die Führung der Staatsgeschäfte aber in den Händen des Ministerpräsidenten lag. Mit einem etwas schmalen Vorsprung hat Giscard d'Estaing am 19. Mai 1974 gegen den Kandidaten der Linksparteien, François Mitterrand, das Rennen gewonnen. Als ich an der Gare de l'Est eintraf, hatte die Zeremonie der Amtsübergabe im Elysée-Palast schon stattgefunden. Anstatt, wie es bisher üblich war, in einer schwarzen Limousine zum Arc de Triomphe zu fahren, war der jugendliche Präsident mit seinem Gefolge zu Fuß über die Champs-Elysées zum Grab des Unbekannten Soldaten gegangen, wo er einen Strauß roter Rosen niederlegte. Er hatte es auch abgelehnt, sich die kostbare goldene Kette eines Großmeisters des Ordens der Ehrenlegion umhängen zu lassen. André Chamson, mein Freund aus dem Kreise um Daniel Halévy, in seiner Eigenschaft als ältester Inhaber dieses Ordens, überreichte sie dem Präsidenten in einem großen Etui.

Das alles las ich in den Abendzeitungen nach, die auch die Photos von diesen Zeremonien brachten. Gegen 18 Uhr machte ich mich auf den Weg. Ich beabsichtigte, der Ankunft des Präsidenten im Stadthaus beizuwohnen. Dichte Autokolonnen, Gedränge auf den Trottoirs, überfüllte Verkehrsmittel, Hitze. Leider mußte ich mir gestehen, daß der Tag bereits lang und ich müde war. Anstatt zum Hôtel de Ville zu gelangen, machte ich unterwegs in Saint-Germain-des-Prés halt, wo ich im Café de Flore einen Campari bestellte.

Am nächsten Tag nahm ich an dem Empfang teil, der das *Tout-Paris* im Park des Schlosses Ormesson zu Ehren der Wahl von Jean d'Ormesson in die Académie française zusammenführte. Als Chefredaktor des « *Figaro* » hatte Ormesson, ein junger Vierziger, der vor ein paar Jahren die Pariser Berichte für eine von mir und anderen herausgegebene Zürcher Wochenzeitung schrieb, mit Geschick und Erfolg die Pressekampagne für Giscard geführt. Ganz in Weiß, ein wenig schüchtern und liebreizend, vertrat Madame Giscard d'Estaing ihren Mann an diesem Fest im Schatten von Lindenbäumen unter einem wolkenlosen, allmählich verdämmernden Frühsommerhimmel.

Ich war in Begleitung des rumänischen Historikers Professor Martinescu in einem Wagen der UNESCO nach Ormesson gefahren, das im Osten von Paris in einer friedvollen Wiesen- und Waldlandschaft liegt. Martinescu, der 1946 Rumänien verließ, war der Nachfolger Jorgas auf dessen Lehrstuhl gewesen. Ich erkundigte mich bei ihm nach den genauen Umständen der Ermordung des großen Gelehrten und Politikers, dessen Persönlichkeit in meiner Jugend einen so bedeutenden Eindruck auf mich gemacht hatte. – In dem zierlichen Wasserschloß Ormesson aus der Zeit Ludwigs XIII. zeugen Ahnenbilder von dem Aufstieg dieser alten Pariser Familie.

Ich kann's nicht lassen – in guten wie in schlimmen Tagen war ich in Paris dabei: zu den Zeiten Poincarés, Briands, Herriots und der Volksfrontregierung Léon Blums, dann im September 1938, als Daladier aus München zurückkam, und im Mai 1940, als die deutsche Wehrmacht bereits in Compiègne stand, von neuem nach dem Krieg im Jahre 1946, um im Auftrag meiner Regierung den Beitritt der Schweiz zur UNESCO zu beantragen, wieder 1955, als der Krieg in Algerien ausgebrochen war, auch als 1965 zum erstenmal das Volk selbst seinen Präsidenten wählte und dem General de Gaulle vor seinem Gegner Mitterrand den Vorzug gab. Nachdem ich voriges Jahr in der Sorbonne an einem Kolloquium über die Werke und Ideen Sismondis teilgenommen hatte, ließ ich es mir nicht nehmen, wie in alten Zeiten im Palais-Bourbon einer Debatte der Nationalversammlung beizuwohnen...

Nach dem Tode meines Vaters begann für mich ein neuer Lebensabschnitt. Ich war in das kühle, auf sich selbst gestellte Glied derjenigen vorgerückt, die keine älteren Beschützer mehr über sich haben. Auch die rue Saint-Jacques verließ ich nach ganzen vier Jahren Ende 1929, um in ein altmodisch möbliertes, freundliches Mansardenzimmer des Hotels Foyot hinüberzuziehen. Im Parterre dieses Hauses befand sich ein reputiertes Restaurant, das in den 1890er Jahren durch einen mörderischen Bombenanschlag der Anarchisten bekannt geworden war und wo nun während der Parlamentssession die Senatoren aus dem benachbarten Luxembourg-Palast ihre Mahlzeiten einnahmen. Der Eingang zum Foyot befand sich an der rue de Tournon, einer von schlichter Würde geprägten, breiten Straße des alten Paris. Vor ein paar Tagen suchte ich sie wieder auf; an der Stelle des abgebrochenen Hotels befindet sich jetzt eine kleine Grünanlage. In der Luft versuchte ich vergeblich, die paar Kubikmeter Raum auszumachen, wo ich in einem Zimmer über meiner Schreibarbeit so lange bedächtig und fleißig gesessen hatte.

Dieses Gasthaus wurde von mitteleuropäischen Intellektuellen, die nach Paris kamen, als ein angenehmes, nicht luxuriöses, aber gepflegtes Quartier bevorzugt. Hofmannsthal und Rilke hatten es bewohnt, Ernst Robert Curtius begegnete ich auf der Treppe, und eines Morgens, als ich in den kleinen Salon zum Frühstück hinunterkam, spielte dort ein Mann mit langem graumelierten Haar auf dem Klavier; als ich eintrat, wandte er sich um, ich erkannte an dem buschigen Schnauz und dem freundlichen Ausdruck Albert Schweitzer, der mich fragte: «Est-ce que cela vous gêne si je continue de jouer?» «Pas du tout», erwiderte ich, «j'aime la musique.» Das war mein einziges Gespräch mit dem berühmten Urwalddoktor, zu dessen Musikbegleitung ich frühstückte; ich ließ mir nicht anmerken, daß ich ihn erkannt hatte. Aus der Schweiz pflegte der Zürcher Ordinarius für neuere Geschichte, Ernst Gagliardi, im Foyot abzusteigen; mit diesem feinsinnigen, liebenswerten Gelehrten, den ich ein paar Jahre später in Zürich wiederfinden sollte, verband mich bis zu seinem frühen Ende eine vertrauensvolle und geistverwandte Beziehung. Auch mit dem österreichischen Schriftsteller Joseph Roth, dessen «Radetzkymarsch» zwischen den Romanen von Stifter und Musil wohl das bedeutendste epische Werk aus der Spätzeit der Habsburger Monarchie ist, lebte ich langezeit unter dem gemeinsamen Foyot-Dach. Ein Brief, den ich 1935 von ihm erhielt, zeugt nicht nur von unserer gemeinsamen Sorge um die staatliche Unabhängigkeit Österreichs, das bereits vom «Anschluß» an das Dritte Reich bedroht war, sondern auch von der Herzlichkeit unserer Beziehung. Mit einem etwas hypochondrischen amerikanischen Oberst, den es erbitterte, daß ihm die Franzosen den Orden der Ehrenlegion nicht verliehen hatten, pflegte ich gute Nachbarschaft.

Meine Mutter machte in den letzten Monaten des Jahres 1929 einen Aufenthalt bei mir im Foyot, und aus dem weiteren Lenzburger Verwandtenkreis weilte Peter Mieg, dessen Beschäftigung noch zwischen Kunstgeschichte und Musik geteilt war, wiederholt mit mir Tür an Tür im Dachstock des alten Hauses. Er traf sich gelegentlich mit Klaus Mann, auch er ein Gast dieses bemerkenswerten Hotels. Mein Fenster, eingelassen zwischen abgeschrägten Wänden, blickte nach hinten auf die rue de Condé, eine jener schmalen, gewundenen Gassen der *Rive gauche*, wo die meisten Häuser aus dem 18. Jahrhundert stammen. Dort klammerte ich mich fest und widerstand ich hartnäckig den besorgten Stimmen aus der Schweiz, die mich zurückbeordern wollten. Der «Sismondi» hatte die absolute Priorität in meinen Augen, was immer aus mir werden mochte, und was nicht zu verhindern brauchte, daß ich nach dem Abschluß dieser Arbeit eine Stellung in der Schweiz annehmen würde, wenn sich eine solche bieten sollte. Im Schutze meines Dachzimmers, aus dessen Fenster ich die Gipfel der hohen Bäume des Luxembourg-Gartens erblickte, ging die Vollendung des weitläufigen Werkes intensiv und rasch voran.

Daß die Lebenswege oft wunderlich sind, ist eine banale Bemerkung; dennoch wundert man sich manchmal rückblickend darüber. Bald nachdem ich mich 1926 im Quartier latin niedergelassen hatte, mietete sich auch der gleichaltrige Mitarbeiter der «Frankfurter Zeitung», Paul Bourdin aus Bonn, im University Hotel ein. Er war als Hilfskraft für den ebenfalls gleichaltrigen Dr. Salomon Wolff nach Paris geschickt worden, damit er diesem bei seiner Korrespondententätigkeit an die Hand gehe. Im Mai traf auch Friedrich Sieburg ein, der in einem Neubau an der Place du Panthéon seine Wohnung und die Bureaux der «Frankfurter Zeitung» einrichtete. Diese intelligenten und gewandten Journalisten, unter denen Dr. Wolff als Sachverständiger für Wirtschafts- und Finanzfragen wirkte, verliehen der Pariser Bericherstattung dieser angesehenen liberalen Zeitung einen vielbeachteten Glanz. Zu unserem geselligen Kreise gehörte in späteren Jahren auch Waldemar Gurian, ein zum Katholizismus übergetretener russischer Jude; sein Buch über «Die politischen und sozialen Ideen des französischen Katholizismus», das er als Dissertation bei Max Scheler in Köln ausgearbeitet hatte, besprach ich im Dezember 1929 ausführlich in der «Neuen Zürcher Zeitung».

«Das Paris der zwanziger Jahre», schreibt Wolff im «Buch der Freunde», «erschien uns als die Weltkapitale. Frankreich stand damals noch im Glanzschein des nach dem blutigen Kriege 1918 errungenen Sieges. Es galt als die führende politische und militärische Großmacht, und alles, was in Paris vorging, fand allgemeine Beachtung. Das Amt eines Korrespondenten in Paris war der wichtigste Außenposten, den die Zeitungen zu vergeben hatten.» Von der Beziehung, die wir damals anknüpften, sagt Salomon Wolff, der bis zur Revolution seine Jugendjahre in Moskau verlebt hatte und dessen Muttersprache Russisch war: «Obwohl aus zwei verschiedenen Welten kommend, haben sich unsere Wege durch eine wunderliche Fügung des Schicksals und dank der Vermittlung einer alten ehrwürdigen Dame, der ‚Frankfurter Zeitung', im Schatten des Panthéon auf der Montagne Sainte-Geneviève gekreuzt. Aus einer Bekanntschaft entwickelte sich, durch die Gemeinsamkeit der Interessen und der Gesinnung gefördert, eine Jahrzehnte währende Freundschaft.»

Nachdem unsere Hotelinhaberin, Madame Albert, im Parterre des Hauses ein Restaurant eröffnet hatte, das sie zu Ehren der gegenüber befindlichen Rechtsfakultät «La Basoche» nannte, wurde dieses Lokal zu einem Treffpunkt für Bourdin, Wolff und mich, auch für unsere französischen Bekannten und für unsere Besucher aus Deutschland und aus der Schweiz. («La Basoche» war ursprünglich die Körperschaft der Gerichtsschreiber, bedeutet jetzt aber die Gesamtheit der Gerichtspersonen, Anwälte, Notare und Gerichtsvollzieher.) Der intime Raum der «Basoche» war ein idealer Ort für politische Gespräche. Manchmal erschütterte das Rasseln und Ächzen eines schweren Autobusses das kleine Lokal, oder die Hornstöße vorüberfahrender Automobile zerrissen die Luft. Wir saßen mit dem Rücken gegen die geschlossenen Fenster, die auf die rue Saint-Jacques gingen. An der Wand gegenüber waren neben kleinen Kupferkannen und ähnlichem Gerät im «Bauernstil» auf einem dunkel gebeizten Wandgestell bemalte Töpfe und Teller aufgebaut. Entlang den Wänden des Lokals stand eine ununterbrochene Reihe von quadratischen Tischchen, die mit ihren bunten Tüchern und Gedecken eine freundliche Atmosphäre schufen. Zwischen der Eingangs- und der Küchentür befand sich die Kredenz, auf der in lustiger Abwechslung Hors-d'œuvre-Plättchen, Konserven, Kompottiers, ein riesiger Buttertopf, im Sommer Platten mit Erdbeeren, Himbeeren und Kirschen und eine Mokkatorte neben- und übereinander aufgebaut waren. Auf dem obersten Brett bildeten Schnapsflaschen und vielerlei Sorten Zigaretten den Abschluß und die Krönung dieser Herrlichkeiten. Gleich einer niedrigen Kanzel stand auf der anderen Seite der Küchentür der Kassentisch, auf dem eine Blumenvase neben dem Kontrollbuch selten leer stand.

Es ist schade, daß ich die lebhaften Gespräche, in denen unsere manchmal auseinanderstrebenden Auffassungen über den Versailler Vertrag, die parlamentarische Demokratie, den Locarnopakt und den Völkerbund, die deutsch-französischen Beziehungen, die Reparationspolitik usw. offen erörtert wurden, nicht aufgeschrieben habe. Das war aber aus dem einfachen Grunde nicht nötig, weil unsere publizistische Tätigkeit aus solchem Gedankenaustausch Anregungen empfing und manches, was in der «Basoche» – manchmal abends auch im «Café Mahieu» am Boulevard Saint-Michel oder im «Harcourt» an der Place de la Sorbonne – zur Sprache kam, in unseren Artikeln seinen Niederschlag fand.

Außer den «Basler Nachrichten» belieferte ich auch die «Neue Zürcher Zeitung» und am häufigsten den Berner «Bund» als freier Mitarbeiter mit Artikeln. Des früh verstorbenen Hugo Marti, der nicht nur ein vortrefflicher Feuilletonredaktor am «Bund», sondern auch ein dichterisch begabter Schriftsteller war, gedenke ich in Dankbarkeit als eines teilnehmenden Förderers und zuverlässigen Freundes; desgleichen Eduard Korrodis, dessen Name als Kritiker der N.Z.Z. im ganzen deutschen Sprachraum einen guten Klang hatte. Korrodi war ein Entdecker junger Talente; Max Rychner, Manuel Gasser, Max Frisch und andere hat er früh erkannt, und mir war er aufrichtig zugetan. 1930 wurde für mich zu einer Art Schicksalsjahr, denn nachdem ich im

Sommer mein Dissertationsmanuskript in der Sorbonne zur Erlangung der Druckbewilligung abgeliefert hatte, war die Frage einer festen Anstellung spruchreif. In Genf hätte ich mich auf Grund meiner Pariser *thèse* als Privatdozent an der Universität habilitieren können, aber das Problem des Lebensunterhaltes wäre ungelöst geblieben. Von einer Habilitation in Zürich riet mir Professor Gagliardi ab, weil keine baldige Vakanz auf eine Lehrkanzel in Aussicht stand. In der deutschen Schweiz gab es damals nur vier oder fünf Lehrstühle für neuere Geschichte.

Meine Besprechung von Friedrich Sieburgs Buch «Gott in Frankreich?» in den Spalten der «Neuen Zürcher Zeitung» vom 16. Februar 1930 trug mir einen anerkennenden Brief des Chefredaktors Dr. Kloetzli ein; in einem späteren Brief forderte er mich auf, auch die beiden Bände von Ernst Robert Curtius und Arnold Bergsträsser über Frankreich in seiner Zeitung anzuzeigen. Die deutsche Literatur über Frankreich stand damals in Blüte und brachte Werke von beachtlichem Gehalt hervor. Kloetzli war Berner und wie ich ein ehemaliger Schüler des Romanisten Karl Jaberg. Dr. Korrodi, der mich in Paris aufsuchte, meinte, ich hätte bei der nächsten Vakanz Aussicht, an seiner Zeitung eine Anstellung zu finden. Ich war daran interessiert, nicht nur, weil mir eine Redaktorstelle nach mehr als vier Jahren Tätigkeit als freier Journalist verlockend erschien, sondern auch, weil eine Niederlassung in Zürich mich in die Nähe von Brunegg versetzen würde.

Eine Unvereinbarkeit meiner wissenschaftlichen Interessen mit einer journalistischen Tätigkeit konnte ich nicht entdecken. Der hervorragende Zürcher Historiker Eduard Fueter hatte jahrelang seine Tätigkeit zwischen der Universität und der Redaktion der N.Z.Z. geteilt. In Lausanne behielt der Geschichtsprofessor Edmond Rossier seine Rubrik in der *«Gazette de Lausanne»* bei. Für meine Lehrmeister Delbrück, Troeltsch, Meinecke, Seignobos, André Siegfried und andere war es eine Selbstverständlichkeit, daß sie zu politischen Fragen in Zeitungen und Zeitschriften Stellung bezogen. «Denn das Leben des Okzidentes ist der Kampf», schreibt Jacob Burckhardt, auch der Historiker könne sich ihm nicht entziehen: *«Als Mensch in seiner Zeitlichkeit muß er etwas Bestimmtes wollen und vertreten»* (Werke VII, S. 369 und 374).

Der Verlauf meiner Verhandlungen mit der N.Z.Z. war langwierig und enttäuschend. Korrodi schrieb mir am 22. Mai 1930 über seinen Chefredaktor: «Da er die französische Politik macht, wittert er leicht Konkurrenz, obwohl er einsieht (und zu objektiv ist, um es nicht einzusehen), daß noch eine dritte, und eine wirklich vorgebildete Kraft hergehört... Dr. Kloetzli sagte mir, die Sache eile nicht, d.h. eine Entscheidung falle kaum vor Oktober.» Nachdem der Präsident des Verwaltungsrates dieser Zeitung, Dr. Mousson, und ein anderes Mitglied dieses Gremiums von befreundeter Seite angesprochen worden waren, schrieb mir Korrodi, meine Angelegenheit sei «auf guten Wegen». Herrn Kloetzli schrieb ich am 1. Juli in Beantwortung seines diesbezüglichen Briefes: «Mit Herrn Sieburg ... konnte ich nachträglich sein Buch noch mündlich besprechen. Er schien sich darüber gefreut zu haben, daß seine Ideen in der N.Z.Z. eingehend diskutiert worden sind, und er anerkannte sehr freimütig die Berechtigung meiner kritischen Einwände. Ihrer Aufforderung, Sie während der Sommerferien in Zürich aufzusuchen, komme ich sehr gerne nach, und Ihre Bemerkung, es könnte sich vielleicht eine engere Zusammenarbeit meinerseits an der N.Z.Z. anbahnen lassen, interessiert und beschäftigt mich stark. Ihre Frage, ob ich Interesse am Journalismus habe, kann ich mit gutem Gewissen bejahen.»

Im August bestellte mich Dr. Kloetzli in sein Redaktionsbüro; am Schluß einer unbestimmt verlaufenen Unterredung bat er mich, vor weiteren Schritten mit ihm Fühlung aufzunehmen, da eine Entscheidung über eine eventuelle

Anstellung an seiner Zeitung erst im Oktober getroffen werden könne. In dem Politiker Dr. Mousson, den ich hernach besuchte, lernte ich zum erstenmal den Typus des wohlhabenden altzürcherischen Bürgers kennen, der mit seiner etwas konventionellen Höflichkeit freundlich aber unverbindlich war. Korrodi schrieb mir am 27. September, er habe Mousson gesagt, «wie sehr ich es beklagen würde, wenn man Sie ziehen ließe, und wie hoch ich die Vorteile Ihrer Bildung und des schon Geleisteten schätze ... Ich kann Sie versichern, daß Dr. Kloetzli», dem er empfohlen habe, mich «als seinen persönlichen Sekretär und Auslandredaktor» anzustellen, «nicht leichten Herzens auf Sie verzichten würde».

Völlig überraschend trat in diesem Augenblick der Chefredaktor der «Basler Nachrichten», Dr. Albert Oeri, mit der Aufforderung an mich heran, er möchte sich in einer Angelegenheit seiner Zeitung mit mir besprechen. Die Unterredung mit diesem ausgezeichneten Mann, der ein Großneffe Jacob Burckhardts war, ihm übrigens ähnlich sah und ein humanistisch gebildeter, auch ein mutiger Journalist war, fand in Zürich statt. Oeri machte mir den Vorschlag, ich solle als Bundeshauskorrespondent für seine Zeitung nach Bern gehen. Ich erklärte ihm, ich befände mich in Unterhandlungen mit der «Neuen Zürcher Zeitung» und müsse bis zur Entscheidung über diese Angelegenheit meine Antwort aufschieben.

Aus Genf, wo er an der Session der Völkerbundsversammlung teilnahm, schrieb mir am 3. Oktober Dr. Kloetzli in kurzen Worten, er müsse mit mir noch die Frage abklären, «ob und wann Sie im nächsten Jahr auf der Redaktion der N.Z.Z. eine journalistische ‚Lehrzeit' von etwa einem Monat absolvieren könnten». Es war eine verklausulierte Absage, denn zu Korrodi sagte der Chefredaktor, er könne sich auch bei einem Volontariat zu nichts verpflichten. «Ich bin aufrichtig betrübt und beschämt über die wenig erfreulichen

Erfahrungen, die Sie mit der N.Z.Z. machen», schrieb mir Korrodi am 7. Oktober nach Brunegg. Er sei jetzt selber entmutigt, rate mir aber, «Dr. Kloetzli zu schreiben, daß Sie auf ein Volontariat ohne Zusicherungen verzichten. Ich würde ihn auch ruhig darauf aufmerksam machen, daß seine letzten Äußerungen nicht im Einklang stünden mit seinen früheren Wünschen betreffend eines Mitarbeiter-Verhältnisses. Just in Ihrem Alter», fährt Eduard Korrodi in diesem Briefe fort, «stand für mich auch alles kritisch. Ich fiel am Gymnasium bei einer Wahl durch – und gegen welchen, jetzt durch seine Dummheit und Faulheit berüchtigten Pädagogen. Alles schien sich gegen mich verschworen zu haben, da wurde ich fast mirakulös an die N.Z.Z. berufen. – Wer weiß, ob Ihnen nicht das Umgekehrte geschieht. Daß Ihnen ein Katheder bald Genugtuung gibt und die N.Z.Z. beschämt.»

Als ich hernach Korrodi gesprächsweise fragte, woran es eigentlich gelegen habe, sagte er, da er selber Katholik sei, habe man nicht einen zweiten katholischen Redaktor anstellen wollen. Er schien überrascht, als ich ihm sagte, ich sei nicht Katholik. Da diese Sache sich herumgesprochen hatte, verbreitete Dr. Mousson eine andere Version: ich sei mehr ein Gelehrter als ein Journalist, und außerdem bestehe an der Zeitung kein Bedürfnis nach einem redaktionellen Mitarbeiter.

Wieder in Paris, riet mir Blaise Briod, der aus seiner früheren Redaktionstätigkeit die Berner Verhältnisse kannte, das Angebot von Oeri anzunehmen; das Amt eines Bundeshauskorrespondenten sei ein gutes Sprungbrett für eine journalistische oder politische Laufbahn. Ich hatte jedoch Bedenken, nach Bern zurückzukehren, und außerdem hatte mir die Basler Zeitung ein recht karges Gehalt in Aussicht gestellt.

Mirakulös war die Auflösung nun auch *dieses* Knotens: Ende November trug mir der «Bund» die Stelle eines Pariser Korrespondenten an. Ich fuhr unverzüglich nach Bern, und nach einer Rücksprache mit dem Zeitungsverleger, Herrn Frédéric Pochon, und dem Chefredaktor, Ernst Schürch, wurde vereinbart, daß ich am 1. Dezember 1930 meine Tätigkeit aufnehmen solle. Zweifellos hatte Hugo Marti bei diesem «Wunder» die Hand im Spiele gehabt. Der Auftrag, neben der parlamentarischen und außenpolitischen Berichterstattung auch über die kulturellen und wirtschaftlichen Vorgänge in Paris zu schreiben, bereitete mir Genugtuung; für die Zeitung war es vorteilhaft, alles in einer einzigen Hand zu vereinen, und mir machte eine solche *allround*-Publizistik Spaß. Die Bedingungen waren für die Zeitverhältnisse günstig: Monatsgehalt inklusive Berufsauslagen 800 Franken und vier Wochen Ferien pro Jahr.

Da die Auslandkorrespondenten des «Bund» ihre Beiträge nicht mit ihrem Namen oder mit Initialen, sondern mit einem Zeichen des Tierkreises zeichneten, erteilte mir die Redaktion das Zeichen der Waage. Als ich zu Hugo Marti sagte, ich sei mir nicht sicher, ob ich bereits so überlegen ausgewogene Kommentare zu verfassen imstande sei, wie sie dem Sinnbild der Waage entsprechen würden, meinte er lachend: «Man konnte Ihnen doch nicht einen Vulkan geben!» Ich hatte mir offenbar den Ruf eines ziemlich streitbaren jungen Mannes zugezogen. Auch die politische Richtung dieser Zeitung sagte mir zu. Während bereits gewisse Organe in der Schweiz in den gefährlichen Wassern zu plätschern begannen, aus denen die dem deutschen Nationalsozialismus freundlich gesinnten «Fronten» hervorgingen, verteidigte der «Bund» unbeirrt eine freisinnig-demokratische Haltung. In diesem von antidemokratischen, die Freiheit bedrohenden Strömungen unterspülten Europa vertrat ich selber die Ansicht, die Thomas Mann seinem Settembrini in den Mund legt: «Die Demokratie hat keinen anderen Sinn, als den einer individualistischen Korrektur jedes Staatsabsolutismus.»

Die neue Wendung der Dinge war die in jeder Hinsicht für mich günstigste. Vor allem konnte ich in Paris bleiben und, von materiellen Sorgen befreit, dort meine Stellung festigen. Ich würde nun auch Zutritt zum Parlament und zum Ministerium des Auswärtigen am Quai d'Orsay erhalten und mich in einem der schweizerischen Bundesverwaltung und Regierung nahestehenden Presseorgan zu Fragen der französischen und internationalen Politik äußern können. Als ein Anschauungsunterricht für einen Historiker war diese Tätigkeit in einer bedeutenden Hauptstadt Europas von unschätzbarem Wert. Sie lockte mich aus dem Staub der Bibliotheken und Archive und versetzte mich unmittelbar in das politische und gesellschaftliche Geschehen einer unruhvollen, einer schweren Krise entgegengehenden Zeit. Bereits waren in Europa die Folgen der «schwarzen Tage» an der New Yorker Börse vom Oktober 1929 eingetreten. Und schon hatten bei den Reichstagswahlen vom September 1930 die Nationalsozialisten einen sensationellen Erfolg errungen. Indem ich alle freien Stunden dazu benützte, konnte ich auch den Druck meines Buches fördern und die obligatorische «kleine These» ausarbeiten, die als ein schmaler zweiter Band die Sismondi-Biographie ergänzte. Auch in Henri Berrs «Centre» kehrte ich, sooft es mir meine Beschäftigungen erlaubten, gerne zurück. Das erste Jahr meiner Tätigkeit als vollamtlicher Pressekorrespondent war auch das letzte Jahr meiner Vorbereitung auf meine Doktorpromotion an der Pariser Universität. Die endlich gewonnene Unabhängigkeit und materielle Sicherheit entschädigte mich für Mühe und Arbeit.

Ich blickte damals nicht ohne Zorn auf die Schweiz zurück und war fest entschlossen, meinen Weg in Paris zu machen. Ich schrieb in einem Brief: «Freilich bin ich in Paris daheim, wie außer meinem Flecken Hügel und Wald um Brunegg sonst nirgends. Ich habe hier mit dem Leben Bekanntschaft gemacht und seine eigentliche ‚Reifeprüfung' bestanden. Der Rhythmus der Pariser Existenz ist mir angemessener, als es derjenige eines Schweizer Daseins sein könnte. Ich hänge sehr an meinem Land und möchte dort begraben werden; vielleicht auch dort mein Alter verbringen, wo sich meine Kindheit abgespielt hat. Aber das tätige Leben, das Leben, das nicht nur aus Feiertagen und Ferien besteht, das man nicht nur in einer gepflegten Parkanlage und zwischen Menschen zubringen möchte, deren Dasein wie ein Uhrwerk geregelt ist, dieses Leben möchte ich mit einer lebendigeren Menschheit und einer freieren, weiteren Welt teilen. Es ist für alle Schweizer, die die Lebensbedingungen des Auslands gekannt haben, schwer, sich anders denn als Ruhe- und Stillebedürftige wieder in der Heimat zurechtzufinden. ‚Der Wartesaal Gottes' – ja, gewiß, aber vorher muß man den Tummelplatz der Menschheit gekannt haben » (an Nanny Wunderly-Volkart, Paris, 17. März 1931).

Rainer Maria Rilke hatte einmal die Schweiz den «Wartesaal Gottes» genannt.

28. KRISEN

Im Dezembermonat 1930 sorgten die Ereignisse dafür, daß ich gleich mit der ganzen Weite und Breite meines neuen Berufes bekannt wurde. Um mich in der Auslandpresse einzuführen, trat ich der «Association syndicale de la presse étrangère» bei; den Vorsitz dieser Vereinigung führte mein Landsmann Maurice Muret, der als Mitarbeiter der *«Gazette de Lausanne»* und des *«Journal des Débats»* einen guten Namen hatte und mit dem ich mich bei meinem Antrittsbesuch über Benjamin Constant unterhalten konnte. Der geschäftsführende Sekretär der Auslandpresse hieß Paul Landowski und war ein Bruder der von mir bewunderten Cembalistin Wanda Landowska. Er verschaffte mir den Ausweis für die Pressetribüne des Palais-Bourbon und den «coupefile» der Pariser Polizeipräfektur, der den Journalisten den

Durchgang durch die Polizeisperren gestattete. Das war der Beginn meiner Freundschaft mit diesem polnischen Geschwisterpaar.

Es war nun auch an der Zeit, mit der diplomatischen Vertretung meines Landes und mit der Schweizer Kolonie in Paris – die so zahlreich wie die Einwohnerschaft der Stadt Luzern war – den Kontakt aufzunehmen. Der Gesandte, Alphonse Dunant, ein würdiger alter Genfer, empfing mich mit einer etwas herablassenden Freundlichkeit. Der Oberste Gerichtshof im Haag fällte in den gleichen Tagen seinen Spruch in der Streitsache der Freizonen in Hochsavoyen, die den Gegenstand eines Prozesses zwischen der schweizerischen und der französischen Regierung bildete. Mit der Unbekümmertheit eines Reporters suchte ich den Politiker Paul-Boncour auf, der als Anwalt der französischen Regierung die Sache seines Landes im Zonenprozeß nicht ohne Erfolg vertreten hatte. Das Interview, das mir Paul-Boncour zum Stande der savoyischen Zonenfrage gewährte, war mein erster Beitrag für den «Bund» über eine Frage der schweizerisch-französischen Beziehungen.

Für die Sitzung des Senats, die am 4. Dezember nach einer Interpellationsdebatte das Kabinett Tardieu zu stürzen drohte, konnte mir Landowski keinen Ausweis verschaffen, da die Auslandpresse mit wenigen Ausnahmen keinen Zutritt zur Ersten Kammer hatte. Ich wandte mich an Henri Berr mit der Bitte, sich beim Präsidenten des Senats, Paul Doumer, für mich zu verwenden. Vom Foyot kommend, brauchte ich nur die Straße zu überqueren, um im Petit-Luxembourg, dem Amtssitz des Senatspräsidenten, vorzusprechen. Er kannte mich, da er manchmal an unseren Beratungen im «Centre de Synthèse» – in dessen Aufsichtsrat er den Vorsitz führte – teilnahm. Ehe die entscheidende Sitzung stattfand, begab ich mich zu Doumer, der einem Weibel Anweisung gab, «de caser monsieur de Salis dans une tribune de la presse».

Im großen Halbrund des Luxembourg-Palastes waren die Senatoren bereits vollzählig versammelt; ich erkannte die beiden alten unversöhnlichen Feinde Poincaré und Caillaux, deren Plätze sich unweit voneinander befanden. Aus der Wandelhalle ertönte dumpfer Trommelwirbel, der die Ankunft des Präsidenten Doumer anzeigte.

André Tardieu war nach dem kurzen Zwischenspiel eines Kabinetts Briand Ende 1928 dem erkrankten Poincaré als Ministerpräsident nachgefolgt; aber die Radikalen waren aus der Unionsregierung ausgetreten, nachdem Poincaré sein Werk der Sanierung der Staatsfinanzen mit der Stabilisierung des Frankenkurses (er betrug noch ein Fünftel seines Vorkriegswertes) vollendet hatte. In der Abgeordnetenkammer regierte Tardieu mit einer schmalen Rechtsmehrheit. Im Senat, dessen Mitglieder für eine Amtsdauer von neun Jahren von Wahlmännern gewählt wurden, herrschte die linke Mitte vor; die Zugehörigkeit der klerikalen Rechten zur Regierung Tardieu war der Senatsmehrheit ein Dorn im Auge. Infolge eines Finanzskandals, der nach dem Namen eines betrügerischen Financiers als «Oustric-Affäre» in der Presse Schlagzeilen machte, hatten drei in diese Sache verwickelte Minister ihren Rücktritt nehmen müssen.

Tardieu war ein fähiger und sachkundiger Politiker im besten Mannesalter, der an der Pariser Friedenskonferenz 1919 der engste Mitarbeiter Clemenceaus gewesen war. Er war ein gebürtiger Pariser, mit einem Schuß Bonapartismus im Blut, eine Eigenschaft, die in dem «Großen Rat der französischen Gemeinden», wie der Senat auch genannt wurde, unbeliebt war. Sein frischer, angriffiger Regierungsstil war dem weißbärtigen provinziellen Element, das im Senat vorherrschte, unangemessen. Mit einer Rede, die mehr einem Regierungsprogramm als einem Plädoyer glich und in der der Regierungschef alle mit der Weltwirtschaftskrise, der Außenpolitik und der Landesverteidigung zusammenhängenden Fragen behandelte, konnte Tardieu den Willen der

Sentatsmehrheit, ihn zu stürzen, nicht brechen. Nach einer heftigen Redeschlacht wurde das Kabinett mit wenigen Stimmen in die Minderheit versetzt und gezwungen, im Elysée-Palast dem Präsidenten der Republik seinen Rücktritt zu erklären.

Ich konnte an diesen Wintertagen die Stärken und mehr noch die Schwächen des parlamentarischen Regimes der Dritten Republik aus nächster Nähe kennen lernen. Als Pressekorrespondent, der an der Börse, wie es damals üblich war, seinen Bericht in einer der von Journalisten belagerten Telephonkabinen nach Bern durchgab und in seinem Mansardenzimmer die Artikel schrieb, die er als Expreßbriefe eigenhändig in der Gare de l'Est dem Postwagen des Nachtschnellzugs anvertraute, hatte ich Arbeitstage, die sich an Krisentagen und -wochen manchmal von 8 Uhr morgens bis Mitternacht oder sogar bis zum Morgen hinzogen.

Präsident Gaston Doumergue hatte in weniger als sieben Jahren bereits vierzehn Kabinette ernannt und war nun gezwungen, der Republik ein fünfzehntes zu geben. Louis Barthou, Senator und ehemaliger Minister, bemühte sich vergeblich, ein «Kabinett der Entspannung, Versöhnung und Konzentration» zu bilden. Daraufhin betraute Doumergue einen jüngeren Senator, der als Arbeitsminister im Kabinett Tardieu das umstrittene Sozialversicherungsgesetz mit Geschick durch die parlamentarische Beratung gesteuert hatte, mit der Regierungsbildung. Er hieß Pierre Laval. Da jedoch die Radikalen ihren Eintritt in die Regierung vom Ausschluß der Rechten und Tardieus abhängig machten, gab auch Laval den ihm erteilten Auftrag dem Präsidenten zurück.

Am 18. Dezember konnte ich endlich auf der kleinen Tribüne der Auslandpresse im Palais-Bourbon, die die Journalisten kaum zu fassen vermochte, meinen Platz einnehmen. Ein radikaler Senator, Jules Steeg, ein eleganter Siebziger, übrigens ein Protestant wie Doumergue, hatte ein Kabinett zusammengebracht, das er an diesem Nachmittag der Kammer vorstellte. Ich war von 14 Uhr 30 bis 22 Uhr an meinem Platz, meist stehend, da die schmalen Bänke, die keine Rückenlehne hatten, von älteren Kollegen besetzt waren. Auch Steeg war die sogenannte «Konzentration» nicht gelungen, weil die Politiker der Rechten seinem mehrheitlich aus Radikalen zusammengesetzten Kabinett die Mitarbeit versagt hatten. Dank der parlamentarischen Unterstützung der Sozialisten und der Stimmenthaltung einiger Abgeordneter der Mitte errang Steeg eine Mehrheit von sieben Stimmen. Es war ein Pyrrhussieg, aber er genügte, um der neuen Regierung zu gestatten, die Weihnachtspause, die sogenannte «trêve des confiseurs», zu überleben.

Der Mangel an Stabilität, an dem die Dritte Republik chronisch litt, hatte ihre Ursache in einem Machtmißbrauch des Parlamentes, von dessen Launen und Willkür die Regierung abhängig war. Da nie eine einzelne Partei über die Mehrheit in der Kammer verfügte, mußte von Fall zu Fall aus mehreren Fraktionen eine Koalition gebildet werden. Die «Dosierung» der Ministerposten nach Gesichtspunkten der parlamentarischen Taktik war die unumgängliche Regel, nach der diese Kabinette zusammengesetzt wurden. Seignobos freilich meinte, die Regierungen stürzten sich immer selbst, indem sie die Vertrauensfrage stellten, wozu sie nicht gezwungen seien. Es gab, entgegen den Bestimmungen der Verfassung von 1875, die dem Präsidenten der Republik die Exekutivgewalt überträgt und mit keinem Wort das Amt und den Titel eines Ministerpräsidenten erwähnt, keine reinliche Trennung mehr zwischen der Exekutiv- und der Legislativgewalt; diese hatte sich faktisch die Macht über die Exekutive angeeignet. Den Präsidenten der Republik hatte das Parlament dadurch entmachtet, daß es ihn selber wählte und die Möglichkeit hatte, eine von ihm ernannte Regierung so lange zu boykottieren, bis er sich entweder fügte oder demissionierte – was Präsident Millerand 1924 widerfahren war.

In Frankreich gab es nur wenige gut organisierte und strukturierte Parteien, und ihre Mitgliederzahl war gering. Die Radikalen, die ein provinzielles, antiklerikales Kleinbürgertum vertraten und unter denen die Freimaurer zahlreich waren, stützten sich auf lokale Komitees und Logen, die über das ganze Land verstreut waren. Sie betrachteten sich als die ideologischen Nachfahren der Jakobiner und gaben der Republik ihr freidenkerisches und egalitäres Gepräge. Jedes französische Kind sollte nach Maßgabe seiner Fähigkeiten eine berufliche und gesellschaftliche Aufstiegsmöglichkeit haben. Ein Doumer, ein Herriot, ein Laval waren Kinder des Volkes. Aber wenn das Herz der Radikalen links schlug, zog ihr Geldbeutel sie nach rechts – die Deklaration der Menschenrechte von 1789 hatte das Eigentum als unantastbar erklärt. Als Jakobiner waren die Radikalen auch gute Patrioten; die obligatorische Dienstpflicht war ihnen als ein Ausdruck demokratischer Gleichheit und nationaler Verteidigungsbereitschaft teuer. Der Radikale Steeg hatte in seiner Regierungserklärung zwar die Fortsetzung der Friedenspolitik, die der unabsetzbare Außenminister Aristide Briand verkörperte, in Aussicht gestellt, zugleich aber die Landesverteidigung als seine «erste Sorge» bezeichnet.

Die Sozialisten, die grundsätzlich den Heeres-Etat ablehnten und für eine internationale Abrüstung eintraten, unterschieden sich von den Radikalen auch durch ihre ideologische Gegnerschaft gegen den Kapitalismus; sie bekannten sich unter ihrem Führer Léon Blum zur parlamentarischen Demokratie, in deren Rahmen sie für ihre sozialpolitischen Forderungen kämpften. Sie unterstützten auch die Außenpolitik Briands.

Auf der Rechten bestand ein Unterschied zwischen liberalen Konservativen, die sich zur laizistischen Republik bekannten – wie z.B. Poincaré und Tardieu –, und den Klerikalen, deren beste Wahlagentin im ganzen Lande die katholische Geistlichkeit war.

Das bäuerliche Element, das in der französischen Politik eine beträchtliche Rolle spielte, hatte Vertreter in allen Parteien – für die Linksparteien stimmten Kleinbauern und Landarbeiter, für die Mitte und die Rechte der größere Grundbesitz. Der Anteil der städtischen Bevölkerung betrug zu jener Zeit kaum mehr als 50 Prozent der Gesamtbevölkerung. Im Vergleich mit modernen Industrienationen hatte die städtisch-industrielle Wirtschaft in Frankreich nicht Schritt mit der Entwicklung gehalten. Kleinunternehmen, landwirtschaftliche und gewerbliche Kleinbetriebe, Kleinhandel herrschten vor und bewirkten eine Zersplitterung von Kapital und Arbeit in wenig nutzbringender Art. Nicht die kollektive, sondern die individuelle Leistung zählte in der Wirtschaft wie in der Politik; nicht in der Organisation, sondern in der Improvisation lag die Stärke dieses Volkes. Die Politik wurde mehr von parlamentarischen Persönlichkeiten und Klüngeln als von Parteien gemacht. Männer wie Briand und Laval gehörten keiner Partei an, hatten aber einen Anhang und Einfluß.

Die Permanenz des Staates, die Kontinuität seiner Politik, die bindenden Verfahrensregeln, die Verwaltung der Provinz, die Sicherheit im Innern und nach außen, die Beziehungen zu fremden Regierungen, die Rechtsprechung, die Finanzgebarung und die Rechnungsprüfung wurden von der hohen Ministerialbürokratie, von den großen öffentlichen Körperschaften, von den Finanzinspektoren, den Diplomaten, den Präfekten, von der Polizei, der Armee, den Rechnungs- und Gerichtshöfen gewährleistet. Aber «Politik», wie sie im Rahmen des geltenden Wahlsystems in sechshundert Einerwahlkreisen gemacht wurde, war in diesem, wie Beuve-Méry mir einmal sagte, «zutiefst nonkonformistischen Volk» etwas anderes. Sie kam nicht ohne stereotype Formeln, nicht ohne Beredsamkeit aus; einen guten Redner hielt man für einen guten Politiker. Der Franzose erwartete auch, daß seine Vertreter auf Prinzipien schworen, aber nicht unbedingt, daß sie auch danach handelten. Ideologie und politische Praxis sind verschiedene Dinge, besonders in Frankreich. Mit der Entstehung der Kommunistischen Partei allerdings und mit den ins Kraut schießenden faschistischen oder nationalistischen Bünden waren Kräfte aufgetreten, die keinen Spaß verstanden. Aber ihre Anhängerschaft war noch relativ gering. Es gab nur elf kommunistische Abgeordnete. So oder anders sind die Franzosen schwer zu regieren. Sie glauben nicht an die Regierungsautorität, wer immer sie ausübt. Trotz der Intelligenz und Tatkraft führender Politiker und trotz der Einsicht, daß manches anders sein sollte und besser sein könnte, wurde die Republik nicht gut regiert. Im Grunde wünschte das Volk, so wenig wie möglich regiert zu werden und so viel Freiheit wie möglich, aber auch so viele Vorteile wie möglich zu haben, was sich sowohl in Forderungen an den Staat als auch im Kampf gegen den Staat, gegen den Fiskus und gegen pedantische Vorschriften und Verwaltungsschikanen äußerte. In meiner journalistischen Praxis konnte ich alle diese Dinge gründlich kennen lernen.

Allein, die Folgen des Weltkrieges, dessen Ende in dem Zeitpunkt, von dem hier die Rede ist, nur zwölf Jahre zurücklag, lasteten schwer auf diesem ausgebluteten Volk und dem schwer verschuldeten Staat. Ein Fünftel der aktiven männlichen Bevölkerung hatte auf den Schlachtfeldern das Leben gelassen. Nach der nationalen Hochstimmung, die auf den Sieg gefolgt war, nagten Zweifel und Verzagtheit am nationalen Bewußtsein. Die Schlachtfelder im Norden glichen einer Mondlandschaft – ich werde nie den entsetzlichen Anblick des Schlachtfeldes von Verdun vergessen. Abgesehen vom Wiederaufbau und der Erneuerung des abgenützten Produktionsapparates und Materials jeglicher

Art, verlangten die Kriegsversehrten, Frontkämpfer, Hinterbliebenen und Geschädigten der Kriegsgebiete Pensionen und Entschädigungen, deren Geldwert insgesamt nicht geringer als die Kosten des Wiederaufbaus war. Hilfe aus dem Ausland blieb aus. Die Vereinigten Staaten forderten die Kriegsanleihen an ihre europäischen Verbündeten, die mit ihren Leibern an der Front ausgeharrt hatten, bis in letzter Stunde die Amerikaner auf dem Kampfplatz erschienen, wie eine gewöhnliche Handelsschuld zurück.

All das erklärt die Unbeugsamkeit, mit der Frankreich und seine europäischen Kriegsverbündeten von dem besiegten Deutschland Reparationen forderten, das seinerseits diesen «Tribut» als eine Schmach empfand. Briands ganze Politik entsprang der Furcht vor einem neuen Krieg, der Sorge, daß nach einer Reihe von Jahren Deutschland stärker dastehen würde als Frankreich und daß dieses, vom russischen Verbündeten verlassen und von den angelsächsischen Großmächten nicht unterstützt, einer neuen Kraftprobe nicht gewachsen wäre. Das Bedürfnis nach Ruhe, Frieden und Sicherheit war in Frankreich verbreitet; die Dienstzeit im Heer war auf ein Jahr herabgesetzt worden, während England die allgemeine Dienstpflicht wieder abgeschafft hatte. Amerika hatte sich in eine isolationistische und neutrale Politik zurückgezogen.

Die französische Politik der Nachkriegszeit war bestrebt, den Status quo in Europa aufrechtzuerhalten und diejenigen Staaten Mittel- und Osteuropas zu unterstützen, die den Verträgen von 1919 ihre Existenz und ihre Grenzen verdankten. Briands Bemühungen waren darauf gerichtet, die Härten und die Zwänge, insbesondere die militärischen und wirtschaftlichen Kontrollen des Versailler Vertrages zu beseitigen und die Deutschen davon zu überzeugen, daß sie in einer friedlichen Zusammenarbeit mit Frankreich ihren Vorteil finden würden. Er versuchte, Deutschland mit den neuen Verhältnissen in Europa zu versöhnen. Im Laufe des

Jahres 1930 schien es, daß nach vier oder fünf Jahren trügerischer Hoffnungen diese Politik zum Scheitern verurteilt sei. Zwar waren alle dem Versailler Vertrag entspringenden Beschränkungen der deutschen Souveränität, mit Ausnahme der militärischen, aufgehoben. Das linke Rheinufer war endgültig von fremder Besetzung befreit. Im Haager Abkommen von 1929 waren die Reparationszahlungen auf Grund des sogenannten Young-Planes «kommerzialisiert» und mit der Abtragung der französischen und britischen Schulden an Amerika koordiniert worden.

Eine verhängnisvolle Verkettung von Umständen hatte zur Folge, daß aus der Weltwirtschaftskrise eine Krise der internationalen Beziehungen hervorging. Der schwere Konjunkturrückschlag richtete in Amerika und Europa Verheerungen an. Das Ungenügen der globalen Nachfrage bewirkte überall eine massive Senkung der Produktion, was Massenarbeitslosigkeit zur Folge hatte. Allein in Deutschland waren am Ende des hier in Frage stehenden Jahres 1930 3,5 Millionen Menschen beschäftigungslos. Frankreich war krisenfester; im Verlauf der Wirtschaftskrise nahm seine Produktion «nur» um ein gutes Drittel ab – was schlimm genug war –, während sie in Deutschland beinahe auf die Hälfte sank. Es war offenkundig, daß Deutschland infolge der Schrumpfung seiner Haushaltmittel die Reparationen nicht mehr zahlen konnte.

Der überwältigende Erfolg der Nationalsozialisten Adolf Hitlers bei den Reichstagswahlen vom September 1930 verhieß für das deutsch-französische Verhältnis nichts Gutes. Eine Strömung war jenseits des Rheins stark geworden, die im gleichen Atemzug den Sozialisten und Kommunisten, der parlamentarischen Demokratie, dem Versailler Vertrag, dem Locarno-Pakt und dem Völkerbund den Kampf ansagte. Die politische Radikalisierung der deutschen Massen brachte die Politik, die Briand und der im Herbst 1929 jung verstorbene Stresemann gemeinsam begründet hatten, um ihre Früchte. Die Schlagwörter von der «Versklavung des deutschen Volkes», des «Diktates» und des «Schandfriedens» hatten nichts von ihrer Wirkung verloren.

Dank der noch frischen Erinnerung an meine Berliner Erlebnisse im Jahre 1923 überraschte mich diese Entwicklung nicht. Die französischen Befürchtungen waren nicht unbegründet. Kriegsminister Maginot knüpfte seinen Namen an den Bau großer Festungswerke an der Grenze gegen Deutschland. Die deutsche Presse kritisierte den Widerspruch zwischen Briands und Maginots Politik; kann man aber die Frage der Sicherheit von derjenigen der Friedenserhaltung trennen? Nach Briands Worten mußte man die Staaten daran hindern, ihre Waffen zu gebrauchen. Er schlug die Gründung einer «Europäischen Union» mit dem Ziele einer engeren wirtschaftlichen und politischen Zusammenarbeit vor; die Reichsregierung erblickte in diesem Plan einen Versuch, die aus den Friedensverträgen hervorgegangene staatliche Ordnung in Europa zu konsolidieren; Deutschland erstrebte jedoch eine Revision dieser Verträge.

Damit nicht genug, trat zu den Krisen in der Wirtschaft und in der Außenpolitik eine Krise der Demokratie. Auch sie trat fast überall in Europa infolge der wirtschaftlichen und sozialen Notlage in ein akutes Stadium. Die Angst vor dem Kommunismus tat ein Übriges. Mussolini und seine Methoden machten Schule. In Frankreich erfreuten sich die nationalistischen und mehr oder weniger faschistischen «Ligen» der Sympathie der Frontkämpferverbände und eines Teils der Jugend. In Gesprächen mit meinen deutschen Pressekollegen mußte ich feststellen, daß das Gedankengut der liberalen Demokratie von ihnen als überlebt betrachtet wurde. Man suchte nach neuen gesellschaftlichen, wirtschaftlichen und politischen Ordnungen. Friedrich Sieburg veröffentlichte zu dieser Zeit ein Buch, in dem er die Bemühungen des Generals von Schleicher unterstützte. Dieser politisierende General, der sich in Berlin Freunde in den verschiedensten Kreisen gemacht hatte, trug sich mit dem Plan, eine von der Reichswehr, den Gewerkschaften und dem gemäßigten Flügel der Nationalsozialisten gebildete Regierung herbeizuführen, die unter Ausschluß der Bürgerkriegsparteien auf der äußersten Rechten und Linken eine zugleich nationale und soziale Politik machen könnte. Das waren angesichts der viel radikaleren Strömungen in Deutschland Sandkastenspiele.

Mein erster Zeitungsbericht als Korrespondent des «Bunds», vom 28. Nov. 1930, behandelte die Forderung des deutschen Delegierten im vorbereitenden Abrüstungsausschuß des Völkerbundes nach «Rüstungsparität» des Deutschen Reiches mit den anderen Großmächten. Ein französischer Gegenantrag, wonach eine Verletzung von Abrüstungsbestimmungen durch einen Staat die übrigen Partner dazu berechtigen sollte, ihre Handlungsfreiheit zurückzunehmen, erhielt zwar die Unterstützung des britischen und des amerikanischen Delegierten; aber der «Block der Unzufriedenen», zu dem, wenngleich aus verschiedenen Gründen, auch die Sowjetunion, das faschistische Italien, Ungarn und Bulgarien gehörten, trat bei diesen Genfer Abrüstungsgesprächen deutlich in Erscheinung. Die Sorge vor der Spaltung Europas in ein Lager der Verteidiger des Status quo und ein Lager der «Revisionisten» stand spürbar im Hintergrund auch der innenpolitischen Krise Frankreichs, deren Zeuge ich war. Ministerpräsident Steeg forderte in seinem Regierungsprogramm ausdrücklich die Achtung vor den zwischenstaatlichen Verträgen, die dem Friedenszustand in Europa zugrunde lagen. Die Leitmotive meiner journalistischen Tätigkeit erklangen bereits alle an dieser Jahres- und Zeitenwende. –

Die *trêve des confiseurs,* der Burgfrieden an Weihnachten, war kurz und wohltuend. Ich blieb während der Festtage in Paris.

Am 24. Dezember war ich mit anderen Journalisten vom

Senatspräsidenten Doumer zum Mittagessen ins Petit-Luxembourg eingeladen. Dieser ernste Mann, der als Sohn eines Eisenbahnarbeiters zur Welt gekommen war und in seiner Jugend eine Lehre als Graveur absolviert hatte, worauf er noch das Abitur bestand und das juristische Lizentiat erwarb, war in einer langen politischen Laufbahn beharrlich von Stufe zu Stufe gestiegen. Als Finanzminister in einem radikalen Kabinett hatte er 1895 – erfolglos – dem Parlament eine Gesetzesvorlage zur Einführung der Einkommenssteuer unterbreitet. Seine große Zeit erlebte Doumer als Generalgouverneur von Indochina, um dessen wirtschaftliche Erschließung und verwaltungstechnische Organisation er sich verdient machte. Im Weltkrieg verlor er vier seiner fünf Söhne. Doumer war 1927 zum Vorsitzenden des Senats gewählt worden. Ich erinnere, wie er einmal nach einer uferlosen, zu keinem Schluß führenden Diskussion im «Centre de Synthèse» zu uns sagte: «Ich erkenne den Unterschied zwischen der Wissenschaft und der Politik darin, daß eine wissenschaftliche Debatte kein Ende findet, während wir im Verlauf einer politischen Beratung an einem bestimmten Punkt einhalten und einen Beschluß fassen müssen.»

Es war etwas Steifes und Eckiges, wie eine Stratifizierung aller Energien eines mehr als siebzig Jahre währenden Lebens an der äußeren Erscheinung dieser Persönlichkeit. Er hielt sich kerzengerade und trug einen kurzen weißen Bart. Seine Augen standen schräg hinter Hautfalten, wie wenn sein langes Wirken unter den Völkern Indochinas seinem europäischen Gesicht asiatische Züge aufgeprägt hätte. Ohne viel Aufhebens zu machen, war mir der greise Paul Doumer wohlgesinnt. Sogar während der Kabinettskrise war er zu uns ins «Centre» gekommen, wo er mir sagte, ich könne jederzeit bei ihm vorsprechen, wenn ich an einer Sitzung des Senats teilnehmen wolle.

Am Heiligen Abend feierte ich bei den Briods den *réveil-*

lon de Noël, nachdem Blaise aus der Mitternachtsmesse heimgekehrt war. Zum Foiegras und Aufschnitt hatte ich eine Flasche Champagner und im Auftrag meiner Mutter die *bûche de Noël* mitgebracht, die eine Weihnachtsspezialität der französischen Konditoren ist und an Weihnachten in keinem Haus fehlen darf.

Am Neujahrsempfang des diplomatischen Korps im Elysée-Palast sagte der päpstliche Nuntius, Mgr. Maglione, es gelinge Frankreich, die bedenklichen Auswirkungen der Weltwirtschaftskrise «innerhalb seiner Grenzen abzuschwächen; aber es verhehlt sich nicht, daß man das Übel nicht ohne eine Zusammenarbeit aller Staaten, die darunter leiden, heilen kann». Ein «billiges und großherziges Verständnis für die Rechte und Bedürfnisse eines jeden» sei die Vorbedingung der «Ruhe und Sicherheit des Friedens». Auf diese kaum verhüllte Mahnung des Doyens des diplomatischen Korps erwiderte das französische Staatsoberhaupt, um die Ziele, die sich seine Regierung gesetzt habe, insbesondere die Gründung einer Europäischen Union, erreichen zu können, bedürfe es eines Zusammentreffens von Umständen, das nicht vom Willen der Staatsmänner allein abhängig sei: «Ihre Initiativen können momentan gehemmt werden, und es kommt vor, daß sich durch die Macht der Dinge und infolge von teils politischen, teils wirtschaftlichen Umständen die Welt außerhalb der Bahnen bewegt, in die sie die einsichtige Erfahrung ihrer Lenker weisen möchte.»

Eine Verständigungspolitik, die im eben vergangenen Jahre Rückschläge erlitten hatte; die Macht der Dinge, die den guten Willen der Staatsmänner oft zuschanden werden ließ; eine Welt, die aus ihrer Bahn geworfen wurde: das war – wie ich in dem Bericht für meine Zeitung schrieb – «in einem Augenblick, da täglich Redensarten von Krieg und Kriegsgefahr laut werden», die neue Situation, vor die sich Europa gestellt sah. –

Es war wie eine eindrückliche Bestätigung, daß eine Epoche zu Ende gegangen war, als Paris an einem kalten, grauen Januarmorgen dem Marschall Joffre eine grandiose Totenehrung zuteil werden ließ. Die Bevölkerung hatte nicht vergessen, daß im September 1914 der verstorbene Oberkommandierende der französischen Armee die Hauptstadt vor fremder Besetzung und das Land vor der Niederlage gerettet hatte; es war Joffre an jenen entscheidenden Tagen gelungen, den deutschen Vormarsch an der Marne zum Stehen zu bringen und in einem Gegenangriff den Feind zum Rückzug auf eine rückwärtige Linie zu zwingen. Als «Sieger der Marne-Schlacht» erschien die massige Gestalt, der wortkarge Stratege, der nach den schweren Rückschlägen der ersten Kriegswochen kaltblütig seine Chance abgewartet hatte, im Lichte einer legendären Figur.

Am Morgen des 7. Januar 1931 versammelten sich die Teilnehmer am Trauergottesdienst in der Notre-Dame-Kathedrale. Durch einen dünnen Nebel sickerte das Licht der aufgehenden Wintersonne. Ein riesiger Katafalk, in dem der Sarg ruhte, war am Kreuzpunkt des Mittel- und des Querschiffs errichtet. Er war umgeben von Fahnenbündeln, bronzenen Fackeln und hohen Kerzenleuchtern. Vom Gewölbe hing ein langer Trauerflor wie ein schwarzes Zelt über dem toten Heerführer. Die Helligkeit der Deckenleuchter und das bläuliche Licht, das durch die bunten Kirchenfenster drang, erzeugte in der gewaltigen Basilika ein wunderbares Helldunkel. Im Chor war die Geistlichkeit versammelt, ihr gegenüber hatte der Präsident der Republik Platz genommen. Der Kardinal-Erzbischof von Paris zelebrierte das Totenamt. Eine von zwei Chören gesungene Messe war von der Orgel, von Trompeten und Posaunen begleitet.

Eine ungeheure Menschenmenge harrte seit frühmorgens auf dem langen Weg bis zum Invalidendom aus, um den Leichenzug zu sehen. Die Arbeit ruhte. Die Schulen, die Verwaltungen, die Geschäfte hatten ihre Tore geschlossen. Die Stadt war in einen leichten Dunst gehüllt, auf dem die Sonne silbern spielte. An den Straßenrändern brannten die Kandelaber. Zum letztenmal prägte sich dem Volk von Paris das Bild ein, das eine Zeit glücklich überstandener Prüfungen in seinem Gedächtnis wach rief. Ich hatte mich nach der Feier in der Kathedrale zum Tuileriengarten begeben, von dessen erhöhter Terrasse aus ich den Leichenzug sich langsam über den Concorde-Platz bewegen sah. Zu den Klängen von Trauermärschen schritten Abordnungen der ehemals verbündeten Heere vorbei. Dann gingen sie die breite Avenue des Champs-Elysées hinauf, über die sie an dem strahlenden 14. Juli 1919 als Sieger des Weltkrieges in einem Triumphzug, an ihrer Spitze die Marschälle Joffre und Foch zu Pferd, hinunter marschiert waren.

Diesmal ritt an der Spitze dieser militärischen Prozession eine Musik der Republikanischen Garde, gefolgt von der Garnison von Paris und von den Polytechnikern in ihrer schmucken Uniform, die Joffre als Schüler dieses Institutes einst getragen hatte. Mit entfaltetem Sternenbanner folgte die *American Legion*. Eine Abteilung britischer Gardisten in scharlachroten Waffenröcken, auf dem Kopf die schwarze Bärenmütze, führten ihren eigentümlichen Paradeschritt aus. Die Belgier marschierten in ihrer Felduniform, gefolgt von den ehemaligen französischen Frontkämpfern und ihren Regimentsfahnen. Dann der Klerus, angeführt von zwei Kardinälen in Purpur und Hermelin. Nach altem Brauch ging das Pferd des Heerführers seinem Sarge voraus, der auf einer von sechs Pferden gezogenen Lafette ruhte und von einem Fahnentuch in den drei Farben bedeckt war. Die höchsten Kriegskameraden Joffres hielten die Kordeln des Leichentuchs, unter ihnen Marschall Pétain, die englischen Feldmarschälle Milner und Allenby, ein italienischer General und ein Vertreter der französischen Katalonier – des Volksstamms aus den Pyrenäen, dem Joffre angehört hatte. Hinter dem Sarg schritten die Mitglieder der Regierung und des Parlamentes und die Vertreter der fremden Regierungen, der Lord Mayor von London in seiner historischen Tracht, zahlreiche ausländische Offiziere, unter denen ich auch eine schweizerische Uniform erkennen konnte, am Schluß des Zuges die französische Generalität, die Akademie, der Lehrkörper der Universität, die Richter.

Als ich diesen phantastischen Kondukt mit seinen Fahnen, Uniformen und Talaren und seiner verklingenden Musik im diesigen Licht des Wintertages verschwinden sah, ergriff mich der beklemmende Gedanke, daß mit dem toten Marschall, dem diese Ehrung galt, nicht nur die Erinnerung an die Jahre des Weltkrieges zu Grabe getragen wurde, sondern auch die Einigkeit der verbündeten Völker und Heere, die gemeinsam den Sieg errungen hatten, in diesem Geisterzug zum letztenmal symbolisch in Erscheinung getreten war.

An diesem Tage, schien mir, war die Nachkriegszeit vorüber. Etwas anderes kam auf uns zu.

29. IM ÖFFENTLICHEN LEBEN

I

«Ich muß mich erst daran gewöhnen, die Studierstube mit dem öffentlichen Leben zu vertauschen... Allein es ist eine Beschäftigung, die zu mir paßt und zu der ich passe und das ist jetzt wichtig und gibt mir Mut.»

Mit diesen Worten redete ich mir im ersten Monat des neuen Jahres gut zu; aber im Herbst stellte ich fest, daß sich an meiner Lebensweise nicht viel geändert hatte. Meine Korrespondententätigkeit verdrängte nicht das Bisherige, sie war bloß eine zusätzliche Aufgabe, die meinem Schreibtisch ein verändertes Aussehen gab: «Ein Berg Zeitungen, das französische Staatsbudget in drei Bänden, die Hefte der parlamentarischen Untersuchungskommission (über die Finanzskandale), das erste Exemplar einer neuen Zeitschrift, ein altes Heft der ,Bibliothèque Universelle', das mir ein französischer Oberst geliehen hat, ein neues Buch über Benjamin Constant, ein Bündel Korrespondenz, Notizhefte, Konzert- und Theaterprogramme für ein künftiges Feuilleton: ich bin gar nicht unglücklich darüber, all das wird verarbeitet und befindet sich in guter Ordnung, auf dem Tisch und im Kopf. Der ,Sismondi' wird nun eben etwas langsamer korrigiert, als wenn der ,Bund' nicht hinzu gekommen wäre, aber das ist kein Unglück» (an die Mutter, 22. Februar 1931).

Der neue Beruf führte zu einer Erweiterung meines Bekanntenkreises. In der Vereinigung der Auslandpresse war ich gleich zu Beginn Zeuge von Zerwürfnissen, als in der Generalversammlung Paul Landowski mit Miljukow und andern Exilrussen zusammenstieß. Miljukow, ehemaliger Führer der «Kadetten»-Partei, war nach dem Sturz des letzten Zaren Außenminister der Provisorischen Regierung gewesen. Nach der Oktoberrevolution verließ er sein Land; in Paris wirkte er als Schriftleiter einer russischen Emigranten-Zeitung. Ich war Zeuge einer ziemlich wilden Auseinandersetzung zwischen polnischen und russischen Kollegen. Maurice Muret trat nach diesem Zwischenfall vom Präsidium der Auslandpresse zurück, die daraufhin den Korrespondenten der italienischen Agentur Stefani, den General Leone, zu ihrem Vorsitzenden wählte. Die Hitler-Presse war auch bereits durch einen Korrespondenten in unserem Syndikat vertreten, desgleichen die Agentur Taß aus Moskau. Es gab noch eine andere Vereinigung der Auslandpresse, und in einer dritten fanden sich ausschließlich die Korrespondenten der anglo-amerikanischen Presse zusammen. Wie in der Politik, der Literatur und dem gesellschaftlichen Leben sonderten sich auch im Journalismus die

Amerikaner in Paris ab, und die Engländer schlossen sich ihnen an.

Unter den französischen Parlamentsjournalisten fand ich einen meiner frühesten Freunde aus dem Quartier latin, Jacques Debû-Bridel, wieder. Er war jung, schlank, sensibel und von politischer Leidenschaft erfüllt. Debû-Bridel verfaßte die parlamentarische Chronik für Emile Burés *« Ordre »*, eine Zeitung, die der Tradition Clemenceaus verpflichtet war und sowohl die Politik Briands als auch die faschistischen Tendenzen in Frankreich bekämpfte. Manchmal fand ich mich abends bei Buré in seiner Redaktion ein. Debû-Bridel gehörte dem Kreis um Tardieu an und half mir kameradschaftlich beim Sammeln von Informationen.

Da ich gleich zu Beginn meiner Korrespondententätigkeit Berichte über die verwickelten Vorgänge verfassen mußte, die mit der Weltwirtschaftskrise, der Reparationsfrage, den Finanz- und Währungsproblemen zusammenhingen, ließ ich mich von zwei sachkundigen Freunden beraten. Der eine war Lucien Bonzon, der als Bankfachmann über die Vorgänge in der Geschäftswelt Bescheid wußte; der andere war Salomon Wolff von der «Frankfurter Zeitung», der im Finanzministerium und bei der Bank von Frankreich gut angeschrieben war. Wir verbanden das Nützliche mit dem Angenehmen, indem wir uns einmal in der Woche zum Nachtessen in einem Bistrot an der Ecke des Boulevard Arago und der rue de la Glacière trafen, dessen vortreffliche Küche und Weine den besorgniserregenden Informationen, die wir austauschten, etwas von ihrer Bitterkeit nahmen.

Die politische Atmosphäre war nirgends so unmittelbar vorhanden wie in der Wandelhalle – *der salle des pas-perdus* – des Palais-Bourbon. Dieser «Saal der verlorenen Schritte» war die bevorzugte Begegnungsstätte von Parlamentariern, Ministern und Journalisten, die dort in ungezwungenen Umgangsformen Gespräche führten. Ein Buchtitel hatte die Dritte Republik mit Recht als die *« République des cama-*

rades» bezeichnet. Ich entsinne mich, wie eines Nachmittags, nachdem die Sitzung der Kammer in einer Krisenstimmung bereits begonnen hatte und ich mich noch am Kiosk mit Zigaretten versorgte, der Staatssekretär im Handelsministerium, Charles Frey, herein kam und mich fragte, ob das Kabinett gestürzt werde. Ich erwiderte lachend, da er selber der Regierung angehöre, müsse er das besser wissen als ich. «Nein», sagte er, «ich hatte in meinem Ministerium viel zu tun und bin nicht auf dem Laufenden.» (Übrigens wehrte Ministerpräsident Laval, der Steeg nachgefolgt war, mit gewohntem Geschick die Angriffe der Opposition ab.)

Man muß unterscheiden zwischen dem öffentlichen Auftreten französischer Staatsmänner, die im Bewußtsein der Verantwortung ihres Amtes auf Würde halten, und ihrer Zugänglichkeit und Schlichtheit im privaten Verkehr. Ich fand in meinen Papieren eine Aufzeichnung zu einem Buch, das ich aus der Schweiz erhalten hatte; es waren die italienisch verfaßten *«Memorie»* des Marschalls Ulysses von Salis: «Wenn er seine Audienzen bei Ludwig XIII., Richelieu und dem Père Joseph erzählt, zitiert er ihre Aussprüche auf französisch. Ich war frappiert, wie ähnlich die Ausdrucksweise eines Richelieu vor 300 Jahren und eines heutigen Politikers ist – die gleichen Manieren und die gleichen Worte» (6. Januar 1931). Revolutionen und Wechsel der Staatsform ändern in national gefestigten Völkern wenig am Nationalcharakter.

Als das Budget in überaus weitschweifigen Debatten beraten wurde, saß ich oft abends allein auf der Tribüne der Auslandpresse, wo ich Briefe schrieb oder den amphitheatralisch angeordneten Sitzungssaal zeichnete. Um solche sachbezogene Beratungen kümmerten sich in der Regel die fremden Journalisten wenig, da ihr Interesse fast ausschließlich den politischen Streitfragen galt. Landowski wunderte sich, daß ich mich in die Lektüre der dicken Bände des Staatsvoranschlages vertiefte; aber ich hielt dieses Studium für eine vortreffliche Einführung in den verzweigten Aufbau des Staates und in die Bedürfnisse seiner zahlreichen Ämter.

II

Während jenseits der Grenzen Not herrschte, zerstreuten und vergnügten sich die Pariser im Sommer 1931 an der Internationalen Kolonialausstellung. Im Bois de Vincennes konnte man in wenigen Stunden eine farbige und abwechslungsreiche Reise um die Welt machen. Alle Kolonialmächte – sogar Dänemark mit seinem Grönland – hatten Nachbildungen von Gebäuden, Tempeln, Hütten aus ihren über die Erde verstreuten Besitzungen unter den Bäumen, auf den Wiesen und an den Wassern dieser weiträumigen Anlage aufgebaut – alle außer dem Britischen Reich, das auch in diesem Fall, wie in so vielen anderen, Frankreich die kalte Schulter zeigte. Selbst die Vereinigten Staaten, ihres kolonialen Ursprungs eingedenk, hatten eine Nachbildung von George Washingtons Landhaus zu dieser Schau beigetragen. Präsident Doumergue, der den ehemaligen Prokonsul von Marokko, Marschall Lyautey, zu seiner Seite hatte, eröffnete die Ausstellung an einem strahlenden Maientag.

Wie rasch doch die Zeiten sich ändern! Niemand außer den Anhängern der äußersten Linken nahm damals Anstoß an der Kolonialpolitik; von schlechtem Gewissen über den «ausbeuterischen Kolonialismus» war auf diesem festlichen Gelände nichts zu spüren. Außerdem saß zum erstenmal in der Geschichte der Republik ein Schwarzer, der aus Senegal stammende monsieur Diagne, als Staatssekretär des Kolonialministeriums in der französischen Regierung. Die Aussteller luden die Vertreter der ausländischen Presse zu einem Bankett ins Bois de Vincennes ein, wo eine Nachbildung des Tempels von Angkor die kosmopolitische Landschaft überragte. Landowski hatte mich zwischen den deutschnationalen Korrespondenten des Berliner «Lokalanzeigers» und die berühmte russische Revolutionärin Angelica Balabanow gesetzt. Diese war nach dem Generalstreik von 1918 mit der sowjetischen Mission aus der Schweiz ausgewiesen worden. Angelica Balabanow gehörte zu jenen idealistischen und gebildeten Mitgliedern der höheren Stände, die seit Generationen in Rußland die Autokratie der Zaren bekämpft und der Revolution vorgearbeitet hatten. In der Schweiz hatte sie vor Jahren einen armen italienischen Arbeiter und Revolutionär, Benito Mussolini, betreut; bei Tisch erzählte sie mit Bitterkeit und Empörung über seinen Abfall von seinem Jugendideal, von ihren Erfahrungen mit Mussolini. Nebenan prangte das faschistische Impero mit einer prächtigen Nachbildung des Tempels von Leptis Magna, einem römischen Monument der italienischen Kolonie Libyen. Von dem deutschen Tischnachbarn zu meiner Linken vernahm ich ein anderes politisches Lied. Dazu in einem Brief: «Ich höre mir mit Philosophie die entgegengesetztesten politischen Standpunkte an; manchmal ist es ein wenig zum Verrücktwerden. Äußerlich bleibe ich ruhig und ich glaube gewandt genug, um auf diesem Vulkan zu leben» (11. Juli 1931).

III

Im März kam unser Außenminister, Bundesrat Motta, nach Paris, um an einer Sitzung des vom Völkerbund eingesetzten Studienausschusses für die Schaffung einer Europäischen Union teilzunehmen. Giuseppe Motta, der immer die Universalität des Völkerbundes betont hatte, vertrat die Ansicht, Briands Plan sollte im Rahmen der Weltorganisation die Bedeutung einer regionalen Vereinbarung nicht überschreiten. Minister Dunant gab den schweizerischen Journalisten in Paris Gelegenheit, sich in seiner Residenz an der Avenue Hoche mit Motta über dieses Problem zu unterhalten. Abends wurde er von den Vertretern der Schweizer Kolonie an einem Bankett gebührend gefeiert.

Motta kam im September wieder, um an der Grundsteinlegung des Schweizerhauses in der Cité universitaire teilzunehmen; der Architekt Le Corbusier hatte den Auftrag, diesen Bau auszuführen. Als ein ausgezeichneter Redner, der das Französische vollkommen beherrschte und über eine feine literarische Bildung verfügte, erinnerte Motta an die Episode, da Sainte-Beuve in Lausanne seine Geschichte von Port-Royal ausarbeitete und sich mit Alexandre Vinet befreundete. Es war mir aufgetragen, über Dinge, die die Schweiz betrafen – auch über die Musik Arthur Honeggers und über ein Konzert unter der Stabführung von Ernest Ansermet, in dem Strawinsky den Klavierpart seines «Capriccio» spielte, desgleichen über die in Paris zahlreich lebenden Schweizer Maler, Bildhauer und Schriftsteller – im «Bund» zu berichten.

IV

Gemäß den Bestimmungen der Verfassung mußte einen Monat vor dem Ablauf der Amtszeit des Präsidenten der Republik dessen Nachfolger gewählt werden. Das geschah am 13. Mai 1931 in einer gemeinsamen Sitzung der beiden Häuser des Parlamentes in Versailles, wo sich das *Tout-Paris* im Hôtel des Réservoirs mit den Parlamentariern zum Mittagessen einfand; denn eine Präsidentenwahl in der Residenzstadt der Könige war auch ein gesellschaftliches Ereignis. Die Kandidatur des Senatspräsidenten Paul Doumer stand seit langem fest, als sich 48 Stunden vor dem Wahlakt Außenminister Briand von Politikern der Linken überreden ließ, seine Kandidatur aufzustellen. Es war aber in der Dritten Republik ein ungeschriebenes Gesetz, daß nicht der Exponent einer bestimmten Politik, sondern eine Persönlichkeit zum Staatspräsidenten gewählt wurde, die sich möglichst unabhängig von Parteiparolen auf ihre schiedsrichterliche Rolle beschränkte. Deshalb wurde oft der Vorsitzende einer der beiden Kammern gewählt. Briand hatte 1920 die

Kandidatur von Clemenceau – des «Vaters des Sieges» – zu Fall gebracht. Diesmal war er selber das Opfer seiner an eine bestimmte Politik gebundenen staatsmännischen Tätigkeit. Die Niederlage Briands wurde im Ausland als eine Desavouierung der bisherigen französischen Außenpolitik verstanden.

Am 13. Juni fand die Amtseinsetzung des neuen Präsidenten statt: «Heute war ein großer Tag, an dem ich beruflich und persönlich Anteil nahm: die Übernahme der Präsidentschaft durch unsern würdigen monsieur Doumer. Ich fand mich mit einigen Journalisten im Hof des Petit-Luxembourg ein, um der Abfahrt des Präsidenten beizuwohnen; diese intime und schöne Szene werde ich mein Lebtag nicht vergessen. Georges Huisman, der es Herrn Berr verdankt, daß er jetzt Generalsekretär der Präsidentschaft ist, strahlte übers ganze Gesicht. Herr Doumer hatte sein ernstes, unbewegliches Gesicht, war aber etwas bleich, als er neben Laval in den Wagen stieg. Ich kenne Herrn Doumer und auch die französischen Verhältnisse zu genau, als daß ich nicht die Unhaltbarkeit der Befürchtungen einsehen könnte, die im ersten Augenblick an diese Wahl geknüpft wurden. Wenn das Parlament eines Tages Briand als Außenminister desavouieren sollte, so wäre das ein Ereignis für sich, das mit der Wahl des Präsidenten nichts zu tun hat... Als vorhin der Zug mit der berittenen Garde und dem Automobil des Präsidenten vom Elysée und vom Stadthaus zurückkehrte, stand ich an einer Stelle der rue de Tournon, wo ich ziemlich allein war. Als ich grüßte, wandte sich Herr Doumer um und machte mir lächelnd mit der Hand ein Zeichen. Es ist schon sonderbar, daß ich in meinem ersten Zeitungswinter viel öfter Herrn Doumer als den schweizerischen Gesandten sah! Aber es ist nicht meine Schuld. Herr Dunant glaubt mich wahrscheinlich damit beschäftigt, mich in Paris zu akklimatisieren» (an die Mutter, 13. Juni 1931).

Die Institution der Präsidentschaft gab in der Geschichte der Französischen Republik wiederholt Anlaß zu Kontroversen. Die Verfassung von 1875 erteilte dem Präsidenten weitgehende Vollmachten. Auf sieben Jahre gewählt, war er wie ein Monarch nicht dem Parlament verantwortlich; er ernannte die Minister, war Oberbefehlshaber der Streitkräfte, präsidierte die Sitzungen des Ministerrates, des Obersten Verteidigungsrates und des Höchsten Justizrates. Im Elysée-Palast war er von einem militärischen und zivilen Kabinett umgeben und einer strengen Etikette unterworfen. Obschon die politische Entscheidungsgewalt dem Ministerrat zustand, war der Staatspräsident infolge der häufigen Kabinettskrisen gezwungen, in das politische Geschehen einzugreifen; aber er konnte es nur in Übereinstimmung mit der parlamentarischen Lage tun. Repräsentationspflichten nahmen einen großen Teil seiner Zeit in Anspruch. Erst die Fünfte Republik hat dem Präsidenten der Republik die faktische Exekutivgewalt zurückerstattet.

Ich wurde eines Tages von Georges Huisman ins Elysée gerufen – in einer Sache, die mit Politik nichts zu tun hatte. Im Juni 1931 hatte ein Komitee, dem ich als Sekretär diente, einen Aufruf erlassen, in dem es heißt: «Einige Freunde, Kollegen, Mitarbeiter und Schüler von Herrn Berr waren der Meinung, daß das dreißigjährige Bestehen der *«Revue de Synthèse historique»* ein gut gewählter Augenblick sei, um ihrem Gründer ihre Liebe, ihre Bewunderung und ihre Wünsche darzubringen... Ein Komitee wurde gebildet, das beschloß, eine Medaille mit dem Profilbild von Herrn Berr prägen zu lassen, und sie ihm in einer freundschaftlichen Feier zu überreichen.» Es war mir aufgetragen gewesen, durch mündliche und schriftliche Anfragen dieses Komitee von Gelehrten des In- und Auslandes zusammenzubringen. Den Vorsitz führte Maurice Croiset, ein namhafter klassischer Philologe. Den Ehrenvorsitz übernahm Paul Doumer; wir wußten, daß sich jeden Sonntagabend Henri

Berr zu ihm ins Elysée zu freundschaftlichem Gedankenaustausch begab.

Man konnte die Medaille, um deren Herstellung in der Monnaie Professor Abel Rey und ich besorgt waren, in Bronze, Silber oder Gold erwerben. In seinem Bureau fragte mich nun der Generalsekretär Huisman im Auftrag des Präsidenten, welche Leistung wir von ihm erwarteten; er sei bereit, die Medaille in Gold zu übernehmen. Wir hatten uns auf einen Betrag geeinigt, als sich die Tür öffnete und Doumer eintrat. Er erklärte sich einverstanden mit unserem Vorschlag und entließ mich mit einem Händedruck und seinem Dank für meine Bemühungen.

Im «Centre de Synthèse» fand im Dezember die Überreichung der Medaille an Henri Berr statt. Doumer wohnte der schlichten Feier bei. Croiset, Abel Rey und Lucien Febvre, der von allen französischen Historikern dem Geschichtsdenken Berrs am nächsten stand, würdigten das Lebenswerk unseres Meisters, der in einer vorzüglichen Rede seinen Dank aussprach. Die Medaille mit dem Profilbild Henri Berrs liegt heute noch auf meinem Zürcher Schreibtisch.

V

Im Sommer fuhr ich oft am Wochenende nach Saint-Leu-la-Forêt zu Wanda Landowska. Ihr Bruder regte die ausländischen Journalisten zu Artikeln über diese wunderbare Künstlerin an. Ich kam seiner Aufforderung mit Begeisterung nach. Wanda Landowska führte mich in die alte Cembalo-Musik ein und bereitete mir im Kreise ihrer Schülerinnen und Schüler eine Aufnahme, die in dieser herrlichen Landschaft die schönste Erholung vom Lärm und Schmutz der Stadt gewährte. Unter ihren Gästen einer der liebenswürdigsten war Francis Poulenc, der zu den «Six» gehörte und für unsere Freundin ein Cembalo-Konzert geschrieben hatte. An der Wand ihres Musikzimmers hing eine Photographie aus Jasnaja Poljana, die sie als junges Mädchen am Flügel und neben ihr stehend den greisen Tolstoi darstellte. Sie besaß eine kostbare Sammlung alter Musikwerke, unter denen diejenigen von François Couperin le Grand eine große Seltenheit waren. Von ihren Konzertreisen brachte sie manchmal aus Bibliotheken unbekannte Werke alter Meister nach Hause – zu meiner Zeit hatte sie in Coimbra einen unbekannten Portugiesen entdeckt, dessen Komposition sie in ihrem nächsten Konzert vortrug. In Deutschland hatte Wanda Landowska, die über handwerkliche Kenntnisse im Instrumentenbau verfügte, Bachs Cembalo kennen gelernt und nach diesem Modell von Pleyel ein solches konstruieren lassen. Für die Vandalen der Besetzungszeit, die den Musiktempel von Saint-Leu verwüsteten, war diese große Interpretin der Werke des Sebastian Bach nichts weiter als eine polnische Jüdin.

VI

Im Foyot bewohnte ein Annamit, der Sohn eines Mandarins aus Hué, Pierre Do Dinh mit Namen, ein Zimmer dem meinen gegenüber. Ich schloß Freundschaft mit dem anmutigen jungen Asiaten. Er besaß eine doppelte, asiatische und europäische, Bildung, ein Reichtum zwar, der aber innere Spannungen erzeugte. Konfuzius war sein Lehrmeister, aber er fühlte sich auch vom Christentum angezogen. Do Dinh war ein Bewunderer Gandhis, von dem er sagte, er sei über die Grenzen Indiens hinaus der Prophet der Unabhängigkeit der asiatischen Völker. Von mir befragt, wie die Völker Indochinas die französische Herrschaft ertrügen, sagte er: «Ils sont nos ennemis et protecteurs.» Daß sie die Fremdherrschaft abschütteln wollten, unterlag keinem Zweifel, aber die in Paris zahlreich arbeitenden oder studierenden Annamiten (später Vietnamesen genannt) spalteten sich in ein kommunistisches und ein antikommunistisches Lager. Als ich zu Do Dinh sagte, ich hätte Mühe, mir vorzustellen, wie diese Völker die Herrschaft der Kolonialmächte brechen könnten, erwiderte er lächelnd: «Ich glaube, die Europäer glauben nicht an das Schicksal.» Wir führten über diese Dinge unter dem Foyot-Dach lange nächtliche Gespräche. Sie waren für mich ein heilsames Gegengift gegen den anmaßenden Optimismus, mit dem die Kolonialmächte an ihrer Ausstellung im Bois de Vincennes auftraten.

Do Dinh machte mich mit einem Kreis von Literaten bekannt, die sich abends im Café Mahieu am Boulevard Saint-Michel trafen. Lederbezogene Bänke und kleine, mit einer weißen Marmorplatte bedeckte Tische gaben den Pariser Cafés ihr Aussehen. Sie waren eine demokratischere Form der englischen Klubs und erfüllten eine ähnliche soziale Funktion. Der Tischrunde, in der ich Aufnahme fand und der ich treu blieb, als sie später ins Café de Flore nach Saint-Germain-des-Prés übersiedelte, saß faktisch, wenngleich ohne formellen Auftrag, ein Arzt, Dr. Jules Thiercelin, vor; er praktizierte schon lange nicht mehr, widmete sich tagsüber historischen Forschungen in der Bibliothèque Nationale und war abends eine Säule des Kaffeehauses. Gescheit, gesprächig, ironisch und schlagfertig, zog Thiercelin geistig rege Menschen aus verschiedenen gesellschaftlichen und beruflichen Milieus an seinen Tisch. Der «docteur», wie wir ihn anredeten, nahm kein Blatt vor den Mund, wenn er erzieherisch auf uns Junge einwirken wollte. Er war einer der besten Kenner der Geschichte der Kommune von 1871 und hatte über dieses Ereignis einen riesigen Zettelkatalog in seiner Wohnung an der rue Jacob angelegt; aber er hat daraus nur kleinere Studien über den revolutionären Romancier Jules Vallès publiziert. Die Kämpfe der Dritten Republik hatte er in seiner eigenen Jugend als militanter Sozialist und Anhänger von Jules Guesde erlebt, dessen ideologische Auseinandersetzungen mit Jean Jaurès er uns schilderte. Thiercelin erwies uns jene «Dienste des Alters», die für Debütanten der Politik und des Journalismus wertvoll sind.

«Was, Sie haben das 19. Jahrhundert nicht mehr erlebt? Gibt es das?», spöttelte er. Für ihn wie für seine ganze Generation war die Dreyfus-Affäre das bedeutsamste Ereignis in der Geschichte der Dritten Republik. Einem unserer Kameraden, der uns mit der Begeisterung des Entdeckers den Marxismus erklären wollte, schnitt Thiercelin das Wort ab: «Sie kommen zu spät, lieber Freund, in den 1890er Jahren mußte man Marxist sein, damals waren wir etwa unserer zwanzig in Paris!» Und einmal, Auge in Auge, zu mir: «Glauben Sie nicht, daß es Ihnen hier etwas nützt, daß Sie zu einer guten Familie gehören. Wenn Sie ein dreckiger Ostjude sind und Talent haben, werden Sie in Paris reüssieren; wenn Sie ein Sohn aus gutem Hause sind und kein Talent haben, werden Sie keinen Erfolg haben.» Worte, die man nicht vergißt.

Im Café Mahieu fand sich auch der Kritiker des *«Temps»*, André Thérive, mit seiner hübschen Freundin ein. Wie andere jüngere französische Intellektuelle versprach er sich von dem Aufbruch, in dem sich Deutschland befand, Gutes für die Zukunft Europas. Ältere Herren waren da: Louis Dumur vom *«Mercure de France»* und Pierre Paul Plan, der Herausgeber der Korrespondenz von Jean-Jacques Rousseau; beide waren in Paris ansässige Schweizer. Einer der ältesten Stammgäste erzählte, wie er mit seinen Schulkameraden 1871 zur Place de la Concorde ging, um die Preußen zu sehen, die dort um ihre Lagerfeuer biwakierten. Es gab skurrile Figuren im Quartier latin, zum Beispiel einen Achtzigjährigen, den man scherzend den «Ägyptologen» nannte; sein Lebenswerk bestand in einem Artikel, den er vor undenklichen Zeiten für ein Konversationslexikon über Ägyptologie verfaßt hatte.

Einen anderen älteren Stammgast des «Mahieu», einen Maler, belustigte die Bekanntschaft mit einem jungen Salis. Denn als ein Freund des längst verstorbenen Rodolphe Salis hatte er in seiner Jugend in dessen Kabarett «Le Chat Noir» in Montmartre verkehrt. Er berichtete, Rodolphe Salis habe stets betont, er sei «Grison»; aber er war in Frankreich als Sohn eines Weinhändlers aufgewachsen; in seinem Lokal habe er eine Bündner Fahne aufgehängt. Man nannte ihn in Paris «le gentilhomme cabaretier». Salis war ein geistreicher Conférencier und Förderer junger Talente. Sein Lokal war *en vogue*. Dichter, Maler und Musiker fanden sich im «Chat Noir» ein. Verlaine, Léon Bloy, Jean Moréas, Maurice Donnay, die Zeichner und Karikaturisten Willette, Steinlen (der ein großartiges Plakat für den «Chat Noir» entwarf), Caran d'Ache, der Komponist Claude Debussy waren Mitarbeiter einer von diesem literarischen Gastwirt herausgegebenen Zeitschrift. Es war die Zeit und das Montmartre von Toulouse-Lautrec. Von Rodolphe Salis waren 1927 postum seine *«Contes du Chat Noir»* in einer illustrierten Ausgabe für Bibliophile erschienen; es waren lockere Kurzgeschichten in der Tradition des erotischen Humors. In seinem Kabarett an der rue de Laval ließ Salis das Familienwappen auf ein monumentales Cheminée meißeln, umrahmt von der Devise: «Montjoie-Montmartre».

Von diesem turbulenten Rotschopf sagt das *«Dictionnaire de Paris»* (1964): «Ein genialer Polemiker und Improvisator, erfand Salis jeden Abend neue Monologe, in denen er die Parlamentarier lächerlich machte und die Bourgeois hänselte; er trieb die Frechheit weit, wenn er die Aktualität aufs Korn nahm, ohne die geringste Rücksicht auf Vorurteile zu nehmen. Man hat ihn den Villemessant von Montmartre genannt. So wie Villemessant in seinem *‚Figaro'* die besten Journalisten von Paris ausgebildet hatte, gestattete Salis in seinem Chat Noir vortrefflichen Dichtern, sich bekannt zu machen.»

Für diesen Namensvetter habe ich immer eine Vorliebe gehabt. Endlich einer, der nicht ein ernster Kriegsmann, Politiker oder Gelehrter war. Einer, der einen losen Mund hatte und auf eine frivole Art mutig war; einer, der die Politiker nicht ernst nahm und die Heuchelei des Bürgertums verspottete. Ein Mann, der einer Tradition anhing und ihr anscheinend untreu war. Im Grunde ein Mann nach meinem Herzen.

30. POLITIKER

Seignobos sprach gern über Politik, wenn ich ihn sonntags am späten Vormittag in seiner Sprechstunde an der rue des Ecoles aufsuchte. Sein ätzender Verstand löste wie eine Säure Vorurteile und Illusionen seines jungen Gesprächspartners auf. Daß Aristide Briand, der Mann von Locarno und Genf, eine Art heilige Kuh der Politik war, an die zu rühren von den Gläubigen im In- und Ausland wie ein Sakrileg empfunden wurde, kümmerte ihn nicht. Ich notierte mir sein Urteil: «Briand ist ein Mann ohne irgendeine Überzeugung auf welchem Gebiet auch immer; der reine Skeptiker. Aber er hat die Gabe, in der Öffentlichkeit zu sprechen, ohne je etwas zu sagen. Und in Genf hat er ein leichtgläubiges Publikum. Er ist feinnervig, intelligent» (19. Januar 1929). Dr. Thiercelin, der in seiner politischen Jugend mit Briand verkehrt hatte, stellte dieses Urteil nicht in Abrede; aber er ergänzte es dahin, daß dieser Politiker immer dem Gefälle seiner Sensibilität folge. Insofern sei sein Wirken als ein Vermittler, ein Versöhner, ein Mann der Kompromisse, der im Innern wie nach außen Gegensätze zu überbrücken, eine Annäherung der Standpunkte herbeizuführen und Frieden zu stiften bestrebt sei, echt. Schlimm sei, daß er in gewissen Fällen Konzessionen ohne entsprechende Gegenleistungen gemacht habe. Clemenceau hatte vor Zeiten, als ihm jemand nahe legte, Briand und Caillaux in sein Kabinett aufzunehmen, gesagt: «Was soll ich mit Männern machen, von denen sich der eine für Jesus Christus und der andere für Napoleon hält?»

Ich wundere mich jedesmal, wenn ich zum Quai d'Orsay

gehe, daß am Haupteingang zum Ministerium eine dekorative Gedenktafel an Briand angebracht ist. War er der größte französische Außenminister? Als ich ihn zum erstenmal im Palais-Bourbon erblickte, war er bereits ein Gezeichneter. Trotz seinem Herzleiden hatte er die ewige Zigarette im Mundwinkel, wenn er in der *salle des pas-perdus* mit den Journalisten sprach. Er ging gebeugt, besaß eine graue Mähne, eine feine Spürnase und über der fleischigen Unterlippe einen ungepflegten Schnurrbart. Frauen schwärmten für seine interessante Häßlichkeit. Die Abgeordnetenbänke und die Publikumstribünen waren voll besetzt und harrten gespannt der Dinge, wenn Briand die Stufen zur Rednertribüne mühsam erklomm, wie wenn er unter der Last seiner hohen Berufung zusammenbrechen würde. Dann erfolgte eine jener Improvisationen, in denen er ein Meister war; Briand sprach mit einer musikalischen Stimme, die man sein «Cello» nannte. Seignobos hatte nicht unrecht: wenn man versuchte, Briands Rede wiederzugeben, wußte man nicht mehr, was er gesagt hatte.

Der Außenminister befand sich in der Verteidigung. Er wehrte sich mit begreiflicher Empörung gegen den Vorwurf, seine Politik führe zum Krieg. Ich glaube, daß in der Zielvorstellung sein Spürsinn ihm recht gab; man mußte versuchen, die Deutschen zu versöhnen, weil sie sonst für Frankreich gefährlich werden konnten, zumal die ehemaligen Alliierten nicht gesonnen waren, den Versailler Vertrag ernstlich gegen deutsche Revisionswünsche zu schützen. Aber seit Stresemanns Tod fehlte dem französischen Außenminister der gleichgestimmte Partner in Berlin. «Die französischen Pressekommentare, denen keine Revancherede, kein Hetzartikel, keine militärische Parade oder nationalistische Kundgebung jenseits des Rheins entgeht, spiegeln das größte Mißtrauen in die Absichten des Nachbarn wider» (Paris, 6. Juli 1931, im «Bund»). Es war für Briand ein harter Schlag gewesen, als die Reichsregierung im März mit dem österreichischen Bundeskanzler Schober einen Zollunionsvertrag schloß; in Europa erblickte man in diesem Zollpakt den ersten Schritt zum politischen «Anschluß». Unter dem Druck der europäischen Mächte mußte dieser Vertrag wieder rückgängig gemacht werden; aber die Episode hinterließ Wunden in Deutschland und Empfindlichkeiten in Frankreich.

Die Zeitungsredaktionen der deutschen Schweiz glaubten an Briand. Das war für mich insofern etwas störend, als der «Bund» auch Artikel von Ernest Judet aufnahm; dieser betagte Pariser Journalist, der infolge seiner belasteten Vergangenheit nicht mehr an französischen Zeitungen mitarbeiten konnte, war ein kritikloser Lobredner Briands. Um meiner Pflicht als Berichterstatter nachkommen zu können, stellte ich meinen Kollegen der liberalen Zeitungen von Genf und Lausanne die Frage, aus welchen Gründen Briands Stellung erschüttert sei. Er habe, erhielt ich zur Antwort, im Ausland Hoffnungen enttäuscht, in Frankreich Befürchtungen erregt. Die Presse der Rechten stellte fest, daß Frankreich isoliert sei. Die Kritik richte sich nicht gegen die Ziele, sondern gegen die Methoden Briands: gegen seine Improvisationen ohne genügende Abwägung ihrer Folgen, gegen seine Konzessionen, denen kein Gegenwert entspreche. Er habe Frankreich den Ruf der Doppelzüngigkeit eingetragen, weil er seine Absichten nicht genügend definiert und Dinge versprochen habe, die nicht gehalten werden konnten. Briand sei leichtfertig und unvorsichtig, er habe sich vom deutsch-österreichischen Zollpakt überraschen lassen; er könne weder auf britische noch auf italienische Unterstützung bauen, und er beunruhige die Staaten in Mittel- und Osteuropa. Er habe die politischen und psychologischen Voraussetzungen für eine Verständigung mit Deutschland keineswegs geschaffen. – Mein Chefredaktor, Ernst Schürch, mit dem ich mich während der Sommerferien über gewisse Schwierigkeiten meiner Berichterstattung unterhalten konnte, hielt sein mir gegebenes Wort, daß ich in aller Freiheit meine Beiträge verfassen könne, ohne mich von Judets Meinungen oder von den Einwänden des Auslandredaktors des «Bund», Dr. Keller, einschränken zu lassen.

Ich denke, daß Briand zu früh kam. Die von ihm intuitiv erkannte Notwendigkeit einer deutsch-französischen Zusammenarbeit und einer Europäischen Union war unter den damaligen Verhältnissen nicht realisierbar. Er war ein Bretone, ein Kelte, ein Mann des Meeres, der in einem Fischerdorf seiner Heimat auf seinem Segelboot und beim Angeln Erholung suchte. Ein später Nachkomme von König Artus' Tafelrunde. Er las nichts und schrieb nie, seine Trägheit war sprichwörtlich. Die Akten langweilten ihn, er ließ sich in Gesprächen mit seinen engsten Mitarbeitern, Philippe Berthelot und Alexis Léger (der unter dem Namen Saint-John Perse später als lyrischer Dichter berühmt wurde), informieren und beraten. Mit seiner raschen Auffassungsgabe eignete er sich auf diese Art Wissen an. Briand war ein Mann des Gesprächs von Mann zu Mann; die zwanglose Aussprache, nicht die Punkt für Punkt vorgehende und berechnende Verhandlungstechnik, war das Mittel seiner Politik und Diplomatie. Als Redner übte er zauberische Wirkung aus; als «Friedenspilger», wie er sich selbst nannte, genoß er bei den französischen Massen große Popularität. «Er spricht immer vom Frieden, aber er sagt nicht *welchen* Frieden.» So Seignobos.

Briands parlamentarische Stellung war paradox. Ministerpräsident Laval, der aus guten Gründen seinen Außenminister nicht fallen ließ, aber dem kränkelnden Manne allmählich die wichtigen Verhandlungen namentlich mit der deutschen und der amerikanischen Regierung aus der Hand nahm, erklärte unter dem Beifall der Kammer: «Hier (der Redner bezeichnete die Rechte) sitzen einige Abgeordnete der Mehrheit, die sich herbeilassen, für die Regierung zu stimmen und die Politik Herrn Briands nicht billigen; dort (auf die Linke weisend) sind Abgeordnete, die die Politik der Regierung nicht billigen, aber die sich die Politik Herrn Briands zu eigen machen. Wie wollen Sie, daß das Land dabei etwas versteht?» («Bund», 17. Juni 1931).

Mit der Beredsamkeit eines Volkstribuns griff ein Abgeordneter namens Franklin-Bouillon den Außenminister immer von neuem an, indem er, eine unbehagliche Cassandra, die bedenkliche Entwicklung in Deutschland als die größte Gefahr für den Frieden bezeichnete. Er forderte eine Politik wirksamer Abwehr. Zur Linken gewandt rief Franklin-Bouillon aus: «Sagen Sie mir, wie können Sie es zulassen, daß Ihr Abgott an der Seite von Männern bleibt, die alle erklärt haben, er sei eine nationale Gefahr?» Auf der Regierungsbank verharrte Briand stumm, während der Ministerpräsident an die Mehrheit den dringenden Appell richtete, seiner Regierung das Vertrauen nicht zu entziehen. Aus innenpolitischen Gründen stimmte die Rechte unentwegt für das Kabinett Laval, das im Jahre 1931 die Szene beherrschte. Als ich nach einer dieser dramatischen Debatten meinen erfahrenen Kollegen der «Basler Nachrichten», Herrn Morf, fragte, ob eigentlich bei diesem Streit der Meinungen nicht Franklin-Bouillon die Lage richtig beurteile, erwiderte er augenzwinkernd: «Doch, aber er hat zu früh recht.»

Der Führer der Sozialisten, Léon Blum, hatte mit der Absicht, den Pazifismus an der Spitze des Staates zu befestigen, die Kandidatur Briands für das Präsidentenamt lanciert. Es war unklug, weil aussichtslos. Blum war eine der hervorragendsten und auch umstrittensten Persönlichkeiten der französischen Politik. Sein Habitus war der eines eminent kultivierten jüdischen Intellektuellen und Advokaten, der sich in seiner Jugend der Literatur verschrieben hatte, ehe er aus ehrlicher Überzeugung Sozialist wurde. Es war etwas Aristokratisches an diesem ebenso feinfühligen wie intelligenten Menschen, der es dank seiner Überlegenheit und Energie geschafft hatte, an die Spitze der Arbeiterpartei zu gelangen. Blum war ein subtiler Dialektiker und gewiegter parlamentarischer Taktiker, dessen leise Stimme oft nicht bis zur Journalistentribühne hinaufdrang; er verband ein großes Sachwissen mit einem menschenfreundlichen Ideal. «Wir wollen die Welt verändern!» rief er an einem Parteitag aus. Als er 1928 bei den Kammerwahlen durchgefallen war, begünstigte Poincaré seine Kandidatur bei einer Nachwahl, da dieser kluge Ministerpräsident sich einen versierten Oppositionssprecher wünschte; grundverschieden nach Art und Gesinnung, sprachen sie als Juristen die gleiche Sprache. Léon Blums Ziel war, mit Geduld eine große Linkspartei aufzubauen, die sich an Zahl und politischem Gewicht mit den Radikalen messen konnte. Er hatte es nicht eilig, an die Macht zu kommen; sein kritischer Verstand fühlte sich nicht nur sicherer auf dem Boden der Opposition, er mußte auch fürchten, daß eine Teilnahme der Sozialisten an der Macht im Staate für seine noch nicht genügend konsolidierte Partei nachteilige Folgen haben könnte. Das wenig beneidenswerte Schicksal der deutschen Sozialdemokraten, auch die Schwierigkeiten der englischen Labourpartei, ferner die Furcht vor der kommunistischen Konkurrenz, sprachen für ein Verharren der französischen Sozialisten in der Opposition.

Mit gewohnter Meisterschaft leitete Léon Blum im Juni 1931 den Parteikongreß, der in Tours stattfand. Der linke Flügel lehnte die Landesverteidigung grundsätzlich ab, der rechte Flügel hatte keine solchen Bedenken. Léon Blum konnte sich auf die breite Mitte seiner Anhänger stützen. Aber auch diese bekannten sich zu der Parole: «Keinen Sou, keinen Mann für den Militärapparat der Bourgeoisie!» Im Parlament stimmten die Sozialisten nicht nur gegen den Heeres- und Marine-Etat, sondern auch gegen die Gesamtheit des Staatsvoranschlages. Mit der etwas verschwommenen Formel, die Landesverteidigung sei nichts anderes als die Bemühung, mit friedlichen Mitteln die nationale Unabhängigkeit und Integrität aufrechtzuerhalten, gelang es Blum in Tours, die verschiedenen Strömungen in seiner Partei auf ein gemeinsames Programm zu verpflichten. Nachträglich jedoch unterzeichneten fünfundzwanzig sozialistische Politiker, an ihrer Spitze Paul-Boncour, ein Manifest, in dem sie sich zur Notwendigkeit der Verteidigung des Landes in einer unsicher gewordenen Weltlage bekannten. Edouard Herriot, den die sozialistischen Erfolge bei mehreren Nachwahlen beunruhigten, verspottete seine Rivalen zur Linken, indem er in einer Rede die Sozialisten als «Revolutionäre im Hasenfell» apostrophierte. –

Léon Blum war nicht der einzige bedeutende Repräsentant der wohlhabenden jüdischen Bourgeoisie, die sich mit voller Überzeugung zu Frankreich bekannte und von ihrem religiösen Ursprung gelöst hatte. Henri Berr gehörte dazu, aber er war kein Freund des Sozialistenführers, von dem er unwirsch sagte: «Ce sentimental de Léon Blum.» Berr war härter und konformistischer; ohne Politik zu machen, stand er Herriot näher. Aber seine von seiner Abkunft geprägte Geistesart hatte eine gewisse Verwandtschaft mit derjenigen Blums. Die antisemitische Welle der Dreyfus-Affäre hielt man in Frankreich für verebbt und abgetan. Als im «Centre de Synthèse» Robert Eisler, der ein Jude aus der ehemaligen Donau-Monarchie war, die Bemerkung machte, die Juden seien ein Volk, protestierten die anwesenden französisch-jüdischen Gelehrten vehement gegen diese Behauptung. Ich sah Berr selten so zornig; in seinen Augen gab es Franzosen katholischer, protestantischer und jüdischer Herkunft, wobei nach seiner Meinung diese konfessionellen Unterschiede mit der Zeit bedeutungslos würden. Edouard Drumonts berühmtes und berüchtigtes antisemitisches Pamphlet *«La France juive»* war auf der These aufgebaut, Israel sei ein Volk (1886). Ernest Renan entgegnete, Israel sei eine Religion. Berr hatte die Religion durch den Glauben an die Vernunft ersetzt. Nichts war ihm und den meisten französischen Juden so peinlich wie der Zionismus, den sie als eine unerwünschte Ideologie ablehnten. Darin dachten sie nicht anders als das entsprechende jüdische Bürgertum in Deutschland, das bis zu Hitler durchaus national fühlte – ich war in beiden Ländern Zeuge dieser Verhältnisse, da ich in Berlin und in Paris jüdische Lehrer, Bekannte und Freunde hatte.

Léon Blum und mit ihm die sozialistische Kammerfraktion retteten die Regierung Laval bei einer denkwürdigen Gelegenheit. Der amerikanische Präsident Herbert Hoover hatte am 22. Juni dieses bewegten Jahres 1931 ein auf ein Jahr befristetes Moratorium für alle zwischenstaatlichen Schulden – Reparationen und interallierte Schulden – vorgeschlagen. Es war ein Versuch, Deutschland vor dem Staatsbankrott und insbesondere das in Deutschland investierte amerikanische Kapital zu retten. In Paris begrüßte die Geschäftswelt das Hoover-Moratorium mit Erleichterung; die Börse reagierte mit einer Hausse. Für den französischen Staat aber bedeutete die Einstellung der deutschen Reparationszahlungen einen jährlichen Nettoverlust von drei Milliarden französischen Franken (knapp 500 Millionen Mark) und, was politisch bedenklicher war, die Wahrscheinlichkeit, daß nach dem Ablauf eines Jahres die deutschen Zahlungen nicht wieder aufgenommen würden; das wäre für Frankreich nur annehmbar gewesen, wenn auch die Vereinigten Staaten auf ihre Forderungen aus den Kriegsanleihen an ihre europäischen Verbündeten verzichtet hätten, was sie keineswegs im Sinne hatten. Hier lag der Quell tiefen Grolls gegen Amerika.

Die Kammerdebatte über die Annahme oder Ablehnung von Hoovers Vorschlag dauerte am 26. Juni von drei Uhr nachmittags bis zum nächsten Morgen um sechs Uhr. Ich notierte: «Das Rednertalent dieser Männer und die Atmosphäre der Sitzung sind unbeschreiblich.» Auf der Rechten herrschte Erbitterung über das Vorgehen des amerikanischen Präsidenten, der den Young-Plan unter den Tisch wischte und Frankreich um sein Guthaben brachte; bedenklicher war, daß mit Aufbietung seiner patriotischen, den Geist und den Buchstaben der geltenden Verträge beschwörenden Beredsamkeit Edouard Herriot im Namen der Radikalen das Moratorium bekämpfte. Für die Regierung und das Land wäre ein ablehnender Beschluß der Kammer einer Katastrophe gleichgekommen, denn auf der ganzen Welt war die in Aussicht stehende Einstellung der Schuldendienste mit einem Seufzer der Erleichterung aufgenommen worden. Da trat bei Morgengrauen Léon Blum als rettender Engel auf die Rednertribüne. Man hatte in der Wandelhalle des Palais-Bourbon den deutschen Sozialdemokraten Breitscheid und einen englischen Labourabgeordneten erblickt, die ihre französischen Genossen beschworen, die drohende Katastrophe abzuwenden. Das Eintreten der Sozialisten für das Hoover-Moratorium war eine politische Sensation.

Laval und sein Finanzminister Flandin konnten nach der fünfzehnstündigen, mühsam gewonnenen parlamentarischen Schlacht bereits am gleichen Nachmittag Verhandlungen mit dem in Paris weilenden amerikanischen Schatzsekretär Mellon über die Anwendungsmodalitäten des Moratoriums aufnehmen. Ich war mit dem ersten Autobus in der Morgenfrühe nach Hause gefahren und arbeitete tagsüber an meinen Kommentaren zur Kammerdebatte und zum Hoover-Moratorium. Hernach zwölf Stunden Schlaf und am nächsten Morgen in einem Brief an die Mutter: «Heute bin ich frisch wie gewohnt. Meine Leistungsfähigkeit und Gesundheit sind ausgezeichnet.» –

Die finanzielle Notlage, in der sich das Reich befand, veranlaßte den Reichskanzler Brüning und seinen Außenminister Curtius, sich als Bittsteller nach Paris und London zu begeben. Sie ersuchten um langfristige Darlehen. Es war ein gewagtes Unternehmen; Brüning stand in Deutschland ohnehin im Kreuzfeuer der Kritik, und sein Bittgang zu den «Feindmächten» konnte im Fall eines Mißerfolges gegen ihn ausgeschlachtet werden. Die Szene des Empfangs der deutschen Staatsmänner am Pariser Nordbahnhof bleibt mir unvergeßlich. Laval und Briand im Cutaway und Zylinder stellten sich mit ihren Gästen auf dem Bahnsteig den Photographen. Brüning erschien trotz Juliwetter im zugeknöpften Reisemantel, auf dem Kopf die Melone, die Augen hinter randlosen Gläsern halb verborgen; er glich einem asketischen Priester, der farblose Curtius einem Beamten. Keiner lächelte. Briand kämpfte offensichtlich gegen seinen leidenden Zustand. Pierre Laval wirkte jungenhaft und undurchsichtig; seine kalten Augen und sein vulgärer Mund drückten Entschlossenheit aus. Herr von Bülow, dem ich in Berlin begegnet war, war nun Staatssekretär des Auswärtigen Amtes und begleitete seine Minister. Sein französischer Kollege Berthelot war der einzige, der ein vergnügtes Gesicht machte, und François-Poncet stand als Dolmetscher zur Verfügung. Die Herren bestiegen ihre Wagen und schlossen sich in die Beratungszimmer ein. Seit Bismarck 1871 der Regierung des besiegten Frankreich die Waffenstillstandsbedingungen diktiert hatte, war kein deutscher Reichskanzler zu einem offiziellen Besuch in Paris gewesen. Herr Brüning gab im Elysée seine Visitenkarte ab.

Abgesehen von einer relativ freundlichen Atmosphäre führten die Verhandlungen zu keiner sachlichen Einigung. Eine langfristige Anleihe an das Reich wäre unpopulär gewesen und wurde hernach auch von der britischen Regierung den deutschen Ministern nicht gewährt. Das Vertrauen der westlichen Welt in die Zukunft Deutschlands war zu sehr erschüttert, als daß eine großzügige Kreditaktion möglich gewesen wäre. Laval hatte sich in seiner pragmatischen Art ausgedacht, daß unter der Bedingung einer Rückkehr der Reichsregierung zur Politik Stresemanns eine Finanzhilfe gewährt werden könnte; ihm schwebte ein politisches Moratorium von zehn Jahren vor, während dessen Dauer Deutschland nichts unternehmen würde, was den Frieden stören oder eine Revision der Verträge zum Ziel haben könnte. Er mußte sich sagen lassen, daß die innenpolitische Lage in Deutschland ein derartiges Versprechen der Reichsregierung ausschloß.

In London ging es diesen letzten Ministern der todkranken deutschen Demokratie nicht besser. Premierminister Macdonald anerkannte, daß sich Frankreich in einer besonders verwundbaren Lage befand, und mahnte seine Gäste zu einer Einstellung der deutschen militärischen Aufrüstung und zu einer energischen Bekämpfung der nationalsozialistischen Agitation. Winston Churchill ließ sich mit den Worten vernehmen: «Die französische Armee ist in diesem Augenblick ein Faktor der Stabilität in Europa.» Aber auch das war fragwürdig, denn infolge des Geburtenausfalls der Jahre 1915 bis 1919 würden die Mannschaftsbestände der Jahrgänge 1936 bis 1941 in Frankreich ungenügend sein.

Heinrich Brüning fand wegen seines bescheidenen Auftretens und der mißlichen Lage, in der er sich befand, bei seinen Gesprächspartnern bedauernde Sympathie; aber seine Persönlichkeit vermittelte denen, die ihn in Paris und in London sahen, nicht den Eindruck, daß er die Ausstrahlung und die durchschlagende Kraft eines Staatsmannes und Volksführers besaß, die zu einer wirksamen Bekämpfung von Hitlers Demagogie unerläßlich gewesen wäre. Laval und Briand erwiderten an melancholischen Herbsttagen in Berlin den Besuch ihrer deutschen Kollegen; als sich Briand zum Grabe seines Freundes Stresemann begab, befand sich zufällig auf dem Friedhof eine Rotte junger uniformierter Hitler-Leute, die, als sie den französischen Außenminister erblickten, stramm standen und ihn mit dem Hitlergruß ehrten. Es war alles recht paradox in dieser wirren Zeit. Am

Ende des Jahres schrieb ich in einem Wirtschaftsbrief für den «Bund», finanzielle Hilfsmaßnahmen zur Förderung der deutschen Exportindustrie, die «einer Hitler-Regierung gleichsam als Patengeschenk in den Schoß fallen» würden, halte man in Paris nicht für wünschenswert.

Unbestreitbar war nur, daß die Regierungen nirgends die Erfindungsgabe und Phantasie aufbrachten, mit anderen Mitteln als der überlieferten Finanzorthodoxie einer infolge ihrer tragischen Wirkung und Dauer neuartigen Wirtschaftskrise zu begegnen. Hoover, Brüning und Laval trieben in ihren wirtschaftlich darniederliegenden Ländern eine Deflationspolitik ohne Rücksicht auf die herrschende soziale Notlage. Der Wirtschaftstheoretiker J.M. Keynes verkündete während der schweren Depression die Doktrin der Vollbeschäftigung um jeden Preis, als ein Mittel zur Bekämpfung der Massenarbeitslosigkeit. Er fand kein Gehör bei den Regierungen, ehe in Amerika Präsident Franklin D. Roosevelt 1933 seine völlig unorthodoxe Politik des New Deal inaugurierte.

31. DAS ATTENTAT

Zu Anfang des Jahres 1932 starb Kriegsminister Maginot, der Erbauer der Maginot-Linie. Briand, siebzigjährig und am Ende seiner Kraft, trat von seinem Amt zurück. Die beiden Pole der französischen Politik: Organisierung des Friedens und Organisierung der nationalen Sicherheit, hatten ihre repräsentativsten Wortführer verloren.

Laval trat zurück und versuchte, die Radikalen zur Mitarbeit in einer neuen Regierung unter seinem Vorsitz zu gewinnen; er bot ihnen vier Portefeuilles und Herriot das Außenministerium an. Ich kam am Abend des 12. Januar dazu, als die beiden Politiker nach ihrer Unterredung in Lavals Bureau im Innenministerium einigen Journalisten

Auskunft erteilten. Sie saßen nebeneinander hinter einem Schreibtisch, der dunkle schmale Laval und der robuste Volksmann Herriot, aus dessen Mund wir erfuhren, «er habe nicht nötig beizufügen, daß er in den Fragen von nationalem Interesse, die den Ministerpräsidenten mit berechtigter Sorge erfüllten, diesem seine bescheidene Mitarbeit als Abgeordneter zur Verfügung stellen werde» – was in Klarschrift hieß, daß so kurz vor den Parlamentswahlen die Radikalen sich nicht durch eine enge Zusammenarbeit mit der bisherigen Mehrheit in den Augen ihrer Wähler kompromittieren wollten. In dem großen, erlesen ausgestatteten Raum, wo ich bei einem japanischen Wandschirm stand, herrschte eine bedrückte Stimmung. Desgleichen im Elysée-Palast. Berr erzählte mir, der Präsident sei nach den jüngsten Erklärungen Brünings ernstlich über die äußere Lage beunruhigt und habe sich mit ihm darüber ausgesprochen.

Doumer kam noch das eine oder andere Mal zu uns ins «Centre» und auch zu einem großen Empfang, den die Berrs zu Ehren des berühmten Ethnologen Sir James Frazer aus Cambridge in ihrer Wohnung veranstalteten. Als er mir für einen Zweiakter von Paul Morand seine Proszeniumsloge im Théâtre français zur Verfügung stellen ließ, machte die Schließerin vor mir einen Knicks und flüsterte: «Président de la République»!

In einem umgebildeten Kabinett Laval übernahm der Ministerpräsident selber das Auswärtige, Tardieu die Verteidigung. Mein junger Nachbar an der rue de Tournon, Cathala, wurde Innenminister, was seinem Haus eine ständige Polizeiwache eintrug. Mich bat man, nicht mehr vom Foyot aus mit Bern zu sprechen. Doch wie vor einem Jahr stürzte der Senat diese ihm nicht genehme Kombination. «Keine Abrüstungskonferenz, kein ostasiatischer Konflikt, keine Wirtschaftskrise fallen ins Gewicht, wenn der Geist der Uneinigkeit in den alten Parlamentsgebäuden, dem Palais-Bourbon und dem Luxembourg, spukt.» Doumer blieb angesichts der Kammermehrheit nichts anderes übrig, als Tardieu zu berufen, der «ein Kabinett Laval mit vertauschten Rollen» konstituierte; der Ministerpräsident schlug seinen Sitz in den Räumen des Außenministeriums auf, dessen Last er kurz entschlossen auf sich nahm.

Und schon wohnten wir unter den alten Bäumen des Quai d'Orsay der Trauerfeier für Aristide Briand bei. Ich hatte ihn am Ende des vergangenen Jahres zum letztenmal gesehen, als er im prunkvollen Uhrensaal seines Ministeriums den Völkerbundsrat präsidierte. Es war eine traurige Veranstaltung. Japan hatte mitten im Frieden die Mandschurei militärisch besetzt, China war mit einem Hilferuf an den Völkerbund gelangt. Wirtschaftliche oder gar militärische Sanktionen gegen Japan zu ergreifen, war angesichts der internationalen Lage unmöglich. Man überließ die beiden Gegner sich selbst und ihren ungleichen Kräften. «Der ostasiatische Konflikt lastete schwer auf allen Gemütern und wohl am schwersten auf den Schultern des Ratspräsidenten Briand. Als er seinen Bericht verlas, hinderte ihn fortwährend ein erstickender Husten am Sprechen. Mit tiefem Mitleid blickte alles nach dem greisen Mann, der mit Aufbietung übermenschlicher Kraft sein Dokument zu Ende las» («Bund», 7. März 1932). Jetzt hielt Tardieu die Leichenrede auf den Staatsmann, den er nicht geliebt hatte. Briands englischer Partner an der Locarno-Konferenz, Sir Austen Chamberlain, und Stresemanns Sohn folgten dem Sarg. Was immer man von ihm halten mag: Briand ist ein Symbol der Friedensidee gewesen. Es war ein schwacher Trost für Frankreich und Europa, als ein paar Tage später bei der Reichspräsidentenwahl in Deutschland Adolf Hitler gegen den alten Hindenburg unterlag.

Die Legislatur ging ihrem Ende entgegen. Die Kammerwahlen waren auf den 1. und 8. Mai festgesetzt. Im Unterschied zu England gibt es zwei Wahlgänge in Frankreich.

Bei den Wahlen, und das war auch 1932 so, steht immer Block gegen Block, Linke gegen Rechte.

Am Tag vor dem zweiten Wahlgang starb Präsident Doumer an den Folgen eines Attentates. Freitag den 6. Mai hatte er vormittags den Ministerrat präsidiert und hernach den Emir Feisal zu Tisch geladen. Um 15 Uhr begab er sich zur Stiftung Salomon de Rothschild an die rue Berryer, um einen Bücherverkauf der Schriftsteller, die am Weltkrieg teilgenommen hatten, mit seiner Gegenwart zu beehren. Als Doumer am Tisch Claude Farrères stand, krachten zwei Schüsse. Der eine drang durch seine Schädelbasis und trat bei der rechten Schläfe aus, der andere verletzte auch Farrère. Der anwesende Polizeipräsident Guichard stürzte sich auf den Attentäter und erfaßte den Lauf seiner Pistole, Minister Piétri wand sie ihm aus der Hand. Bewußtlos lag der Präsident am Boden. Der Schütze wehrte sich wie rasend, ehe ihn die Polizei abführen konnte. Er hieß Gorgulow und war Russe.

Mein Freund Bonzon telephonierte mir ins Foyot, um mir die fatale Neuigkeit mitzuteilen. Ich erkundigte mich bei zwei verschiedenen Stellen, die mir beide versicherten, der Präsident sei tot, was ich sogleich nach Bern durchgab. Berr hatte sich ins Hôpital Beaujon begeben, wohin man Doumer transportiert hatte. Als ich ihn endlich am Telephon erreichte, sagte er: «Der Präsident ist nicht tot, kein lebenswichtiges Organ ist verletzt.» In einem Fernruf an die Redaktion meiner Zeitung dementierte ich meine erste Meldung. Der Eindruck, den diese grausame Tat auf die Bevölkerung machte, war niederschmetternd. Auf den Straßen bildeten sich erregte Gruppen, jeder redete mit jedem, den Zeitungsverkäufern riß man die Sonderausgaben aus der Hand. Ich blieb in der Nacht auf den Boulevards, wo ungewohntes Leben herrschte, bis endlich der Ausgang der Tragödie keinem Zweifel mehr unterlag. Um 4 Uhr 40 früh starb Doumer. Er war zwischendurch aus seiner Bewußtlosigkeit erwacht. Auf seine Frage, was geschehen sei, antwortete man ihm, er habe einen Autounfall gehabt. Am gleichen Tag machte ich Berr einen Kondolenzbesuch; seine unerschütterliche Ruhe hatte ihn nicht verlassen. Er mißbilligte es, daß man seinem Freund gesagt hatte, es sein ein Autounfall gewesen. «Es ist ein schöner Tod», meinte Berr. Doumer, der nie krank gewesen war, habe ihm einmal gesagt, was er fürchte, sei nicht der Tod, sondern ein mögliches Siechtum. Der Präsident war 75 Jahre alt geworden. Wie viele tausend Pariser begab auch ich mich ins Elysée, wo Doumer auf einem Paradebett ruhte. Ein Pflaster an der rechten Schläfe verbarg die Wunde.

Von neuem entfaltete Paris den ungeheuren Pomp eines Staatsbegräbnisses. Die Kastanienbäume blühten an den Champs-Elysées, als sich der Leichenzug zum Trauermarsch aus Beethovens Eroica zur Notre-Dame in Bewegung setzte. Die Regierung hatte Paul Doumer eine Beisetzung im Pantheon zugedacht; aber die Familie wollte den Wunsch des Verstorbenen erfüllen, im Familiengrab des Vaugirard-Friedhofs beerdigt zu werden. Doch sollte der Sarg nach der religiösen Zeremonie zu einer grandiosen Totenfeier auf den Stufen des Pantheons aufgebahrt werden. Ich stand nahe bei meinem ehemaligen Wohnort, an der Ecke der rue Soufflot und der rue Saint-Jacques, als der Kondukt mit seinen acht Blumenwagen, die wie fahrende Gärten vom Boulevard Saint-Michel heraufkamen, eintraf. Zwei Tage vorher hatte in Versailles die Nationalversammlung, die auf eine Kampfwahl verzichtete, den Senatspräsidenten Albert Lebrun zum Nachfolger Doumers bestimmt. Er schritt, allein, hinter dem Sarg, gefolgt von König Albert von Belgien (der später tödlich verunglückte) und den Vertretern anderer Staatsoberhäupter: dem Prinzen of Wales (der als Edward VIII. auf den Thron verzichtete), dem Herzog von Aosta (der im Zweiten Weltkrieg sein Leben ließ), dem Prinzen Paul von Jugoslawien (der nach der deutschen Invasion aus seinem Lande floh). Neben ihnen, im Frack, ein asiatischer Jüngling: Bao Dai, Kaiser von Annam, der nach dem Zweiten Weltkrieg sein indochinesisches Reich verlor. Tardieu hielt die Leichenrede; er gedachte des Staatsmannes, des Kindes aus dem einfachen Volk, des stoischen Dieners der Nation, der bei der Nachricht vom Tode eines seiner Söhne auf dem Schlachtfeld gesagt habe: «Der Tod ist nichts, wenn er nützlich ist.»

Mittlerweile, am Tag nach Doumers Tod, hatten die Linksparteien die Wahlen gewonnen. Mit 160 Mandaten bildeten die Radikalen die stärkste Fraktion, aber sie verfügten nicht über die absolute Mehrheit. «Zögernd und sorgenvoll treten sie an die Aufgabe heran, die ihnen vom Wahlkörper gestellt wurde» (19. Mai). Die Berufung Edouard Herriots zum Ministerpräsidenten unterlag keinem Zweifel. Der innenpolitische Umschwung sollte keine allzu starke außenpolitische Kursänderung herbeiführen. Der neue Unterrichtsminister, Anatole de Monzie, erklärte: «Es gilt, die französische Vorsicht an die europäische Ungeduld anzupassen.»

Herriot hatte die Bedingungen, die die Sozialisten an eine Regierungsbeteiligung knüpften, nicht akzeptieren können. Er regierte mit radikalen und den Radikalen nahe stehenden Ministern. Er leitete persönlich das Ministerium des Auswärtigen. Zu diesem linksbürgerlichen Kabinett in Paris bildete in Berlin die aus Mitgliedern des «Herrenklubs» zusammengesetzte neue Reichsregierung von Papen-von Schleicher den denkbar größten Gegensatz. Aber man mußte miteinander verhandeln. In Lausanne traten Herriot, von Papen und sein Außenminister von Neurath, Macdonald und dessen Außenminister Sir John Simon zu einer Konferenz zusammen. Nach längerem Widerstreben blieb Herriot nichts anderes übrig, als dem Verzicht seines Landes auf weitere deutsche Reparationszahlungen zuzustimmen.

Dieser harte Brocken war für Herriot um so schwerer zu schlucken, als Washington nach dem Ablauf des Hoover-Moratoriums auf dem Wiederbeginn der alliierten Schuldenzahlungen an die Vereinigten Staaten beharrte. Mit einer neuen Überraschung wartete Präsident Hoover auf, als er zum Mißvergnügen Herriots einen Abrüstungsvorschlag machte, der im Ergebnis auf eine militärische Schwächung Frankreichs hinauslief. Léon Blum tadelte Herriot in einer Rede dafür, daß er Widerstand gegen die Liquidierung der Reparationen geleistet und Widerspruch gegen Hoovers Abrüstungsvorschlag erhoben hatte. Der neue Ministerpräsident befand sich bereits im Sommer in einer unbehaglichen Lage. Es gab in der Kammer nur drei die übrigen Abgeordneten überragende Politiker: Herriot selbst, Léon Blum, auf dessen parlamentarische Unterstützung die Regierung angewiesen war, und Tardieu, der die Opposition anführte. Ich kommentierte in meiner Zeitung: «Es ist eine Ironie des Schicksals, daß es ausgerechnet die Sozialisten und Linksradikalen sind, die dem Deutschland Papens und Hitlers Zugeständnisse zu machen bereit sind, die dem Deutschland Erzbergers, Stresemanns und Brünings nicht oder nur unvollkommen gemacht wurden» (30. Juni 1932). –

Der Attentäter Gorgulow wurde in Paris von den Geschworenen zum Tode verurteilt. Dieser russische Emigrant war ein überspannter Mensch und eine gescheiterte Existenz. Ich wohnte seinem Prozeß im Palais de Justice bei. Gorgulows Verhör: «Sein monotoner Redestrom mit den ewigen Wiederholungen und häufigen Ungereimtheiten, seine ungelenken Gebärden und sein verstörter Gesichtsausdruck zeugen von großem Unverstand, von intellektueller Unzulänglichkeit, von wirren Affekten, die er für Ideen hält, von unbegründeter Einbildung, von Größen- und Verfolgungswahn, von einem gänzlichen Mangel an Selbstkritik und Selbstkontrolle.» Die vom Staatsanwalt bestellten Psychiater erklärten, der Mörder sei voll zurechnungsfähig. Gorgulow selbst «konnte es Frankreich nicht verzeihen, daß es nicht sein geliebtes Rußland vom bolschewistischen Joch befreie, sondern mit den Sowjets Beziehungen unterhalte; er ist auf einmal – wohl nur wenige Tage vor der Tat – von der unwiderstehlichen Idee besessen worden, er könne durch ein Attentat gegen denjenigen, den er für den Leiter der französischen Politik hielt, das glückliche, ruhige Frankreich, dem er grollte, aufrütteln und auf die Leiden seines Volkes aufmerksam machen... Während der Gerichtsverhandlung flehte er unablässig, man möge ihn töten, weil er ohne seine Idee, die man schon getötet habe, nicht weiterleben könne.» Seine Frau, eine Schweizerin aus Winterthur, die am Zeugenstand weinend Auskunft gab, rief beim Anblick des Angeklagten aus: «Aber er ist doch verrückt!» («Bund», 28. Juli 1932).

Ich hatte dem Ende der Gerichtsverhandlung nicht beiwohnen können. Abends traf ich zufällig an der Tramhaltestelle der Place Saint-Michel André Thérive, der blaß aussah. Auf meine Frage, was geschehen sei: «Was wollen Sie, es ist peinlich, einem Todesurteil beizuwohnen.» Wir begaben uns zusammen ins Café Mahieu, wo der Prozeßausgang besprochen wurde. Ich sagte, der Mann sei ein Paranoiker, ich könne nicht verstehen, daß man einen Geisteskranken hinrichte. Thiercelin bereitete der Diskussion ein Ende: «Natürlich muß man verschroben sein, um einen Präsidenten der Republik umzubringen, aber, *enfin,* man kann doch den Mörder nicht ungeschoren lassen.» Zu jener Zeit wurde die Todesstrafe in Frankreich kaum angefochten.

Paul Landowski bot mir, als ein Zeichen besonderer Gunst, einen der wenigen Presseausweise an, die Zutritt zu der Hinrichtung verschafften. Er war erstaunt, als ich sein Angebot ablehnte. Es war mir widerlich, dabei zu sein, wenn nach dem Wortlaut des Gesetzes dem Verurteilten «auf einem öffentlichen Platz der Kopf abgeschnitten» wurde.

Das politische Jahr, reich an dramatischen Ereignissen, endete während der Wintersession des Parlamentes mit einem Theatercoup. Nach dem Ablauf des Hoover-Moratoriums war am 15. Dezember 1932 die Zahlung einer französischen Rate an die Vereinigten Staaten fällig. Präsident Hoover und der amerikanische Kongreß hatten sich geweigert, mit der französischen Regierung Verhandlungen über eine Revision des Kriegsschuldenabkommens aufzunehmen. Die Politik der Vereinigten Staaten, die zur endgültigen Sistierung der deutschen Reparationszahlungen an die ehemaligen Feinde geführt hatte, war zweifellos inkonsequent und unbillig, als sie nach der einjährigen Stundung aller zwischenstaatlichen Schuldendienste auf der unveränderten Eintreibung der Kriegsanleihen an ihre ehemaligen Verbündeten bestand. Paris war von einem Protestfieber gegen den amerikanischen Shylock geschüttelt, der sein Pfund Fleisch forderte. «Wir sind Schweinehändler und wollen nichts anderes als Schweinehändler sein, alles übrige, die idealistischen Phrasen, mit denen wir unsere Politik zu verkaufen pflegen, hat nichts zu bedeuten!» So lautete, nach Thiercelins beredten Vorträgen im Café, das politische Credo der Amerikaner.

Das Parlament dachte nicht anders. Nur eine formelle Zusage der amerikanischen Regierung, daß die Überweisung der fälligen Rate von einer Revision des Schuldenabkommens gefolgt sein würde, hätte die Kammer dazu bewegen können, ihre Einwilligung zu dieser Zahlung zu geben. Der französische Botschafter in Washington, der Dichter und Diplomat Paul Claudel, mußte nach vergeblichen Schritten beim Staatsdepartement die letzten Illusionen seiner Landsleute zerstören. Der Regierungschef und Außenminister Herriot versuchte am Nachmittag und in der Nacht des 14. Dezember vergeblich, die Volksvertreter von der Notwendigkeit der Schuldenzahlung zu überzeugen. Sein Argument: die französische Außenpolitik beruht auf dem Grundsatz der Treue zum gegebenen Wort, der Einhaltung der geschlossenen Verträge; wenn nun in einem für seine Interessen abträglichen Fall Frankreich sich einseitig von einem Vertrag lossagt, wird seine ganze Politik unglaubwürdig – von den Folgen eines schweren Zerwürfnisses mit Amerika, das auch die französisch-britischen Beziehungen belasten würde, nicht zu reden.

Herriot hielt die rebellierende Kammer mit allen Mitteln der parlamentarischen Taktik bis zum nächsten Tage hin; obgleich die außerordentliche Beschlagenheit und die glänzende Rednergabe, mit denen der Ministerpräsident die Volksvertreter umzustimmen suchte, uns Bewunderung abnötigten, lehnte die Kammer frühmorgens den Regierungsstandpunkt mit überwältigender Mehrheit der Linken und der Rechten ab. Das Kabinett Herriot trat zurück. Paul-Boncour, der nicht mehr der sozialistischen Partei angehörte, aber auf ihre parlamentarische Unterstützung bauen konnte, bildete die neue Regierung.

In meiner Pariser Korrespondentenzeit gab ich Herriot unter allen französischen Politikern den Vorzug. Seine Persönlichkeit und Laufbahn hatte ich im Sommer 1932 unter dem Titel «Ein Romantiker als Staatsmann» ausführlich gewürdigt. «Ist es die kraftvolle Silhouette, oder der gutmütige Gesichtsausdruck unter dem wirren Kraushaar, oder die ewige Tabakpfeife, oder der besondere Klang seiner Rede, die Herriot seine weite Popularität verschafft? Gewiß, die Figur, der Habitus, machen viel aus, wenn sie sich leicht dem Gedächtnis der Massen einprägen. Aber wie kommt es, daß diesen Herriots Pfeife vertrauter und gemütlicher vorkommt, als die Zigarettenspitze seines wohl nicht weniger begabten Gegenspielers Tardieu? Es ist dies vielleicht weniger eine politische Frage als eine Frage des Volksinstinktes, um mit Léon Blum zu reden, der sich darauf versteht» («Bund», 24. Juli 1932).

Herriot war in einem doppelten Sinne ein Romantiker,

indem bei ihm nicht nur seine politische Tätigkeit als Volksredner, Parteiführer und Staatsmann ihren Wurzelgrund in der romantischen Vorstellungswelt hatte – das war die freiheitlich-demokratische Ideologie der 1830er und 1840er Jahre –, sondern auch sein literarisches Œuvre romantische Persönlichkeiten und Landschaften zum Gegenstand hat: Madame Récamier und ihre Freunde, Beethoven, der Normannische Wald. Diese Dinge gingen mich etwas an. Auch Herriots doppelte Verbundenheit mit den Geisteswissenschaften und der Politik kam mir exemplarisch vor. Daß für ihn Demokratie und Nation unzertrennliche Begriffe waren, auch daß er den sozialen Fortschritt im Rahmen der pluralistischen Gesellschaft und der Gesetzestreue zu verwirklichen suchte und als Außenminister die Beziehungen zu Staaten mit einem anderen politischen Regime und einer entgegengesetzten Ideologie korrekt zu pflegen bestrebt war, so daß er in seiner kurzen Amtszeit sowohl mit dem Deutschland Papens als auch mit der Sowjetunion Stalins nützliche Abkommen schließen konnte, entsprach einer politischen Haltung, die nach meiner Überzeugung richtig war.

Henri Berr erwies mir von neuem eine Gefälligkeit, als er mich bei Herriot einführte. Da dieser im März 1933 nicht mehr Minister war, konnte ich mich unbefangen mit ihm über die politische Lage aussprechen. Herriot wünschte nicht, daß ich dieses Gespräch als Interview in meiner Zeitung verwende. In den folgenden Jahren hatte ich ab und zu Gelegenheit, mit ihm zusammenzutreffen. Nach dem Zweiten Weltkrieg, als Edouard Herriot heil aus der Internierung in Deutschland zurückgekehrt war, konnte ich ihn als Vortragsredner in unserer Hochschule in Zürich einem begeisterten Publikum vorstellen. Der *«Monde»* hat unlängst einer Generation, die keine Erinnerung an diese Zeit haben kann, die Persönlichkeit Herriots in einem interessanten Aufsatz geschildert und ihn als das «monstre sacré» der

Dritten Republik bezeichnet. Etwas von einem sympathischen Ungeheuer hatte der erdverbundene, breite, kräftige Mann zweifellos an sich, auch etwas von einer durch große Popularität verklärten Figur der französischen Demokratie. Die Vierte Republik versagte ihm jedoch die Ehre, ihn zum Präsidenten der Republik zu wählen. Aber die Académie française nahm ihn in ihre illustre Gesellschaft auf.

32. VORLÄUFIGER ABSCHLUSS

Es war das bewegteste meiner Pariser Jahre. Ein wenig atemlos. Sicher gehorchte ich einem unwiderstehlichen Drang nach Leistung und nach menschlichen und geistigen Kontakten. Ich will versuchen, in diesem Gewirr einen leitenden Faden zu finden. Ziellos war ich nicht; alles diente zu etwas, obschon mir nicht immer klar war, wozu.

I

Ich habe den Katalog der Ausstellung der Enzyklopädie und der Enzyklopädisten vor Augen; sie war vom «Centre International de Synthèse» organisiert und wurde im Mai und Juni 1932 in einem Saal der Bibliothèque Nationale gezeigt. Berr erwähnt im Vorwort zu diesem Katalog, daß ich ihm die «idée initiale» zu der Ausstellung «suggeriert» habe. Daran kann ich mich nicht erinnern, wohl aber daran, daß ich als einer der Organisatoren viel Arbeit damit hatte. Es dürfte der Widerspruch gegen das anti-aufklärerische Erdbeben, das seinen Herd in Deutschland hatte, gewesen sein, der mich veranlaßte, des großen Aufbruchs der «Vernunft-Philosophie» im 18. Jahrhundert zu gedenken.

Henri Berr ging mit seinem unermüdlichen Eifer und seiner großen Organisationsgabe zu Werk, als er die Vorbereitung der Ausstellung unter seine jungen Mitarbeiter verteilte. Alle öffentlichen Museen, Bibliotheken, Archive in

Paris und in der Provinz, sowie viele private Sammler, auch Kunsthändler, wurden aufgefordert, ihre Bücher, Manuskripte, Bilder, Plastiken, Gegenstände, Möbel und Tapisserien dieser Schau zur Verfügung zu stellen. Sie sollte den Ruhm der großen Initianten der Enzyklopädie, den Ruhm Diderots und d'Alemberts und ihrer vielen Mitarbeiter verkünden. Die Ausstellung gedachte auch der Gönnerinnen und Gönner der Enzyklopädisten, der beteiligten Salons und Akademien, der Grands Seigneurs und Würdenträger, die die Enzyklopädie gegen wiederholte Zensurmaßnahmen kirchlicher, staatlicher und gerichtlicher Instanzen in Schutz genommen haben. Einen Ehrenplatz nahmen ihre illustren Freunde im Ausland, Friedrich II. von Preußen und die große Katharina von Rußland, ferner ihre Vorläufer, allen voran Bacon und Descartes, ein. Wir vergaßen nicht ihre Jünger, den österreichischen Reformkaiser Josef II. und Condorcet, Herold und Opfer der Französischen Revolution. Auch Goethes Übersetzung von Diderot lag auf. Unsere Ausstellung sollte den Geist eines ganz bestimmten Frankreich und eines Europa, das wie dieses dachte und sprach, heraufrufen. Die Gelehrten, Schriftsteller, Künstler und Denker, die aus dem Ausstellungsgut zu den Besuchern sprachen, hatten in der zweiten Hälfte des 18. Jahrhunderts die Wissenschaft, die Kunst, die Literatur, die Technik, auch das Gewerbe in den Dienst einer erneuerungsbedürftigen Gesellschaft, einer glücklicheren und freieren Menschheit zu stellen unternommen. Denn der Vernunftbegriff war für diese Geister ein ethisches Postulat, vernünftiges Handeln ein moralisches Erfordernis.

Die Aufklärungsphilosophie, deren Wortführer sich in der Enzyklopädie ein mächtiges Instrument geschaffen und während eines Vierteljahrhunderts das Geistesleben beherrscht haben, war eine intellektuelle Revolution des sich emanzipierenden Bürgertums; daß sie Freunde und Gönner auch unter den Fürsten und im Adel hatte, ändert nichts an diesem gesellschaftspolitischen Sachverhalt. Es ist bezeichnend, daß sie sich auch um die Hebung des Handwerks, der manuellen Arbeit überhaupt, und um die Förderung der Technik bemühte. Diderot und d'Alembert nannten sich selber «Volk». Sie waren Wegbereiter der Französischen Revolution und der Demokratie. Dabei fiel mir auf, wie zahlreich die schweizerischen Mitarbeiter der Enzyklopädie waren: neben Jean-Jacques Rousseau, der die Artikel über Musik verfaßte, Bernoulli (Astronomie), Louis Necker (Physik), Albrecht von Haller (Physiologie), Johann Georg Sulzer (Kunst), Tschudi (Agronomie) und andere. An der Ausstellung waren auch die in Genf, Lausanne und Yverdon herausgebrachten Ausgaben der Enzyklopädie zu sehen. Wenn man außerdem das literarische Zürich des 18. Jahrhunderts und Pestalozzis menschenfreundliche Botschaft in Betracht zieht, wird offenkundig, wie groß der Einfluß der Aufklärung auf das schweizerische Geistesleben war.

Wir trugen ungeheure Schätze zusammen. Mir fiel die Aufgabe zu, das Museum des Schlosses Versailles nach einschlägigen Gemälden zu durchsuchen. Im Winter war das immense Schloß Ludwigs XIV. wie eine leere, steinerne Muschel inmitten eines toten Parks, wo kahle Bäume standen und entleerte Teiche erstarrt lagen. Ich fand ein wundervolles Portrait von Fontenelle und ein solches des Abbé de Saint-Pierre, auch Bildnisse der Madame d'Epinay und Katharinas der Großen. Vom Museum der Porzellanmanufaktur von Sèvres erhielten wir eine Statuette Friedrichs des Großen zu Pferd in *biscuit de Sèvres* und zahlreiche Portraitmedaillons; ein Privatsammler stellte uns eine bisher unbekannte Terrakotta von Houdon zur Verfügung, die Voltaires Kopf darstellt. Der Louvre trug u.a. seinen prächtigen Diderot von Van Loo bei. Als ich die Autographen in den Vitrinen ordnete, unterbrachen wir die Arbeit, um in einem nahen Restaurant einen Imbiß einzunehmen; zu meinem Schrecken entdeckte ich, daß sich in meinen Rocktaschen noch Briefe von Voltaire, der Kaiserin von Rußland, Rousseaus usw. befanden, die ich schleunigst in die Bibliothek zurücktrug und in einer Vitrine versorgte. Es war ein begeisterndes Unterfangen, das zeitlich mit meiner journalistischen Berichterstattung über die Kammerwahlen und der Vorbereitung auf meine Doktorprüfung zusammenfiel. Diderots Wort: «Lieber sich verbrauchen als einrosten», diente mir als Motto.

Präsident Doumer hatte seine Teilnahme an der Eröffnung der Ausstellung zugesagt, deren Ehrenvorsitz Edouard Herriot innehatte. An dem für die Vernissage in Aussicht genommenen Tag fand das Staatsbegräbnis des ermordeten Präsidenten statt. Mit melancholischer Ironie gedachte ich des emsigen Universalgenies und unverbesserlichen Optimisten Denis Diderot, der gesagt hatte, er stehe jeden Morgen «mit der Hoffnung auf, daß die Bösen sich in der Nacht eines Besseren besonnen hätten und daß es keine Fanatiker mehr gebe». Ohne Feierlichkeit eröffneten wir die Ausstellung, ein paar Tage nach dem ursprünglich vorgesehenen Termin. Sie erhielt großen Zuspruch und fand ein vielstimmiges Echo. Aber die Zeitläufte wiesen in eine andere Richtung, die den Feinden der Enzyklopädisten recht zu geben schien.

II

Eines Abends teilte mir Pierre Do Dinh mit betrübter Miene mit, er müsse heimkehren, seine Eltern wollten ihn verheiraten. Ich fragte, warum er sich die Wahl einer Frau nicht selber vorbehalte? Es sei Sitte in Annam, daß die Eltern ihre Kinder füreinander bestimmten. Der Abschied war seltsam auf dem Flur unseres Dachstockes. Der kleine Asiate behielt den schlecht zu ihm passenden steifen Filzhut auf dem Kopf, als er mich umarmte.

Zur selben Zeit tauchte ein junger Schweizer bei mir auf, von Hugo Marti eingeführt. Er hieß Friedrich Glauser und war vor einigen Jahren aus der Fremdenlegion entlassen worden. Ein Romanmanuskript, «Gourrama» betitelt, war sein ganzes Vermögen; die Handlung spielte in Nordafrika, in der Legion. Kein Verleger nahm sich dieses packenden Buches an. Glauser interessierte sich für Kriminalfälle und bat mich, ihm durch mein Pressesyndikat einen Ausweis als Gerichtsberichterstatter für den Justizpalast zu verschaffen. Da aber keine Zeitung ihm einen Auftrag erteilt hatte, hing auch dieser Plan in der Luft. Glausers Gesundheit war erschüttert; er litt unter Herzbeschwerden und Malaria. Er war ein freundlicher, ein wenig einschmeichelnder, an Geld- und anderen Sorgen leidender Mensch. Der Kontakt mit ihm war nicht ganz leicht. Er gestand mir, er sei Morphinist. Glauser hauste in einem unordentlichen Atelier des 14. Arrondissements, wo ich ihn eines Tages krank auf einem primitiven Lager fand. Er bat mich um Medikamente, die ich aus einer Apotheke holte.

Im Juni erhielt ich von Glauser einen Brief aus Mannheim, in dem er sich entschuldigte, daß er sich von mir nicht verabschiedet hatte. «Es ist einfach alles schiefgegangen in letzter Zeit», schrieb er. «So bin ich zu meinem Vater gereist und schreibe hier den in Paris begonnenen Roman in Ruhe zu Ende... Es ist ein sehr unangenehmer Wechsel von Paris nach Mannheim. Deutschland macht einen so verstorbenen Eindruck, die Leute schleichen herum, wie Fliegen im November, es kommt einem vor, als hätten sie jegliche Kraft und Spannung verloren. Ihr politisches Leben gleicht mehr einem Krampf. *Décidément la France est le seul pays où il soit possible de vivre...»* (13. Juni 1932). Ein Jahr später erhielt ich von ihm einen Brief aus Münsingen, wo er sich einer Entziehungskur unterwarf – aus diesem Erlebnis entstand sein Roman «Matto regiert». In späteren Jahren haben seine Kriminalgeschichten Anklang gefunden, und populär wurden sie, als Heinrich Gretler in einer Verfilmung die Rolle von Glausers Wachtmeister Studer spielte. Die vom

«Arche»-Verlag herausgegebene Gesamtausgabe der Werke Friedrich Glausers hat heute Erfolg in Deutschland. An diesen bedeutenden Schriftsteller, den ich in Zürich wiedersah, bewahre ich eine deutliche, menschlich berührende Erinnerung.

Freundschaft schloß ich im Frühjahr 1932 mit dem Dirigenten und Komponisten Paul von Klenau, der sich mit einem Klavier, viel Notenpapier und einem selbstverfaßten Opernlibretto im Foyot für längere Zeit niederließ. Mit Unterbrechungen kam er noch mehrmals in den folgenden Jahren nach Paris. Klenau war Däne, aber seine Musikerlaufbahn hatte er in Deutschland gemacht; zuletzt war er in Wien Dirigent des Konzerthausorchesters, bis der Verlust seines Gehörs ihn zwang, seinem Beruf zu entsagen. Ein Ballett von Klenau stand lange auf dem Repertoire der deutschen Opernhäuser. Zum erstenmal hatte ich seinen Namen in Muzot gehört, als mir Rilke Klenaus «Cornet»-Vertonung zur Beurteilung anvertraute. Er war ein großgewachsener, stattlicher Mann mit kindlichen blauen Augen, einem wissenden Mund und graumeliertem Haar; die Frauenherzen flogen dieser nordischen Lichtgestalt zu. Er konnte wenig Französisch, schätzte aber französische Küche, Weine und Schnäpse. In unserer Foyot-Zeit speisten wir meistens abends zusammen in einem Restaurant der rue de Vaugirard bei einem spanischen Gastwirt; mittags kauften wir oft beim Comestibles-Händler der rue de Tournon Eßwaren ein, die wir auf seinem Zimmer verzehrten.

Klenaus Oper beruhte auf einer dramatisierten Bearbeitung von Kleists «Michael Kohlhaas». In Wien hatte Klenau die Kenntnis der Zwölftonmusik nicht wie Alban Berg von Schönberg, sondern von dem weniger bekannten Josef Matthias Hauer erworben. Klenau sprach viel von Alma Mahler, von der er Briefe erhielt; ihre kühn ausgreifende Schrift machte mich zum erstenmal mit dieser außerordentlichen Frau bekannt. «Sie ist eine neue Frau von Staël», sagte Klenau. Sie hatte ihm in Wien die Leitung eines Mahler-Zyklus mit den Symphonien ihres ersten Gatten anvertraut. Als ich ein paar Jahre später Alma Mahler kennenlernte, fragte ich sie, wie er es gemacht habe; ihre Auskunft war kurz und bündig: «Er hatte überhaupt keine Suggestionskraft.» In seinem «Kohlhaas» verwandte Klenau Hauers Zwölftonsystem; er war bestrebt, die serielle Kompositionsform nicht atonal, sondern tonal anzuwenden. Von Zeit zu Zeit spielte er mir abends die rasch entstehenden Nummern seiner Oper auf dem Klavier vor – er vollendete sie im Zeitraum eines Jahres. Klenau interessierte sich seinerseits für meine Arbeit und las meine Zeitungsartikel. «Wir kritisieren uns gegenseitig», schrieb ich nach Hause.

Als Albert Schweitzer ins Foyot kam, erneuerte Klenau mit ihm eine Freundschaft, die sie in gemeinsamer Straßburger Zeit geschlossen hatten. Aber er fand Schweitzers Philosophie aufklärerisch und naiv, was ihm mißfiel. Das Humanitäre und Liberale, das er als ein unterschiedsloses Geltenlassen aller Dinge verstand, waren ihm zuwider. Mit der Figur des «Kohlhaas» identifizierte er sich, denn er war überzeugt, daß ihm Unrecht geschah, daß er verkannt und zurückgesetzt worden sei; die jüdisch beherrschte Musik-, Konzert-, Opern- und Zeitungswelt samt ihren Kritikern, meinte er, habe ihn beiseite geschoben. Er bewunderte und liebte Alma Mahler, aber ihren Mann Franz Werfel lehnte Klenau als einen jüdischen und nach seiner Meinung überschätzten Schriftsteller entschieden ab. Vom Germanisten der Wiener Universität, Josef Nadler, wußte er zu sagen, daß er in seinen Vorlesungen zwischen deutscher Literatur und Literatur von Juden in deutscher Sprache unterscheide. Die Schönberg-Schule lehnte Klenau ab; nur Alban Berg, mit dem er sich im Hause Mahler-Werfel befreundet hatte, ließ er gelten. Ich glaube, ein Schuß Romantik im Blut, ein Nachwehen von Wagnerschem Pathos, sträubte sich in ihm gegen jene Kunstrichtung.

Klenau war mit einer Jüdin aus reichem Haus verheiratet gewesen. Sie war die Schwester der Besitzer der «Frankfurter Zeitung», der Brüder Simon; sie hatte Klenau wegen eines anderen Mannes verlassen, und diese Kränkung hatte er nicht verwunden. Doch als Dr. Heinrich Simon im Foyot abstieg, machte mich Klenau mit seinem ehemaligen Schwager bekannt; auf seinem Zimmer führten wir zu dritt ein Gespräch. Aber Klenau war dieser Sippe und darüber hinaus der «jüdischen Presse» gram. Von Klenau sprechend, schrieb ich meiner Mutter, es handle sich um «eine reiche und produktive musikalische Begabung bei einem Manne, der ein erfolgreicher Dirigent und dazu ein Multimillionär war, und der alles: Gehör, Vermögen, Brotverdienst verloren hat und zu altern anfängt. Wer kann sagen, ob das große Werk, an dem er acharniert arbeitet, aufgeführt werden kann und Erfolg haben wird?» (11. November 1932).

Im Verkehr mit Klenau kam ich in Berührung mit einem mir fremden, verbissenen und hochgradig emotionellen Antisemitismus. Man muß diese Dinge ehrlich sehen: Hitler verdankte seinen Erfolg in Deutschland und darüber hinaus in weiten Kreisen des Auslandes zu einem guten Teil seinem fanatischen Antisemitismus. Klenaus Opern kamen 1933 gerade zur rechten Zeit, um von den deutschen Opernhäusern, aus denen die jüdischen Dirigenten, Musiker und Komponisten ausgeschlossen worden waren, aufgeführt zu werden. Obgleich das Nazi-Regime die Zwölftonmusik zur «entarteten Kunst» zählte, ließ man Klenau seine serielle Musik durchgehen, nachdem der Mann und seine Gesinnung ins Konzept der neuen Machthaber zu passen schien. Meine Warnung vor der Gefahr, in der er sich befand, daß er sich als Künstler und Mensch mit dem Hitler-Regime identifiziere, schlug er in den Wind. Er war keineswegs der einzige Künstler und Intellektuelle, den der große Umschwung in Deutschland faszinierte. Seine Kompositionen sind nicht in die Musikgeschichte unseres Jahrhunderts eingegangen. Fachleute sagten mir, Klenau sei ein sehr kultivierter Musiker gewesen; aber er war schon zur Zeit, da ich ihn kannte, im Musikleben ein Außenseiter.

III

In der Karwoche 1932 kam Bundesrat Edmund Schulthess, Chef des Eidgenössischen Volkswirtschaftsdepartementes, zu Wirtschaftsverhandlungen mit der französischen Regierung nach Paris. Infolge der Krise hatten alle Staaten protektionistische Maßnahmen ergriffen, die den Handelsverkehr stark einschränkten. Durch ein System von Einfuhrkontingenten verringerten sie auf administrativem Weg das Handelsvolumen. Auch die Schweiz und Frankreich hatten derartige Einfuhrbeschränkungen eingeführt. Die Fixierung der Kontingente hatte zu Meinungsverschiedenheiten zwischen den beiden Regierungen Anlaß gegeben. Die Verhandlungen zwischen Schulthess und Tardieu waren dazu bestimmt, einer Verständigung zu dienen. Die beiden Minister kamen überein, daß zwei in ihrer wirtschaftlichen Stellung so ähnliche Länder, die daher auch ähnliche Interessen hatten, sich gegenseitig möglichst wenig einschränken und den gegenseitigen Verkehr tunlichst liberal gestalten sollten. Was die Frage der Freizonen in Hochsavoyen betraf, waren sich Tardieu und Schulthess darin einig, daß das gerichtliche Verfahren ungesäumt durchgeführt werden solle.

Schulthess war eine starke Persönlichkeit und ein hervorragender Regierungsmann, der auf die schweizerische Wirtschaftspolitik richtungweisend eingewirkt hat. Er empfing mich am Karfreitag im Grand Hôtel zur Abendessenszeit und diktierte mir buchstäblich seinen Bericht über den Verlauf und die Ergebnisse seiner Verhandlungen in die Feder. Aber er wünschte nicht, daß ich diesen Text in der Form eines Interviews veröffentliche; in seiner kurzangebundenen Art sagte er: «Das müssen Sie auf Ihre Kappe nehmen.»

Ich ließ aber nicht locker, bis mir Schulthess die Konzession machte, ich dürfe erwähnen, daß ich mit ihm gesprochen habe. Auf diese Art, meinte er, könne mein Artikel als «inspiriert» gelten («Bund», 27. März 1932).

«Er ist ganz wie die hiesigen Minister», schrieb ich der Mutter, «brüsk und speditiv; er gibt sich entsetzt, wenn die Presse ihn drangsaliert, benützt sie aber gern, ausgiebig und geschickt... Tardieu habe ihm gesagt: ‚Le premier déjeuner que j'offre en ma qualité de président du Conseil, ministre des Affaires étrangères, au Quai d'Orsay, est en votre honneur', woran Schulthess lachend die Bemerkung knüpfte, ich dürfe das ja nicht den Lesern des ‚Bund' wiedererzählen. Als ich meine ‚Mission' bei ihm beendet hatte, sagte ich ihm, wessen Sohn ich sei, worauf er sagte, dann sei ich auch der Bruder des Dr. von Salis usw. Der Gesichtsausdruck und die Art, mich zu behandeln, veränderten sich wie auf ein Zauberwort; Bundesrat Schulthess sagte, wie gut er Papa gekannt habe, und sprach von Brunegg» (27. März).

Schulthess war im nahen Brugg daheim, weshalb er unser altes Haus kannte; in Bern war mein Vater sein Hausarzt gewesen. Er war mit einer Französin verheiratet, so daß er keine Sprach- oder Kontaktschwierigkeiten im Verkehr mit den französischen Politikern hatte. Obgleich er nicht der gleichen Partei und Konfession wie Giuseppe Motta angehörte, war er dessen sicherste Stütze im Bundesrat und sein zuverlässigster Kollege.

IV

Zur gleichen Zeit war ich – endlich! – am Ende meines Universitätsstudiums angelangt. Die Thesenverteidigung fand am 18. Juni 1932 in der Sorbonne, *Salle Louis-Liard,* statt. Diese Prüfungen waren öffentlich und zogen ein zahlreiches Publikum an. An der Stirnseite des geräumigen, mit reichen Verzierungen, Vergoldungen und Gemälden ausgestatteten Thesen-Saales hängt ein Portrait des Kardinals Richelieu; ich saß an einem kleinen Tisch und blickte zu dem strengen Antlitz des großen Staatsmannes auf, dessen Grabmal sich nebenan in der Sorbonne-Kirche befindet. Auf einer Estrade, mit dem Rücken zu diesem Bildnis, nahmen an einem halbrunden Tisch, wie ein Gerichtshof, die Examinatoren Platz. Professor Bouglé, der den Vorsitz führte, forderte mich auf, in freier Rede Auskunft über meine Arbeit zu geben, die, bereits gedruckt, auflag.

Seignobos, der so oft in seiner höhnisch klingenden Art Aussetzungen an meinem Manuskript gemacht hatte, war zu meiner Überraschung des Lobes voll. Es verschlug mir die Sprache; als Bouglé mich aufforderte, zu den Ausführungen des «Rapporteurs» Stellung zu nehmen, wußte ich nichts zu sagen. Zum literarhistorischen Teil stellte mir Paul Hazard viele Fragen. Der Nationalökonom Simiand war weniger freundlich, denn einmal fand er, daß Sismondis *«Nouveaux Principes»* überholt seien, und zum anderen bemängelte er, daß ich nicht genügend zum Ausdruck gebracht hätte, daß Sismondi dieses Buch unter dem Eindruck einer Wirtschaftskrise geschrieben habe. Mit der Bemerkung: «In Nationalökonomie sind Sie wohl weniger beschlagen», machte Bouglé dieser säuerlichen Diskussion ein Ende. Ein junger Lehrbeauftragter namens Pouthas fand es deplaziert, daß ich in meiner Bibliographie auch das «Kommunistische Manifest» erwähnt hatte, was ihm von meiner Seite die Replik eintrug, Marx und Engels hätten in diesem Manifest Sismondi als den Repräsentanten des «kleinbürgerlichen Sozialismus» ausdrücklich erwähnt; die anderen Examinatoren warfen dem schlecht informierten Kollegen spöttische Blicke zu, und das Publikum amüsierte sich über seinen Fauxpas. Zum Schluß hatte der «Rapporteur» der Kleinen These, Raymond Guyot, das Wort; zwischen uns entspann sich ein ironisches Geplänkel, denn Guyot war mir gewogen.

Dieses inquisitorische Streitgespräch hatte mit einer kurzen Unterbrechung von halb zwei bis gegen sechs Uhr nachmittags gedauert, worauf sich das Kollegium zur Urteilsfindung zurückzog. Das war für mich, für meine Angehörigen und Freunde, die sich zahlreich eingefunden hatten – auch die Berrs fehlten nicht unter den Zuhörern –, ein spannender Augenblick. Denn, obgleich man nicht «durchfallen» konnte, nachdem die Fakultät den Druck der These genehmigt hatte, mußten die Examinatoren entscheiden, ob die Arbeit die «mention très honorable» oder nur eine «mention honorable» verdiene. Die Wartezeit kam mir lang vor an meinem Armesündertischchen. Als die Gewaltigen der Sorbonne endlich erschienen und samt dem Kandidaten und dem Publikum den Richterspruch stehend erwarteten, verkündete Célestin Bouglé, Direktor der Ecole Normale Supérieure, ich hätte die Prüfung mit der «mention très honorable» bestanden. Applaus, Gratulationen, Händedruck zwischen dem Kandidaten und seinen Professoren, zwischen ihm und den vielen Wohlgesinnten im Saal.

Am nächsten Morgen, als ich in Begleitung meines Bruders Ado, der, wie auch meine Mutter und meine Schwester Marguerite Geiger, dieser rituellen Veranstaltung beigewohnt hatte, Seignobos einen Besuch abstattete, erzählte er uns halb lachend, halb ärgerlich, Simiand habe gegen die Erteilung des «très honorable» Einspruch erhoben; er, Seignobos, habe der Auseinandersetzung ein Ende bereitet, indem er geltend machte, es handle sich um eine historische These, und sie verdiene diese Qualifikation.

Anschließend an die Thesenverteidigung hatten sich meine Mutter und Geschwister mit mir zu den Briods begeben, wo wir das Ereignis an Moniques Krankenlager bei einer Flasche Champagner feierten. Hernach ließen wir uns im Grill-Room Médicis, wo wir den langen warmen Sommertag im Freien, mit dem Blick auf die Bäume des Luxembourg, genießen konnten, die Abendmahlzeit schmecken.

Lucien Bonzon, der älteste und beste meiner französischen Freunde, hatte sich mit seiner Frau Jacqueline uns zugesellt. In solchen Augenblicken erfährt man, wer einem die Nächsten sind. Madame de Pange stand nicht zurück; sie forderte mich auf, im Rahmen der Staël-Gesellschaft über die italienische Reise der Frau von Staël und Sismondis in einer Causerie zu berichten. Im gleichen Jahr erschien der literarische Erstling meiner Freundin Monique Briod unter ihrem angenommenen Namen Monique Saint-Hélier. Das Buch war *« La cage aux rêves »* betitelt.

Da seit einem Jahr mein Schwager Georges Geiger eine Textilfabrik in Roubaix leitete, weilte meine Mutter wiederholt bei ihm und Marguerite. Auch ich begab mich einige Male zu ihnen in die nordfranzösische Industriestadt, wo infolge der Wirtschaftskrise mein Schwager mit schwierigen Problemen rang. Von dort aus machte Mama ihre Abstecher nach Paris, wo sie in den Häusern meiner Bekannten und ihrer elsässischen Verwandten ein willkommener Gast war; sie war in ihrer musischen Art allen schönen Dingen aufgeschlossen, besuchte Gemäldegalerien und Theatervorstellungen und fuhr mit mir nach Chartres.

Meine Mutter fragte mich, was ich nach meinem Abschluß an der Pariser Universität zu tun gedächte. Diese Etappe auf meinem Lebensweg, erwiderte ich, sei auch in meinen Augen nicht ein Ende, sondern ein Anfang. Auch Paul Hazard, der so warmen Anteil an meinem Schicksal nahm, war der Ansicht, daß meine journalistische Tätigkeit nun ihren Zweck erfüllt habe und ich trachten sollte, den Schritt in die akademische Lehrtätigkeit vorzubereiten. Das wäre in Frankreich, wo das *Doctorat d'Etat* den Staat verpflichtet, seinem Inhaber an einer seiner Universitäten einen Lehrauftrag zu erteilen, nur möglich gewesen, wenn ich mich eingebürgert hätte; Ausländer konnten damals in Frankreich keine Lehrtätigkeit an einer staatlichen Hochschule ausüben. Für eine Laufbahn in Frankreich standen meine Chancen besser als für eine solche in der Schweiz. Die Académie française zeichnete mein Sismondi-Buch mit einem ihrer Preise aus; der *«Temps»* und das *«Journal des Débats»*, auch die Londoner *«Times»* hatten es ausführlich besprochen.

Die meisten Schweizer haben ein starkes Zugehörigkeitsgefühl zu ihrer Heimat. Sie leben gern im Ausland, als Lernende und als Schaffende; aber die wenigsten von ihnen können sich entschließen, ihre Staatsangehörigkeit mit einer andern zu vertauschen, selbst wenn ihnen ein solcher Schritt Vorteile einbringen könnte, die unser kleines Vaterland für Gelehrte, Schriftsteller und Künstler nicht bereit hält. Ich glaube, ich hätte meine Nationalität ebensowenig wie meine Konfession wechseln können. Weder Arthur Honegger noch Alberto Giacometti, die beide unbestritten zur Pariser Musik- beziehungsweise Kunstwelt gehörten, haben sich in Frankreich naturalisiert. Nur Le Corbusier tat unter den Schweizern, die zu meiner Zeit in Paris wirkten, diesen Schritt.

Auch Maurice Muret, der ein Haus in Morges hatte, wo er seine Sommerferien zuzubringen pflegte, blieb Schweizer, obgleich er seine Laufbahn als Journalist und Schriftsteller ganz in Paris gemacht hatte. Wir feierten vierzehn Tage nach meiner Promotion bei einem etwas zeremoniellen Dîner seine Ernennung zum Ausländischen Mitglied des Institut de France. Der Gesandte, Alphonse Dunant, die französisch-schweizerischen Schriftsteller Louis Dumur, Robert de Traz und Charly Clerc, von der Presse Herr Morf und ich nahmen an diesem Essen teil. In seinem Dankeswort erwähnte Muret, daß Sismondi der erste Schweizer gewesen sei, dem diese Ehre zuteil geworden war; er selber sei der vierte. In der *Suisse romande* machte man mir schöne Komplimente; meine Sismondi-Biographie sei ein wertvoller Beitrag zur Geistesgeschichte der Republik Genf. Aber Professuren blieben in unseren kantonalen Universitäten in der Regel den im engeren Sinne Einheimischen vorbehalten, insbesondere denjenigen, die bei einem ihrer Professoren doktoriert haben. Die Briods, mit denen ich mich über diese Verhältnisse aussprach, sagten, seit dem Erscheinen meines Buches töne es aus der Schweiz wie: «Noch einer!» Eine gewisse Konkurrenzangst, ein wenig Eifersucht, ein bißchen Brotneid, auch lokalpatriotische Rücksichten, verbunden mit Nepotismus, gehören zum schweizerischen Nationalcharakter und seiner Verfahrensweise.

Was verschlug's? Ich zahlte zunächst den Preis meiner Unabhängigkeit. Nach den bewegten und anstrengenden Monaten, die ich hinter mir hatte, machte mich der Gedanke glücklich, daß ich meine Ferien im Kreise meiner Angehörigen in Brunegg würde verbringen können. Es war ein heißer Sommer, es stank in den Straßen, und ich war müde. Am 19. August verließ ich die große, zu dieser Jahreszeit beinahe ausgestorbene Stadt. Es gab für die Zeitung ohnehin nichts mehr zu berichten.

33. DER WENDEPUNKT

Im ersten Zeitungsartikel, den ich nach Adolf Hitlers Aufstieg zur Macht am 3. Februar 1933 unter dem Titel «Frankreich und Hitler» schrieb, brachte ich die tiefe Sorge zum Ausdruck, die dieses Ereignis allen denen bereitete, die nicht seinem Zauber erlagen. «Das Aufkommen einer Hitlerregierung in Berlin,» heißt es dort, «wurde als historisches Ereignis gewertet, das vielleicht einen politischen Wendepunkt darstellt und im Vergleich mit dem die Konstituierung des Kabinetts Daladier in Paris lediglich als eine Episode in der finanziellen und parlamentarischen Krise, die Frankreich augenblicklich durchmacht, empfunden wird» («Bund», 9. Februar 1933).

Die Presse der deutschen Schweiz befand sich in einer

schwierigen Lage, indem sie ein Interesse daran hatte, weiterhin ihre Erzeugnisse jenseits des Rheins absetzen zu können. Sie würden dort um so begieriger verlangt werden, als die neue Diktatur die eigene Presse knebelte – oder, wie man zu sagen anfing, «gleichschaltete». Doch sollte es nicht mehr lange dauern, bis das nationalsozialistische Regime der Duldung einer deutsch geschriebenen, aber demokratischen Presse ein Ende setzte und den Verkauf schweizerischer Zeitungen in Deutschland verbot. Ich hatte mich über meine Zeitung nicht zu beklagen; am 26. Februar schrieb ich nach Hause, der «Bund» lasse «mich politisch vollständig machen, was im Journalistenstand immer seltener wird».

Ich will hier trachten, über das Schicksalsjahr 1933 nicht nachträglich bekannt Gewordenes zu berichten, auch nicht als ein «rückwärts gekehrter Prophet» – wie A.W. Schlegel den Historiker nennt – darüber zu schreiben; als Gedächtnisstützen dienen mir mein Terminkalender, Briefe an die Mutter und die vom «Bund» publizierten Pariser Berichte. Daher kommen hier die Ereignisse in Deutschland kaum zur Sprache, sondern nur die Wirkung, die sie auf mich persönlich und auf die politische Entwicklung in Frankreich und Europa hatten. Daß ich als ein kulturell deutsch-französischer Mensch unter diesen Verhältnissen litt, versteht sich von selbst. Wo ich geistig stand, habe ich auf diesen Blättern bereits festgehalten. Hinzu kommt, daß ich mich als ehemaliger Berliner Student, der in Deutschland Freunde und Verwandte hatte, vom deutschen Schicksal wohl stärker betroffen fühlte als viele meiner Pariser Bekannten. Dennoch muß ich festhalten, daß das private Leben seinen Fortgang nahm wie zuvor und daß ich mit Willen und Wissen Distanz hielt zu den politischen Wirren, obgleich sie auf dem Gemüt zu lasten begannen.

Privates. Nachdem ich sieben Jahre in einem Hotelzimmer zugebracht hatte, mietete ich im Januar des Jahres dreiunddreißig eine Wohnung. Sie befand sich im obersten

Stockwerk eines Neubaus an der rue Geoffroy Saint-Hilaire Nr. 6, nicht mehr im bürgerlichen Westen, sondern im volkstümlicheren Osten der Montagne Sainte-Geneviève. Auf der gegenüberliegenden Straßenseite war die Moschee und gleich nebenan der Jardin des Plantes, dessen altväterisch schlichte Anlage mir den Luxembourg-Garten ersetzte. Buffons Haus und Andenken waren mit diesem botanischen Garten verknüpft. Von den hochgelegenen Fenstern meiner beiden – mit einer argen Blümchen-Tapete ausgeschlagenen – Zimmer hatte ich einen freien Blick über Dächer bis hin zur Kuppel des Val-de-Grâce; aus einem Hinterzimmer sah ich die Salpêtrière, den alten Bau eines Hospizes und einer Klinik. Dieses Quartier, wo sich die Gobelins-Manufaktur befindet und das nach ihr Quartier des Gobelins genannt wird, erinnerte an eindrückliche Episoden aus Victor Hugos *« Misérables »*. Mit dem Tram erreichte ich rasch das Boulevard und die Cafés von Montparnasse, wo ich von nun an heimisch wurde und meine Mittagstafel fast täglich im «Café du Dôme» hatte. In meiner neuen Behausung genoß ich es an diesen Wintertagen, im Kamin Feuer machen und auf dem Gasherd Mahlzeiten kochen zu können. Madame Louise hieß die Zugehfrau, die, mangels Phantasie, jedesmal, wenn sie sich für ihr Fortbleiben entschuldigte, die Hochzeit einer Nichte in der Provinz vorschützte.

Berufliches. Beim Jahresbeginn wurde ich von meinen Kollegen in den Leitenden Ausschuß des Syndikats der ausländischen Presse gewählt. Amt und Titel eines «syndic de la presse étrangère» befestigten meine Stellung in der offiziellen Welt und erleichterten daher die Ausübung meines Berufes. Unser Ausschuß oder «Comité» wurde Mitte Januar vom Präsidenten Lebrun in Audienz empfangen. Wir waren eine gemischte Gesellschaft – Italiener, Polen, Deutsche, Argentinier, Tschechen und Schweizer. Es amüsierte mich zu sehen, daß Lebrun offensichtlich verlegen war; er wußte nicht recht, was er mit diesen Leuten reden sollte, die so verschiedene Länder, Parteien und Regimes vertraten. In Wirklichkeit waren die Beziehungen zwischen uns Kollegen kameradschaftlich und unbefangen; aus politischen Unterschieden entstanden keine persönlichen Spannungen. Ein Journalist und Politiker muß alle Meinungen anhören können.

In meiner neuen Eigenschaft wurde ich zu dem jährlich im Januar stattfindenden Ball des diplomatischen Korps ins Elysée eingeladen. Uniform oder Frack war vorgeschrieben. Es gibt in den internationalen Beziehungen nichts, was von allen Beteiligten mit soviel Einmütigkeit befolgt wird, wie das Protokoll. Was da in den prachtvollen Räumen des Präsidentenpalastes unter glitzernden Lüstern beim Klang eines großen Tanzorchesters vor sich ging, war ein höfisches Fest, das von keiner politischen Disharmonie gestört wurde. Man tanzte ohne Illusionen auf brüchig gewordenem Boden. Am gleichen Abend kam es bei den Champs-Elysées zu Ausschreitungen von demonstrierenden Opfern der Wirtschaftskrise. Drei Tage später stürzte die Kammer das Kabinett Paul-Boncour. Nach weiteren zwei Tagen erreichte uns die Nachricht von der Ernennung Hitlers zum Reichskanzler. In Paris rekrutierte der neue Ministerpräsident Edouard Daladier seine Minister aus der zweiten oder dritten Politikergarnitur. Daladier war der weniger begabte Rivale Herriots in der Radikalen Partei; sicheres Urteil und politischer Instinkt gingen dem neuen Regierungschef ab. Paul-Boncour, der kleine weißhaarige Mann, dessen Koketterie es war, Robespierre ähnlich zu sehen, blieb als Außenminister am Quai d'Orsay und stand vor den Rätseln einer ungewissen Zukunft.

Seit drei Jahren lebte mein Schwager Arthur Baumgarten mit seiner Familie in Frankfurt am Main, an dessen Rechtsfakultät er lehrte. Für diesen überzeugten Demokraten und Pazifisten war der Umsturz in Deutschland ein harter Schlag, dessen Eindruck seine ganze weitere Laufbahn und Gesinnung bestimmen sollte; er beschuldigte das deutsche Bürgertum, in dieser Krise versagt zu haben. Meiner Mutter, die nach dem fatalen 30. Januar zögerte, ihren geplanten Aufenthalt bei Baumgartens in Frankfurt anzutreten, riet ich, sich von den politischen Ereignissen nicht davon abhalten zu lassen: «Wir müssen uns eben resignieren, daß wir in einer Zeit voll Stürme, Leidenschaften und Torheiten leben, und unser Glück in stilleren Bezirken suchen; sich gegen Entwicklungen aufzulehnen, die wie Naturereignisse über uns kommen, nützt nichts und würde uns zur Verzweiflung führen. Es bereiten sich von neuem schlimme Dinge vor, und wir können sie nur ruhigen Blicks und mit Kaltblütigkeit abwarten. ‚Cette contrée de boue qu'est devenue notre Europe', schrieb Sismondi in der napoleonischen Zeit – und heute ist's nicht anders. Daß freilich die Tendenzen, die die geistige Freiheit unterdrücken wollen, und die heute fast überall von Erfolg begleitet sind, mir besonders wider den Strich gehen, ist klar; wie auch all' die Brutalitäten und Terrorakte, auf denen man angeblich eine bessere Zukunft aufbaut» (2. Februar 1933).

Da Hitler in verfassungsmäßigen Formen zur Macht gekommen war und durch Wahlen vom deutschen Volk legitimiert wurde, war er «vor Interventionen des Auslandes völlig sicher» (Brief, 6. März). Paul-Boncour rechnete mit einer langen Dauer des neuen Kurses in Deutschland. «In Paris langen die ersten Flüchtlinge aus Deutschland an, meist Intellektuelle und Juden» (20. März). André Gide führte den Vorsitz an einer Protestversammlung gegen die Unterdrückung des freien Geisteslebens in Deutschland. Es gab genug Unglückliche dort, aber auch Glückliche. Paul von Klenau, dessen «Kohlhaas»-Oper in Stuttgart uraufgeführt werden sollte, schrieb mir am 12. April, er sei mit Baumgartens in der Bahn zusammengetroffen: «Beide machten leider einen sorgenvollen Eindruck. Ich konnte mich eine halbe Stunde ungestört mit Ihrer Schwester alleine unterhalten – eine kluge und liebe Frau –, ihr ist, was hier vor sich geht, sehr fremd und unverständlich. *Er* ist natürlich sehr erregt – und versucht aus geschichtlichen Perspektiven zu verstehen. Sie wissen ja, besser wie ich, wie er denkt.» Ein Bekannter, der aus Frankfurt und von Baumgartens kam, sagte mir, die Juristen wüßten nicht, *welches* Recht sie zu unterrichten haben, «weil die Umwälzung mit allen bisher herrschenden Rechtsbegriffen gebrochen habe... Bei den Zuständen, die an den deutschen Universitäten herrschen, ist kein Dozent mehr gegen die Willkür der Studenten gefeit – er braucht weder Jude noch Marxist zu sein» (an die Mutter, 29. April).

Die Nachricht, daß Eduard Spranger in Berlin von seinem Lehrstuhl zurückgetreten war, machte mir Eindruck, denn dieser Pädagoge war mir, als ich zehn Jahre zuvor seine Vorlesungen besuchte, wie eine urdeutsche Gestalt erschienen. Friedrich Meinecke lebte glücklicherweise bereits im Ruhestand. Mein bedauernswerter Berliner Mentor und Freund, Prof. Martin Hobohm, ein ebenfalls «arischer» Märker, verlor seine Stellung am Reichsarchiv in Potsdam und lebte fortan kümmerlich in Freiburg i. Br. Ricarda Huch verharrte in kompromißloser Ablehnung und blieb in Jena, Thomas Mann kehrte nicht nach Deutschland zurück. Arthur Baumgarten wurde im Herbst 1933 von der Juristischen Fakultät nach Basel zurückberufen. «So kommt er nicht ins Konzentrationslager!» (an die Mutter, 25. Oktober).

Klenau hätte mich in Stuttgart gerne dabei gehabt, was natürlich nicht in Frage kam. Nach der Uraufführung des «Kohlhaas» schrieb ich meiner Mutter, die bei mir Klenaus Bekanntschaft gemacht hatte: «Die ‚Frankfurter Zeitung‘ legt die Oper ‚national‘ aus und will in der Geschichte des Kohlhaas das Symbol des Schicksals des deutschen Volkes sehen usw. (Und Heinrich Simon ist immer noch Direktor der ‚Frankfurter‘!) Mich nimmt nur wunder, wie lange dieses Wort ‚national‘ mit all seinen Übertreibungen, seiner Mystik und seinem Fanatismus in der Mode bleiben wird. Ob es nicht doch einmal ab- und ausgedroschen sein wird?» (8. November). Ich selber begnügte mich gern mit Bachs Goldberg-Variationen, die Wanda Landowska für das Cembalo zurückgewonnen hat und in der Salle Gaveau öffentlich spielte.

Daß in Deutschland ein Rette-sich-wer-kann einsetzte, entweder hinein ins Dritte Reich, was sogar jüdische Häuser wie die «Frankfurter Zeitung» und der Samuel Fischer Verlag mit seiner «Neuen Rundschau» verzweifelt versuchten, oder aber hinaus aus dem Reich, um sich in Sicherheit zu bringen, und daß es dabei eine lange Skala von verschiedenartigen Stellungnahmen, Meinungen, Zweifeln, Befürchtungen und Hoffnungen unter den von den Ereignissen Betroffenen gab, war in einer solchen Situation nicht überraschend. Nichtgefährdete wie wir empfanden Trauer und Sorge und erlebten in gewissen persönlichen Fällen auch Enttäuschungen. Flüchtlinge suchten uns auf und berieten sich mit uns; aber vom – vorläufig – sicheren Ausland aus moralische Urteile über individuelle Haltungen von Menschen zu fällen, die sich in Schwierigkeiten befanden, stand uns nicht zu.

Was schmerzte, war, daß ein Volk von großer kultureller Bedeutung sich eine Regierung von barbarischer Geistfeindlichkeit gab – denn schließlich hatten bereits bei den früheren, frei und korrekt durchgeführten Wahlen viele Millionen Deutsche der Nationalsozialistischen Partei ihre Stimme gegeben; außerdem war die Übergabe der Macht an diese politische Richtung nur möglich gewesen, weil Konservative jeglicher Couleur, Deutschnationale, Katholiken, Bankiers, die Rhein-Ruhr-Industrie und, mit rühmlichen Ausnahmen, militärische Kreise den widerstrebenden, greisen Reichspräsidenten von Hindenburg durch Druck und Kabalen so weit gebracht hatten, daß er endlich Hitler berief. Das alles wußten wir damals schon – man brauchte nur die Ministerliste des ersten Kabinetts Hitler zur Kenntnis zu nehmen. Außerdem hatte ich Kontakt mit meinen deutschen Pressekollegen. Den Parteigängern Hitlers gegenüber verhielt ich mich zurückhaltend, teilnehmender den in Not geratenen Opfern des Umsturzes gegenüber. Übrigens erfolgte die endgültige Scheidung der Geister in vielen Fällen nicht so schnell, wie man es im nachhinein vielfach annimmt. Thomas Manns «Der junge Joseph» erschien im April 1934 noch im S. Fischer Verlag in Berlin. Die Brüder Simon traten erst im November 1934 von der Geschäftsleitung der «Frankfurter Zeitung» zurück. Mein Freund Salomon Wolff, den ich in jener Zeit sehr oft traf, trennte sich daraufhin in freundschaftlicher Form von seinen bisherigen Kollegen und nahm eine Stellung in einem Bankhaus in Amsterdam an. Friedrich Sieburg trat in den deutschen diplomatischen Dienst ein und war bis 1940 der Gesandtschaft in Brüssel zugeteilt, ehe die deutsche Besetzung Frankreichs ihn und Paul Bourdin nach Paris zurückführte...

Die Pariser Pressekommentare, die ich in meinem eingangs erwähnten Artikel vom 3. Februar zitierte, zeigten, daß die Kundigen in Frankreich die Tragweite des deutschen «Umbruchs» durchaus verstanden. Es sei, sagte das *«Echo de Paris»,* Hitlers großes Werk, «in den deutschen Massen die Vorliebe für ein autoritäres Regime zu erwecken und die Idee der parlamentarischen Republik endgültig zu diskreditieren». Das *«Journal»* meinte, Hitler könne «nur auf dem Boden der Revision (des Friedensvertrages) Lorbeeren ernten». Und der *«Intransigeant»:* «Er wird versucht sein, die Volksleidenschaft gegen außen abzulenken.» Ich selber kommentierte, Frankreich mache eine «diametral entgegengesetzte politische Entwicklung durch; ...hier läuft die Demokratie Gefahr, sich durch Mißbräuche und Fehler um ihren Kredit zu bringen». Für den fremden Beobachter war es bemühend, mitansehen zu müssen, wie ein Parlamentarismus, der jegliche Regierungsautorität und -Stabilität unmöglich machte, den Staat in einem Augenblick schwächte, da er stark hätte dastehen müssen. Der Minister des Auswärtigen, Paul-Boncour, erklärte an einem Bankett vor den ausländischen Presseberichterstattern: «Meine Herren, wir müssen den gegenwärtigen Schwierigkeiten ins Auge schauen können. Sie sind groß, aber nicht unlösbar. Die Frage des Krieges und des Friedens wird sich in den Monaten, in denen wir leben, entscheiden» («Bund», 27. März 1933).

In eine gewisse Bewegung, deren Zielsetzung jedoch nicht zu erkennen war, geriet auch die britische und die amerikanische Politik. Macdonald und, als Vertreter Frankreichs, Herriot begaben sich zusammen nach Washington zu Besprechungen mit Präsident Roosevelt, der sein Amt fast zur gleichen Zeit wie Hitler angetreten hatte. Die beiden europäischen Politiker befanden sich schon auf ihrem Schiff, als sie von der Nachricht überrascht wurden, daß Roosevelt den Dollar von der Goldparität gelöst und abgewertet habe. Die drei Staatsmänner konnten sich nicht auf eine gemeinsame Währungspolitik einigen, noch waren die Amerikaner bereit, angesichts der finanziellen Nöte, mit denen England und Frankreich zu kämpfen hatten, Abstriche an ihren Forderungen aus den Kriegsschuldenabkommen zu machen. Einig waren diese Wortführer der demokratischen Welt nur in ihrem Wunsch, der in Genf tagenden Abrüstungskonferenz zu einem raschen und erfolgreichen Abschluß zu verhelfen («Bund», 27. April).

Die Abrüstungsfrage beherrschte die internationalen Beziehungen im Jahre 1933. Doch anstatt daß es zur Unterzeichnung einer Abrüstungskonvention gekommen wäre, erlebten wir in den folgenden Jahren einen Rüstungswettlauf. Noch im Mai übte die britische Regierung einen Druck auf Frankreich aus, das im Ausland so lange als ein Störenfried verschrien worden war, damit es einer Verminderung seiner Bestände an schweren Waffen seine Zustimmung erteile; aber London war nicht bereit, für die Erfüllung dieses Wunsches einen Preis in Form einer Beistandsverpflichtung im Konfliktsfall zu erlegen.

Auch die Vereinigten Staaten, die sich nicht in europäische Angelegenheiten verwickeln lassen wollten, verlangten von der französischen Regierung einen Abbau ihrer Verteidigungsmittel. «Was werden sie tun, wenn Frankreich, weil es abgerüstet hat, angegriffen wird?», fragte die Pariser Presse. Die Frage war rhetorisch, denn die Amerikaner würden in einem solchen Falle nichts tun. Daladier, der als Ministerpräsident auch dem Verteidigungsministerium vorstand, ließ die angelsächsischen Mächte wissen, daß Frankreich einer Verminderung seines Kriegsmaterials nur zustimmen könne, wenn eine gleichzeitige Abrüstung aller Mächte in Aussicht stehe («Bund», 27. Mai).

Eine vorsichtige Wendung vollzog nun auch die Sowjetunion, obgleich sie «so wenig wie möglich in die Rivalitäten der nichtkommunistischen Staatenwelt hineingezogen» zu werden wünschte. Aber Hitlers «Machtergreifung» bereitete der auf den Rapallovertrag zurückgehenden Freundschaft zwischen Berlin und Moskau ein Ende. Verantwortliche Politiker der Sowjetunion sprachen sich neuerdings «entschieden gegen die Idee einer Revision der Friedensverträge aus». Auf der Grundlage einer Anerkennung des europäischen Status quo fand eine Annäherung zwischen Frankreich und Rußland statt («Bund», 30. Mai).

Nach der Sommerpause wurde das Abrüstungsproblem von den Amerikanern und Engländern in einer etwas anderen Perspektive gesehen. Eine antideutsche Strömung hatte sich ihrer öffentlichen Meinung bemächtigt. Eine Rede des Reichsaußenministers von Neurath, der Klage gegen die Westmächte führte und behauptete, bedroht seien nicht die anderen Länder, sondern Deutschland, stieß außerhalb der deutschen Grenzen auf einmütige Ablehnung. In Paris besprachen sich die Bevollmächtigten Frankreichs, Großbritanniens und der Vereinigten Staaten. Obgleich wichtige Fragen späteren Verhandlungen vorbehalten blieben, bildeten die drei Westmächte nun eine gemeinsame diplomatische Front. Sie sei mehr negativ, kommentierte ich, indem sie die Ablehnung «jeglichen Versuchs einer Aufrüstung Deutschlands zum Gegenstand hat». Frankreich erklärte sich bereit, seine Mannschaftsbestände zu vermindern und die Ausbildungszeit zu verkürzen, wenn sämtliche Staaten des europäischen Kontinents auf der Grundlage der allgemeinen Wehrpflicht Milizarmeen von vergleichbarer Zahl und Bewaffnung einführen würden. Damit glaubte Daladier dem deutschen Wunsch nach militärischer Gleichberechtigung entgegenzukommen («Bund», 12. Oktober).

Mit einem «formidablen Faustschlag auf den Konferenztisch» vollzog Hitler den Bruch mit der Abrüstungskonferenz und dem Völkerbund. Die von den Westmächten geforderte Rüstungskontrolle hätte die angelaufene Militarisierung des deutschen Volkes an den Tag gebracht, und eine Annahme durch die Reichsregierung des von Sir John Simon eingebrachten Konventionsentwurfes hätte Hitler vor seiner Gefolgschaft bloßgestellt.

Ich bewahre die deutlichste und bedrückendste Erinnerung an den Abend, an dem ich Hitlers Bruch mit Genf vernahm; ich war überzeugt, daß der Diktator, gelöst von internationalen Fesseln und ledig der Verpflichtungen und Verfahrensregeln, welche die Genfer Organisation den Mitgliedstaaten auferlegte, eine Außenpolitik nach eigenem Gutdünken, ja sogar ein Va-banque-Spiel treiben würde. Gegen eine verstörte und uneinige Welt konnte er auch mit schlechten Karten erfolgreich spielen. Mit der Volksbefragung über den Austritt Deutschlands aus dem Völkerbund und neuen Reichstagswahlen konnte Hitler den Zorn seines Volkes gegen außen ablenken, den anderen Schuld an den eigenen Schwierigkeiten geben und die Zügel seines Regimentes im Innern straffen; ein solches Vorgehen ist ein klassisches Mittel zur Überwindung einer innenpolitischen Krisenlage.

Brief an die Mutter vom 21. November 1933: «Ich dachte mir schon, daß Dich meine Artikel und mein Brief beruhigen würden. Die Müdigkeit war bei der Hetze, die die Rentrée immer mit sich bringt, und dem anstrengenden Dienst im Parlament nicht zu verwundern. Heute abend werden wir wohl wieder einen Regierungssturz haben, oder dann in den nächsten Tagen. (Ministerpräsident) Sarraut war nie fest im Sattel und hat mit großen innenpolitischen Schwierigkeiten zu kämpfen. Es ist eine mehr als gewöhnlich sorgenvolle Zeit, und zuweilen sieht es aus, als ob keine menschliche Kraft den Krieg mehr vermeiden könnte. Aber bei näherem Zusehen scheint er doch unwahrscheinlich. Wie ich von deutscher Seite höre, ist die Verständigung mit Polen, über die so viel Aufhebens gemacht wird, auf Betreiben des deutschen Generalstabs in die Wege geleitet worden, aus Furcht vor der polnischen Armee. Berlin ist nur 125 Kilometer von der polnischen Grenze entfernt, und die Reichswehr könnte der polnischen Armee noch nicht die Stirne bieten. An solche Umstände ist heute der Frieden gebunden. Es mag (im besten Falle) sein, daß während der nächsten drei Jahre wenigstens in Europa – denn es kann in Japan losgehen – ein Konflikt vermieden werden kann, was genug Zeit ist, um die diplomatische Lage und die Dispositionen der Regierungen völlig zu verändern. Aber ich werde mein Lebtag nicht vergessen, in welchen Sorgen wir hier in journalistischen, diplomatischen und parlamentarischen Kreisen gelebt haben. Sollte das Unglück doch kommen, würde ich vorerst in Paris bleiben. Da ich dienstuntauglich bin, hätte eine Rückkehr in die Schweiz, wo dann ohnehin die dienstpflichtigen Auslandschweizer zusammenströmen werden, für mich keinen Sinn. Minister Dunant, den ich in dieser Sache um seinen Rat anging, bot mir an, mich in der Gesandtschaft zu beschäftigen, wo ich wahrscheinlich mit dem Schutz der deutschen Interessen betraut würde. Denn Herr Dunant würde in diesem Fall wieder (wie das letztemal) mit dem Schutz der ausländischen Interessen betraut. Auch zweifelt er daran, daß ich im Kriegsfall meinen Pariser Zeitungsdienst für den ‚Bund' weiterführen könnte. Übrigens brauchst Du dieses Gespräch mit Dunant nicht tragischer zu nehmen, als es war; er glaubt nicht an einen sehr baldigen Kriegsausbruch, weil er der Meinung ist, Deutschland sei dazu noch nicht imstande.»

Und vom 29. November: «Auch die Ministerkrise mußte wieder genau verfolgt werden, obschon oder gerade weil ich der fatalen Sitzung letzten Freitag nicht beiwohnen konnte. Aber ich telephonierte noch ¾ 3 Uhr morgens in die Kammer, die schon mehr ein Tollhaus ist, um zu erfahren, daß Sarraut gestürzt wurde. Was mich eigentlich am meisten erstaunt, ist, daß trotz dem gänzlichen Versagen des parlamentarischen Systems und seiner Unbeliebtheit eine ernstliche Opposition gegen das herrschende Regime in Frankreich nicht existiert. Man sieht wohl, daß dieses nicht richtig funktioniert, aber man kann durchaus nicht sagen, auf welche Weise und wodurch es ersetzt werden könnte. Ich habe den Eindruck, daß dieses Regime noch so lange wie der Frieden dauern wird, da ohne eine von außen kommende Erschütterung ein Wechsel schwerlich zu erwarten ist. Man kann nur das eine sagen: daß Frankreich als Volk und nationale Gemeinschaft gesünder und vernünftiger ist als die es beherrschenden Politikercliquen. Das ist eine Unterscheidung, die man auch im Ausland machen sollte, wenn man sich nicht über die Vitalität der Franzosen gefährlichen Fehlurteilen hingeben will.» – Soviel über das politische Jahr 1933.

34. GESELLIGKEIT

In Paris wurde ich ein Augenmensch, was ebenso wichtig war wie die Erwerbung eines akademischen Grades. Die große Manet-Ausstellung von 1932 wirkte auf mich wie das Aufgehen eines Vorhanges, hinter dem sich eine unerhörte Welt von Form und Farbe offenbarte. Mit Klenau stand ich lange vor dem Bild des toten Picadors in der Arena. Ich habe es nie wieder gesehen, aber es hat sich mir unverwischbar eingeprägt. Im folgenden Jahr fesselte mich die Renoir-Ausstellung weniger, aber ich wüßte nicht, welcher Maler sich besser auf die Wiedergabe des Lichtes verstanden hätte. Meine ersten Kunst-Feuilletons waren wohl ziemlich unbeholfen, aber das Bedürfnis, sie zu schreiben, war vorhanden. Monique Saint-Hélier meinte tadelnd, daß ich «über Kunst wie ein Soziologe schreibe». Ich stand auch oft vor Monets *«Nymphéas»,* für die ein besonderer Bau in den Tuilerien eingerichtet worden war; ich besitze noch Clemenceaus selten gewordene Monographie über diesen Maler. Monet und Clemenceau waren miteinander befreundet; sie sind in den Jahren gestorben, als ich bereits in Paris lebte. Es war ja mein Glück, daß in Frankreich – im Unterschied zu anderen Ländern – zwischen Politik und Kultur enge Beziehungen vorhanden waren. Unter den Zeitgenossen zog mich vor allem Matisse an und bewunderte ich Braque, aber das Genie Picassos war mächtiger und umstürzender. Ich habe diesen Meister nicht persönlich gekannt; aber in den dreißiger Jahren saß er abends mit seiner damaligen Gefährtin und einigen Freunden am Ecktisch des Café de Flore, links neben Thiercelins Tisch. Wenn wir kamen oder gingen, grüßten wir hinüber und herüber. Es war eine unerläßliche Regel der Kaffeehausgeselligkeit, daß die Tischrunden voneinander getrennt blieben, selbst wenn man sich fast allabendlich erblickte.

Im «Flore», an einem Tisch uns gegenüber, saß allein,

weil er abends dort seine Artikel schrieb, André Billy, der Literaturkritiker des *« Figaro »;* manchmal kam er zu uns herüber. André Rouveyre, ein bekannter Grafiker und Romancier, setzte sich oft zu uns. Zu später Stunde, da für ihn der Tag erst gegen Abend begann und bis zur Morgenfrühe währte, erschien Léon-Paul Fargue, Dichter und Nachtvogel, der zwischen Saint-Germain-des-Prés und Montparnasse von Lokal zu Lokal zog und an unserem Tisch mit losem Mund ein Feuerwerk witziger Kommentare zum Tagesgeschehen aufsteigen ließ. Er verstand sich als der *«Piéton de Paris»* – Titel eines seiner Bücher – und klagte über seine Armut. Manchmal ließ er sein Taxi vor dem Café warten; als Thiercelin ihm sagte, das sei doch Verschwendung, meinte er: «Es ist bitter genug, kein Geld zu haben – wenn man auch noch sparen müßte!» Mit spitzbübischer Freude erzählte er, wie er für eine Amerikanerin, die ihn um das Manuskript eines seiner Gedichte bat, nach dem gedruckten Buch ein solches, mit vielen Korrekturen versehen, herstellte und dafür einen Preis in guten Dollars erhielt; denn Originalmanuskripte besaß er nicht mehr. Fargue war ein echtes Kind des Pariser Pflasters, der das Argot der populären Faubourgs sprechen konnte. Sein Vater hatte die heute noch vorhandenen Keramikdekorationen, die das Café Lip auf der anderen Seite des Boulevard Saint-Germain schmücken, entworfen und hergestellt. Im ersten Jahrzehnt des Jahrhunderts war er Oscar Wilde, der nach der Verbüßung seiner Strafe nach Paris kam, und bereits auch dem jungen Rilke begegnet. Er mochte mich gern, vermutlich weil ich bis in frühe Morgenstunden ausharrte, wenn er seine Geschichten erzählte. Auch er veröffentlichte seine Glossen im *«Figaro»*. An einem anderen Tisch des «Flore» versammelte Saint-Exupéry, eine groß gewachsene Erscheinung und ein nobler, nachdenklicher Mann, seine Freunde um sich; der junge Maler Baltusz, mit dem ich befreundet war, gehörte zu ihnen, manchmal erschien auch Malraux an diesem Tisch. –

Mit den ausländischen Journalisten kam ich in einen engeren Kontakt, seitdem ich mich im Leitenden Ausschuß unseres Syndikats mit ihren beruflichen Interessen zu befassen hatte. Paul Landowski, der die tätige und immer hilfsbereite Seele der Auslandpresse war, veranstaltete für ihre Mitglieder Besichtigungen und Ausflüge in die Provinz. Ohne seine Initiative wären wir nicht zur Weinlese in die Champagne gekommen, noch hätten wir gastliche Aufnahme in vielen Schlössern und schönen Städten dieses gesegneten Landes gefunden. Im Keramikmuseum und der Manufaktur von Sèvres hieß uns der amtierende Unterrichtsminister de Monzie willkommen. Anatole de Monzie, der dem Provinzadel entstammte, war ein kultivierter Dilettant und Bohème, der in Montmartre und in der Radikalen Partei seine geistige Heimat gefunden hatte. Sein Name steht unter meinem Doktordiplom. Bei Tisch in Sèvres hielt er eine seiner geistreichen Reden, aber er hatte Mühe, unseren lauten Übermut zum Schweigen zu bringen. «Man amüsiert sich noch unter ausländischen Journalisten», schrieb ich nach Hause, «es wäre zu traurig, wenn man seine Stimmungen und persönlichen Beziehungen nach der jeweiligen politischen Situation richten wollte. Eines Tages könnte es freilich geschehen, daß wir in alle Winde auseinanderstieben und in sogenannte ‚feindliche Lager' zerrissen werden. Nachher fängt man wieder von vorne an – *ainsi va le monde...»* (13. März 1933).

Eine seltsame Episode aus dem Leben der Pariser Auslandjournalisten kann ich nicht unerwähnt lassen. Wir hatten Edouard Herriot als Ehrengast zu einem Mittagessen in den Pavillon Dauphine im Bois de Boulogne eingeladen. Es war ein wundervoller Julitag, zum schwarzen Kaffee saßen wir im Freien, in unserer Mitte die umfangreiche Gestalt des ehemaligen Ministerpräsidenten. Die Rede kam auf die Wahrung von Staatsgeheimnissen und das natürliche Bedürfnis von Politikern, sich in schwierigen Lagen mit

Menschen ihres Vertrauens auszusprechen. Herriot sagte, daß Männer geschwätziger seien als Frauen; wenn er das Bedürfnis habe, sich jemandem anzuvertrauen, sei er bei Frauen seiner Bekanntschaft sicherer als bei Männern; daß es nicht zu Indiskretionen komme.

Alles wäre gut und zufriedenstellend verlaufen, wenn nicht an einem der nächsten Tage in der *«Action française»* ein witzig sein wollender, aber unfreundlicher Kommentar über dieses Bankett erschienen wäre. Die royalistische Klatschbase berichtete, eine junge Schauspielerin habe sich bei Tisch mit unverkennbaren Annäherungsversuchen an den republikanischen Staatsmann herangemacht. Nun hatte unser Freund Landowski in seinem Bestreben, «den Tisch zu schmücken» – wie er sich ausdrückte –, eine Anzahl hübscher Mädchen vom Theater zu diesem Déjeuner eingeladen. Als eine Naive versuchte, zur Förderung ihrer Bühnenlaufbahn den berühmten Politiker für ihre charmante Person einzunehmen, ließ sich Herriot keinen Augenblick zu einer unbedachten Geste verführen. Die wenigsten von uns hatten den Vorfall bemerkt.

Zu unserer Überraschung berief unser Präsident Arturo Leone das Comité zu einer dringlichen Sitzung ein. Er eröffnete uns, er betrachte sich in seiner Ehre als Gastgeber durch den Kommentar der *«Action française»* beleidigt und sei entschlossen, seinen Verfasser zum Duell herauszufordern. Wir waren von dieser übertriebenen Ritterlichkeit vollständig verblüfft. Unser deutscher Kollege war der Ansicht, es handle sich um eine pariserische *blague* ohne beleidigende Absicht. Der Tscheche Stavnik, unser Jurist, las uns die einschlägigen Artikel aus dem Ehrenkodex vor, machte uns aber darauf aufmerksam, daß Duelle verboten seien und wir bei Widerhandlung als solidarisch mit dem Duellanten aus Frankreich ausgewiesen werden könnten. Aber der General Leone blieb hart. Zeugen mußten bestellt werden. Ich verließ nach der Sitzung gleichzeitig mit Leone, mit dem ich gut stand, das Beratungszimmer und stellte mich ihm als Zeugen zur Verfügung. Da lachte er plötzlich und sagte, er habe dem albernen Artikelchen keinerlei Beachtung geschenkt, bis der italienische Botschafter ihn kommen ließ, ihm erzürnt die *«Action française»* unter die Nase hielt und ihm gebot, den Artikelschreiber zum Duell herauszufordern. Nach einigem Hin und Her konnte der Handel beigelegt werden, indem der Fehlbare durch seine Zeugen den Zeugen unseres Präsidenten Satisfaktion in Form einer protokollierten Entschuldigung gab. –

Im gleichen Monat Juli 1933 wurde das Schweizerhaus in der Pariser *Cité universitaire* in Gegenwart des Präsidenten Lebrun eingeweiht. Als einen Schweizer, der mit der Pariser Universität verbunden war, berief mich der Gesandte Dunant in den Verwaltungsrat dieser Institution. Dunant führte ex officio den Vorsitz, mir wurden die Pflichten eines Sekretärs überbunden. Rückblickend bin ich verwundert, daß nicht allein die Gründung dieses für unsere Akademiker und Studenten bestimmten Kollegienhauses, sondern mehr noch der Bau Le Corbusiers in der schweizerischen Öffentlichkeit auf Kritik und Gegnerschaft stießen. Im «Bund» mußte ich diese Stiftung und vor allem den Architekten gegen Angriffe verteidigen. Die *Maison suisse* besaß einen einflußreichen Förderer an Bundesrat Motta, und bei den schweizerischen Universitäten und Geldgebern setzte sich der Zürcher Mathematikprofessor Rudolf Fueter nachdrücklich für das Projekt Le Corbusiers ein. Wie jeder Neuerer stieß auch dieser bahnbrechende Architekt zunächst auf Widerspruch; in den französischen Kreisen der *Cité universitaire* wurden Bedenken gegen dieses «ultramoderne» Schweizerhaus laut – das sich freilich neben dem konventionellen Hauptgebäude kühn genug ausnahm.

Zum Direktor wählten wir den Kunsthistoriker Pierre Courthion, einen in Paris lebenden Walliser, der mit seiner jungen Familie die luftige Amtswohnung im obersten Stock des Glashauses bezog. Vom Flachdach öffnete sich der Blick nach allen Richtungen, zur Banlieue auf der einen, zum Häusermeer, den Türmen und Kuppeln von Paris auf der anderen Seite. Mit Courthion zusammen war ich für die Anschaffungen und für die Einrichtung der Zimmer besorgt. Ich muß zugeben, daß Le Corbusier kein bequemer Mann war; er geriet leicht in Streit mit seinen Mitmenschen. Die technisch-handwerklichen Einzelheiten nach der Vollendung des Baus interessierten ihn nicht; wir mußten selber dafür besorgt sein, daß die Installateure und Arbeiter den Lift, die Heizung, Türen und Fenster in Ordnung brachten. Le Corbusier war ein großer Theoretiker und genialer Entwerfer des neuen Bauens, der alles dem Zweck und der Funktion unterordnete und in seiner puritanischen Art alles verwarf, was in seinen «Wohnmaschinen» der Annehmlichkeit oder Behaglichkeit hätte dienen können. Diese kompromißlose Folgerichtigkeit in der Durchsetzung seiner Konzeption stellte zunächst an die Bewohner Anforderungen an ihr Anpassungsvermögen. Doch in gemeinsamer Bewunderung für Le Corbusiers Baukunst haben wir das Studentenhaus seinem Zweck zugeführt. Als eine berufene, das Neue nicht scheuende Vermittlerin zwischen französischem und schweizerischem Geistesleben war die Gräfin de Pange eine der ersten, die mit ihrer Staël-Gesellschaft im Parterre-Raum von Le Corbusiers Haus einen literarischen Abend für seine Bewohner veranstaltete. Courthion, der sich in den Pariser Künstler-Kreisen auskannte, organisierte für unsere Pensionäre Besuche in den Ateliers berühmter Maler. –

Mit unserer Gesandtschaft unterhielt ich enge Beziehungen. Minister Alphonse Dunant war ein im Dienst ergrauter Diplomat und Gentleman, lebenserfahren und weise. Mit seinem Gesandtschaftsrat René de Weck verstand ich mich aufs beste. Ihnen und den Beamten des Quai d'Orsay, zu denen mich mein journalistischer Informationsdienst führte, verdanke ich eine diplomatische Schulung, die mir später zugute kam. Als René de Weck, der in jenem Jahr einen interessanten Roman, *«Victor et l'étrangère»*, veröffentlichte, zum Gesandten in Rumänien ernannt wurde, erhielt er in der Person von Paul Ruegger einen Nachfolger, der auf eine akademische Laufbahn als Völkerrechtler verzichtet hatte, um in den diplomatischen Dienst einzutreten. Dieser hervorragende Mann hat später unser Land in Rom und in London vertreten und war eine Zeitlang Präsident des Internationalen Komitees vom Roten Kreuz. Im Kriege verband uns gemeinsames Denken und Wollen. –

Als der Schweizerische Schriftstellerverein im Mai 1933 seine Tagung in Baden im Aargau abhielt, bat sein Präsident, Felix Moeschlin, meine Mutter, anschließend an diese Beratung mit seinen Schriftstellerkollegen Brunegg besuchen zu dürfen. Ich fuhr zu dieser Veranstaltung auf zwei Tage in die Schweiz und hörte in unserem Saal Moeschlins Vortrag über Heidenstam und Strindberg, die im Jahre 1886 im selben Raum ihre nächtlichen Streitgespräche geführt hatten. Moeschlin, der mit einer Schwedin verheiratet war, beherrschte die Sprache der Dichter, deren Persönlichkeiten er lebendig schilderte. Moeschlin sollte in meinem Leben noch eine Rolle spielen – aber das war später. Über Bern, wo ich zum erstenmal seit dem Umsturz in Deutschland mich persönlich mit den Redaktoren des «Bund» aussprechen konnte, kehrte ich im Nachtzug nach Paris zurück. Denn bereits am nächsten Tage mußte ich, nach einem Mittagessen bei Dunants, an einer wichtigen Sitzung des Verwaltungsrates unseres Studentenhauses in der *Cité universitaire* das Protokoll führen. –

Der Umwege, Geselligkeiten, Zerstreuungen und Reisen waren viele, viel zu viele. Der Journalistenberuf förderte und erforderte diese Lebensweise. Auch meine Theater- und Kinobesuche fanden ihren Niederschlag im Feuilleton des «Bund»; sogar die nächtlichen Lustbarkeiten des Nationalfeiertags vom *Quatorze Juillet* schilderte ich meinen Lesern. Wohin sollte das führen? Denn ich hatte der Wissenschaft keineswegs den Rücken gekehrt und trug mit einem Referat über den Begriff «Biographie» von neuem zum *«Dictionnaire historique»* des «Centre de Synthèse» bei. Als die schweizerischen Romanisten Jaberg und Jud, die Verfasser des Italienischen Sprachatlas, im Collège de France Gastvorlesungen hielten, befand ich mich unter ihren Hörern. Für meine nächste größere Publikation, die Rainer Maria Rilkes Schweizer Jahren gewidmet war, lagen zwar bereits Vorarbeiten vor – aber wie sollte ich Sammlung und Muße finden, um ein Buch über einen Dichter zu schreiben, dessen Werk nicht die äußere Welt, sondern den «Weltinnenraum» zum Gegenstand hat? Und wie konnte ich Distanz gewinnen zu einem immer bedrohlicher in Erscheinung tretenden politischen Geschehen, wo ich doch dazu bestellt war, es zu verfolgen und darüber zu berichten?

Militärisches begann die öffentliche Aufmerksamkeit in Anspruch zu nehmen; in der Tagesschau der Kinos sah man marschierende Soldaten, militärische Manöver, neue Waffengattungen, Flugzeuge und Panzerwagen aus vielen Ländern, uniformierte Diktatoren, die zu begeisterten Volksmengen sprachen. Der seit wenigen Jahren erfundene Tonfilm gestattete, diese Spektakel mit Marschmusik und kriegerischen Gesängen zu begleiten. Wir wurden eingeladen, in Cherbourg an Bord des Admiralsschiffes, auf dem sich der Präsident der Republik befand, an einer Flottenparade vor der Küste der Normandie teilzunehmen. Unter einem bleiernen Augusthimmel erwarteten wir ein paar Tage später in Marseille die Ankunft eines italienischen Fliegergeschwaders unter dem Kommando von Italo Balbo, das von einem Flug nach Amerika zurückkehrte. Alles war für einen offiziellen und festlichen Empfang vorbereitet, als die unsichtbare Hand Mussolinis die Flieger anwies, auf den Zwischenhalt in Südfrankreich zu verzichten und Rom direkt anzusteuern. Auch das war kein gutes Vorzeichen am schwülen politischen Horizont.

Nach einer im Familienkreis in Brunegg verbrachten Woche begab ich mich wieder nach Meilen am Zürichsee, um mit der Hilfe von Frau Nanny Wunderly meine Auszüge aus Rilkes Briefen fertigzustellen. Nichts war erholsamer als diese stillen Tage in einem gepflegten Haus, wo keine Hast war und nichts quertrieb. Das Frühstück auf dem Balkon im Angesicht der großen Linde und des dahinter liegenden Gartens, der sich bis zum Seeufer erstreckte; die bedächtige Durchsicht der Briefdokumente im «Stübli» der Hausherrin, die mit ihrem genauen Gedächtnis ergänzend berichtete; die vortrefflichen Mahlzeiten mittags und abends im behaglichen Eßzimmer; eine Fahrt im Motorboot des Hausherrn auf die Halbinsel Au, wo das Fischgericht und der Weißwein mundeten; der Friede der langen Abenddämmerung und, vom nahen Dorfkirchturm, die Stundenschläge wie Mahnungen: all das erweckte in mir eine leise Sehnsucht nach einem geborgeneren, einem beschaulicheren Leben.

Ich kannte jene Gegend der Schweiz noch kaum und in der Stadt Zürich nur drei oder vier Menschen; aber ich fühlte mich in dieser sanften Landschaft und hellen Stadt zurückversetzt in die Welt Gottfried Kellers – in die Schweizer Idylle. Sie kam mir unwahrscheinlich vor, fast unheimlich, wenn ich bedachte, daß ein Sturm auch über sie fegen, sie vielleicht zerstören könnte. Eine Fahrt über Hügel im Wunderlyschen Auto zum jenseits gelegenen Greifensee, der mir bisher nur aus Kellers «Landvogt von Greifensee» bekannt war, hatte das Haus Werner Reinharts am dortigen Ufergelände zum Ziel. Denn ich sollte diesen Freund Rilkes, den Besitzer des Schlößchens Muzot, kennenlernen, auch ihn um Rat und Auskunft fragen. Der Arzt des Dichters, Dr. Theodor Haemmerli-Schindler, kam mit seiner Frau zu einem Abendessen nach Meilen. Dr. Haemmerli besuchte uns ein paar Tage später in Brunegg, wo er mir die Geschichte von Rilkes letzter Krankheit und Sterben in die Feder diktierte. In Zürich suchte ich Professor Jean Strohl auf, der ein Freund Gides und Rilkes und ein wohlinformierter, kongenialer Kenner von Rilkes Wesen und Werk war. Strohls Rat und Hilfe, seine natur- und geisteswissenschaftliche Doppelkultur, seine elsässische Herkunft, der er seine Doppelsprachigkeit verdankte, und seine hochsensible Geistigkeit zogen mich an; er war in jenen Jahren einer meiner besten Berater und Helfer bei meiner Arbeit. Ich unterließ nicht, als ich mich kurz in Zürich aufhielt, meinen Schulfreund Herbert Binswanger aufzusuchen. Er war Oberarzt an der psychiatrischen Klinik Burghölzli, wo er wohnte und mich bewirtete.

Aber alle diese schönen Erlebnisse waren nur ein angenehmes, ja ein ungemein anziehendes Zwischenspiel, das mich von einer Rückkehr in die Schweiz träumen ließ. Nach wenigen Urlaubswochen bezog ich wieder meine Wohnung an der rue Geoffroy Saint-Hilaire. Als ich meinen Freund Bonzon in seinem Bankhaus anrufen wollte, sagte mir die Telephonistin buchstäblich: «Herr Bonzon ist tot und begraben.» Wenige Wochen zuvor hatte seine Frau einem Knaben das Leben geschenkt. Ich suchte unsern gemeinsamen Freund, den jungen Arzt Jean-Claude Pyt auf, der mir über die Krankheit und den plötzlichen Tod von Lucien Bonzon Auskunft gab. In seiner Schreibmappe fand sich eine an mich adressierte Karte, die er nicht mehr abgeschickt hatte und mir von seiner Frau gebracht wurde. Lucien hatte seine letzte Lebenszeit bei seinen Eltern in Nyon am Genfersee verbracht, wo er bestattet wurde. In meinem Kalender finde ich folgende Notiz, die in ihrer Knappheit ausdrückt, daß mir der Tod des langjährigen Freundes nahe ging: «Nous nous connûmes à Montpellier, en octobre 1920, et nous retrouvâmes à Paris, en janvier 1926. Depuis, il était le plus loyal, le plus fraternel des amis» (15. September 1933). Die Briods weilten im Urlaub und waren unerreichbar. Es kam mir vor, daß ich in der anonymen, verzehrenden Stadt recht einsam war.

35. DIE GROSSE UNRUHE

Der Aufruhr vom 6. Februar 1934 hat auf mich einen tiefen Eindruck gemacht. Damals schien Frankreich am Rande des Bürgerkrieges zu stehen. Es gab Tote und Verwundete, und man fürchtete für den Bestand der parlamentarischen Demokratie.

Das Unternehmen des 6. Februar kam nicht von den Arbeitern, nicht von links, sondern von rechts. Die Tatsache allerdings, daß die Institutionen nicht mehr richtig funktionierten, war offenkundig. Seit den Wahlen vom Frühjahr 1932 lebte das Regime in einem Zustand permanenter Unstabilität. Theoretisch gab es in der Kammer eine Linksmehrheit aus Radikalen und Sozialisten. Aber jedesmal, wenn eine bürgerlich-radikale Regierung einen Finanzplan vorlegte, der Sparmaßnahmen und Gehälterkürzungen, das heißt eine Deflationspolitik durchführen wollte, versagten die Sozialisten dem Kabinett ihre Unterstützung. Die im Wahlkampf verbündet gewesenen Radikalen und Sozialisten huldigten nicht der gleichen Wirtschafts- und Gesellschaftsphilosophie.

Das Unbehagen und der Unmut über die Unfähigkeit des Parlamentes, eine wirkungsvolle Politik durchzuführen, die Stabilität der Regierung zu gewährleisten, der Finanzmisere zu steuern, die soziale Notlage zu bekämpfen und den Staatsvoranschlag fristgerecht zu verabschieden, griff immer mehr um sich. Am Anfang der Unruhe war eine Autoritätskrise. Aber dann war es ein Finanzskandal, der den Funken ins Pulverfaß schleuderte. Ein Abenteurer und Hochstapler namens Stavisky hatte jahrelang dank der Protektion hochgestellter Persönlichkeiten und der Nachsicht der Staatsanwaltschaft ausgedehnte Betrügereien, Fälschungen und Unterschlagungen zum Schaden der Öffentlichkeit begehen können. Mehrere Politiker waren kompromittiert, ein Minister mußte zurücktreten, gegen fehlbare Abgeordnete wurden Strafverfolgungen angestrengt. Es gab sensationelle Enthüllungen, die täglich von den Zeitungen einem entrüsteten Publikum aufgetischt wurden. Eine von Stavisky finanzierte Zeitung, die den Radikalen nahestand, hatte sich an seinen Gaunereien mitschuldig gemacht.

Kurz bevor im Januar 1934 das Parlament zu seiner Session zusammentrat, schlug die Nachricht vom Selbstmord Staviskys in Chamonix wie ein Blitz in diese gestörte Atmosphäre ein. Antigouvernementale Zeitungen zweifelten, ob es sich wirklich um einen Selbstmord und nicht um die Beseitigung eines Mannes handle, der zu viel wußte. Eine dieser Zeitungen schrieb, nie habe ein politischer und Finanzskandal einen derartigen Sturm von Wut und Zorn erregt. In den Straßen der Hauptstadt kam es zu Kundgebungen und Ausschreitungen und zu Schlägereien zwischen Manifestanten und Polizei. Das Palais-Bourbon mußte in einem weiten Umkreis durch Polizeisperren geschützt werden. Wenn ich mich zu den Sitzungen der Abgeordnetenkammer begab, mußte ich meinen Presseausweis an vier Stellen vorzeigen. Ministerpräsident Chautemps, ein Radikaler, schien den Skandal vertuschen zu wollen, indem er sich gegen die Einsetzung einer parlamentarischen Untersuchungskommission aussprach und Maßnahmen gegen «Verleumdung» durch die Presse ankündete. Anspielend auf den Reichstagsbrandstifter sang ein Chansonnier in einem Kabarett: «Herr, schick uns einen kleinen Van der Lubbe!» Ende Januar mußte das Kabinett Chautemps zurücktreten.

Selbstverständlich zögerte die Rechtspresse nicht, die ihr verhaßten Radikalen zu verdächtigen und die – vermeintlich oder tatsächlich – Schuldigen in ihren Reihen anzuprangern. Die Radikale Partei hat dann selber ihre in den Skandal verwickelten Mitglieder ausgestoßen. An der blutig verlaufenen Kundgebung des 6. Februar waren die Frontkämpferverbände und die nationalistischen Organisationen «Croix de feu», «Jeunesses patriotes» und «Action française» in erster Linie beteiligt. Aber das waren nicht militärisch organisierte oder uniformierte Kampfverbände; die Kundgebung besaß keine einheitliche Führung oder gemeinsame Taktik. Außerdem gesellten sich in jener Winternacht auch die Verbände der Steuerzahler und der Staatsangestellten, die gegen die Finanz- und Sparpolitik der Regierung protestierten, zu den Manifestanten. Im Tuileriengarten hatten die Kommunisten ihre Anhänger versammelt, aber sie griffen in die Straßenschlacht nicht ein. Breite Schichten der Bevölkerung, auch nicht-organisierte Mitläufer und viele Jugendliche, nahmen an dieser riesigen Kundgebung teil. Auf einem Spruchband las ich: «Wir wollen eine anständige und saubere Republik.» Im Getümmel hörte ich, wie Manifestanten sagten: «Wir brauchen keinen Hitler in Frankreich, aber man soll die Diebe hinauswerfen!» Natürlich waren die meisten Politiker keine Diebe, aber in ihrer Erregung oder Verhetzung ließ sich die empörte Menge zu solchen Verallgemeinerungen hinreißen.

Unbegreiflich an dem ganzen Tumult war die verfehlte Strategie und Taktik der Ordnungskräfte. Nie hatte man es in Paris zugelassen, daß Kundgebungen in der Nähe von öffentlichen Gebäuden stattfinden. Nichts wäre einfacher gewesen, als, wie das bisher gehandhabt wurde, diesen Aufmarsch in einem Quartier und auf Straßen stattfinden zu lassen, die sich weit entfernt von den Ministerien und den Parlamentsgebäuden befinden. Der neue Ministerpräsident Daladier hatte am gleichen Abend des 6. Februar der Kammer sein Kabinett vorgestellt und von ihr ein Vertrauensvotum erhalten. Doch hatte er vorgängig den Pariser Polizeipräfekten Chiappe abgesetzt, was die Demission des Präfekten des Seine-Departementes nach sich zog. Trotz der Ernennung in letzter Stunde von neuen Präfekten waren die Stadtverwaltung und der Ordnungsdienst faktisch enthauptet. Aus Protest gegen die Absetzung von Chiappe sagte sich der Pariser Stadtrat in einer Entschließung von der Regierung los.

Gefährlich wurde die Lage dadurch, daß die Manifestanten, die auf rund 50000 geschätzt wurden, auf dem Concorde-Platz zusammenströmten, wo sie nur eine breite Brücke vom Palais-Bourbon trennte. Ich befand mich hinter der Schutzwehr, die die Polizei und die Mobilgarde am Eingang der Brücke aufgerichtet hatten, als die Manifestanten versuchten, die Ordnungshüter zu überwältigen und sich einen Weg zum Parlamentsgebäude zu bahnen. Durch eine Salve aus Revolvern oder Musketen – das konnte ich nicht genau feststellen – verhinderten die Mobilgardisten den Sturm auf den Palast, der hell erleuchtet war und von dessen Terrasse aus Abgeordnete und Journalisten das Geschehen beobachteten. Die Wut der Menge auf der Concorde und auf den Straßen, die zu diesem Platz führen, war unbeschreiblich. Ich war Zeuge dieser Schlacht und sah, wie die Republikanische Garde zu Pferd mit der blanken Waffe Attacken gegen die Manifestanten ritt. Neben dem Obelisk von Luxor brannte ein Autobus lichterloh. Mit improvisierten Geschossen – aber nicht mit Schußwaffen – gingen die Manifestanten gegen den Ordnungsdienst vor. Ein ungeheures Getöse von Stimmen und Schreien erfüllte die Luft. Einen blutüberströmten Jungen brachte ich in Sicherheit.

Als ich in vorgerückter Nachtstunde noch einmal auf den Schauplatz des Aufruhrs zurückkehrte, war die Concorde geräumt. Ich vernahm, daß mindestens zwanzig Personen getötet und viele verwundet worden waren. Bei der Madeleine und auf den Boulevards bot sich ein trauriges Bild der

Verwüstung. Im Café Weber an der rue Royale war ein improvisiertes Lazarett eingerichtet worden. Davor, auf der Chaussee, standen Krankenwagen. Am nächsten Tag wurde der Concierge meines Hauses, der Polizist war, verwundet heimgebracht. Der Pariser Stadtrat veranstaltete für die Opfer ein feierliches Begräbnis.

Das Regime wurde nicht gestürzt. Das Regime war schwach als Regierung, aber stark in der Verteidigung. Es war jedoch das erstemal in der Geschichte der Dritten Republik, daß eine Regierung, die das Vertrauen der Kammer besaß, unter dem Druck der Straße zurücktreten mußte. Ehemalige Ministerpräsidenten: Herriot, Tardieu, Barthou, Caillaux, Laval und andere richteten an den Präsidenten Lebrun den dringenden Appell, er möge den ehemaligen Präsidenten Doumergue, der zurückgezogen in Südfrankreich lebte, mit der Bildung einer breiten Regierung der «Nationalen Union» betrauen. Am 8. Februar traf der alte Gaston Doumergue im Elysée ein. Tardieu und Herriot stellten sich ihm als Staatsminister ohne Portefeuille zur Verfügung. Barthou wurde Außen-, Marschall Pétain Kriegsminister. Die Spitzenmänner der bürgerlichen Parteien, von den Radikalen bis zur Rechten, bildeten die Regierung. Die Sozialisten blieben in der Opposition, aber ihr Führer Léon Blum mahnte seine Gefolgschaft zur Besonnenheit. Ein Generalstreik, zu dem die Linke aufgerufen hatte, um gegen die Anstifter der Unruhen des 6. Februar zu protestieren, verlief am 12. Februar ohne Zwischenfall. Die Ruhe und allmählich auch das Vertrauen kehrten zurück.

Die Regierung Doumergue war eine Art Miniaturparlament, das sich von der eingeschüchterten Volksvertretung weitgehende Vollmachten erteilen ließ und eine Zeitlang mit Notverordnungen regierte. Rückstände mußten aufgeholt werden, und die ins Schwanken geratene Außenpolitik erhielt in der Person von Louis Barthou einen Lenker, der neue Initiativen ergriff. Eine parlamentarische Untersuchungskommission befaßte sich mit den politischen Weiterungen des Stavisky-Skandals, gegen dessen Protagonisten Strafverfolgung angeordnet wurde.

Ich hatte als Journalist viel zu tun; 1934 war ein schreckliches Jahr, das schlimmste vor den Ereignissen, die 1938/39 zum Kriege führten. Am 18. Februar verunglückte der angesehene König Albert von Belgien tödlich. Frankreich verlor in ihm einen zuverlässigen Verbündeten. Die Nachrichten von den Bürgerkriegswirren in Wien, die mit der blutigen Niederschlagung der Sozialdemokraten und dem Verbot ihrer Partei endeten, verhießen nichts Gutes. In Frankreich gingen die Wellen der Erregung noch einmal hoch, als man auf einer Eisenbahnschiene in der Nähe von Dijon die verstümmelte Leiche eines Pariser Gerichtsrates namens Prince fand. Da sich dieser ehemalige Vorsteher der Finanzsektion der Staatsanwaltschaft in den vergangenen Jahren mit den Verfehlungen Staviskys hatte befassen müssen, vermutete man einen politischen Mord, der bestimmt gewesen sei, einen unbequemen Zeugen mundtot zu machen. Es vergingen Monate, ehe ein Polizeirapport zum Schluß kam, daß es sich um einen Selbstmord handelte. Prince hatte es unterlassen, gegen Stavisky eine Strafverfolgung einzuleiten, obschon die Polizei seit 1928 über seine Betrügereien Bescheid wußte. Im «*Temps*» vom 22. September 1934 wurde der Rapport des Kommissars Guillaume über den Selbstmord von Prince in extenso abgedruckt. Guillaume war ein Meisterdetektiv und ebenso berühmt wie der Kommissar Maigret in Simenons Kriminalromanen. Übrigens wurde ich in diesem Zusammenhang von einer rechtsstehenden Zeitung in Neuchâtel heftig angegriffen, weil ich im «Bund» Mitte Oktober unter dem Titel «Die Wahrheit über Prince» die Selbstmordthese vertreten hatte. Es war wie zur Zeit der Affäre Dreyfus: die Rechte glaubte an den politischen Mord und beschimpfte diejenigen, die vom Selbstmord des Richters Prince überzeugt waren.

Als ich über ein Wochenende mit anderen Auslandjournalisten einen Ausflug in die Loire-Gegend machte, vernahmen wir am 1. Juli in Blois die Kunde von der Mordnacht, die Hitler gegen S.A.-Führer Röhm und seine Anhänger veranstaltet hatte. Auch der ehemalige Reichskanzler General von Schleicher, der ehemalige bayerische Ministerpräsident von Kahr und andere Persönlichkeiten waren ermordet worden. Unter den Opfern befand sich auch ein harmloser Musiker namens Schmidt, dem ich bei Wanda Landowska in Saint-Leu begegnet war. Ich mußte nun über das Echo, das dieses entsetzliche Ereignis in Frankreich ausgelöst hatte, in der Zeitung berichten: der Ausdruck «blutige Walpurgisnacht», den ich verwendet hatte, wurde von der Redaktion gestrichen.

Ich war in Brunegg in den Ferien, als am 25. Juli die Nachricht vom Putschversuch der Nationalsozialisten gegen die österreichische Regierung in Wien und von der Ermordung des Bundeskanzlers Engelbert Dollfuss uns erschütterte. Mussolini beorderte Divisionen auf den Brenner, zur Warnung an Hitler. Zu dieser Zeit und bis zur Konferenz von Stresa im April 1935 hatte es den Anschein, daß Mussolini im Einvernehmen mit den Westmächten sich dem «Anschluß» Österreichs an das Dritte Reich widersetzte.

Außenminister Barthou versuchte, die europäischen Staaten im Westen und im Osten, ohne Rücksicht auf ideologische Gegensätze, zu einer gemeinsamen Abwehr gegen Hitlers Expansionspläne zu einigen. Er bemühte sich um eine Annäherung an das faschistische Italien und an die Sowjetunion. Ich schrieb damals, ohne Rußland könne der Westen nichts machen, was machtpolitisch zweifellos zutraf. Der französische Abwehrerfolg an der Marne war im September 1914 nur möglich gewesen, weil die Russen in Ostpreußen eingedrungen waren und die deutsche Heeresleitung Divisionen von der West- an die Ostfront disloziert hatte. Emile Buré schrieb im *«Ordre»*, das Bündnis mit Rußland sei ein «geographischer Imperativ». Aber die Bemühungen Barthous, ein System von multilateralen Defensiv- und Hilfeleistungspakten zu schaffen, das unter der Bezeichnung «Ost-Locarno» dazu bestimmt gewesen wäre, die Sicherheit der Staaten Mittel- und Osteuropas zu gewährleisten, stießen nicht nur bei den Nächstbeteiligten, sondern auch in England auf Bedenken. Sie beunruhigten namentlich die polnische Regierung, die im Januar mit Hitler einen Nichtangriffspakt abgeschlossen hatte.

Im September 1934 wurde in Genf die Sowjetunion in den Völkerbund aufgenommen. Barthou sprach vom sowjetischen Außenminister als von seinem «ami Litwinow». Großes Aufsehen erregte eine Erklärung des Führers der britischen Konservativen, Stanley Baldwin, der gesagt hatte, infolge der Rolle, die die Luftwaffe in einem modernen Krieg spiele, befinde sich die Grenze Englands nicht mehr am Felsen von Dover, sondern am Rhein.

Ich war auf meinem Posten in Paris, als am 9. Oktober König Alexander von Jugoslawien, der zu einem Staatsbesuch nach Frankreich gekommen war, und Barthou, der ihn im Namen der Regierung bei seiner Landung willkommen geheißen hatte, in Marseille von einem jugoslawischen Verschwörer ermordet wurden. Der Name «Serajewo» war in aller Leute Mund. Es war eine Katastrophe und beschämend für den Sicherheitsdienst, der mit unglaublicher Leichtfertigkeit nichts zum Schutze des fremden Gastes und Verbündeten vorgekehrt hatte. Der Innenminister mußte zurücktreten, fehlbare Beamte wurden abgesetzt. Einmal mehr wohnte ich einem mit großem Pomp zelebrierten Staatsbegräbnis bei, das die Regierung dem toten Außenminister bereitete. Barthous alter Freund und Kampfgenosse, der ehemalige Staats- und Ministerpräsident Poincaré, starb an einem der nächsten Tage. Die Kette des Unglücks schien nicht abreißen zu wollen, denn in den folgenden

Wochen ging die Solidarität der Regierung in die Brüche. Doumergue, der den Senat gegen sich aufgebracht hatte, warf am 8. November das Bündel hin, ohne sich vorher dem Parlament zu stellen, und kehrte in sein Tusculum in Südfrankreich zurück. Eine Generation von Staatsmännern, die in den frühen 1860er Jahren geboren waren: Briand, Barthou, Poincaré, als Überlebender Doumergue, war von der Bühne abgetreten.

Doumergue ging, weil seine Bemühungen, eine tiefgreifende Verfassungsrevision herbeizuführen, auf den Widerstand der Politiker gestoßen waren. Es klingt heute unglaublich, daß die Rundfunkansprachen, die Doumergue in väterlichem Ton an das französische Volk richtete, die Parlamentarier mißtrauisch gegen ihn stimmten. Man hatte in Frankreich hohen Ortes bisher noch nie von diesem Kommunikationsmittel Gebrauch gemacht. Mit Ausnahme von offiziellen Zeremonien gab es keinerlei Formen des Kontaktes zwischen Regierung und Volk, und auch keine Formen der direkten Demokratie. Das Volk konnte alle vier Jahre die Kammer wählen, aber dann machte das Parlament, was es wollte. Die bürgerliche Koalitionsregierung blieb auch unter Doumergues Nachfolger, Pierre-Etienne Flandin, einem liberalkonservativen Politiker, am Ruder. Nur Tardieu und Pétain hatten sich mit dem scheidenden Ministerpräsidenten aus dem Kabinett zurückgezogen. Flandin erhielt in der Kammer eine Rekordmehrheit, weil er die von allen Parteien gefürchteten Staatsreformpläne fallenließ.

Bei diesen handelte es sich darum, den Eingriffen der Legislative in die Zuständigkeit der Exekutive ein Ende zu setzen, die Regierung zu stärken und im Falle eines Konfliktes zwischen dem Parlament und der Regierung an das Volk zu appellieren, indem dem Präsidenten der Republik die Befugnis eingeräumt werden sollte, die Kammer aufzulösen. Doumergue wollte auch die Stellung des Ministerpräsidenten aufwerten, der bisher nur der primus inter pares war und einem Ministerialressort vorstand. Den Mißbräuchen des Parlamentes sollte ein Damm gesetzt werden, indem es neue Ausgaben nur hätte beschließen dürfen, wenn entsprechende Einnahmen flüssig gemacht würden. Wenn das Budget nicht vor dem Beginn des Rechnungsjahres verabschiedet würde, sollte der Staatspräsident befugt sein, es auf dem Verordnungsweg in Kraft zu setzen. Den Beamten und Staatsangestellten sollte das Streikrecht abgesprochen werden. Aber den eigentlichen Stein des Anstoßes in diesem Katalog von Vorschlägen bildete die Befugnis des Präsidenten der Republik, aus eigener Machtvollkommenheit die Kammer aufzulösen und Neuwahlen auszuschreiben. Nach der Verfassung der Dritten Republik war die Zustimmung des Senats zur Kammerauflösung erforderlich. Seit MacMahons Zeiten – seit der Krise von 1877 – war die Kammer nie mehr aufgelöst worden.

Natürlich waren die Parteien gegen das Auflösungsrecht des Präsidenten. Doumergues Plan hatte keine Aussicht, von der Nationalversammlung gutgeheißen zu werden. Weil aber der alte Herr überzeugt war, daß das Übel, an dem das Regime litt, nur durch einen entschlossenen Eingriff geheilt werden könne, verstand er sich zu keinen Abstrichen an seinen Vorschlägen. Ich schrieb damals über seinen Nachfolger Flandin, der dem Parlament eine Art Bewährungsfrist einräumen wollte, damit es durch bessere Einsicht selber der Unstabilität ein Ende bereiten könne: «Meint er im Ernst, daß bloß durch eine Art spontaner Besserung der politischen Sitten diese Unstabilität verschwinden werde?» Übrigens wandte sich beim Sessionsbeginn im Januar 1935 der Kammerpräsident Bouisson, ein Sozialist, mit einer regelrechten Philippika an die Abgeordneten, die er aufforderte, ihre Arbeitsmethoden zu reformieren, ihrer Geschwätzigkeit Grenzen zu setzen, auf die endlosen und unnützen Interpellationsdebatten zu verzichten und so fort.

Die Regimekrise konnte offensichtlich nicht behoben werden. De Gaulle hat vierundzwanzig Jahre später in der Verfassung der Fünften Republik mehrere Gedanken von Doumergue verwirklicht. Ich glaube, Doumergue hat einen Fehler gemacht, als er nicht gleich nach den Februar-Unruhen der Verfassungsrevision die Priorität einräumte. Damals bangten die Parlamentarier um ihre Stellung, sie waren verängstigt und wären vermutlich nachgiebig gewesen. Als Doumergue im Spätherbst seinen Plan vorlegte, hatte sich der Sturm gelegt, ein Aufstand oder Putsch war nicht mehr zu befürchten. Die Parlamentarier waren erleichtert, als der alte Herr ging. De Gaulle hat umgekehrt gleich nach den Ereignissen vom Mai 1958 in Algerien, die den Sturz der Vierten Republik herbeiführten, eine Kommission unter dem Vorsitz von Paul Reynaud mit der Ausarbeitung einer neuen Verfassung betraut. Das Volk stimmte ihr im Referendum zu. Auch die Wahl des Präsidenten durch das Volk wurde hernach auf dem Referendumsweg eingeführt; denn die Politiker hätten sich nicht selbst um ihr Privileg gebracht, den Präsidenten zu wählen.

Der Name de Gaulles war mir schon zur Zeit bekannt, als ich Journalist in Paris war. Er war damals ein militärpolitischer Begriff. Die Bücher des Militärschriftstellers Charles de Gaulle lagen in den frühen Dreißigerjahren in den Buchhandlungen auf. Ich habe anscheinend von seinen Werken aus der Vorkriegszeit erst das 1938 erschienene Buch *« La France et son armée »* gekauft, das mit der bekannten Widmung « A Monsieur le Maréchal Pétain... » versehen ist. Ich bewahre es in meiner Bibliothek.

Ich kannte einen alten Mann, von dem ich damals nicht wußte, daß er einen unmittelbaren Einfluß auf das Denken und das Leben de Gaulles ausübte. Es war der Oberstleutnant Emile Mayer, den ich im Hause des Historikers Daniel Halévy ab und zu traf. Mayer war ein Dienstkamerad Joffres und Fochs gewesen. Er hatte seine Vorgesetzten schockiert, als er schon 1895 seinem Glauben an die Unschuld des Hauptmanns Dreyfus Ausdruck gab. Emile Mayer besaß Zivilcourage und Scharfsinn. Mit seiner Offenheit hatte er selber seine militärische Karriere zerstört, aber er war einer der angesehensten französischen Militärkritiker seiner Zeit.

Der colonel Mayer war ein Gegner des Stellungs- und Schützengrabenkrieges und befürwortete den Bewegungskrieg mit den Mitteln moderner technischer Waffen. Er betonte mehr die Rolle der Luftwaffe, de Gaulle mehr diejenige der Panzer. Aber Mayer regte de Gaulle in vielen Besprechungen zur schriftlichen Formulierung seiner Ideen an, die eine in der Waffentechnik spezialisierte Berufsarmee und eine zweckmäßige Verwendung der Panzerwagen zum Gegenstand hatten. Wir wußten, daß die Engländer 1917 als erste eine Panzerformation als selbständig operierende Einheit an der Westfront in die Schlacht geworfen hatten. Übrigens ist im Jahre 1934 sowohl das bekannte Buch des österreichischen Generals von Eimmansberger, «Der Kampfwagenkrieg», als auch de Gaulles Buch *«Vers l'armée de métier»* erschienen. Beide befürworteten eine bewegliche Kriegführung mit autonomen Panzerformationen und die Ausbildung von Kadern und Mannschaften in der modernen Waffentechnik. Der deutsche Pionier des Panzerkrieges, Heinz Guderian, der die Ideen von Eimmansberger in der deutschen Wehrmacht verwirklicht hat, sagt in seinen Memoiren, de Gaulle sei der Propagandist dieser Ideen «in Frankreich» gewesen. Nach der Machtergreifung Hitlers wies de Gaulle auf den engen Zusammenhang zwischen der «internationalen Entwicklung» und den «Erfordernissen der Kriegstechnik», das heißt zwischen der Außenpolitik und der Strategie, hin. In den führenden Pariser Zeitungen und Zeitschriften konnten wir die Kontroversen über diese Probleme, die infolge der veränderten Weltlage aktuell wurden, nachlesen.

Gelegentlich wurden diese Fragen auch im Parlament diskutiert. Aber die meisten Politiker verließen sich auf das Urteil der hohen Generalität. Sie vergaßen Clemenceaus sarkastischen Ausspruch, der Krieg sei eine viel zu ernste Sache, als daß man seine Führung den Generälen überlassen könne. Daladier hielt im Juni 1934 im Palais-Bourbon eine Rede, in der er die Stärke der Betonunterstände an der Grenze rühmte und gegen die Theorie der Verteidigung durch Offensivoperationen polemisierte. Daladier war als ehemaliger Kriegsminister das Sprachrohr der alten Generäle, die, wie Pétain und Weygand, in ihren Schriften die Meinung vertraten, ein feindlicher Angriff würde an den Befestigungen in Nordostfrankreich zerbrechen; weder die Luft- noch die Panzerwaffe habe die Gegebenheiten des Zukunftskrieges wesentlich verändert. Dieser Streit zwischen den Alten und den Modernen hatte seinen tieferen Grund im Gegensatz zwischen dem konservativen, patriarchalisch-agrarischen Frankreich, das sein militärisches Problem als Verteidigung des Heimatbodens sah, und den Befürwortern des technologischen Fortschritts und der Industrialisierung, die die Entwicklung in Deutschland und Amerika vor Augen hatten und an einen Bewegungskrieg in großen Räumen dachten. Pétain war Statiker, de Gaulle Dynamiker. Auf sein Denken hatte Bergsons Philosophie einen Einfluß ausgeübt. Ich erinnere mich übrigens an eine Diskussion in dem Kreis, der sich abends im Café de Flore zusammenfand. Jules Thiercelin, der über viele Dinge Bescheid wußte, sagte wörtlich: «Wer bloß defensiv hinter einer befestigten Linie den Angriff des Feindes abwartet, ist von vorneherein verloren, wie die Römer, als sie sich hinter ihrem Limes in Sicherheit glaubten.»

Ich wußte damals nicht, daß de Gaulle bei einem der vielen Freunde von Emile Mayer den ehemaligen Finanzminister (und künftigen Ministerpräsidenten) Paul Reynaud kennen gelernt hatte, auch nicht, daß die Aufsehen erregende Rede, die Reynaud am 15. März 1935 in der Kammer hielt, in ihren wesentlichen Teilen von diesem Offizier geschrieben worden war. Es war kurz bevor ich von meiner Korrespondententätigkeit zurücktrat und in die Schweiz zurückkehrte. Aber ich erinnere mich, daß Reynaud, natürlich erfolglos, den Antrag stellte, die Regierung möge ein spezialisiertes Korps von sechs Panzerdivisionen und einer leichten Division ins Leben rufen, das von vertraglich angeworbenen und technisch ausgebildeten Mannschaften bedient werden und bis spätestens im April 1940 bereit stehen solle. Das Datum ist interessant! Reynaud war der Meinung, daß nur eine zur Offensive fähige, mechanisierte und bewegliche Armee imstande wäre, die kollektive Sicherheit in Europa zu gewährleisten; durch ein bloß defensives Verhalten hinter der Maginot-Linie könne Frankreich seinen Verbündeten in Mittel- und Osteuropa nicht von Nutzen sein, wenn sie angegriffen würden. Die Rede gipfelte in dem Axiom, Frankreich besitze nicht die Armee seiner Außenpolitik.

Reynauds Rede machte Schlagzeilen. Als Léon Blum im folgenden Jahr Ministerpräsident wurde, ließ er sich vom colonel de Gaulle seine Theorie von der Wechselwirkung zwischen einer Politik der kollektiven Sicherheit und der Notwendigkeit einer offensiv geführten Verteidigung vortragen. Aber Blum ließ sich nicht überzeugen, sondern hielt an der bisherigen Konzeption der Landesverteidigung fest.

Es war mir klar, daß Frankreich im Kriegsfall starke Verbündete brauchte, vor allem England und Rußland. Denn es war nicht nur im Verhältnis zu den größeren deutschen Mannschaftsbeständen, sondern auch infolge der Rückständigkeit seiner technisch-industriellen Entwicklung der schwächere Teil. Vielleicht noch wichtiger war, daß im nationalsozialistischen Deutschland eine Art germanisch-völkisches Jakobinertum zu einer *levée en masse* geführt hatte, deren Legionen unter dem Hakenkreuzbanner mit Begeisterung marschierten, während in Frankreich die Militär- und Kriegsbegeisterung in den Massen fehlte. Außerdem hatte die Wirtschaftskrise den sozialen Frieden und die nationale Einigkeit ungünstig beeinflußt. Es herrschte eine Atmosphäre des Klassenkampfes. Wie überall im Westen gab es auch in Frankreich ein Establishment, das aus Furcht vor dem Kommunismus mit Mussolini und Hitler sympathisierte. Ich will versuchen, später Erfahrenes und damals Gewußtes oder Vermutetes zu unterscheiden. Aber wenn mein Gedächtnis mich nicht täuscht, stellte ich mir vor, daß ähnlich wie 1914 Frankreich in einem neuen Krieg mit Deutschland Rückschläge erleiden würde, daß aber Hitlers Pläne, die er 1924 in seinem Buch «Mein Kampf» dargelegt hatte, zur Entstehung einer großen antideutschen Koalition führen könnten. Amerika freilich kehrte Europa den Rücken und richtete besorgte Blicke auf Japan.

Ich habe meinen letzten Artikel aus Paris, vom 28. März 1935, vor Augen. Er ist «Am Kreuzweg von Krieg und Frieden» betitelt. Ich habe die Politik des Außenministers Pierre Laval, der nach seinen eigenen, etwas verschwommenen Worten eine «Kollektivorganisation der Sicherheit mit allen Völkern und allen Regierungen» anstrebte, in diesem Artikel ziemlich kritisch beurteilt.

Bundesrat Motta hatte in Genf, im September 1934, eine Rede gegen den Beitritt der Sowjetunion zum Völkerbund gehalten, der er die Verfolgung Andersdenkender und die Unterdrückung der Religion zum Vorwurf machte. Ich habe meinen damaligen Artikel über «Französische Stimmen zur Rede Bundesrat Mottas» herausgesucht. Ich lese da, die französische Presse habe den Worten des schweizerischen Vertreters «die größte Aufmerksamkeit gezollt, und sie hat durchwegs mit Achtung vor dem gegnerischen Standpunkt gesprochen». Die Diskussion sei in sachlichen Grenzen geblieben, und die Berechtigung von moralischen

Bedenken gegen das Sowjetregime sei nicht abgestritten worden. Pariser Zeitungen hätten die Meinung vertreten, daß es vorzuziehen sei, wenn Sowjetrußland zum Völkerbund gehöre, als wenn es draußen bleibe. Nicht uninteressant ist die Bemerkung, die Leiter der französischen Außenpolitik glaubten, Beweise dafür zu haben, «daß Räterußland sich mit dem nationalsozialistischen Deutschland zu einem Block zusammengeschlossen hätte, wenn es nicht in den Völkerbund aufgenommen worden wäre». Die neutrale Schweiz, schrieb ich, könne machtpolitische Überlegungen ignorieren; aber «die Bildung eines braun-roten Blocks vom Rhein bis zum Pazifik» und die Verwandlung des Völkerbundes in eine «erweiterte Koalition der europäischen Westmächte (hätte) den kleinen und neutralen Mitgliedstaaten auch nicht behagen können». Eine Pariser Zeitung habe das Wort Bossuets zitiert: «Die Tugend taugt nicht für Staatsgeschäfte.» Es sei nicht der Fehler Englands, Italiens und Frankreichs, sagte diese Zeitung, wenn sie unter dem Druck von physischen und moralischen Notwendigkeiten stünden, die es ihnen zur Pflicht machten, «den Frieden in Europa aufrecht zu erhalten» («Bund», 21. September 1934).

Ich hatte mit Motta im folgenden Jahr eine Unterredung in seinem Bureau im Berner Bundeshaus, aus der hervorging, daß er sich große Sorgen wegen der Schwächen und Illusionen der französischen Außenpolitik machte. Von Barthous Reise in die osteuropäischen Hauptstädte sagte Motta, sie habe überhaupt keinen Erfolg gehabt. Das ist richtig. Barthous «Ost-Locarno» war eine Schimäre. Unter den damaligen Verhältnissen war es unmöglich, die Staaten der Kleinen Entente und des Balkans, Polen und die Sowjetunion in einem Paktsystem zur gegenseitigen Gewährleistung ihrer Grenzen zusammenzuführen. Es gab in jenem Teil Europas schwerwiegende territoriale und Interessengegensätze; dazu kam die Furcht der kleineren Staaten vor dem kommunistischen Rußland. Motta besaß eine zu lange Erfahrung mit den internationalen Verhältnissen, als daß er die Schachzüge der britischen und französischen Politik mit Optimismus hätte beurteilen können. Da er den Krieg kommen sah, war er bestrebt, die Schweiz nach allen Seiten abzusichern. Einer seiner Mitarbeiter sagte mir, es bereite Motta Sorgen, daß wir keine diplomatischen Beziehungen mit Moskau hatten.

Eine Schlüsselstellung in der internationalen Politik nahm England ein. England ist eine Welt für sich. Wenn der Krieg vorüber ist, reicht es dem Besiegten die Hand, wie nach einem Match, und hilft ihm wieder auf die Beine. Die britische Regierung stellte sich seit dem Friedensschluß von 1919 der französischen Bündnispolitik mit Polen und der Kleinen Entente hindernd in den Weg, und sie hielt die deutschen Wünsche nach Revision der Grenzen im Osten für berechtigt. Sie bereitete Frankreich auch Schwierigkeiten in seinen Kolonien. Die Franzosen waren auf England nicht gut zu sprechen, und es gab eine keineswegs unpopuläre Schule, die eine direkte Verständigung mit Deutschland der Politik der Rücksichtnahme auf den schwankenden und unberechenbaren britischen Partner vorgezogen hätte.

Ein Abend, an dem der englische Außenminister Sir John Simon Gast der französischen Regierung war, machte mir Eindruck. Er hielt in einem Konzertsaal einen Vortrag über das parlamentarische Regime in Großbritannien. Der weißhaarige, schlanke Gentleman saß auf dem Podium zwischen Flandin und Laval und erinnerte einleitend das geladene Publikum daran, daß England und Frankreich die einzigen Großstaaten in Europa seien, die in einer Zeit, da die Beliebtheit der parlamentarischen Institutionen im Niedergang begriffen scheine, ihre demokratische und parlamentarische Regierungsform beibehalten haben.

Mit der Höflichkeit des fremden Gastes verwahrte sich der britische Minister gegen den Verdacht, er wolle seinen französischen Freunden Ratschläge erteilen; in Wirklichkeit hob Sir John die Vorteile der englischen parlamentarischen Praxis gegenüber der französischen hervor. Die Stellung des Premierministers als des effektiven Leiters und Koordinators der Gesamtpolitik des Kabinetts, die Stabilität der Regierung, die darauf zurückzuführen sei, daß es nur wenige Parteien gebe, die Regel, daß die Regierung nicht die Vertrauensfrage stelle und nur durch ein Mißtrauensvotum des Parlamentes gestürzt werden könne, endlich die Befugnis des Premierministers, dem König die Auflösung des Unterhauses vorzuschlagen – das waren denn doch sanfte Mahnungen an die französischen Politiker. Der Brite ließ es sich nicht nehmen, in scherzhaften Wendungen den Ministerpräsidenten Flandin an die Wechselfälle der Politik zu erinnern.

Es war ein offizieller und glanzvoller Abend; an dem nachfolgenden Empfang des britischen Ministers im Cercle Interallié war alles vertreten, was in der Politik, Diplomatie und Presse Rang und Namen hatte. Ich war natürlich für diesen Versuch, die britisch-französische Freundschaft aufzufrischen, eingenommen; aber ich wußte, daß ihm große psychologische und historische Hindernisse entgegenstanden. Am nächsten Abend sagte ich in unserem Kreis im «Flore», ich hätte dem Vortrag von Sir John Simon zwar nur als ein kleiner Schweizer Journalist auf einem Klappsessel beigewohnt; aber diese Veranstaltung und ihr gesellschaftliches Nachspiel hätten mich davon überzeugt, daß es mehr Verbindendes zwischen Frankreich und England gebe als zwischen Frankreich und dem diktatorischen Deutschland, wo ein so anderer Wind wehe. «Ja», meinte unser alter Freund Thiercelin, «da sieht man, daß ein kleiner Schweizer Journalist auf seinem Klappsessel die Dinge vielleicht besser sehen kann als wir, die wir immer hier sitzen, weil er auch Deutschland kennt und ein Europäer ist.»

36. DAS LETZTE JAHR

Die dramatischen Ereignisse des Jahres 1934 hatten dem Zeitungsmann viel zu tun gegeben. Ich stellte mir die Frage, ob und wie lange ich noch das Métier eines Pressekorrespondenten ausüben solle. Politischen Anschauungsunterricht hatte ich nun reichlich genossen. Aber die Tagesschreiberei war auf die Dauer unbefriedigend, von der Ermüdung, die nicht ausblieb, zu schweigen. Das tätige Leben stellt in Paris physisch große Anforderungen. Da auch die Zeitungen unter den Folgen der Wirtschaftskrise zu leiden hatten, war mein Monatsgehalt empfindlich beschnitten worden. Der «Bund» gestattete mir infolgedessen, auch andere Zeitungen zu bedienen. Eines Tages erschien bei mir ein gescheiter, welterfahrener Journalist namens Karl von Schumacher, der mir eröffnete, er werde unter dem Titel «Weltwoche» in Zürich eine Wochenzeitung nach dem Vorbild der Pariser Wochenzeitungen gründen; ob ich Lust hätte, aus Paris Artikel zu liefern? Die im deutschen Sprachgebiet noch nicht bekannte Form der einmal in der Woche erscheinenden Zeitung sagte mir zu. Sie erforderte eine neuartige Gestaltung und einen andern Stil; die Information kann beim Leser vorausgesetzt werden, der sie aus der Tageszeitung und dem Rundfunk erfährt, was Platz schafft für den Kommentar, die Reportage usw. In meinem letzten Pariser Jahr erschienen in der «Weltwoche» politische und literarische Beiträge aus meiner Feder. Im Sommer besuchte ich auf der Durchreise in Zürich die beiden Redaktoren der «Weltwoche», Schumacher, der älter, und Manuel Gasser, der ein paar Jahre jünger war als ich. Aus diesen Begegnungen entstanden dauernde Freundschaften.

Aber konnte ich mich noch lange in Paris halten? Zwar hatte ich dort einen großen Bekanntenkreis, der sich gemäß einem Gesetz der Gruppensoziologie immer mehr erweiterte. Doch zwei der drei Berufe, auf die ich vorbereitet war, soweit es im Leben ein Vorbereitetsein gibt: das akademische Lehramt, der Journalismus und die diplomatische Laufbahn, konnte ich als Landfremder nicht ausüben. Es gab noch andere Gründe, die mir eine Rückkehr in die Schweiz wünschenswert erscheinen ließen. Das Buch über Rilke mußte geschrieben werden. Das war neben der journalistischen Tätigkeit schwierig. Ich hatte allerdings in Paris Kontakte mit Rilkes dortigem Freundeskreis aufgenommen: mit seiner Freundin der ersten Schweizer Jahre, Madame Klossowska, und mit ihren begabten Söhnen: Pierre, dem Schriftsteller, und Baltusz, dem Maler; mit Edmond Jaloux, dem ich bei Madame Roland de Margerie begegnet war und bei dem zu Hause ich dann unter vier Augen das ganze Thema durchsprechen konnte.

Auch die Briods waren gute Ratgeber. Aber Moniques Krankheitszustand und ihre intensive literarische Arbeit hatten zur Folge, daß sie immer zurückgezogener und einsamer lebte. Vom 18. März 1934: «Monique fand ich müde aussehend, etwas erschöpft sogar, aber ohne besondere Beschwerden. Eigentlich ist sie für ein Laienauge seit Jahren im gleichen Zustand, mit leichten Schwankungen zum Besseren und zum Schlechteren.» Für Rilke interessierte sich auch der Philosoph Gabriel Marcel – übrigens aus ähnlichen Gründen wie in Deutschland Martin Heidegger. Gabriel Marcel, den ich aufsuchte, war mit den Briods befreundet. Er sagte: «Es ist wie ein Knoten in Moniques Seele, man möchte ihn lösen können, aber das scheint nicht möglich.» Dazu machten seine Hände eine Bewegung, wie wenn sie mit großer Anstrengung versuchten, einen Knoten aufzulösen. Monique hatte im Herbst 1934 die Genugtuung, daß ihr neuer Roman, *«Bois-Mort»*, der bei Grasset erschien, ein buchhändlerischer Erfolg war und in der Presse lebhaft besprochen wurde. In der Übersetzung des Zürcher Schriftstellers R. J. Humm brachte Peter Suhrkamp das Buch unter dem Titel «Morsches Holz» in Deutschland heraus. Es verwunderte mich nicht, daß sein seelischer Bereich Hermann Hesse ansprach; Suhrkamp hatte Moniques Buch bei Hesse in Montagnola kennengelernt.

Im Sommer begann ich mit der Niederschrift des ersten Kapitels meines «Rilke». Während meiner Ferien besprach ich diese Arbeit mit Hugo Marti, der sich in Davos zur Heilung seines Lungenleidens aufhielt. Nach einigen mit ihm im Bündner Kurort verbrachten Tagen begab ich mich nach Meilen, wo ich den Entwurf Nanny Wunderly vorlesen konnte. Wieder in Paris, erweiterte und beendete ich im September die Saga vom «fahrenden Sänger» bis zu dem Augenblick, wo er im Wallis das Schlößchen Muzot entdeckt.

Aber es war mir beschieden – und mir scheint, dies sei mir in meinem Leben wiederholt widerfahren –, daß eine ganz andere Fügung die begonnene Arbeit für eine längere Zeit unterbrach. Die innere Erschütterung, die ich eines Abends in meinem Zimmer über den Dächern von Paris bei der Lektüre des «Bund» verspürt hatte, ist mir durchaus gegenwärtig. Es war eine Todesnachricht, die in mein Leben eingriff. William Martin, der in den großen Jahren des Völkerbundes aus dem *«Journal de Genève»* den Resonanzboden der Reden und Debatten, der Hoffnungen und Pläne dieser Weltorganisation gemacht hatte und der seit kurzer Zeit an der Eidgenössischen Technischen Hochschule in Zürich den Lehrstuhl für Geschichte in französischer Sprache innehatte, war gestorben.

Ich holte Rat bei Minister Dunant. Ob es schicklich sei, fragte ich ihn, daß ich nach einem so traurigen Todesfall meine Kandidatur auf die Nachfolge Martins anmelde? Dunant lächelte in seinen Pascha-Bart und sagte: «Ich lebe noch, und in Bern streiten sich schon die Leute um meine Nachfolge. Zögern Sie nicht, melden Sie sich, wenn Sie wirklich wünschen, uns zu verlassen, was ich bedauern würde.» Was ich in Paris denn noch tun könne, wenn ich bliebe? Antwort: «Heute morgen machte mir mein schwedischer Kollege seinen Abschiedsbesuch. Er sagte, er habe in Paris schon einen Weltkrieg als Gesandter zugebracht, er möchte es nicht noch einmal tun müssen. Es fragt sich also, ob Sie den nächsten Krieg in Frankreich oder in der Schweiz erleben wollen.» Ich sagte: «In der Schweiz.»

Am 4. April ging mein Bewerbungsschreiben an den Präsidenten des Schweizerischen Schulrates, Professor Arthur Rohn, ab. Nach Hause schrieb ich: «Es ist ein großer Sprung vom Zeitungskorrespondenten zum Ordinarius.» Meine Mutter war über die Aussicht auf meine eventuelle Übersiedelung nach Zürich nicht restlos glücklich; sie gab mir zu bedenken, daß ich den Lebenskreis, die Geselligkeit und die Anregungen aller Art, die ich in Paris in so reichem Maß genossen habe, in der Schweiz nicht finden könne. So wie sie mich kenne, würde es mir sehr fehlen. Es war mir klar, daß nichts diesen Verlust würde aufwiegen können, es sei denn konzentrierte Arbeit in der Zurückgezogenheit dank eines akademischen Lehramtes. Ich glaubte, es sei an der Zeit, meine Kräfte, die ich infolge meiner Pariser Lebensweise immer mehr hatte verzetteln müssen, wieder zu sammeln; die Schweiz sollte mir die Möglichkeit bieten, produktiv zu sein, was in Paris immer schwieriger wurde. Ausschlaggebend war vielleicht Dunants Argument. In wirren Zeiten, in einem Krieg, gehört ein Mann in sein eigenes Land. Möglicherweise kann er dort helfen. Als Fremder in einem kriegführenden Land steht er nur unnütz am Rande. Rohn sagte in seinem Antwortbrief, man wünsche nicht einen Spezialisten, sondern einen Professor, der seinen Unterricht auf die politische und geistige Aktualität aufbaue; er werde voraussichtlich nach Paris kommen.

Inzwischen ging das Leben weiter. Zum erstenmal seit ich in Paris war, kam es mir ein wenig monoton vor. Ich traf immer die gleichen Freunde, Freundinnen, Kollegen,

Landsleute, ehemaligen Lehrer. Im «Centre de Synthèse» weihten wir eine Büste Paul Doumers ein. Präsident Lebrun und Edouard Herriot wohnten der schlichten Zeremonie im Salon der Madame de Lambert bei. «Die Geschichte geht schnell: vor drei Jahren erlebten wir Doumers Wahl in Versailles, vor zwei Jahren seine Ermordung, und jetzt hat er sein erstes Denkmal» (27. Juni 1934). Anschließend Dîner bei Berrs mit Abel Rey und Lucien Febvre, der mittlerweile den verdienten Lehrstuhl am Collège de France erhalten hatte. Mein Oxforder Kollege und Freund Hugh Trevor-Roper hat recht, wenn er Febvre für einen der hervorragendsten Historiker unserer Zeit hält.

Ich traf deutsche Emigranten. Ferdinand Hardekopf, der Übersetzer von Gide, sagte mir, er sei der Testamentsvollstrecker von Donald Wedekind gewesen und verwalte dessen literarischen Nachlaß. Franz Beidler, ein Enkel Richard Wagners, hatte sich nach kurzem Halt in Paris nach Zürich begeben, von wo er mir schrieb, er habe Thomas Mann besucht, der entschlossen sei, in der Schweiz zu bleiben. In Berlin gab es zwar kein Deutsches Theater mehr, aber sein Begründer und Leiter, Max Reinhardt, inszenierte auf der technisch modernsten Bühne von Paris, dem Théâtre Pigalle, die «Fledermaus» in einer luxuriös wuchernden Ausstattung, mit Lotte Schoene als Adele und mit dem Grete Wiesenthal-Ballett.

Eines Tages nahm mich die comtesse de Pange zu einer Cocktailgesellschaft in das Haus eines jüdischen Börsenmaklers mit, was mich ein wenig verwunderte. Mobiliar und Buffet waren reich. Der Hausherr und seine Gattin schienen ausgezeichnete Beziehungen zu haben. Der Chef des Militärkabinetts des Staatspräsidenten, Mitglieder der Akademie, Madame Caillaux waren da. Ein in Kairo geborener und seit Menschengedenken in Paris lebender Kaukasier, Dr. Mardrus, der, obgleich Arzt, seine Berühmtheit einer kritischen Ausgabe von «Tausendundeiner Nacht» im arabischen Original und in einer von ihm verfaßten Übersetzung verdankte, zog mich in einer Fensternische in ein angeregtes Gespräch über persische Miniaturen. Beim nächsten Cocktail in diesem interessanten Kreis holte mich die Dame des Hauses energisch von Mardrus, der mich wieder mit Beschlag belegen wollte, weg. Sie setzte mich mit einem anderen jungen Herrn, dem Sohn eines bekannten Académicien, und einer jungen Dame in ein Boudoir. Um mir in einschüchternden Situationen eine *contenance* zu geben, trug ich bei solchen Gelegenheiten ein Monokel in meinem kurzsichtigen Auge. Wir machten also zu dritt Konversation, ohne recht voneinander zu wissen, wer wir eigentlich waren und was uns da vereinigte. Ehe wir aufbrachen, hörten wir, im Salon stehend, einen improvisierten Vortrag des Vaters dieses Mädchens über Shakespeare an. Ich begriff nicht oder nur halb, wessen ich mich zu versehen hatte, bis ich von Madame de Pange einen Brief erhielt. Die Dame, bei der sie mich eingeführt hatte, schrieb sie, habe Absichten mit mir; ich hätte bei ihr ein junges Mädchen kennengelernt, das mich anscheinend einem anderen Herrn, der ebenfalls dort gewesen sei, vorziehe. Geld habe es genug, der konfessionelle Unterschied spiele keine Rolle, und der Vater werde sich meiner literarischen Karriere annehmen. Die Botschaft von Madame de Pange schloß mit der Bemerkung, sie erwarte, von mir wenigstens einen geistreichen Brief zu erhalten. Ich schrieb ihn. Hoffentlich war er geistreich. Mein romantisches Herz behalte sich vor, selber eine Wahl zu treffen. So ungefähr. Ich hatte den Briods etwas zu erzählen, was sie erheiterte. Die Gastgeberin war nicht gekränkt; sie forderte mich auf, ihre Cocktails ohne Risiko wieder zu besuchen.

Selbst in jenem wirren Jahr 1934 hielten die Politiker an ihrer geheiligten Gewohnheit fest, sich in ihren Sommerferien nicht stören zu lassen. Als ich Ende August aus meinem Schweizer Urlaub an die rue Geoffroy Saint-Hilaire zurückkehrte, stellte ich fest, daß das politische Leben vollständig eingeschlafen war. In Paris herrschte «fast ländliche Stille. Nach den bewegten Zeiten des Winters und des Frühjahrs kommt es mir wunderbar vor, wenn ich mich nicht täglich beim Erwachen auf irgendwelche sensationellen oder unangenehmen Überraschungen der Politik, der Polizei und der Wirtschaft gefaßt machen muß. Ich habe so einen Vorgeschmack dessen, was es ist, wenn man einen Beruf ausüben kann, der nicht nach den Tagesereignissen bemessen wird, noch von den Aktualitäten abhängig ist. Kurz, es ist ein menschenwürdiger Zustand. Von Montag an besorgt Louise wieder meine Wohnung. Bisher habe ich alles selber gemacht, Bett, Schuhe, Böden, Staub wischen, und mich dabei recht gut amüsiert. Meinen Schreibtisch, den ich der großen Hitze wegen seit Juni im Hinterzimmer hatte, habe ich gestern wieder umgezogen. Das gab mir Gelegenheit, mein Bureau ganz auszuräumen, die Bücher meiner Bibliothek unter dem Fenster auszuklopfen und abzustauben, hinter und unter dem Büchergestell zu wischen, alles aufzuräumen, was ja bekanntlich auch dem Gemüt gut tut» (an die Mutter, 31. August 1934).

Ich saß an einem sonnigen Septembertag auf der Terrasse eines Cafés von Montparnasse, als eine Bekannte aus Zürich mit einem Herrn erschien, dem sie mich vorstellte. Er hieß Mittelholzer und galt als der beste Schweizer Pilot. Er fragte, ob ich mit ihnen in die Schweiz fliegen wolle. Ich sagte, ich hätte bloß meinen Stock und sonst nichts bei mir, auch nicht meinen Paß. Das mache nichts, er werde mich an der Grenze in Basel durch die Sperre lotsen. Es war meine Lufttaufe. Wir mußten einen Bogen um die militärische Sperrzone in den Vogesen fliegen. Für die 420 Kilometer bis Basel brauchten wir zweieinhalb Stunden. Die Nacht verbrachte ich in Brunegg, wo es mir im Schlafe vorkam, als ob das Zimmer durch den Himmel fliege. Man muß sich an alles gewöhnen. Den Gratisflug vergalt ich Mittelholzer mit dem Abdruck im «Bund» der Notizen, die ich während des Fluges gemacht hatte. Marti fand, es sei ein Husarenstück gewesen – die Fliegerei war damals noch nicht eine alltägliche Sache. Bei meiner Rückfahrt mit der Eisenbahn ließen mich die französischen Polizisten am Basler Bahnhof wunderbarerweise ohne Paß durch. In Belfort gesellten sich zwei junge Pariser Arbeiter, die von einer Fußwanderung in den Vogesen heimkehrten, zu mir in mein Abteil. Wir entdeckten, daß wir im gleichen Quartier wohnten. Sie teilten mit mir den Inhalt eines Freßkörbchens, das mir meine Mutter mit auf die Reise gegeben hatte. An der Gare de l'Est, wo ich die Untergrundbahn nehmen wollte, forderten sie mich auf, mit ihnen ein Taxi zu nehmen. Als ich am Carrefour des Gobelins ausstieg, erlaubten sie mir nicht, daß ich zahle. Wir hatten unterwegs auch über Politik gesprochen. In meinem Wohnviertel gaben die Wähler dem kommunistischen Kandidaten ihre Stimme.

Mein Hauptanliegen in diesem Jahr war die Vorbereitung meiner Kandidatur auf die Lehrkanzel in Zürich. Den Schulratspräsidenten Rohn lernte ich kennen, als ich an der Jahrhundertfeier der Universität Bern das Schweizerhaus der Pariser *Cité universitaire* vertrat. Mein Vetter Philipp Thormann, Professor für Strafrecht, war Rektor. An der Feier im Münster trug ich – das einzige Mal in meinem Leben – den Talar eines Doktors der Sorbonne. Bei der Gratulationsprozession überreichte ich dem verschmitzt lächelnden Cousin eine dekorativ gestaltete Glückwunschadresse.

Die Gäste der Universität waren am folgenden Tag zu einem Ausflug ins Berner Oberland eingeladen. Auf einem Dampfschiff auf dem Thunersee erklärte mir Rohn, was man von einem Professor der sogenannten Freifächerabteilung an der Eidgenössischen Technischen Hochschule erwarte. Die Vorlesungen dieser historisch-staatswissenschaftlichen Abteilung (man sagte nicht Fakultät) waren für die Studierenden der technisch-naturwissenschaftlichen Fachrichtungen fakultativ. Es handle sich darum, sagte Rohn, ihnen die humanistisch-gesellschaftliche Dimension des Lebens in einer Art nahezubringen, die sie anspreche und ihre höhere Bildung fördere. Man müsse um ihre Aufmerksamkeit werben, aber den Stoff nach wissenschaftlichen Gesichtspunkten ihnen nahebringen. Rohn sagte, in seinen Augen sei diese «Section libre» der Hochschule eine Art schweizerisches Collège de France; er habe sich bemüht, aus ihr ein kleines Collège Helvétique zu machen. Sie biete den Professoren, als Kompensation für ihre Lehrtätigkeit, Gelegenheit und Zeit, sich ihren persönlichen Arbeiten zu widmen. Der Nachteil sei, daß ich an dieser Hochschule nicht Historiker ausbilden könne. Es gebe keine Doktoranden in meinem Fach; aber den Fachstudenten der Zürcher Universität stehe es frei, diese Vorlesungen zu besuchen. Ich würde mich vor allem bemühen müssen, das Interesse von zukünftigen Architekten, Ingenieuren, Physikern, Chemikern und Mathematikern, auch von Agronomen, für geschichtliche und politische Fragestellungen zu wecken und ihnen Begriffe einer Philosophie der Geschichte und Politik nahezubringen. Daß gerade ein solcher Lehrauftrag meiner eigenen historischen Gedankenrichtung und meinem in Paris geübten interdisziplinären Denken entgegenkam, konnte ich dem Präsidenten Rohn mit gutem Gewissen versichern. Er war Genfer, wir sprachen französisch.

Die Sache gab in der Schweiz mehr zu reden, als mir lieb war. Es wäre «ärgerlich», schrieb ich nach dem Berner Jubiläum, «wenn aus der Kandidatur am Poly eine politische und konfessionelle Angelegenheit gemacht würde». Ein Freiburger Katholik und ein zu den extremen Rechtskreisen gehörender Neuenburger, die beide an den Universitäten dieser Kantone lehrten, bewarben sich um den gleichen Lehrstuhl; desgleichen ein Genfer. Da ich weder Privatdozent war noch aus der Suisse romande stammte, sondern als ein zweisprachiger «Grison de Paris» etikettiert wurde, war ich mit einem Handicap im Rennen. Da erhielt ich überraschend von der Universität Lausanne eine Anfrage, ob ich mich für einen «halben Lehrstuhl» für Geschichte interessieren würde. Nachdem mich eine kantonale Universität der französischen Schweiz für würdig befunden hatte, mich zu berufen, wurden Bedenken, die laut geworden waren, mir an der einzigen eidgenössischen Hohen Schule einen französischen Lehrstuhl anzuvertrauen, zerstreut. Die Inhaber der Lehrstühle für französische und italienische Literatur, Charly Clerc und Giuseppe Zoppi, hatten meine Wahl warm befürwortet.

Bald nachdem der Schrecken des Attentates von Marseille vorüber war, erkrankte ich an einer Bronchitis. Ich war noch schwach auf den Beinen, als am 20. Oktober Herr Rohn mich und meine Mutter zur Teestunde in meiner Wohnung aufsuchte. Am nächsten Tag besuchte ich ihn in seinem Hotel. Er hatte Erkundigungen über mich eingezogen – bei Seignobos, Berr, Muret, Dunant usw. Rohn befürwortete ohne Zweifel meine Kandidatur, aber er mußte sich gegen Einwände aus den Kreisen des Schulrates und des Bundesrates, auch aus der Öffentlichkeit, absichern. Ich hatte mich mit meiner Zeitungsschreiberei politisch exponiert und war bei den nazifreundlichen «Fronten» in der Schweiz unbeliebt. Zwei Fragen des würdigen Mannes erstaunten mich; aber sie waren für die damalige Anfälligkeit der Schweiz für die Ideologie der diktatorischen Nachbarländer bezeichnend: 1. Es werde behauptet, sagte Rohn, ich hätte «des accointances juives». Ich entgegnete, wenn mein Vater ein Jude gewesen sei oder meine Mutter, die er gesehen habe, eine Jüdin sei, oder wenn der Bruder meiner Großmutter, der verstorbene Bundesrat von Bavier, ein Jude gewesen sei, oder mein Onkel, der gewesene Generalstabschef von Sprecher, dann sei ich allerdings ein Jude. Rohn lächelte. Ich sagte ihm, unter meinen Lehrern, Bekannten und Freunden befänden sich mehrere Juden, aber ich hätte das nie für belastend gehalten. 2. Es werde auch gesagt, fuhr Rohn fort, ich sei Freimaurer. Ich verneinte und bemerkte dazu, ich gehörte auch nicht einer politischen Partei an. Aber die Achtung der bürgerlichen und religiösen Freiheiten sei für mich eine Selbstverständlichkeit. Ziemlich ungehalten fragte ich Herrn Rohn, wer solche Behauptungen aufgestellt habe? Er wollte es mir nicht sagen: «Sehen Sie, auch von mir wird oft behauptet, ich sei Freimaurer, obschon es nicht stimmt. Als ich das jemandem sagte, der mich danach gefragt hatte, erwiderte er, das müsse aber doch geheim gehalten werden. Darauf sagte ich ihm: Sie halten mich also für einen Lügner?» Das seien unangenehme Dinge, über die in der Schweiz zu viel geredet werde; ich solle mich nicht kränken, er sei froh, daß er das habe klären können.

Am 18. Dezember erhielt ich folgendes Telegramm: «Conseil Ecole propose au conseil fédéral votre nomination professeur histoire. Rohn.» Am 26. Januar 1935 beschloß der Bundesrat meine Ernennung. Ich war dreiunddreißig Jahre alt. Ich schrieb in meinen Terminkalender: «Ce sera un changement complet, et de mes habitudes, et du décor de ma vie, et de mon activité personnelle. L'essentiel est de ne pas perdre pied à cette sorte de volte-face et de rester soi-même sous un autre déguisement» (31. Januar 1935).

Neun Jahre waren verflossen, seitdem ich meinen Wohnsitz in Paris aufgeschlagen hatte. Ich blieb noch drei Monate dort, ehe ich meinem liebenswürdigen Kollegen Dr. Max Konzelmann, bei dem ich in Le Raincy gern verkehrt hatte, mein Amt als «Bund»-Korrespondent übergeben, auch die Ämter im Leitenden Ausschuß der Auslandpresse und im Schweizerhaus der *Cité universitaire* an geeignete Nachfolger abtreten konnte. Gleichzeitig bereitete ich meine Vorlesungen für das Sommersemester vor. Seignobos erteilte mir wertvolle Ratschläge, denn er war auf dem Gebiete des

Geschichtsunterrichts der beste Pädagoge, den ich kannte. Mit Dr. Thiercelin, den ich über Neujahr in Nizza besuchte, wo er den Winter zu verbringen pflegte, besprach ich das Thema meiner Zürcher Antrittsvorlesung. Ein junger französischer Absolvent der Eidgenössischen Technischen Hochschule, Claude Bourdet – der bis heute eine politische Rolle in Paris spielt –, gab mir mit seinen Schilderungen einen Vorgeschmack des Milieus und des Lehrbetriebes an einem Ort, der mir noch völlig unbekannt war. Von Zürich sagte Bourdet, es sei eine «ville hermétique», in sich geschlossen und unzugänglich, was allerdings geeignet war, mich ein wenig zu erschrecken. Aber schließlich kann man überall auf der Welt leben und arbeiten – und die Berufung auf einen Katheder einer angesehenen Hochschule war denn doch «mirakulös», wie Korrodi gesagt haben würde; sie gab übrigens seiner Prophezeiung recht.

Ich war freilich kein Grüner Heinrich, der in seine Vaterstadt heimkehrte. Ich kehrte wohl in die Schweiz zurück, aber in eine Stadt, in der ich fremd war. Der väterlich wohlwollende Minister Dunant merkte mir bei meinem Abschiedsbesuch die Bangigkeit an, die mir diese Übersiedelung bereitete. Er bemerkte scherzend: «Die Großherzogin von Gerolstein in Offenbachs Operette war eine kluge Frau. Sie sagte: ‚Wenn man nicht hat, was man liebt, muß man lieben, was man hat.‘ » – «Et puis», schloß er seine Ratschläge, «vous épouserez une jeune et jolie Zurichoise.»

Henri Berr veranstaltete für mich ein Abschiedsessen, zu dem er meine besten Kameraden vom «Centre de Synthèse» eingeladen hatte. Die Pange luden mich mit Louis de Broglie zum Mittagessen ein; der Nobelpreisträger für Physik interessierte sich für die Verhältnisse an der Eidgenössischen Hochschule, wo Wolfgang Pauli das Fach der theoretischen Physik vertrat.

Ich hatte in den letzten Monaten in Paris wiederholt mit Erkältungskrankheiten und Grippeanfällen zu kämpfen gehabt. Es war offenbar an der Zeit, daß ich einer Tätigkeit, die an meinen Kräften zehrte, entsagen mußte. Es gab viel Abschiednehmen, was mir nicht leicht fiel, aber ich versprach, wiederzukommen. Die Wohnung hatte ich geräumt, mit den Möbeln und den Büchern brachte ich als Umzugsgut auch einen großen holländischen Leuchter mit in die Schweiz, der seither im Saal in Brunegg hängt. Ich verließ Paris am 12. April 1935 und begab mich zunächst nach Bern. Dort befand sich nach wie vor mein heimatlicher Ankerplatz im Elternhaus der Nydeckkirche gegenüber, wo meine Mutter und mein Bruder wohnten. Ich hatte nicht nur eine Stadt verlassen, ich hatte einer Welt entsagt, in der ich mich wohl gefühlt hatte wie der Fisch im Wasser.

V. RÜCKKEHR

37. NEUBEGINN

Als ich Ende April 1935 in dem von Semper erbauten Hauptgebäude der Eidgenössischen Technischen Hochschule meine ersten Vorlesungen hielt, kam mir in Zürich alles «furchtbar neu vor: Stadt, Umgebung, Schule, Menschen – fast alles!». Ich war im Kreise des Lehrkörpers der jüngste Ordinarius: «Für die neuen Kollegen bin ich eigentlich zu jung, aber als Kamerad für die Studenten bereits zu alt. Eine komische Situation, in der ich mich erst im Laufe der Zeiten zurechtfinden werde.» Nach Strohls Voraussage mußte ich mein Amt an der E.T.H. «als eine Gelegenheit auffassen, zu meiner eigenen Erbauung zu forschen und zu arbeiten». Dieser Vorteil wog die Nachteile auf, die darin bestanden, daß eine Professur an der sogenannten «Freifächerabteilung» nicht dazu da war, Fachleute der Geschichtswissenschaft auszubilden.

Rückblickend kann ich ohne Einschränkung bekennen, daß mir dieser Auftrag zur Weiterbildung junger Menschen Befriedigung bereitet hat. Zwar war das höhere Bildungswesen, wie es im Rahmen dieser (und auch anderer) Hochschulen organisiert war, für diesen Zweck nicht eben gut gerüstet. Die Abgrenzungen zwischen den Abteilungen oder Fakultäten bezweckten, Fachleute auszubilden. Anders die Freifächerabteilung; sie zählte zehn oder zwölf Lehrstühle, auf denen Philosophie, Geschichte, Kunstgeschichte, Sprachen und Literaturen, Nationalökonomie und Rechtswissenschaft gelehrt wurden. Für die Architekturstudenten war Kunstgeschichte, für die Ingenieure waren Wirtschafts- und Rechtswissenschaft Pflichtfächer; die andern Vorlesungen an der Freifächerabteilung waren fakultativ.

Es handelte sich letzten Endes darum, was jeder Lehrstuhlinhaber aus seinem Unterricht zu machen verstand. Da uns keine Lehrpläne vorgeschrieben waren, konnten wir sowohl bei der Stoffwahl als auch in bezug auf das methodische und didaktische Vorgehen unsere Lehrtätigkeit nach eigenem Gutdünken gestalten. Der vortreffliche Professor der Philosophie, Fritz Medicus, ein gebürtiger Deutscher, dessen Freundlichkeit und Ratschläge hilfreich waren, sagte mir: «Wenn die Studenten Probleme haben, besuchen sie eine philosophische Vorlesung, sonst bleiben sie weg.»

Ich entdeckte unschwer, daß in den Zeitläuften, in denen wir uns befanden, die Studenten politische Probleme hatten, so daß ich meine pädagogische Aufgabe darin erblickte, die historischen Voraussetzungen zum Verständnis der Politik beizutragen. Daß «der politische Sinn vollständig fehlt, wenn der historische Sinn nicht vorhanden ist», wie sich ein von mir in meiner Antrittsvorlesung zitierter Franzose ausdrückt, bedarf kaum einer Begründung. Ich mußte daher meinen Stoff vornehmlich der neueren und neuesten Geschichte entnehmen; sogar das Kolleg über Napoleon und sein Reich, das ich in meinem ersten Semester ankündete, war zu weit entfernt von den studentischen Bedürfnissen. Aber die Vorlesung, die ich Jahr für Jahr unter dem Sammeltitel *«Questions actuelles»* hielt, fand sogleich Zuspruch. Ich ging in jeder Stunde von einem aktuellen Problem aus, das ich dann aus seinen Prämissen zu erklären und in einen größeren Zusammenhang einzuordnen versuchte.

Bereits nach dem ersten Semester wurde mir klar, daß der Vortrag *ex cathedra*, bei dem man nicht nachprüfen kann, ob und was die Hörer davon aufnehmen, kein genügendes didaktisches Mittel zur Weitergabe des Wissens ist. Ich begab mich zum Schulratspräsidenten Rohn und bat ihn, mir ein Sitzungszimmer der Hochschule zur Verfügung zu stellen, wo ich ein Seminar abhalten könne, «das ich als Konversationsstunde organisieren möchte» (denn in der geistes- und staatswissenschaftlichen Abteilung gab es keine Seminarräume). Ich fand für mein Anliegen das Verständnis des Präsidenten. Die eigentliche Forschungsarbeit allerdings, das Bereiten des Materials, mußte ich privat betreiben, die Fachliteratur und die Arbeitsinstrumente zu Hause benützen. Daß man einen Assistenten haben könnte, ließen wir uns nicht einmal träumen.

Das Kolloquium, das ich regelmäßig unter dem Titel *«Cours pratique de politique et d'histoire»* abhielt, habe ich – in den letzten zehn Jahren meiner akademischen Tätigkeit gemeinsam mit meinem jüngeren Kollegen Herbert Lüthy – mit besonderer Freude durchgeführt. Man nannte damals diese Fachrichtung noch nicht «Politologie» – sie war ein Teil der Zeitgeschichte im Rahmen der Gesellschafts- und Staatswissenschaften. Diese Art des ungezwungenen Gesprächs mit den Studierenden über ein gemeinsam vereinbartes Thema war ein bisher kaum geübtes Mittel des geistigen Austausches zwischen Lehrer und Schülern.

Für kulturgeschichtliche Vorlesungen gab es keine Möglichkeit; die Studenten waren dafür kaum zu gewinnen. Politische Geschichte herrschte vor, selbst die Wirtschaftsgeschichte fand noch nicht den Anklang, der ihr in einer späteren Zeit zu einer – beinahe zur Mode gewordenen – Bedeutung verhelfen sollte. Der ökonomische Faktor in der Geschichte, verbunden mit der gewaltigen Bedeutung des technischen Fortschritts im Industriezeitalter, mußte im Kontext der politischen und sozialen Entwicklung erläutert werden, wozu nun allerdings bei der Studentenschaft einer Technischen Hochschule günstigere Voraussetzungen vorhanden waren als an den ziemlich konservativen Universitäten. Dort ging noch Rankes Geist um, der zu meinem Erstaunen in Zürich mächtiger war als der tiefere und kritischere Jacob Burckhardts, von dem sein Biograph sagt: «Der ältere Burckhardt machte keine Konzessionen mehr an den Standpunkt Rankes und seiner Schule, die den Sieger in weltgeschichtlichen Kämpfen gerne auch als den moralisch Besseren und das Spätere als das Höhere betrachten. Das Pathos von Burckhardts Leben lag geradezu in diesem Widerstand» (W. Kaegi, J. Burckhardt, V, 60). Auf Gewalt, Krieg, Revolution folgen in der Regel neue Zustände und Rechtsverhältnisse, und «die Menschheit», sagt Burckhardt, «hat ganz einfach zu dem Gewaltakt ihre heilenden Kräfte herbeigebracht und sich wohl oder übel darauf eingerichtet» (1880, Werke VII, 292). Die an unseren Universitäten üblichen mehrstündigen Vorlesungen, in denen der chronologische Ablauf der Geschichte, den man doch in den Handbüchern nachlesen kann, erzählt wird, habe ich nie gehalten; ich zog die analytisch-kritische Behandlung ausgewählter Sachgebiete vor.

Meine eigene Lehrzeit in Berlin und Paris hatte die Grundlage für meine Stoffwahl geschaffen. Ich «las» über die Ursachen des Weltkrieges, über diesen selbst und seine Folgen; die in Frankreich gesammelten Kenntnisse gestatteten mir, über die Kolonialgeschichte Afrikas ein Kolleg zu halten, desgleichen über den Fernen Osten und die Pazifische Frage. Die zahlreich an unserer Hochschule studierenden Welschschweizer und Franzosen waren empfänglich für Themen aus der neueren Geschichte Frankreichs. Ich führte meine Hörer auch in die britische und die amerikanische Geschichte ein. Da mich auch immer die Rolle des Individuums im Staat und in der Gesellschaft beschäftigt hat, unternahm ich den Versuch, anhand verschiedener Beispiele das Verhalten, die Psychologie, die Wirkungsmöglichkeiten bedeutender Staatsmänner und die Grenzen, die ihnen gesetzt sind, in den Kreis meiner Betrachtungen einzubeziehen. (Ich plante damals ein Buch über Clemenceau, zumal ich in Paris Gelegenheit gehabt hätte, mit seinen noch lebenden Mitarbeitern zu sprechen; die politische Entwicklung der nächsten Jahre verhinderte die Ausführung dieses Planes.) Gleichsam als Gegenpol zu solchen

Stoffen hielt ich eine Vorlesung über die Russische Revolution. Zu meiner Überraschung hörte ich in Zürich den Vorwurf, ich mache Propaganda für den Bolschewismus; ein durchschnittlicher Verstand kann anscheinend nicht unterscheiden zwischen der Analyse eines bedeutenden historischen Ereignisses (das damals bereits an die zwanzig Jahre zurücklag) und einer politischen Parteinahme. Freilich wäre in dem benachbarten Hitler-Deutschland ein sachgerechtes Kolleg über dieses Thema kaum denkbar gewesen...

Über ungenügenden Zuspruch hatte ich mich nicht zu beklagen. Ich hatte die Genugtuung, daß trotz der französischen Unterrichtssprache die deutschschweizerischen Studenten zahlreich und auch Studierende der benachbarten Zürcher Universität im Hörsaal anwesend waren. Diese öffentlichen Vorlesungen wurden auch von Hörern aus der Stadt besucht. Daß das historisch-politische Kolloquium in einem verhältnismäßig kleinen Kreise stattfand, war dem vorgesetzten Zweck eher förderlich.

Ich betrachtete es als eine Chance in meinem Leben, daß ich, so unerwartet es für einen in technischen Dingen ganz unbewanderten Menschen wie mich sein mochte, meine Lehrtätigkeit an einer Technischen Hochschule ausüben konnte. Die Spezialisierung auf ein bestimmtes Fach bringt immer die Gefahr der Einseitigkeit mit sich, die für andere Wirklichkeiten blind macht. Zwar war es ausgeschlossen, die der Technik und den Naturwissenschaften zugrundeliegenden Disziplinen mir anzueignen; aber ich hatte Gelegenheit, den Stellenwert und die Funktion dieser anderen Wirklichkeiten in der Gesamtheit der Gesellschaft verstehen zu lernen. Freilich hatte das kühle Gebäude der Hochschule, das auf einer Anhöhe über der Altstadt erbaut ist, zunächst etwas Einschüchterndes für mich. Einmal mehr wurde meine Anpassungsfähigkeit auf eine harte Probe gestellt. Aber der Rektor, der Mathematiker Michel Plancherel, nahm mich bei meiner Ankunft in Zürich freundlich auf; er ließ es sich nicht nehmen, mit mir einen Rundgang durch die verschiedenen Gebäude, Laboratorien, Institute, Maschinensäle und Versuchsanstalten der E.T.H. zu machen und mich den gelehrten Fürsten, die über dieses geheimnisvolle Reich herrschten, vorzustellen. Der Chemieprofessor Ruzicka, ein gebürtiger Kroate, war Nobelpreisträger. Wolfgang Pauli, der theoretische Physiker, der aus Wien stammte und mit dem ich mich befreundete, erhielt diese Auszeichnung nach dem Kriege. Auch zu der anziehenden Persönlichkeit Paul Scherrers, dessen beliebte Vorlesung über experimentelle Physik ich besuchte, trat ich in eine lebenslange Beziehung, desgleichen zu Professor Tank, einem Pionier auf dem Gebiete der Elektronik.

Die Hochschule war noch überblickbar, es gab nur um die siebzig ordentliche Professoren, dazu ein paar außerordentliche Professoren, Privatdozenten und Lehrbeauftragte, und nicht viel mehr als zweitausend Studenten. Der als Turbinenbauer berühmte Aurel Stodola, ein Slowake, dessen Bruder dem Senat der Tschechoslowakischen Republik angehörte, lebte bereits im Ruhestand; er forderte mich auf, ihn zu besuchen, denn er war an vielen Dingen, auch an Philosophie, interessiert. Politisch gehörte er der sozialdemokratischen Partei an. Auf seine Anregung richteten er, Professor Dietrich Schindler von der Universität und ich ein Gesuch an die zuständige Instanz, den Friedens-Nobelpreis Albert Schweitzer zuzusprechen. Wir wurden für dieses Vorgehen belächelt – doch viele Jahre später, als sein Verehrer Stodola schon lange tot war, erhielt dieser glaubensstarke Menschenfreund und Tropenarzt diese hohe Auszeichnung.

Ich war in Henri Berrs «Centre International de Synthèse» oft mit Professoren der Physik, der Biologie und anderer naturwissenschaftlicher Richtungen zusammengetroffen und an das interdisziplinäre Gespräch gewöhnt, was mir die Anpassung an die neue Umgebung erleichterte. Mit

Jean Strohl, dem Professor für Biologie an der Zürcher Universität, pflegte ich freundschaftlichen Verkehr. Bei unserem letzten Zusammensein in Paris hatte er mir gesagt: «Nous aurons besoin l'un de l'autre pour nous consoler l'un l'autre.» In der Unzugänglichkeit und Dürre der Zürcher Umgebung war das manchmal nötig. Leider starb Strohl verhältnismäßig jung 1942.

Anregend und offen war die internationale Atmosphäre unserer Hochschule. Im Vorwort zu einem «Führer» durch die Eidgenössische Technische Hochschule, der 1930 zum 75jährigen Bestehen dieser Anstalt erschienen war, sagt Arthur Rohn: «Von jeher ist die E.T.H. ein ausgesprochen internationales Zentrum für höhere technische Studien gewesen. Zeitweise war die Zahl der ausländischen Studierenden größer als diejenige der einheimischen. Die Beziehungen, die in den Räumen der E.T.H. zwischen Vertretern aller Staaten gepflegt werden, bieten eine gute Einführung in die Mentalität anderer Völker, d.h. eine zweckmäßige Vorbereitung auf die zukünftige Arbeit des Ingenieurs, der ja im allgemeinen dazu berufen ist, sich weit über die Landesgrenzen hinaus zu betätigen.» Rohn selber war in jungen Jahren als Ingenieur in einer russischen Industriestadt an der Wolga, in Zarizyn, tätig gewesen; unter ihrem neuen Namen Stalingrad wurde diese Stadt im Zweiten Weltkrieg durch ihren heroischen Widerstand berühmt. Zu der von vielen Deutschschweizern allem Fremden gegenüber geübten mißtrauischen Distanzierung schufen Wissenschaft, Technik und Wirtschaft in der Schweiz eine notwendige Korrektur.

Unsere Freifächerabteilung besaß einige bedeutende Ahnen. Bei der Gründung der «Polytechnischen Schule» 1855 befanden sich auch politische Flüchtlinge unter den Professoren. Der Italiener Francesco de Sanctis ist in seinem Lande als großer Literaturkritiker unvergessen. Der Professor für französische Literatur, Challemel-Lacour, ein

Gegner Napoleons III., wurde unter der Republik französischer Botschafter in London und Nachfolger Renans in der Académie française; er hatte in Frankreich die Philosophie Schopenhauers bekannt gemacht. Der Süddeutsche Friedrich Theodor Vischer, Verfasser des Romans «Auch Einer», verkehrte in Zürich, wie Kinkel, Semper und Richard Wagner, mit Gottfried Keller. Semper hat später in Wien die großen Museumsbauten ausgeführt. Am Polytechnikum fand auch Jacob Burckhardt sein erstes Lehramt, das er zur Vorbereitung seiner «Kultur der Renaissance» benützte; in italienischer Sprache hielt er Vorlesungen für die Tessiner Studenten. Unter den früheren Inhabern meines Lehrstuhls befanden sich ein Franzose und zwei Genfer. Mein Kollege Charly Clerc, in dessen Hause ich eine gastfreundliche Aufnahme fand, hatte den Lehrstuhl Paul Seippels, des Verfassers des in Frankreich vielbeachteten Buches *«Les deux Frances»,* inne. Clercs mitteilsames und verbindliches Temperament förderte in Zürich die Kenntnis der modernen französischen Literatur.

Geschichte in deutscher Sprache hatte bis wenige Jahre vor meiner Ernennung Alfred Stern gelehrt; er war dank seinem gewichtigen Werk ein international angesehener Historiker, erhielt jedoch nach seinem Tode in seinem deutschen Vaterland, wo Hitler regierte, keinen Nachruf, da er Jude war. Sein Nachfolger war Karl Meyer, dessen Vorlesungen ich in Bern gehört hatte; er dozierte gleichzeitig an der Universität Zürich Geschichte des Mittelalters. Obgleich Karl Meyer keine persönliche Welterfahrung besaß, hatte er sich mit eisernem Fleiß ein großes Wissen angeeignet; seine stark dialektisch gefärbte Beredsamkeit, die eine zahlreiche Hörerschaft anlockte, war von der Art eines rauschenden Wildwassers aus seiner innerschweizerischen Heimat. Das Gespräch und der Gedankenaustausch freilich waren seine Sache nicht. Meyer war kein umgänglicher Mensch, er sprach auch zu seinen Kollegen mit einer lauten

Stimme, die keine Entgegnung zuließ – was mich an einen Ausspruch Bismarcks erinnerte, der von Heinrich von Gagern sagte: «Er sprach mit mir wie zu einer Volksversammlung.» Als leidenschaftlicher Rufer im Streit gegen den Nationalsozialismus stärkte Karl Meyer den Widerstand gegen ähnliche Strömungen in der Schweiz. Aber in unserem Kreise war er ein einzelgängerischer, alle Dinge überbetonender Geist, von dem unser nüchterner Fachkollege Gottfried Guggenbühl zu mir sagte: «Er macht aus einem Frosch einen Elefanten.» Seine Vorlesung über Weltgeschichte im Überblick war als eine universalhistorische Leistung verdienstvoll; obgleich meine eigenen Bemühungen um die Geschichtssynthese in eine ähnliche Richtung wiesen, schien er den Unterschied unserer Temperamente so stark zu empfinden, daß zwischen uns keine engere Beziehung zustande kam. Eine solche fand ich zu dem hervorragenden Nationalökonomen Eugen Böhler und in späteren Jahren ganz besonders zu dem ausgezeichneten Germanisten Karl Schmid.

Den berühmtesten Namen in unserem Kreise aber hatte Carl Gustav Jung. Unstimmigkeiten hatten sein Aufnahme in den Lehrkörper der Medizinischen Fakultät verhindert, nachdem Jung als Psychiater am Burghölzli gewirkt hatte. So kam es, daß er sich als Privatdozent an der E.T.H. habilitierte, wo er eine große Gemeinde von Hörern um sich sammelte. Es kam mir grotesk vor, daß ich, ein blutjunger Geschichtsprofessor, dazu berufen war, an einem Beschluß mitzuwirken, durch den unsere Freifächerabteilung den Bundesrat ersuchte, dem großen alten Gelehrten den Professortitel zu verleihen! Es ist hier nicht der Ort, von dieser Persönlichkeit zu sprechen, deren Theorien auf das Selbstverständnis der modernen Menschheit einen Einfluß ausgeübt haben. Jungs Bruch mit Freud hatte auch in Zürich zu Spaltungen im Kreise der Psychologen geführt, die mich an den theologischen Streit der Reformatoren des 16. Jahrhunderts erinnerten. Was ist Arbeitshypothese, was gesicherte Erkenntnis? Jung hat in den ersten Jahren des Nationalsozialismus auf Grund seiner Lehre vom kollektiven Unterbewußten versucht, eine tiefenpsychologische Erklärung dieser Bewegung zu liefern; er führte sie in seinem Aufsatz «Wotan» auf das Erwachen einer archetypischen Vorstellung zurück, was mich in meiner Überzeugung bestärkte, daß im Leben der Völker auf Instinkten beruhende «archaische Reste» und mythische Leitbilder vorhanden sind, die unter der Decke einer fortschrittlichen Zivilisation schlummern, aber in Krisenlagen an die Oberfläche drängen und aktiv werden. Diesen unausrottbaren archetypischen Formen hafte, sagt Jung, «eine numinose und gegebenenfalls Angst erregende Eigenschaft» an. Man hat im Westen auch das archaische Element in den revolutionären Vorgängen in Rußland nicht wahrgenommen und sie bloß auf die Anwendung des Marxismus durch die führenden Berufsrevolutionäre zurückgeführt. Ich nahm gelegentlich an Sitzungen des Psychologischen Institutes teil, wo sich Jung ohne Aufdringlichkeit an der Diskussion eines Referates zu beteiligen pflegte. Aber zu einer ausführlichen und unvergeßlichen Aussprache zwischen uns ist es erst in einem späteren Zeitpunkt gekommen. Ein Beispiel enger Zusammenarbeit zwischen Natur- und Geisteswissenschaften boten Jung und Wolfgang Pauli, den die Erkenntnis, daß in der Physik das Beobachtete vom Beobachter nicht unabhängig ist, zum Studium von Jungs Psychologie führte.

Es war in diesen Jahren, als die Welt den Atem anhielt, von Gutem, daß ich noch einmal Distanz zu den politischen Ereignissen gewinnen und mich im Kontakt mit bedeutenden Menschen und Publikationen dem theoretischen Denken widmen konnte. Ein Passus aus Musils «Mann ohne Eigenschaften» trifft auf diese Situation zu: «Es muß Theoretiker geben. Experimentatoren. Menschen ohne Bindung. Ohne Bedürfnis nach Ja oder Nein. Menschen der Partiallösungen. Man könnte keinem großen Menschen das absolute Regiment in die Hand geben. Er ist Physiker, nicht Techniker. Er blamiert sich. Die Funktion großer Menschen ist eine andere; sie wirken bloß durch vielfache Vermittlung auf das Leben ein. Als große Menschen sind sie wohl auch persönliche Lebensvorbilder, denn es gehört eine große Koordination und Subordination aller Eigenschaften zu ihnen...; aber ihre Lehre ist nicht vorbildlich, sondern richtbildlich und ähnliches. – » Weiter: « Es gibt Zeiten, die den theoretischen Typus begünstigen und solche, die handeln, sehr überzeugt sind, neue Bedingungen schaffen und gewöhnlich alles ruinieren » (Rowohlt-Ausgabe S. 1538).

Zeiten? War in unserem Jahrhundert nicht beides vorhanden? Stalin und Hitler schufen neue Bedingungen und ruinierten viel. Aber an Theoretikern, Physikern, Lebensforschern, Denkern war in der gleichen Zeit kein Mangel. In meiner neuen Umgebung zog mich natürlich der Sektor «Physik» weit mehr an als der Sektor «Technik». Denn wenn man in der Geschichte Sachverhalte und Vorgänge, die sich in Raum und Zeit manifestieren, beobachtet, stößt man – jenseits von Gut und Böse – auf ein physikalisches Phänomen von Massen und Kräften, die innerhalb der menschlichen Kollektivitäten und zwischen den Staaten als Machtkonflikte in Erscheinung treten. Aber wir können sie nicht experimentell nachprüfen, sondern nur das sich Wiederholende und Analoge in der Geschichte vergleichen und typisieren.

Meine Antrittsrede in der E.T.H. war einer Rechtfertigung des Studiums der Geschichte gewidmet. Paul Valéry hatte in seinen kurz zuvor veröffentlichten *«Regards sur le monde actuel»* der Geschichte ihren wissenschaftlichen Rang abgesprochen, was mir den Ansatzpunkt für eine « Widerlegung » bot. Ich hätte nicht gewagt, einen Lehrstuhl einzunehmen, wenn ich nicht ein genügendes Vertrauen zum Sinn und Zweck meines wissenschaftlichen Tuns gehabt hätte. Valéry wirft der Geschichte vor, sie verwende ungenaue Begriffe, ungefähre Maßstäbe und unkontrollierbare Hypothesen, und sie sei unfähig, den Gegenstand ihrer Forschung und dessen «Qualität» mit einem System von anerkannten Definitionen zu verbinden. Dagegen machte ich geltend, daß es die Aufgabe einer dem Forschungsgegenstand adäquaten Terminologie, Begriffsbildung und Klassifizierung sein müsse, die Abläufe in den gesellschaftlichen Verhältnissen mit annähernder Genauigkeit zu beschreiben. Das geschehe dadurch, daß die historische Forschung die Tatbestände, die sie feststellt, mit bereits bekannten Sachverhalten in Verbindung setzt und die so gewonnenen Erkenntnisse in das Erbe der geistigen Menschheitserfahrung einzureihen trachtet; die Geschichte wäre in der Tat nicht eine Wissenschaft, wenn sie sich als unfähig erwiese, den Staub winziger Fakten zu ordnen, indem sie sie mit allgemeinen, klar definierten Begriffen in Verbindung setzt. Es gibt, wie Toynbee sagt, «microscopical historians« und «synthesizers» – die einen haben die andern nötig.

Der Vergleich mit den naturwissenschaftlichen Methoden fällt allerdings zuungunsten der Sozialwissenschaften aus. Aber es besteht eine Verwandtschaft zwischen den verschiedenen «Wissenschaften vom Leben», gleichviel ob sie sich auf das Leben der Natur oder auf das der menschlichen Individuen und Kollektivitäten bezieht. Wie die Biologie, die Psychologie und die Medizin kann die Geschichte nicht auf mathematische Formeln reduziert werden; doch gestattet uns die Geschichte, die eine empirische und deskriptive Wissenschaft ist, die gesellschaftlichen Vorgänge im Ablauf der Zeit verständlich zu machen und uns von der Kultur und der Politik, die die Gesellschaft hevorbringt, eine zutreffende Vorstellung zu vermitteln. Auf Grund sorgfältiger historisch-vergleichender Erhebungen sollte es auch möglich sein, eine Diagnose der Gegenwart zu stellen und – mit gebotener Vorsicht – eine Prognose zu versuchen: «Natürlich kann man nicht die Zufälle und Zwischenfälle der Geschichte voraussehen. Aber man kann die Umstände der Zeit und des Ortes kennen, unter denen sie sich ereignen, und ihre Bedeutung verstehen.» Dies meine damaligen Ausführungen.

Heute würde ich meinen, daß die Geschichte auch etwas Einmaligeres, Lebenswärmeres, Konkreteres ist, das von Menschen und Sachen berichtet, wie Golo Mann zutreffend sagt, und die Darstellungsgabe und Erzählfreudigkeit des Historikers auf den Plan ruft. Denn der Geschichtschreiber ist auch Epiker. Aber in dem Hause, wo ich vor vierzig Jahren zu lehren unternahm, war mir daran gelegen, die methodologische und systematisierende Seite meines Faches hervorzuheben. Ich erwähnte in meiner Antrittsvorlesung, daß in der Versuchsanstalt für Wasserbau unserer Hochschule der Direktor dieses Institutes, der mir das Modell eines Flußlaufes erklärte, gesagt habe, daß ihn dieses Experiment leidenschaftlich errege, weil es eine Menge Unbekannter enthalte. «Aber ja», rief ich aus, «unsere Experimente sind erregend, denn sie sind voll Unbekannter!» Jetzt würde ich lieber mit Burckhardt sagen, statt des Glükkes sei das Ziel der Fähigen die Erkenntnis.

Nach fünf Semestern, in denen ich mich in meine neue Aufgabe eingelebt hatte, schrieb ich in einem Brief: «Die Vorlesungen sind ja auch eine größere Ausgabe, als man gemeinhin annimmt. Es geht immer etwas von der Substanz in diese Vorträge, die ich vorher zum großen Teil niederschreibe. Ich hätte mehr Bücher geschrieben, wenn ich nicht seit vielen Jahren die Gedanken in Kleingeld wechseln und als Journalist und als Professor ausgeben müßte... Solche Berufe sind Grenzgebiete zwischen dem Geistigen und dem Sozialen – ich war ja stets in Grenzgebieten zu Hause und nie ganz in Einem, nie im Zentrum einer Sache, sondern dort, wo die Übergänge sind: zwischen zwei Sprachen, zwischen mehreren Kulturen, zwischen den Parteien und Meinungen, zwischen der Ergriffenheit und dem Verstand, zwischen der Liebe und der Selbstgenügsamkeit. Vielleicht ist das auch ein Weg, der zur Unabhängigkeit des Urteils, zur Selbständigkeit der Persönlichkeit führt. Mögen solche Neigungen auch unzeitgemäß sein, wo nachgerade jeder meint, er müsse irgendwo mit-, mit irgend jemandem zusammen-marschieren: man kann nichts gegen seine Natur, *on ne peut que tirer le meilleur parti de ce qu'on a et de ce qu'on est»* (an Nanny Wunderly-Volkart, 3. Oktober 1937).

38. EINE BÜRGERLICHE STADT

Ich kann nicht leugnen, daß mir die Gewöhnung an das Leben und die Menschen in Zürich zunächst schwer fiel. Es vergingen mehrere Jahre, ehe ich mich zugehörig fühlte. Einem zugereisten Auslandschweizer, der nicht in dieser Stadt geboren und zur Schule gegangen war, wurde es nicht leicht. Wenn er aus dem angelsächsischen Kulturkreis gekommen wäre, mit dem Zürich wahlverwandt ist, statt aus dem romanischen, der dieser Stadt wesensfremd vorkommt, wäre es vielleicht einfacher gewesen. Dazu kam, daß die Professoren der Eidgenössischen Technischen Hochschule – was Kurt Guggenheim in seinem großen Zürcher Roman anmerkt – von der Einwohnerschaft als ein zwar geachtetes, aber fremdes Element betrachtet und behandelt wurden. Sie stehen als «Bundesangestellte», anders als die Universitätsprofessoren, in keinem Abhängigkeitsverhältnis von den Zürcher Behörden; sie gehören gleichsam einem andern Staat, der Eidgenossenschaft, an, die ihr Verwaltungszentrum in Bern hat. Es ergab sich aus dieser Lage, daß ich in meinem Leben zwar oft im Bundeshaus in Bern, aber kaum je am kantonalen Regierungssitz in Zürich etwas zu tun hatte.

Die Trennung zwischen Kanton und Bund wirkte sich

auch auf meine politische Stellung aus. Es war nicht üblich, daß ein Professor der E.T.H. am öffentlichen Leben der Stadt oder des Kantons Zürich aktiv mitwirkte. Weil wir vom Bundesrat ernannt waren, war unser Amt aber auch unvereinbar mit einer Zugehörigkeit zum schweizerischen Nationalrat; es war vorgekommen, daß ein Professor der E.T.H. auf seinen Lehrstuhl verzichten mußte, weil er sich ins Parlament hatte wählen lassen. Ich fand nach meiner Rückkehr in die Schweiz eine Lage vor, in der die Spaltung zwischen den bürgerlichen Parteien und den Sozialdemokraten noch tief war, was mit ein Grund war, daß ich mich von diesen Auseinandersetzungen fernhielt. Natürlich interessierte ich mich lebhaft für die Politik meines Landes, das ich von der extremen Rechten weit mehr als von der sozialreformerischen Linken für bedroht hielt. Da mich vor allem die außenpolitische Lage der Schweiz und die internationale Entwicklung beschäftigten, konnte ich mich gelegentlich in Zeitungen und Zeitschriften dazu äußern. Als der Krieg näher rückte und die Abwehr einer äußeren Gefahr die erste Stelle in der nationalen Politik einzunehmen begann, kamen allmählich auch die bürgerlichen und die Linksparteien einander näher. Alter Streit mußte aus Selbsterhaltungstrieb und zur gemeinsamen Verteidigung der demokratischen Daseinsform des vielsprachigen Staates einem Zusammenrücken von ehemaligen Gegnern weichen.

Zürich ist nicht eine gastfreundliche Stadt, und sie war, wie mir einer der angesehensten Stadtzürcher, Professor Max Huber, einmal erklärte, auch nie eine gesellige Stadt. Es sei vielleicht möglich, sagte er, mit einer Familie eine engere Beziehung anzuknüpfen; das führe aber nicht dazu, daß man in der übrigen Gesellschaft «zirkulieren» könne, da die Familien unter sich blieben. Als Ankömmling wurde ich ab und zu in ein gepflegtes Haus zu einem Essen eingeladen; aber nur in wenigen Fällen entstand daraus eine dauerhafte Beziehung zu freundlichen Menschen. Das gesellschaftliche Leben Zürichs spielt sich in der Regel innerhalb von bestimmten Berufs- und Interessenkreisen ab, die gegeneinander fast hermetisch abgeschlossen sind. Der Basler Professor Simonius spottete, als ich dem Ruf nach Zürich folgte, dort seien «Sport und Geschäft» die einzigen Gesprächsgegenstände! Im Unterschied zu Basel und Genf, wo das alteingesessene Bürgertum Professoren in seinen geselligen Kreis aufzunehmen pflegt, bleiben ihnen in Zürich die Häuser der einflußreichen Geldaristokratie verschlossen. Die soziale Schichtung war in Zürich auch von derjenigen Berns grundverschieden, indem sich im 19. Jahrhundert das ehemalige Zürcher Stadtpatriziat mit dem neuen kaufmännischen und industriellen Bürgertum verschmolzen hatte und an dessen wirtschaftlichem Aufschwung sich beteiligte, während in Bern das halb städtische, halb ländliche Patriziat sein Sonderdasein am Rande der modernen Welt beibehalten hatte. Das dürfte der Grund gewesen sein, weshalb wir in unserer Jugend in Bern kaum etwas von Zürich wußten und mit dieser Stadt keine verwandtschaftlichen oder freundschaftlichen Beziehungen bestanden. In Bern wäre es unschicklich gewesen, über Geld zu sprechen, was man auch in den Kreisen, in denen ich in Paris verkehrte, durchaus vermied, so daß mir die zentrale Bedeutung von Gelderwerb und Geldbesitz in Zürich ungewohnt vorkam.

Ich war von Paris her gewöhnt, daß auf wissenschaftlichem und kulturellen Gebiet die Fähigen, ohne Rücksicht auf Herkunft, Berufsstand und Geldbeutel, miteinander verkehrten – und übrigens auch gesellschaftlich begehrt waren. Nichts dergleichen fand ich in Zürich vor. Ein von der Zwinglischen Tradition geprägtes, konservatives Bürgertum, das trotz seiner Wohlhabenheit die zurückgezogene Lebensform eines honorigen Mittelstandes bewahrt hatte, bildete das Rückgrat des sozialen und wirtschaftlichen Lebens. Für eine erfolgreiche bürgerliche Laufbahn, auch für eine solche in den «freien» oder akademischen Berufen, war es von Nutzen, wenn einer den Nestgeruch dieser großen Kleinstadt an sich hatte. Das evangelisch-reformierte Stadtbürgertum hatte ein gutes Gewissen und nicht selten auch jenen «Unfehlbarkeitsdünkel», über den sich schon der aus der Fremde heimgekehrte Held in Spittelers Roman «Imago» beklagt hatte; sein meinungsbildendes Organ war die «Neue Zürcher Zeitung».

Am offensten erwies sich mir ein Kreis von literarisch interessierten Menschen, zu denen Eduard Korrodi, der geistreiche und gelehrte Essayist Fritz Ernst, auch der Professor für Kunstgeschichte an der Universität, Gotthard Jedlicka, gehörten, der jahrelang in Paris gelebt und im deutschen Kulturraum die Malerei von Toulouse-Lautrec bekannt gemacht hatte. Man traf im Café Odeon oder im Restaurant Kronenhalle zusammen. Etwas später bildete sich auch ein in regelmäßigen Abständen zu einem Nachtessen im «Kappelerhof» zusammentretender Kreis, in dem ich mich mit den «Weltwoche»-Redaktoren Karl von Schumacher und Manuel Gasser, dem Physiker Wolfgang Pauli, dem Arzt Dr. Haemmerli-Schindler, einem emigrierten deutschen Schriftsteller, Bernard von Brentano, und anderen traf. Schon in meinem ersten Jahr lernte ich Emil und Emmie Oprecht kennen, die in ihrem «Europa-Verlag» Werke von emigrierten deutschen Schriftstellern herausbrachten. Mit Herbert Binswanger erneuerte ich unsere vertrauensvolle Jugendfreundschaft.

Eine Überraschung bedeutete für mich das Fehlen von Beziehungen zwischen der Eidgenössischen Technischen Hochschule und der Universität Zürich. Natürlich fand ich die mir aus früheren Jahren bekannten Professoren wieder: meinen ehemaligen Berner Lehrer Theophil Spoerri, die Historiker Ernst Gagliardi und Hans Nabholz und den wohlwollenden Robert Faesi, der ein gastfreundliches Haus führte. Das waren persönliche Kontakte, die keinerlei Einfluß auf die Beziehung zwischen den Lehrkörpern der beiden Hochschulen hatten; zwischen diesen fehlte es an wissenschaftlicher Zusammenarbeit und am Willen zur Kooperation. Für meine Forschungen mußte ich mich hin und wieder an die Institute und Bibliotheken anderer schweizerischer oder ausländischer Universitäten wenden. Der Mathematiker Rudolf Fueter, dem ich in Paris bei der Organisierung von Le Corbusiers Haus in der *Cité universitaire* behilflich gewesen war, sagte mir eines Abends: «Die Professoren der Universität können aus sozialen Gründen nicht mit ihren Kollegen der E.T.H. verkehren.» Ich muß ein ziemlich verdutztes Gesicht gemacht haben, denn hastig fügte er hinzu, das gelte natürlich nicht für mich; ich wollte jedoch keine Ausnahme bilden und befleißigte mich fortan den Universitätskollegen gegenüber einer angemessenen Zurückhaltung. Unlängst sagte mein ehemaliger Kollege der «Freifächerabteilung» Karl Schmid von ihnen: «Diese Herren nehmen uns nicht zur Kenntnis.» Briefe von Ausländern an mich, die den Unterschied zwischen den beiden Zürcher Hochschulen nicht kannten und sie an die Universität adressierten, wurden vom dortigen Rektorat mit der Aufschrift versehen: «Hier unbekannt. Zurück an den Absender.» Die schweizerische Postverwaltung hatte mehr Sinn für Schicklichkeit und stellte mir diese Briefe in meiner Wohnung zu.

Die Bedeutung und der Erfolg Zürichs in der Welt beruhen auf dem Gebiete der Wirtschaft. Handel und Industrie, Banken und Versicherungsgesellschaften hatten diese Stadt groß gemacht und ihren Reichtum begründet. Sie war und ist in erster Linie eine Kaufmannsstadt. Ich schilderte einmal unserem ehemaligen Volkswirtschaftsminister, Bundesrat Hans Schaffner, mit dem ich von Bern her bekannt war, diese eigenartige Mischung von verschlossener Haltung und wirtschaftlicher Dynamik des Zürcher Bürgertums; ich sagte, es wundere mich, daß Menschen, die sich dem Fremden gegenüber abweisend verhalten, keinen weltmännischen Zuschnitt haben und von Natur mißtrauisch und ängstlich sind, eine bedeutende Wirtschafts- und Finanzmacht aufbauen und mit der ganzen Welt Geschäftsbeziehungen anknüpfen konnten. Schaffners Antwort habe ich nicht vergessen: «Sie haben recht mit Ihrer Charakterisierung der Zürcher, aber sie haben so viele Tugenden!»

Sauberkeit, Zuverlässigkeit, Ordnungssinn, Sparsamkeit, Fleiß, Tüchtigkeit, Rechtschaffenheit, ja sogar, wenn es den geregelten Ablauf des öffentlichen Lebens nicht stört, Toleranz, sind einige dieser Tugenden. Geduld und Ausdauer im werktätigen Leben sind ein bürgerliches Erbgut. Das Frühaufstehen ist die allgemein befolgte Regel, man telephoniert von 7 Uhr an, und der Feierabend ist wohlverdient. Bis in die jüngste Zeit gab es in Zürich kein Nachtleben. Kurz, Zürich ist eine ideale Arbeitsstätte. Mit einer hübschen Wendung sagte Manuel Gasser, der vor kurzem an einem vom Stadtpräsidenten zu seinen Ehren veranstalteten Essen dieser Stadt seinen Dank abstattete, in Zürich könne man arbeiten, weil die andern auch arbeiten; man werde nicht von Leuten gestört, die nichts zu tun haben. Ich habe in der Tat selten in Zürich Leute getroffen, die nichts zu tun hatten. Selbst das Musische wird mit dieser fleißigen Gewissenhaftigkeit, die den Sinn für Qualität mit einschließt, betrieben. Das Bildersammeln hat aus Zürich eine Kunststadt gemacht. Sowohl die Privatsammlungen als auch die Bestände des Kunsthauses enthalten nicht nur traditionell Erlesenes, sondern auch dem modernen Schaffen Verpflichtetes. Nicht weniger eifrig wird auch das musikalische Leben gefördert. Zürich ist zwar nicht eine von Natur musische Stadt, etwas von ihrem didaktischen Geist und von der Berechnung aller, auch der künstlerischen Werte mischt sich in diesen Kulturbetrieb – aber das Ergebnis ist bemerkenswert. Kein Wunder, daß Maler, Bildhauer, Komponisten, Musiker, Schriftsteller aus der ganzen

Schweiz, einige auch aus dem Ausland, sich in Zürich niedergelassen haben.

An meinem neuen Wohnort kamen sowohl mein Bedürfnis nach ungestörter Arbeit als auch meine kulturellen Interessen auf ihre Rechnung. Bloß für eine politische Betätigung, wofür ich im Ausland Erfahrungen gesammelt hatte, bot meine neue Stellung keine Gelegenheit. Zürich ist keine Hauptstadt, das politische Leben bleibt lokal gebunden. Eine politische Haltung außerdem, die sich kritisch mit landläufigen Meinungen und Vorurteilen auseinandersetzte, geriet leicht in den Geruch unliebsamer Abweichung. Dem Zürcher «Freisinn» waren engere Grenzen gesetzt als meinem eigenen Liberalismus. Ein Artikel zum Beispiel, der in den Spalten der N.Z.Z. erschien und in dem ich das Verhältnis der französischen Volksfrontparteien zur Opposition und die Politik Léon Blums analysierte, wurde mir in bürgerlichen Kreisen verdacht.

Von diesen Anfangsschwierigkeiten in Zürich zeugt ein Bericht von einem Dîner in einem großbürgerlichen Hause, zu dem man im Frack erscheinen mußte, als ob es der Elysée-Palast wäre: «Es war bodenlos langweilig. Die Zürcher Bourgeoisie ist von einer konventionellen Steifheit, die mich jedesmal deprimiert. Ich bin gar zu sehr ‚in Freiheit dressiert', als daß ich mich in diesem Milieu wohl fühlen könnte. Es kommt dazu, daß diese gleiche Bourgeoisie so ultra-konservativ und für Zeitfragen verständnislos ist, daß man sich in ihrem Schoß (wenn man so sagen kann) wie in einem Käfig vorkommt. Neulich war der Bruder des verstorbenen Boni de Castellane hier, erzählte mir der Bruder des Gastgebers; sie hätten eine Konferenz von Finanzleuten gehabt und seien überrascht gewesen, daß Castellane so ‚linksgerichtet' sei! Castellane und linksgerichtet! Sie, die Castellane, sind reinstes Faubourg Saint-Germain und gehören politisch zur Rechten. Aber so ist es. Ein französischer Adeliger kommt den Zürcher Bourgeois ‚links' vor. Es ist nicht zu glauben und doch so. Man weiß nicht, in *welcher* Zeit diese Leute hier leben. Vorläufig beschränke ich mich in Zürich darauf, zu rekognoszieren und das Maul zu halten. Aber kann das ewig so bleiben?» (an die Mutter, Zürich, 22. Februar 1936). –

Nachdem ich während meines ersten Zürcher Semesters in einer Pension am Zeltweg eine provisorische Unterkunft gefunden hatte, bezog ich im Herbst 1935 eine hübsche Junggesellenwohnung am «Dolder», hoch über der Stadt an einem Waldrand gelegen. Eine offene Veranda gab den Blick auf den Garten und das Nachbarhaus frei. Zum nahen Grand-Hôtel Dolder gehörte ein Golfplatz, weiter oben führten Wanderwege in eine unberührte ländliche Gegend. Meine Mutter hatte mir aus Bern den Rönisch-Flügel und das Louis-Philippe-Mobiliar aus grand-mères Salon überlassen; ich konnte mich wieder dem Klavierspiel widmen.

Bevor ich mich dort häuslich niederließ, verbrachte ich Ferienwochen in Paris, von wo ich in einem Briefe schrieb: «Ich dachte in Zürich selten an Paris zurück, lebte im neuen Milieu und für die neue Tätigkeit aus innerem Drang und Überzeugung. Ich war (und bin) glücklich über das viele Bessere, was mir das Neue bietet und auch darüber, daß so manches Deprimierende des früheren Daseins von mir genommen ist. Aber nun ich gleichsam frei von Fesseln, ohne Zwang, als neuer Mensch in die alte Umgebung zurückkehren kann, lohnt sie es mir mit der reinen Freude des Wiedersehns, mit dem Glück einer vollkommenen Versöhnung. – Das alte Foyot-Haus erweist sich auch als das, was ich jetzt nötig habe, es nimmt mich wie einen alten Freund auf» (an Nanny Wunderly-Volkart, Paris, 10. August 1935). Ich bewohnte das vom Straßenlärm verschonte Zimmer gegen den Hof, wo Rilke 1925 geweilt und zu meiner Zeit Klenau seine «Kohlhaas»-Oper komponiert hatte. Natürlich fand ich die alten Bekannten, die freimütigen Gespräche und auch Wanda Landowskas Cembalospiel in Saint-Leu-la-Forêt wieder.

Ein Jahr darauf berichtete ich meiner Mutter, wiederum aus dem Hotel Foyot: «Es ist ja so, wenn ich hier bin, daß ich, sogar zufällig, auf der Straße oder sonstwo, in 48 Stunden mehr Bekannte und Freunde treffe als in drei Wochen in Zürich» (Paris, 4. Oktober 1936). Und im Spätherbst, nach einem kurzen Aufenthalt in Bern: «Bern ist eben doch die heimeligste Stadt, die es gibt, und ich empfand, nach so langer Abwesenheit, die vertraute alte Umgebung wieder besonders stark. In Bern komme ich mir eben doch zu Hause vor, während ich oft daran zweifle, daß jemals Zürich in mir ‚heimatliche' Gefühle erregen wird. Jedenfalls war das bisher noch nicht der Fall – außer in den beiden Zimmern, die ich bewohne und die mir recht lieb geworden sind» (Zürich, 27. November 1936). –

Eine große Gegenwart in dunkler Zeit war Thomas Mann. Er gehörte zu den ersten, denen ich in Zürich begegnet bin. Im Mai 1935 las er in der Aula der Universität aus seinem Joseph-Roman: «Er liest vortrefflich, sein Stil ist wunderbar voll und dicht geworden, sein Kopf ist edel und vergeistigt. Aber welch ein Unterschied zwischen der Lage des heutigen Emigranten und seinem ambassadorenhaften Auftreten seinerzeit in Paris, wo ich ihn das letztemal sah!» (8. Mai 1935). Zum 60. Geburtstag des Dichters fand eine öffentliche Ehrung statt. Ein paar Monate später feierten wir bei einem Bankett in einem Zunfthaus Eduard Korrodis, des «ergrauten Jünglings», 50. Geburtstag; Thomas Manns Tischrede, in der er von der «musischen Empfindlichkeit» des Kritikers sprach, ist mir in ihrer Mischung von Huldigung und leicht ironischer Charakterisierung unvergeßlich geblieben.

Im Hause von Charly Clerc sah ich das Ehepaar Mann an einem Mittagessen wieder, an dem auch die comtesse de Pange teilnahm; bei ihr war ich vor einigen Jahren mit

Thomas und Katja Mann zusammengetroffen. Beim schwarzen Kaffee zog er mich in ein längeres Gespräch. Die Rede kam auf Rilke, dem er nie begegnet war. Als ich erwähnte, auf Rilkes Frage nach deutschen Neuerscheinungen hätte ich ihn auf den «Zauberberg» aufmerksam gemacht, sagte Thomas Mann zu meiner Verblüffung: «Und da haben Sie ihm gesagt, es sei nichts Rechtes.» – «Wenn ich ihm etwas Derartiges gesagt hätte, würde ich Ihnen nicht davon erzählen.» Eine gewisse Gereiztheit, die Bewunderung für seine Lyrik nicht ausschloß, scheint Thomas Mann Rilke gegenüber empfunden zu haben; aber Rilke hatte zu den ersten gehört, die beim Erscheinen der «Buddenbrooks» dieses Buch begeistert besprochen hatten. Im gleichen Jahr geboren, waren sie sehr verschiedene, aber vom Geist der gleichen Zeit geprägte Naturen; in ihrer Jugend hatten sie die gleichen russischen, skandinavischen, französischen Autoren auf sich wirken lassen. Eine gewisse labile, empfindlich-empfängliche, das Problematische des Künstlertums erleidende Sensitivität war dieser Dichtergeneration eigen. Nach Hause schrieb ich nach diesem *tête-à-tête* mit Thomas Mann: «Ich glaube, er ist nicht glücklich in seinem Zürcher Exil, er war zu alt, als er sich verpflanzen mußte; sonderbarerweise denkt er daran, nach Amerika auszuwandern» (4. Dezember 1935). Im Schauspielhaus am «Pfauen» hatten sich emigrierte deutsche Schauspieler und Regisseure zusammengefunden, die, neben dem klassischen Repertoire, auch politische Problemstücke spielten. Sie erregten damit den Mißmut rechtsgerichteter und antisemitischer Kreise. Thomas Mann schrieb in einem Brief, «diese konservativen Schweizer» seien «deutschfreundlich und emigrantenfeindlich».

Charly Clerc lud in seiner Eigenschaft als Gründer-Präsident der «Amis de la culture française» französische Gelehrte und Schriftsteller zu Vorträgen nach Zürich ein. In diesem Kreise sah ich den Germanisten Robert d'Harcourt, der einst seine Doktor-These Conrad Ferdinand Meyer gewidmet hatte, den Romanisten Joseph Bédier, André Maurois, Jules Romains und andere wieder. Henri Berr und seine Frau besuchten mich in Zürich.

Nachdem Hitler Deutschlands freies geistiges Leben zum Erliegen gebracht hatte, wurde in der deutschen Schweiz französische und anglo-amerikanische Kultur vermehrt gepflegt. Die Filme *«La grande illusion», «Quai des brumes»* usw. fanden ein begeistertes Publikum. Das Zürcher Kunsthaus zeigte an großen Ausstellungen Delacroix und Courbet. Monique Saint-Héliers neuer Roman *«Le cavalier de paille»* («Der Strohreiter») gehörte Ende 1936 zu den vielgelesenen französischen Neuerscheinungen. Ich hatte Monique ziemlich erschöpft von der Korrekturarbeit an diesem Buch vorgefunden; als sie es mir schickte, schrieb sie: «Ich glaube, daß mein Buch mehr ist als ein Roman; ich meine damit, daß es das Interesse einer Erzählung oder einer Geschichte überschreitet, *es ist das Leben,* das Leben eines jeden von uns, das heißt die ständige Strömung und Gegenströmung. Jene Art Wettlauf zwischen der Zeit und dem Raum» (Paris, 10. Dezember 1936, Original französisch). –

Die weiche Glut sonniger Septembertage genoß ich 1936 in Wien. In Schönbrunn und im Volksgarten waren Blumenbeete wie Feuerwerk. Paul von Klenau hatte mich zu sich in seine Wohnung in Hietzing eingeladen. Freundlich besorgt bereitete er mir gute Stunden. Die Poularde am Sonntag hatte er eigenhändig zubereitet. Aber ich fand Klenau sehr schwerhörig, innerlich gehetzt, mit Wien unzufrieden wieder. Seine neue Oper, «Rembrandt», sollte in der nächsten Saison in der Berliner Staatsoper uraufgeführt werden. Die politische Uneinigkeit, ja die tiefe Spaltung, die durch Österreich ging, war überall zu spüren. Klenaus Freundeskreis und er selber standen in Opposition zum politischen Regime, an dessen Spitze seit der Ermordung von Dollfuss Bundeskanzler Schuschnigg stand.

Im Vergleich mit der tragischen Lage Österreichs erschienen mir unsere schweizerischen Auseinandersetzungen beinahe harmlos. Die Regierung Schuschnigg führte einen Zweifrontenkampf gegen die Sozialdemokraten und gegen die Nationalsozialisten, die beide verboten waren. Außenpolitisch lebte das Land von der Gnade Mussolinis. Zeichen des Verfalls waren in der ehemaligen Kaiserstadt sichtbar; die Wirtschaftskrise hatte ihr und ihrer Bevölkerung hart zugesetzt. Die Befürworter eines Anschlusses an das Deutsche Reich fochten seit 1918 mit dem Argument, Österreich sei wirtschaftlich nicht lebensfähig. Von meinem Besuch bei Professor Heinrich von Srbik im Schloß Schönbrunn – ich hatte ihn am Historikerkongress in Norwegen kennen gelernt – kam ich ziemlich niedergeschlagen zurück; es war mir schwer verständlich, daß der Biograph Metternichs am Dritten Reich wenig oder nichts auszusetzen fand. Sein großdeutsches Ideal schloß seine Auffassung von der deutschen Sendung Österreichs in sich. Bei andern Gesprächen vernahm ich die Meinung, wenn Österreich zum Deutschen Reich gehöre, könne es durch sein Gewicht und seine politische und kulturelle Tradition einen mäßigenden Einfluß auf Hitlers Politik ausüben. Solche Illusionen schienen ziemlich verbreitet – das Erwachen erfolgte nach schrecklichen Erlebnissen.

Die Schellen der Politik schellten immer lauter in Europa. Die Parteiungen drohten Freundschaften und Verwandtschaften zu erschüttern. Als Klenau seinen Besuch in Zürich in Aussicht stellte, notierte ich: «Ich hätte, trotz allen Zusammenstößen, die es zwischen ihm und mir geben könnte, große Freude, ihn wiederzusehen» (10. Mai 1937). Er kam nicht, ich sah ihn nicht wieder. Von der Aufführung des «Rembrandt» in Berlin hatte er mir berichtet, sie sei «herrlich» gewesen. Die Kriegsjahre verbrachte Klenau im besetzten Dänemark, seiner Heimat. Er starb, kurz nach Kriegsende, ehe er seine Absicht, mich und meine junge Familie in der Schweiz zu besuchen, ausführen konnte.

39. EINE DICHTERMONOGRAPHIE

Aus Paris hatte ich die Anfangskapitel meines Buches «Rainer Maria Rilkes Schweizer Jahre» mitgebracht. Sommertage und -wochen der Jahre 1935 und 36 widmete ich der Vollendung dieser Monographie. Am Anfang meiner Arbeit waren das Staunen und die Bewunderung gewesen, die meine frühen Begegnungen mit diesem Dichter in mir erweckt hatten. Ohne Ergriffenheit schreibt man nicht über Kunst oder einen Künstler; aber wenn man ergründen, verstehen und mitteilen will, tritt eine intellektuell unterscheidende Haltung in ihre Rechte. Zwar enthielt meine Arbeit keine Strukturanalysen, keine formalen Untersuchungen zu Rilkes späten, in der Schweiz entstandenen Werken. Mein Auftrag und Vorhaben war anders: ich trachtete, dem Dichter auf den Wegen zu folgen, die er einschlug, als er im Sommer 1919 in die Schweiz kam und – mit Ausnahme der in Paris verbrachten Monate – bis zu seinem Lebensende in diesem Lande blieb.

Beim Wiederlesen des vor vierzig Jahren Entstandenen (in einer späteren Auflage Überarbeiteten und Ergänzten) spüre ich, daß dieses Buch mit jugendlicher Frische und Beschwingtheit hingeschrieben wurde, wie man es in vorgerückten Jahren kaum mehr zustande brächte. Jeden Morgen, ehe ich mich in Brunegg zu ungestörtem Arbeiten in eine Dachkammer zurückzog, spielte ich auf dem alten Pianino eine Invention von Bach, immer die gleiche. Sie gab mir den Ton an. Eingehalten in die Mauern der Burg, hoffte ich am ehesten den Anschluß an den anspruchsvollen Gegenstand finden zu können. Im Mittelpunkt meiner Darstellung stand Rilkes Erlebnis in und mit Muzot, seiner mittelalterlichen Klause im Wallis, die ihm das Gelingen seiner großen Gesänge «gewährt» hatte. Das war alles schlecht für eine Zeit geeignet, die in der Furcht vor einer kommenden Katastrophe lebte. Ich mußte Distanz zum andrängenden Tagesgeschehen finden, als ich mich in ein Dichterleben und in eine Dichtung vertiefte, die lauter Stille, Sammlung und Besonnenheit von mir forderten.

Anton Kippenberg hatte mir gesagt, die vier größten Briefwechsel Rilkes seien diejenigen mit Lou Andreas-Salomé, mit dem Ehepaar Kippenberg, mit der Fürstin Marie von Thurn und Taxis und mit Nanny Wunderly-Volkart. Letzterer ist der aufschlußreichste für die Schweizer Jahre und über lange Strecken in der Art eines Tagebuches geschrieben. Aber ich konnte auch andere, gedruckte und unveröffentlichte, Briefe des Dichters verwenden, aus Gesprächen mit einigen seiner Freunde und Bekannten und aus eigener Erinnerung schöpfen – von den zahlreichen Büchern und Abhandlungen über Rilke nicht zu reden. –

Als ich Nanny Wunderly zum erstenmal aufsuchte, kam mir eine zierliche, behende Frau, ganz in Schwarz gekleidet, entgegen. Sie trug Trauer um ihren Vater. Es war anderthalb Jahre nach Rilkes Tod. Klein von Gestalt, aber lebensmutig und von entschlossener Art, schickte sie sich in Unabänderliches, um beherzt den Pflichten des Tages nachzukommen. Sie war in den beiden letzten Jahrzehnten des vorigen Jahrhunderts in einer Welt aufgewachsen, die wir uns fast nicht mehr vorstellen können, wo alles festgefügt und endgültig erschien. Ihr Vater, der Winterthurer Kaufmann Georg Volkart, hatte mit seinem Schwager Reinhart zusammen die Weltfirma «Gebrüder Volkart» geleitet. Frau Wunderlys Vettern Werner und Oskar Reinhart haben als Mäzene und Kunstsammler aus Winterthur eine Musik- und Kunststadt von hohem Rang gemacht; der etwas scheue, musikalische Werner Reinhart war Rilkes helfender Freund gewesen. Nanny Wunderlys jung gebliebenes Herz hatte trotz großer Lebenserfahrung etwas Kindliches und im besten Sinne Naives bewahrt. Aber hinter der anmutigen Gestalt dieses elfischen Wesens, das in einer Art Tanzschritt durch Haus und Garten eilte, verbarg sich ein starker Wille und praktischer Verstand. Mit ihren sicheren festen Händen betätigte sich die kleine Herrin im Garten und als Buchbinderin in der eigenen Werkstatt. Autoren, die ihr zusagten, nahm sie intensiv auf, aber ihrem schlichten Sinn lag es fern, einen literarischen Salon zu führen.

Frau Wunderly hatte als eine Meisterin groß geplanter und doch behaglicher Raumkunst im Haus «Zur Unteren Mühle» in Meilen sich und ihrem Gatten ein gastfreundliches Heim geschaffen. Es war ein Glücksfall meiner Zürcher Existenz, daß ich dort jederzeit eine herzliche Aufnahme fand. Unter ihrer blonden mädchenhaften Frisur waren Nanny Wunderlys leuchtende Augen aufmerksam auf den Besucher gerichtet; unverhofft brach ihr Humor mit einer klugen Bemerkung durch, wobei sich ihr Kopf nach rechts neigte, oder sie kehrte nachdenklich zurück zu ihrer Erinnerung an Rilke. Mit Genauigkeit und Redlichkeit erteilte sie Auskunft, nicht belehrend, aber eindrücklich durch sicheren Spürsinn. Sie sagte, sie habe bei Rilke nur die Rolle der «Martha» gespielt – die Maria Magdalenen seines Lebens waren freilich anderer Art. In einer vorzüglich getroffenen Skizze, die Graf Hubert Mittrowsky nach Nanny Wunderlys Tod von ihr entworfen hat, erzählt er, wie er sie einmal im Überschwang der Freude in seine Arme schloß; ohne Vorwurf sagte sie ihm beim nächsten Zusammentreffen, «Rilke hätte nie so seiner Freude Ausdruck gegeben und sie in die Arme geschlossen». Die Anekdote gibt den Ton dieser Freundschaftsbeziehung an; aber das Konventionelle der Umgangsform konnte nicht verhindern, daß Rilke mit allem, was ihn freute, bedrückte, beschäftigte, Dingen der Kunst und Literatur wie des praktischen Lebens, sich mitteilsam und offenherzig Nanny Wunderly anvertraute. Sie war die zuverlässigste, unverdrossenste Stütze und Helferin des oft so ratlosen und schwankenden Freundes. Er nannte sie «Nike», seine Siegesgöttin. Wie tief sein Vertrauen war, geht daraus hervor, daß er sie an sein Sterbelager rief.

Ich schulde dieser Frau Dank für den großen Anteil, den sie an der Vorbereitung meines Buches über Rilkes Schweizer Jahre hatte. «Er war ein Dichter und haßte das Ungefähre», heißt es im «Malte Laurids Brigge». Es war ein Leitsatz zwischen meiner Beraterin, die nichts Ungefähres oder Annäherndes duldete, und mir, wenn wir über irgendeine Einzelheit zuverlässige Auskunft suchten.

Den Dingen auf den Grund zu gehen, war ein weiteres Gebot, das Rilke sich und anderen gesetzt hatte. Hubert Mittrowsky berichtet, wie er einmal bei Nanny Wunderly über die Brutalität der Zeit geklagt habe, die für subtile Dinge kaum noch Verständnis hätte: «Da erhob sich Frau Wunderly schweigend, eilte in ein Nebenzimmer und nach wenigen Minuten erschien sie, einen Brief mit den bekannten schönen Schriftzügen in der Hand, und las ihn mir vor, die Worte hervorhebend: ‚Sind wir denn im Leichten froh – sind wir nicht fast verlegen im Leichten? Unser Herz ist tief, aber wenn wir nicht hineingedrückt werden – gehen wir bis auf den Grund? Und doch muß man auf dem Grund gewesen sein – darum handelt es sich‘» («Die Presse», Wien, 11./12. Mai 1963).

Das Bild des Dichters ist in den vielen ihm gewidmeten Schriften großen Schwankungen ausgesetzt. Eine bedenkliche Überhöhung seiner Persönlichkeit hatte zu einem Kultus geführt, den ich in meinem Buch auf richtige Maße zurückzuführen bestrebt war. Es war unvermeidlich, daß auf die Übersteigerung des Rilke-Bildes eine Kritik folgte, die ihrerseits sich in Abschätziges und Kleinliches verirrte. Man machte unter anderem dem Dichter einen Vorwurf aus seinen «Klagebriefen». Auch in den Briefen an Nanny Wunderly klagt Rilke über seine «arg labile» Natur; er sagt dort von sich, er sei ein «Impressionabler». Rilke litt unter dem Konflikt zwischen den Forderungen des Lebens und denjenigen des künstlerischen Auftrags, vor dem sich immer neue Hindernisse auftürmten. Seine Charakteranlage verhinderte eine harmonische Lebensführung und eine geregelte Arbeitsweise, was ihn immer wieder, wie einen Fliehenden, fort und bald dahin, bald dorthin trieb. Man hat in diesem Zusammenhang von Rilkes Neurose gesprochen, als ob neurotische Symptome den Wert von hervorragenden Werken der Kunst und der Literatur herabmindern würden. Jüngst las ich in der Wiener «Furche», in einem Aufsatz über Anton Bruckner, dem der gleiche Vorwurf nicht erspart geblieben war, «daß Neurosen keine Schande sind, sondern zum Ausgangspunkt schöpferischer Sublimierung werden können».

Lou Andreas-Salomé, selber Psychoanalytikerin und Sigmund Freud eng verbunden, hatte einst Rilke von einer Analyse abgeraten. Freuds Denkvorstellungen waren ihm aber nicht unbekannt; in seiner Münchner Zeit hatte er Gespräche mit den Psychiatern Dr. von Stauffenberg und Dr. Erich Katzenstein geführt. Die Aussagen, die mir Dr. Katzenstein bei der Vorbereitung meiner Arbeit gemacht hat, vermitteln eine wichtige Korrektur an verzärtelnden oder sublimierten Rilke-Bildern: «Ich habe ihn nie für schwächlich gehalten», versicherte dieser Arzt. Rilke sei ein viel produktiverer und elastischerer Geist als George. In seinen Grundhaltungen sei er einheitlich, aber dialektisch sehr anpassungsfähig an die verschiedenen Menschen. «Ich sehe etwas sehr Kämpferisches an ihm. Er erarbeitet und sichtet, und er ist streng mit sich selber.» Rilke sei ein sondernder und kritischer Geist mit pädagogischer und psychologischer Begabung; er habe beobachtet wie ein Naturwissenschafter. Nie habe er etwas Schlechtes von andern Menschen gesagt und sie stets menschlich zu entschuldigen gesucht. Aber «er konnte immer das psychologisch zutreffendste und kritischste Urteil über einen Menschen abgeben. Innerlich war er gehetzt und gequält trotz der äußeren Disziplin.»

Steht meine persönliche Erfahrung im Widerspruch zu dieser Aussage? Ich denke nicht. In seiner Art hat Rilke auch auf mich – und andere junge Menschen – pädagogisch eingewirkt. Aber ich muß dieses Urteil dahin ergänzen, daß eine gewisse Unbeholfenheit Rilkes, logisch zu denken und begrifflich zu unterscheiden, sich daraus erklärt, daß bei ihm das Sensible das Rationale, das Gestalterische das Denkerische, das Bildhafte das Reflektierende weit überwogen. Ohne ihn namentlich zu nennen, trifft eine Bemerkung des Germanisten Paul Stöcklein auf Rilke zu, wenn er sagt, die Dichter wüßten «selbst nicht, was z.B. ihre Symbole bedeuten... Überhaupt, wie gering ist oft ihre theoretische Begabung.» Rilke war nicht Theoretiker, er war ein Visionär.

Zwei seiner Äußerungen, die er mir gegenüber in Muzot gemacht hat, verdeutlichen seinen geistigen Habitus. Ich schicke voraus, daß auch das Magische Rilke in seinen Bann zog; das Dunkle, Geheimnisvolle, die Nachtseite des Lebens übten eine Anziehungskraft auf ihn aus. Zeitweilige Beschäftigung mit Dingen des Okkulten, Beeinflussung durch Gestorbene, übersinnliche Erfahrungen sublimierte er, oder sie bereiteten ihm Beklommenheit und Angst. «In guten Zeiten», sagt darüber Lou Salomé, die sein Wesen am tiefsten durchschaut hat, «dachte er mit schroffer Ablehnung, sogar mit Ingrimm davon.»

Als ich nun in Muzot in einem Buch die seltsame Geschichte einer frühen Bewohnerin dieses Gemäuers, Isabelle de Chevron mit Namen, las, deren Freier sich im Duell gegenseitig erstochen hatten, worauf die Unglückliche eines Morgens nach einer bitterkalten Winternacht erstarrt und tot bei den Gräbern ihrer beiden Bewerber auf dem Friedhof von Miège gefunden wurde, sagte Rilke, mit einem kurzen

Blick auf das Büchlein, ärgerlich: «Das ist dumm, statt daß sie redlich und genau die Geschichte von Muzot aufschreiben.» Doch als er in einem Augenblick tiefen Leidens und Bangens sein Testament aufsetzte, wünschte Rilke nicht in Miège beigesetzt zu sein, «was wir, nach der Aussage der unbekannten alten Frau nicht thun dürfen, um das ruhlose Nachtwandern der armen Isabelle de Chevron nicht neu aufzuregen». An dieser Ambivalenz, die sich von unbegreiflichen Vorgängen angezogen und abgestoßen fühlt, hat Rilke zeitlebens getragen.

Rilkes zweite Äußerung bezog sich auf die Religion. Ein junger Dichter, der zum Katholizismus übergetreten war, hatte das «Stundenbuch» als ein katholisches Bekenntnisbuch verstanden. Rilke erzählte, wie dieser Mann mit stürmischer Begeisterung bei ihm ein- und auf ihn zutrat und ihn in die Arme schloß. Nach dem ersten Erstaunen klärte sich das Mißverständnis auf. Rilke mußte dem jungen Enthusiasten eine Enttäuschung bereiten, dann versuchte er, ihm mit menschlicher Sympathie zu begegnen. Und zum gleichen Thema: Ein Theologieprofessor aus Heidelberg, der eine Vorlesung über die religiösen Strömungen der Gegenwart vorbereitete, bat Rilke um eine Mitteilung über seine religiösen Vorstellungen. Er habe ihm, sagte er, seine «Elegien» und «Sonette» geschickt und seine Aufzeichnungen zu einer Rede «Über die Gegenliebe Gottes» dazugelegt. Daran knüpfte Rilke die Bemerkung, religiöse Handlungen, die man verstehen und denen er sich anschließen könne, habe er in Rußland und in Nordafrika gefunden. Er beschrieb mir die unterirdischen Gänge in den Klöstern von Kiew, wo die Gläubigen mit brennenden Kerzen in der Hand an den Nischen mit den unverwesten Leichnamen der heiligen Mönche vorüberzogen. Einen ähnlich ergreifenden Eindruck hätten ihm gewisse Moscheen gemacht. Auch im Volksglauben des Wallis vermeinte er eine Beziehung zu Ursprünglichem, nahe beim Heidnischen, gefunden zu haben.

In einem seiner Briefe an Nanny Wunderly bemerkt er, der Name Gottes habe etwas wunderbar Verschweigbares; in Rilkes Spätwerk kommt er kaum mehr vor. Die Mittlerrolle des Priesters lehnte er kategorisch ab. Sein Arzt, Dr. Haemmerli-Schindler, sagte mir, Rilke habe ihn während seiner letzten Krankheit flehentlich gebeten, geistlichen Beistand unter allen Umständen von ihm fernzuhalten.

Ein Vorwurf, der manchmal gegen Rilke erhoben wurde, betrifft seine ausgesuchten Höflichkeitsformen und seinen Verkehr in aristokratischen Häusern. Er ist im alten Österreich aufgewachsen. Sein Ursprung war in Böhmen, und wie auf Kafka, haben auch auf Rilke die Prager Adelspaläste einen tiefen Eindruck gemacht. Es kostete ihn jahrelange Anstrengung, und er mußte «ein Menschenleben traditionsflüchtig werden», um in sich selber den Prager Barock zu überwinden. Aber er liebte Schönheit, Stil, angestammte Form und verfeinertes Menschentum. Seine wesenhafte Unbürgerlichkeit zog ihn zeitlebens zu zwei Menschentypen hin: zu den Künstlern und zu den Aristokraten. In Prousts Romanwerk, über das er sich in seinen Briefen an Nanny Wunderly mit hingerissener Zustimmung äußert, fand Rilke alles vor, was seinem eigenen Gefühl für Mensch und Gesellschaft entsprach. «Wie nah am ‚Snob' vorbei», sagt er von Proust. Nah daran vorbei auch Rilke.

Mir ging es darum, in meinem Buch zu zeigen, daß die Rechtfertigung eines Dichterlebens – es mag mit noch so viel Schwierigem und beinah Unlebbarem verbunden sein – einzig und allein in der dichterischen Form liegt. Mit entsagender Demut hat Rilke sich auf die Lyrik beschränkt. Was es damit auf sich hatte, scheint mir Pierre Jean Jouve am treffendsten ausgedrückt zu haben: «Ich glaube», sagt er, «daß das Dauerhafteste zwischen uns eine Auffassung von der Dichtung ist – als ein Priestertum und als eine vollkommen unabhängige und rituelle Beschäftigung verstanden, die alle Kräfte der Erfindung, alle Formen der Liebe in einer Kraftanstrengung voll Bescheidenheit vereinigen muß.»

Die geistige und künstlerische Zucht, die Rainer Maria Rilke zu dieser «Kraftanstrengung» befähigte, ist der Gegenpol zum Klagelaut und Gefühlsüberschwang, denen er in der Intimität des Briefeschreibens manchmal freien Lauf gelassen hat. Ein paar Verse seines «Requiems» auf einen jungen Dichter, der sich das Leben genommen hatte, enthalten die poetische Regel, die er sich selbst gesetzt hatte:

> – – – O alter Fluch der Dichter,
> die sich beklagen, wo sie sagen sollten,
> die immer urteiln über ihr Gefühl,
> statt es zu bilden; die noch immer meinen,
> was traurig ist in ihnen oder froh,
> das wüßten sie und dürften's im Gedicht
> bedauern oder rühmen. Wie die Kranken
> gebrauchen sie die Sprache voller Wehleid,
> statt hart sich in die Worte zu verwandeln,
> wie sich der Steinmetz einer Kathedrale
> verbissen umsetzt in des Steines Gleichmut.

In diesem Gedicht steht auch die vielzitierte Verszeile:

> Wer spricht von siegen? Überstehn ist alles.

Mein Buch, das zehn Jahre nach dem Tode des Dichters erschien, fand eine freundliche Aufnahme. Am meisten rührte mich ein Dankeswort der betagten Lou Andreas-Salomé, mit unsicherer Hand von der fast Erblindeten geschrieben. Hermann Hesse erwiderte meine Sendung mit einem signierten Druck von «Gedichten Josef Knechts». Wie Thomas Mann sich äußerte, will ich nicht verschweigen; seine kurzen, aber nicht unwesentlichen Worte sind aus Küsnacht-Zürich, vom 17. Dezember 1936, datiert:

«...Ihr liebevolles Werk hat mich ergriffen und meine Verehrung vertieft für seinen zarten und edlen Helden, dessen ‚Weichheit' so viel hohe Strenge in sich schloß und dem Guten, Rechten, Menschlichen so viel näher war als die sterile Starrheit jenes anderen, vor dessen schuldhafter Anmaßung mir immer tiefer graut ... »

Ich fragte Thomas Mann nicht, wer «jener Andere» sei, und will es mir versagen, eine naheliegende Vermutung auszusprechen.

40. FRIEDLOSES EUROPA

Zur Vorgeschichte des Zweiten Weltkrieges habe ich in meiner «Weltgeschichte der Neuesten Zeit» (III, 521–637) einen Beitrag geliefert. Hier werde ich nur schildern, wie ich diese politischen Vorgänge erlebt und verstanden habe.

Vom 8. September 1935 aus Paris: «Nur *ein* ernstes Gesprächsthema: der Konflikt zwischen Italien und Abessinien.» Die vom Völkerbund gegen Italien verfügten Wirtschaftssanktionen waren mit Nachdruck von England verlangt worden; aber England setzte auf dem großen Seeweg seines Weltreiches, der von Gibraltar über Malta und den Suezkanal zum Indischen Ozean führte, kein einziges Kriegsschiff ein, um Mussolinis Zug nach Ostafrika Einhalt zu gebieten. Außerdem waren die Öllieferungen an Italien auf britisches Drängen von der Liefersperre ausgenommen; die Versorgung der italienischen Flotte war gesichert. Die Sanktionen taten zweifellos den Bestimmungen des Völkerbundspaktes Genüge, aber wichtige Nichtmitgliedstaaten, wie Deutschland und Amerika, beteiligten sich naturgemäß an ihnen nicht. Ihre Unwirksamkeit war vorauszusehen, desgleichen ihre Wirkung auf Mussolini, der, erbittert und rachsüchtig, sich von den Westmächten ab- und Hitler zuwandte. Als ich um Ostern 1936 meinen alten Kollegen, den General Arturo Leone in seinem Bureau der Agentur Stefani am Börsenplatz in Paris aufsuchte, sagte er, die italienischen Generäle hätten den Plan, Abessinien zu erobern, für schwierig und riskiert gehalten und davor gewarnt; Mussolinis Optimismus habe aber recht behalten. –

In der Schweiz empfanden wir die Besetzung des Rheinlandes durch die deutsche Wehrmacht im März 1936 als eine flagrante Verletzung des Locarno-Vertrages. Großbritannien und Italien, die in diesem Vertrag die Entmilitarisierung des linken Rheinufers gewährleistet hatten, verhielten sich passiv: «Wie sollte in der Tat das ‚sanktionierte' Italien mit Frankreich und England zusammen Sanktionen gegen Deutschland durchführen können?» schrieb ich nach Hause. «So ist der Knoten geschürzt, aus dem alle Gefahren, alle Konflikte hervorgehen können, weil man ihn scheinbar nicht ohne Zwangsmaßnahmen lösen kann. Es war Hitler vorbehalten, in Europa so etwas wie ein internationales Faustrecht einzuführen» (Zürich, 13. März 1936). Für mich war es nun klar, daß nach dem Bau von Befestigungsanlagen im Rheinland – der sogenannten «Siegfriedlinie» – Frankreich keine Möglichkeit mehr hatte, im Fall eines Krieges seinen osteuropäischen Verbündeten zu Hilfe zu kommen.

Es mutete mich wie eine Ironie des Schicksals an, als Ministerpräsident Léon Blum für militärische Rüstungen zusätzlich elf Milliarden Francs von der Kammer verlangte. Ich wohnte auf einer Tribüne des Palais-Bourbon dieser Sitzung bei. Seit den Volksfrontwahlen vom April 1936 stand der ehemalige Oppositionsführer, den ich so oft mit beschwörenden Worten für Frieden und Abrüstung hatte plädieren hören, an der Spitze einer aus Sozialisten und Radikalen gebildeten Regierung; die Kommunisten liehen ihm ihre parlamentarische Unterstützung. Es war Blums Verdienst, daß er, übrigens mit der Unterstützung des liberalen Teils der bürgerlichen Opposition, die längst fällige Sozialgesetzgebung in Frankreich eingeführt und Abkommen zwischen Arbeitgebern und Arbeitnehmern zustande gebracht hatte. Die Legalität der parlamentarischen Demokratie vermochte er gegen die revolutionäre Agitation der äußersten Linken aufrecht zu erhalten. Der mit Antikommunismus und Antisemitismus genährte Haß der Rechten blieb ihm jedoch nicht erspart. Die soziale Unrast, eine Folge der krisenbedingten Deflationspolitik, und die gefährliche Spaltung der öffentlichen Meinung, die mir während meiner wiederholten Aufenthalte in Paris in die Augen sprang, schwächten die außenpolitische Handlungsfähigkeit der Regierung – die sich eng an das schwankende England anlehnte.

An der Pariser Weltausstellung, die 1937 stattfand, fiel mir die Modernität und Lebendigkeit vor allem von zwei Pavillons auf: derjenigen der Sowjetunion und des Vatikans! Doch am unvergeßlichsten prägte sich mir das für diese Ausstellung geschaffene Wandgemälde «Guernica» von Picasso ein. Indem er das Grauen einer von Bomben zerstörten Stadt eindrücklich machte, schien dieser Meister das Schicksal vieler europäischer Städte vorauszuahnen, das wir infolge der Entwicklung der Luftwaffe für den Fall eines kommenden Krieges zu befürchten begannen. Der Bürgerkrieg in Spanien ließ uns überdies von neuem erkennen, daß die westlichen Demokratien zwar das Recht, aber auch das Zaudern auf ihrer Seite hatten, die faschistischen Staaten aber den Machtwillen und eine rücksichtslose Tatkraft. Als ich einmal zu meinem Freund Wolff sagte, Hitler habe für sich die Dynamik seiner politischen Handlungsweise, meinte er, ein Schnellzug, der einem Abgrund entgegen rase, sei auch dynamisch.

Bisher hatte Hitler nicht gewagt, den Status quo in Europa anzutasten; es war spätestens seit der Remilitarisierung des Rheinlandes aber klar, daß er den Griff nach Österreich vorbereitete. Meine österreichischen Freunde in Zürich waren sehr niedergeschlagen, als Bundeskanzler Schuschnigg sich auf Hitlers Geheiß nach Berchtesgaden begab. Es sei, notierte ich, «ein Katz- und Mausspielen, bei dem die Maus nach rettenden Winkeln sucht. Wenn die österreichische Unabhängigkeit von Italien nicht mehr beschützt wird, haben auch Frankreich und England nicht mehr viel Grund, sie zu verteidigen» (20. Februar 1938).

Auf die Schweizer wirkte der deutsche Einmarsch in Österreich wie ein Donnerschlag. Wir waren nun auf zwei Seiten von einer Macht umklammert, die sich auf ihre Volkstumsideologie berief, als sie Österreich «heim ins Reich» holte. Die Agitation der nazifreundlichen «Fronten» fand zwar nicht mehr viel Anklang bei meinen Landsleuten; aber die zahlreichen Deutschen in der Schweiz, die von der Partei organisiert und angeführt waren, teilten die Auffassung der Nationalsozialisten, daß die Deutschschweizer ein Teil des deutschen Volkes seien. Wir fühlten uns doppelt bedroht, ideologisch und möglicherweise auch militärisch. In meinem Kalender am 19. März 1938: «Die politischen und stimmungsmäßigen Auswirkungen des ‚Anschlusses' Österreichs lasten schwer auf der Öffentlichkeit.»

In einem Zeitungsartikel versuchte ich nachzuweisen, daß geschehen sei, was infolge der Politik der Westmächte und Italiens geschehen mußte, wobei Hitler «mit bemerkenswerter Folgerichtigkeit» sein Ziel verfolgt habe. Das Dreieck Berlin-Rom-Tokio habe zum Bruch der bisherigen Machtverhältnisse in der Welt geführt. England, Frankreich, Rußland und die Vereinigten Staaten wären zusammen zwar theoretisch die Mächtigsten und die Reichsten, aber sie seien wie gelähmt. Mussolini habe bereits 1935 die «Hohlheit und Zerbrechlichkeit des Britischen Reiches bloßgestellt». Von diesem Schlag habe sich England nicht erholt und dabei den Völkerbund zugrunde gerichtet, indem es ihn seinen Empire-Interessen dienstbar gemacht habe, ohne ihm das nötige Machtwerkzeug zu leihen. Frankreichs Schwäche sei anderer Art, «aber nicht minder bedrohlich für sein Ansehen und seine Macht». Stalin habe «durch seinen zaristisch-chauvinistischen Terror Rußland geschwächt», und die Vereinigten Staaten wollten sich in Europa nicht engagieren. Der Einbruch in dėn europäischen Status quo sei an der schwächsten Stelle erfolgt, gegen den Schuschniggs politischer Mut nichts habe ausrichten können. Der Anschluß Österreichs sei «ein neues Glied in der Kette politischer Fehler, die von den Großmächten seit Versailles gemacht wurden» («Neue Zürcher Zeitung», 18. März 1938).

Unter den zahlreichen Österreichern, Anhängern Schuschniggs, Legitimisten und Juden, die in der Schweiz Zuflucht suchten, befanden sich Franz Werfel und seine Frau, Alma Mahler-Werfel. Sie wohnten in Rüschlikon bei Werfels Schwester, die mit dem Direktor des Zürcher Schauspielhauses, Herrn Rieser, verheiratet war. In den März- und Aprilwochen jenes Jahres traf ich häufig mit diesen bedeutenden Menschen und ihren Leidensgenossen – zu denen auch Carl Zuckmayer gehörte – zusammen. Werfel meinte betrübt, für geistig schaffende Menschen beginne ein Katakombendasein. Er sprach mit mir über einen Aufsatz, den ich im Aprilheft der «Neuen Schweizer Rundschau» unter dem Titel «Österreichs Schicksal und wir» veröffentlicht hatte; ich hob dort den Unterschied zwischen der von Ignaz Seipel formulierten und von Dollfuß und Schuschnigg übernommenen Auffassung hervor, wonach Österreich dank seiner Reichstradition ein «deutscher Staat» sei, was im Ergebnis zur Vereinigung mit dem Deutschen Reich geführt habe, und dem schweizerischen Selbstverständnis, das sich seit langer Zeit vom Reichsgedanken gelöst und die Eidgenossenschaft auf einer föderalistischen, demokratischen und vielsprachigen Grundlage aufgebaut habe. Als mir Werfel sagte, er habe meine Ausführungen, mit denen er einig gehe, mit Strichen und Randglossen versehen, erwiderte ich ein wenig erstaunt:

«Aber mein Artikel ist doch bloß eine Analyse, er ist ganz unpolemisch.» Darauf Werfel: «Analyse ist die beste Polemik.» Diesen Ausspruch habe ich mir gemerkt; ich glaube, er hatte in den Kriegsjahren einen Einfluß auf die Formulierung meiner Lageberichte am schweizerischen Radio.

Alma Mahler war derber als der sensible Werfel. Reste großer Schönheit waren an der stattlichen Erscheinung der blonden Frau haften geblieben. Ihre funkelnden blauen Augen blickten hellwach in die Welt. Hervorragende Männer, Gustav Mahler, Kokoschka, Walter Gropius, Werfel, hatten sie geliebt. Alban Berg, Schuschnigg, der junge Fritz Wotruba, Klenau, mein Verwandter Hubert Mittrowsky und viele andere hatten freundschaftlich in ihrem Haus in Wien verkehrt. Alma war ans Herrschen gewöhnt, in Gesellschaft dominierte sie unwidersprochen. Ihr Wohlwollen, das ich meinem Buch über Rilke verdankte, war ohne Herablassung. Sie liebte es, durch große Offenheit zu verblüffen. Was man aus einem andern Mund als taktlos empfunden hätte, ging dank ihrem heiteren Wesen mit Applaus über die Bühne. Als ich sie nach einem gemeinsamen Mittagessen in einem Zürcher Restaurant in meinem Wagen nach Rüschlikon führte, mußte ich mich aber doch am Steuerrad fester halten, als sie von Werfel sagte: «Der Franzl is halt a gueter Judenbuab.»

Den Abschluß dieser Episode schilderte ich in einem Brief: «Für mich war dies die letzte Ferienwoche, übermorgen muß ich wieder mit ‚vorlesen' beginnen, was nie ein sehr angenehmer Moment ist. Denke Dir, daß ich von Klenau einen Brief aus Wien erhalten habe, in dem er mit Begeisterung von meinem Österreich-Aufsatz spricht und sagt, er möchte noch einige Exemplare ‚für kluge Freunde'. Seine ‚Illusionen' seien geplatzt, ‚wie Seifenblasen'. Seine Opern scheinen nicht mehr aufgeführt zu werden, man ‚ignoriere' ihn. Ich habe auch mit Frau Mahler über Klenau gesprochen, die beiden sind ja eng befreundet. Obschon sie sich immer für ihn eingesetzt hat, ist doch ihr Urteil über den *Musiker* Klenau nicht sehr günstig; wahrscheinlich übersteigen (sagt sie) auch diese großen Opern-Vorwürfe sein musikalisches Gestaltungsvermögen. Armer, armer Klenau, sein Leben ist eine Künstlertragödie; und nun muß er vielleicht ‚Großdeutschland' verlassen, nachdem er ein Hitler-Enthusiast war. Welch seltsame Mischung von Genie und Unzulänglichkeit bei diesem vortrefflichen Mann! – – –

Werfels sind gestern abgereist; vorgestern abend aß ich mit ihnen bei Riesers in Rüschlikon; auch die Familie des berühmten S. Fischer-Verlags, die Witwe S. Fischer und ihre Kinder, waren da; die eine Tochter ist die Frau des Herrn Bermann, der vor zwei Jahren den Verlag unter dem Namen ‚Bermann-Fischer' nach Wien transportiert hat und jetzt, nach dem Anschluß, wieder flüchten mußte. Die alte Frau Fischer geht nach Berlin zurück, ganz allein, muß dort ihren Paß abgeben, so daß sie nicht mehr hinaus kann, wobei ihre Kinder auch nicht mehr nach Deutschland hinein können. Es war für die alte Dame eine Art Henkersmahl, vielleicht sieht sie die Ihren nicht wieder. Übrigens haben sich Werfel und Bermann rühmend über die Zürcher Amtsstellen geäußert, denn obschon sie auf ihrem Paß ‚Wohnsitz Wien' eingetragen haben, erlaubte man ihnen ohne weiteres, hier zu bleiben. Aber, wie gesagt, Werfels sind wieder fort und werden sich kaum hier ansiedeln.

Brentano sagte mir, Thomas Mann, der in Amerika ist, werde wahrscheinlich gar nicht mehr in die Schweiz zurückkehren, sondern drüben bleiben. Graf Rossetti hat das Pech, als allzu eifriger Schuschnigg-Anhänger und Legitimist nicht mehr nach Österreich und Deutschland gehen zu können; nun hat er aber hier keine Aufenthaltsbewilligung, und wir müssen sehen, wie wir ihm aus dieser Klemme helfen können. Alle diese bedauernswerten Menschen gehören einem untergehenden Zeitalter an, wie zur Zeit der Revolution die Emigranten des Ancien Régime und der Kreis um Madame de Staël und Chateaubriand...

Graf Mittrowsky machte mir noch einen recht lieben Besuch, er ist ein netter Mensch, verehrt Rilke, schreibt lyrische Gedichte und Theaterstücke. Aber nun ist er doch mit seinen Mädels, die in die Schule müssen, nach Brünn zurückgekehrt, wo er allerdings die deutsche Intervention in der Tschechoslowakei, wie er sagte, mit Sicherheit erwartet.

Gestern abend war ich mit einigen Kollegen zu einer Fondue bei Charly Clerc eingeladen, und mit Gagliardi habe ich den Stundenplan für den Internationalen Historikerkongreß ins reine gebracht. Ich bin froh, ein festes Amt und eine bestimmte Aufgabe im Leben zu haben, eine Künstlerexistenz mit ihrem Nomadentum und ihrer Bohème hätte ich kaum ertragen. Ich brauche (auch abgesehen vom Finanziellen) einen festen Boden unter den Füßen. Möge er fest bleiben!» (an die Mutter, Zürich, 24. April 1938).

Mein Bruder hatte meinen Österreich-Artikel dem Staatssekretär im Auswärtigen Amt, Freiherrn von Weizsäcker, der Gesandter in Bern gewesen war, geschickt. Weizsäcker schrieb ihm aus Berlin am 25. April: «Den Aufsatz Ihres Bruders habe ich am gestrigen Sonntag mit großem Interesse gelesen. Ich glaube, daß man in der Schweiz je länger je mehr spüren wird, daß ein weiterer Drang nach Süden vom Deutschen Reich nicht zu befürchten ist.» Ich unterrichtete Bundesrat Motta schriftlich von dieser Erklärung; er bestätigte kommentarlos den Empfang meiner Mitteilung.

Unsere öffentliche Meinung war sehr allergisch gegen Nazi-Deutschland geworden, in dem sie eine Art Feindbild erblickte. Wie schon mehrmals in der Vergangenheit ergaben sich Spannungen zwischen den Schweizern und ihrer Regierung, die aus Neutralitätsgründen und politischer

Verantwortung ihre Außenpolitik nicht nach ideologischen Gesichtspunkten ausrichten konnte. Außerdem überschätzte man bei uns die militärischen Machtmittel Frankreichs und Englands, die uns im Notfall schwerlich Hilfe leisten konnten. Der Bundesrat durfte, bei Wahrung der Unabhängigkeit und Würde des Staates, offiziell nicht der einen Mächtegruppe vor der anderen den Vorzug geben. Um so deutlicher gaben die Bevölkerung und die Zeitungen ihrer moralischen Entrüstung über Hitlers Missetaten Ausdruck.

Das konnte ein Außenminister nicht tun. Giuseppe Motta, der klug und elastisch genug war, um die Beziehungen zu den unheimlichen Nachbarn im Norden und im Süden in erträglichen Formen aufrecht zu erhalten, setzte aus diesem Grunde seine Popularität aufs Spiel. In privaten Gesprächen gab er dem faschistischen Regime in Italien keine große Überlebenschance, und als Rauschnings Buch «Gespräche mit Hitler» erschien, empfahl er seinen Regierungskollegen dessen Lektüre; im Nationalrat hatte er 1937 erklärt, er könne sich nicht vorstellen, daß die Schweiz nicht eines Tages diplomatische Beziehungen zur Sowjetunion aufnehmen werde, was er allerdings vor dem Kriege nicht mehr zustande brachte. Ich war und bin überzeugt, daß seine Politik nicht nur neutralitätskonform war, sondern auch auf einer zutreffenden Einschätzung der Lage und der Interessen der Schweiz beruhte. Es war nach dem Anschluß Österreichs offenkundig, daß weder der Völkerbund noch die Westmächte einem angegriffenen Kleinstaat Schutz gewähren konnten.

Auf Grund dieser Einsicht beantragte Motta im Mai 1938 dem Völkerbundsrat, er möge die Schweiz von ihrer Verpflichtung, an Wirtschaftssanktionen gegen einen paktbrüchigen Staat teilzunehmen, entbinden. Das bedeutete, daß die Schweiz zu einer uneingeschränkten Neutralität zurückzukehren wünschte. Motta unterließ es, die Regierungen in Berlin und Rom um eine entsprechende Stellungnahme zu ersuchen, hoffte aber auf ihre Zustimmung. Ein paar Tage, nachdem der Völkerbundsrat dem Ersuchen der schweizerischen Regierung entsprochen hatte, anerkannten auch Deutschland und Italien das neu umschriebene Neutralitätsstatut der Schweiz. Ich fürchte, daß weder die Zeitgenossen noch die Nachwelt ganz verstanden haben, daß diese außenpolitische Absicherung der Schweiz nach allen Seiten kaum weniger als die militärische Abwehrbereitschaft dazu beigetragen hat, daß sich unser Land aus dem Krieg heraushalten konnte.

Ich erwähne diese Dinge, weil ich damals in Vorträgen und Artikeln die schweizerische Neutralitätspolitik befürwortete und darauf hinwies, daß sich hinter den ideologischen Gegensätzen Interessenkonflikte und ein Machtkampf verbargen. Motta schrieb mir aus Locarno am 19. April 1939: «Combien avez-vous raison de montrer que derrière les idéologies se cachent les intérêts! avec quelle clarté avez-vous regardé loin et profond!» Nüchterner ausgedrückt war, was mich mit Motta übereinstimmen ließ, ohne Schaden für eine antitotalitäre und demokratische Grundeinstellung, eine pragmatische Machtanalyse bei der Beurteilung von außenpolitischen Fragen. Es gibt in Zeiten akuter Gefahr Gebote der Vorsicht und der Umsicht, auf die eine Regierung achten muß, was die Öffentlichkeit nicht immer verstehen kann. Im übrigen hatte sich unter dem Eindruck der Ereignisse meine Verbundenheit mit der Schweiz verstärkt und vertieft. –

Zwei Ereignisse, ein kleines und ein erschütterndes, hatten im Spätsommer und Frühherbst 1938 stattgefunden. Das kleine war der Internationale Historikerkongreß in Zürich, an dessen Vorbereitung ich mit Nabholz und Gagliardi zusammengearbeitet und zu dem ich, gemeinsam mit Richard Feller, eine für die Kongreßteilnehmer bestimmte Schrift über die Historiographie in der Schweiz verfaßt hatte. Prof. Hans Nabholz, ein nobler Mann und vorzüglicher Historiker, führte den Vorsitz des Kongresses. Leider verhinderte mich im letzten Augenblick eine Erkrankung an der Teilnahme. Eine Angina mit nachfolgenden Komplikationen, zu deren Behebung es noch keine Antibiotika gab, war die erste und bisher einzige lebensgefährdende Krankheit, die ich durchzumachen hatte. Die Belastung der vergangenen Jahre, vielleicht auch der schwere Druck, unter dem wir lebten, dürften an der Verschlimmerung dieser Affektion mitschuldig gewesen sein. Der vortreffliche Zürcher Laryngologe Professor Ulrich war der Gefahr Meister geworden. Ziemlich geschwächt begab ich mich im September zur Erholung nach Locarno.

Das Ereignis, das die Welt erschütterte, war die Krise der Tschechoslowakei, die am 29. September mit dem Abkommen von München zu Ende ging. Unter dem Zwang der vier Mächte mußte Präsident Benesch der Abtretung des Sudetenlandes an das Deutsche Reich zustimmen. England und Frankreich, deren Rüstung, namentlich was die Fliegerabwehr betraf, unzureichend war, hätten in diesem Zeitpunkt das Risiko eines Krieges in einer sehr ungünstigen Lage eingehen müssen. Außerdem verfing in der öffentlichen Meinung dieser Länder das Argument, die Sudetendeutschen verlangten für sich das Selbstbestimmungsrecht der Völker; man könne sie nicht gegen ihren Willen durch Krieg zwingen, unter tschechischer Herrschaft zu bleiben. Auch Präsident Roosevelt befürwortete eine Beilegung des Konfliktes auf dem Verhandlungswege. Gute Gründe und schlechte Vorwände sind immer zur Hand, wenn es darum geht, eine unrühmliche Entscheidung zu treffen.

Wenn allerdings Hitler die Tschechoslowakei militärisch angegriffen hätte, würde ihm Frankreich den Krieg erklärt haben; das hätte gemäß dem tschechoslowakisch-sowjetischen Beistandspakt eine militärische Intervention der Sowjetunion zur Folge gehabt. Da aber diese beiden Länder keine gemeinsame Grenze hatten, hätten die Russen über rumänisches oder polnisches Gebiet marschieren müssen – was diese Staaten keineswegs wünschten. Nach dem Zweiten Weltkrieg, im Juni 1946, erklärte mir der nach Prag zurückgekehrte Präsident Benesch in einem langen Gespräch, das in der Burg auf dem Hradschin stattfand, warum er damals den Krieg vermieden habe; er hätte es, sagte er, in der Hand gehabt, das deutsche Ultimatum abzulehnen und militärisch Widerstand zu leisten. Nach seiner Ansicht hätten in diesem Fall die Westmächte gegen die Tschechoslowakei Stellung bezogen, da Chamberlains und Daladiers Widerwillen gegen eine sowjetrussische Intervention in Mitteleuropa ausschlaggebend für ihre nachgiebige Haltung in München gewesen sei. Obschon der Antikommunismus und die Angst vor dem bolschewistischen Rußland zweifellos und wiederholt einen Einfluß auf die Außenpolitik der Westmächte ausgeübt hat, war dies nach meiner Meinung nicht der einzige Grund, als sie die Tschechoslowakei im Stich ließen. Aber ihr Verhalten stimmte die Sowjetführung mißtrauisch gegen England und Frankreich, zumal das Gerede ging, sie versuchten, Hitlers Expansionsdrang gegen Rußland abzulenken. Der sowjetische Außenminister, Maxim Litwinow, warnte seine Gesprächspartner in Paris, es sei keine gute Politik, wenn man versuche, Hitler durch Stalin und Stalin durch Hitler umbringen zu lassen.

Ich verbrachte, kaum erholt, zwei Oktoberwochen in Paris, das spürbar aufatmete – eine «feige Erleichterung» nannten es die Kritiker des Abkommens von München. «Es ist paradox, aber wahr, daß man in Paris nicht annähernd so antideutsch ist wie in der Ostschweiz und daß man die Dinge mit mehr Ruhe und Bon Sens beurteilt als z.B. in Zürich. Allerdings war auch hier die Mobilisation fast vollständig, die Stadt verdunkelt, die Evakuierung der Zivilisten begonnen, das Volk auf den Krieg gefaßt. Ich fuhr im Zug von Mülhausen nach Paris inmitten von demobilisierten Zivilisten» (an die Mutter, Paris, 12. Oktober 1938).

In Paris, wo sich die *«Munichois»* und die *«Anti-Munichois»* erbittert befehdeten, konnte ich mich mit Politikern und Journalisten beider Richtungen unterhalten. Am 21. Oktober empfing mich der Außenminister Georges Bonnet am Quai d'Orsay zu einer Unterredung. Ich fand ihn keineswegs optimistisch gestimmt; einen denkbaren Ausweg aus der europäischen Krise erblickte er in einer Rückerstattung ehemaliger deutscher Kolonien an das Deutsche Reich. Aber die Euphorie, die nach München in Frankreich verbreitet war, hatte die verantwortlichen Kreise nicht erfaßt. Die Lage blieb gespannt und gefährlich. Die Kundigen waren sich bewußt, daß England und Frankreich eine schwere diplomatische Niederlage erlitten hatten. –

Der außenpolitische Aspekt war keineswegs der einzige, der dem Dritten Reich Vorwürfe des Auslandes eintrug. Die Diskriminierung und Verfolgung der Juden in Deutschland beunruhigte und empörte die Weltöffentlichkeit. Daß auch bei uns ein latenter Antisemitismus vorhanden war, soll nicht verschwiegen werden; aber auch die Hilfsbereitschaft weiter Kreise der Bevölkerung für jüdische Emigranten verdient Erwähnung. (Bei Kriegsbeginn befanden sich in der Schweiz sieben- bis achttausend deutsche Flüchtlinge, von denen rund fünftausend Juden waren.) Die Schweiz und Holland waren, nachdem Österreich und die Tschechoslowakei ausfielen, die nächstliegende Zuflucht für Menschen aus Deutschland (in Schweden gab es zur gleichen Zeit nur etwa zweieinhalbtausend Flüchtlinge). Nach 1933 wünschte das nationalsozialistische Regime, die Juden los zu werden; bei Kriegsbeginn verbot es ihnen endgültig, auszureisen. Die schweizerischen Behörden waren ziemlich knauserig bei der Erteilung von Aufenthalts- oder Toleranzbewilligungen an jüdische und nicht-jüdische Flüchtlinge, denen sie die Weiterreise in ein anderes Land nahelegten. Eine internationale Konferenz in Evian, die sich zum Ziel setzte, deutsche Juden in britischen Dominions, in Afrika und in Amerika anzusiedeln, verlief ergebnislos; die in Evian genannte Zahl von 500000 auswanderungswilligen Juden wirkte auf die Regierungsvertreter abschreckend. Palästina, das unter britischer Mandatsverwaltung stand, kam kaum in Frage, da die Engländer die einheimische arabische Bevölkerung gegen eine zu starke jüdische Einwanderung und gegen den zunehmenden jüdischen Bodenbesitz zu schützen bestrebt waren. Die Vereinigten Staaten beriefen sich auf ihre gesetzlichen Bestimmungen, die die Zulassung von ausländischen Einwanderern auf Grund von eng bemessenen Quoten regelten. Es war eine Tragödie.

Die sogenannte «Kristallnacht» im Spätherbst 1938, als in Deutschland die Synagogen in Flammen aufgingen, jüdische Geschäfte geplündert und zerstört wurden, viele tausend Juden in Konzentrationslager gesperrt und unzählige getötet wurden, löste überall einen Entsetzensschrei aus. «Ich bin unter dem Eindruck der Scheußlichkeiten, die in Deutschland begangen wurden und noch werden. Hiesige Bekannte von mir haben Verwandte unter den Opfern. Es ist eine systematische Ausraubungs- und vielleicht Ausrottungskampagne gegen die Juden. Immerhin könnten die Engländer und Amerikaner, anstatt große Worte zu machen, schneller und großzügiger Siedlungsgebiete zur Verfügung stellen – sonst gehen die Unglücklichen inzwischen alle zugrunde» (an die Mutter, Zürich, 25. November 1938). – – –

Alles übrige, was das letzte Friedensjahr mir persönlich brachte, ist kaum der Erwähnung wert. Ich erinnere mich, daß mich im Mai 1938 ein bekannter Redaktor der «Frankfurter Zeitung», Rudolf Kircher, aufsuchte, um mir die Vorgänge in Deutschland in einer etwas verharmlosenden Art zu erklären. Auch der französische Starreporter Jules

Sauerwein, der sich in vielen Ländern der Welt umgesehen hatte, schilderte mir seine Eindrücke. Mit dem Chefredaktor Albert Oeri aus Basel, der freundschaftliche Beziehungen zur «Weltwoche» pflegte, verbrachte ich im November einen Abend bei Karl von Schumacher zu einer Aussprache. Ich besprach mich auch mit dem Zürcher Nationalrat und Journalisten Theodor Gut, einem in außenpolitischen Fragen versierten Politiker; mit ihm unterhielt ich gute Beziehungen, während die außenpolitisch leitenden Redaktoren der N.Z.Z. und insbesondere ihr Chefredaktor sich mir gegenüber verschlossen verhielten. In Bern empfing mich der französische Botschafter Alphand, der vorher der Botschaft in Moskau vorgestanden hatte, zu einer Unterredung. Die Freisinnige Partei in Zürich forderte mich auf, ein Referat über «Europa nach der Septemberkrise» zu halten. Anfang Dezember hörte ich im vollbesetzten Auditorium Maximum der E.T.H. einen Vortrag des Oberstkorpskommandanten Henri Guisan, von dem man munkelte, er könnte im Kriegsfall zum Oberbefehlshaber der Schweizer Armee ernannt werden. Seine Ausführungen ernteten den stürmischen Beifall der Studenten.

Eine der interessantesten und geistreichsten Persönlichkeiten in Zürich war der Präsident der Schweizerischen Rückversicherungsgesellschaft, der betagte Charles Simon, in dessen schönem Haus auf der Halbinsel Au ich oft die französische Konversation dieses aus dem Elsaß stammenden, literarisch gebildeten und grimmig am politischen Geschehen teilnehmenden Mannes genoß; die Unentschlossenheit und Nachgiebigkeit der Engländer und Franzosen brachten ihn in Harnisch. Halb gelähmt und schwerhörig, pflegte Herr Simon frühmorgens in seinem Bett Briefe zu schreiben, in denen er mir mit rascher Feder seine Gedanken mitteilte und mich bat, ihn bald wieder aufzusuchen.

Nach den in Bern verbrachten Weihnachtstagen war ich über Neujahr im Wunderlyschen Haus in Meilen zu Gast:

«Es tat gut, das bewegte Jahr in dieser ländlich-biedermeierlichen Geborgenheit abzuschließen und das neue, von dem man noch nichts weiß, zu beginnen» (an die Mutter, Meilen, 6. Januar 1939).

41. KRIEG

Mitte März 1939, als Hitler Prag besetzte, geschah das Irreparable. Der Sommer war wundervoll und heiß. Im Herbst war Krieg in Europa.

Nach der schlagartigen Besetzung der Tschechoslowakei durch deutsche Truppen fürchteten wir für unser Land. Die Schweiz lag eingeklemmt zwischen den Achsenmächten. Ihr Verkehrsnetz verbindet Deutschland mit Italien. Meine Mutter hatte vorgehabt, in Begleitung der Baumgartens eine Kreuzfahrt im Mittelmeer zu unternehmen. Nach der neuen Wendung der Dinge fragte sie mich, ob sie auf diesen Plan verzichten solle. Ich schrieb ihr am 26. März:

«Es kann natürlich sein, daß man eines Morgens in einer von deutschen Truppen besetzten Stadt erwacht; aber wenn es irgend zu machen ist, werde ich im Auto Richtung Bern zu fahren versuchen (wo ich im Mobilisationsfall ohnehin im Politischen Departement anzutreten hätte). Ich habe bereits Vorkehrungen getroffen, daß man mich auch nachts alarmiert, wenn etwas Ungutes im Anzug ist, und mein Auto steht ja immer fahrbereit im Garten... Erst wenn es sich entscheiden sollte, daß die Schweiz tatsächlich beim ersten Zusammenstoß der Gegner *nicht* als Aufmarschgebiet benützt wird und ihre Mobilisation und Grenzbesetzung durchführen konnte, ist wieder eine Chance vorhanden, hier mehr oder weniger ungestört leben zu können. Wenn es aber der Schweiz ergeht wie Österreich oder der Tschechoslowakei, dann ist jedes andere Land und jedes Exil der Fremdherrschaft und Unterdrückung vorzuziehen. Daß Ihr unterdessen auf einem deutschen Schiff auf Reisen geht, halte ich daher eher für eine gewisse Garantie. Ich möchte auch lieber in Kreta sein als in Zürich, wo das Leben allmählich schwer zu ertragen ist. Aber es ist auch schön zu sehen, mit welcher Opferbereitschaft und Entschlossenheit man in allen Klassen des Volkes seine Freiheit verteidigen will. Leider muß man hinzufügen: wenn der Verteidigungskampf *überhaupt* möglich ist. – Selbstverständlich bestehen noch viele Chancen, dem Verhängnis zu entgehen, und daher ist man auch zur Hoffnung berechtigt. Außerdem geht die deutsche Dynamik vorläufig in östlicher Richtung.»

Ein paar Tage später beantwortete ich eine mütterliche Befürchtung, ich könnte mich der Politik zuwenden: «Ich zweifle, daß ich jemals aktiver Politiker werde – das ist jedenfalls *nicht* mein Ehrgeiz. Aber da ich offenbar ein gewisses Verständnis für politische Vorgänge habe – Thiercelin schrieb mir einmal aus Paris: ‚Votre pondération et votre clairvoyance nous manquent ici' –, scheint doch meine historisch-publizistische Tätigkeit nicht ein Abweg zu sein.» Ich hätte, fuhr ich fort, andere Pläne. Meine Vorlesung im Sommersemester über Europa nach dem Weltkrieg (man konnte noch nicht sagen: nach dem *Ersten* Weltkrieg) sei eine Vorstudie zu einem Buch über dieses Thema. Professor William Rappard habe mich aufgefordert, im Februar 1940 in seinem Institut Universitaire de Hautes Etudes Internationales in Genf eine Vortragsreihe über die deutsch-französischen Beziehungen vom 18. Jahrhundert bis heute zu halten. «Aber wo werden wir im Februar 1940 stehen?» (31. März). –

Zürich lebte im Sommer 1939 ganz im Zeichen der Landesausstellung. Sie war von den Architekten Armin Meili und Hans Hofmann mit Sinn für eine nationale Grundstimmung auf beiden Seeufern erbaut worden. In einer Zeit, wo Selbstbesinnung und Selbstbestätigung eines Volkes notwendig waren, traten die traditionellen Gegensätze, die sonst das politische Spektrum bestimmen, hinter dem Bekenntnis zur Heimat und zum Staat zurück. Parteihader und Gesellschaftskritik blühen in Friedenszeiten; wenn das Gefühl der Bedrohung von außen überhand nimmt, gelten die Emotionen dem Dasein und Überleben des gemeinsamen Landes. Seit 1935 bekannte sich die sozialdemokratische Linke zur Landesverteidigung. Zur Überraschung von Journalisten und anderen Bürgern, die in den letztvergangenen Jahren den Bundesrat und insbesondere Giuseppe Motta wegen ihrer vorsichtigen Politik getadelt hatten, wurden beim Eröffnungsumzug an der Bahnhofstraße die sieben aufrechten Mannen der Landesregierung von der Menge mit begeistertem Applaus bedacht. Auf dem ganzen Weg riefen die Leute «Motta! Motta!» Sie überschütteten den alten, bereits kränkelnden Mann, der aber kräftig ausschritt, mit Blumen. Daß der faschistische Nationalismus in zwei Nachbarländern bei uns den Sinn für das Herkommen und die Solidarität neu weckte und, unzertrennlich von einer gelebten und institutionalisierten Demokratie, ein vaterländisches Hochgefühl erzeugte, hatte mit Politik im herkömmlichen Verstand wenig zu tun. Diese Haltung durfte als ein gesunder kollektiver Reflex erkannt und bejaht werden. Die Landesausstellung, deren Stil zeitbedingt, mit viel Folklore verbunden, dann aber in den Nachkriegsjahren unwiederbringlich überholt war, vereinte das Schweizervolk zu einem patriotischen Fest, das am 1. September jäh unterbrochen wurde...

Es traf sich gut, daß wir die in jedem vierten Jahr stattfindende Familientagung noch vor Kriegsausbruch in Soglio, dem Ursprungsort der Familie Salis und in deren Stammhaus, abhalten konnten. In meinem zweiplätzigen Hillman-Minx führte ich an einem wundervollen Sommertag meine alte, aber unternehmungslustige Mutter auf der großen Straße, die seit Jahrhunderten den Norden über die Bündner Täler und Pässe mit dem Süden verbindet, ins Bergell. Weil ich mich meiner ältesten Heimat und dem Hause meiner Vorväter eng verbunden fühle und vielleicht Gefahr laufe, ihre Schönheit ungebührlich zu rühmen, überlasse ich ihre Beschreibung einem anderen, der sich 1919, ebenfalls an einem Julitag, an diesen Ort begab. Rainer Maria Rilke schrieb damals aus Soglio:

«Eine Karte der Schweiz zeigt Ihnen leicht die Verhältnisse des Bergells, die Eile dieses Tals, bei Italien anzukommen; über der Talschaft nun liegt, auf halber Bergeshöhe, dieses kleine mit Gneisplatten eingedeckte Nest, eine (leider protestantische und also leere) Kirche am Abhang, ganz enge Gassen; man wohnt mitteninnen, in dem alten Stammhaus der Salis (Linie Soglio), in den alten Möbeln sogar, und zum Überfluß hat der Palazzo einen französischen Terrassengarten mit den alten Steinrändern, traditionell beschnittenem Buchs und einem Gedräng dazwischen der heitersten Sommerblumen. Ein anderes Mal aber muß ich Ihnen von den Kastanienwäldern erzählen, die sich, die Hänge hinab, gegens Italienische zu, in großartiger Schönheit hinunterziehen.» In einem andern Brief sagt Rilke von der Bibliothek, sie sei «die unverstörteste Stelle des Hauses, mit einem rüstigen Tisch, einem herrlichen Lehnsessel, einem Spinett und, rings, Bücherreihen bis an die Decke... Das Jüngste in diesem Büchervorrat stammt aus der napoleonischen Zeit, seine Grenzen nach rückwärts mögen bis ins sechszehnte Jahrhundert zu schieben sein: ein paar Aldus und Elzevier hab ich neulich aus ihrem sanften Staub aufgerüttelt» (aus «Rilkes Schweizer Jahre» 3. A., 36/37).

Segantini sagte von diesem ein wenig verwunschenen Ort, wo hoch über einer Bergwiese die platingrauen Spitzen der Sciora sich von einem türkisblauen Himmel abheben: «Soglio è la soglia del Paradiso.» Jahre später siedelte Pierre Jean Jouve seine Meistererzählung *«Dans les années profondes»* in dieser Landschaft und ihren italienischen Palazzi an.

Dort also, im alten Familienhaus und seinem Garten, verbrachten die Mitglieder unserer zahlreichen Sippe – diejenigen wenigstens, die sich hatten freimachen können – einen Tag mit unbeschwerter Geselligkeit. Gemeinsames Herkommen hatte nie aufgehört, in ihnen das Bewußtsein der Zusammengehörigkeit wach zu erhalten. Wie gewohnt ließ sich die britische Linie durch eine Abordnung vertreten. Wenn mich mein Gedächtnis nicht täuscht, waren diesmal die deutschen, österreichischen und jugoslawischen Verwandten, deren Anhänglichkeit an die Stammheimat und Familientradition nicht geringer war, nicht dabei. Das wird erst wieder möglich sein, wenn der Sturm, der sich ankündete, vorüber sein wird. Die Salis waren immer eine europäische Familie, mit Ausläufern in Südamerika und in Australien. Aber die meisten Namensträger sind Schweizer; sie sind während des Krieges in der Schweiz geblieben, mit Ausnahme derjenigen, die als Diplomaten oder als Delegierte des Internationalen Roten Kreuzes auf Auslandposten waren. Ich glaube nicht, daß man an diesem Familientag in Soglio über Politik sprach. Aber wir mußten darauf gefaßt sein, daß, wie im Ersten Weltkrieg, so auch in einem kommenden Krieg, Mitglieder der ausländischen Linien in beiden feindlichen Lagern an den Kämpfen würden teilnehmen müssen. –

Um meine Gesundheit stand es noch nicht zum besten. Dr. Haemmerli-Schindler, dem ich mich anvertraute, meinte, es brauche ein Jahr, um die Folgen einer Angina loszuwerden. Theodor Haemmerli war ein einzigartiger Internist und Herzspezialist, der von einem britischen Premierminister bis zum französischen Marschall Joffre sozusagen die ganze Welt schon medizinisch behandelt hatte. Aber am liebsten waren diesem musischen Arzt die Künstler und Dichter. Selber depressiv veranlagt, aber ungemein aufrichtend für seine Patienten, hatte der zierliche und elegante Mann mit langem Grauhaar und durchdringendem Blick etwas von einem Zauberer an sich. Es war kein Zufall, daß er Paracelsus verehrte. Als ich über Müdigkeit klagte, die eine störende Unregelmäßigkeit des Tagesablaufs und der Arbeitsleistung zur Folge hatte, sagte der Doktor: «Jeder Mensch muß seine eigene Formel finden.» Diese Mahnung habe ich nicht vergessen. Die Arbeit des Menschen an sich selbst ist nichts anderes als die Suche nach der seiner Natur gemäßen Lebensformel. Von ihrer Befolgung hängt das Wohlbefinden eines Menschen weitgehend ab.

Wenn Krankheit ein Zeichen dafür ist, daß im Menschen sich etwas verändert, und daß er, wenn sie vorüber, ein neues Leben beginnen kann, dann war es höchste Zeit für mich, wieder ganz gesund zu werden. Ich fühlte, daß Jahre bevorstanden, wo ein jeder auf dem Posten sein mußte. Dr. Haemmerli verschrieb mir eine Wasserkur in Aix-les-Bains.

Nach meiner Rückkehr aus Graubünden machte ich mich am Steuer meines leichten Fahrzeugs auf den Weg nach Savoyen. Es war ein schwüler Tag. Spät abends mußte ich Schutz vor einem schweren Gewitter suchen. Am folgenden Tag besuchte ich im Schloß Etoy am Genfersee meinen um einige Jahre älteren Freund Guy de Pourtalès, der seit dem letzten Krieg, den er auf französischer Seite mitgemacht hatte, an den qualvollen Folgen eines Angriffs mit Giftgas litt. Pourtalès war Romancier und Musikkenner. Mit seiner Berlioz-Biographie, die er mir mit auf den Weg gab, und nachdem ich in Genf noch die aus dem belagerten Madrid gerettete Prado-Ausstellung besucht hatte, fuhr ich weiter an den Kurort, wo ich auf Anordnung des dortigen Arztes jeden Morgen einen heißen Wasserstrahl, gefolgt von einer kalten Dusche, über mich ergehen lassen mußte und nachmittags, ebenfalls auf ärztliche Verordnung, das schwierige Golfspiel unter Anleitung eines baskischen Trainers übte. Bäder in dem lieblichen Lac du Bourget schlossen sich diesen anstrengenden Prozeduren an, damit ich, wie der Kurarzt sich ausdrückte, meine körperliche Insuffizienz überwinden könne. Zusätzlich war ich auf strenge Diät gesetzt, die auch ein Rauchverbot einschloß. Mit einem fiebrigen aber kurzen Anginarückfall erreichte diese Behandlung ihren Höhe- und Schlußpunkt; abgemagert aber geheilt trat ich die Heimfahrt durch die savoyischen Voralpen und die Westschweiz an. In Brunegg konnte ich, gleichsam als eine Nachkur, meine Erschöpfung ein paar Tage und Nächte lang ausschlafen. –

Das Persönliche ist unzertrennlich ins Allgemeine verwoben. Die Übergänge vom Kleinen zum Großen sind fließend, und das Individuelle ist mit dem Kollektiven unlöslich verbunden. Mehr denn je wurde Politik dem Einzelnen zum Schicksal. Wenn ein Krieg die Verhältnisse umzustürzen unternimmt, ändert sich fern vom Schauplatz der Kämpfe zunächst wenig an den menschlichen Gewohnheiten und Beschäftigungen, am Familienleben, an der Geselligkeit, an der Sorge für den nächsten Tag, an den beruflichen Pflichten. Aber man ist gewärtig der entfesselten Gewalt, die Leiden und Zerstörung im Großen hervorbringt und eines Tages in jedes Land einbrechen, auf die eine oder andere Art einen jeden in Mitleidenschaft ziehen kann. Es war Mitte August und Stille vor dem Sturm.

Obwohl ich seit Jahren den Krieg für unabwendbar hielt, weil Adolf Hitler ihn nur so lange nicht brauchte, als seine Herausforderung bei den andern Mächten auf keinen Widerstand stieß, darf Krieg von der politischen Vernunft nicht wie ein unentrinnbares Fatum hingenommen werden. Kriege sind vermeidbar. Warum war es dieser nicht?

Die britische Regierung hatte nach der Besetzung der Tschechoslowakei durch die Deutschen eine Kehrtwendung ihrer Politik vollzogen. Wozu England seit Versailles nie hatte Hand bieten wollen: den Staaten Mittel- und Osteuropas Schutz und Hilfe angedeihen zu lassen und ihre Grenzen zu garantieren, tat es nun in letzter Stunde, als nur das bereits auf drei Seiten von der deutschen Wehrmacht umfaßte Polen noch aufrecht stand. Mit Polen schloß Großbritannien ein Defensivbündnis, das als Warnung an Hitler gedacht war. Hernach verhandelten englische und französische Militärbevollmächtigte in Moskau mit der sowjetischen Heeresleitung über einen Hilfeleistungspakt. Diese Verhandlungen, dazu bestimmt, Hitler von einem Angriff auf Polen abzuhalten, zogen sich in die Länge. In der westeuropäischen Presse wurden Proteste laut, als die Nachricht durchsickerte, daß die Russen zum Zweck ihrer strategischen Absicherung die militärische Kontrolle über die baltischen Staaten verlangten. Es blieb ferner nicht verborgen, daß die polnische Regierung sich weigerte, dem geplanten Pakt der drei Großmächte beizutreten, da Polen im Fall eines deutschen Angriffs russische Waffenhilfe entschieden ablehnte.

Auf der anderen Seite verlangte Hitler immer stürmischer eine tiefgreifende Revision der territorialen Verhältnisse in der Freien Stadt Danzig und im sogenannten polnischen Korridor. Das Schicksal der Tschechoslowakei vor Augen, lehnte es Polen ab, unter erpresserischen Bedingungen mit Hitler zu verhandeln. England und Frankreich konnten sich ihrerseits nicht auf ein neues «München», diesmal auf Kosten Polens, einlassen, wenn sie ihren politischen Einfluß und ihre Glaubwürdigkeit nicht aufs Spiel setzen wollten. Aber sie konnten auch Stalins Vorbedingungen nicht erfüllen, die er für den Abschluß eines Defensivbündnisses für unerläßlich hielt. Altes Mißtrauen, tiefgehende Meinungsverschiedenheiten und vermutlich Stalins Hoffnung, den Krieg von seinem Lande fernhalten zu können, solange ihn die kapitalistischen Mächte unter sich ausfochten, taten ein übriges. All das war, halb verschleiert, halb aber schon durchsichtig, im Laufe dieser spannungsvollen Wochen für den aufmerksamen Außenstehenden zu erkennen gewesen.

Der deutsch-sowjetische Pakt, den am 23. August Ribbentrop und Molotow in Stalins Beisein im Kreml unterzeichneten, brachte die Wende. Hitler hatte nun *carte blanche* für ein offensives Vorgehen gegen Polen. Ihn hatten keine

Bedenken davon abhalten können, der Sowjetunion die drei baltischen Staaten, Ostpolen und Bessarabien zu überlassen. Mittel- und Osteuropa ist von diesem Tag an eine ausschließliche Angelegenheit zwischen Deutschen und Russen und ein Spielball ihrer Machtverteilung geworden. Die Westmächte hatten fortan keine praktische Möglichkeit mehr eines unmittelbaren Eingreifens in diesem Raum. Was ein früherer deutscher Geschichtschreiber, Niebuhr, von Napoleon gesagt hatte, traf nun auf Hitler zu: «Daß er den letzten Zwischenraum zwischen sich und Rußland zerstörte, war ihm gleichgültig.» –

Salomon Wolff erzählt, ich hätte nach 1933 «sehr bald die Befürchtung geäußert, es könnte zwischen Hitler und Stalin zu einem Einvernehmen kommen». Wer auf Grund von Indizien, unter Bezugnahme auf sich mehrende Informationselemente, einer Machtanalyse den Vorzug vor ideologischen Argumenten gab, ließ sich vom Hitler-Stalin-Pakt nicht überraschen. Dieser war zynisch, gewiß, aber ein Einvernehmen zu gegenseitigem Vorteil, selbst wenn dieser zeitlich befristet sein sollte, kann sehr wohl ideologische Bedenken überwinden. Rußland bedurfte einer Frist, um seine Verteidigung zu verstärken, und Hitler brauchte freie Hand in Polen. Außerdem haben Diktatoren eine Freiheit des politischen Handelns, die sich demokratische Regierungen nicht im selben Maße gestatten können.

Ich entsinne mich, daß ich in jener letzten Augustwoche gesprächsweise die Frage aufwarf, ob eigentlich die Westmächte moralisch verpflichtet seien, unter den seit dem 23. August grundlegend veränderten Umständen mit Hitler Krieg zu führen, wenn er Polen angriffe. Das Polen Pilsudskis hatte auf das verbündete Frankreich keine Rücksicht genommen, als es im Januar 1934 mit Hitler einen Freundschaftspakt mit zehnjähriger Laufzeit abschloß, und Pilsudskis Nachfolger, Oberst Beck, trug eine schwere Mitverantwortung am Scheitern der Bündnisverhandlungen der

Westmächte mit der Sowjetregierung. Eine Pariser Zeitung titelte einen aufsehenerregenden Artikel: *«Mourir pour Dantzig?»* Außenminister Bonnet fragte den designierten Oberbefehlshaber, General Gamelin, ob sich seit einem Jahr die französische Verteidigungsbereitschaft genügend verbessert habe; Gamelin glaubte den Minister beruhigen zu können. Da zu dieser Zeit England nur über ein kleines Berufsheer verfügte, würde Frankreich mindestens in der ersten Phase eines Krieges im Westen, wie 1914, die Hauptbürde zu tragen haben. Ich fragte, als er während des Krieges in die Schweiz kam, meinen alten Freund Charles Pomaret, der 1939 der französischen Regierung angehört hatte, ob der Vorschlag, Deutschland den Krieg zu erklären, in der Ministerratssitzung nicht auf Widerspruch gestoßen sei. «Nicht im geringsten», lautete seine Auskunft. –

Ich verbrachte, wie in den Vorjahren, die letzten Augusttage auf der «Seeburg» in Kreuzlingen am Bodensee bei Frau Elisabeth Aman, die die Schwester von Nanny Wunderly war. Doch die Ferien- und Badefreuden im Kreise fröhlicher junger Menschen nahmen ein jähes Ende; man kehrte überstürzt heim. Nach kurzen Tagen in Zürich fuhr ich in meinem Wagen nach Bern weiter. Unterwegs hielt ich Einkehr in Brunegg, wo alles seinen gewohnten Lauf nahm. Aber am Eingang zum Klosterholz, einem Wald zwischen dem Birrfeld und der Reuß, an dessen Rande mein Weg vorüberführte, wurde ich von einem Wachtposten angehalten; der Wald bot einer Artillerieeinheit Deckung und durfte nicht betreten werden. Die Mobilisation der Schweizer Armee war reibungslos verlaufen. Die Bundesversammlung hatte Henri Guisan zum General gewählt. Alles war geordnet, in ernster Stimmung abgelaufen. In den Nachbarländern schien nicht, wie im August 1914, Kriegsbegeisterung zu herrschen. Die Atmosphäre in Europa lastete schwerer als damals. In Bern fand ich freundliche Aufnahme im Hause meines Vetters Eugen von Büren in der Schoßhalde, von wo ich mich ins Bundeshaus begab, um mich nach meiner Aufgabe zu erkundigen. Ich sollte dem Legationsrat Clemente Rezzonico bei der Organisierung des Pressedienstes des Eidgenössischen Politischen Departementes behilflich sein. Ein solcher hatte bisher nicht bestanden.

Nach Hitlers Angriff gegen Polen am 1. September hatten England und Frankreich in Befolgung ihrer Zusagen am 3. September dem Deutschen Reich den Krieg erklärt. Doch waren die Westmächte außerstande, Polen effektive Hilfe zu leisten. Ihre Bündnistreue war militärisch wirkungslos. Polen blieb faktisch seinem Schicksal überlassen.

Ich gestehe – und habe es in einem im Septemberheft der «Neuen Schweizer Rundschau» erschienenen Aufsatz ausgesprochen –, daß ich die Lage, in der sich Großbritannien und Frankreich nach dem Abschluß des deutsch-sowjetischen Paktes befanden, pessimistisch beurteilte. Sie hatten Italien und Rußland zwar nicht militärisch, aber diplomatisch gegen sich und die Vereinigten Staaten von Amerika, die sich die Fesseln strikter Neutralitätsgesetze angelegt hatten, nicht für sich. Die von den Westmächten verhängte Blockade Deutschlands verhinderte nicht dessen Versorgung aus dem Osten und dem Süden. «In der gegenwärtigen Krise befindet sich Deutschland in einer nicht ungünstigen Ausgangsposition», heißt es in diesem Aufsatz; «der Westen und die Nordseeküste sind gegen offensive Operationen der Westmächte abgeriegelt, Polen ist von deutschem Gebiet umklammert, Mitteleuropa und der Balkan sind teils an Deutschland gebunden, teils neutralisiert, Italien ist eng verbündet. Die einzige Hoffnung der Befürworter eines Krieges gegen Deutschland beruht demnach auf der Annahme, daß das Dritte Reich einer Feuerprobe nicht standhalten würde, daß sein Militärapparat und seine Kader ungenügend seien, daß Rivalitäten in den Führungskreisen auftreten oder die Unzufriedenheit der Bevölkerung sich Luft machen könnte, daß Deutschland nicht genug Lebensmittelvorräte und Rohstoffe besitze, daß der Vormarsch in Polen auf Terrainschwierigkeiten stoßen werde, daß der Westwall Lücken aufweise, die eine Offensive der französischen Truppen ermöglichen würden – und dergleichen Hypothesen mehr... Was die wirtschaftliche Seite des Problems betrifft, so sind zweifellos die vorhandenen Vorräte recht groß, und da die eventuellen Gegner Deutschlands in einem Krieg das gesamte Territorium des Reiches gar nicht einkreisen und blockieren können, ist für Zufuhrmöglichkeiten für längere Zeit gesorgt. Endlich ist es psychologisch unwahrscheinlich und praktisch so gut wie unmöglich, daß in den ersten Monaten eines Krieges Undisziplin, Meuterei oder Revolution ausbrechen könnte. Solche Erscheinungen pflegen nicht am Anfang eines Krieges aufzutreten, sondern erst nach langen Entbehrungen, Enttäuschungen, Leiden und Mißerfolgen. Außerdem kommen sie in allen Heeren und allen Ländern vor – es wäre leichtsinnig anzunehmen, demokratische Staaten würden davon verschont bleiben, wenn die Soldaten erschöpft sind und in der Bevölkerung die Stimmung sich zu verschlechtern beginnt...»

Ich hatte diesen Artikel nach dem 23. August in kurzen Fristen geschrieben. Als ich in Zürich am 1. September das «Gut zum Druck» erteilte, war bereits die Nachricht vom Ausbruch des deutsch-polnischen Krieges eingetroffen. Ich fügte meinem Text folgendes Postscriptum an: «Diese Blätter über die August-Krise mögen ein letzter Rückblick auf die vorhergegangenen Ereignisse sein. Von nun an gibt es nur noch ein Vorwärtsschauen. Auf das pessimistische Denken folgt das optimistische Handeln. Jeder Schweizer kennt nur noch die eine Pflicht: mit unerschütterlicher Entschlossenheit für die Wahrung unserer Neutralität einzutreten und – wenn es jemals nötig sein sollte – für die Unabhängigkeit und Freiheit unseres Landes zu kämpfen.»

Das war bereits die Sprache der Kriegszeit. Ich habe keinen Grund, an ihrer Aufrichtigkeit zu zweifeln.